अर्थला

(उपन्यास)

अर्थला

संग्राम-सिंधु गाथा

प्रथम खंड

विवेक कुमार

हिन्द युग्म

ISBN : 978-93-84419-90-5

प्रकाशक :
हिन्द-युग्म
सी-31, सेक्टर-20, नोएडा (उ.प्र.)-201301
फ़ोन- 0120-4374046

मुद्रक : न्यूटेक प्रिंट सर्विसेस इंडिया, फ़रीदाबाद

पहला संस्करण अंजुमन प्रकाशन द्वारा साल 2016 में प्रकाशित
दूसरा संस्करण : जनवरी 2018
आठवाँ संस्करण : मई 2023
मूल्य : ₹299

Arthla: Sangram Sindhu Gatha Bhaag 1
(A novel by Vivek Kumar)

Published By
Hind Yugm
C-31, Sector-20, Noida (UP)-201301
Phone- 0120-4374046
Email : sampadak@hindyugm.com
Website : www.hindyugm.com

Second Edition: Jan 2018
Eighth Edition: May 2023
Price : ₹299

दो शब्द

यह कथा किसी पुराण में नहीं मिलेगी। यह मेरी कथा है। मैं आपको कोई लोकप्रचलित इतिहास बताने नहीं जा रहा। मैं आपको अपनी कल्पना के धरातल पर खड़ा करना चाहता हूँ। वह कल्पना जो मुझे प्रेरित करती है, उत्तेजित करती है, नई सुगंध देती है और इस संसार को देखने का एक विस्तृत, निष्पक्ष और सुंदर दृष्टिकोण सौंपती है।

इस कथा में मैंने वही संसार रचा है, जो मेरे आसपास प्रत्यक्ष या अप्रत्यक्ष रूप से चलता है। मात्र कालखंड परिवर्तित किया है। यह वह कालखंड था, जिसमें मेरी कल्पना के विस्तार के लिए पर्याप्त अवसर थे। मनुष्य युगों पूर्व का हो या वर्तमान का, मानवीय गुण-धर्म में कुछ अधिक परिवर्तन नहीं हुआ है।

देव, असुर, दानव, दैत्य और राक्षस जैसे मिथकीय पात्रों की रोमांचक कल्पनाएँ मैं बचपन से ही किया करता था। जब कुछ बड़ा हुआ, कुछ ज्ञान बढ़ा, तब उनकी मुखाकृति और रंग-रूप से आगे बढ़ते हुए उनके समाज, विचार, व्यवहार, आपसी संबंध और युद्धशास्त्र के विषय में तार्किक गणना करने लगा। कल्पना को मैं इस सृष्टि की सबसे बड़ी ऊर्जा मानता हूँ। इसी कल्पना के धरातल को पीढ़ी-दर-पीढ़ी ठोस करते हुए मानव सभ्यता आज इस विकास-चिह्न को छू पाई है।

मेरे मन में भी इसी कल्पना ने एक युग के धरातल का निर्माण किया। उसकी सभ्यता, संस्कृति और समाज का ढाँचा खड़ा किया। पूर्वयुगीन पात्रों को बनाया और उनके आपसी संबंधों को जोड़ा।

यह किसी नायक की जीवनयात्रा नहीं है। यह एक संपूर्ण युग की वीरगाथा है। इस गाथा के विषय में मैं आपको इस पृष्ठ पर कुछ विशेष नहीं बताऊँगा। वास्तव में, मैं आपको अपनी गाथा सुनाने के लिए अति उत्साही हूँ। इसे रचते समय जितना मैंने सीखा और रोमांचित हुआ, आशा करता हूँ कि आप उससे अधिक ग्रहण करेंगे।

एक अकल्पित युग की यात्रा के लिए आपको आमंत्रित करता हूँ।

अध्याय

विधान

6,300 वर्ष पहले भी सूर्य उसी प्रकार उगा करता था, जैसे कि आज। उगते सूर्य के प्रकाश में विधान ने अपने शरीर को देखा। पिछले छह वर्षों के कठिन शस्त्राभ्यास ने उसके शरीर को बलिष्ठ बना दिया था। उसका वक्ष चौड़ा, भुजाएँ स्नायुबद्ध, पिंडलियाँ मजबूत तथा जँघाएँ ठोस हो गई थीं। इतने वर्षों में उसने लगभग हर प्रकार के शस्त्र चलाना सीख लिया, विशेषकर तलवार और भाला।

चढ़ते सूर्य का नरम ताप उसके शरीर को गुनगुना आराम पहुँचा रहा था। वह आँगन में खड़ा होकर माँ की पूजा समाप्त होने की प्रतीक्षा करने लगा। माँ आँगन के मध्य स्थापित तुलसी पर जल चढ़ा रही थीं, उनकी पूजा समाप्त होने में अभी समय था। उसने सोचा, जब तक माँ की पूजा समाप्त होगी, तब तक नए घड़ों को बाहर निकाल दूँ। वह रसोई की बगल वाली कोठरी से मिट्टी के नए घड़ों को निकालकर आँगन में रखने लगा। पूरे गाँव में विधान के पिता ही एकमात्र कुंभकार थे, उनकी मृत्यु के पश्चात उसकी माँ ही घड़े बनाती थी। माँ ने भरसक प्रयास किया कि वह भी उस कार्य में लग जाए, परंतु उसमें योद्धा बनने की उत्तेजना समाई हुई थी। योद्धा बनकर ही वह अपने जीवन का एकमात्र लक्ष्य पूरा कर सकता था।

उसने अंतिम घड़ा भी बाहर निकालकर रख दिया और पालथी मारकर वहीं बैठ गया। माँ की पूजा समाप्त हो चुकी थी। तुलसी के सामने प्रार्थना करने के पश्चात उन्होंने सूर्य को अर्घ्य दिया, मंत्रपाठ किया, तुलसी की कुछ पत्तियों को तोड़ा और लाकर विधान के मुँह में डाल दिया। माँ पुनः मंत्र बुदबुदाते हुए रसोई में चली गईं।

माँ के रसोई में जाते ही आँगन के बाहर एक बैलगाड़ी आकर रुकी। उसमें से एक मोटा-ताजा जंतु प्रकट हुआ। दो पैरों तथा विशाल उदर वाले उस जंतु ने अपने सिर पर पतले सरकंडों से बनी एक छोटी डलिया को उल्टा करके पहन रखा था। उसके एक हाथ में लकड़ी का लट्टू और दूसरे हाथ में सूत की पतली डोरी थी। वह शांत भाव से बिना कुछ बोले विधान के पास आकर खड़ा हो गया। यह विधान का चचेरा भाई सत्तू था। सत्तू ने लट्टू पर डोरी लपेटी, फिर भूमि पर पटककर झटके से डोरी खींच ली। लट्टू सपाट भाव से नाचने लगा। उसने डोरी से फंदा बनाकर लट्टू को हवा में उछाला और अपनी दाईं हथेली पर ले लिया। लट्टू पुनः

उसी सपाट भाव से घूमने लगा। फिर बाएँ हाथ से सिर की डलिया उतारकर वह धीरे से विधान के समीप बैठ गया।

कुछ क्षणों तक नाचते लट्टू को घूरने के बाद सत्तू ने कहा- "तो अंतत: वह क्षण आ ही गया!"

विधान ने एक मुस्कान के रूप में हामी भरी।

"तो, गुरु-दक्षिणा में क्या माँगा है गुरु जी ने?" सत्तू ने पूछा।

"गुरु काण ने इस संदर्भ में कभी कोई संकेत नहीं दिया।" विधान ने कहा।

"वैसे, तुम्हारी क्या इच्छा है भइया?"

अपनी इच्छा के बारे में सोचकर विधान का ताप बढ़ने लगा। कुछ क्षणों तक चुप रहने के बाद भौंहें सिकोड़कर बोला- "मेरी इच्छा तो उस नीच सुदास का मुंड है, परंतु गुरु काण तो प्रतिशोध को विष समझते हैं।"

सत्तू को लगा कि उसने गलत विषय छेड़ दिया, अत: विषय बदलते हुए कहा- "भइया! तुम व्यर्थ में अपना ताप मत बढ़ाओ, यह बताओ कि भोजन में क्या बना है? घर से खाकर चला था, परंतु लगता है उदर में कोई बैठा है, जो उदर को तृप्त ही नहीं होने देता।"

विधान शांत रहा, उसने स्वयं को स्वस्थ किया। उगते सूर्य की ओर देखा, फिर मुस्कराने का प्रयास करते हुए कहा- "तुम्हारा प्रिय भोजन बना है।"

"निमोना!" सत्तू ने प्रसन्नता से आँखें बड़ी करते हुए कहा।

"हाँ, पेट भर कर खाना।" विधान उसकी पीठ को ठोंककर उठते हुए बोला।

विधान के ठोंकने से लट्टू हथेली से गिर पड़ा। सत्तू ने लट्टू उठाकर अपनी धोती में बाँध लिया। विधान ने आँगन में नीम के वृक्ष से बँधी अपनी दुलारी गाय शांति को चारा डालते हुए पूछा- "आज प्रात: ही सिर पर डलिया धारण कर कहाँ जा रहे हो?"

"माँ ने महुआ बीनने भेजा है। माँ, पिता जी को भड़काती रहती हैं कि मैं दिनभर केवल लट्टू नचाता रहता हूँ और कार्यों में हाथ नहीं बँटाता। मैं कार्यों में रुचि लूँ इसलिए महुआ बीनने भेज दिया... भला महुआ बीनकर कार्यों में रुचि कैसे उत्पन्न हो सकती है?" सत्तू ने नाक सिकोड़कर कहा।

"चाची तो मात्र प्रयास कर रही हैं कि तू छोटे-छोटे कार्यों से आदत डाले।" विधान बोला।

"मेरा जन्म महुआ बीनने के लिए नहीं हुआ है।" सत्तू ने गरदन ऊँची करके कहा।

"तो महान सत्तू का जन्म किस उद्देश्य के लिए हुआ है?" विधान ने मुस्कराते हुए पूछा।

सत्तू ने नीले आकाश की ओर हाथ उठाकर, वक्ष फुलाकर गर्व से कहा- "एक दिन मैं सम्राट बनूँगा, यह संपूर्ण धरा मेरी दासी होगी और मेरी कीर्ति से दिशाएँ गूँजेंगी..."

"हे महावीर! आप तो धरती फाड़ देंगे।" विधान ने हाथ जोड़कर, सिर झुकाकर भयभीत होने का अभिनय करते हुए कहा।

"मेरा परिहास न करो, भइया!"

"परंतु महाराज! आप तो कृषक के पुत्र हैं, राजनीति शास्त्र का प्रथम अक्षर सुना भी न होगा और शस्त्र-शिक्षा भी आपने मेरे साथ मात्र एक वर्ष तक ही ली है, फिर यह सब कैसे करेंगे आप... ?"

"जब अयोध्या का राजा दासपुत्र होते हुए राजा बन सकता है, तो मैं क्यों नहीं!" सत्तू ने इतने गर्व से कहा, मानो उसकी भुजाओं में वीरता दौड़ रही हो।

विधान ने उसकी पिलपिली भुजाओं को दबाकर बनावटी उपालंभ देते हुए कहा- "कथन तो एकदम सत्य है, परंतु हे महाप्रतापी! हर महान कथा के पीछे बहुत सारे कर्म तथा परिश्रम होते हैं और अपनी कल्पना को साकार करने के लिए अभी तक आपने क्या परिश्रम किया है?"

सत्तू थोड़ा झेंप गया। बोला, "बस उसी पर विचार करते-करते मैं दुर्बल और चिंताग्रस्त हो गया हूँ।"

विधान ने उसके हाँडी जैसे उदर और चमचमाते हुए प्रसन्न मुख को देखा। दोनों ही स्थानों पर दुर्बलता और चिंता की रेखाओं की झलक भी न मिली।

"ले! भोजन कर और अपनी दुर्बलता दूर कर," माँ रसोई से बाहर निकलते हुए बोलीं और दोनों को निमोना परोस दिया।

सत्तू ने बड़ी माँ के पाँव छुए और भोजन पर टूट पड़ा। भोजन करते हुए सत्तू ने रहस्यमय ढंग से आँखें तिरछी कर कहा- "भ्रांतियाँ फैल रही हैं कि भेड़ाक्ष जंबूद्वीप लौटने वाले हैं।"

"कौन! वे दैत्य जातियाँ?"

"हाँ! वही, कहते हैं कि जब वे आक्रमण करते हैं, तब न छुपने की जगह मिलती है, न भागने की। अधीनता स्वीकारने के लिए मात्र एक अवसर देते हैं। यदि स्वीकार कर ली, तो उन्हीं की संस्कृति अपनानी होती है और यदि नहीं की तो अगले ही क्षण मुंड, रुंड से अलग हो जाता है।"

"जन्म से ही सुनता आ रहा हूँ, दैत्य वापस आ रहे हैं। पिछले तीन सौ वर्षों से किसी ने उन्हें देखा तक नहीं, संभवत: अब तक वे जीवित ही न हों... और तुझे किसका भय... तू तो सम्राट बनने वाला है... खदेड़कर रख देना उन दैत्यों को..." विधान उसकी पीठ ठोंकता हुआ बोला।

सत्तू ने मुस्कराकर तिरछी नजरों से अपने बड़े भाई की ओर देखा और कुछ न बोला। दोनों के भोजन कर लेने के पश्चात माँ ने सत्तू से कहा- "तू एकदम उचित समय पर आया है पुत्र! अन्यथा मैं तुझे बैलगाड़ी सहित बुलाने के लिए विदु (विधान) को भेजने ही वाली थी।"

"मुझे स्मरण था बड़ी माँ कि आज आप घड़े बेचने मेले में जाएँगी, अत: बैलगाड़ी सहित ही आया हूँ।"

विधान ने आकाश की ओर देखा, सूर्य पूरा उदय हो चुका था। उसने माँ से कहा- "माँ! मैं आश्रम जा रहा हूँ, आज महत्वपूर्ण दिवस है, लौटने में रात्रि हो सकती है।"

फिर उसने शांति की ओर संकेत कर कहा- "आजकल इसका व्यवहार बदल गया है, आलसी हो गई है, पहले जितनी उद्दंड न रही... सत्तू को देखने पर सींग भी नहीं दिखाया... और इसका उदर फूलता जा रहा है, लगता है गर्भिणी है।"

माँ ने मुस्कराते हुए शांति के उदर को सहलाया और कुछ न बोलीं। सत्तू ने सबसे दृष्टि चुराकर एक बार अपना उदर देखा, फिर शांति का। विधान ने आँगन का दरवाजा खोला और गुरु काण के आश्रम की ओर अपने पग बढ़ा दिए।

ऋतुराज वसंत पूरे उफान पर था। वृक्ष नई पत्तियों का अपनी संतानों की भाँति स्वागत कर रहे थे, पेड़-पौधे और पुष्प अपनी सुंदरता दिखाने के लिए पूरा जोर लगाए हुए थे। इस ऋतु में पूरी प्रकृति रंगीन चादर ओढ़ लेती है। पुष्प वृक्षों के वस्त्र बन जाते हैं और मलय पर्वत का मादक पवन उन्हें झुलाता है। इसी मौसम में महुआ खूब गदराता है। समूचा वन महुआ की गंध से मदमस्त हो रहा था। ग्रामवासी वन में इधर कभी-कभार ही आते थे, परंतु वह पिछले पाँच वर्षों से प्रतिदिन उस वन को पार कर गुरु काण के पास शस्त्र-शिक्षा के लिए आता रहा है।

वृक्षों पर पक्षी कलरव कर रहे थे। कपास के गोलों जैसे खरगोश फुदक रहे थे और विधान के चलने की आहट पाकर भाग जाते। तभी कोयल ने कूक लगाई। विधान ने भी प्रत्युत्तर में कूक लगाई। कोयल ने तुरंत प्रतियोगिता में शामिल होकर

और जोर से कूक लगाई। विधान उसे चिढ़ाने के लिए बार-बार कूक लगाता और वह दंभी कोयल हर बार और जोर से कूकती। यह कूक प्रतियोगिता तब तक चलती रही, जब तक कि वन का आखिरी छोर न आ गया। विधान ने अपनी ओर से कोयल को विजेता घोषित कर आगे की राह ली। आगे गन्ने का बहुत बड़ा खेत था, जिसे पार करते ही गुरु काण का आश्रम दिखने लगता था।

उसने कल्पना की- जब वह आश्रम पहुँचेगा, प्रतिदिन की भाँति गुरु काण आश्रम के मध्य स्थापित यज्ञ वेदी के सम्मुख ध्यान में बैठे मिलेंगे। वह उनके चरण स्पर्श करेगा और उनके सामने बैठ जाएगा। जब वे आँखें खोलेंगे तब वह उनके जैसा ही अभिनय करेगा और वह यह तब तक करेगा जब तक कि वे बनावटी रुष्ट न हो जाएँ, फिर वह उनसे उनकी कथा सुनेगा। हर बार पूछने पर गुरु टाल देते थे कि पाँच वर्ष पहले वे अचानक से इस गाँव में कैसे प्रकट हो गए, परंतु इस बार वे टाल नहीं पाएँगे क्योंकि उन्होंने स्वयं वचन दिया है कि गुरु-दक्षिणा के समय वे अपनी कथा अवश्य कहेंगे।

कल्पनाओं का मीठा रस पीकर वह प्रसन्न हो उठा। आश्रम जाने का मुख्य मार्ग गन्ने के खेत की बाईं ओर से था, परंतु वह मार्ग बहुत लंबा था, अतः वह खेत के बीच से ही मार्ग बनाकर जाता था। हर दिन की भाँति उसने एक डंडा तोड़ा, ताकि खेत में छुपे हुए सियारों से सामना होने पर उन्हें भगा सके। मुख पर प्रसन्नता के चिह्न लेकर वह खेत में घुस गया। आज वह एक सप्ताह बाद आश्रम जा रहा था। गुरु काण ने कहा था कि उन्हें कुछ आध्यात्मिक अनुभूतियाँ हो रही हैं, अतः वे कुछ दिनों का एकांतवास चाहते हैं।

न जाने वृद्धावस्था में ही आध्यात्मिक अनुभूतियाँ क्यों जोर मारने लगती हैं, विधान ने मन में सोचा। उसे बहुत आश्चर्य हुआ कि आज एक भी सियार उसके सामने नहीं पड़ा। कुछ देर में खेत को पार कर जब उसने आश्रम का दृश्य देखा, तो सन्न रह गया।

दो सैनिकों ने गुरु काण को दोनों ओर से पकड़ रखा था और एक सैनिक उनके सामने धनुष पर बाण चढ़ाए था। कुछ अन्य सैनिक तलवार तथा भाले लेकर उन्हें घेरे हुए थे। एक सैनिक, जो संभवतः उनका नायक होगा, घोड़े पर बैठा हुआ घेरे के बाहर था। जब तक विधान को स्थिति समझ आती, सैनिक का बाण छूट चुका था। सनसनाता हुआ बाण गुरु काण के कंठ को भेदकर पार हो गया। कंठ से रक्त की धार फूटी, सैनिकों ने उनके शरीर को छोड़ दिया। गुरु काण का शरीर कटे वृक्ष की भाँति भूमि पर गिर पड़ा।

विधान का मुख खुला रह गया। उसे लगा धरती हिल रही है या आकाश घूम रहा है। उसने चीखना चाहा, पर रुँधे हुए कंठ से आवाज नहीं निकली। उसके शरीर का ताप बढ़ने लगा, साँसों की गति और गहराई बढ़ गई, आँखों में रक्त उतर आया, मुट्ठियाँ भिंच गईं। उसने फेफड़ों में हवा भरी और पूरी शक्ति से चीखा। उसकी प्रचंड चीख से पक्षी वृक्षों से उड़ गए, खरहे भयभीत होकर अपने छिद्रों में घुस गए, दूर के खेतों में छुपे सियार खेत छोड़कर भाग गए।

सैनिकों ने उसकी ओर देखा और अपने स्थानों पर शस्त्र लेकर चौकन्ने हो गए, परंतु घोड़े पर बैठे नायक ने लापरवाह दृष्टि से उसकी ओर देखा और अपनी तलवार तक नहीं निकाली।

विधान चीखते हुए आश्रम की ओर बढ़ने लगा। झुरमुटों, काँटों तथा सरपतों के बीच से होता हुआ वह पूरी शक्ति से भागा जा रहा था। काँटे और तीखी सरपतें उसके शरीर को घायल कर रही थीं, परंतु उसके लाल नेत्रों को मार्ग एकदम सीधा और निष्कंटक दिख रहा था। वह घेरे के बाहर, सबसे आगे, घोड़े पर बैठे नायक की ओर दौड़ा जा रहा था। दौड़ते-दौड़ते अचानक वह हवा में उछला। उसकी अतिमानवीय उछाल देखकर सैनिकों की आँखें विस्मय से फैल गईं। वह हवा में घोड़े की ऊँचाई से चार गुना ऊँचा उछला था। जब तक उनका विस्मय समाप्त होता, ऊपर से कूदते हुए विधान ने हवा में ही घोड़े पर बैठे नायक के मुख को लक्ष्य करके घूँसा चला दिया। वार बहुत प्रचंड था; नायक अचेत होकर घोड़े से गिर पड़ा। विधान ने उसकी कमर पर लटकी तलवार खींच ली। बाकी के सैनिकों ने उसे घेर लिया। विधान चौकन्ना होकर चारों ओर देखने लगा। घेरा बनाए सैनिकों की दृष्टि आपस में मिली, फिर एक सैनिक के ऊपर सभी की दृष्टि रुक गई। नेत्रों से कुछ संकेत हुए और वह सैनिक एक ओर भाग निकला।

विधान ने सैनिकों को ललकारा। तभी धनुष वाले एक सैनिक ने उसके कंठ को लक्ष्य करके बाण चला दिया। विधान फुर्ती से बाईं ओर होकर बच गया, परंतु उसके पीछे खड़ा सैनिक वैसी फुर्ती नहीं दिखा सका और बाण सीधे उसके वक्ष में जा धँसा। जब तक सैनिक दूसरा बाण चला पता, विधान ने उसकी ओर तलवार फेंक मारी। हवा में घूमती तलवार उसकी छाती में गड़ गई। विधान ने अपने पीछे बाण से आहत हुए सैनिक की तलवार ले ली और बाकी के सैनिकों को ललकारने लगा।

सैनिकों को आश्रम में इस प्रकार के प्रतिरोध की आशंका न थी। एक सैनिक क्रोध से दाँत भींचे, तलवार लेकर उस पर टूट पड़ा। तलवार का वार रोकने के

बजाय विधान एक ओर हट गया और अवसर पाकर उसका मुंड, रुंड से अलग कर दिया।

एक अज्ञात युवक का ऐसा युद्ध प्रदर्शन देखकर सैनिक सकते में आ गए। वे सभी एक साथ उस पर टूट पड़े।

युद्ध करते-करते विधान ने एक सैनिक का हाथ काट दिया, मृत्यु को समीप देखकर वह सैनिक भाग निकला। फिर विधान ने एक प्रंचड हुंकार भरी और बाकी के सैनिकों को एक-एक करके मार गिराया। अंतिम सैनिक को उसने कंधे से उदर तक चीर डाला। उसका सारा शरीर सैनिकों के रक्त से नहाया हुआ था और वह प्रंचड क्रोध से काँप रहा था।

विधान ने रक्त से सनी तलवार फेंकी और भागकर गुरु काण के पास पहुँचा। उनके कंठ से सारा रक्त बह चुका था। उसने काँपते हाथों से गुरु का मस्तक उठाकर अपनी गोद में रखा। वह उनकी पथराई आँखों में एकटक झाँकता रहा। उसका कंठ रुँधा हुआ था और होंठ कंपन कर रहे थे। उसने चारों ओर देखा, सब कुछ धुँधलाता जा रहा था। उसने सूर्य की ओर देखा, वह आज भी उसी प्रकार निष्ठुर चमक रहा था जब उसके पिता की हत्या हुई थी। वह स्वयं ही नहीं समझ पा रहा था कि उसे दुख अधिक है या क्रोध। तभी नायक ने आह भरी, वह धीरे-धीरे सचेत हो रहा था। विधान क्रोध से फुफकारता हुआ उठा, नायक का पैर पकड़कर घसीटता हुआ ले जाकर एक वृक्ष के तने से बाँध दिया, फिर एक मृतक सैनिक का भाला उठाकर उसके वक्ष पर कोंचा। कुछ ही क्षणों में नायक पूरी तरह सचेत हुआ। चारों ओर मरे हुए सैनिकों को देखकर उसकी भौंहों पर क्रोध चढ़ गया, परंतु सामने महाक्रोध में सने विधान को देखकर उसका क्रोध भय में बदल गया। विधान ने उसके वक्ष पर भाले को जोर से धँसाया और गरजकर पूछा- "किसकी आज्ञा से?"

नायक ने संयमित होकर कहा- "युवराज सुदास की आज्ञा से।"

"सुदास..." यह नाम सुनते ही विधान का ताप अधिकतम बिंदु तक पहुँच गया- "फिर वही नीच!" उसका शरीर क्रोध से सुलग उठा। उसने अपनी भौंहें सिकोड़ी और एक झटके से भाला नायक के वक्ष के पार कर दिया। नायक के मुख ने रक्त उगला और सिर एक ओर लुढ़क गया।

विधान अपने गुरु की मृत देह देख रहा था, उसे लगा उसकी शक्ति क्षीण होती जा रही है। वह बार-बार कल्पना कर रहा था कि गुरु काण अभी उठकर बैठ जाएँगे। उसे सत्य का भान था कि यह असंभव है, फिर भी वह कल्पना किए जा रहा था। कल्पना करते-करते वह शक्तिहीन पैरों से गुरु के पास पहुँचा और बगल में बैठ

गया। उनके मुख पर हाथ फेरकर उनकी पथराई आँखों को बंद किया। उसके ऊपर दुख हावी होता जा रहा था। सुदास! आज तक उसने सुदास को कभी नहीं देखा था, मात्र नाम ही सुना था, परंतु उसकी कल्पना ने उसके मस्तिष्क में सुदास का एक रेखाचित्र खींच रखा था। इस क्षण उसकी आँखों के सामने वही रेखाचित्र उभर रहा था। रेखाचित्र धुँधला था और धीरे-धीरे बड़ा होता जा रहा था, अचानक तेज हवा आई और वह रेखाचित्र हवा में घुल गया। रुँधे कंठ से भर्राई आवाज में वह जोर से चीखा और अपने गुरु के हृदय पर लुढ़क गया।

सूर्य अपनी प्रंचड उष्मा से उसकी त्वचा जला रहा था, परंतु उसे कुछ भी भान न हुआ। वह गुरु के हृदय से चिपटा बेसुध पड़ा रहा। उसे होश तब आया जब सूर्य थक-हार कर लौटने की तैयारी कर रहा था। उसके होंठ सूख चुके थे तथा शरीर के घाव दर्द कर रहे थे। वह धीरे से उठा और बेसुध नेत्रों से चारों ओर देखा- मरे हुए सैनिकों का रक्त भूमि पर सूख चुका था। आश्रम के कोने में बँधा गुरु काण का काला घोड़ा, जिसे प्रेम से वे 'मयूर' पुकारते थे, अपने बंधन छुड़ाने का प्रयत्न कर रहा था।

विधान ने लंबी-लंबी साँसें भरकर अपनी शक्ति एकत्रित की और जाकर मयूर के बंधन खोल दिए। बंधन खुलते ही मयूर भागता हुआ गुरु काण के पास पहुँचा और चारों ओर घूम-घूम कर उन्हें सूँघने लगा।

विधान गुरु काण की कुटिया में घुसा। चारों ओर दृष्टि डाली; एक कोने में तलवार, भाला और कुछ शस्त्र रखे थे, दूसरे कोने में खूँटी पर कुछ वस्त्र टँगे थे और नीचे उसकी माँ के बनाए घड़ों में कुछ अनाज रखा था। वह तलवार, भाला, ढाल और घोड़े की काठी लेकर कुटिया के बाहर निकला। भारी कदमों से चलता हुआ गुरु काण के पास पहुँचा, उन्हें उठाया और कुटिया के अंदर लाकर लिटा दिया। खूँटी पर टँगी सफेद धोती उतारकर उनकी देह पर बिछा दी, गुरु के चरणों को मस्तक से लगाया, फिर उठकर बाहर आ गया। उसने कुटिया को आधार देने वाले बाँसों को तोड़ डाला। आखिरी बाँस को तोड़ते ही कुटिया की छत भरभरा कर गिर पड़ी। उसने अपनी धोती में बँधे चकमक पत्थर को निकाला और पास ही पड़ी एक मृतक सैनिक की तलवार से रगड़ दिया। चकमक से चिंगारियाँ फूटीं और चिता रूपी कुटिया जल उठी।

विधान और मयूर यज्ञ-वेदी के समीप खड़े गुरु काण की जलती चिता देखते रहे।

विधान ने डबडबाई आँखों से चारों ओर दृष्टि डाली- पक्षी अभी भी कलरव करते हुए आकाश में उड़ रहे थे, वृक्ष अभी भी पत्तियाँ खड़खड़ा रहे थे, खरहे अभी भी फुदक रहे थे। किसी के जीवन में कोई अंतर नहीं आया, संसार अपनी ही गति से बढ़ता है, वह कभी किसी के लिए नहीं ठहरता। सभी प्रसन्न हैं, मात्र वह ही दुखी है, इन सभी को उसके दुख में सम्मिलित होना चाहिए। क्या मात्र उसी के दुखी होने का कारण यह है कि वह गुरु काण का एकमात्र संबंधी है... यदि ऐसा है, तो समस्त संसार को एक-दूसरे से संबंधित हो जाना चाहिए, ताकि सब एक-दूसरे का दुख बाँट सके। इन पक्षियों को, खरहों को, वृक्षों को एवं समस्त मनुष्यों को एक-दूसरे से बँध जाना चाहिए....।

उसका हृदय दुख से बैठा जा रहा था, उसने अपने दुखी मन से पूछा, "मैं अपना दुख किससे बाँटूँ?" तभी अंतर्मन में कहीं ध्वनि फूटी- हे मूर्खानंद! दुख भी कोई बाँटने वाली वस्तु है, बाँटना है तो सुख बाँट... अच्छा ही है जो समस्त संसार एक-दूसरे से संबंधित नहीं है, अन्यथा एक दुखी तो संसार दुखी... जो प्रसन्न हैं, उन्हें प्रसन्न ही रहने दे, अपने दुख से उन्हें दुखी मत कर...

उसका विचारमंथन चल ही रहा था कि उसे लगा कोई उसके कंधे रगड़ रहा है। वास्तविक लोक में आकर उसने देखा कि मयूर अपने नथुने रगड़ रहा था। विधान ने महसूस किया, वह अपने दुख में अकेला नहीं है। उसने मयूर की गरदन सहलाई, काठी उठाकर उसकी पीठ पर कसी और फिर तलवार, भाला तथा ढाल लेकर उस पर बैठ गया।

विधान ने अपने आँसू पोंछे और मयूर को ऐड़ लगा दी। कुछ दूर जाकर वह रुका और मुड़कर देखा, चिता की प्रचंड अग्नि अब भी गुरु काण का सत्कार कर रही थी।

विधान ने संकल्प लिया- "हे पितातुल्य! मैं आपकी शिक्षाओं का कभी अनादर नहीं करूँगा। आपने प्रतिशोध को सदैव विष कहा है, मैं वचन देता हूँ कि मैं कभी प्रतिशोध नहीं लूँगा परंतु उस नीच सुदास को दंड अवश्य दूँगा।"

उसने गहरी साँस ली और घर की ओर चल दिया। मार्ग में पड़ने वाले वन में संध्या के इस पहर कोयल ने कूक लगाकर प्रतियोगिता में फिर से आमंत्रित किया, परंतु उसने अनसुना कर दिया।

विधान के जाने के पश्चात झुरमुटों के बीच से बैंगनी रंग की पगड़ी पहने, सैनिक वेश-भूषा में एक साया प्रकट हुआ। वह झुरमुटों में छिपा बहुत देर से

विधान के क्रिया-कलाप देख रहा था। वह झुरमुटों से निकलकर चिता के पास पहुँचा और तब तक वहीं खड़ा रहा, जब तक कि पूरी चिता जलकर बुझ न गई। उसने चिता की कुछ राख अपने वस्त्रों में बाँधी और योद्धा सम्मान प्रदर्शित करने के लिए अपना अँगूठा चीरकर रक्त की दो बूँदें चिता पर गिरा दीं। उसने मरे हुए सैनिकों के पास जाकर कुछ छानबीन की, सतर्कता से चारों ओर देखा और फिर एक ओर चल दिया

रात्रि बहुत शांतिपूर्ण थी, परंतु कुंडार के राजा चक्रधर का मन बहुत अशांत था। वे अपने शयनकक्ष में खिड़की पर अकेले खड़े पूर्णिमा का चाँद देख रहे थे। आकाश स्वच्छ था। हर रात्रि की भाँति आज भी वे तारों के बीच कुछ खोज रहे थे। फिर कुछ देर पश्चात मुड़कर कक्ष में पड़ी स्वर्णजड़ित शय्या को देखा, फूलदान में रखे पुष्पों को देखा, दीवारों पर टँगी रमणीय कलाकृतियों को देखा और अंत में अपने शरीर पर लदे स्वर्णाभूषणों को देखा। सबकुछ उन्हें अर्थहीन प्रतीत हो रहा था। उनका हृदय कह रहा था कि स्वर्णाभूषणों को निकालकर फेंक दें, शय्या को उलट दें, कलाकृतियों को उतारकर भूमि पर पटक दें। हृदय पीड़ा के बोझ से फटा जा रहा था। एक बार फट ही जाता, तो इस यातना से मुक्ति मिल जाती। सितारों के बीच देखते हुए, उनके मन का कष्ट बढ़ गया... हे जया!... मेरी महारानी... मुझे इस संसार में अकेला छोड़कर तुमने मेरे प्रति अपराध किया है... हमारा पुत्र स्वयं ही इस कुल की मर्यादा को छिन्न-भिन्न करने में लगा है... यदि मैं अपनी प्रजा को उचित उत्तराधिकारी न दे सका, तो जीवनभर जो कुछ किया... सब व्यर्थ हो जाएगा... जिस प्रजा को हमारे पुरखे राज्य की आत्मा कहते थे, वह उसी को पीड़ित करता है... हे जया, तुम लौट क्यों नहीं आतीं?... मैं अकेला थक गया हूँ...

महाराज अपने दुख में डूबे थे, तभी द्वारपाल ने आकर उग्रकेतु के आने की सूचना दी। राजा ने स्वयं को संयत किया और अंदर भेजने का आदेश दिया।

अगले ही क्षण बैंगनी रंग की पगड़ी पहने उग्रकेतु ने कक्ष में प्रवेश किया। उसने अपने राजा की आँखों में निराशा और विरक्ति के भाव देखे। वह थोड़ा विचलित हुआ, सोच ही रहा था कि अपनी बात कैसे प्रारंभ करे कि राजा खुद बोल पड़े- "आज मध्याह्न के बाद दक्षिणी वन में हमारे सैनिकों ने सुदास के एक अंगरक्षक को बंदी बनाया... उसने बताया कि सुदास ने आदरणीय काण की हत्या के लिए अपने अंगरक्षक भेजे थे और वे अपने कार्य में सफल भी रहे।"

उग्रकेतु कुछ न बोला, बस सिर झुकाकर खड़ा रहा। महाराज चक्रधर कुछ क्षण शांत रहे, फिर स्वयं को संयमित करते हुए पूछा- "क्या तुम्हें पहुँचने में विलंब हो गया था, उग्रकेतु?"

"महाराज! मैं नियत समय पर ही पहुँचा था, परंतु प्रतीत होता है कि युवराज सुदास को आदरणीय काण के बारे में पहले ही भनक लग चुकी थी। मैं आपको पूरी घटना विस्तार से बताता हूँ," उग्रकेतु ने कहा- "मैं अपने नियत समय से उस ग्राम की ओर चला जिसके बारे में गुप्तचरों ने बताया था। उस ग्राम का नाम महु है। ग्राम के बाहर मैंने अपना घोड़ा छोड़ा और सतर्कता से पैदल चल पड़ा। मार्ग में मुझे युवराज सुदास का अंगरक्षक मिला जिसका एक हाथ कटा हुआ था। मरणासन्न अवस्था में उसने मुझे आश्रम की घटना बताई। मुझे भान हो गया था कि अनर्थ हो गया है, फिर भी थोड़ी-सी आशा लिए मैं आश्रम पहुँचा। चारों ओर मृत सैनिक पड़े हुए थे। तभी एक युवक कुटिया से बाहर निकलता दिखा। उस मरणासन्न सैनिक ने बताया था कि उसकी यह दुर्दशा एक अज्ञात युवक ने की है। अत: मैं छिपकर उसके क्रिया-कलाप देखने लगा। उसके कार्यों से प्रतीत हो रहा था कि वह आदरणीय काण से अच्छी तरह परिचित होगा। उसने आश्रम की कुटिया तोड़कर चिता बनाई और उनका अंतिम संस्कार किया, फिर वह उनके अश्व मयूर को लेकर चला गया... मैंने वहाँ की छानबीन की... सारे सैनिक युवराज सुदास के अंगरक्षक थे। वहाँ पड़े सारे शस्त्रों पर कुंडार की मुहर लगी हुई थी, इसके अतिरिक्त कुछ और प्राप्त नहीं हुआ। लौटते हुए ग्राम के बाहरी छोर का निरीक्षण किया, कहीं किसी भी तरह की सैनिक गतिविधि के चिह्न नहीं मिले। जैसा कि आपने स्वयं कहा कि पकड़े गए अंगरक्षक ने माना है कि युवराज सुदास की आज्ञा से ही उनकी हत्या हुई है और मार्ग में मिले मरणासन्न सैनिक ने भी इसकी पुष्टि की है। सारे प्रत्यक्ष प्रमाण युवराज सुदास को आदरणीय काण की हत्या के लिए दोषी प्रमाणित करते हैं। पिछली बार जब युवराज सुदास ने सत्ता हथियाने का षड्यंत्र किया था, तब ठोस प्रणाम न होने पर नियमों की आड़ लेकर वे बच निकले थे, परंतु इस बार हमारे पास जीवित प्रमाण है।"

महाराज चक्रधर धैर्य से सुनते रहे, फिर अगले ही क्षण दुख और निराशा से फट पड़े।

"प्रमाणों की क्या आवश्यकता है, उग्रकेतु!... मेरे बाद यह सारा राज्य उसी का है, फिर भी उस महामूर्ख को न जाने कौन-सी शीघ्रता पड़ी है। मैं स्वयं ही राज-पाट त्याग कर वानप्रस्थ चला जाता, परंतु युवराज्याभिषेक के बाद उसने जो

व्यवहार प्रजा के साथ किया, उससे प्रतीत नहीं होता कि वह इस राज्य का उचित उत्तराधिकारी है। प्रजा को सुखी-संपन्न बनाने के लिए मेरे पूर्वजों और मैंने जो परिश्रम किया है, वह उसे एक दिन में ही धूल-धूसरित कर डालेगा।''

महाराज, उग्रकेतु के पास आए और दोनों हाथ उसके कंधे पर रखकर दयनीय भाव से पूछा- ''क्या मैंने एक पिता की भूमिका उचित ढंग से नहीं निभाई है?... उसे भी तो वही शिक्षा मिली, जो उसके बड़े भाई को मिली थी...क्या मैं उसे विरासत में कोई गुण नहीं दे सका उग्रकेतु...?''

''महाराज! विरासत में मात्र जीवन मिलता है, गुण और दोष मनुष्य की व्यक्तिगत उपलब्धियाँ हैं। वृक्ष अपने समस्त फलों को एक समान पोषण देता है, किंतु इसके पश्चात भी कुछ फल दूषित हो जाते हैं...उनके दूषण के लिए वृक्ष की भूमिका को दोष नहीं दिया जा सकता, अतः युवराज के कृत्यों के लिए स्वयं को दोष न दें।'' उग्रकेतु ने सांत्वना देनी चाही।

कक्ष में लंबे क्षणों तक सन्नाटा छाया रहा। महाराज ने स्वयं को व्यवस्थित करने का प्रयत्न किया और वार्तालाप को मुख्य विषय की ओर मोड़ते हुए पूछा- ''बंदी सैनिक ने उस अज्ञात युवक के पास भूमि-सिद्धि होने की बात कही है, क्या यह सत्य है?''

''भूमि-सिद्धि के बारे में मरणासन्न सैनिक ने भी बताया था, परंतु मैंने अपने नेत्रों से उसका प्रदर्शन नहीं देखा।'' उग्रकेतु ने कहा।

महाराज कुछ क्षणों तक सोचते रहे, फिर बोले- ''अर्थला को भूमि-सिद्धि के बारे में संदेश भिजवा दो।''

''जैसी आज्ञा, महाराज।''

महाराज ने द्वारपाल को बुलाकर सेनापति वक्रनाथ को बुलाने का आदेश दिया।

''महाराज! आदरणीय काण के योद्धा सम्मान के लिए उनकी भस्म लाया हूँ,'' उग्रकेतु बोला।

महाराज ने एक दृष्टि भस्म पर डाली और शांत रहे। कुछ देर पश्चात सेनापति वक्रनाथ आया। महाराज ने सेनापति को आदेश दिया- ''सुदास को आदरणीय काण की हत्या के अपराध में कारागार में डाल दो तथा पूरे राज्य में तीन दिवस के राजकीय शोक की घोषणा करवा दो। कल प्रातः संगम तट पर आदरणीय काण को योद्धा सम्मान दिया जाएगा।''

सेनापति वक्रनाथ ने उग्रकेतु से भस्म ली तथा आज्ञा लेकर चला गया। उग्रकेतु

से अपने राजा के मुख पर दयनीय भाव देखे नहीं जा रहे थे, अतः उसने निवेदन किया, ''मुझे भी आज्ञा दें महाराज।''

महाराज ने संकेत में हामी भरी और उग्रकेतु चला गया।

एक व्यक्ति का दुख दूसरा व्यक्ति अवश्य अनुभव कर सकता है, परंतु दुख की सीमा एक व्यक्तिगत अनुभूति होती है, जो किसी से साझा नहीं होती।

महाराज ने अपने स्वर्णाभूषणों को खींचकर भूमि पर पटक दिया।

उग्रकेतु महाराज के कक्ष से निकलकर भूमिगत कारागार की ओर चला गया। वह कुंडार के गुप्तचर विभाग का प्रमुख था। उसने उसी दिन गुप्तचर विभाग के प्रमुख का पद सँभाला था, जिस दिन चक्रधर राजा बने थे। समवय तथा अच्छे व्यक्ति होने से महाराज और उग्रकेतु में अच्छी बनती थी। महाराज, उग्रकेतु को गुप्तचर के अतिरिक्त अपना मित्र समझते थे तथा राजकीय समस्याओं पर उसके विचारों को महत्व भी देते थे।

उग्रकेतु अर्धरात्रि में कारागार पहुँचा और बंदी बनाए गए अंगरक्षक से मिला।

''तुमने अपने नेत्रों से उसे भूमि-सिद्धि प्रयोग करते हुए देखा था?'' उग्रकेतु ने पूछा।

''जी हाँ, श्रीमान! उसने जो बारह हाथ से भी अधिक अतिमानवीय ऊँची उछाल भरी थी, वह भूमि-सिद्धि के बिना संभव नहीं थी। उसके एक ही प्रहार में हमारा नायक मूर्च्छित हो गया। जो नायक अकेला ही पाँच सैनिकों के बराबर हो, उसे एक ही प्रहार में मूर्च्छित करना सामान्य शक्ति के बस में नहीं है। पूर्व सेनापति काण के अतिरिक्त पूरे जंबूद्वीप में कोई अन्य भूमि-सिद्धि धारक नहीं था। इसी विलक्षण सूचना के लिए मैं जीवित भागकर आया था।''

उग्रकेतु चुप रहकर कुछ सोचता रहा। कारागार की दीवारों को विचलित दृष्टि से देखते हुए सैनिक ने पूछा- ''मेरा भविष्य क्या होगा, श्रीमान?''

''तुमने वही किया जो तुम्हारे स्वामी ने कहा, तुमने मात्र एक सैनिक का कर्तव्य निभाया है, तुम्हारा भविष्य वही होगा जो एक सैनिक का होता है,'' कहकर उग्रकेतु भूमिगत कारागार से बाहर आ गया।

कारागार से निकलकर वह गुप्तचर विभाग की ओर चल दिया। अभी उसने आधा मार्ग ही तय किया था कि एक संदेशवाहक गरुड़ को नीची उड़ान भरते देखा।

उसने अनुमान लगाया कि यह गरुड़ कुछ क्षण पहले ही छोड़ा गया है। उसने अपनी कमर के पीछे से एक छोटा छुरा निकाला और उड़ते हुए गरुड़ को मारने के लिए लक्ष्य बना ही रहा था कि उसके चौकन्ने कानों ने हवा में सरसराहट सुनी। उसने छुरा छोड़कर फुर्ती से अपनी तलवार निकाली और उसके फलक पर दाईं ओर से आते एक छुरे को रोका। यदि उग्रकेतु ने क्षणभर भी देर की होती, तो वह छुरा उसका कंठ चीर गया होता। उग्रकेतु ने दूसरे हाथ से अपना छुरा उठाया और चौकन्ना होकर आक्रमणकारी को खोजने लगा। तभी झुरमुटों के बीच एक साया भागता हुआ दिखा। उग्रकेतु ने पूरी शक्ति से छुरा फेंक मारा, परंतु साया अधिक फुर्तीला निकला। फेंका हुआ छुरा झुरमुटों में विलीन हो गया। फिर वह साया दुबारा नहीं दिखा। उग्रकेतु ने आकाश की ओर देखा, गरुड़ पूर्व की ओर उसकी पहुँच से दूर उड़ चुका था। संभवतः वह आक्रमणकारी भी यही चाहता था। उग्रकेतु ने सतर्कता से आसपास छानबीन की। झुरमुटों में अपने फेंके हुए छुरे के अतिरिक्त कुछ भी न मिला। उसने आक्रमणकारी के छुरे को ध्यान से देखा, उस पर कुंडार की मुहर लगी हुई थी। उग्रकेतु ने ठंडी साँस छोड़ी।

वह गुप्तचर विभाग पहुँचा। संदेश लिखा, गरुड़ की पीठ पर बँधी लकड़ी और चमड़े से बनी छोटी-सी नली में डाला, मांस का एक छोटा टुकड़ा गरुड़ को खिलाया और अर्थला के लिए उड़ा दिया। संदेश लिखते समय उसे अनुभव हो रहा था कि पूरा जंबूद्वीप एक नई करवट लेने वाला है।

प्रस्थान निवेदन

आश्रम वाली घटना को तीन दिन हो चुके थे। संध्या होने वाली थी। घर पर विधान अकेला शांति के पास नीम के वृक्ष के नीचे खाट डालकर बैठा था। उसके शरीर के घाव अब भी दर्द कर रहे थे। आश्रम वाली घटना उसने माँ और सत्तू के अतिरिक्त किसी और को नहीं बताई। वैसे भी उसके जीवन में माँ और सत्तू के अतिरिक्त था ही कौन। जब से उसने शस्त्र-शिक्षा प्रारंभ की, पूरा दिन आश्रम में ही बीत जाता था। धीरे-धीरे ग्राम के अन्य युवकों से संपर्क टूटता चला गया। आसपास की घटनाओं की सूचनाएँ सत्तू ही लाकर देता था। जब माँ ने आश्रम वाली घटना सुनी तो भयभीत हो उठी थी, उन्होंने उसी क्षण उससे वचन ले लिया कि वह घर से बाहर न निकले। परंतु यह कैसे संभव है कि वह जीवनभर घर में ही बैठा रहे। वैसे भी स्वयं उसका मन ही नहीं कहता कि वह कहीं जाए। गुरु काण का स्मरण कर उसका हृदय पीड़ित हो रहा था। उसके सम्मुख बार-बार सुदास का रेखाचित्र उभरता। उसका शरीर प्रतिशोध की ज्वाला से जल उठा। वह घटनाओं को जोड़ने का प्रयास कर रहा था कि सुदास की गुरु काण से क्या शुत्रता हो सकती थी, परंतु कोई उत्तर न मिला। उसने अपनी बलिष्ठ भुजाओं और ठोस जंघाओं को देखा, सब अर्थहीन प्रतीत हो रहे थे। वह सामर्थ्य ही क्या, जो किसी की रक्षा न कर सके।

तभी दूर धूल उड़ती दिखी। उसे थोड़ी शंका हुई। ग्राम बहुत बड़ा था, परंतु घरों की संख्या कम होने से सभी घर एक-दूसरे से बहुत दूर-दूर बसे थे। एक घर में कुछ हो जाए, तो दूसरे को भनक तक न लगे। वह उठकर आँगन के दरवाजे पर खड़ा हुआ। आँखों पर बहुत बल देकर, दृष्टि केंद्रित करने से धूल की आँधी में धुँधली-धुँधली आकृतियाँ दिखने लगीं। कुछ ही क्षणों बाद स्पष्ट हो गया कि वे आकृतियाँ घुड़सवारों की हैं। तभी उसे लगा कि कोई उड़ती हुई वस्तु उसकी ओर आ रही है। उसका मस्तिष्क चौकन्ना हो उठा, वह झट से दाईं ओर हटा। सनसनाता हुआ एक बाण उसकी बगल से होकर बाँस से बने आँगन के दरवाजे में धँस गया। निश्चित हो गया कि वे जो भी हैं, शत्रु हैं।

गुरु काण की सौगंध, यदि ये सुदास के सैनिक हुए तो एक भी जीवित नहीं लौटेगा, वह मन ही मन फुफकार उठा। परंतु यदि वह वहीं रुका रहा, तो पूरा घर ही

संघर्षस्थल बन जाएगा और बहुत संभव है कि गर्भवती शांति को भी हानि पहुँच जाए। उसने ऊपर वाले को धन्यवाद ज्ञापित किया कि घर में माँ नहीं हैं। तभी दूसरा बाण आकर उसके पैरों के समीप भूमि में गड़ गया। उसे एक ही मार्ग सूझा, यदि वह उन घुड़सवारों को वन में खींच ले जाए, तो वृक्षों की सघनता के कारण उनकी गति कम हो जाएगी और बाणों से भी बचा जा सकेगा। उसने घर की दाईं ओर से वन की तरफ दौड़ लगा दी। घोड़े पर बैठे धनुर्धारी पास आते जा रहे थे, वे लगातार बाण चला रहे थे। वह पूरी रफ्तार से भागा जा रहा था। कोई बाण उसके कान को छूकर निकल रहा था तो कोई कमर को, बहुत बचने के बाद भी एक बाण उसकी दाईं जाँघ में जा घुसा। परंतु उसने अपनी गति कम न की।

सामने आठ हाथ चौड़ी नहर थी, उसे पार करते ही वन की सीमा प्रारंभ हो जाती। नहर के पास आकर उसने अतिमानवीय उछाल भरी और एक ही छलाँग में नहर पार कर गया। उसने पीछे मुड़कर भी नहीं देखा कि शुत्र कितने समीप आ चुके हैं। वह अतिशीघ्र वन पहुँचना चाहता था। वह वन की सीमा पर पहुँचने ही वाला था कि सामने से कुछ अन्य घुड़सवार सैनिक प्रकट हुए। उसे लगा, वह घेर लिया गया है। अब सामना करने के अतिरिक्त और कोई मार्ग न था।

उसने देखा, एक कवच-रक्षित दृढ़ शरीर वाला महाबलिष्ठ योद्धा घोड़े पर सबसे आगे खड़ा है। विधान के पास एक ही अवसर था, यदि वह क्षणभर के लिए भी रुका, तो पीछे से आने वाले बाण उसे बींध डालेंगे। उसने अपनी गति बढ़ाई और विस्मय कर देने वाली उछाल भरी। हवा में ही उसने सफेद घोड़े पर बैठे महाबलिष्ठ के मुख को लक्ष्य बनाकर घूँसा ताना और समीप पहुँचते ही चला दिया। प्रंचड घूँसा पड़ने ही वाला था कि उस विकराल योद्धा ने अचानक हाथ बढ़ाकर उसका कंठ थाम लिया। विधान का सारा शरीर हवा में झूल गया। उसे इसकी तनिक भी आशंका न थी। हाथ की पकड़ बहुत मजबूत थी, उसे अपनी साँसें रुकती-सी प्रतीत हुईं। अगले ही क्षण विशाल शरीर वाले महायोद्धा ने उसे भूमि पर पटक दिया।

भूमि पर पड़े विधान का मस्तिष्क घूमने लगा। जाँघ में लगे बाण की पीड़ा बढ़ती जा रही थी। बंद होती आँखों से उसने देखा- धनुर्धारी घुड़सवार नहर पार करते ही रुक गए तथा बाण चलाना भी बंद कर दिया। उन धनुर्धारियों के बीच एक जो सैनिक वेशभूषा में नहीं था, उसने आगे बढ़कर तेज स्वर में कुछ बुरा-भला कहा और फिर धनुर्धारियों को लौटने का आदेश दिया। महाबलिष्ठ के पीछे खड़ा सैनिक धनुर्धारियों का पीछा करना चाहा, परंतु उसने इशारे से अनुमति नहीं दी। अगले ही क्षण भयंकर पीड़ा से विधान की आँखें बंद हो गईं।

कुछ क्षणों पश्चात उसकी चेतना वापस आई। बंद आँखों के बीच से उसने एक झिर्री पैदा की और देखा कि वह वहीं पड़ा हुआ था जहाँ उसे पटका गया था। चारों ओर से कवचधारी सैनिकों ने गोल घेरा बनाकर उसे घेर रखा था। कोई कुछ बोल नहीं रहा था, मानो सब उसके उठने की प्रतीक्षा कर रहे हों। उसने धीरे से आँखें खोलीं और हाथ के बल उठकर बैठ गया। सभी सैनिक चौकन्ने हो उठे। उसकी जाँघ का बाण निकाल दिया गया था तथा घाव भरने के लिए कोई औषधि लगी हुई थी। उसने गरदन घुमाकर घेरे के बाहर देखा। महाबलिष्ठ के साथ एक विचित्र बौना खड़ा था। मानो ऊपर से नीचे सफेद रीछ की खाल पहन रखी हो तथा मुख पर वानर के समान मुखौटा लगा रखा हो। उसकी कमरपेटी एवं तलवार की मूठ स्वर्णजड़ित थी।

विधान ने उठने का प्रयत्न किया। तभी एक सैनिक, जिसकी वेशभूषा अन्य सैनिकों से थोड़ी अलग थी, आगे बढ़कर उसे उठने में सहायता करने लगा। उस सैनिक का सहारा लेकर विधान खड़ा हुआ और शंकित दृष्टि से सबको देखने लगा। उसकी शंका को समझकर उस सैनिक ने अपना परिचय दिया।

''श्रीमान विधान! आप शंकित न हों, हम आपके मित्र हैं। मेरा नाम रूपक है... मैं अर्थला की पंचम वाहिनी सेना का सेनानायक हूँ... ये अर्थला के सेनाध्यक्ष तथा संरक्षक सिंहनाद हैं (महाबलिष्ठ की ओर संकेत कर) ...और ये (उस विचित्र बौने की ओर संकेत कर) हिमालय के यति सम्राट के पुत्र एवं श्वेतखंड राज्य के राजकुमार स्थूल हैं... हम अर्थला राज्य के शासनादेश से आपसे निवेदन करने आए हैं कि आप हमारे साथ अर्थला प्रस्थान करें।''

'सिंहनाद', यह नाम विधान के मस्तिष्क में कौंधा, यह तो गुरु काण के बालसखा हैं। वे कभी-कभी इनके बारे में चर्चा किया करते थे। विधान ने सिंहनाद को ध्यान से देखा। ऊँचा कद, गोल कंधे, शरीर इतना बलिष्ठ मानो जन्म लेते ही व्यायाम प्रारंभ कर दिया हो, मोटी, घनी मूँछें जो कनपटियों पर जाकर बालों से मिल गईं और थोड़ा लटककर गालों को भी ढँक लिया, मजबूत चौड़ा जबड़ा, बड़ी-बड़ी आँखें और मुख के भाव इतने शांत जैसे ध्यान-मग्न हों।

सैनिक कह रहा है, वे उससे निवेदन करने आए हैं कि वह उनके साथ अर्थला चले, परंतु क्यों? इनके भाव और व्यवहार तो मित्रवत हैं, परंतु बातें विचित्र लग रही हैं। तभी उसे घर का ध्यान आया, कहीं लौटते समय क्रोधवश धनुर्धारियों ने मयूर और शांति को हानि तो नहीं पहुँचाई। हो सकता है उन्होंने घर को भी आग लगा दी हो। उसने दृष्टि तिरछी कर घर की दिशा में देखा। इतनी दूर से घर तो

नहीं दिखा, परंतु आसमान की ओर उठता धुआँ अवश्य दिखा, उसकी आशंका सही थी।

उसने उठते धुएँ की ओर संकेत कर रूपक से कहा, ''यदि आप हमारे मित्र हैं, तो कृपया मेरे घर चलें, मुझे आशंका है कि मेरे परिजन संकट में हैं।''

रूपक ने सिंहनाद की ओर देखा, उन्होंने तुरंत चलने का संकेत किया। सारे सैनिक अपने-अपने घोड़ों पर बैठ गए। रूपक ने विधान को अपना घोड़ा देना चाहा, परंतु उसने मना कर दिया।

घोड़े पूरी गति से दौड़े जा रहे थे। विधान कुछ दूर दौड़ता और फिर उछल जाता। उछलते-उछलते वह सैन्य टुकड़ी से बहुत आगे निकल गया तथा कुछ क्षणों पश्चात घर पहुँच गया। वहाँ का दृश्य ज्वलनशील था। उन धनुर्धारियों ने सारी कुटियों में अग्नि लगा दी थी। शांति के उदर में एक बाण लगा हुआ था, वह निढाल होकर भूमि पर पड़ी थी, उसके हिल रहे सिर से ज्ञात हुआ कि वह अभी जीवित है। मयूर अग्नि से विचलित होकर अपने बंधन छुड़ाने का प्रयत्न कर रहा था। एक कुटिया पूरी तरह जलकर भस्म होने ही वाली थी। उसने आँगन में रखे घड़ों के जल से आग बुझाने का प्रयत्न किया, परंतु उतना जल पर्याप्त नहीं था। तभी सैन्य टुकड़ी भी आ पहुँची।

बौना यति राजकुमार स्थूल घोड़े से उतरकर भागता हुआ आया। अपनी स्वर्णजड़ित कमरपेटी में बनी छोटी-छोटी थैलियों से कुछ चूर्ण निकालकर आँगन के मध्य रख दिया और घड़े से जल लेकर उस पर गिरा दिया। चूर्ण से गाढ़ा पीला धुआँ निकला और कुछ ही क्षणों में पूरी अग्नि को ढँक लिया। अगले कुछ क्षणों उपरांत जब धुआँ छँटा, तब सारी अग्नि बुझ चुकी थी। विधान के लिए यह आश्चर्यजनक था। उसे शांति की चिंता हुई। उसने स्थूल का कंधा थपथपाकर शांति की ओर संकेत किया तथा स्वयं जाकर मयूर के बंधन खोल दिए। बंधन खुलते ही मयूर आँगन से निकलकर भागता हुआ दूर चला गया।

विधान ने देखा, स्थूल ने शांति के उदर से बाण निकाला, बाण निकलते ही रक्त की धार फूट पड़ी। स्थूल ने कुछ चूर्ण घाव पर डाले, चूर्ण से हल्का धुआँ निकला और शांति भयंकर जलन से रंभा उठी, पर अगले कुछ क्षणों में रक्त बहना बंद हो गया। उस सफेद बौने ने इधर-उधर देखा, मानो कुछ ढूँढ़ रहा हो। फिर आँगन के मध्य में लगी तुलसी पर उसकी दृष्टि रुक गई। उसने तुलसी की कुछ पत्तियों को तोड़ा, उन्हें मसला, कुछ अन्य चूर्ण एवं जल मिलाया और फिर घाव पर लेप लगा दिया। शांति के नेत्रों के भाव से लग रहा था कि उसे कुछ राहत मिल

रही है।

घर में चार कुटियाँ थी, एक कुटिया भस्म हो चुकी थी, दो कुटियों की छत पूरी तरह जल चुकी थी, केवल रसोई वाली कुटिया बची थी- जिसकी आधी छत ही नष्ट हो पाई थी। सिंहनाद ने कुछ संकेत किया। सभी सैनिक गति में आ गए। सैनिकों ने आँगन में फैली राख साफ की। कुछ सैनिक बाहर लगी बाँसवाड़ी से बाँस काटने लगे। विधान की जाँघ की पीड़ा बढ़ गई और अत्यधिक कमजोरी का अनुभव हुआ, अत: वह शांति के समीप बैठकर उन सबके क्रियाकलाप देखने लगा।

सैनिकों के घोड़ों पर ढेरों सामान लदा था। उन्होंने तरह-तरह के औजार और रस्सियाँ निकालीं तथा बाँसवाड़ी से काटे गए बाँसों की सहायता से कुटिया की अस्थायी मरम्मत करने लगे। आसमान में उड़ते विचित्र-से पीले धुएँ को देखकर कुछ ग्रामवासी कौतूहलवश खिंचे चले आए, परंतु सैनिकों को देखकर वे भयभीत हो उठे और भाग गए। उसे बड़ा आश्चर्य हुआ कि जिन कुटियों को बनाने में उसे पूरा दिन लग जाता था उसे उन सैनिकों ने कुछ ही समय में रहने योग्य बना दिया। हालाँकि वो पहले जितनी मजबूत नहीं थीं, फिर भी अस्थायी मरम्मत हो चुकी थी।

विधान के मन में ढेरों प्रश्न उपज रहे थे। सुदास की गुरु काण से शत्रुता और आश्रम में उनकी हत्या... धनुर्धारियों द्वारा उस पर हमला... अर्थला से उसे निमंत्रण... जिन यतियों के विषय में मात्र कहानियाँ सुनी थीं उनका राजकुमार स्वयं उसके सामने उपस्थित था। वह अतिशीघ्र समस्त प्रश्नों के उत्तर चाहता था। उसे रह-रह कर कमजोरी का अनुभव हो रहा था।

कुटिया की मरम्मत करने के पश्चात सारे सैनिक अनुशासित होकर कतारबद्ध हो गए। सिंहनाद ने रूपक को संकेत किया। रूपक ने सैनिकों को कार्य बाँट दिए। चार सैनिक घर के चारों ओर चौकसी के लिए तैनात हो गए। एक धनुर्धारी नीम के पेड़ पर चढ़कर तैनात हो गया। सिंहनाद, रूपक, स्थूल, विधान और बाकी के पंद्रह सैनिक आँगन के मध्य गोल घेरा बनाकर बैठ गए। सब शांत थे और विधान को घूर रहे थे। उनके घूरने से विधान थोड़ा विचलित हो गया। बौना स्थूल बोला- ''तुम पर विष बुझे बाणों का प्रयोग हुआ था, अत: जो औषधि मैंने घाव पर लगाई है उससे कुछ समय के लिए शक्तिहीनता का अनुभव होगा।''

विधान को उस बौने यति की आवाज बहुत मित्रवत और मधुर लगी। उसने उसे ध्यान से देखा। उस यति का वानर मुखौटा किसी लचीले पदार्थ का बना प्रतीत

हो रहा था। जब वह बोलता था, उसके हिलते होंठ स्पष्ट दिखते थे। उसकी घनी भौंहें जाकर बालों से मिल गई थीं। उसके लंबे-लंबे भूरे बाल थे तथा मस्तक पर एक स्वर्णपट्टी बँधी थी जिसके मध्य में एक छोटा लाल रत्न जड़ा हुआ था। उस स्वर्णपट्टी ने उसके लंबे बालों को बाँध रखा था। उसकी भूरी दाढ़ी कनपटियों पर जाकर बालों से मिल गई थी।

विधान ने अपना गला साफ किया और विनम्र होते हुए कहा- "आप लोगों के विषय में मैं बहुत भ्रमित हूँ, कृपया आप लोग अपना प्रयोजन विस्तार से बताएँ।"

रूपक ने कहना आरंभ किया- "श्रीमान विधान! अपना तथा यहाँ उपस्थित सभी जनों का परिचय मैं पहले ही दे चुका हूँ। समस्त बातें बताना और समझाना मेरे अधिकार क्षेत्र में नहीं है। आपकी शंका का समाधान करने हेतु जितना मैं बता सकता हूँ, बताता हूँ।"

रूपक ने बताया- "कुंडार की पूर्व दिशा में मुंद्रा राज्य है। बीस वर्ष पूर्व मुंद्रा सम्राट जयभद्र ने पृथ्वीपति बनने का अभियान छेड़ दिया। अपनी विशाल सेना के साथ उसने पूरा जंबूद्वीप रौंद डाला। अनेक राज्यों को जीतकर वह सम्राट तो बन गया, परंतु पृथ्वीपति का सम्मान ग्रहण करने के लिए उसे समस्त जंबूद्वीप को जीतकर एक पताका के नीचे लाना था। उसके इस अभियान में अर्थला सबसे बड़ी बाधा थी। अत: पंद्रह वर्ष पहले अर्थला और मुंद्रा के बीच भीषण संग्राम हुआ। उस महासंग्राम में संगम से लेकर काशी तक गंगा का जल रक्त से लाल हो गया था, अत: उस महासंग्राम को रक्तगंगा-संग्राम की संज्ञा दी जाती है। उस संग्राम में अर्थला तो बच गई, परंतु अर्थलाधीश 'धाता पंचम' वीरगति को प्राप्त हो गए। मरणासन्न अवस्था में उन्होंने अर्थला में 'जननी सर्वोच्च' का विधान लागू करने का आदेश दिया। जननी सर्वोच्च के अनुसार अर्थला का राजसिंहासन रानी वसुंधरा ने सँभाला। कुछ समय तक सबकुछ व्यवस्थित रहा, परंतु पितृसत्तात्मक समाज में शासन के कुछ लोगों को एक स्त्री द्वारा शासित होना अच्छा नहीं लगा।

रक्तगंगा-संग्राम में हुई आर्थिक तथा सैन्य क्षति और उसके बाद अंदरूनी षड्यंत्रों से अर्थला शक्तिहीन होती चली गई। पाँच वर्ष पहले स्थिति अत्यंत जर्जर हो गई थी। यदि अमरखंड का सहयोग न मिला होता, तो सम्राट जयभद्र उसी समय अर्थला को रौंद डालता..."

रूपक रुक गया और विधान से पूछा- "अमरखंड के विषय में तो आपको ज्ञात ही होगा।"

“मात्र इतना जानता हूँ कि वह बहुत विशाल विद्याश्रम है, जहाँ जंबूद्वीप के सारे राजकुमार शिक्षा प्राप्त करते हैं।” विधान ने सपाट भाव से उत्तर दिया।

रूपक बोला- “तीन सौ वर्ष पूर्व अर्थला में धाता वंश की नींव पड़ने के कुछ समय बाद अमरखंड की स्थापना हुई थी। प्रारंभ में अमरखंड की स्थापना एक शिक्षाकेंद्र के रूप में की गई थी, परंतु उसकी महत्ता को देखते हुए वह धीरे-धीरे जंबूद्वीप का केंद्र बिंदु बन गया। किसी राजनीतिक झगड़े का निबटारा हो या आपातकालीन स्थिति, अमरखंड एक अभिभावक की भाँति जंबूद्वीप की सदैव रक्षा करता रहा है। इस समय संपूर्ण जंबूद्वीप गहरे संकट में है। पहला संकट सम्राट जयभद्र है। यदि वह अर्थला जीतकर पृथ्वीपति बन जाता है, तो अपनी कुंठा उतारने के लिए अमरखंड को नष्ट कर देगा। एक अभिभावक के न होने से घर की व्यवस्था जिस प्रकार टूटती है, उसी प्रकार अमरखंड के नष्ट होते ही जंबूद्वीप भी छिन्न-भिन्न हो जाएगा और पहले से घात लगाए बैठी असुर तथा दानव जातियाँ जंबूद्वीप पर अधिकार कर लेंगी। उनके अधिकार करते ही इस देश की हजारों वर्ष पुरानी संस्कृति और सभ्यता नष्ट हो जाएगी।

दूसरा संकट भेड़ाक्ष नाम की दैत्य जाति है। तीन सौ वर्ष पूर्व देवों तथा इन दैत्यों के बीच आखिरी देवासुर-संग्राम हुआ था। उस महासंग्राम में हार के परिणामस्वरूप भेड़ाक्षों को पातालगंगा भेज दिया गया और देवों को अपनी देवनगरी अर्थला छोड़नी पड़ी, जिस कारण से अर्थला में धाता वंश की स्थापना हुई।

पिछले कुछ वर्षों से भ्रांतियाँ फैल रही हैं कि भेड़ाक्ष अपनी शक्ति बटोरकर जंबूद्वीप लौटने वाले हैं। यदि भेड़ाक्ष युद्ध के प्रयोजन से लौटे, तब जंबूद्वीप में न जीवन बचेगा, न संस्कृति। इन दोनों संकटों का सामना अर्थला को ही करना है...।”

“परंतु इन सब में...मेरी क्या भूमिका है?” विधान ने बीच में टोकते हुए पूछा।

रूपक ने विधान की आँखों में झाँकते हुए कहा- “श्रीमान विधान! आपकी भूमि-सिद्धि।”

“भूमि... सिद्धि? अर्थात?” विधान ने आँखों में प्रश्नवाचक भाव लेकर पूछा।

रूपक ने विधान को इस भाव से देखा, मानो इतनी लंबी कथा किसी गलत व्यक्ति को पकड़कर सुना दी हो। स्वयं को संयमित करते हुए उसने कहा- “हम सभी ने अपने नेत्रों से आपको भूमि-सिद्धि का प्रयोग करते हुए देखा।”

“कब देखा?”

"आपने एक ही छलांग में आठ हाथ चौड़ी नहर पार कर ली तथा सेनाध्यक्ष सिंहनाद पर प्रहार करने के लिए भी अतिमानवीय उछाल ली थी।" रूपक ने समझाते हुए कहा।

"ओह! वानर छलांग।" विधान ने मानो समझते हुए कहा।

"वा...वानर छलांग?" रूपक और स्थूल के मुख से एक साथ निकला, दोनों आश्चर्य से एक-दूसरे का मुख देखते रहे।

रूपक- "श्रीमान विधान! इतनी महान सिद्धि का इस प्रकार उपहास न उड़ाएँ।"

विधान- "मैं सत्य कहता हूँ, मैंने कोई उपहास नहीं उड़ाया। यह कला मैंने अपने गुरु से सीखी है, उन्होंने मुझे किसी अन्य के समक्ष प्रदर्शित करने से मना किया था।... प्राण संकट में थे अतः करना पड़ा।"

कुछ क्षणों तक सब शांत रहे। रूपक ने सिंहनाद की ओर देखा, उन्होंने किसी प्रकार का संकेत किया।

विधान को यह बहुत विचित्र लगा। उसने सिंहनाद के मुख से अभी तक एक शब्द भी नहीं सुना था। उसने अनुमान लगाया कि संभवतः वे गूँगे हैं।

"यह कला आपको आदरणीय काण ने सिखाई है, क्या यह पूर्ण सत्य है?" रूपक ने इस ढंग से पूछा, मानो किसी महान रहस्य का उत्तर चाहता हो।

"हाँ!" विधान ने सपाट उत्तर दिया।

"उन्होंने अपने विषय में क्या बताया था?"

कुछ क्षणों तक चुप रहने के बाद विधान बोला- "वे पाँच वर्ष पहले इस ग्राम में आए थे, तभी से मैं उनसे शस्त्र शिक्षा प्राप्त कर रहा था। जब भी उनसे उनका इतिहास जाने का प्रयास किया, उन्होंने टाल दिया। बहुत कहने पर गुरु-दक्षिणा के समय अपनी कथा बताने के लिए तैयार हुए, परंतु गुरु-दक्षिणा वाले दिन पापी सुदास ने सैनिक भेजकर उनकी हत्या करवा दी..." बात पूरी करते-करते विधान की भृकुटियाँ तन गईं। "मुझे उनके बारे में मात्र इतना ही ज्ञात है, संभवतः आपको मुझसे अधिक ज्ञात है, अतः कृपया उनके बारे में विस्तार से बताएँ।"

"तीन दिन पूर्व कुंडार ने आपके विषय में अर्थला को संदेश भिजवाया था। संदेश मिलते ही हम तुरंत चल पड़े। कुंडार ने गुप्तचरों द्वारा आपके विषय में एकत्र की गई सूचनाएँ हमें दीं। मार्ग में हमारी मुठभेड़ मुंद्रा के सैनिकों से हो गई। उनकी सैन्य टोली का नायक वासुकी था। वह बहुत धूर्त और कपटी है। हमें अंदेशा हो गया था कि वह संभवतः आपको हानि पहुँचाने के उद्देश्य से ही जा रहा है। अपनी

धूर्त नीति में फँसाकर उसने हमें मार्ग से भटका दिया था और हमसे पहले आप तक पहुँच गया। उन्हीं सैनिकों ने आप पर तीरों से वार किया था। भाग्य से हम उचित समय पर पहुँच गए... शेष सूचनाएँ तथा आदरणीय काण का इतिहास, अर्थला पहुँचने पर आपको ज्ञात हो जाएगा।'' रूपक ने अत्यंत संक्षिप्त में बताया।

विधान ने समझाने की मुद्रा में थोड़ा आगे झुकते हुए कहा, ''श्रीमान रूपक! आपने जितनी भी कथा मुझे सुनाई, उसमें से अधिकांश मेरे सिर के ऊपर से निकल गई। आप लोग अचानक प्रकट हो गए और मुझे अर्थला चलने के लिए कह रहे हैं। आपके परिचय के अतिरिक्त आप लोगों के विषय में मुझे कुछ भी नहीं ज्ञात है। आपका व्यवहार बहुत मित्रवत है, परंतु मेरे मन में ढेरों शंकाएँ हैं।''

कुछ क्षणों तक सब शांत रहे, फिर ध्वनि आई- ''भयभीत न हो, पुत्र!''

विधान ने पहली बार सिंहनाद की आवाज सुनी। उनकी आवाज गर्जनादार थी और उनका पुत्र कहना उसे बहुत अच्छा लगा।

''क्या काण ने तुम्हें इतिहास का ज्ञान नहीं दिया?'' सिंहनाद ने पूछा।

''नहीं! उन्होंने शस्त्र और नैतिक शिक्षा पर ही अधिक जोर दिया था।''

''पुत्र! हम अर्थला से निवेदन लाए हैं, आदेश नहीं, निर्णय करने के लिए तुम स्वतंत्र हो।''

विधान कुछ क्षण चुप रहा, फिर पूछा- ''मुंद्रा के सैनिकों ने मुझ पर आक्रमण क्यों किया? उनकी मुझसे क्या शत्रुता?''

''आपसे कोई शत्रुता नहीं, श्रीमान! आप हमारे लिए हितकारी हैं, इस कारण से।'' रूपक ने उत्तर दिया।

''अर्थात?''

''जंबूद्वीप में जैसी स्थिति बन रही है, उससे शीघ्र ही युद्ध होने की संभावना है। अर्थला अपनी सैन्य शक्ति बढ़ाने के लिए हर संभव प्रयास कर रही है। उसी प्रयास के तहत अर्थला चाहती है कि आप अपनी भूमि-सिद्धि का ज्ञान देकर नए भूमि-सिद्धि धारक योद्धा बनाने में सहयोग करें। हम हर संभव स्थान से संसाधन जुटा रहे हैं और सम्राट जयभद्र हर संभव प्रकार से हमारे संसाधनों को नष्ट करने में लगा है। हमारे अतिरिक्त उसे भी ज्ञात हो गया है कि आप अर्थला के लिए बहुमूल्य हैं, अतः आपको नष्ट करने का प्रयत्न किया।''

पिछली कथाओं की भाँति यह कथा भी विधान के ऊपर से निकल गई, परंतु उसने मुख के भाव ऐसे बनाए मानो वह स्थिति की गंभीरता को अच्छी तरह समझ रहा हो। बोला,

''परंतु अर्थला का संकट आपका है, मेरा नहीं, मैं अर्थला का निवासी तक नहीं।''

'' श्रीमान विधान! यह संकट तो पूरे जंबूद्वीप का है। जिस दिन अर्थला नष्ट हो गई, उसी दिन कुंडार भी नष्ट हो जाएगा। जिस दिन कुंडार नष्ट हो गया, यह कैसे संभव है कुंडार में ही स्थित यह ग्राम सुरक्षित रहेगा। दूर दिखती अग्नि कब स्वयं के घर पहुँच जाए, इसका भान भी नहीं होता।'' रूपक ने समझाया।

विधान कुछ न बोला, वह भ्रमित था, उसे कर्तव्य बोध कराया जा रहा है अथवा अर्थला चलने के लिए प्रेरित।

उसके मनोभाव को समझने का प्रयत्न करते हुए रूपक बोला- ''मेरे अधिकार में मात्र इतनी ही बातें बताना संभव है। अर्थला में समस्त बातें विस्तार से ज्ञात हो जाएँगी। हम कुंडार के महाराज चक्रधर से मिलते हुए अर्थला जाएँगे, यदि आपकी उत्सुकता आदरणीय काण के बारे में बहुत अधिक है तो कुंडार में ही उनके बारे में बहुत कुछ ज्ञात हो जाएगा।''

ये लोग कुंडार जा रहे हैं, वहाँ के महाराज से मिलेंगे, अर्थात उस नीच सुदास को दंड देने उसके समीप तक पहुँच सकता हूँ, बस इसी अवसर की तो प्रतीक्षा थी मुझे... विधान का हृदय आनंद और क्रोध की मिश्रित अनुभूति से भर गया। उस पापी को दंड देना ही तो मेरे जीवन का लक्ष्य है, अर्थला और जंबूद्वीप का तो पता नहीं परंतु उस नीच को दंड देने अवश्य जाऊँगा।

विधान अपनी भावनाओं में मग्न था, तभी नीम के पेड़ पर बैठे धनुर्धारी ने धरती पर सिंदूरी रंग का बाण मारा, जो प्रथम स्तर के संभावित संकट का सूचक था। धनुर्धारी ने सामान्य से थोड़ी ऊँची आवाज में कहा- ''एक स्त्री, एक युवक, एक कुत्ता।'' सारे सैनिक क्षणभर में शस्त्र लेकर आँगन में फैल गए।

''कोई संकट नहीं, संभवत: मेरी माँ और भाई होगें,'' विधान ने कहा और खड़े होकर देखा। कुछ क्षणों में आकृतियाँ स्पष्ट हो गईं और निश्चित हो गया, माँ और सत्तू हैं।

माँ सत्तू के साथ हाट से वस्तुएँ लेने पड़ोस के गाँव गई थीं। वे संध्या ढलने से पहले वापस लौटना चाहती थीं, परंतु सत्तू के सूचनाएँ एकत्रित करने के स्वभाव के कारण विलंब हो गया। घर का हाल देखकर दोनों हक्के-बक्के हो गए। सैनिकों को देखकर माँ भयभीत हो उठीं। सत्तू भी भयभीत हो रहा था, परंतु भय का भाव मुख पर प्रदर्शित न होने पाए इसका पूरा प्रयास कर रहा था। उसका काला कुत्ता भागता हुआ निढाल पड़ी शांति के पास पहुँचा और पूँछ हिला-हिला कर उसे सूँघने

लगा। माँ के भयभीत मुख को देखकर विधान आगे बढ़कर उनके पास पहुँचा और सैनिकों के मित्रवत होने की बात कही। फिर भी माँ का भय कम न हुआ।

विधान ने उन्हें बची हुई रसोई वाली कुटिया में बिठाया और सारा घटनाक्रम सुनाया। घटनाक्रम सुनकर माँ का भय और बढ़ गया, परंतु सत्तू के नेत्रों में कौतूहल नाच रहा था।

'भूमि-सिद्धि', 'अर्थला', 'सम्राट', 'सेना', 'पृथ्वीपति', 'जंबूद्वीप पर संकट', 'अमरखंड'- सूचनाएं एकत्रित करना सत्तू का प्रिय कार्य था, अत: यह सब सुनकर वह रोमांचित हो रहा था।

पूरा घटनाक्रम सुनाने के बाद तीनों चुप रहे, माँ विधान को एकटक घूरती रहीं फिर अचानक अपने हृदय से चिपकाकर फूट-फूट कर रो पड़ीं। वह माँ के हृदय से चिपटा रहा। लंबे क्षणों तक रोने के बाद माँ स्वयं शांत हो गईं। वे कुछ न बोलीं और स्वयं को व्यवस्थित करते हुए उठीं और भोजन बनाने के लिए कोठरी में रखे घड़ों से अनाज निकालने लगीं। विधान ने देखा, माँ के मुख के भाव एकदम परिवर्तित हो गए हैं। कुछ क्षणों पहले जिस मुख पर भय की काली छाया थी, वह मुख अब भावहीन हो चुका था। उसे माँ का यह व्यवहार बहुत विचित्र लगा। वह उठकर माँ के पास पहुँचा और धीमी आवाज में कहा- ''माँ! मैं तुझे छोड़कर अर्थला नहीं जा रहा, बस कुंडार तक जाऊँगा, उस पापी से प्रतिशोध लूँगा और वापस लौट आऊँगा।'' माँ कुछ न बोलीं, बस उसकी आँखों में झाँकती रहीं, फिर दोनों हाथों से उसका मुख पकड़कर मस्तक चूम लिया और पुन: अपने कार्य में लग गईं। विधान वहीं खड़ा कुछ सोचता रहा, फिर सत्तू को लेकर कुटिया से बाहर आ गया। बाहर सभी उसकी प्रतीक्षा कर रहे थे।

''मैं आपका निवेदन स्वीकार करता हूँ,'' विधान ने कहा।

''अति उत्तम श्रीमान! हमारे संकट और अपने कर्तव्य को समझने के लिए धन्यवाद... अब तो रात्रि हो चुकी है, अत: कल प्रात:काल सविता नारायण के उदय होते ही यात्रा प्रारंभ करेंगे।'' रूपक ने विनम्र होकर धन्यवाद ज्ञापित किया।

सैनिकों ने घोड़ों पर लदे ढेरों सामनों से आँगन में ही रात्रि विश्राम की सारी व्यवस्था कर दी। जब तक सैनिकों ने अपनी व्यवस्था पूर्ण की, माँ भी भोजन बना चुकी थीं। सत्तू ने सभी को भोजन परोसा। भोजन कर सभी सैनिक अपने नियत स्थानों पर विश्राम करने चले गए। सिंहनाद, रूपक और स्थूल के सोने की व्यवस्था उनसे हटकर थी। आँगन के चारों ओर अभी भी चार सैनिक पहरा दे रहे थे और एक धनुर्धारी नीम के पेड़ पर तैनात था। अग्नि से भयभीत होकर भागा मयूर आँगन

के बाहर घास चर रहा था। विधान ने उसे लाकर शांति के पास बाँध दिया। सत्तू का कुत्ता शांति के पास बैठा हुआ था। स्थूल ने शांति के घाव पर लगी औषधि साफ कर नई औषधि लगा दी, फिर उसने विधान के शरीर पर भी लगे घावों पर औषधि बदल दी। औषधि लगते ही इतनी तीव्र जलन हुई कि चीख रोकने के लिए विधान को अपनी संपूर्ण इच्छाशक्ति लगानी पड़ गई, कुछ क्षणों में धीरे-धीरे जलन कम हुई।

सत्तू ने जब से स्थूल को देखा, वह उससे बात करने के लिए उत्साहित था। विधान की तरह उसने भी यतियों के बारे में मात्र सुन रखा था। वह स्थूल के पास गया और अपना परिचय दिया। स्थूल ने भी अपना परिचय दिया। वार्तालाप प्रारंभ होने की देर थी, सत्तू ने अपने कौतूहल भरे अद्‌भुत प्रश्न मारने प्रारंभ कर दिए- इस रीछ जैसी खाल में गर्मी नहीं लगती, यदि पसीना हो गया तो सूखता कैसे होगा, यदि हर समय मुखौटा पहने रहते हैं तो मुख कैसे धोते हैं, कम से कम मल त्याग करते समय तो यह खाल उतारते ही होंगे, हिमालय पर इतनी ठंड होती है तो नहाते कैसे हैं, हिमालय पर कौन-कौन सी घास उगती है...सुना है यतियों के पास हिम सिंह होते हैं...। स्थूल थोड़ा विचलित हो गया। स्थूल को संकट में फँसा देखकर रूपक दोनों के पास आया और सत्तू को अपना परिचय दिया तथा बात सँभालते हुए बोला- "लंबी यात्रा के कारण स्थूल थक गया है, उसे विश्राम की आवश्यकता है, आपके समस्त प्रश्नों का उत्तर कल प्राप्त हो जाएगा, तब तक आप अपने बारे में कुछ बताएँ।" सत्तू फिर शुरू हो गया। उसने बताना प्रारंभ कर दिया- जिस दिन उसने जन्म लिया था, कैसे बादल गरजे थे और तूफान आया था, कैसे-कैसे उसने लट्‌टू चलाना सीखा, आज तक लट्‌टू फाड़ने की प्रतियोगिता में कोई उसे हरा नहीं पाया है, कैसे उसने खरगोश के बच्चे को कुत्तों से बचाया था। एक, एक कर उसने अपनी सारी जीवनगाथा बता डाली। अंत में अपने जीवन के महत्वपूर्ण क्षणों को स्मरण करते हुए उस दिन की चर्चा की जब उसे रागा मिला था।

"रागा? यह कौन है?" रूपक ने पूछा।

सत्तू ने कुत्ते की ओर देखकर पुचकारा, कुत्ता भागता हुआ आया, भूमि सूँघी और पूँछ हिलाता हुआ बैठ गया।

"यह है रागा," सत्तू ने कुत्ते की गरदन सहलाते हुए कहा, "छह वर्ष पूर्व मुझे यह बकरी के बच्चे के साथ एक गड्‌ढे में मरणासन्न अवस्था में मिला था। मैं दोनों को उठाकर घर ले आया, बकरी का बच्चा तो नहीं बचा परंतु यह महावीर मृत्यु की काली छाया को चीरकर लौट आया और कुछ ही दिनों में स्वस्थ होकर

फुदकने लगा। जब यह भौंकता था तो लगता मानो कोई सुर छेड़ रहा हो, अतः मैंने इसका नाम रागा रख दिया... चल रागा अपना प्रिय गीत सुना।" सत्तू ने उसकी पीठ सहलाते हुए कहा।

रागा ने अपनी गरदन ऊँची की और थोड़ा गुर्राया, मानो गाने से पहले अपना गला साफ कर रहा हो और फिर- भौं-भौं-भौं-भौं।

रूपक विचित्र दृष्टि से सत्तू को एकटक देखता रहा। फिर बोला, "अद्‌भुत श्रीमान सत्तू! अद्‌भुत! आपकी कला की परख प्रशंसनीय है। रात्रि चढ़ चुकी है और कल हमें लंबी यात्रा पर जाना है, अतः अब मैं भी रात्रि विश्राम के लिए जाता हूँ।"

रूपक के जाने के बाद सत्तू विधान के पास पहुँचा। विधान काले आसमान को एकटक घूरता कहीं खोया हुआ था।

"भइया! कल मैं भी साथ चलूँगा।" सत्तू ने कहा।

विधान कुछ क्षण शांत रहा, फिर बोला, "ठीक है," और करवट लेकर दूसरी ओर मुख कर लिया।

अगले दिन प्रातः सूर्य के उदय होने से पूर्व ही सब उठ गए। सैनिकों ने अपने कवच धारण किए तथा घोड़ों पर सामान लादा। विधान ने मयूर की पीठ पर काठी कसी तथा गुरु काण की तलवार और ढाल लाद दी। सैनिक सामान ढोने के लिए दो अतिरिक्त घोड़े लाए थे। उनमें से एक घोड़ा सत्तू के लिए तैयार कर दिया गया। अब तक पूरब में सविता नारायण भी पूरी तरह उग चुके थे। माँ ने सभी को गुड़ मिला दही खाने को दिया। विधान और सत्तू ने माँ के चरण स्पर्श किए और अपने घोड़ों पर बैठ गए। कल से अब तक माँ ने एक शब्द भी न बोला था। माँ का जड़वत मुख विधान को दुखी और विचलित कर रहा था।

सिंहनाद ने संकेत दिया, सभी ने अपने घोड़े कुंडार की ओर दौड़ा दिए। उनके साथ रागा भी अपना प्रिय गीत गाते हुए यात्रा पर निकल पड़ा।

कुंडार

घोड़े लगातार दौड़े जा रहे थे। घोड़ों को जल पिलाने के लिए मात्र दो बार रोका गया था। यदि इसी गति से चलते रहे, तो दोपहर तक कुंडार पहुँच जाएँगे। सत्तू को घोड़े पर बैठने का बहुत कम अभ्यास था, अतः उसकी जंघाओं और पीठ में दर्द होने लगा। बेचारा रागा जीभ निकाल कर जैसे-तैसे घोड़ों के बराबर चलने का प्रयास करता, परंतु कभी-कभी वह पीछे छूट ही जाता, फिर सत्तू रूपक से घोड़ों की गति कम करने के लिए विनती करता। सूर्य अब तपने लगा था, परंतु अधिकतर मार्ग वनों में तय करने से गर्मी ने अधिक विचलित नहीं किया।

पूरे मार्ग विधान की देह उत्तेजना और क्रोध से जलती रही, वह आसपास के वातावरण से पूरी तरह कटा हुआ था। वह मार्ग भर सोचता रहा- 'सुदास को कौन-सा दंड दूँ... मृत्युदंड दूँगा तो गुरु काण को प्रतिशोध न लेने का दिया हुआ वचन टूट जाएगा... उसके दोनों हाथ काट देता हूँ, जीवन भर विकलांग रहेगा, तो भोजन के लिए भी दूसरों पर निर्भर रहेगा...परंतु उसके पास तो दास-दासियों की कोई कमी नहीं है...उसके हाथ-पाँव दोनों काट देता हूँ, सुविधा-संपन्न होते हुए भी सुखों के लिए तरसेगा...नहीं-नहीं, इससे मेरे हृदय को शांति नहीं मिलेगी...उसके परिजनों को उसके नेत्रों के सामने मृत्यु दूँगा...नहीं-नहीं उसके कर्मों में उसके परिजनों का क्या दोष... तो... उसको अंधा बना देता हूँ, जिन सुखों को बढ़ाने के लिए उसने दूसरों का जीवन नष्ट किया है, उन सुखों को वह अपने नेत्रों से ही नहीं देख पाएगा... नहीं-नहीं इससे भी संतुष्टि नहीं मिलेगी...'

इसी तरह सुदास को दंड देने के लिए विधान न जाने कितने उपाय सोचता रहा, परंतु एक बार भी वह संतुष्ट नहीं हुआ। उसे प्रतिशोध न लेने का अपना वचन स्मरण आता, परंतु उसका मस्तिष्क हर बार उसे तर्क देता कि वह प्रतिशोध कहाँ ले रहा, वह तो मात्र दंड दे रहा है। उसके अंतर्मन ने अपनी रुष्टता प्रकट की- वाह रे तर्कज्ञानी! तर्क का आवरण ओढ़ लेने से भावना नहीं बदल जाती, तू कभी संतुष्ट नहीं होगा क्योंकि प्रतिशोध कभी संतुष्ट नहीं होता।'

सुदास का विचार करते-करते उसकी श्वासों की गहराई और मस्तिष्क का ताप बढ़ गया, उसका गला शीघ्र ही सूखने लगा। सत्तू उसकी अवस्था को समझ रहा था, अतः उसने विधान से बात करने की चेष्टा नहीं की।

कुछ ही देर में वे कुंडार की राजधानी के नगर द्वार के सामने खड़े थे। सामान्य वृक्ष की ऊँचाई से दुगना ऊँचा वह द्वार पत्थरों से बना था, उसमें कोई दरवाजा नहीं लगा था, मात्र चौखट थी। मानो उन्हें किसी के आक्रमण का भय न हो और वह द्वार मात्र राजधानी की सीमा का प्रतीक चिह्न हो। द्वार के बाईं तथा दाईं ओर जहाँ तक दृष्टि जाती, वहाँ तक थोड़ी-थोड़ी दूरी पर पत्थरों से बनी सैन्य छावनियाँ थीं। उनमें से अधिकतर को वनस्पतियों ने ढँक रखा था। द्वार से एक निश्चित दूरी पर पहुँचकर पूरा सैन्य दल रुक गया। रूपक ने सबसे पीछे सामान लादे घुड़सवार को संकेत दिया। उस सैनिक ने घोड़े से उतरकर एक ध्वज निकाला, उसे अपने भाले पर चढ़ाकर फहराते हुए सबसे आगे खड़ा हो गया। कुछ क्षणों पश्चात द्वार के पीछे से कुछ घुड़सवार निकले और उन्हें अपने साथ लेकर राजधानी में प्रवेश कर गए।

उन्हें गुप्तचर विभाग के पीछे बने विश्राम भवन में ठहराया गया था। भवन में दो कक्ष थे, जो आपस में जुड़े हुए थे। एक कक्ष में सिंहनाद, रूपक, स्थूल तथा दूसरे में विधान और सत्तू ठहरे थे। सत्तू निराश था क्योंकि उसे आशा थी कि उसका भव्य स्वागत होगा, फूल बरसाए जाएँगे, जनसमूह उन्हें देखने के लिए लालायित रहेगा, स्नान के लिए सुगंधित जल की व्यवस्था होगी, भिन्न-भिन्न प्रकार के मिष्टान्न मिलेंगे, परंतु यहाँ अभी तक मात्र मीठा शर्बत ही दिया गया था।

कुंडार की राजसभा में अभूतपूर्व शांति थी। आज बैठने की व्यवस्था भी भिन्न थी। साधारण दिनों में महाराज चक्रधर ही न्याय सुनाया करते थे, परंतु आज अपराधी राजवंश से जुड़ा हुआ था। यह महाभियोग का विषय था। तीन न्यायाधीश महाराज के बाईं ओर तथा तीन दाईं ओर बैठे थे। राजा के न्याय में कम से कम तीन न्यायाधीशों का सहमत होना आवश्यक था। छहों न्यायाधीश दिखने में एक जैसे ही प्रतीत होते थे; सफेद लंबे बाल, सफेद दाढ़ी एवं समान वय, बस कद में ही भिन्नता थी।

सभा के बीच युवराज सुदास बंदी की भाँति खड़ा था। आज राजसभा में सारे मंत्री उपस्थित थे। महाराज के ठीक सामने खड़े विधि मंत्री ने आरंभ किया- ''कुंडार के महाराज चक्रधर सान, छहों न्यायाधीशों तथा राजसभा में उपस्थित सभी मंत्रीगणों के समक्ष अपने इष्ट सूर्य को साक्षी मानकर मैं कुंडार सत्ता का विधि मंत्री सारांश आपको वचन देता हूँ कि मेरे द्वारा प्रस्तुत समस्त प्रमाण सत्य एवं प्रभाव रहित होंगे।''

सारांश धीरे से पीछे हटा और सुदास के पास जाकर खड़ा हो गया। उसने प्रारंभ किया- " युवराज सुदास, महाराज चक्रधर के द्वितीय पुत्र एवं सान वंश के एकमात्र जीवित उत्तराधिकारी हैं। युवराज सुदास पर आरोप लगाया जाता है कि उन्होंने जंबूद्वीप के सबसे सम्मानित व्यक्ति तथा कुंडार के भूतपूर्व सेनाध्यक्ष एवं संरक्षक आदरणीय सहस्त्रबाहु काण की अपने अंगरक्षक सैनिकों द्वारा हत्या करवाई है। युवराज पर यह आरोप भी लगाया जाता है कि उन्होंने बाहरी व्यक्ति के प्रभाव में आकर कुंडार सत्ता के विरुद्ध विद्रोह का षड्यंत्र रचा है। युवराज ने अपने कृत्यों को पूरा करने के लिए राजकोष का दुरुपयोग किया तथा सीमा सुरक्षा व्यवस्था में भी कुंडार सत्ता के संज्ञान के बिना अपने लाभ के लिए परिवर्तन किया। युवराज के कृत्यों से कुंडार के सम्मान और सुरक्षा को भारी क्षति पहुँची है... मैं उपलब्ध प्रमाणों को प्रस्तुत करने की अनुमति चाहता हूँ।" उसने निवेदन किया।

महाराज ने संकेत से अनुमति दी। उसके बाद सारांश एक के बाद एक प्रमाण प्रस्तुत करता रहा और राजसभा में महाभियोग चलता रहा। पूरे महाभियोग के दौरान सुदास के मुख के भाव एक समान रहे। शर्म, पश्चात्ताप, दुख अथवा क्रोध के भाव क्षणभर के लिए भी उसके मुख पर नहीं आए। उस पर जितने भी आरोप लगाए जाते, उसे स्वीकारने में वह क्षणभर भी नहीं लगाता, जैसे वह चाहता हो कि यह सब अतिशीघ्र समाप्त हो। प्रमाणों के साथ सारांश ने जिन रहस्यों को खोला, उन्हें जानकर पूरी राजसभा सन्न रह गई। कुछ को सुदास पर क्रोध आया और कुछ को उससे सहानुभूति। पूरे महाभियोग में बहुत कम तर्क-वितर्क हो सका क्योंकि सुदास ने कोई प्रतिवाद नहीं किया, अतः निर्णय शीघ्र ले लिया गया।

महाराज ने न्यायाधीशों से मंत्रणा करके सारांश को अपना निर्णय बताया। सारांश ने राजसभा के मध्य खड़े होकर सभी को निर्णय सुनाया- "मैं कुंडार का विधि मंत्री अपने इष्ट सूर्य को साक्षी मानकर वचन देता हूँ कि मेरे द्वारा सुनाया जाने वाला निर्णय स्वयं महाराज का है।"

वह बोला- "इस राज्य के युवराज तथा कुंडार सत्ता के भावी उत्तराधिकारी ने अपने राज्य, वंश और कर्तव्यों को उचित सम्मान न देते हुए जनता को पीड़ित किया है। युवराज के कृत्यों से कई नागरिकों के प्राणों की हानि हुई है। अतः कुंडार सत्ता के विरुद्ध विद्रोह, शत्रु राज्यों से संबंध, आदरणीय सहस्त्रबाहु काण की हत्या, राजकोष का अनुचित प्रयोग एवं नागरिकों को पीड़ित करने के अपराध में कुंडार राजा चक्रधर सान के एकमात्र जीवित पुत्र सुदास से युवराज पद छीना जाता है तथा अघोषित समय के लिए कारावास का दंड दिया जाता है... क्या युवराज सुदास को

यह दंड स्वीकार है अथवा वे क्षमा याचना का अंतिम अवसर चाहते हैं?"

"दंड स्वीकार है।" सुदास ने पूर्व की भाँति बिना क्षण नष्ट किए सपाट भाव से स्वीकार कर लिया।

राजसभा में उपस्थित सभी मंत्रीगणों को पहले से भान था कि एकमात्र जीवित उत्तराधिकारी होने का लाभ सुदास को मिलेगा, अतः उसे मृत्युदंड नहीं दिया जाएगा।

दंड सुनाकर राजसभा स्थगित कर दी गई, खचाखच भरी सभा धीरे-धीरे खाली होने लगी। उग्रकेतु भी अपने स्थान से उठा और राजसभा के बाहर निकल गया। बाहर निकलते ही एक सैनिक ने सिंहनाद के कुंडार पहुँचने की सूचना दी।

उग्रकेतु ने विश्राम कक्ष में प्रवेश किया। सारे मेहमान एक ही कक्ष में बैठे थे। सिंहनाद को प्रणाम कर उग्रकेतु भी बैठ गया। कुछ क्षणों तक विधान को अच्छी प्रकार देखने के पश्चात नम्रता से बोला- "आशा करता हूँ कि आप लोगों की कुंडार यात्रा सुखद रही होगी।"

रूपक ने विधान, सत्तू और उग्रकेतु का आपस में औपचारिक परिचय कराया तथा मुंद्रा के सैनिकों से हुई मुठभेड़ से लेकर कुंडार पहुँचने तक का वृत्तांत संक्षेप में सुना दिया। उग्रकेतु उठा और महाराज से उनके मिलने की व्यवस्था करने की बात कहकर चला गया।

उसके जाने के पश्चात विधान और सत्तू कक्ष के बाहर निकले और आसपास घूमने लगे। उनका विश्राम भवन गुप्तचर भवन के ठीक पीछे था। वनस्पतियों और लताओं ने पूरे गुप्तचर भवन को घेर रखा था, दूर से देखने पर पता ही न चले कि यहाँ वनस्पतियाँ हैं अथवा भवन। वहाँ वृक्षों की संख्या और सघनता भी अधिक थी, संभवतः वह भी भवन को छिपाने में सहायक होते होंगे, ऐसा विधान ने अनुमान लगाया। विधान और सत्तू गुप्तचर विभाग को अंदर से देखना चाहते थे, परंतु द्वार रक्षक ने अनुमति नहीं दी। अतः वे दोनों गुप्तचर भवन के बाहर चारों ओर घूम-घूम कर देखने लगे। रागा भी जगह-जगह सूँघकर अपनी खोजी प्रतिभा का प्रदर्शन करने लगा।

पूरे गुप्तचर भवन में एक ही द्वार था, खिड़कियाँ भी मात्र तीन ही थीं, कहीं-कहीं रोशनदान दिखे, जिनमें से हवा और कीट-पतंगे ही प्रवेश कर सकते थे। विधान ने लताओं को हटाकर भवन की दीवार देखने का प्रयत्न किया, परंतु इतने

वर्षों में लताओं ने इतनी परतें चढ़ा दी थीं कि प्रयास करने पर भी दीवार नहीं दिखी। चारों ओर घूम-फिर कर तथा ताजा हवा खाकर दोनों कक्ष में लौट आए।

दूसरे कक्ष में सिंहनाद, स्थूल और रूपक वार्तालाप कर रहे थे। विधान आकर लेट गया, परंतु सत्तू दबे पाँव दरवाजे के पास कान लगाकर उनका वार्तालाप सुनने का प्रयास करने लगा। काफी देर सुनने के बाद भी उसे कुछ समझ में नहीं आया। वह विधान के पास लौट आया और अपनी धोती में बँधे लट्टू को निकालकर तरह-तरह के करतब दिखाने लगा। वह लट्टू को भूमि पर नचाकर उसकी बगल लेट जाता, फिर नाचते लट्टू को हथेली से उठाकर अपनी तोंद पर रख लेता। विधान उसके करतबों को देखकर मुस्कराता रहा।

कुछ देर पश्चात उनके कक्ष में भोजन प्रस्तुत हुआ। भोजन लाने वाली सेविकाओं के शरीर पर लदे स्वर्णाभूषणों को देखकर कुंडार की संपन्नता का परिचय मिलता था। विधान की माँ के पास स्वर्णाभूषणों के नाम पर मात्र कान के कुंडल थे, और वे भी पीढ़ी दर पीढ़ी स्थानांतरित होते हुए उसकी माँ तक पहुँचे थे। जबकि यहाँ सेविकाओं ने इतने आभूषण धारण कर रखे थे, मानो वे आभूषण न होकर उनके वस्त्र हों।

भोजन में फल, सलाद और मांसाहार की अधिकता थी। सिंहनाद और स्थूल ने ही मांसाहार किया। थोड़े बहुत मिष्टान्न थे, जो सत्तू को पसंद नहीं आए। भोजन समाप्त हुए कुछ ही समय हुआ था कि उग्रकेतु आ गया, फिर सभी अपने घोड़ों पर बैठकर महाराज से मिलने चल दिए।

महाराज अपने व्यक्तिगत कक्ष में थे, उन्हें कुंडार के भविष्य की चिंता सता रही थी। उनके वंश के शासन से प्रजा इतनी प्रसन्न थी कि पिछली तीन पीढ़ियों से कोई विद्रोह नहीं हुआ, और आज उनके ही वंश ने कुंडार के लिए संकट खड़ा कर दिया है। उन्होंने आँखें बंद कर अपनी रानी जया का स्मरण किया। उस सुविधासंपन्न, समृद्ध राज्य के राजा को मात्र अपनी रानी की स्मृतियाँ ही सुख प्रदान कर पाती थीं।

स्मृतियों में खोए राजा का ध्यान आगंतुकों के आने की सूचना ने भंग किया। महाराज ने स्वयं को संयत किया और अंदर भेजने को कहा। सिंहनाद, रूपक, स्थूल, विधान और सत्तू के साथ उग्रकेतु ने प्रवेश किया। विधान को छोड़कर सभी ने झुककर प्रणाम किया। विधान ने देखा, राजा उसी की ओर देख रहे हैं। स्वर्णाभूषणों से लदे इकहरे, लंबे शरीर वाले राजा के अधपके बाल चमक रहे थे, उनका चेहरा लंबा और मोटी घनी मूँछें थीं, जो अंत में थोड़ी नुकीली हो गई थीं।

प्रथम दृष्टि में ही राजा बहुत सभ्य और दयालु जान पड़ते थे। विधान के प्रणाम न करने से रूपक थोड़ा सकपका गया, उसने कनखियों से संकेत करने का प्रयास किया, परंतु विधान तो राजा से दृष्टि मिलाए हुए था।

महाराज ने विधान को ऊपर से नीचे तक ध्यान से देखा। वय पच्चीस-छब्बीस वर्ष, साँवला रंग, दृढ़ कसरती शरीर, कमर के नीचे सफेद धोती, सख्त चमड़ी की परतों वाले नंगे पाँव, शरीर पर जगह-जगह घाव के चिह्न, जिसमें से अधिकतर अभी पूरी तरह सूखे न थे। अपनी युवावस्था में काण भी इसी प्रकार दिखता था, परंतु इसके हाथ और पैरों के कुंडल कहाँ हैं।

महाराज ने विधान के मुख के भाव स्पष्ट पढ़ लिए थे। उन्होंने शांत स्वर में पूछा- "सिद्धिधारक! हमारा और तुम्हारा यह पहला परिचय है, फिर तुम किस कारण से रुष्ट हो?"

"आपके पुत्र ने मेरे पिता और गुरु की हत्या करवाई है।" विधान ने कठोरता से उत्तर दिया।

"तुम्हारी हानि के लिए हम दुखी हैं।"

"आपके दुखी होने से दोनों पुनर्जीवित तो नहीं हो जाएँगे।"

वहाँ उपस्थित किसी को भी विधान से इस प्रकार के व्यवहार की आशा न थी। रूपक को भय था कि कहीं महाराज क्रोधित न हो जाएँ, परंतु महाराज शांत थे, वे कुछ न बोले। बोलते भी क्या, उन्होंने मन ही मन मान लिया था कि वे अपने वंश के सबसे असफल शासक सिद्ध हुए हैं। लंबे क्षणों तक मौन रहकर विधान को एकटक देखने के पश्चात महाराज ने सभी को आसन ग्रहण करने को कहा। कुछ देर तक सभी से औपचारिक बात हुई, फिर सिंहनाद को छोड़कर सभी कक्ष के बाहर आ गए।

"काण ने अपना वचन निभाया।" महाराज ने कहा।

"हाँ महाराज! उन्होंने अपना उत्तराधिकारी चुन लिया।"

"औपचारिकताएँ छोड़ो सिंह! यहाँ हमारे अतिरिक्त और कोई नहीं है," महाराज ने कहा, "इस नए सिद्धिधारक के कुंडल कहाँ हैं?"

"संभवत: यह अभी प्राथमिक स्तर पर है।"

"क्या यह काण जितना सामर्थ्यवान होगा?"

"यह तो भविष्य ही बताएगा।"

महाराज कुछ देर चुप रहे, फिर बोले- "सिंह! कुंडार संकट में जा रहा है।"

"कैसा संकट?"

"कुंडार को दानव-नीति में फँसाया गया है।" महाराज चक्रधर दीन स्वर में बोले।

"दानव नीति!" सिंहनाद आश्चर्यचकित हो उठे।

कक्ष में महाराज और सिंहनाद के बीच मंत्रणा चलती रही, तब तक बाकी लोग गुप्तचर विभाग के पीछे बने विश्राम कक्ष में लौट आए। रूपक के आग्रह करने पर उग्रकेतु, विधान और सत्तू को लेकर राजधानी घुमाने और आदरणीय काण का इतिहास बताने चल दिए। उग्रकेतु ने उन्हें राजधानी के हाट-बाजार, महल, उद्यान आदि घुमाना और बताना प्रारंभ किया।

उसने बताया- "संपूर्ण जंबूद्वीप में कुंडार और अर्थला ही ऐसे राज्य हैं, जिसकी राजधानी तथा राज्य का नाम एक समान है। पाँच पीढ़ी पहले 'बुध सान' ने कुंडार बसाया था। सान वंश ने कभी भी साम्राज्य विस्तार की नीति नहीं अपनाई। अतः जितनी भूमि पर बुध सान ने कुंडार बसाया था, मात्र उतनी ही भूमि आज भी कुंडार के पास है। कुंडार ने अपने उपलब्ध संसाधनों का बुद्धिमत्ता से प्रयोग कर स्वयं को जंबूद्वीप का सबसे समृद्ध और संपन्न राज्य बना लिया। यहाँ अन्य राज्यों की तुलना में अधिक कर वसूला जाता है। अधिक कर वसूली के कारण दूसरे राज्यों की प्रजा यहाँ बसना नहीं चाहती, इससे कुंडार को जनसंख्या वृद्धि के कारण संसाधनों की कमी का सामना नहीं करना पड़ता। अन्य राज्यों को आपातकालीन अवस्था जैसे सूखा और महामारी में कुंडार सहायता करने से कभी पीछे नहीं हटा। सहायता नीति के कारण अधिकतर राज्य कुंडार के मित्र हैं। अतः कुंडार को अन्य राज्यों से आक्रमण का संकट बहुत कम है।"

चलते-चलते उग्रकेतु उन्हें एक विशिष्ट जगह ले गया। वह एक बहुत बड़ी खुली जगह थी, जिसके मध्य में एक विशालकाय शिलाखंड रखा था, जिस पर 'सहस्रबाहु काण' खुदा हुआ था तथा चारों ओर ढेरों पत्थर बिखरे पड़े थे, जिन्हें शिल्पकार तराश रहे थे। उग्रकेतु ने बताया कि आदरणीय काण को विशिष्ट योद्धा का सम्मान दिया गया है, अतः यहाँ उनके कद से दस गुना बड़ी मूर्ति लगाई जा रही है।

"उनके नाम के आगे सहस्रबाहु क्यों लिखा है?" विधान ने विशाल शिलाखंड की ओर संकेत कर पूछा।

उग्रकेतु ने आकाश की ओर देखा, मेघों ने सूर्य को ढंक लिया था, वर्षा की पूरी संभावना थी। थोड़ी दूर पर एक वृक्ष के नीचे पत्थरों पर सभी बैठ गए और उग्रकेतु ने बताया-

"आदरणीय काण अब तक के सबसे महान और श्रेष्ठ भूमि-सिद्धिधारक माने जाते हैं। उनसे पहले भूमि-सिद्धि मात्र देवों के पास थी, वे देवों के अतिरिक्त पहले व्यक्ति थे, जिसने भूमि-सिद्धि प्राप्त की और उसे उस स्तर तक ले गए, जहाँ तक कोई देव कभी नहीं पहुँचा था।"

तभी मेघों ने गर्जना की और रिमझिम वर्षा प्रारंभ हो गई। वृक्ष के नीचे होने के कारण वर्षा उन तक नहीं पहुँच पाई। उग्रकेतु आगे बोले- "आदरणीय काण और सिंहनाद दोनों का जन्म किष्किंधा राज्य में हुआ था। किष्किंधा महान मल्ल योद्धाओं की धरती कही जाती है। काण यूथपति के पुत्र थे और सिंहनाद एक लुहार के। दोनों का परिचय सर्वप्रथम उनकी प्रारंभिक शिक्षा के समय आचार्य कृत के आश्रम में हुआ था। शिक्षा के समय ही सिंहनाद ने मल्ल युद्ध में इतनी महारत प्राप्त कर ली थी कि वे आज तक अपराजित योद्धा माने जाते हैं। प्रारंभिक शिक्षा के बाद मुख्य शिक्षा के लिए दोनों अमरखंड चले गए। वहाँ उनका परिचय राजकुमार चक्रधर से हुआ और तीनों परम मित्र बन गए। फिर अमरखंड में शिक्षा के समय दो वर्षों के लिए काण अदृश्य हो गए।"

"अदृश्य हो गए?" सत्तू के मुख से निकला।

"हाँ! एक रात्रि वे अचानक कहीं चले गए और बहुत छान-बीन करने पर भी उनका पता नहीं चला। लोगों ने उन्हें मृत समझ लिया। परंतु दो वर्षों बाद वे सिंहनाद को वन में अर्धमूर्च्छित अवस्था में भटकते हुए मिले। लौटने के बाद उन्होंने विचित्र बातें बताईं। उन्होंने बताया कि वे एक साधु के पास भूमि-सिद्धि सीखने गए थे। जिस रात्रि वे अदृश्य हुए थे, उसी के पास गए थे। वह साधु उन्हें वन में अचानक से मिला, उसने उनके गले में एक माला पहनाई, उस माला से एक सुगंध निकली, जिससे वे मूर्च्छित हो गए और जब चेतना वापस आई, तब वह साधु के आश्रम में थे। वहीं उन्होंने भूमि-सिद्धि सीखी और दो वर्ष बाद पुन: वही माला पहनाई गई तथा मूर्च्छित होने के बाद वन में उनकी चेतना वापस आई। किसी को उन पर विश्वास नहीं हुआ और एक लड़के की रोमांचक कल्पना मान ली, क्योंकि सभी जानते थे कि भूमि-सिद्धि मात्र देव ही प्राप्त कर सकते हैं। विश्वास प्राप्त करने के लिए उन्होंने लोगो को उछलकर दिखाया, वह उछाल सामान्य से थोड़ी ऊँची थी, परंतु इतनी भी नहीं कि उसे भूमि-सिद्धि समझा जाता। लोगों के लिए उनका लौट आना ही महत्वपूर्ण था, अत: उनकी मानसिक अवस्था को ठीक न मानते हुए उनकी बातों पर किसी ने ध्यान नहीं दिया। वे तरह-तरह की मुद्राएँ बनाकर निरंतर अभ्यास करते रहे और अगले वर्ष वार्षिक खेल प्रतियोगिता में एक

ही छलांग में वृक्ष पार कर सबको दिखा दिया कि वे सिद्धिधारक हैं। पूरा जंबूद्वीप सन्न रह गया। पिछले तीन सौ वर्षों से कोई सिद्धिधारक नहीं देखा गया था। लोगो ने मात्र ग्रंथों में ही वर्णन पढ़ा था। जो भूमि-सिद्धि देवों की विरासत मानी जाती थी, वह प्रथम बार किसी सामान्य व्यक्ति ने प्राप्त की थी। कुछ लोग उन्हें देव भी कहने लगे। वे निरंतर अभ्यास करते रहे और अपनी सिद्धि के स्तर को बढ़ाते रहे। एक दिन वे देव स्तर तक पहुँच गए। देव स्तर उस अधिकतम स्तर को कहते हैं, जहाँ तक कोई देव पहुँचा हो। ग्रंथों के वर्णन के अनुसार पाँचवें स्तर को देव-स्तर कहते हैं, जिसे मध्यदेव ने रचा था। कुछ समय पश्चात काण देव-स्तर को पार कर सातवें स्तर तक पहुँच गए।

अमरखंड में शिक्षा समाप्त करने के पश्चात सिंहनाद अर्थला चले गए और काण अपने प्रिय मित्र चक्रधर के साथ कुंडार आ गए। जिस दिन युवराज चक्रधर का राज्याभिषेक हुआ, उसी दिन काण कुंडार के सेनापति नियुक्त हुए और कुछ समय बाद सेनाध्यक्ष भी बन गए। भूमि-सिद्धिधारक काण की उपस्थिति मात्र से ही कुंडार की ओर दृष्टि उठाने का साहस किसी को न था। कुछ वर्षों पश्चात सम्राट जयभद्र के पृथ्वीपति बनने के अभियान की आँच कुंडार तक भी पहुँच गई। सम्राट ने अर्थला से युद्ध छेड़ दिया। अर्थला का मुख्य मित्रराज्य होने के कारण कुंडार भी युद्ध में कूदा। सम्राट की सेनाएँ कुंडार में संगम तट तक घुस आईं। कुंडार को संकट में देख काण ने भूमि-सिद्धि का रौद्र रूप धरकर हाहाकार मचा दिया। उन्होंने अकेले ही चौथाई सेना काट डाली। संगम से लेकर काशी तक सारी गंगा रक्त और मांस के लोथड़ों से भर गई। उस संग्राम को रक्तगंगा-संग्राम कहा गया। युद्ध में काण ऐसे लड़े, मानो उनकी दो भुजाएँ न होकर सहस्त्रों भुजाएँ हों, तभी से लोग उन्हें 'सहस्त्रबाहु' अर्थात हजारों भुजाओं वाला कहने लगे। उस युद्ध में सम्राट की हार हुई, परंतु गंगा में समाए युद्ध के भयावह दृश्य को देखकर काण ने पुनः भूमि-सिद्धि प्रयोग न करने का संकल्प लिया। रक्तगंगा संग्राम के बाद काण सेनाध्यक्ष का पद त्यागकर अज्ञातवास जाने लगे, परंतु महाराज चक्रधर के बहुत मनाने से उन्होंने कुंडार के संरक्षक का पद ग्रहण किया। संरक्षक का पद किसी भी राज्य का सबसे सम्मानित पद माना जाता है। पद ग्रहण करने के बाद उनका अधिकांश समय आध्यात्मिक साधना में ही बीतता था..."

तभी उग्रकेतु के हाथ पर वर्षा की मोटी बूँद गिरी। वर्षा इतनी तीव्र हो गई थी कि उनको आड़ देने वाले वृक्ष ने अपनी असमर्थता प्रकट कर दी। सामने थोड़ी ही दूर पर मुख्य शिल्पकार का अस्थायी कक्ष था। उग्रकेतु, विधान और सत्तू को लेकर

कक्ष में पहुँचा। कक्ष खाली था, कोने में रखे लकड़ी के पीढ़ों पर बैठने के पश्चात उग्रकेतु ने आगे बताना प्रारंभ किया–

"आज से पाँच वर्ष पहले राजकुमार सुदास का युवराज्याभिषेक हुआ। युवराज्याभिषेक के एक माह पश्चात राजकीय कार्य से महाराज अमरखंड चले गए। तब युवराज सुदास ने कार्यवाहक राजा का पद सँभाला। कार्यभार सँभालते ही तीन दिनों के अंदर राजकोष से भारी मात्रा में धन निकाला गया। पूरे कुंडार से तीन महीने में एकत्रित किया गया कर सुदास ने तीन दिन में ही निकाल लिया। प्रभारी राजा को राजकोष का सीमाबद्ध उपयोग करने का अधिकार है, अतः सीमा समाप्त होते ही राजकोष बंद कर दिया गया। धन कहाँ उपयोग किया जा रहा, इसकी सूचना किसी को न थी। सुदास ने राजकोष से और धन निकालना चाहा, परंतु कोषाध्यक्ष ने मना कर दिया, तो उसने बलपूर्वक धन निकाल लिया। यह सूचना जब आदरणीय काण को लगी, तो उन्होंने राजकोष का अधिकार स्वयं ले लिया। सुदास ने उन्हें राजा का विद्रोही बताकर मृत्युदंड देने का आदेश दिया। परंतु काण को स्पर्श करने का साहस किसी को न था। राजकोष से धन न निकलता देख सुदास ने अपने अधिकार का प्रयोग कर पूरे कुंडार से जबरन कर वसूलने का आदेश दिया। उसने संदेशवाहक गरुड़ों को मरवा दिया, ताकि महाराज तक संदेश शीघ्रता से न पहुँचाया जा सके। कुंडार की वह प्रजा जो कर की सीमा में नहीं आती थी, उससे भी बलपूर्वक कर वसूला गया। जो कर देने में विरोध करे, उसे मृत्युदंड देने का आदेश था। उस कर वसूली में हजारों की निर्मम हत्या की गई। हमारी सूचनाओं के अनुसार संभवतः उसी समय आपके पिता की भी हत्या हुई थी..."

उग्रकेतु कुछ क्षणों के लिए रुका, उसे बगल में बैठे विधान के श्वासों की तेज गति सुनाई दे रही थी।

उसने पुनः आरंभ किया– "सुदास के इस दुष्टतापूर्ण व्यवहार से सारा कुंडार आश्चर्यचकित था। जबरन कर वसूलने के बाद भी उसे धन की पूर्ति नहीं हुई, तो वह पुनः राजकोष की ओर मुड़ा, परंतु काण के रहते धन निकालना संभव नहीं था। अतः उसने उन पर महाभियोग चलाने का आदेश दिया। विधि में बँधा कुंडार, प्रभारी राजा के आदेश से उन पर महाभियोग चलाने के लिए बाध्य था। आदरणीय काण अत्यंत दुखी हो गए और कुंडार त्यागने का निर्णय ले लिया। सभी ने उन्हें महाराज के लौटने तक प्रतीक्षा करने को कहा, परंतु वे माने नहीं। उन्होंने कहा कि कुंडार में उनकी भूमिका समाप्त हो चुकी है, फिर वे कुंडार त्यागकर अज्ञातवास में चले गए। महाराज के लौटने पर सुदास ने उन्हें भी बंदी बनाने को कहा, परंतु

महाराज के आदेश पर सुदास को कारागार में डाल दिया गया। कुंडार का एकमात्र भावी उत्तराधिकारी और कुंडार के सम्मान को ध्यान में रखते हुए बुरी मानसिक अवस्था को कारण बताकर सुदास को क्षमादान दे दिया गया और आदरणीय काण की खोज करने अन्य राज्यों में गुप्तचर भेजे गए।

कुछ दिनों पूर्व गुप्तचरों द्वारा ज्ञात हुआ कि सुदास, सम्राट जयभद्र की सैन्य सहायता से तख्ता पलटने की योजना बना रहा है। भाग्य से उसी समय आदरणीय काण को भी खोज निकाला गया। वैसे तो आदरणीय काण ने युद्ध त्याग दिया था, परंतु उनकी उपस्थिति मात्र से ही कुंडार को बल मिल जाता। महाराज ने मुझे आदरणीय काण को वापस कुंडार लाने भेजा। दुर्भाग्य से इस बारे में सुदास को भी भनक लग चुकी थी। उसे लगा अगर काण वापस आए, तो संभवत: सम्राट जयभद्र अपनी सैन्य सहायता रोक लें, तब उसकी योजना विफल हो जाएगी। अत: उसने अपने विश्वासपात्र अंगरक्षकों को भेजकर उनकी हत्या करवा दी। आज राजसभा में उस पर महाभियोग चलाकर अघोषित समय के लिए कारावास का दंड दे दिया गया।''

उग्रकेतु ने विधान की ओर देखा, उसके माथे पर पड़ रहे बल को दूर से भी देखा जा सकता था।

''क्या उस दुष्ट के लिए मात्र कारावास का दंड पर्याप्त है?'' विधान ने भौंहें सिकोड़कर पूछा।

''आज राजसभा में विधि मंत्री सारांश ने जिन रहस्यों से पर्दा उठाया, उसके बाद यह निर्णय करना कठिन है कि सुदास को क्या दंड दिया जाए।''

सत्तू और विधान की आँखें प्रश्नवाचक हो उठीं।

''कुंडार को दानव-नीति में फँसाया गया है।'' उग्रकेतु ने कहा- ''जंबूद्वीप के पश्चिम में संथार नामक दानव देश है। दानव जाति मुख्यत: व्यापारी जाति है, जो मसालों और चूर्णों का व्यापार करती है। दानव अपना साम्राज्य बढ़ाने के लिए दानव-नीति अपनाते हैं। इस नीति के तहत वे किसी राज्य में मसालों और चूर्णों का व्यापार करने के लिए प्रवेश करते हैं। वहाँ के राजा को मसालों और चूर्णों की विशेषताएँ बताते हैं, जैसे- उनके मसालों के प्रयोग से भोजन स्वादिष्ट हो जाता है और चूर्ण को खिलाने से उनके युद्धक घोड़े ज्यादा क्षमतावान हो जाएँगे, ऐसी तरह-तरह की विशेषताएँ बता डालते हैं तथा मोटा कर देने का आकर्षक प्रस्ताव रखते हैं। प्रारंभ में प्रयोग करने की अनुमति लेकर नि:शुल्क मसालेयुक्त भोजन बाँटते हैं। कुछ समय पश्चात मसालों की आड़ में वे राज्य के युवाओं को गुप्त रूप

से नशीले पदार्थ बाँटने लगते हैं। प्रारंभ में नशीले पदार्थ भी निःशुल्क ही दिए जाते हैं और लत लग जाने के बाद उनसे मोटा धन वसूलते हैं। ये नशीले पदार्थ मनुष्य को इतना लती बना देते हैं कि वे दानवों के दास बन जाते हैं। उन नशीले पदार्थों को प्राप्त करने के किए लती मनुष्य कुछ भी देने को तैयार हो जाता है। दानवों का मुख्य लक्ष्य उस राज्य का युवराज होता है, क्योंकि वह राजकोष से धन निकाल सकता है। अतः वे उसे अधिक स्तर का महँगा नशीला पदार्थ देते हैं, ताकि राजकोष शीघ्रता से खाली हो। इस प्रकार धीरे-धीरे वे उस राज्य का सारा धन खींचकर उसे आर्थिक रूप से कमजोर बना देते हैं, फिर उस पर आक्रमण कर अपना अधिकार जमाने में देर नहीं करते। नशे में धुत और आर्थिक रूप से कमजोर राज्य अधिक प्रतिरोध नहीं कर पाते। दानवों ने इसी नीति पर चलते हुए पश्चिमी देशों में अपना साम्राज्य विस्तार किया है।

अमरखंड ने उनकी इस नीति को भाँप लिया और संपूर्ण जंबूद्वीप में चेतावनी प्रसारित कर दी कि कोई भी राज्य दानवों से व्यापारिक संबंध न रखे। उस चेतावनी के बाद अधिकतर राज्यों ने दानवों के प्रवेश पर प्रतिबंध लगा दिया। प्रतिबंध के बाद राजनीतिक रूप से प्रवेश करना असंभव था और भौगोलिक रूप से प्रवेश करने की राह में अर्थला थी। अर्थला को पार किए बिना वे जंबूद्वीप में प्रवेश नहीं कर सकते थे। अतः उन्होंने अर्थला पर आक्रमण भी किया, परंतु सफल नहीं हुए। वर्षों से दानव जंबूद्वीप में प्रवेश करने का हर संभव प्रयास कर रहे हैं। जंबूद्वीप में प्रवेश न होता देख उन्होंने कुंडार को अप्रत्यक्ष रूप से लक्ष्य किया, क्योंकि कुंडार सबसे समृद्ध और अर्थला का मुख्य सहयोगी है। प्राप्त साक्ष्यों के आधार पर यह ज्ञात हुआ कि सम्राट जयभद्र के सहयोग से दानवों ने सुदास को नशीले पदार्थ उपलब्ध कराए तथा सुदास ने सारा राजकोष उन नशीले पदार्थों को प्राप्त करने में ही लुटाया था। इन मादक पदार्थों के सेवन से मनुष्य दिन में सामान्य रहता है, परंतु रात्रि होते ही उसे पदार्थ की एक निश्चित मात्रा का सेवन आवश्यक होता है, अन्यथा वह अत्यंत विचलित हो उठता है। कोई मस्तक पटकता है, कोई अपना हाथ चीर लेता है, कोई लकड़ी चबाता है, तो किसी को दृश्य दिखने का भ्रम होता है, यही अवस्था पिछले छह वर्षों से सुदास की भी है।

सुदास प्रवृत्ति से थोड़ा दुष्ट अवश्य है, परंतु उसके कृत्यों के लिए दानव अधिक दोषी हैं। सुदास ने वही किया, जो नशे का लती कोई भी व्यक्ति करता है, परंतु वे कपटी दानव योद्धाओं की भाँति युद्धभूमि में लड़ने के स्थान पर मनुष्य को खोखला करने की नीति अपनाते हैं। यह तो कुंडार का भाग्य था कि विधि मंत्री

सारांश ने समय रहते कठिन छानबीन कर सारी घटनाओं से अवगत करा दिया।''

उग्रकेतु शांत हो गया, उसने विधान और सत्तू की ओर देखा। विधान के मुख पर सपाट और सत्तू के मुख पर कौतूहल के भाव थे। बाहर वर्षा रुक गई थी। सभी बाहर निकल शांति से अपने-अपने घोड़ों पर बैठकर विश्राम कक्ष की ओर चल दिए।

वह कक्ष में लेटा हुआ था, आँखें बंद थीं, परंतु वह निद्रा में नहीं था। उसके मन का अंतर्द्वंद्व उफान पर चढ़ रहा था। वह जिसे दंड देने आया था, वह तो स्वयं ही दंड पा रहा है। उसे मृत्यु देकर वह उसकी यातना को कम नहीं करना चाहता... अब तक का जीवन उसने प्रतिशोध की अग्नि में जिया था। अपने पिता के हत्यारे को दंड देना ही उसके जीवन का लक्ष्य था, तो क्या उसके जीवन का लक्ष्य समाप्त हो गया। उसके पिता की हत्या का वास्तविक दोषी कौन है?... सुदास?... अथवा उसको नशीले पदार्थ देने वाले दानव?... परंतु दानव तो सदैव से यही नीति अपनाते आए हैं, यह नीति तो वर्षों पुरानी होगी... तो क्या इस नीति को बनाने वाला प्रथम व्यक्ति दोषी है?... अथवा इन नशीले पदार्थों को बनाने वाला सृष्टिकर्ता?... कौन है वास्तविक दोषी?... हत्या करने वाला वह सैनिक?... अथवा उस तलवार को बनाने वाला लोहा, जिसको उसके पिता के वक्ष में उतारा गया था...कौन है दोषी?... कौन?... सुदास?... दानव?... सृष्टिकर्ता?... सैनिक?... लुहार?... कौन...कौन... ?

विधान एक झटके से उठकर बैठ गया। उसका शरीर गर्म था और मस्तक फटा जा रहा था। वह कक्ष में अकेला था। कक्ष की दीवारें उसे घुटन महसूस करा रही थीं। वह बाहर निकला। संध्या बीतने वाली थी, आकाश में अभी भी कहीं-कहीं मेघ थे। बाहर सत्तू रागा के साथ खेल रहा था। विधान बिना कुछ बोले एक ओर चल दिया। पर रागा ने उसे देख लिया, वह भागता हुआ उसके पास आया, पैरों को सूँघकर पूँछ हिलाते हुए उसकी परिक्रमा करने लगा।

''भइया! कहाँ जा रहे हो?'' सत्तू ने आते हुए पूछा, ''रात्रि होने वाली है, आगे वन है और वर्षा कभी भी प्रारंभ हो सकती है?'' विधान कुछ न बोला और आगे बढ़ गया। विधान जब भी व्यथित होता था, वह वन जैसे किसी घने-सघन स्थान पर चला जाता और घंटों वहीं बैठा रहता। सत्तू, विधान के इस व्यवहार से परिचित था, अतः वह भी रागा के साथ उसके पीछे चल दिया। कुछ ही देर में वन आ गया।

वन की सीमा पर सत्तू क्षणभर के लिए रुका, आकाश की ओर देखा, काले मेघों के कारण प्रकाश कम होता जा रहा था। वह बिना कुछ बोले पुन: विधान के पीछे चल दिया। चलते-चलते वे वन में अंदर तक आ गए। एक उचित स्थान देखकर विधान रुका और वृक्ष के नीचे बैठ गया। वह लंबे क्षणों तक चुप रहा। सत्तू उसके बोलने की प्रतीक्षा करता रहा।

"कल प्रात: हम घर लौट जाएँगे।" विधान ने लंबी चुप्पी तोड़ी।

"लौट जाएँगे! अर्थात?" सत्तू थोड़ा चौंका, "हम लोग तो अर्थला जा रहे थे।"

"मैं मात्र सुदास के लिए कुंडार तक आया था।"

"परंतु आपने रूपक को वचन दिया था कि आप अर्थला चलेंगे।"

"वचन नहीं दिया था, मात्र हामी भरी थी।"

"भइया! उग्रकेतु की कथा सुनकर आपको नहीं लगा कि यह संसार कितना विशाल है। यदि अवसर मिला है, तो हमें यह संसार देखना चाहिए... क्या आप भूल गए... बचपन में हमने तय किया था कि बड़े होकर हम सारा संसार घूमेंगे... भाँति-भाँति के लोगों से मिलेंगे... नए फल खाएँगे... नई धरती देंखेंगे...?"

विधान कुछ न बोला, बस चुपचाप बैठा रहा। तभी मेघों ने भयंकर गर्जना की और रागा भौंकने लगा। पहले तो लगा गर्जना से विचलित होकर भौंक रहा है, परंतु जब वह इधर-उधर देखते हुए जोर से भौंकने लगा, तो विधान और सत्तू भी चौकन्ने होकर देखने लगे। विधान के पास शस्त्र के नाम पर कुछ भी न था। उसने जल्दी से एक मोटा डंडा तोड़ा और सत्तू को संकेत किया। सत्तू अपनी दाईं ओर के वृक्ष पर सरपट चढ़ गया। पेड़ पर चढ़े सत्तू ने आँखें केंद्रित कर देखने का प्रयास किया, परंतु आसपास झाड़ियाँ इतनी बड़ी और सघन थीं कि कम प्रकाश में कुछ नहीं दिखा। अगले ही क्षण विधान के सामने, बाईं ओर तथा पीछे की ओर से, ऊपर से नीचे तक लबादा ओढ़े तीन लोग प्रकट हुए। काले लबादे ने पूरे शरीर को ऐसे ढँक रखा था कि उनके हाथ भी नहीं दिख रहे थे। तीनों ने विधान को घेर लिया, रागा भौंक-भौंक कर अपनी सुरक्षा बनाने का प्रयास कर रहा था, परंतु उनके पास जाने का साहस नहीं दिखा पा रहा था। धीरे-धीरे लबादाधारियों ने अपना घेरा छोटा करना प्रारंभ कर दिया। विधान डंडा लेकर अपने ही स्थान पर फुर्ती से गरदन इधर-उधर कर सतर्कता से खड़ा था।

थोड़ा और समीप आने पर उन्होंने एक झटके से अपना लबादा गिरा दिया। उनका शरीर देखकर वृक्ष की डाल पर खड़े सत्तू के शरीर में सिरहन दौड़ गई।

उनको देखकर लगता था, मानो किसी शव को भूमि खोदकर निकाल लिया गया हो। वस्त्र के नाम पर पूरा शरीर तथा मुख तेल से सनी पट्टियों से ढँका हुआ था, आँखों की पुतलियाँ ही एकमात्र जीवित अंग थीं। जो बाहर से दिखता था, उसमें भी पुतली का काला भाग सफेद था। उनके हाथों में चीथड़ों से लिपटे डंडे थे और कमर में छोटी तलवार एवं छुरे लटक रहे थे। अगले ही क्षण तीनों विधान पर टूट पड़े। दोनों पक्ष डंडों का प्रयोग तलवार की भाँति कर रहे थे। रागा भी भौंकने में पूरा जोर लगाए हुए था, परंतु उसकी उपस्थिति उन पर कोई प्रभाव नहीं डाल पा रही थी। उनके युद्ध-कौशल को देखकर विधान ने अनुमान लगा लिया कि ये सामान्य सैनिकों की श्रेणी के नहीं हैं। युद्ध करते-करते विधान ने एक के मस्तक पर डंडा दे मारा। उस भीषण प्रहार से उसका मस्तक घूमने लगा, कुछ क्षणों के लिए शत्रु को असावधान देखकर विधान ने उसके पेट पर एक जोरदार लात जड़ दी। शक्तिशाली प्रहार खाकर पीछे की ओर लड़खड़ाते हुए वह उसी वृक्ष से टकराया, जिस पर सत्तू चढ़ा था।

असहाय पड़े शत्रु को देखकर रागा को कुछ साहस आया, वह समीप जाकर भौंकने लगा। लबादाधारी के लिए उसका ध्वनि प्रदूषण असहनीय हो गया। उसने अपनी तलवार निकाली और तने का सहारा लेकर खड़ा होने लगा। सत्तू ने अपनी कमर टटोली, शस्त्र के नाम पर धोती में बँधा लट्टू निकला। उसने झट से लट्टू निकालकर उस पर डोरी चढ़ा ली। तब तक वह लबादाधारी पूरी तरह खड़ा हो चुका था और ध्वनि प्रदूषण के स्रोत को समाप्त करने रागा की ओर बढ़ रहा था। लट्टू फाड़ने की प्रतियोगिता में सत्तू आज तक पराजित नहीं हुआ था। अगले ही क्षण रागा की ओर बढ़ता शत्रु सत्तू की डाल के नीचे पहुँचा। सत्तू ने उसकी खोपड़ी को लक्ष्य कर लट्टू पटक दिया। सनसनाते लट्टू ने शत्रु के मुंड पर भीषण चोट की। पहले से ही चकराते मस्तक पर दोबारा प्रहार वह लबादाधारी नहीं सह सका और मूर्च्छित होकर गिर पड़ा। उसके मूर्च्छित होते ही रागा का साहस आसमान पर पहुँच गया और वह उसकी पट्टियाँ नोचने लगा।

विधान से लड़ रहे दोनों लबादाधारियों में से एक लड़ना छोड़कर मूर्च्छित पड़े लबादाधारी की ओर बढ़ा और रागा को भगाने के लिए कमर में लटका छुरा निकालकर फेंक मारा, मगर रागा की फुर्ती ने उसे बचा लिया और वह भौंकता हुआ भाग गया। उस लबादाधारी ने वृक्ष पर खड़े सत्तू को घूरा, फिर पट्टियों में न जाने कहाँ छुपाए हुए चकमक पत्थर को निकालकर छुरे से रगड़ दिया। चकमक से निकली चिंगारियों के, तेल से सनी पट्टियों पर गिरते ही पूरा शरीर अग्नि का पिंड

बन गया। यह दृश्य देखकर सत्तू एकदम से अकबका गया और वृक्ष से गिर पड़ा। विधान से लड़ रहे लबादाधारी ने भी उसी प्रकार अपने शरीर पर अग्नि लगा ली। अग्नि के कारण उस पर आक्रमण करना कठिन हो गया।

दूसरे लबादाधारी से सत्तू सामना कर रहा था। उसने मूर्च्छित पड़े लबादाधारी की तलवार अवश्य उठा ली थी, परंतु प्रयोग करने के बजाय इधर-उधर भागता हुआ अपने प्राण बचा रहा था। तेजी से इधर-उधर भागने के फेर में वह एक वृक्ष से टकरा गया। टक्कर जोरदार थी, उसका मस्तक फट गया। चकराते हुए मस्तक को पकड़कर वह वहीं बैठ गया और जलता हुआ लबादाधारी उसकी ओर बढ़ने लगा। विधान ने देखा कि सत्तू के प्राण संकट में हैं, वह लबादाधारी सत्तू पर प्रहार करने ही वाला था। विधान ने लड़ना छोड़ क्षणभर के लिए ध्यान केंद्रित किया और दायाँ पग भूमि पर जोर से पटका। दूसरे ही क्षण वह लबादाधारी हवा में उछलकर दूर जा गिरा, मानो कि उसके पैर के नीचे कोई विस्फोट हुआ हो। उसी क्षण दूसरे लबादाधारी को अवसर मिल गया। उसने विधान की पीठ पर डंडे से जोरदार प्रहार किया। डंडे का स्पर्श होते ही उसके शरीर को ऊर्जा का तेज झटका लगा। उस लबादाधारी ने डंडे को उसके शरीर से चिपकाए रखा। विधान का शरीर झटके खाता रहा, उसकी आँखें फैल गईं, मुख टेढ़ा होने लगा, नसें फूलने लगीं, सारा शरीर अकड़ने लगा, कुछ ही क्षणों में वह पूरी तरह निढाल होकर भूमि पर गिर पड़ा।

उसके गिरते ही उस लबादाधारी ने विचित्र-सी आवाज निकाली, जिसे सुनकर दूसरा लबादाधारी उठकर उसके पास आया और दोनों ने मिलकर विधान के शरीर पर जगह-जगह अपने डंडे स्पर्श कराए। विधान का सारा शरीर सुन्न और अकड़ा पड़ा हुआ था, डंडों के स्पर्श से मिल रहे झटके ही उसके शरीर को हिला पा रहे थे। वह अपनी चेतना बनाए रखने का भरसक प्रयास कर रहा था। धुँधलाती आँखों से उसने देखा कि लबादाधारियों ने अपने लबादे उठा लिए और उनको ओढ़ते ही शरीर पर लगी आग बुझ गई। विधान की आँख क्षणभर के लिए बंद हुई और जब पुनः खुली, तो वहाँ अपने सिर को सँभालते सत्तू के अतिरिक्त और कोई नहीं था। चेतना बनाए रखने का उसका यह अंतिम प्रयास था, अगले ही क्षण उसके आगे अँधेरा छा गया। मेघों ने भयंकर गर्जना की और मूसलाधार वर्षा प्रारंभ हो गई।

सत्तू स्वयं को सँभालते हुए मूर्च्छित पड़े विधान की ओर बढ़ रहा था, तभी दूर से रागा के भौंकने की आवाज सुनाई पड़ी। अगले ही क्षण ढेरों सैनिकों के साथ स्थूल प्रकट हुआ। वह भागता हुआ विधान के पास पहुँचा, उसके शरीर का निरीक्षण किया, फिर कुछ चूर्ण निकालकर नाक के नीचे मल दिया। उसने सैनिकों को कुछ

आदेश दिए। सैनिकों ने विधान को लादा और तेजी से चल दिए।

विधान को कक्ष में लिटाया गया, स्थूल थोड़ी-थोड़ी देर पर उसके हृदय के स्पंदनों का निरीक्षण करता तथा अलग-अलग चूर्ण उसके मुख में डालता रहता। कुछ ही देर में सिंहनाद और रूपक भी आ गए।

"आपातकालीन चिकित्सा की आवश्यकता है, अतिशीघ्र अर्थला जाना होगा..." स्थूल ने घबराई आवाज में कहा।

सिंहनाद ने उग्रकेतु की ओर देखा।

"मैं जाने की व्यवस्था करता हूँ।" कहकर उग्रकेतु तेज कदमों से चला गया।

स्थूल ने सत्तू के मस्तक पर औषधि लगा दी और खाने को कुछ चूर्ण दिए, फिर सत्तू ने सारी घटना विस्तार से बताई। उन लबादाधारियों के बारे में सुनकर सिंहनाद का मुख और गंभीर हो उठा।

थोड़ी देर में आठ घोड़ो और छह पहियों वाले रथ के साथ उग्रकेतु लौट आया। चेतनाशून्य पड़े विधान को उठाकर रथ पर लिटाया गया, उसके साथ स्थूल, सत्तू और रागा भी रथ पर चढ़े। सबसे आगे सफेद घोड़े पर बैठे सिंहनाद ने आदेश दिया और सारा दल सिद्धिधारक को लेकर अर्थला के लिए चल पड़ा।

उग्रकेतु ने बाएँ कंधे पर बैठे संदेशवाहक गरुड़ को आपातकालीन संदेश दिया, मांस का छोटा टुकड़ा खिलाया और अर्थला के लिए उड़ा दिया। घनघोर वर्षा और चंद्रमा के प्रकाश में नीची उड़ान भरता गरुड़ रथ के ऊपर से उड़ा, पीछे मुड़कर क्षणभर के लिए रथ में लेटे सिद्धिधारक को देखा, फिर गरदन सीधी कर एक तेज आवाज मारी और अपने पंखों में शक्ति भरकर अर्थला के लिए उड़ चला।

भष्मखंड

विधान का शरीर जल जैसे तरल से भरे एक बड़े कुंड में डुबोया गया। डूबने के कुछ क्षण पश्चात ही झटके खाने लगा। वैद्यों ने सुराही से हरे रंग का गाढ़ा द्रव्य कुंड के जल में मिलाया, कंपन और तीव्र हो गए। उसके शरीर को बाहर निकालकर भूमि पर लिटाया गया। महावैद्य अंगिरा वैद्यों से विचार-विमर्श करने लगे। चिकित्सा कक्ष के कोने में खड़ा सत्तू पिछले दो दिनों से यह सब देख रहा था। अत्यंत निर्जन में बने इस विशाल चिकित्सा केंद्र में महावैद्य अंगिरा के नेतृत्व में लगभग बीस वैद्यों का दल विधान के साथ अब तक ढेरों प्रयोग कर चुका था। कभी सारे शरीर पर तरह-तरह के रसायन लगाकर अग्नि से सिंकाई की जाती, कभी शरीर पर जगह-जगह रस्सी बाँधकर मुख में अर्क डाला जाता, फिर एक जगह की रस्सी खोलकर दूसरा अर्क पिलाया जाता। इसी प्रकार अभी तक दर्जनों प्रकार के प्रयोग किए जा चुके थे। अधिकतर प्रयोग कुंड में डुबोकर ही किए गए थे।

सत्तू को महावैद्य का व्यक्तित्व प्रभावशाली के साथ बहुत विचित्र भी लगा। उनकी बाईं आँख खराब थी, मानो सफेद अर्धपारदर्शी पत्थर लगा हो तथा गोल कंधों वाला शरीर किसी योद्धा की भाँति बलवान था। कोई और अवसर होता, तो सत्तू उस विशाल चिकित्सा केंद्र को पूरे आनंद से घूमता और वहाँ के लोगों की जानकारी एकत्र करता, विशेषकर महावैद्य की, परंतु विधान की दयनीय अवस्था उसके हृदय को रुला रही थी।

चिकित्सा कक्ष में वैद्यों के अतिरिक्त सत्तू और बौना स्थूल ही था। महावैद्य का विचार-विमर्श अन्य वैद्यों के साथ पूरा हो चुका था। लगभग थक चुके वैद्यों के मस्तक पर चिंता की रेखाएँ दूर से ही देखी जा सकती थीं। महावैद्य के आदेश पर एक वैद्य बाहर गया और सिंहनाद के साथ लौटा। महावैद्य और सिंहनाद के वार्तालाप के बाद लंबे क्षणों तक कक्ष में निःशब्दता छा गई, फिर सिंहनाद ही बोले- "अंतिम निर्णय लेने के लिए आप स्वतंत्र हैं, वैद्यश्रेष्ठ!"

अंतिम निर्णय! अर्थात? दूर से कान लगाए बैठा सत्तू अकबकाया। वह उनके समीप पहुँचा।

महावैद्य ने उसके कंधे पर हाथ रखकर गंभीर स्वर में कहा- "पुत्र! स्थिति चिंताजनक है। हमने प्रत्येक उपाय करके देख लिया, परंतु स्वास्थ्य में नाममात्र

का भी सुधार नहीं हुआ। अत: जो चिकित्सा-पद्धति हम अब प्रयोग करने जा रहे हैं, वह अभी पूर्ण विकसित नहीं है... सफल हुए तो स्थिति सुधर जाएगी... और असफलता... सिद्धिधारक को दयनीय बना देगी।''

सत्तू महावैद्य को एकटक देखता रहा और कुछ न बोला। महावैद्य के आदेश पर सभी वैद्य अपने-अपने कार्यों में लग गए। वैद्यों को छोड़कर अन्य सभी को बाहर जाने का आदेश था। सत्तू ने गिड़गिड़ाकर भरसक प्रयास किया कि उसे भी कक्ष में रुकने की अनुमति मिल जाए, परंतु भावनात्मक आवेश में आकर वह कोई व्यवधान न उपस्थित कर दे, इस कारण से महावैद्य ने अनुमति न दी। सत्तू बाहर आ गया और समीप ही एक वृक्ष के तने से सटकर बैठ गया।

कक्ष के सभी द्वार तथा खिड़कियाँ बंद कर दी गईं। अत्यधिक ऊँचाई वाले ऊपरी रोशनदान से मात्र इतना ही प्रकाश आ रहा था कि कक्ष में रखी वस्तुएँ दिख सकें। विधान के पूरे शरीर को काले एवं अर्द्धपारदर्शी गोल पत्थरों की माला से लपेटा गया। कुंड में तरह-तरह के रसायन मिलाए गए। कुछ रसायन तो ऐसे थे कि कुंड में डालते ही हरे रंग का धुआँ छोड़ते।

महावैद्य को लेकर कुल आठ वैद्य वहाँ उपस्थित थे। सभी वैद्यों ने अपने पूरे शरीर पर एक दुर्गंधयुक्त विशिष्ट तैल को मला और फिर नेत्रों को छोड़कर समस्त अंगों को वस्त्रों तथा पट्टियों से ढँक लिया। कक्ष में विशिष्ट रसायन में डुबोई हुई जलती लकड़ी का धुआँ भर दिया गया था। सारी व्यवस्था की जाँच के बाद चिकित्सा प्रारंभ हुई। महावैद्य और बाकी के तीन वैद्यों ने मिलकर विधान के शरीर को कुंड में डाला। कुंड में डालते ही पूर्व की भाँति उसकी देह में कंपन प्रारंभ हो गए। महावैद्य ने हुँकार भरी- होऽऽऽ (यह बगल में रसायन की सुराही लेकर खड़े वैद्य के लिए संकेत था कि वह कुंड में और रसायन डाले) भूरे रंग के उस रसायन को मिलाते ही कंपन तीव्र हो गए। महावैद्य और तीनों वैद्यों ने विधान के दोनों हाथ तथा पैरों को पूरी शक्ति से जकड़ रखा था। महावैद्य की हुँकार फिर गूंजी- होऽऽऽ...। और रसायन मिलाया गया। अब कंपन इतना तीव्र हो गया कि उसे पकड़ने वाले वैद्यों का शरीर भी काँपने लगा तथा कुंड का जल भी उछलने लगा। अगली हुँकार पर फिर से रसायन मिलाया गया। शरीर के झटके इतने तीव्र हो गए कि वैद्यों को विधान के हाथ-पैर पकड़े रखना असंभव लगने लगा। महावैद्य फिर गरजे। थोड़ा अचकचाते हुए वैद्य ने सुराही का सारा द्रव्य उड़ेल दिया। विधान का सारा शरीर हिचकोले खाने लगा। अगले ही क्षण उसके शरीर पर लिपटे अर्द्धपारदर्शी पत्थरों से प्रकाश फूटने लगा। पूरा कुंड दमक उठा। झटकों की तीव्रता इतनी बढ़

गई कि एक वैद्य से उसका दायाँ पाँव छूटते-छूटते बचा। महावैद्य चीखे- "कुछ क्षण और।"

प्रकाश बढ़ता ही जा रहा था। तभी कुंड से ऊर्जा का एक झोंका निकला और विस्फोट के साथ विधान के शरीर पर लिपटी माला टूटकर तितर-बितर हो गई। कुंड का आधा जल उछलकर बाहर आ गया। विधान का शरीर पकड़े महावैद्य सहित अन्य वैद्य भी छिटककर दूर जा गिरे। कक्ष के बाहर औरों के साथ खड़ा सत्तू विस्फोट की आवाज से विचलित हो गया। वह कक्ष में उसी समय घुसना चाहता था, परंतु रोक दिया गया।

कक्ष के अंदर महावैद्य धीरे से उठे। उन्होंने समस्त द्वार खोलने का संकेत दिया। द्वार खुलते ही पहले से प्रतीक्षारत कई वैद्य धड़ाधड़ कक्ष में प्रवेश कर गए और विधान के शरीर से पत्थरों की टूटी माला हटाकर औषधि का लेप लगाने लगे। कक्ष से निकलते हुए महावैद्य के भाव देखकर सत्तू को कुछ राहत मिली।

उसकी चेतना वापस आ रही थी। कानों में पक्षियों का कलरव ध्वनित हो रहा था। उसने धीरे से आँखें खोलीं, कक्ष की छत दिखाई पड़ी। धीरे से गरदन मोड़ी-थोड़ी दूर पर पीढ़े पर ऊँघता हुआ सत्तू दिखा। ऊँघते-ऊँघते उसकी गर्दन लटककर भूमि को छूने ही वाली थी कि शरीर की प्रणाली ने झटका दिया और वह आँखें खोलकर ठीक से बैठ गया। दोनों की दृष्टि टकराई, सत्तू के मुख पर मुस्कान आई और कानों तक खिंच गई, मानो एक ही क्षण में वह आनंद के सागर में डूब गया। वह चिल्लाया- "स्थूल" और लपककर अपने बड़े भाई का हाथ थाम लिया।

द्वार के बाहर खड़ा सहायक अंदर आया और विधान की खुली आँखें देखकर वैद्यों को बुलाने चला गया।

"भ...ई...या" शब्द को लंबा खींचकर सत्तू अपना सिर विधान के वक्ष पर रगड़ने लगा। विधान को सत्तू के प्रेम-प्रदर्शन की यह क्रिया सदैव असीम आनंद देती थी, उसने धीरे से मुस्कराने का प्रयास किया और एक हल्की चपत उसके गालों पर लगा दी।

अगले ही क्षण स्थूल, सिंहनाद, रूपक और महावैद्य अंगिरा के साथ वैद्यों की पूरी टोली प्रकट हुई। आते ही वैद्यों ने उसके मुख में तरह-तरह के अर्क डाले, पेट पर विचित्र चमकदार रसायनों का लेप लगाया, फिर संपूर्ण शरीर को पीले रंग के रसायन से रंग दिया। लेपन के पश्चात उसे बाहर उद्यान में खुले आकाश के नीचे

सूर्य की आँच में बैठाया गया।

सिद्धिधारक बिना बोले लंबे समय तक धूप सेंकता रहा। उसकी दाईं ओर सत्तू बैठा था तथा बाईं ओर दूर एक वटवृक्ष के नीचे स्थूल, सिंहनाद और रूपक बैठे हुए मंत्रणा कर रहे थे।

विधान की आँखों के सामने प्रकृति ने अपनी नैसर्गिक सुंदरता बिछा रखी थी। वाटिका में छँटाई की हुई हरी घास पर तरह-तरह के पुष्प और पौधे विभिन्न आकृतियों में लगाए गए थे, जिनमें से अधिकांश पुष्प उसने अपने जीवन में पहली बार देखे थे। खिली हुई धूप में तितलियाँ ऐसे मंडरा रही थीं मानो किसी ने उन्हें वातावरण में छींट दिया हो। पीले रंग से पुते उसके शरीर पर भी कुछ तितलियाँ बैठ जातीं और थोड़ी देर बाद इस प्रकार उड़ जातीं मानो उनका भ्रम दूर हो गया हो। गुलाबी नाक वाले खरगोशों के ढेरों छोटे बच्चे वहाँ फुदक रहे थे। तरह-तरह की आकृति वाले उजले बादलों के नीचे दूर एक सरोवर दिखा, वहाँ छोटे-बड़े विभिन्न आकारों के हिरण तथा बारहसिंघे जल पी रहे थे। प्रकृति अपनी सुंदरता से उसको सम्मोहित करने का पूरा प्रयत्न कर रही थी, परंतु उसका मन अस्थिर था।

उसने कनखियों से सत्तू को देखा। वह बाएँ हाथ से अपना पेट सहलाते हुए आकाश में उड़ते तोते देख रहा था। उसका मुख कितना प्रसन्न था, वह निश्चिंत था, प्रकृति का रस ग्रहण कर रहा था, उसके मुख से ही नहीं पूरी देह से प्रसन्नता टपक रही थी। मानो सारे संसार में प्रसन्नता रूपी ऊर्जा यहीं से प्रसारित हो रही हो। उसी ऊर्जा के प्रभाव में आकर विधान के मुख पर भी मुस्कान आ गई। उसे स्मरण आया- जब तक उसके पिता थे, वह भी सत्तू की भाँति सदा प्रसन्नचित्त, निश्चिंत, भारहीन और प्रकृति की गोद में खेलने वाला था। जीवन में हँसी-ठिठोली ही उसकी सर्वोच्च प्राथमिकता थी। उस समय शरीर में न जाने कितनी ऊर्जा रहती थी कि यदि घर वाले घसीटकर न ले जाएँ, तो वह अनंतकाल तक मित्रों के साथ खेलता ही रहे। विधान अपने जीवन में जितने भी व्यक्तियों को जानता था, सत्तू को वह सर्वश्रेष्ठ मनोदशा में जीता हुआ पाता था- सत्तू अतीत को स्मरण नहीं करता, वर्तमान का पूर्ण आनंद लेता और भविष्य की मात्र सुंदर कल्पनाएँ ही करता।

वन में सत्तू के प्राण संकट में देखकर उसका हृदय भय से कैसे भर गया था। एक क्षण को लगा, वह उसे भी पिता और गुरु की भाँति खो देगा... कुछ सोचते हुए, अब उसे स्वयं पर क्रोध आने लगा- दूसरे उसे उसकी शक्ति बताकर अपनी रक्षा के लिए सहयोग माँगने आए हैं और वह स्वयं अपने परिजनों की रक्षा नहीं कर पाता।

भय, क्रोध, दुख और निराशा की मिश्रित भावना उसके मस्तिष्क को रगड़ने लगी। वह धीरे से उठा और चलता हुआ जाकर सरोवर के पास रुका। जल पी रहे मृग तथा घास में कीड़े चुन रहे मोर भाग गए।

विधान ने आँखें बंद कर लीं। मन में चल रहे झंझावातों के बीच वह प्रश्न करता और स्वयं ही उनका उत्तर देता। शब्दहीन होकर वह लंबे समय तक ऐसे ही खड़ा रहा। मुख पर तरह-तरह के भाव आते और जाते रहे, कभी मुट्ठियाँ भींचता, कभी ढीली करता।

अपने ही विचारों से लड़ते-लड़ते अंत में उसके मुख पर दृढ़ता छाने लगी। उसने जबड़े कसे और लंबी साँस खींची, जैसे वायुमंडल की सारी ताजगी अपने फेफड़ों में भर लेना चाहता हो। उसके ललाट पर स्थिरता का तेजमय भाव छा गया। उसने घुटने के बल बैठकर जल में अपना प्रतिबिंब देखा। हाथों में जल लेकर मुँह धोया, एक बार नहीं, कई बार धोया, मानो अपने मुख की नहीं, मन की गंदगी साफ कर रहा हो। वह खड़ा हुआ, दोनों बाँहें फैलाकर आकाश की ओर देखकर मुस्कराने लगा, क्योंकि वहाँ उसके गुरु का मुस्कराता चित्र प्रकट था। वह तब तक खड़ा मुस्कराता रहा जब तक कि चित्र हवा में घुलकर विलीन न हो गया। जब वह जलाशय से उद्यान की ओर लौटा, तब उसकी आँखों में अटल दृढ़ता का प्रकाश था। उसने स्वयं को नवजीवन प्रदान किया था। यह उसका अभ्युदय था।

उसने धीरे से आकर सत्तू को अपने अंक में भर लिया। सत्तू की आँखों में नमी उछल आई और मुख से धीरे से ध्वनि फूटी- ''भ...ई...या!'' उसने भी अपने बड़े भाई को बाँहों में जकड़ लिया।

लंबे समय तक चलने वाले इस प्रेमालाप को रूपक ने आकर तोड़ा, जब उसने विधान को विश्राम कक्ष चलने को कहा। हवादार विश्राम कक्ष में भूमि पर बिछे तिनकों की बिछावन पर करवट लेकर लेटे विधान के अतिरिक्त मात्र सत्तू ही वहाँ था।

''अंततः हम 'अर्थला' पहुँच ही गए...'' विधान ने मुस्कराकर कहा।

''अभी नहीं...''

''अभी नहीं! अर्थात?''

''यह 'भष्मखंड' है,'' सत्तू बोला।

''भष्मखंड!'' सोचते हुए, ''वही शापित स्थान जहाँ युद्ध होते हैं?'' विधान ने प्रश्न किया।

''हाँ! हाँ! वही,'' सत्तू अपना पीढ़ा सरकाकर समीप आ गया।

"मुझे लगा हम अर्थला में हैं..." विधान ने कहा।

सत्तू मन ही मन प्रसन्न हो गया कि विधान को अर्थला चलने में कोई आपत्ति नहीं है, कारण जानने में उसे कोई रुचि नहीं थी।

"उस वृक्ष को देख रहे हैं?" सत्तू ने स्वयं को हटाते हुए अपनी पीठ के पीछे दूर संकेत किया।

"वह वटवृक्ष, जिसके तने पर सफेद पुताई है?" गरदन खींचकर उधर देखते हुए विधान बोला।

"हाँ! वही। स्थूल कहता है कि उस वृक्ष से चार कोस तक का वन पार करते ही अर्थला की सीमा प्रारंभ हो जाएगी... आपको आपातकालीन चिकित्सा की आवश्यकता थी और सबसे समीपवर्ती चिकित्सालय यही था, जहाँ आपका उपचार संभव था, अतः आपको यहीं लाया गया।" सत्तू ने बताया।

"परंतु भष्मखंड तो निर्जन स्थान माना जाता है, यहाँ इतना विशाल चिकित्सा केंद्र कहाँ से स्थापित हो गया," विधान ने प्रशंसा भरे भाव से कहा।

"यह केंद्र अमरखंड ने यहाँ स्थापित किया है, जिससे कि युद्ध में घायलों की चिकित्सा हो सके... यहाँ बाईं ओर के वन से सटे हुए कुल बत्तीस कक्ष हैं, पाँच वाटिकाएँ और तीन जलाशय हैं, दाईं ओर का भाग अभी नहीं देख पाया हूँ... महावैद्य अंगिरा को मिलाकर कुल बावन वैद्य यहाँ की देख-रेख करते हैं और यह चिकित्सा केंद्र किसी भी राज्य के अधीन नहीं है, अतः कोई भी यहाँ आकर अपनी चिकित्सा करा सकता है, यदि वह चारों ओर कोसों तक फैले वन को पार करते हुए जंगली पशुओं द्वारा खा न लिया जाए तब।"

"और कोई विशेष गुप्त जानकारी नहीं मिली यहाँ के विषय में?" विधान ने मुस्कराते हुए पूछा।

"अवसर ही कहाँ मिला सूचनाएँ एकत्रित करने के लिए, आपकी स्थिति देखकर हृदय घबरा रहा था, अन्यथा अब तक यहाँ का सारा इतिहास आपके चरणों में होता..."

दोनों जोर से हँसे। फिर सत्तू उसे उस पर किए गए चिकित्सा-प्रयोग के बारे में बताने लगा। वह अभी बता ही रहा था कि विधान को अंदर से झटका लगा। शरीर में दो-तीन बार कंपन हुआ और पुनः झटका लगा। सत्तू घबरा गया और तुरंत उठकर सहायता के लिए भागा। जब तक वह महावैद्य, स्थूल, रूपक तथा अन्य सभी के साथ लौटता, विधान सामान्य हो चुका था।

महावैद्य निश्चिंत भाव से उसे समझाते हुए बोले- "चिंतित होने की

आवश्यकता नहीं है पुत्र! यह सामान्य है, कुछ दिनों तक यदा-कदा इस प्रकार के आंतरिक कंपन होंगे, परंतु समय के साथ सब सामान्य हो जाएगा।''

वैद्यों ने उसे पीने के लिए कुछ अर्क दिए और विश्राम करने के लिए अकेला छोड़कर सभी कक्ष के बाहर आ गए। महावैद्य सिंहनाद को अलग ले जाकर बोले- ''सिद्धिधारक की ऊर्जा-गाँठों में असंतुलन पैदा हो गया है। समय ही इसका उपचार है, इस बीच सिद्धि का प्रयोग करना प्राणघातक भी हो सकता है। अतः कुछ मास तक सिद्धि का प्रयोग करने पर बंधन आवश्यक है।''

इसके बाद महावैद्य सिंहनाद को और भी बातें बताते हुए अपने भवन की ओर चल दिए।

मुंद्रा

मुंद्रा की राजसभा जंबूद्वीप के सम्राट की प्रतिष्ठा के अनुसार ही भव्य थी। राजभवन के सिंहासन कक्ष में राजसभा आयोजित होती थी। हजार व्यक्तियों को एक साथ समेटने वाली राजसभा का प्रवेश द्वार बहुत ऊँचा था। लाल परदों से ढँके उस द्वार की चौड़ाई इतनी थी कि दो विशाल रथ एक साथ सरलता से आ-जा सकें। प्रवेश द्वार के ठीक सामने की दीवार से लगे तीन हाथ ऊँचे चबूतरे पर सिंह मुख अंकित वह स्वर्ण सिंहासन रखा था, जिस पर बैठकर जयभद्र को संसार का सबसे बड़ा सुख मिलता था। रीछ के नर्म चर्म बिछे उस सिंहासन पर रंग-बिरंगे रत्नों की अद्‌भुत कारीगरी की गई थी। सिंहासन की पीठ पर ऊपर- जहाँ सिंह का मुख अंकित था- उसके ललाट पर एक बड़ा लाल रत्न जड़ा हुआ था। सिंहासन के दोनों हत्थों पर सिंह का मुख गढ़ा था, जो बाईं और दाईं ओर झाँक रहे थे। रोशनदानों से आनेवाली सूर्य-किरणें जब अत्यंत ऊँची छत से लटकते अर्द्धपारदर्शी पत्थरों के झूमर को पार कर सिंहासन में जड़े रत्नों पर पड़तीं, तो पूरा सिंहासन नयनाभिराम सुंदरता से दमक उठता।

प्रवेश द्वार से चबूतरे तक के मृगचर्म बिछे चौड़े मार्ग ने उस कक्ष को दो भागों में विभक्त कर दिया था। दोनों ओर राजसभा के सदस्यों के बैठने के लिए कुल साठ चाँदी के आसन रखे हुए थे। उन पर भी रत्नों की अच्छी कारीगरी की गई थी। प्रत्येक आसन के पीछे एक सुंदरी मूर्तिवत भाव से खड़ी थी तथा सम्राट के स्वर्ण-सिंहासन के पीछे दो श्वेत सुंदरियाँ चँवर डुलाने के लिए अगल-बगल दिख रही थीं।

कक्ष की दीवारों से सटकर लाल लंगोट पहने कई मल्ल-योद्धा खड़े थे। उनकी पेशियाँ उभरी हुईं तथा पेट बाहर निकले थे। उन्होंने लंगोट के रंग की ही लाल पगड़ी भी बाँध रखी थी।

राजसभा में सम्राट द्वारा जीते हुए कुछ राज्यों के राजा, मुंद्रा के मंत्रीगण, मुख्य सलाहकार प्रसेनजित, असुर देश से आया सम्राट का विशिष्ट सलाहकार वासुकी तथा सेनाध्यक्ष नानक सहित साठ लोग अपनी पद-प्रतिष्ठा के अनुरूप चाँदी के आसनों पर बैठे हुए सम्राट के आने की प्रतीक्षा कर रहे थे। उनके मस्तक पर स्वर्णजड़ित पगड़ियाँ, गले में मणियों का हार तथा उँगलियों में झिलमलाती

अँगूठियाँ थीं। वे सभी आपस में फुसफुसा रहे थे।

तभी मुख्य प्रवेश-द्वार के बाहर खड़े चारणों ने शंखध्वनि से सम्राट के आगमन की घोषणा की। सभी ने फुसफुसाना बंद कर दृष्टि प्रवेश-द्वार की ओर मोड़ दी।

आज तीन माह पश्चात इस ऋतु की पहली राजसभा आयोजित हुई थी। प्रवेश द्वार के परदे हटाए गए और अगले कुछ क्षणों में स्वर्ण आभूषणों से सजाए गए हाथी पर बैठा सम्राट प्रकट हुआ। हाथी मंद गति से चलता हुआ प्रवेश-द्वार पार कर सिंहासन की ओर बढ़ने लगा। उसकी सूँड तालबद्ध रूप से डोल रही थी और उसके साथ झूल में बँधी छोटी-छोटी घंटियाँ टुनटुना रही थीं।

सारी सभा शांत होकर खड़ी थी, मानो आचार्य के आने से सारी कक्षा मुँह बंद कर खड़ी हो गई हो। चबूतरे के समीप पहुँचकर हाथी रुका और उसकी गरदन पर बैठे महावत के संकेत पर वहीं बैठ गया। बाएँ हाथ में उन्नत कारीगरी की हुई म्यान में खुसी तलवार लेकर गर्वीली आभा के साथ सम्राट जयभद्र उतरा। स्थिर गति से चबूतरे की सीढ़ियाँ चढ़ता हुआ सिंहासन तक पहुँचा, फिर मुड़कर मद में चूर नेत्रों से सारी राजसभा पर दृष्टिपात किया और धीरे से सिंहासन पर बैठ गया।

सम्राट के बैठते ही सिंहासन के पीछे एक हल्का धमाका हुआ और अग्नि प्रज्वलित हो उठी- जिसकी लपट सिंहासन की पीठ से दुगनी ऊँची थी। अग्नि प्रज्वलित होते ही चंदन एवं घृत की सुगंध सारी राजसभा में भरने लगी। सम्राट ने अपनी म्यान सहित तलवार सिंहासन के बाएँ हत्थे में बने एक खाँचे में डाल दी। खाँचे में तलवार डालते ही हत्थे पर गढ़े अगल-बगल झाँक रहे सिंहों के मुख से लाल रंग का मंद-मंद सुगंधित धुआँ निकलने लगा।

सभा के मध्य बैठा हाथी उठा, पीछे मुड़ा और राजसभा के सदस्यों पर कटाक्ष करता हुआ, अपनी घंटी टुनटुनाता, मंथर गति से मटकता हुआ बाहर चला गया।

सम्राट ने अहंकार से भरा अपना हाथ उठाया और सभी को बैठने का संकेत किया। समस्त राजसभा बैठ गई। सभी के बैठते ही पीछे खड़ी सुंदरियाँ सहसा क्रियाशील हो उठीं। वे धीरे-धीरे लयबद्ध रूप से चँवर डुलाने लगीं। सम्राट के संकेत पर राजसभा की कार्यवाही प्रारंभ हुई।

सबसे पहले वित्त-मंत्री ने पिछले तीन मास में एकत्र किए करों का आँकड़ों सहित विस्तृत विवरण दिया। फिर खाद्यान्न-मंत्री ने मुंद्रा में चिह्नित की गई कई कृषि योग्य भूमि का मानचित्र प्रस्तुत किया। अश्वशाला-मंत्री ने दानवों का चूर्ण प्रयोग कर अश्वों की क्षमता बढ़ाने की प्रगति बताई। मुख्य शिल्पीकार ने मांडा में नए राजभवन के पूर्ण होने की जानकारी दी। एक, एक कर प्रत्येक विभाग के मंत्री

ने पिछले तीन मास की अपनी प्रगति का वर्णन किया।

सम्राट को प्रगति के इन विवरणों में कोई रुचि नहीं थी। वह सिंहासन पर बैठा शंका भरी दृष्टि से वहाँ उपस्थित सभी के मनोभाव तौल रहा था। वह उन राजाओं को अधिक शंकित दृष्टि से देख रहा था, जिन्हें कुछ समय पहले ही पराजित कर अपनी अधीनता स्वीकार कराई थी। वे कभी भी आस्तीन के साँप बन सकते थे।

सम्राट की राजसभा चाटुकारों से भरी पड़ी थी। चाटुकार मंत्री अपने विभाग की प्रगति का वर्णन करते और अंत में उस प्रगति का कारण सम्राट की महानता और शौर्य से जोड़ देते। अधिकांश समय अपना महिमामंडन सुनकर सम्राट फूला नहीं समाता, परंतु कई बार कई की प्रशंसा उसे उपालंभ लगती, तब वह मन-ही-मन गुर्राता- 'धूर्तो! तुम सब क्या मुझे मूर्ख समझते हो।'

गौशाला मंत्री ने तो सीमा ही पार कर दी। उसने कहा- "चारों दिशाओं में फैले इस अटल संसार के एकमात्र स्वामी महाप्रतापी सम्राट के नाम और वीरता के प्रभाव से गायों के दूध की मात्रा और स्वाद दोनों बढ़ गए हैं।"

सम्राट को समझ नहीं आया कि दूध की मात्रा का उसकी वीरता से क्या संबंध। सम्राट का पारा चढ़ने लगा। उसका मन हुआ कि सिंहासन छोड़कर उठे और इस धूर्त चाटुकार को दौड़ा-दौड़ा कर पीटे। परंतु सम्राट ने स्वयं को संयत किया। सम्राट के मुख के भाव पढ़कर बाकी के चाटुकारों ने संतुलित ढंग से गुणगान किया। धीरे-धीरे सम्राट के मुख पर हल्की मुस्कान आ ही गई।

जब मंत्रियों का प्रशस्तिगान बंद हुआ, तो प्रसेनजित उठे। प्रसेनजित सादगीपूर्ण जीवन व्यतीत करने वाले इकहरे शरीर के लंबे व्यक्ति थे। प्रसेनजित को देखकर सम्राट की मुस्कान विलीन हो गई और वह सावधान होकर बैठ गया-

"कहो!"

"सम्राट! पिछले दिनों आपके द्वारा लिए गए एक निर्णय से मेरा मत भिन्न है," प्रसेनजित ने कहा। सम्राट का मन अंदर से खिन्न हो गया- आज तक कौन-सा ऐसा निर्णय था, जिसमें इसका मत मुझसे भिन्न न हो। हर विषय में कोई न कोई कमी निकाले बिना इसका भोजन कैसे पचेगा। जिन विरोधियों को मैं यहाँ ढूँढ़ रहा हूँ, उनमें सबसे बड़ा विरोधी तो यह मेरा स्वयं का भाई ही है। कैसा ढोंगी है यह, सम्राट का भाई और मुख्य सलाहकार होते हुए भी सादगीपूर्ण जीवन बिताने का ढोंग करता है, जिससे लोगों को लगे कि इसकी तुलना में मैं कितना विलासी हूँ। मैं कोई सामान्य जन तो हूँ नहीं, स्वयं अपने बूते सम्राट बना हूँ... यदि सम्राट विलासी नहीं होगा तो इस पद की प्रतिष्ठा और आकर्षण ही क्या...

...कौन अपने बूते सम्राट बना है? जरा सँभलकर बोल- सम्राट के मन में उसके प्रतिरूप ने कटाक्ष किया- यदि प्रसेनजित न होता, तो शंका है कि तू कभी सम्राट बन पाता। तेरा हृदय आज तक उसके महत्व को स्वीकार नहीं कर पाया है..."

"चुप कर!" सम्राट ने अपने प्रतिरूप को मन में ही डाँटा।

"किस निर्णय से आपत्ति है?" सम्राट ने सपाट स्वर में पूछा।

"वार्षिक मेले समाप्त करने के संबंध में लिए गए निर्णय से।" प्रसेनजित ने सहजता से कहा।

"इसमें कैसी आपत्ति? वार्षिक मेले में दूसरे राज्यों से भी लोग आते हैं, उन लोगों की आड़ में विरोधी राज्यों के गुप्तचर भी घुस आते हैं और विरोधियों से मिलकर षड्यंत्र रचते हैं...।" सम्राट का स्वर ऊँचा होता चला गया, "...इन्हीं षड्यंत्रकारियों के कारण दस वर्ष पूर्व अयोध्या गवाँनी पड़ी थी और अब मांडा में भी विद्रोह आरंभ हो गया है। क्या सम्राट के मुख्य सलाहकार प्रसेनजित को इस साम्राज्य की सुरक्षा और अखंडता की कोई चिंता नहीं.... ?"

प्रसेनजित को जयभद्र के इन मूर्खतापूर्ण तर्कों को झेलने का पुराना अभ्यास था। उन्हें मालूम था कि युद्ध के अतिरिक्त किसी अन्य विषय पर जयभद्र उनकी अधिक नहीं सुनता। फिर भी सम्राट का मुख्य सलाहकार होने के नाते अपनी बुद्धि से किसी मामले में उचित सलाह देना उनका कर्तव्य था। अत: गला खंगालकर उन्होंने कहना आरंभ किया-

"सम्राट! मेलों का अपना आर्थिक महत्व होता है। यह वार्षिक मेला फसल कटने के पश्चात मनाया जाता है। इससे किसानों तथा व्यापारियों को प्रोत्साहन मिलता है। घूमने आए लोग मेलों में तरह-तरह के वस्त्र खरीदते हैं, जिससे वस्त्र उद्योग को अच्छा लाभ मिलता है। मेलों में मिठाइयों तथा खाद्य-सामग्री की खपत अधिक होने से दूध और अनाजों की अच्छी माँग रहती है। मनोरंजन करने वाले कलाकार इसी वार्षिक मेले की कमाई से पूरा वर्ष काट पाते हैं। धनिक वर्ग इसी समय शिल्पकारों एवं मूर्तिकारों से कलाकृतियों का क्रय करने में रुचि दिखाता है। नटों का पूरा व्यवसाय ही इन मेलों पर टिका है। पशुओं का क्रय-विक्रय भी इन मेलों में बड़ी संख्या में होता है। सांस्कृतिक आदान-प्रदान को एक अच्छा मंच मिलता है। धन एक हाथ से दूसरे हाथ में पहुँचता है। मेले तो अर्थव्यवस्था के वे पुर्जे हैं, जो स्वयं ही धन का प्रवाह बनाए रखते हैं..."

"जो भी हो!... निर्णय लिया जा चुका है।" सम्राट ने बीच में टोकते हुए अनमने ढंग से कहा।

प्रसेनजित पहले से ही सम्राट का उत्तर जानते थे। असुरों से आधुनिक शस्त्र लेने के लिए सारा राजकोष खाली करने को तैयार बैठे जयभद्र के लिए वार्षिक मेले की व्यवस्था पर एक पाई भी खर्च करना पूरी तरह महत्वहीन था। प्रसेनजित वापस आकर अपने आसन पर बैठ गए।

सम्राट ने बाईं ओर से सातवें आसन पर बैठे वासुकी पर दृष्टि गड़ाई। वासुकी के मुख पर सपाट भाव थे। जबकि सम्राट को प्रसन्नता की आशा थी।

संभवत: कार्य सम्पन्न नहीं हुआ। सम्राट को वासुकी पर क्रोध आ गया। उसने तुरंत सभा स्थगित करने का आदेश दिया।

राजसभा समाप्त कर अपने कक्ष में आए हुए जयभद्र को काफी समय हो गया था। सामान्यत: सभा समाप्त होने पर वह एक लंबी निद्रा लेकर विश्राम करता था, परंतु आज वह अपने ही क्रोध से तप्त होकर बेचैनी से कक्ष में इधर-उधर टहल रहा था। कभी उसे प्रसेनजित पर क्रोध आता, कभी चाटुकारों पर, कभी अपने काल्पनिक षड्यंत्रकारियों पर और कभी अपने परिवार पर, परंतु सबसे अधिक क्रोध उसे वासुकी पर आ रहा था।

वर्षों पहले वासुकी का पिता 'वज्जी' असुरों का राजदूत बनकर मुंद्रा आया था। उसके कार्यकाल में जयभद्र और असुरों के बीच खूब मैत्री बढ़ी। वज्जी के उकसाने पर ही जयभद्र में सम्राट बनने की लालसा जागी थी। धीरे-धीरे जयभद्र और वज्जी में इतनी आत्मीयता बढ़ी, कि जयभद्र को वज्जी अपने परिवार के किसी सदस्य से भी अधिक प्रिय लगने लगा। पाँच वर्ष पूर्व अपना कार्यकाल समाप्त होने पर वज्जी ने अपने पुत्र वासुकी को यह पद दिलवा दिया। अपने कार्यकाल के प्रारंभ में वासुकी का प्रदर्शन भी अपने पिता की ही भाँति था, परंतु पिछले कुछ वर्षों से उसकी हर योजना विफल होती जा रही थी, जिससे अच्छे प्रदर्शन के आदी सम्राट को धीरे-धीरे उससे चिढ़न होने लगी।

अपने कक्ष में टहलते सम्राट का ताप बढ़ता ही जाता, यदि द्वार-रक्षक ने आकर वासुकी के आने की सूचना न दी होती। जयभद्र ने क्रोध से चिल्लाकर आदेश दिया, "भेजो!"

लाल पगड़ी बाँधे, मूँछे सफाचट, अत्यधिक साँवला रंग, दिखने में काईयाँ तथा दृष्टि और मुख पर धूर्तता की मुस्कान लिए सामान्य कद के वासुकी ने कक्ष में प्रवेश किया।

सम्राट ने अपने क्रोध को संयमित करने का प्रयत्न करते हुए भौंहें टेढ़ी कर कहा- "क्या असुरों की सामर्थ्य दिन-ब-दिन कुंद पड़ती जा रही है?"

"मैं सम्राट के कथन का अर्थ समझ रहा हूँ।" वासुकी सहजता से बोला, "मैं स्वयं ही उस सिद्धिधारक को समाप्त करने गया था..."

"तो समाप्त क्यों नहीं किया...?" सम्राट चीखा।

"मैं उस लड़के को समाप्त करने ही वाला था कि... सिंहनाद पहुँच गया..."

'सिंहनाद' यह नाम जयभद्र जब भी सुनता, उसका हृदय ईर्ष्या से जल उठता था। उसका मन चीख उठा-जंबूद्वीप का सम्राट मैं... और लोग वीरता का बखान करते हैं सिंहनाद की...उसकी और मेरी वीरता में क्या अंतर? जयभद्र का प्रतिरूप पुनः उसके हृदय में जागा- 'अंतर है!... वह रक्षक है और तू भक्षक, वह अपनी सीमाओं की रक्षा करता है और तू दूसरों की सीमाओं का भक्षण...रक्षक तो सर्वोच्च होगा ही।'

'शांत हो जा, बकबकिए!' जयभद्र ने अपने प्रतिरूप को फिर डाँटा।

"सिंहनाद के पहुँचने से क्या अंतर पड़ गया?" सम्राट ने आँखें तरेरकर पूछा।

वासुकी कुछ क्षण शांत रहा। उसने इधर-उधर देखा और स्वयं को संयत करते हुए कहा, "सम्राट! मैं आदेश मिलते ही शत्रु-क्षेत्र में चोरी-छिपे मात्र दस सैनिकों के साथ उस लड़के को समाप्त करने गया था और जिस सिंहनाद को थामने के लिए पूरी सेना की आवश्यकता पड़ती है, उसके सामने मात्र कुछ सैनिक कितने क्षण ठहरते, अतः दूसरे अवसर की प्रतीक्षा के लिए मैं लौट आया।"

"दूसरा अवसर...?" सम्राट ने आँखें निकालते हुए घूरा, "मुझे सूचित किए बिना तुमने किसकी आज्ञा से प्रेतों का प्रयोग किया?"

वासुकी सकपका उठा। पिछले कुछ वर्षों से जंबूद्वीप में गुप्तचरी बहुत उन्नत हो गई थी, परंतु इतनी उन्नत कि उसके ही गुप्त क्रिया-कलाप किसी से न छुपे रहें, उसे इसका भान न था। उसने अपनी हड़बड़ाहट को शांत कर कहा- "सम्राट! यह सब मेरी असफलताओं से जुड़ा है।"

"पहेलियाँ मत बुझाओ, वासुकी! सीधे शब्दों में बात करो।" सम्राट गुर्राया।

अपनी वाणी में मधुरता घोलते हुए वासुकी बोला- "सम्राट! पिछले कुछ वर्षों से मैं आपकी आकांक्षाओं पर खरा नहीं उतर पाया हूँ, जिसके कारण मुझ पर से आपका विश्वास डगमगा गया है। उसी विश्वास को पुनः प्राप्त करने के लिए ही मैं इस आदेश को किसी भी मूल्य पर पूरा करना चाहता था...उसी प्रयास के तहत

मैंने प्रेतों का प्रयोग किया। समय बहुत कम था, अतः आपसे मंत्रणा कर आदेश लेने के स्थान पर मैंने प्रेतों को भेज दिया तथा आपको सूचित करने के लिए एक गुप्तचर भी भेजा था।''

''तो गुप्तचर पहुँचा क्यों नहीं?''

''संभवतः वह दुर्घटनाग्रस्त हो गया होगा,'' वासुकी ने मुख के भाव बदले बिना कहा।

''पिछले मास भी तुमने यही बहाना बनाया था,'' सम्राट खीझते हुए बोला।

''सम्राट! यह बहाना नहीं है, मैंने पहले भी आपको सूचित किया था कि अर्थला के गुप्तचरों ने मुंद्रा में बड़ी घुसपैठ की है, वे यहाँ की सूचनाएँ चुराते हैं और महत्वपूर्ण गुप्तचरों को मार डालते हैं।''

सम्राट कुछ क्षणों तक मौन रहकर अपनी दृष्टि से ही वासुकी को तौलता रहा। फिर बोला- ''गुप्तचरों को छोड़ो, तुम असुरों ने कहा था कि अग्नि-प्रेतों का निर्माण गुप्त रूप से हो रहा है और अकेला प्रेत तीस सामान्य सैनिकों के बराबर है, फिर तुम्हारे प्रेत मिलकर एक लड़के को भी समाप्त नहीं कर सके और यदि प्रेतों का प्रदर्शन इसी प्रकार खुलेआम करना था, तो अब तक उनको गुप्त बनाए रखने का क्या औचित्य।''

''सम्राट! अग्नि-प्रेतों का निर्माण अभी अंतिम चरण में नहीं पहुँचा है, उन्हें पूर्ण विकसित होने में समय लगेगा। पहली मुठभेड़ में उस लड़के के प्रदर्शन से मैंने उसकी सामर्थ्य को कम आँका था, अतः अल्प-विकसित प्रेत उस लड़के को समाप्त करने में असफल रहे। और रही बात उनके खुले प्रदर्शन की, तो कुछ लोगों के अतिरिक्त उन्हें किसी ने नहीं देखा, लोगों के बीच मात्र उनको लेकर भ्रांतियाँ ही फैलेंगी। और ये भ्रांतियाँ हमारे ही पक्ष को मजबूत बनाएँगी कि मुंद्रा के पास इस प्रकार की अद्‌भुत शक्तियाँ हैं। जिन राजाओं के मन में आपके प्रति श्रद्धा कम हो रही है, उनके मन में ऐसी भ्रांतियाँ आपका ही पक्ष ठोस करेंगी।'' वासुकी समझाते हुए बोला।

आखिरी बात सम्राट को जँच गई, वह थोड़ा प्रसन्न हुआ।

वासुकी फिर बोला- ''मेरे विचार से हमें उस लड़के पर प्रयास करना छोड़ देना चाहिए। अभी वह सिद्धि के प्रारंभिक चरण में है और पूर्ण सिद्धि प्राप्त करने में न जाने कितने वर्षों का समय लेगा। वह अकेला अर्थला को विजय नहीं दिला सकता, परंतु हमारे नए शस्त्र तथा शक्तियाँ इस बार अर्थला को निश्चित ही रौंद डालेंगी।''

सम्राट के मुख पर थोड़ी निश्चिंतता दिखी। बोला, "प्रेतों का विकास समय से पूर्ण हो जाना चाहिए, अन्यथा इस बार बहाना बनाया तो राजसभा में तुम्हारा मुंड लटकाने में देर नहीं करूँगा।"

सम्राट, वासुकी के अत्यधिक समीप आया और रहस्यमय वाणी में धीरे से बोला- "आंतरिक प्रयासों पर मजबूती से बल दो, पिछले कई वर्षों से तुम असफल हो रहे हो, अब अपना ढंग बदलो, अर्थला के राजवंश की संख्या सीमित होना स्वयं में एक लाभ है।"

वासुकी सम्राट का संकेत समझ गया। विनम्र भाव दिखाते हुए जाने की आज्ञा माँगकर चला गया।

राज्य के दक्षिणी छोर पर स्थित 'चिनार' पाँच वर्ष पूर्व तक मुंद्रा के ही अधिकार में था, परंतु उस निर्जन क्षेत्र में काले रंग के ज्वलनशील पत्थरों की खोज के बाद वह क्षेत्र असुरों ने माँग लिया। जयभद्र ने अपने लिए महत्वहीन समझकर असुरों से क्रय किए गए उन्नत शस्त्र तथा सेना का मूल्य चुकाने के लिए उस निर्जन भूमि को सरलता से असुरों को सौंप दिया। अधिकाँश क्षेत्र गहन वन होने के कारण आमजन वहाँ नहीं बसता था।

दो दिनों की यात्रा कर वासुकी यहाँ पहुँचा था। अँधेरा धीरे-धीरे चढ़ रहा था। काले पत्थरों को निकालने वाली खानों के आसपास का वातावरण बहुत डरावने रूप से ध्वनित हो रहा था। भूमि में घुसती सैकड़ों सुरंगों के मुख से निकलता पीला प्रकाश किसी भयानक जीव की आँखों की भाँति दिख रहा था। कुछ सुरंगों से हल्का धुआँ भी निकल रहा था, जो अग्निप्रेतों के निर्माण की प्रयोगशाला थी। जले हुए मांस की गंध तथा बीच-बीच में सुरंगों से निकलती दर्दनाक चीखें वहाँ उपस्थित लोगों के हृदयों को भय से भर दे रही थीं। असुर सैनिकों ने सैकड़ों गाँववालों को बंदी बनाकर वहाँ एकत्र किया हुआ था।

उनके सामने एक ऊँचे चबूतरे पर अत्यंत वीभत्स और भयकारी प्रदर्शन चल रहा था। चबूतरे पर पीछे कुछ सैनिकों के साथ असुरों का सेनानायक खड़ा था तथा सबसे आगे भयानक मुखौटा पहनकर एक व्यक्ति अपने कृत्यों से सबको डरा रहा था। उसकी बगल में बँधे हाथों वाला, घिघियाता हुआ एक बंदी खड़ा था। मुखौटाधारी ने तेज आवाज में पूछा- "अपनी इच्छा से स्वयं को समर्पित करता है या नहीं ?"

बंदी केवल गिड़गिड़ाता रहा- "मुझे छोड़ दो...मुझे छोड़ दो।"

"जैसी तेरी इच्छा," कहकर, मुखौटाधारी ने बंदी के ऊपर एक वस्त्र डालकर उसका सिर ढँक दिया। बंदी जोर-जोर से विलाप करने लगा। मुखौटे ने फिर पूछा- "अंतिम अवसर देता हूँ, अपना निर्णय बता?"

बंदी बस गिड़गिड़ाता रहा।

मुखौटे को क्रोध आ गया, उसने उस पर ओढ़ाया वस्त्र एक झटके से खींच लिया। बंदी का मुंड गायब हो चुका था और धड़ धम्म से गिर पड़ा। पूरी भीड़ भय से सुन्न हो गई। उस डरावने मुखौटे ने अपनी उँगली भीड़ की तरफ की, मानो किसी का चुनाव करने वाला हो। भीड़ का हृदय धकधकाने लगा कि किसकी बारी आने वाली है।

इससे पहले उस मुखौटाधारी ने एक बंदी के हाथ-पाँव काटकर अलग कर दिए थे।

"तुम! हरी धोती वाले," मुखौटे ने आँखें निकालकर उसकी ओर उँगली से संकेत किया। उस बंदी ने तुरंत हाथ जोड़ लिए- "मुझे स्वीकार है, मैं अपनी इच्छा से स्वयं को समर्पित करता हूँ।" फिर वह रोने लगा।

मुखौटा जोर से चीखा- "और कौन-कौन है, जिसे स्वीकार है?"

भीड़ से मात्र भनभनाने और रोने की ही ध्वनियाँ सुनाई पड़ रही थीं। कुछ बंदियों ने भागने का प्रयास किया, तो असुर सैनिकों ने वहीं उनके सिर काट दिए। मुखौटे के आदेश पर एक बहुत बड़ा वस्त्र पूरी भीड़ के ऊपर डाला जाने लगा। अभी आधा ही वस्त्र डाला गया था कि ढेरों आवाज सुनाई पड़ीं, 'मुझे स्वीकार है....मुझे स्वीकार है।'

मुखौटा चिल्लाया, "जिन्हें स्वीकार है, वे बाईं ओर हो जाएँ।"

एक अधेड़, जिसके मुख पर दृढ़ता के भाव थे, उसको छोड़कर सारी भीड़ बाईं ओर खड़ी हो गई। मुखौटे ने उस अधेड़ की ओर उँगली उठाकर कहा- "तुम सच्चे वीर हो... परंतु उससे भी बड़े मूर्ख हो।"

मुखौटे ने अधेड़ की ओर उठी अपनी उँगली को हल्का-सा झटका दिया। अगले ही क्षण उस अधेड़ की साँसें उखड़ने लगीं। उसने अपनी गरदन पकड़ ली और बुरी तरह तड़पने लगा। पूरी भीड़ देख रही थी कि मुखौटा अपनी उँगली अधेड़ की ओर करके हिलाते हुए धीरे-धीरे इस प्रकार पीछे खींच रहा था, मानो उसके प्राण खींच रहा हो। अधेड़ भूमि पर गिरकर खुले मुख से ऐसे तड़पने लगा, जैसे उसे साँस लेने में कठिनाई हो रही हो। अगले ही क्षण मुखौटे ने अपनी उँगली तेजी

से पीछे खींच ली, उसी क्षण अधेड़ का शरीर गतिहीन हो गया। पूरी भीड़ पर ऐसा भय व्याप्त हुआ कि सभी का हृदय धक् रह गया।

मुखौटे ने चेतावनी दी- ''यदि किसी ने अपना विचार परिवर्तित किया अथवा असहयोग किया, तो इसी प्रकार उसके भी प्राण हर लूँगा।''

मंच पर खड़े सेनानायक के संकेत पर सैनिकों ने भय से मूर्ति बन चुके बंदियों को अलग-अलग कतारों में खड़ा कर सुरंगों में प्रवेश कराया, जहाँ उनका मांस जलाकर उन्हें अग्निप्रेत बनाया जाएगा।

जब मैदान खाली हो गया, तब सेनानायक ने स्वर्णमुद्राओं से भरा एक संदूक मुखौटाधारी के सामने रख दिया। भूमि पर मृत पड़ा अधेड़ उठा और पास आकर खड़ा हो गया। थोड़ी देर में चबूतरे के पीछे से कुछ अन्य व्यक्ति भी प्रकट हुए, उनमें से वह भी था जिसका मुंड गायब हो गया था।

दूर से यह सब देख रहा वासुकी समीप आया और बोला- ''अच्छा प्रदर्शन किया, परंतु पिछली बार से कमजोर था।''

''कैसे श्रीमान!'' मुखौटाधारी थोड़ा चौंका।

''पिछली बार अंतिम दृश्य पर आधी भीड़ मूर्च्छित हो गई थी, परंतु इस बार सब खड़े ही रह गए।'' वासुकी बोला।

''हाँ! आपने सही कहा, पिछली बार प्रदर्शन में रक्त का प्रयोग किया था।''

वासुकी उसे औरों से अलग, दूर ले गया और उसके कंधे पर पीछे से हाथ रखते हुए बोला- ''इस बार दुःसाध्य कार्य सौंप रहा हूँ, सफल रहे तो इतना धन मिलेगा कि जीवन में पुनः कोई कार्य नहीं करना पड़ेगा।''

''आप कार्य बताएँ।'' मुखौटे की आवाज में दृढ़ता थी।

''हर बार मुखौटे के पीछे से ही बात करते हो, कम से कम इस बार तो मुख दिखा दो।'' वासुकी ने थोड़ी अप्रसन्नता दिखाई।

मुखौटा हँसा- ''मुख देखकर क्या करेंगे श्रीमान! हम तो बहुरूपिए हैं। आज एक रूप है, तो कल दूसरा होगा... आप मेरा मुख देख लीजिए, परंतु कल पहचान भी न पाएँगे,'' कहकर उसने मुखौटा उतार दिया। वासुकी ने सामान्य भाव से उसका मुख देखा, फिर अपनी योजना समझाता चला गया।

बहुरूपिए को अपनी योजना समझाकर तथा सेनानायक से अग्निप्रेतों के निर्माण की प्रगति जानकर वासुकी वहाँ से दूर एक निश्चित स्थान पर पहुँचा। अपने

घोड़े पर लदी सामग्री में से एक छोटा, गोल नोंक वाला तीर निकाला और धनुष पर चढ़ाकर आकाश में छोड़ दिया। ऊँचाई पर पहुँचकर तीर ने हल्के धमाके के साथ अत्यंत मंद-सी चमक दिखाई।

जलती उल्का के प्रकाश में टूटे पेड़ के तने पर बैठे वासुकी को अधिक प्रतीक्षा नहीं करनी पड़ी। उसके हृदय में विचित्र-से भयनुमा भाव उत्पन्न होने लगे, यह उस व्यक्ति के आने का संकेत था, जिसकी वह प्रतीक्षा कर रहा था। अगले ही क्षण तेज हवा का झोंका आया और उल्का बुझ गई। वासुकी के हृदय में विचलित कर देने वाले भाव उत्पन्न हुए। कुछ क्षणों पश्चात बाएँ वृक्ष के समीप एक लंबा काला साया प्रकट हुआ। चाँद की हल्की दूधिया रोशनी में हर बार की तरह इस बार भी ऐसा दिख रहा था, मानो किसी अत्यधिक ऊँचे व्यक्ति ने ऊपर से नीचे तक एक मोटा कंबल ओढ़ रखा हो। हाथ-पाँव या मुख कुछ भी दृष्टिमान नहीं था, बस एक काली सपाट आकृति थी।

अपने भय पर संयम पाने का प्रयास करते हुए वासुकी बोला- "महाप्रभु! आपके आदेशानुसार सिद्धिधारक पर मात्र प्रयोग कर जीवित छोड़ दिया।"

"जयभद्र की प्रगति कैसी है?" अत्यधिक भारी आवाज साए की ओर से आई।

"पाँव में चकत्ते पड़ना प्रारंभ हो गए हैं, परंतु औषधि समाप्त होने वाली है।" वासुकी सिर झुकाकर बोला।

कुछ क्षणों तक सन्नाटे की सत्ता रही, फिर वह काला साया पीछे होता चला गया। वह ऐसे पीछे जा रहा था कि मानो पैरों का प्रयोग करने के स्थान पर हवा में तैर रहा हो। कुछ ही क्षणों में वह अँधेरे में कहीं लुप्त हो गया। उस साए के जाते ही वासुकी उस स्थान पर पहुँचा, जहाँ वह साया खड़ा था। हर बार की भाँति इस बार भी वहाँ एक पोटली में बँधा लिपलिपा पदार्थ पड़ा था। वासुकी ने उसे झट से उठाया और घोड़े पर बैठकर जोर की ऐड़ लगा दी। वह उस स्थान को अतिशीघ्र त्याग देना चाहता था

अर्थला में स्वागत है

भष्मखंड छूटे हुए दो दिन हो गए थे। सारा दल घोड़ों पर था। विधान को लाने वाला रथ भष्मखंड में ही छोड़ दिया गया था। रागा घोड़ों का साथ निभाने का पूरा प्रयास कर रहा था, परंतु बेचारा था तो कुत्ता ही, घोड़ा तो बन नहीं सकता। रागा पर दया दिखाते हुए सत्तू ने उसे अपने आगे लाद लिया। घोड़े पर लदकर रागा बहुत प्रसन्न दिख रहा था तथा अपनी कृतज्ञता दर्शाने के लिए बीच-बीच में पूँछ हिलाकर सत्तू का मुख चाटता रहता।

पिछले दो दिनों से सत्तू ने विधान में जो परिवर्तन देखे, उससे वह बहुत प्रसन्न था। अब उसका भाई पहले की भाँति खुलकर हँसी-ठट्ठा करने लग गया था। यद्यपि बीच-बीच में कुछ देर के लिए वह कहीं खोया हुआ लगता था, पर अधिकांश समय प्रसन्नता की वही ऊर्जा दिख पड़ती, जो चार-पाँच वर्ष पहले हुआ करती थी। तब वे दोनों दिनभर हँसते हुए लोट-पोट हो जाया करते थे।

सत्तू ने विधान में पिछले दो दिनों में आए इस परिवर्तन का कारण जानने के लिए थोड़ा-बहुत सोचा, परंतु कोई छोर न समझ पाने से छोड़ दिया। वह तो बस इस परिवर्तन मात्र से ही खुश था।

मार्ग में वे जब भी रुकते, रूपक उन्हें कहानियाँ सुनाता। वह लगातार बोलता रहता था। इससे विधान ने अनुमान लगाया कि रूपक बहुत अधिक बातूनी है, और सत्तू ने- 'बहुत साफ हृदय का है, जो पेट में है वह भी उगल देता है।'

स्थूल उनके साथ ही बैठता था, परंतु बहुत शांत रहता था। विधान के अनुसार- वह बहुत शर्मीला है, और सत्तू के अनुसार- बहुत बड़ा चुप्पा है, कोई बात बताता ही नहीं और हर समय खर-पतवार सूँघने में लगा रहता है।

धरती को शक्ति देने वाले उस महान सूर्य ने अपना तेज मंद करके तीसरे दिन की समाप्ति की घोषणा कर दी थी। सिंहनाद की समय, दूरी और गति की गणना सटीक थी। पिछले दो दिनों की भाँति आज भी वे पूर्व नियत समय पर अगली सैन्य छावनी पहुँचे थे, जो काली पड़ चुकी काई से लगभग ढँकी हुई, पत्थरों से बने मध्यम आकार के दुर्ग के अंदर थी। रूपक ने उन्हें बताया था कि अर्थला अल्प सैनिक संख्या की समस्या से जूझ रही है। परंतु पिछली छावनियों की तुलना में

यहाँ सैनिकों की संख्या अविश्वसनीय रूप से बहुत कम थी। उनके साथ आए हुए सैनिक जब छावनी में घुसे, तब कहीं जाकर उस मृत छावनी में कुछ जीवन प्रतीत हुआ।

सामान्य जलपान तथा थोड़े विश्राम के पश्चात जब रात्रि का भोजन आया, तो विधान और सत्तू को छोड़कर सभी के लिए मांसाहार प्रस्तुत हुआ। सिंहनाद के भोजन और विश्राम की व्यवस्था उनसे अलग थी। सत्तू का बना हुआ मुख देखकर दूर से ही समझा जा सकता था कि उसे भोजन बिलकुल भी पसंद नहीं आया। स्थूल ने थैली से कुछ चूर्ण निकाला और थोड़ा जल मिलाकर सत्तू की थाली में रख दिया, फिर बोला-

"इसे भोजन में मिला लें, स्वास्थ्यवर्धक है और भोजन का स्वाद भी अच्छा हो जाएगा।"

सत्तू ने भौंहें वक्र कर बनावटी दृष्टि से उसकी ओर देखा और बोला- "स्थूल भाई! कहीं तुम भी मुझे चूर्ण खिलाकर दानव-नीति में तो नहीं फँसाना चाहते?"

"नहीं श्रीमान...आप संदेह न करें..." स्थूल ऐसे हड़बड़ाकर बोला, मानो बात को गंभीरता से ले रहा हो।

"संदेह क्यों न करूँ! तुम बहुत बड़े चुप्पे हो, कुछ पूछने पर बस अपनी मटर जैसी आँखें इधर-उधर कर देते हो और बोलते भी नहीं... कहीं ऐसा न हो कि तुम्हारा चूर्ण खाकर मैं तुम्हारे वश में हो जाऊँ, फिर तुम जीवन भर मुझसे अपने छोटे-छोटे पाँव दबवाते रहो।"

बगल में बैठे विधान ने सत्तू के सिर के पीछे एक हल्की-सी चपत लगाई और चूर्ण को आधा करके अपने एवं उसके भोजन में मिला दिया। फिर बोला- "अब एक पाँव तुम दबाना और दूसरा मैं।"

सभी मुस्कराते रहे और अपना भोजन समाप्त करने में लग गए।

भोजन के पश्चात सत्तू ने पूरा दुर्ग देखने का अनुरोध किया। प्रकाश के लिए जल रही उल्काओं के बाद भी दुर्ग में इतना प्रकाश नहीं था कि प्रत्येक कोना दिखाई पड़े। इधर-उधर थोड़ी-बहुत दृष्टि घुमाकर वे प्राचीर (चहारदीवारी) पर चढ़ गए। वहाँ ऊपर नाममात्र के दस सैनिक थे। आकाश में छितराए हुए बादलों के कारण चंद्रमा का प्रकाश बहुत धुँधला हो गया था। वातावरण में उमस जैसे गर्मी थी। सत्तू का मन हुआ कि धोती उतारकर मात्र लंगोट में ही टहले, परंतु उसने ऐसा किया नहीं। दुर्ग से बहुत दूर, ध्यान से देखने पर जुगनू की भाँति जलता-बुझता कुछ प्रकाश दिखा, जिसे रूपक ने अर्थला का एक सामान्य गाँव बताया। अब तक

की यात्रा उन्होंने ऐसे मार्गों से तय की थी कि उन्हें किसी गाँव से न गुजरना पड़े, विधान और सत्तू को भी सैनिक वेशभूषा ही पहनाई गई थी, ताकि वह सामान्य सैनिकों का दल प्रतीत हो।

इधर-उधर की कहानियाँ सुनाने के बाद रूपक ने मुंद्रा के बारे में कुछ रोचक बातें बताना प्रारंभ किया। उसने बताया- ''जयभद्र की सम्राट बनने की महत्वाकांक्षा तो थी, परंतु पृथ्वीपति बनने की इच्छा उसमें असुरों ने भड़काई है।''

''असुरों ने!'' सत्तू ने उत्सुकता दिखाते हुए कहा।

''हाँ! असुरों ने... दानवों की भाँति असुर भी एक व्यापारी जाति है, परंतु मसालों के स्थान पर वे शस्त्र तथा सेनाओं का व्यापार करते हैं। जयभद्र को उन्होंने 'असुर-नीति' में फँसाया।'' रूपक बोलता रहा- ''असुर-नीति का उद्देश्य है, राजाओं को आधुनिक शस्त्र बेचकर राज्य विस्तार का प्रलोभन देना, जिससे युद्ध होता रहे और उनका व्यापार चलता रहे। इस नीति के तहत वे प्रारंभ में राजाओं के पास अपना सलाहकार भेजते हैं, जो उनकी सुरक्षा मजबूत करने तथा सेनाओं को शक्तिशाली बनाने के लिए उन्नत शस्त्र और सैनिक उपलब्ध कराते हैं। उन शस्त्रों तथा सैनिकों के रखरखाव के लिए असुर मोटा वार्षिक-शुल्क भी वसूलते हैं। फिर मजबूत सैन्य अवस्था का गर्व दिखाकर उस राजा को साम्राज्य विस्तार के लिए उकसाते हैं। सलाहकार भेजकर आधुनिक शस्त्र उपलब्ध कराना तो मात्र व्यापार के लिए आधार बनाना है। उन्हें व्यापार का मुख्य लाभ तब मिलता है, जब युद्ध होता है। युद्ध के लिए वे अपनी आधुनिक सेनाएँ उधार देते हैं तथा युद्ध जीतने पर जीते हुए राज्य का आधा राजकोष शुल्क के रूप में वसूलते हैं।

भैंसों का मांस खाने वाले ये असुर अपना साम्राज्य विस्तार बहुत कम करते हैं। वे मात्र तभी उद्दंडता दिखाते हैं, जब उन्हें अपने लिए संसाधनों की आवश्यकता होती है। जिस स्थान पर उन्हें उपयुक्त संसाधन मिल जाता है, उस स्थान को वे बलात छीन लेते हैं। असुर मात्र अपनी धन वृद्धि तथा संसाधन वृद्धि के लिए प्रयासरत रहते हैं, ताकि अपने भोग के साधनों को बढ़ा सकें। वे राज्यों को जीतकर नए लोगों को अपनी प्रजा में सम्मिलित कर उनका पालन-पोषण करना नहीं चाहते। असुर स्वयं को देवों के समकक्ष मानते हैं और सदैव चिढ़े रहते हैं कि अन्य जातियाँ उन्हें भी देवों जैसा सम्मान क्यों नहीं देतीं... अब आप ही बताइए श्रीमान सत्तू! लोग जिससे भय खाएँगे, उसे सम्मान कैसे देंगे... ?''

''सही कहा रूपक! यदि अवसर मिला, तो तुम्हारे विचार असुरों तक पहुँचा दूँगा।'' सत्तू ने गंभीर भाव दिखाते हुए कहा।

"संसार में चारों ओर व्यापार ही फैला हुआ है।" विधान ने दूर कहीं देखते हुए कहा।

"अर्थ इस समय सारे संसार पर ऐसा प्रभाव दिखा रहा है कि बहुत से लोग इसे आर्थिक युग कहते हैं।" रूपक बोला।

वे लोग कुछ देर तक प्राचीर पर टहलते रहे, फिर रात्रि विश्राम के लिए उतरकर नीचे चले गए।

अब तक उन्होंने न जाने कितने ऊबड़-खाबड़, कच्चे-पक्के मार्गों, नालों, नहरों तथा छोटे-बड़े वनों को पार कर लिया था। आँखों को सुकून देने वाले समतल हरे मैदानों में चलते-चलते अगले दो दिन भी बीत गए। विधान और सत्तू ने अपने पूरे जीवन में कभी भी इतनी लंबी यात्रा नहीं की थी। अधिक से अधिक, वे दोनों पश्चिम की ओर किच्चा गाँव तक गए थे, जहाँ विधान बढ़िया किस्म का शहद खरीदता था और सत्तू को उन लड़कों के समुदाय में अपने लट्टू का पराक्रम दिखाने का अवसर मिलता था- जो स्वयं को कुंडार के सबसे बड़े लट्टू धुरंधर समझते थे। उसी गाँव में विधान सुकन्या नाम की उस लड़की को भी देख पाता था, जो अपने लचकदार शरीर से अद्‌भुत करतब दिखाया करती थी। पेशे से सुकन्या और उसके पिता नट थे, परंतु विधान तो उसे नृत्यांगना ही कहता था।

तभी दूर, उस हरी भूमि और नीले आकाश का मिलन कराने वाले क्षितिज पर एक धुँधला पीला बिंदु दिखाई पड़ा। धरती से उठ रही उष्मा के कारण वह बिंदु लहराता-सा लग रहा था। मार्ग में पड़ने वाली दो पतली नहरों को पार कर जैसे-जैसे वे आगे बढ़ते गए, स्पष्ट हो गया कि वह बिंदु एक पर्वत है। उसके अगल-बगल कई अन्य छोटे-छोटे पर्वत थे, परंतु वे इतने ऊँचे नहीं थे कि इतनी दूर से दिखाई पड़ते, जितनी दूर से वह पीला वाला दिखाई पड़ रहा था। विधान ने रूपक से पूछा- "क्या पीले पर्वत भी होते हैं?"

"नहीं! वह पर्वत तो सामान्य है, परंतु उस पर उगे पुष्पों के कारण पूरा पर्वत पीला दिखाई पड़ रहा है।" रूपक ने बताया।

"पीला ही क्यों, पुष्प तो कई रंगों के होते हैं?" सत्तू ने पूछा।

"हाँ! होते हैं, परंतु उस पर्वत पर सूर्यमुखी पुष्प ही हैं।"

"कोई विशिष्ट कारण?" विधान ने प्रश्न किया।

"उस पर्वत की जड़ में बसे गाँव के लोग सूर्य के घोर उपासक हैं तथा

सूर्यमुखी को उसका प्रतिनिधि मानते हैं। उन्हीं लोगों ने सूर्य को अपनी श्रद्धा दिखाने के लिए पूरे पर्वत पर सूर्यमुखी उगा रखा है।'' रूपक ने समझाया।

प्रहर बीतते-बीतते वे उस पीले पर्वत की तलहटी तक पहुँच गए। तलहटी में मिट्टी के मसाले से जोड़े गए पत्थरों के कुछ घर मिले। यह उनकी यात्रा का पहला अवसर था, जब वे किसी गाँव के बीच से होकर गुजर रहे थे, अन्यथा अब तक उन्होंने आम जन के निवास स्थानों से दूर रहकर ही सारा मार्ग तय किया था। घोड़ों की टापों की आवाज सुनकर इधर-उधर खेल रहे बच्चे मार्ग के दोनों ओर एकत्र होने लगे थे। छोटे-बड़े कद तथा भिन्न-भिन्न आयु वर्ग के फटे होंठ एवं फटी एड़ियों वाले उन बच्चों ने सहज भाव से शोर मचाते हुए हाथ हिलाकर अपना उल्लास प्रदर्शित किया। ऐसा वह उस मार्ग से जाने वाले हर घुड़सवार के साथ करते थे। राज्य में क्या हो रहा है, कौन राजा है, कौन शत्रु है, उन्हें इन बातों से कोई मतलब नहीं। उन्हें तो बस हर घुड़सवार को हाथ दिखाकर एक-दूसरे को धकेलते हुए अपना उल्लास दिखाना होता था।

सबसे अधिक शोर उन्होंने सत्तू के आगे लदे रागा को देखकर मचाया। उनमें से कुछ सत्तू की ओर उँगली दिखाकर चिल्ला रहे थे- 'कुत्ते के साथ मेंढक।' सत्तू समझ नहीं पाया कि बच्चे उसके घोड़े को मेंढक क्यों कह रहे हैं। विधान मुस्कराते हुए तथा सत्तू दाँत निकालकर उस विशिष्ट स्वागत को स्वीकार कर रहा था। रागा भी भौंक-भौंक कर अपना सम्मान ग्रहण करने में कोई कसर नहीं छोड़ रहा था। हाथ हिलाते उन बच्चों को छोड़कर वे उस पीले पहाड़ की चढ़ान पर चढ़ने लगे। यहाँ सत्तू ने रागा को उतार दिया, वह भागता हुआ सबसे आगे पहुँचा।

मार्ग में रागा दौड़कर बहुत आगे निकल जाता, फिर हाँफता हुआ पीछे मुड़कर देखता और वहीं इधर-उधर तब तक कुछ सूँघता रहता, जब तक कि वह पुन: उनके साथ न हो जाए।

विधान देख रहा था- मार्ग को छोड़कर सब कुछ सूर्यमुखी के फूलों से लदा हुआ है। शायद ही भूमि का कोई टुकड़ा होगा, जो उस नापसंद गंध वाले फूल से न ढँका हो। मार्ग इतना साफ-सुथरा था कि रागा को सूँघने के लिए कोई भी वस्तु नहीं मिल रही थी। भूमि पर रेंगते सर्प जैसी आकृति वाले मार्ग पर चढ़ते हुए, चोटी पर पहुँचने में जब थोड़ा ही समय रह गया, तब रूपक ने विधान की बगल आकर गर्व से कहा, ''एक महान दृश्य देखने के लिए तैयार हो जाइए। हम राजधानी में प्रवेश करने वाले हैं, जो भी सबसे ऊँची आकृति दिखाई पड़े, वही अर्थमहल होगा।''

विधान और सत्तू की उत्सुकता बढ़ गई। कुछ समय पश्चात ही वे चोटी पर

पहुँच गए और उनकी आँखों ने उस महान दृश्य का साक्षात्कार किया, जिसे देखकर विधान कह सकता था कि रूपक ने यों ही बढ़ा-चढ़ा कर उत्सुकता नहीं जगाई थी।

तीन विशालकाय पर्वत एक-दूसरे की बगल खड़े थे। मध्य वाले पर्वत पर एक अत्यंत ऊँचे महल की अस्पष्ट छवि दिखाई पड़ी। मध्य पर्वत और बाईं तरफ वाले पर्वत के बीच में अकल्पनीय रूप से पर्वत जितनी ही बड़ी एक मांसल योद्धा की मूर्ति खड़ी थी, जो सूर्य से नेत्र मिलाए हुए था। उस प्रभावशाली अधेड़ उम्र के योद्धा की मूर्ति ने हाथों को कंधों की सीध में फैलाकर दोनों पर्वतों को मानो पकड़ रखा था। ठीक वैसी ही एक दूसरी मूर्ति दाएँ पर्वत तथा मध्य पर्वत के बीच खड़ी थी। उन मूर्तियों की फैली हुई दोनों बाँहें ही उन तीनों पर्वतों को आपस में जोड़ने के लिए सेतु का कार्य कर रही थीं। न जाने कितने वर्षों से धूप, वर्षा तथा तूफानों का सामना करते हुए खड़ी उन पत्थर की मूर्तियों के वक्ष, मुख और हाथों पर पड़ी दरारें दूर से ही दृश्यमान हो रही थीं। अनगिनत हरी लताएँ- जो मूर्तियों के पाँवों पर सर्प की भाँति लिपटकर ऊपर चढ़ने का महत्वाकांक्षी प्रयास कर रही थीं- मात्र घुटनों तक की ही यात्रा कर पाई थीं। उन लिपटी हुईं लताओं के कारण दूर से उन मूर्तियों के पाँव हरे मालूम होते थे।

उन तीनों पर्वतों की तलहटी पर अर्थला की पूरी राजधानी बसी थी। पत्थरों की एक ऊँची दीवार ने तीनों पर्वतों सहित पूरी राजधानी को एक वृत्त में घेरकर सुरक्षित बनाया हुआ था। घेरे में बसी राजधानी के सहस्त्रों घर यहाँ से छोटे-बड़े बिंदुओं के रूप में दिख रहे थे।

अपनी कल्पना से परे, उन विशाल मूर्तियों के दृश्य से अभिभूत हो तथा मन में संसार के और भी महान

दृश्यों को देखने का कौतूहल जगाकर विधान और सत्तू पूरे दल के साथ ढलान से उतरने लगे। कुछ ही देर में वे पहाड़ से उतरकर नीचे समतल क्षेत्र तक पहुँच गए थे।

जिस पथरीले मार्ग पर वे अपने घोड़े दौड़ा रहे थे, वह सीधा राजधानी के पूर्वी द्वार की ओर जाता था। मार्ग के अगल-बगल के मैदानों में चरवाहे अपनी गाय-बकरियों को चरा रहे थे। कहीं-कहीं भैसें और भेड़ें भी दिखीं। गायों तथा भैसों के ऊपर बैठे कौए उनकी त्वचा से चिपके कीड़े चुगकर खा रहे थे। यहाँ वायु अब शीतल हो चली थी।

पूर्वी द्वार के समीप पहुँचने पर राजधानी को घेरने वाली दीवार की वास्तविक

ऊँचाई ज्ञात हुई। वह पाँच हाथियों जितनी ऊँची थी तथा उसे घिसाई करके बाहर से एकदम चिकना बना दिया गया था। ऊपर ढेरों धनुर्धारी चौकस थे तथा बीच-बीच में बड़े नगाड़े भी रखे हुए थे, जो संभवत: संकट की सूचना प्रसारित करने के लिए होंगे- ऐसा विधान ने अनुमान लगाया। उसी पूर्वी द्वार के ऊपर अर्थला का दो तिकोन वाला ध्वज लहरा रहा था। ऊपर का तिकोन नीचे के तिकोन से पाँच गुना लंबा था। सफेद वस्त्र से बने ध्वज में ऊपर वाले तिकोन पर लाल रंग से सिंह का पद-चिह्न तथा नीचे वाले तिकोन पर वटवृक्ष का चिह्न बना हुआ था। रूपक ने उसकी व्याख्या की- ''सिंह का पद-चिह्न साहस का तथा वटवृक्ष ज्ञान का प्रतीक है।''

साहस का तिकोन लंबा होने के बारे में उसका कहना था कि किसी भी कार्य के लिए साहस अति आवश्यक गुण है, अन्यथा साहस के बिना सारा ज्ञान धरा रह जाता है।

कोतवाल ने दूर से ही सिंहनाद को देखकर द्वार खुलवा दिया। राजधानी में प्रवेश करने के लिए बने कुल बारह दरवाजों में से यह द्वार पूरी तरह से सैनिक गतिविधि के लिए आरक्षित था, अत: आम जन की भीड़ इस क्षेत्र में नहीं दिखाई पड़ी। द्वार के सैनिकों ने शरीर अकड़ाकर सावधान की मुद्रा में आकर अपने सेनाध्यक्ष का स्वागत किया। पूरा दल धड़धड़ाते हुए द्वार को पार कर नगरीय क्षेत्र में प्रवेश कर गया।

राजधानी के अधिकतर मकान लकड़ी के बने थे तथा रूप-रंग में एक-दूसरे से पूरी तरह भिन्न। कई घर चार मंजिला तक ऊँचे थे, कहीं-कहीं ऊँची मीनारें भी थीं। दरवाजों और खिड़कियों पर काष्ठ कला का उत्कृष्ट काम था। छज्जों का प्रयोग लगभग सभी घरों में किया गया था। खिड़कियों में किसी प्रकार का कोई जाल नहीं लगा था, कोई भी कूदकर अंदर-बाहर आ-जा सकता था। घरों की रंगाई में लाल और पीला रंग खूब प्रयुक्त हुआ था। मार्गों की चौड़ाई अच्छी-खासी थी तथा चौराहे तो और भी विशाल थे। प्रत्येक चौराहे के बीच में किसी न किसी प्रकार की मूर्ति बनी हुई थी। कहीं हाथी की, कहीं मृग की, कहीं सुराही से जल गिराती स्त्री की, एक जगह तो उछाल भरते हुए सिंह की थी। वे जिस भी मार्ग से गुजरते थे, लोग बिना क्षण गँवाए किनारे हो जाते थे।

वहाँ अधिकतर गौर और गेहुँए लोग थे, फिर भी गौर वर्ण वालों की संख्या अधिक थी। बीच-बीच में अत्यधिक काले रंग के भी कुछ लोग दिख जाते थे। अधिकतर प्रजा ने उमेठे हुए कपड़े से बनी पगड़ी बाँध रखी थी। उनकी पगड़ी एवं

धोती का रंग एक-दूसरे से मेल खाता था। किसी ने ढीली धोती पहनी थी, तो कइयों ने पैरों से चिपकाकर पहनी थी। हर तरफ रंग-बिरंगा वातावरण बना हुआ था।

मुख्य नगरीय क्षेत्र को पार कर वे अर्थमहल (मध्य पर्वत पर स्थित) के बाईं ओर वाले पर्वत पर चढ़ रहे थे। इस पर्वत पर मार्ग ऐसा बना हुआ था, जैसे किसी विशाल सर्प ने पूरे पर्वत को अपनी कुंडली में लपेटते हुए अपना फन चोटी पर रख दिया हो।

आधी घड़ी की चढ़ाई कर वे चोटी पर पहुँचे। सामने मूर्ति की बाँहें दिखीं। मूर्ति की उँगलियाँ चोटी पर धँसी हुई थीं। उन धँसी उँगलियों के ऊपर चढ़कर वे उस मूर्ति के सेतुनुमा हाथ पर अपने घोड़े दौड़ाने लगे। औरों के लिए यह एक सहज क्रिया थी, परंतु विधान और सत्तू के लिए किसी सेतु पर चलने का- वह भी इतनी ऊँचाई पर- पहला अनुभव था। एक क्षण के लिए उनका मन रोमांचित होता, तो अगले ही क्षण नीचे देखने पर हृदय भय से काँप उठता। सेतु की चौड़ाई इतनी थी कि दो रथ आमने-सामने से एक-दूसरे को पार कर सकें। दाएँ हाथ के कंधे से होते हुए वे मूर्ति की गरदन में से- जो सुरंगनुमा प्रतीत होती थी- होकर बाएँ हाथ पर पहुँच गए।

उस अद्‌भुत सेतु को पार कर वे अर्थमहल वाले मध्य पर्वत पर पहुँच चुके थे। पर्वत की चोटी लगभग सपाट ही कही जा सकती थी। सामने अविश्वसनीय रूप से अत्यधिक ऊँचा प्राचीर दिखाई पड़ा। वह इतनी ऊँचा था कि उस पर खड़े रक्षक सैनिक किसी बिंदु की भाँति दिखाई पड़ रहे थे। बीच में खड़ा मुख्य द्वार भी प्राचीर जितना ही ऊँचा था। उसके दोनों कपाटों पर हंस की आकृति उकेरी गई थी। उस द्वार को देखकर विधान के मन में आश्चर्य कौंधा- ''इतना बड़ा द्वार खुलता कैसे होगा?'' कुछ ही देर में जब वे द्वार के समीप पहुँचे, तो उसे अपने प्रश्न का उत्तर मिल गया।

उस विशालकाय द्वार के बीच में एक अन्य बीस हाथ ऊँचा द्वार था, जो उनके पहुँचने पर खोला गया तथा प्रवेश करते ही बंद कर दिया गया। रूपक ने बताया- ''यह द्वार मात्र राजपुरुषों के लिए है, यहाँ से अर्थमहल समीप पड़ता है, साधारण प्रजा को दाईं ओर घूमकर दूसरे द्वार से प्रवेश मिलता है।''

प्रवेश द्वार का मार्ग एकदम सीधे, दूर खड़े अर्थमहल को जाता था। वैभवशाली आभा लिए अर्थमहल की संपूर्ण आकृति लगभग एक सिंहासन जैसी थी। आगे का मुख्य खंड विशालकाय था और ठीक पीछे चार मोटी और ऊँची मीनारें, जो आपस में सटाकर खड़ी की गई थीं- सिंहासन की पीठ जैसी दिखती थीं। मीनारें हाथी के

पाँव के समान एकदम बेलनाकार थीं एवं उनकी चोटी पर ढेरों गरुड़ मँडरा रहे थे, मानो वहाँ उनका भोजन बँट रहा हो। उस अत्यधिक चौड़े राजमार्ग- जिस पर दस रथ आसानी से एक साथ दौड़ सकें- के दोनों ओर दर्जनों राजकीय भवन बने थे, जो अलग-अलग विभाग के कार्यालयों के रूप प्रयोग होते थे। उन कार्यालयों से आगे बढ़ने पर कई महलनुमा भवन कतार में दिखे, जिनके आगे चहारदीवारी से घिरे निजी उद्यान तथा पीछे की ओर निजी अश्वशालाएँ थीं। रूपक ने उन्हें राजसभा के राजपुरुषों का निवास बताया। आगे जाने पर अत्यंत विशाल मैदाननुमा खुला उद्यान था। बराबर से छँटी हुई घासों पर बीच-बीच में खिले हुए रंग-बिरंगे पुष्पों की ताजगी ऊर्जा प्रदान करने वाली थी। मार्ग के अगल-बगल बने उस उद्यान के दोनों भागों के मध्य में तीस हाथ ऊँचे, सफेद चिकने चमचमाते पत्थरों के हंस बने हुए थे। छोटे-से जलकुंड में बने वे हंस तैरते हुए सजीव-से लगते थे। उद्यान पार करते ही सामने महाविराट सिंहासननुमा आकृति वाला अर्थमहल खड़ा था, जिसकी विशालता की तुलना राजपुरुषों के महल से ऐसे की जा सकती थी कि मानो मूसक के सामने कोई हाथी खड़ा हो। अर्थमहल का सबसे अग्र भाग राजभवन का वह कक्ष था, जिसमें अर्थला की राजसभा आयोजित की जाती थी और जिसके कपाट इस समय बंद थे। विधान और सत्तू विस्मय से मुँह खोले गरदन घुमा-घुमा कर चारों ओर देख रहे थे।

दल का नेतृत्व करते हुए सिंहनाद उन्हें बाईं ओर से पीछे मीनारों की ओर ले गए। लंबी यात्रा की शारीरिक थकान के उपरांत भी दोनों का हृदय रोमांच से भरा हुआ था। नेत्र इतने चंचल हो रहे थे कि दृष्टि किसी एक स्थान पर टिकती ही नहीं थी।

सत्तू तब थोड़ा निराश हुआ, जब कुंडार की भाँति यहाँ भी कोई स्वागत समारोह का कार्यक्रम नहीं हुआ। विशिष्ट व्यक्ति के नाम पर कवच धारण किए एक लंबी स्त्री मीनार के नीचे द्वार पर खड़ी थी। साँवले रंग की उस स्त्री के व्यक्तित्व का तेज दूर से ही दिख रहा था। मुख पर दृढ़ता और आज्ञा देते नेत्रों वाली उस स्त्री के गर्वीले कंधे पर एक गरुड़ बैठा था। बगल में लटकती म्यान उसके सैन्य पदाधिकारी होने का प्रमाण दे रही थी।

सिंहनाद घोड़े से उतरकर उस स्त्री की ओर बढ़े। उनके समीप पहुँचते ही कंधे पर बैठा गरुड़ उड़ गया। ओजवान स्त्री गरुड़ के उड़ने पर कोई ध्यान न देकर सीधे सिंहनाद से संबोधित हुई। सहज अभिवादन के बाद कुछ देर तक धीमे स्वर में उनका वार्तालाप हुआ, फिर सिंहनाद ने विधान और सत्तू को समीप आने का

संकेत किया। समीप जाने पर मानो अपनी ही दृढ़ता का उल्लंघन करती हुई एक मधुर मुस्कान के साथ उस स्त्री ने स्वागत किया-

"अर्थला में स्वागत है, पुत्रो!"

विधान और सत्तू ने सिर झुकाकर अभिवादन किया। सिंहनाद ने पीछे खड़े रूपक को संकेत दिया। रूपक ने आगे बढ़कर परिचय कराया- "ये अर्थला की सुरक्षा परिषद की मुखिया तथा स्त्री सेना की सेनापति रुद्रबाला हैं। अर्थमहल में आपके रहने की व्यवस्था इन्हीं के अधिकार में है, कृपया इनके साथ पधारें।"

विधान देख रहा था कि लगभग चालीस वर्षीय वह तेजवती स्त्री गंभीर भाव से उसके शरीर को ऐसे निहार रही थीं, मानो किसी बात का विश्वास दृढ़ करना चाहती हों। ऊपर से नीचे तक दृष्टिपात कर लेने के बाद रुद्रबाला के मुख का भाव फिर से मधुर हो गया। बोलीं- "आओ पुत्रो! लंबी यात्रा से आए हो, चलो तुम्हारे विश्राम की व्यवस्था दिखाती हूँ।"

विधान और सत्तू किसी आज्ञाकारी बालक की भाँति रुद्रबाला के साथ चल दिए। जब वे मीनार में प्रवेश कर रहे थे, तब रूपक ने पीछे से पूछा- "बुआ! क्या मैं आऊँ? यामिनी से भी मिल लूँगा।"

रूपक की बात पर विधान और सत्तू ने एक-दूसरे का मुँह देखा। दृढ़ कदमों से आगे चल रही रुद्रबाला ने पीछे मुड़े बिना सहज भाव से आदेश सुनाया- "नहीं! कल प्रातः निश्चित समय पर आना।"

आकाश में अब सूर्य भी अपने घर लौट रहा था।

अगले दिन प्रातः जब विधान ने धीरे से नेत्र खोले, तब वह भूमि पर कपड़े को मोड़कर बनाए हुए तकिए के सहारे बाईं करवट लेटा था। सामने कपास के नर्म गद्दे के ऊपर, पलंग पर सत्तू हाथ-पाँव फैलाकर मुख खोले सो रहा था। उसी के पाँव के पास रागा भी लेटा हुआ था। किसी कुत्ते को महल के कक्ष में रखने की अनुमति नहीं थी, परंतु सत्तू रुद्रबाला के सामने ऐसे भयंकर रूप से गिड़गिड़ाया था कि वे स्वयं ही असहज हो गईं, फिर उन्होंने अनुमति तो दे दी, परंतु मात्र एक रात्रि के लिए ही।

लेटे-लेटे विधान को पिछली रात्रि की सारी घटना याद आ गई- रात्रि भोजन कर जब उन्हें दसवीं मंजिल के इस कक्ष में भेजा गया, तब तक सत्तू की साँस बुरी तरह फूल गई थी। वह जोर-जोर से अपना रोष प्रकट कर रहा था- "ऐसा भी कोई

अपने अतिथि का सत्कार करता है क्या?... भोजन खिलाकर दसवीं मंजिल चढ़वा रहे हैं...किस मूर्ख की बुद्धि में इतनी ऊँचाई पर कक्ष बनाने की बात आई... ।''

परंतु कक्ष में प्रवेश करने के कुछ देर पश्चात ही उसका सारा रोष दूर हो गया। सत्तू था ही ऐसा, कोई भी रोष या दुख उसके मन में अधिक देर तक नहीं टिकता। फिर वे दोनों उस नर्म पलंग पर खूब उछले थे और सत्तू चिल्ला-चिल्ला कर कह रहा था- ''मैं राजा बन गया... मैं राजा बन गया... दासियों मेरे पाँव दबाओ... ।'' फिर उन्होंने उस कक्ष की सभी सजावटी वस्तुओं को उठा-उठा कर देखा था- मूर्तियाँ, फूलदान, दीवारों पर टँगे चमड़े पर बने चित्र, रंग-बिरंगे घड़े- जो खाने-पीने की कोई वस्तु पाने की आशा में हाथ डालने पर खाली निकले तथा पलंग के सिरहाने रखी ध्यानमग्न साधु की मूर्ति, जिसे सत्तू ने उठाने का बलभर प्रयास किया, परंतु वह हिली तक नहीं थी। बाद में विधान ने उसे दिखाया कि वह मूर्ति भूमि में कीलित है। फिर सत्तू ने पलंग के नीचे भी घुसकर देखा, क्योंकि उसने कहानियों में सुन रखा था कि महलों के गुप्त दरवाजे पलंगों के नीचे ही कहीं बने होते हैं। उसके बाद उन लोगों ने खुले झरोखे से झाँककर देखने का प्रयास किया, परंतु अंधकार के साम्राज्य ने तलहटी में बसे घरों के टिमटिमाते पीले प्रकाश के अतिरिक्त कुछ और देखने नहीं दिया था। राजधानी से बहुत दूर, क्षितिज के पास चंद्रमा का प्रकाश परावर्तित करती हुई एक महीन चाँदी की लंबी टेढ़ी-मेढ़ी रेखा दिखाई पड़ी थी, जिसे उन दोनों ने किसी नदी या नहर के रूप में पहचाना। रागा ने भी कक्ष की हर वस्तु को सूंघकर खूब गुप्तचरी दिखाई। कक्ष के एक कोने में आकस्मिक सुरक्षा की दृष्टि से तलवार, ढाल, बरछे तथा धनुष-बाण भी रखे हुए थे। सत्तू ने तलवार लेकर ऐसा प्रदर्शन दिखाया कि रागा की पूँछ उड़ते-उड़ते बची। मन भर ऊधम मचाकर सत्तू तो पलंग पर लेटते ही सो गया था, परंतु विधान को अर्द्धरात्रि के बाद भी नींद नहीं आई थी। कड़ी जमीन को अभ्यस्त उसकी पीठ को अचानक से नर्म गद्दे नहीं भाए। अतः वह भूमि पर लेट गया था। विधान को आश्चर्य हो रहा था कि सत्तू कैसे आनंद से सो रहा है।

फिर उसे अपना स्वप्न ध्यान आया। आज तीसरी बार उसी प्रकार का वीभत्स, डरावना, विचलित कर देने वाला स्वप्न था। वह समझ नहीं पा रहा था कि यह मात्र संयोग है अथवा कुछ और।

तभी उसकी उनींदी आँखें किसी पक्षी की फड़फड़ाहट से पूरी तरह खुल गईं। उसने उठकर ध्वनि की दिशा में देखा। एक गरुड़ खिड़की पर बाहर की ओर देखता हुआ बैठा था। तब तक रागा की भी नींद उचट गई। घर में घुस आए अपरिचित को

देखकर अपनी स्वाभाविक प्रकृति के अनुसार वह धीरे-से गुर्राया और फिर भौंकते हुए पलंग से कूदकर उसकी ओर झपटा। गरुड़ उसकी ओर ध्यान दिए बिना, अपने पंख फैलाकर हवा में तैर गया। विधान ने खिड़की से बाहर झाँका। तैरते गरुड़ पर टिकी दृष्टि जब नीचे पहुँची, तो आश्चर्य और कौतूहल से आँखें और फैल गईं। उनकी मीनार की जड़ से दूर एक बड़े अहाते में कवच पहने कोई सैनिक गरुड़ों को प्रशिक्षित कर रहा था।

सैकड़ों गरुड़ झुंड बनाकर हवा में किसी विशाल सर्प जैसी आकृति में लहराते हुए उड़ रहे थे। नीचे खड़े प्रशिक्षक ने सीटी बजाकर हाथ में पकड़ी अर्द्धवृत्ताकार डंडियों से कोई संकेत किया। संकेत पाकर उस सर्प आकृति ने नीचे भूमि पर रखी छोटी-छोटी पोटलियों के ढेर की ओर गोता लगाया, और जब वे वापस ऊपर आए, तब सभी गरुड़ों के पंजों में एक-एक पोटली थी। प्रशिक्षक ने फिर से सीटी बजाकर एक नया संकेत किया। सर्प आकृति ने लहराते हुए नीचे गोता लगाया और रंगीन बाँसों को गाड़कर बनाए गए एक छोटे वृत्त में पोटली गिराती हुई वापस उड़ गई। कुछ पोटलियाँ वृत्त के बाहर भी गिरीं, परंतु अधिकांशतः वृत्त के अंदर ही थीं।

विधान भागकर सत्तू के पास गया। उसे धकेलकर जगाने का प्रयास किया, परंतु गहरी निद्रा के उस स्वामी पर कोई अंतर नहीं पड़ा। विधान ने पलंग की बगल में तिपाए पर रखे कटोरे का सारा जल उसके मुख पर उड़ेल दिया। सत्तू हड़बड़ाकर उठा। विधान उसे लगभग घसीटते हुए खिड़की तक ले गया- ''यह देख सत्तू!'' आँखें मलते हुए सत्तू ने खिड़की से नीचे देखा। नीचे का दृश्य दिखाई पड़ते ही सारी नींद सरपट भाग गई। आश्चर्य से बोला,

''यह क्या है, भइया!''

''स्वयं ही देखो।'' विधान ने कहा और वह रागा को पकड़कर खिड़की के बाहर झाँकने में उसकी सहायता करने लगा।

''ये तो रुद्रबाला हैं।'' सत्तू ने आँखें गड़ाकर कहा।

विधान ने भी प्रशिक्षक की ओर ध्यान से देखा। इतनी ऊँचाई से प्रशिक्षक का मुख अस्पष्ट था, परंतु ध्यान देने पर वह भी पहचान गया।

रुद्रबाला के संकेत पर गरुड़ तरह-तरह के करतब दिखा रहे थे। अचानक विधान ने ध्यान दिया कि इतने बड़े गरुड़ समूह में कोई गरुड़ चीख क्यों नहीं रहा, अन्यथा इतने गरुड़ों की ध्वनि से तो कान फटने लगते।

जब तीनों प्राणी बाहर का दृश्य देखकर अचंभित हो रहे थे, द्वार पर एक

परिचारिका ने आकर सूचना दी- "कृपया स्नान करके भोजन ग्रहण कर लें, कुछ समय पश्चात राजपरिवार से मिलने की व्यवस्था की गई है। किसी भी वस्तु की आवश्यकता होने पर पलंग की दाईं ओर रखी घंटी का प्रयोग करें। मेरा नाम माया है और जब तक आप यहाँ ठहरे हैं, मैं ही आपकी सेवा में उपस्थित रहूँगी।" किसी यंत्र की भाँति सूचना प्रसारित कर लगभग पच्चीस वर्षीया भूरे बालों वाली माया उनकी आवश्यकता जानने के लिए खड़ी रही...

जिस कक्ष में विधान और सत्तू बैठे थे, वह बहुत बड़ा नहीं था परंतु उसकी छत बहुत ऊँची थी। लगभग चालीस हाथ ऊँचे उस कक्ष में ढेरों जालीदार रोशनदान थे। आने-जाने के लिए कक्ष में एक ही द्वार था। वहाँ सजावटी सामान के नाम पर एक फूलदान तक नहीं था। दीवारों पर हंस की विभिन्न मुद्राओं में आकृतियाँ उकेरी गई थीं। आयताकार आकृति में रखे दस आसन, दस विशिष्ट व्यक्तियों के वहाँ उपस्थित होने का तर्क दे रहे थे। दो आसनों पर विधान और सत्तू ने अधिकार जमाया हुआ था, शेष आठ विशिष्ट-जनों की वे प्रतीक्षा कर रहे थे। उनकी प्रतीक्षा लंबी नहीं चली। द्वार से सिंहनाद, रूपक, रुद्रबाला, स्थूल तथा दो अन्य राजपुरुषों ने प्रवेश किया। रूपक को छोड़कर सभी आसन पर बैठे। वह रुद्रबाला के पीछे खड़ा रहा। रुद्रबाला बिना कवच के सामान्य वस्त्रों में थीं। सिंहनाद के ही समान हाथों तथा गरदन पर पड़े चिह्नों को देखकर रुद्रबाला के युद्धक इतिहास की कल्पना करके विधान के मन में उस वीर महिला की आभा और भी बढ़ गई। वहाँ उपस्थित दो नए व्यक्तियों का परिचय रूपक ने वित्त-मंत्री विश्वरथ तथा उपसेनाध्यक्ष कुंतल के रूप में कराया। विधान को कुंतल अधिक रुचिकर लगे। उनका कद छोटा था, परंतु देह किसी साँड़ के समान कठोर दिख रही थी। कक्ष के बाहर शस्त्रबद्ध खड़ी परिचारिका ने रानी वसुंधरा के आगमन की घोषणा की। सभी उठकर खड़े हो गए। रानी सबसे अलग विशिष्ट से दिखने वाले आसन पर आकर बैठी। उसके बाद अन्य लोग भी बैठ गए। रानी की कद-काठी रुद्रबाला जैसी ही थी, बस रंग गोरा था। मुख पर तेज किसी अधिकारयुक्त व्यक्ति जैसा था। रुद्रबाला जैसे ही कसरती शरीर तथा घाव के कुछ पुराने चिह्नों को देखकर विधान को आश्चर्य हुआ। उसके मन में उठा- क्या रानी भी युद्ध करती है! उसके द्वारा सुनी गई कहानियों वाली सुकोमल रानी से यह रानी एकदम भी मेल नहीं खाती थी। रानी की आँखों में आशा का प्रकाश था। कुछ ही क्षण बीते थे कि परिचारिका ने राजकुमारी धरा के

आगमन की सूचना दी। उठा तो कोई नहीं, परंतु राजकुमारी होना ही अपने आप में उसे विशिष्ट बनाता था।

अगले ही क्षण अपनी निजी परिचारिका के साथ वह लंबी राजकुमारी प्रकट हुई, जिस पर दृष्टि पड़ते ही सिद्धिधारक की आँखें स्तंभित रह गईं। नारी सौंदर्य की कल्पनातीत मूर्ति सामने थी। रंग ऐसा मानो दूध में किसी ने दो लाल कण गिरा दिए हों। अंडाकार मुख, धनुषाकार भौंहों के नीचे बड़ी नीली आँखों के एकदम सफेद कोए, तीखी नाक, संतुलित गोलाई लिए चिबुक, लंबी सुडौल गरदन और बहुत थोड़े से उठे गालों से परावर्तित होता प्रकाश उसके रूप-वैभव का खुला प्रदर्शन कर रहे थे। केश चमकीले भूरे थे, जो प्रकाश पड़ते ही और भी दमक उठते। सफेद धागों की जालीदार बुनाई तथा जमुनी रंग की किनारी वाले वस्त्र में लिपटी वह रमणीय काया आकर रानी की बगल में बैठ गई।

वहाँ बैठे सभी व्यक्ति स्पष्ट देख सकते थे कि अतुलनीय रूप-संपदा की स्वामिनी वह राजकुमारी अनमने ढंग से वहाँ उपस्थित थी, जैसे उसने पहले ही निश्चय कर रखा हो कि सभी उपस्थित लोग यह जान जाएँ कि यहाँ होने वाले किसी भी क्रियाकलाप में उसकी कोई रुचि नहीं होगी।

दो आसन अब भी खाली थे। वहाँ फैली निःशब्दता को रानी वसुंधरा के ओजस्वी संबोधन ने तोड़ा-

"पुत्र!"

विधान के कानों में यह शब्द गूँज के समान टकराया। पिछले कुछ दिनों से अनजान लोगों द्वारा 'पुत्र' शब्द सुनकर वह बहुत विचित्र अनुभव कर रहा था। साधारण-से गाँव का, अपने में ही रहने वाला अति सामान्य लड़का अचानक से पूरे राज्य के लिए महत्वपूर्ण हो गया था।

रानी बोल रही थी- "अर्थला को अपना कर्तव्य पूरा करने के लिए काण के उत्तराधिकारी की शक्ति चाहिए।"

विधान ने रानी की बात सुनी और मौन धारण कर लिया। वह रानी से दृष्टि मिलाए हुए था। सभी देख रहे थे कि अभी तक असहज रूप से बैठा लड़का अब कुछ और हो गया है। सिंहनाद को उसके मुख पर भष्मखंड वाली दृढ़ता दिखी। वह मजबूत, तटस्थ और शांति में लीन दिख रहा था, उसकी आँखों से अलौकिक प्रकाश फूटता प्रतीत हुआ, इन सबसे बढ़कर सिंहनाद को अपना मित्र काण दिख रहा था।

भूमि-सिद्धि के उत्तराधिकारी ने अपना मुख खोला, तो उपदेशात्मक वाणी में

बोला- "मनुष्य की सहायता शक्ति नहीं मनुष्यता करती है।"

यह सुनते ही रानी की आँखों में मानो अग्नि उतर आई। मन अंदर से भभक उठा, पर स्वयं को नियंत्रित कर वाणी को मधुर बनाकर कहा- "तुमने ठीक कहा पुत्र! परंतु संग्राम सामने खड़ा हो, तो शक्ति ही लोगों का जीवन बचाती है।"

विधान बोला तो इस बार भी सत्तू को लगा कि कोई और बोल रहा है। वह बोल रहा था- "जब मैं शक्तिहीन था, तब इन्हीं हाथों से अपने पिता की चिता जलाई और जब शक्तिसंपन्न हुआ, तब भी इन्हीं हाथों से अपने गुरु को राख बनाकर आया हूँ। शक्ति ने जीवन क्यों नहीं बचाया? संसार को शक्ति की नहीं मनुष्यता और दया की आवश्यकता है।"

रानी ने धधकते नेत्रों से सिंहनाद की ओर देखा, फिर स्वयं को मधुर बनाने का पूरा प्रयास करते हुए बोली- "पुत्र! जिस मनुष्यता और दया वाले संसार की तुम कल्पना कर रहे हो, मुझे नहीं पता वह संसार कब अस्तित्व में आएगा। परंतु जिस युग में हम उपस्थित हैं, उसे शक्ति ही संचालित करती है। मैं एक सीधी विनती कर रही हूँ..." रानी ने मुख पर सरलता लाने का भरपूर प्रयास किया- "इस युग तथा इस स्थान को तुम्हारी शक्ति की आवश्यकता है, एक रानी अपने कर्तव्यों को पूरा करने के लिए याचक के समान तुम्हारी सहायता माँग रही है।"

बगल में बैठी धरा के मुख से साफ झलक रहा था कि उसे अपनी माँ का किसी देहाती के सामने याचना करना तनिक भी पसंद नहीं आया। इस बार विधान ने सहजता से कहा- "मैं अपने गुरु की शिक्षाओं में बँधा, किसी की भी सहायता के लिए सदैव प्रस्तुत हूँ, परंतु मुझे अभी तक यह समझ नहीं आया कि मैं किस प्रकार आपकी सहायता करूँ। जिस सिद्धि के विषय में रूपक ने बताया, उसका नाम तक मैंने नहीं सुना था। आप लोगों ने मुझे बताया कि मेरी शक्ति का क्या नाम है। जब मुझे स्वयं ही अपनी शक्ति के बारे में ज्ञान नहीं, तब मैं किसी की सहायता कैसे करूँ। मुझे इतिहास का ज्ञान नहीं, राजव्यवस्था का ज्ञान नहीं। राजाओं और युद्धों की मात्र कहानियाँ ही सुन रखी हैं... जो कथाएँ मुझे रूपक बताता है, उन्हें सुनकर मुझे अचंभा होता है। अचानक से खुल गए इस नए संसार को देखकर मैं अभी तक अचंभित हूँ। आप स्वयं बताएँ, मैं कैसे आपकी सहायता करूँ।"

रानी ने अप्रसन्नता से सिंहनाद और रुद्रबाला की ओर देखा, कुछ बोलने ही जा रही थी कि सिंहनाद बीच में बोल पड़े- "पुत्र! तुमने सही कहा, आकस्मिक आया परिवर्तन इतनी सरलता से ग्राह्य नहीं होता। हम तुम्हें कुछ समय के लिए अमरखंड भेज रहे हैं, जहाँ तुम इतिहास, राजव्यवस्था और अपने रुचि के विषयों

का अध्ययन करना। अमरखंड में ही तुम्हें अपनी सिद्धि का स्तर बढ़ाने का उचित मार्ग भी प्राप्त होगा।'' सिंहनाद ने देखा, विधान थोड़ा प्रसन्न दिख रहा था। वे आगे बोले- ''अमरखंड में काण ने भी शिक्षा प्राप्त की थी। मुझे नहीं प्रतीत होता कि तुम्हें कोई आपत्ति होगी।''

''नहीं! मुझे कोई आपत्ति नहीं, वहाँ तो मैं स्वयं ही प्रसन्नतापूर्वक जाना चाहता हूँ।'' विधान ने झट से उत्तर दिया।

विधान को कोई आपत्ति नहीं थी, पर रानी इस प्रस्ताव से तनिक भी प्रसन्न नहीं हुई। फिर भी उसने मुख पर कृत्रिम मुस्कान लाते हुए कहा- ''पुत्र! अर्थला को अपना घर समझना तथा एक परिवार को अपने सामर्थ्यवान पुत्र से संरक्षण की जो आशा होती है, अर्थला उसी का प्रकाश तुम में देखती है।''

विधान ने सिर हिलाकर उसकी बात को सम्मान दिया। रानी ने आगे कोई वार्ता नहीं की और कक्ष खाली करने का संकेत किया।

खाली हो चुके कक्ष में जब रानी के अतिरिक्त सिंहनाद और रुद्रबाला ही बचे, तब वसुंधरा क्रोध एवं हताशा से फट पड़ी- ''देख लेना रुद्रा! अवसर आने पर यह भी उस ढोंगी काण की भाँति आँखें मूँदकर समाधि में बैठ जाएगा। चार अंगुल का लड़का है, मनुष्यता और दया की बात करता है... कितना संसार देख लिया है इसने इस उम्र में? उस काण ने अपने ही विचार ठूँस-ठूँस कर भरे हैं।'' रानी की उत्तेजना बढ़ती ही जा रही थी- ''यदि समय रहते उस बाहुबली ने सहायता कर दी होती, तो आज अर्थला इतनी दुर्गति में न होती।''

रानी को आपा खोते देख रुद्रबाला ने पद की सीमा छोड़कर व्यक्तिगत संबंधों का संबोधन दिया- ''अब छोड़ो भी वसुंधरा! पुराने दुखों को लेकर कब तक सिर पटकती रहोगी।''

वसुंधरा चुप नहीं हुई, बोलती ही रही- ''जब उसके सामर्थ्य की आवश्यकता थी, तब मनुष्यता के रक्त और अहिंसा का ज्ञान बघारकर पालथी में बैठ गया था और जब अर्थला का सूर्य अस्त हो गया, तब दूसरे दिन ही सारी अहिंसा छोड़कर वह ढोंगी अपना पराक्रम दिखाने लौट आया... अवसर आने पर सहायता के स्थान पर ज्ञान देना ढोंगियों का ही कार्य है, रुद्रा!... वास्तविकता के धरातल पर पाँव रखते ही सारी नैतिकता हवा में घुलते देर लगती... यह लड़का भी तो उसी का सिखाया हुआ है...जो काण ने किया, वही यह भी करेगा...''

सिंहनाद, वसुंधरा का यह रूप अनगिनत बार देख चुके थे। उन्होंने शांत स्वर में कहा- "हर व्यक्ति एक-सा नहीं होता! बिना कुछ किए किसी और के समान समझ लेना ठीक नहीं।"

वसुंधरा शांत होने के बजाय और भड़क गई- "बिना कुछ किए?...देखा नहीं आपने?....काण की ही बोली बोल रहा था... (फिर पुरुषों की भाँति आवाज भारी करने का अभिनय करते हुए)...मनुष्य की सहायता शक्ति नहीं मनुष्यता करती है..."

मन भर रोष निकालकर जब वसुंधरा शांत हुई, तो कोई कुछ न बोला। लंबे समय तक पसरे शून्य को रानी ने ही समाप्त किया। स्वयं को बहुत सीमा तक संयमित कर सिंहनाद से बोली- "उसे अमरखंड भेजने का प्रस्ताव मेरी समझ में नहीं आया, क्या हमारे पास इतना समय उपलब्ध है कि उसकी शिक्षा पूरी करवाएँ?"

सिंहनाद बोले- "हे रानी! जिस प्रकार की सहायता तू उससे चाहती है, वह अभी संभव नहीं और अभी तो...."

"...क्यों नहीं संभव? नए सिद्धिधारक बनाने में समस्या क्या है?" रानी ने बीच में ही टोका।

"अंगिरा ने अभी दो मास तक उसे सिद्धि प्रयोग करने से परहेज रखने को कहा है और उसकी स्वयं की सिद्धि इस स्तर की नहीं है कि वह नए सिद्धिधारक बना सके।" सिंहनाद ने समझाया।

"अर्थात, उस काण की भाँति यह भी कोई सहायता नहीं कर सकता।" रानी ने अपने मन का विषाद प्रकट किया।

सिंहनाद को अपने मित्र काण का इस प्रकार बार-बार अपमान अच्छा नहीं लगता था, परंतु रानी की मनोदशा जानकर वे कुछ नहीं बोलते थे। उन्होंने अपनी बात जारी रखी- "यदि वह किसी प्रकार नए सिद्धिधारक उत्पन्न कर दे, तब भी उन्हें सहायता योग्य प्रशिक्षित होने में समय लगेगा। इसके अतिरिक्त अभी उसके पास 'शक्ति-कुंडल' भी नहीं हैं। मेरी सैन्य दृष्टि कहती है कि नए संसाधनों की खोज के स्थान पर उपलब्ध संसाधनों का ही समुचित उपयोग अधिक लाभकारी होगा। कुछ अप्रशिक्षित सिद्धिधारक की अपेक्षा एक पूर्ण सिद्धिधारक सहस्रों गुना अधिक सार्थक है। उसे अमरखंड भेजने के प्रस्ताव के पीछे मेरा विचार यह है कि जितने समय तक उसे सिद्धि से परहेज रखना है, उस समय का उचित लाभ उठाते हुए वह इस समाज का कुछ व्यावहारिक ज्ञान अर्जित करे।" सिंहनाद बोलते रहे-

''वह एक साधारण जीवन शैली के निश्चित वातावरण में पला-बढ़ा है। आकस्मिक हुए वातारण-परिवर्तन से कोई भी भ्रमित हो सकता है। उसे बस वही ज्ञात होता है, जो हम उसे बताते हैं। हमारी तरह किसी दूसरे ने उसे कुछ बता दिया, तो वह उसे भी सच मान बैठेगा। इस नए वातावरण में ढलने में कुछ समय लगेगा... वह अमरखंड में स्वयं इतिहास पढ़े, जिससे कि इतिहास की सत्यता के लिए वह किसी और की कहानी पर आश्रित न रहे। उसे राजनीति, राजधर्म और कूटनीति का ज्ञान लेने दो, अन्यथा यहाँ राजसभा में विरोधियों की संख्या कम नहीं है, कल कोई भी अपनी राजनीति में फँसाकर उसे हमारे ही विरुद्ध खड़ा कर सकता है। वहाँ वह युद्ध-शास्त्र की शब्दावली सीखे, जो अत्यंत आवश्यक है। पिछले वर्ष दक्षिण के कुछ युद्धों में वहाँ की सेना के अप्रशिक्षित सैनिक संकेतों का सही अर्थ न निकाल पाने के कारण अपना ही व्यूह तोड़ बैठे थे।''

''इतने अल्प समय में वह सारा ज्ञान अर्जित कर सकेगा?'' रानी की भौंहें अब भी वक्र थीं।

''सारा ज्ञान ग्रहण करना भले ही संभव न हो, परंतु सिद्धि होने के कारण सीखने की गति औरों से कई गुना तीव्र अवश्य रहेगी।''

''जब पूरा समय ग्रंथों से ज्ञान निकालने में लगा देगा, तब अपनी सिद्धि कैसे पूर्ण करेगा?'' वसुंधरा की वाणी अब भी पर्याप्त अप्रसन्न थी।

''छह माह पश्चात महर्षि गौतम उसे भी काण की भाँति राह दिखा देंगे,'' सिंहनाद विश्वास के साथ बोले।

वसुंधरा इस बार कुछ न बोली, परंतु उसके मन में सिद्धिधारक के प्रति अविश्वास गूँज रहा था। सिद्धि पूर्ण कर कहीं यह भी काण की भाँति नैतिकता का ज्ञान न झाड़ने बैठ जाए।

अपने निजी कक्ष में यामिनी की गोद में सिर दबवाती धरा अपना रोष प्रकट कर रही थी- ''माँ भी न जाने कहाँ-कहाँ से भिखमंगों को उठा लाती हैं?''

''भिखमंगा?'' सिर दबाते हुए यामिनी के हाथ स्वतः ही रुक गए। बोली- ''वह सिद्धिधारक है धरा! एक अलौकिक शक्तिधारी।''

''हुंह! टिड्डों की तरह कूदने-फाँदने में कौन-सी अलौकिक शक्ति?'' धरा ने मुँह बनाकर कहा और गोद में ही करवट बदल ली।

''तुम स्वयं भी तो आदरणीय काण के पराक्रम की गाथा जानती हो, उसके

पश्चात भी सिद्धिधारक का ऐसा उपहास?'' यामिनी को धरा द्वारा हर किसी का निरादर करना अच्छा नहीं लगता था और यह तो सिद्धिधारक के विषय में था।

धरा ने आँखें उठाकर यामिनी की ओर देखा- ''तुझे बहुत चिंता हो रही है उस भिखमंगे के आदर-सम्मान की, देखा नहीं फटी एड़ियों में कैसा मैल भरकर लाया था। राजपुरुषों जैसा कोई भी संस्कार दिख रहा था उसके व्यवहार में... ?''

धरा उठकर खड़ी हो गई- ''गँवारों की तरह टाँगें फैलाकर बैठा था और वह जो उसकी बगल में पेट फुलाकर बैठा था, एकदम मेंढक जैसा दिख रहा था... माँ भी न जाने किस-किस से याचना करती रहती हैं। सहायता सेनाएँ करती हैं या कोई काला भिखमंगा।''

''काला कहाँ? साँवला वर्ण है, नैन-नक्श भी सुदर्शन हैं।'' यामिनी के मुख से अपने आप निकल पड़ा।

''ओह! मेरी माँ!'' धरा ने बनावटी आश्चर्य का भाव दिखाया- ''तू तो पहली दृष्टि में ही उस पर रीझ गई।'' धरा ने दोनों हाथों से उसका मुख थाम लिया और पुचकारते हुए बोली- ''आज ही मौसी से कहकर तुम दोनों का ब्याह करा देती हूँ, फिर मैं उसे भिखमंगा नहीं कहूँगी।''

यामिनी, रुद्रबाला की पुत्री थी तथा धरा के साथ ही पली-बढ़ी थी। महल में उसका पद राजकुमारी की परिचारिका का था, परंतु उन दोनों का व्यक्तिगत संबंध एक सखी समान था।

यामिनी को विधान अच्छा लगा था, परंतु ऐसी कोई भावना उसके मन में अभी तक नहीं उपजी थी, फिर भी धरा का विधान को बार-बार भिखमंगा कहना उसे बुरा लग रहा था।

''मैं अब कुछ नहीं कहूँगी।'' यामिनी ने मुख पर सपाट भाव लाते हुए कहा।

''तुम्हारे कुछ भी कहने से भिखमंगा राजपुरुष तो नहीं बन जाएगा... तनिक मेरे राजकुमार यज्ञ के बारे में सोचकर देख, उस जैसा है कोई इस संसार में?'' धरा की दृष्टि खिड़की के बाहर दूर न जाने कहाँ खो गई।

यामिनी ने सिर पीट लिया- फिर शुरू हो गई, अब पूरा दिन अपने स्वप्नलोक में खेलती रहेगी। दो वर्ष पूर्व अमरखंड के एक शांति सम्मेलन में मुंद्रा के उस सुदर्शन राजकुमार को देखते ही ऐसे रीझ गई थी कि भूल ही बैठी कि वह अर्थला के सबसे बड़े शत्रु पक्ष का है। तब से अपनी कल्पना में ही उसकी प्रेयसी बनकर घूमती रहती है।

"सुन यामिनी! क्या मेरा लेप तैयार हो गया।" धरा की आवाज अब भी स्वप्नलोक से ही आ रही थी।

"जा रही हूँ, अब तक तो, हो ही गया होगा।" यामिनी पलंग से उठते हुए बोली।

"जा! जाकर तैयार करवा, उस जैसी मोहिनी सूरत के लिए मुझे भी अपनी सुंदरता बनाए रखनी होगी...और सुन! संध्या को मेरी धनुर्विद्या के प्रशिक्षण में देर मत होने देना। यह नया प्रशिक्षक बहुत आलसी है। दो दिन आएगा, तो तीन दिन बीमार रहने की बात कहेगा। मैं नहीं चाहती कि मेरी धनुर्विद्या मेरे 'यज्ञ' से किसी भी तरह कमतर रहे। संसार के श्रेष्ठ धनुर्धर की प्रियतमा भी उसकी कला में उसके ही समकक्ष होनी चाहिए... है न!"

यामिनी ने एक ठंडी साँस छोड़ी और "मैं सारी व्यवस्था देखती हूँ," कहकर कक्ष से निकल गई।

बसंत और मयूरी

सूर्य इतना चढ़ चुका था कि ठंडी हवा बहने के बाद भी शरीर को अपने ताप से विचलित कर दे रहा था। उनकी घोड़ागाड़ी ने अभी तक वन के उस भाग का सफर पूरा किया था, जहाँ ऊँचे-ऊँचे वृक्षों ने छन्नियों की भाँति धूप को छितराकर गुजरने दिया था। परंतु अब वे बुरांस के लाल फूलों वाले वृक्षों के मध्य गुजर रहे थे। कई पुष्प उनकी गाड़ी में ऐसे गिरे, जैसे वृक्ष अपने आगंतुकों का स्वागत कर रहे हों। थोड़ी ही देर में किसी मेहमान की भाँति उन पुष्प वृक्षों से विदाई लेकर वे ऊबड़-खाबड़ मार्ग से होते हुए नियमित मार्ग पर आ गए। यह नियमित मार्ग आगे कितनी दूर तक ऐसा ही बना रहेगा, यह उन्हें भी नहीं मालूम था, क्योंकि अब तक ऐसे न जाने कितने सपाट मार्ग बीच-बीच में आकर गुजर चुके थे, परंतु वन अब भी पूरी तरह समाप्त नहीं हुआ था।

आराम से चल रही घोड़ागाड़ी में बैठा युवक घोड़ों को हाँकता हुआ सामने देख रहा था और एक युवती उसकी पीठ से अपनी पीठ सटाकर करवट के बल, फूस के बिछौने पर आँखें मूँदे लेटी थी। युवक का रंग गोरा और आँखें बादामी थीं। मजबूत कद-काठी का उसका शरीर हल्की-फुल्की खरोंचों वाला था। पीछे लेटी युवती उससे भी अधिक गोरी, लंबी गरदन तथा हल्की हरी आँखों वाली थी। उसके एक चोटी वाले रूखे केश भूरे थे। जब भी किसी छोटे-मोटे पत्थर से टकराकर उनकी घोड़ा गाड़ी उछलती, तो वह मुँह से धीमी सीटी बजाती। उसके पैरों के पास एक बोरे में कुछ सामान भरा हुआ था। पंजों से टटोलकर युवती ने बोरा आगे खींचा तथा हाथ डालकर लकड़ी का एक गुड्डा निकाला। गुड्डे के सिर के ऊपर एक पतली लकड़ी निकली हुई थी जिस पर दो पंखुड़ियों वाला छोटा पंखा लगा था। गुड्डे को पकड़ने के लिए उसकी टाँगों के बीच से नीचे की ओर पतली छड़ी लगी थी। गुड्डे को ऊपर हवा में उठाते ही पंखा रथ के पहिए की भाँति घूमने लगा और पंखे के घूमते ही गुड्डा भी हाथ-पाँव हिलाकर नृत्य-सा करने लगा।

"तनिक गति तो बढ़ाना," युवती ने किसी बच्चे की तरह आग्रह किया।

युवक के मुख पर मुस्कान की एक क्षीण रेखा उभरी और उसने घोड़ों की गति बढ़ा दी। गति बढ़ते ही पंखा जोर से घूमा और उसी के साथ गुड्डा भी तेजी से हाथ-पाँव हिलाने लगा। गुड्डे को विचित्र ढंग से नाचता देख युवती बहुत प्रसन्न

हुई। उसने गुड्डे को रखकर बोरे से एक हाथी निकाला। हाथी की पीठ पर भी उसी प्रकार एक पंखा लगा हुआ था। पंखा घूमने के साथ वह भी चारों पाँव ऐसे हिलाता जैसे दौड़ रहा हो। थोड़ी देर तक आनंद लेकर उसे भी रख दिया। फिर युवती ने करवट बदलकर अपना पेट युवक की पीठ से चिपकाया और अपनी उँगली से युवक के पेट में गुदगुदी करने लगी।

"ऐसा मत कर मयूरी! मैं गाड़ी कैसे चलाऊँगा?" युवक ने गुदगुदी सँभालते हुए विनती किया।

"तो कहो, मैं सुंदर हूँ।" चमकदार माथे वाली मयूरी ने आँखें मूँदे कहा।

"हाँ! हाँ! तुम सुंदर हो...हर बार मुझसे यह कहलाकर क्या तुम्हारी सुंदरता और भी बढ़ जाती है?"

"कहो! मैं संसार में सबसे सुंदर हूँ," गुदगुदी अब भी चल रही थी।

"तुम संसार में सबसे सुंदर हो।"

"कहो! मेरे बाल सुंदर हैं।"

"तुम्हारे बाल सुंदर हैं।"

"कहो! संसार में सबसे बड़ा प्रेम मयूरी ही वसंत से करती है।"

"संसार में सबसे बड़ा प्रेम बसंत ही मयूरी से करता है।"

"देखा! सही-सही कहो...अन्यथा..." चेतावनी देकर मयूरी ने गुदगुदी बढ़ा दी।

"नहीं! सबसे बड़ा प्रेम बसंत ही मयूरी से करता है।"

"अच्छा! तुम मानोगे नहीं..." कहकर मयूरी उठी और बसंत का मुख चूम लिया।

"चलो, कहो!" मयूरी ने पुचकारा।

"नहीं कहूँगा।"

"तुम मेरी कोई बात नहीं मानते।" मयूरी ने मुँह फुला लिया।

"अच्छा ठीक है! मयूरी का ही प्रेम सबसे बड़ा है।" बसंत ने प्रेम से उसके गाल दबाए।

"तुम कितने अच्छे हो..." कहकर मयूरी ने एक लंबा चुंबन दिया और बगल में बैठ गई। फिर अपना सिर बसंत के कंधे से टिकाकर आँखें मूँदे कोई गीत गुनगुनाने लगी। लंबे समय तक घोड़ागाड़ी स्थिर गति से चलती रही। इस बार का सपाट मार्ग उन्हें वन के बाहर ले जा रहा था। कुछ ही देर में वे मैदानी क्षेत्र में आ गए।

"धूप लगती है।" मयूरी बोली।

बसंत ने उसके गालों को चूमा और पैरों के पास एक रस्सी खींची। पीछे एक मोटा डंडा उठकर खड़ा हो गया। फिर दूसरी रस्सी खींची। डंडे के ऊपर एक छतरी खुल गई, जिसकी छाँव ने दोनों को राहत दी।

"प्यास के मारे तालू सूख रहा है।" मयूरी फिर बोली और गरदन उठाकर इधर-उधर देखने लगी- "कहीं कोई जल स्रोत नहीं दिखा अब तक।"

"बाईं ओर उस चमकीली रेखा को देखो," उँगली से संकेत कर बसंत बोला।

"क्या वह जलप्रपात है?" आँखों पर बल देकर मयूरी ने पूछा।

"प्रतीत तो ऐसा ही हो रहा, चलो देखते हैं।"

कुछ देर बाद उनकी घोड़ागाड़ी उस झरने के पास आकर रुकी। गाड़ी रुकते ही दोनों किसी खिलंदड़ बच्चे की भाँति झरने की जड़ पर बने जलाशय में कूद पड़े। एक-दूसरे पर पानी उछाला और उन्मुक्त होकर खेलते हुए उन्होंने खूब समय बिताया। भीगे वस्त्रों सहित दोनों जलाशय से निकलकर एक चट्टान पर लेट गए। आसमान में कुछ खोजती मयूरी अचानक से उठकर बसंत के ऊपर लेट गई और उसका मुख पकड़ कर चूमने लगी। फिर कुछ क्षणों बाद चुंबन लेते-लेते रोने लगी। आँखों से आँसू झरझरा गए और मुख से सिसकियाँ खुलकर फूट पड़ीं। बसंत उसे अपने अंक में भरकर लेटा रहा। बहुत प्रयास करने पर भी स्वयं को रोक नहीं पाया और वह भी फूट-फूट कर रो पड़ा।

दोनों एक-दूसरे से लिपटे देर तक रोए, फिर शांत होकर बेसुध से लेटे रहे। बाद में जब वे एक-दूसरे से अलग होकर उठे, तब तक सूर्य ने उनके गीले वस्त्र थोड़े-बहुत सुखा दिए थे। दोनों ने अच्छे से मुँह धोया और वस्त्रों को ठीक किया। मयूरी फिर से मुस्कराई और बसंत के गालों पर एक चुंबन देकर गाड़ी में बैठ गई।

घोड़ा गाड़ी उनको लेकर संध्या तक दौड़ती रही। अँधकार घिरने पर वे एक गाँव के बाहर नहर के समीप रुके। बसंत ने एक वृक्ष के नीचे गाड़ी का एकमात्र सामान वह बोरा उतारा, घोड़ों को खोलकर नहर से पानी पिलाया और चरने के लिए छोड़ दिया। फिर आसपास से कुछ सूखी लकड़ियाँ इकट्ठा कर आग जला दी। आकाश में पूर्णिमा का चाँद निकला हुआ था। स्वच्छ चाँदनी में चीजें स्पष्ट दिख रही थीं। मयूरी नहर के जल में अपने पाँव डालकर बैठ गई।

"मैं कुछ फल खोजकर लाता हूँ, तब तक यहाँ से हिलना नहीं।" बसंत ने

पीछे से उसके दोनों कंधे दबाकर कहा।

"मैं कहाँ हिलती हूँ?" मयूरी मासूम बनते हुए बोली- "हिलते तो मेरे पाँव हैं, कौतूहल जाग जाए, तो मेरे पाँव मेरे बस में नहीं रहते।"

"यह स्थान दूसरा है और अभी रात्रि भी है, अत: अपना कौतूहल दबाकर रखना।"

"ठीक है! एकदम नहीं हिलूँगी, परंतु मेरे लिए एक खरहा मार लाना।"

"... तू जानती है, मैं मांसाहार नहीं करता... और तेरा भी मांसाहार करना मुझे अच्छा नहीं लगता।"

"अच्छा-अच्छा मेरे प्यारे बसंत! मैं भी फल ही खाऊँगी।" मयूरी ने पुचकारते हुए कहा।

बसंत ने उस पर प्रेमभरी एक दृष्टि डाली और चला गया। बसंत के जाने के बाद मयूरी ने अग्नि बुझा दी, क्योंकि वह नहर के जल में चंद्रमा का स्पष्ट प्रतिबिंब देखना चाहती थी।

मंद-मंद बहती नहर में हिलते हुए चंद्रमा को देख आनंदित हो, वह पीछे की ओर लेट गई। लेटे-लेटे थके शरीर को कब नींद आ गई, उसे स्वयं भी पता नहीं चला। आँख तब खुली, जब कुछ शोर सुनाई पड़ा। दूर कहीं गाँववाले शोर मचा रहे थे। धीरे-धीरे शोर समीप आता गया। लोगों के हाथों में जल रही उल्काओं से उनकी दूरी पता चल रही थी। वह उठकर खड़ी हुई और शोर की दिशा में देखने लगी। तभी सामने लगभग बीस हाथ की दूरी पर झुरमुटों से निकलकर किसी पशु की आकृति प्रकट हुई। इतनी दूर से मात्र इतना ही ज्ञात हुआ कि वह पशु मुँह में कुछ दबाकर भागा आ रहा है। जिस स्थान से वह प्रकट हुआ था, उसके अगल-बगल ऊँची चट्टानें खड़ी थीं, अत: उस पशु के लिए नहर पार करके ही आगे बढ़ने का मार्ग बचा था। वह पशु निर्द्वंद्व भाव से उसी ओर भागा जा रहा था, मानो यह मार्ग उसके लिए सदैव से परिचित रहा हो। कुछ पग दौड़कर वह सामने खड़ी मयूरी को देखकर एकदम से रुक गया। वह इतना समीप आ चुका था कि फैली हुई चाँदनी उसकी पहचान बताने के लिए पर्याप्त थी। वह एक वयस्क तेंदुआ था, जो गाँव के किसी छोटे बच्चे को मुँह में दबाकर भाग रहा था। उसकी दाढ़ों में फँसा बच्चा संभवत: मूर्च्छित था।

मयूरी को देखकर तेंदुआ ऐसे स्तंभित हुआ, जैसे उसने इस प्रकार अपना मार्ग रोके जाने की कभी कोई कल्पना ही न की हो। वह गुर्राता हुआ इधर-उधर कोई दूसरा मार्ग खोजने लगा। अंत में वह वापसी के लिए मुड़ा, परंतु तब तक तक

गाँववालों की उल्काएँ दिख गईं। तेंदुए के सामने उसका मार्ग स्पष्ट हो गया कि उसे अपना शिकार छोड़कर भागना होगा तथा किस ओर यह भी। संख्या बल देखकर निश्चित था कि वह सामने अकेली खड़ी मयूरी पर आक्रमण कर नहर के रास्ते भाग जाएगा। गाँववालों ने अब तक उसे पीछे से घेर लिया था, वे कंकड़-पत्थर फेंककर उसे डराने का प्रयत्न कर रहे थे। परंतु वह केवल प्रयास भर ही था। तेंदुए पर इसका नाममात्र भी प्रभाव नहीं पड़ा। उसने मुँह से अपना शिकार गिराया और फुर्तीली दौड़ लगाता हुआ मयूरी पर आक्रमण करने चल पड़ा।

मयूरी कमर पर हाथ रखकर ऐसे खड़ी थी, जैसे अपने किसी प्रिय से मिलने की प्रतीक्षा कर रही हो। आक्रमणकारी बहुत समीप आ चुका था, परंतु वह अभी भी मूर्तिवत खड़ी थी। तेंदुए ने आसान शिकार देखकर निश्चिंत हो एक लंबी छलांग लगाई। ठीक उसी क्षण कमर के पीछे बँधा छुरा मयूरी के हाथ में चमका, वह झट से नीचे बैठी और पूरी शक्ति से अपना शस्त्र ऊपर से गुजरते तेंदुए के पेट में घोंप दिया। तेंदुए ने अपनी छलांग पूरी की। डगमगाते पैरों से धीरे-धीरे चलता हुआ नहर के पास तक पहुँचा। लड़खड़ाते हुए नहर पार करने का प्रयास किया, परंतु नहर के दूसरे छोर तक पहुँचते ही गिरकर तड़पने लगा। छुरे की बगल से निकलता हुआ रक्त नहर के जल में फैलकर चंद्रमा के प्रतिबिंब को लाल कर रहा था।

गाँववाले मुँह खोले देखते रहे। जिस आदमखोर को मारने के लिए वे इतने दिनों से तरह-तरह की योजनाएँ बना रहे थे, उसे एक स्त्री ने क्षणभर में ढेर कर दिया। लोगों के बीच खुसर-पुसर होने लगी। भीड़ से एक स्त्री भागते हुए मूर्च्छित पड़े बच्चे के पास पहुँची और उसे अपनी छाती से चिपकाकर भीड़ में वापस लौट गई। भीड़ में हो रहे शोर से मालूम हो रहा था कि बालक अभी जीवित है। कुछ देर बाद चार ग्रामीण एक वृद्ध व्यक्ति के नेतृत्व में मयूरी के पास पहुँचे।

बूढ़ा अत्यंत विनम्रता से बोला- ''मैं उस बच्चे का दादा हूँ और ये (अपने पीछे खड़े मूँछों वाले व्यक्ति की ओर संकेत कर) उसका पिता है। यह नरभक्षी कई मास से हमें पीड़ित कर रहा था। अब तक बारह बच्चों को खा चुका था। बहुत सावधानी के बाद भी मेरे पोते को घर के पीछे से उठा ले गया। आज आप के कारण वह जीवित बच पाया है। क्या हम इस वीर जननी का परिचय पा सकते हैं।''

''मैं अपने पति के साथ यात्रा पर निकली हूँ... वे कुछ फल और लकड़ियाँ लेने गए हैं। यहाँ रात्रि विश्राम कर कल प्रातः पुनः अपनी यात्रा पर निकल जाएँगे। मुझे बस एक यात्री ही समझ लें।''

''कहाँ की यात्रा पर निकली हो पुत्री?'' बूढ़े ने पूछा।

''हम अर्थला जा रहे हैं।''

''परंतु तुम तो अर्थला में ही हो,'' बूढ़े ने कहा।

''मेरा अर्थ राजधानी से है।''

''ओह! राजधानी यहाँ से बहुत दूर नहीं है, कल संध्या तक पहुँच जाओगी। आज रात्रि हमारे साथ व्यतीत करो, ताकि हमें भी इस वीर जननी का ऋण उतारने का अवसर मिले,'' बूढ़े ने हाथ जोड़कर विनती की।

''नहीं बाबा! मैंने ऐसा कोई कार्य नहीं किया जिससे आप लोगों पर कोई ऋण चढ़े। मेरे पति लौटते ही होंगे, मैं उनके साथ यहीं नहर के किनारे ही रात्रि व्यतीत करना चाहती हूँ।''

''तब हम यहीं भोजन भिजवा देते हैं।'' बूढ़े ने निवेदन किया।

''नहीं! आप लोग इतना कष्ट न करें। मैं अब इसी तेंदुए को खाना चाहती हूँ।'' मयूरी ने बड़ी मासूमियत से मरे हुए तेंदुए की ओर देखकर कहा।

बूढ़ा और उसके साथ आए लोग मन-ही-मन थोड़ा सहम गए। वह स्त्री उन्हें रहस्यमय होने के साथ थोड़ी डरावनी भी लगने लगी।

''ठीक है पुत्री! जैसी तुम्हारी इच्छा। गाँव समीप ही है, किसी वस्तु की आवश्यकता हो, तो सेवा का अवसर अवश्य देना,'' कहकर बूढ़ा सबको लेकर लौट गया।

उनके भीड़ में वापस पहुँचने पर कुछ देर खुसर-पुसर हुई। फिर वे हर्षनाद करते हुए गाँव की ओर चल दिए। जाते हुए गाँववालों ने कई बार मुड़कर मयूरी को देखा।

बहुत देर बाद एक गट्ठर में कुछ जंगली फल लेकर बसंत लौटा, तो सामने आग पर समूचा तेंदुआ भुनते हुए देखा। उसे समझ में नहीं आया कि क्रोध दिखाए अथवा आश्चर्य। पास ही बैठी मयूरी ललचाई दृष्टि से भुनते हुए मांस को देख रही थी।

''यह कहाँ से उठा लाई?'' लंबी साँस छोड़ते हुए बसंत पूछा।

''मैं यहाँ से हिली तक नहीं, यह स्वयं मेरे पास आया था भोजन बनने।''

''यहाँ व्यर्थ का पराक्रम दिखाने की आवश्यकता नहीं है, लोगों का ध्यान आकर्षित होते देर नहीं लगेगी।'' बसंत अप्रसन्नता से बोला।

''सत्य कहती हूँ, मैं एक पग भी नहीं हिली थी,'' मयूरी आँखें मटकाते हुए बोली।

''मैं इसकी दुर्गंध सहन नहीं कर पाऊँगा (एक चट्टान की ओर संकेत कर)

उधर बैठकर कुछ कार्य कर रहा हूँ, अपना भोजन समाप्त कर वहीं आ जाना... फिर पूरी बात बताना,'' कहकर बसंत ने अपना बोरा उठाया और जाकर चट्टान के पास बैठ गया।

अगली सुबह दोनों पुनः अपनी घोड़ागाड़ी पर अर्थला की राजधानी के लिए चल पड़े। मार्ग में पड़ने वाले मैदानों और ऊँचे टीलों पर उनकी घोड़ागाड़ी सरलता से दौड़ लगा रही थी। जहाँ कहीं उन्हें कोई जल स्रोत दिखता, वे थोड़ी देर रुककर विश्राम करते। मयूरी तो लेट जाती, परंतु बसंत अपने बोरे से सामग्री निकालकर कुछ-न-कुछ बनाता रहता।

लगातार चलते-चलते मयूरी का धैर्य चुकने लगा। अब तक वह दो बार सो चुकी थी, अपने सारे गीत गुनगुना चुकी थी, ढेर सारी सीटियाँ बजा चुकी थी, बसंत के पेट में गुदगुदी कर उससे अपनी सुंदरता की प्रशंसा भी करा चुकी थी, उसके गालों को पुचकारते हुए खींच-खींच कर लाल भी कर चुकी थी और अब जब कोई कार्य नहीं बचा, तो बुरी तरह ऊब रही थी।

''कब पहुँचेंगे हम? अब तो सूरज भी उतरने लगा।'' मयूरी ने लेटे-लेटे पूछा।

''बस पहुँच ही गए, वो देखो चंद्रपर्वत यहीं से दिख रहे हैं।''

मयूरी उठकर बैठ गई। दूर दिख रहे उन पर्वतों ने मानो उसकी चुलबुलाहट छीन-सी ली। वह शांत होकर बसंत के बगल बैठी रही।

मार्ग अब अत्यधिक ऊबड़-खाबड़ होने लगे थे। किसी प्रकार ऊँचे-नीचे गड्ढों को पार कर जब वे उन पर्वतों के समीप पहुँचे, तो उन्होंने घोड़ागाड़ी त्याग दी। अपना सामान पीठ पर लादा और घोड़ों को चरने के लिए खोल दिया। आगे बढ़ने के लिए कहीं कोई मार्ग नहीं बना था, जिससे पता चलता कि यहाँ कभी कोई आता-जाता होगा।

बसंत ने अपने बोरे से छोटी लंबाई की एक सीधी तलवार निकाली और सामने की वनस्पतियों को काटता हुआ चलने लायक मार्ग बनाने लगा। अगल-बगल खड़े दो पर्वतों के बीच के खुले भाग को लक्ष्य कर वे आगे बढ़ रहे थे। कुछ ही देर में वे उन दोनों पर्वतों के बीच की तलहटी में पहुँच गए। सामने का मोटा झाड़ हटाते ही दूर तक फैला एक विस्तृत खंडहर दिखाई पड़ा। पुरातन काल के उन भग्नावशेषों को देखते ही दोनों के नेत्रों में ऐसी ज्योति चमकी कि अब तक की सारी थकान

उत्साह में बदल गई।

उस स्थान की भौगोलिक स्थिति कुछ इस प्रकार की थी कि दो अर्द्धचंद्राकार पर्वतों ने आमने-सामने खड़े होकर एक कटोरेनुमा आकृति बना रखी थी, जिसके तल में वह खंडहर विराजमान था। मुख पर लंबी मुस्कान लिए दुगनी गति से मार्ग के अवरोधों को हटाते हुए वे खंडहरों में पहुँचे। वहाँ पहुँचकर बसंत ने अपना बोरा छोड़ा और तलवार पटकी। फिर मयूरी को अंक में भरकर भींच लिया।

कुछ देर बाद जब वे सामान्य हुए, तो बसंत बोला- "द्वार ढूँढ़ते हैं, साँझ होने में देर नहीं लगती और अँधेरा होने से पहले राजधानी भी पहुँचना है।"

"ठीक है! मैं बाईं ओर देखती हूँ।"

"ध्यान से ढूँढ़ना, चिह्न की आकृति स्मरण है या नहीं?"

"हाँ! अच्छे से स्मरण है," कहकर मयूरी चली गई।

खंडहर पूरी तलहटी की लंबाई में दूर तक छितराया हुआ था। लगभग बीस हाथ ऊँचे उस एक मंजिला खंडहर की अधिकांश छतें ढह चुकी थीं। चारों ओर टूटी हुई दीवारें और गिरे हुए स्तंभ बिखरे पड़े थे। कहीं-कहीं भूमिगत मार्ग भी दिख रहे थे, जिनकी सीढ़ियों पर काई की मोटी परत जमी हुई थी। हरी लताओं ने खंडहर के हर भाग को अपने रंग में रंगने का पूरा प्रयास किया था। बीच-बीच में टूटी हुई कुछ मानव मूर्तियाँ भी दिख रही थीं। वहाँ की फिसलन भरी भूमि पर सँभलकर चलते हुए दोनों अलग होकर अपना विशिष्ट द्वार ढूँढ़ते रहे। बहुत देर तक ढूँढ़ने के पश्चात मयूरी अपना धैर्य खोने ही वाली थी कि वह एक बड़े कक्ष में पहुँची, जिसकी आधी छत ढहने से बची हुई थी। वहीं निरीक्षण करते हुए दीवार से सटे भूमि के एक पत्थर पर हंस की आकृति देखकर प्रसन्नता से उछल पड़ी। वह तेजी से कक्ष के बाहर निकली और बसंत को पुकार लगाई। बसंत समीप ही एक टूटी मूर्ति के आधार का निरीक्षण कर रहा था। पुकार सुनकर वह भागता हुआ आया। मयूरी ने उसे वह पत्थर दिखाया। पत्थर पाँच हाथ लंबा और इतना ही चौड़ा था तथा बीच में हंस की अस्पष्ट आकृति दिख रही थी। ऊपर की गंदगी हटाने पर आकृति पूरी तरह स्पष्ट हो गई।

बसंत ने अपनी दृष्टि हंस की चोंच पर केंद्रित की। चोंच थोड़ी खुली हुई थी। निश्चित रूप से यही अभीष्ट चिह्न है। वह तेजी से बाहर गया और शीघ्र ही अपने बोरे के साथ वापस लौटा। बोरे में हाथ डालकर एक नुकीला पत्थर निकाला, जिसे घिसकर छेनी का रूप दिया गया था। फिर वहीं पास ही पड़ा एक बड़ा पत्थर उठाकर छेनी पर चोट करते हुए हंस-आकृति की आँख फोड़ने लगा। लगातार प्रहारों के

बाद जब उस हंस की आँख फूटी, तो वहाँ आठ अंगुल की चौड़ाई जितना छिद्र दिखाई पड़ा। बसंत ने झुककर उस छिद्र में धीरे से अपना हाथ डाला। छिद्र इतना गहरा था कि पूरी बाँह समा गई। कुछ क्षणों तक उसके मुख पर विचित्र तरह के भाव आते-जाते रहे, फिर निराश होकर हाथ बाहर निकाल लिया।

उसके बाद उसने कई बार प्रयास किया, परंतु हर बार असफलता के ही भाव मुख पर आए। लगातार असफल प्रयासों से थककर वह दुखी मन से बैठ गया। लंबे समय तक दोनों निर्जीव-से शांत होकर बैठे रहे, फिर मयूरी ने उठकर बोरे से एक पोटली निकाली। पोटली खोलने पर दो छोटे काले पत्थर निकले।

''एक बार इसका प्रयोग कर देखो, संभव है इसी से द्वार खुल जाए।'' बसंत के हाथों में दोनों पत्थर थमाते हुए मयूरी बोली।

''यह प्रयास भी कर लेता हूँ,'' कहते हुए बसंत उठा।

''कवच तो पहन रखा है न?'' मयूरी ने थोड़ी चिंता दिखाई।

''हाँ! पहन रखा है, तुम चिंता मत करो।''

फिर बसंत उन पत्थरों को दोनों हाथों में लेकर छिद्र के ऊपर खड़ा हो गया। एक लंबी साँस भरी और पूरी शक्ति से दोनों पत्थरों को आपस में टकरा दिया। टकराहट से एक महीन तीखी ध्वनि निकली। अगल-बगल कहीं कुछ नहीं खुलता दिखा।

''दीवार के पीछे कुछ आहट हुई है।'' मयूरी सतर्क होते हुए बोली।

''कैसी आहट? कहीं द्वार उधर तो नहीं है।''

''नहीं! धम्म से कुछ गिरने की ध्वनि हुई थी।'' मयूरी ने कमर के पीछे से अपना छुरा निकालते हुए कहा।

मयूरी को इतना सतर्क होता देख बसंत ने भी दोनों काले पत्थरों को अपनी कमर पट्टिका में छुपाया और शीघ्रता से वहाँ पड़ी सड़ी-गली पत्तियों से छिद्र को ढँककर अपनी तलवार लेकर खड़ा हो गया।

''कोई पशु होगा।'' बसंत धीरे से बोला।

तभी किसी के लड़खड़ाकर पुनः धम्म से गिरने की ध्वनि हुई।

प्रसन्नता का प्रकाश

मीनार के नीचे एक हाथ से रागा का सिर सहलाते तथा दूसरे हाथ में पतले तिनके से पिछली रात खाए भोजन के बचे रह गए कचरे को दाँतों के बीच से साफ करते हुए सत्तू आकाश की ओर गरदन उठाकर नेत्रों से ही मीनार की ऊँचाई नापने का प्रयास कर रहा था। उसने विशाल राजभवनों की बहुत-सी कहानियाँ सुन रखी थीं। परंतु आकाश छूते, ऊँचे राजभवनों की कल्पना भी नहीं की थी और वह भी इतना ऊँचा कि चढ़ने-उतरने में शरीर हाँफ जाए।

वहीं उद्यान के बाहर एक वृक्ष के नीचे विधान अपने घोड़े मयूर के खुरों में फँसे कंकड़ निकाल रहा था। सत्तू भी रागा के साथ आकर वहीं बैठ गया। वे दोनों प्रातः से ही रूपक की प्रतीक्षा कर रहे थे। पहाड़ों की ठंडी हवा से खड़े हो गए रोओं को दूसरे हाथ से रगड़कर गरमाहट देते हुए सत्तू बोला- "एक बार उतरने के पश्चात पुनः कक्ष में जाने का साहस नहीं होता।"

"चलो! इसी कारण व्यायाम हो जाया करेगा।" विधान अब मयूर पर काठी बाँध रहा था।

"कैसा व्यायाम भइया! सीढ़ियाँ चढ़ते-उतरते मुझे चक्कर आ जाता है।"

"ओह! कम भोजन करने वालों के साथ ऐसा ही होता है।" विधान ने सत्तू के मोटे पेट की ओर उँगली दिखाते हुए कहा।

"परिहास मत करो भइया!" सत्तू वहीं घास पर लेट गया।

"तुम्हारा घोड़ा कहाँ है?"

"रूपक ने कहा है, वही लेकर आएगा।"

मयूर पर काठी बाँधकर विधान भी उसकी बगल लेट गया। आकाश में दूर कहीं देखते हुए बोला- "गाँव में होते तो आजकल हम लोग शहद लेने जाते।"

"ओह! तो सुकन्या भाभी की याद पीड़ित कर रही है।"

"नहीं तो!"

"हाँ तो!"

"तू उसे भाभी क्यों कहता रहता है?"

"ओह! हाँ! ठीक याद दिलाया, अब तो भाभी बदल चुकी हैं।"

"इसका क्या अर्थ है?" विधान ने झट से उसकी ओर देखा।

"कल राजकुमारी को देखकर आपकी आँखें कैसे स्तंभित थीं, मानो मूर्ति बन गए हों; वैसे वह तो कहानियों वाली राजकुमारी से भी अधिक सुंदर है।"

"अच्छा! अब तू चुप हो जा।"

"नहीं! नहीं! मेरी ओर से स्वीकृति है, बड़ी माँ के पास भी संदेशा भिजवा देता हूँ, उन्हें भी कोई आपत्ति नहीं होगी।"

"अब मैं तुझे पीटूँगा।" विधान ने त्योरियाँ चढ़ाने का अभिनय किया।

"हाँ भइया! हाँ!" सत्तू तुरंत पेट के बल लेट गया- "पीट लो! जितना मन करे, उतना पीट लो, मुझ अभागे लड़के का है ही कौन इस संसार में।"

"चल अब उठ जा, नाट्य दिखाना बंद कर," विधान ने उसके पेट की बगल में अपनी उँगली धँसाकर कहा।

तभी घोड़े पर रूपक आता हुआ दिखा। वह साथ में एक अतिरिक्त घोड़ा भी लाया था।

दोनों उठे। सत्तू ने अपने वस्त्रों से पत्तियाँ तथा खरपतवार झाड़ते हुए प्रश्न किया- "स्थूल कहाँ रह गया?"

"वह कल रात्रि ही अपने राज्य के लिए चल दिया," रूपक ने गंभीरता से कहा।

"ओह! अब संकट के समय चूर्ण कौन बाँटेगा?"

"नहीं श्रीमान सत्तू! यह परिहास का विषय नहीं है। यतियों के राज्य में हर समय संघर्ष चलता रहता है, इस बार यति सम्राट ने स्वयं स्थूल को बुलवाया है, तो स्थिति अवश्य ही गंभीर होगी।"

"क्या स्थूल कोई योद्धा है, जो संघर्ष सँभाल सकता है?" सत्तू ने लापरवाही से पूछा।

"आवश्यक नहीं कि हर स्थिति के लिए योद्धा की ही आवश्यकता हो, स्थूल वहाँ का राजकुमार है, कोई राजनैतिक कारण भी हो सकता है...और स्थूल अच्छा चिकित्सक होने के साथ एक निपुण सैनिक भी है, अवसर पड़ने पर वह शस्त्र भी चलाता है।"

"दिखने से तो प्रतीत नहीं होता," सत्तू ने सपाट भाव से अपने विचार प्रकट किए।

रूपक कुछ न बोला।

"स्थूल यतियों का राजकुमार होकर अर्थला में क्यों रहता है, उसके अपने देश में कोई समस्या है क्या?" इस बार विधान ने पूछा।

''स्थूल की कथा उसी के मुख से सुनना अधिक अच्छा रहेगा, अभी आप लोग मेरे साथ चलिए।''

''वह तो हम लोग चल ही रहे हैं, परंतु पहले यह बताओ कि...'' मीनार के ऊपर संकेत कर सत्तू ने कहा- ''ये गरुड़ कैसे हैं, प्रात: रुद्रबाला इन्हें नचाती रहती हैं, क्या किसी मेले के लिए प्रशिक्षित कर रही हैं?''

''ये मेले वाले नहीं, युद्धक गरुड़ हैं। जंबूद्वीप के युद्ध अब सामान्य नहीं रहे, हर कोई हर प्रकार की शक्ति प्रयोग में पीछे नहीं रहना चाहता।''

''परंतु ये चीखते क्यों नहीं? मात्र आगे वाला ही चीखता है, शेष तो हल्की-सी भी ध्वनि नहीं निकालते।'' विधान ने पूछा।

''मुख्य तो यही आगे वाला गरुड़ होता है। पहचान के लिए इसकी चोंच और पंजे लाल रंग से रंगे होते हैं और यही शेष गरुड़-समूह का नेतृत्व करता है। गरुड़ ऐसे पक्षी नहीं हैं, जो समूह में रहकर कार्य करें, अत: प्रशिक्षण योग्य बनाने के लिए उन्हें एक विशिष्ट पदार्थ खिलाया जाता है, जिससे ये लगभग सम्मोहित जैसी अवस्था में रहते हैं और इसी पदार्थ के लंबे सेवन से इनकी ध्वनि चली जाती है।''

''कक्ष के छिद्र से झाँकने पर आड़ हो जाती है, पूरा प्रशिक्षण दिखाई नहीं पड़ता, क्या हम समीप से देख सकते हैं?'' सत्तू ने कहा।

''नहीं, रहने दें, बुआ बहुत सख्त हैं, पश्चिमी क्षेत्र में कई स्थान हैं, जहाँ ऐसे गरुड़ों का प्रशिक्षण चलता रहता है। अवसर मिलेगा, तब वहाँ समीप से देख लीजिएगा।'' रूपक बोला।

''यदि ऐसी बात है, तो बाद में ही देख लेंगे।'' सत्तू ने कहा।

''अब आप लोग शीघ्रता से घोड़े पर चढ़ें, मेरे पास मात्र आज का ही समय शेष है। कल मुझे अपनी टुकड़ी सँभालने पूर्वी क्षेत्र लौट जाना है। उससे पहले आपको कुछ महत्वपूर्ण स्थान दिखाने का आदेश मिला है।''

''क्या कोई महत्वपूर्ण स्थान है, जो ऐसा आदेश मिला है?'' विधान ने घोड़े पर चढ़ते हुए पूछा।

''महत्वपूर्ण न सही, परंतु ऐतिहासिक अवश्य है। आपको शिक्षा के लिए अमरखंड भेजने में अभी कुछ दिनों का समय लगेगा, परंतु सिंहनाद चाहते हैं कि बिना समय नष्ट किए आपकी शिक्षा प्रारंभ हो जाए। अत: इतिहास के प्रथम पाठ के रूप में वे चाहते हैं कि आप स्वयं ही पूरी अर्थला के दर्शन कर लें।''

रागा को वहीं छोड़ अपने-अपने घोड़ों पर बैठकर वे विशाल मूर्ति के हाथनुमा

भव्य सेतु को पार कर, पर्वत के सर्पीले मार्ग से उतरते हुए नीचे मुख्य नगर पहुँचे। विशाल मूर्तियों वाले कई चौराहों को पार कर अंत में वे राजधानी के पश्चिमी द्वार से बाहर निकल गए। वहाँ लोगों का विशाल समूह कहीं जाता हुआ दिखा।

"क्या ये अर्थला से पलायन कर रहे हैं?" सत्तू ने पूछा।

"नहीं, श्रीमान सत्तू! ये भी हमारी तरह महर्षि गाधि से मिलने जा रहे हैं।"

"महर्षि गाधि के विषय में हमने भी गाँव में सुन रखा है, परंतु इतने लोग उनके दर्शन को जाते हैं, यह कभी नहीं सोचा था।" विधान बोला।

"तब आपको उनके बारे में बहुत कम ज्ञात है। महर्षि गाधि ही एकमात्र ऐसे सम्मानित व्यक्ति हैं, जो पूरे जंबूद्वीप में किसी भी राज्य में स्वच्छंदता से आ-जा सकते हैं। यहाँ तक कि दानव भी उन्हें आमंत्रित करने के लिए सदैव लालायित रहते हैं तथा असुरों का देश तो उनका मूल निवास ही है। इस समय महर्षि विश्व-भ्रमण पर निकले हैं। कुछ दिन मुंद्रा में व्यतीत कर कल रात्रि ही अर्थला पहुँचे हैं। यहाँ पाँच दिन दर्शन देकर वे दानव देश चले जाएँगे। यह तो बड़े भाग्य की बात है कि उनका आगमन और आपकी उपस्थिति एक साथ है, अन्यथा उनके जैसी आत्मा के दर्शन दुर्लभ ही होते हैं।" रूपक ने पूर्ण श्रद्धा से बताया।

वे पैदल चल रहे लोगों की बगल से अपने घोड़े दौड़ाते हुए ढलान से उतरने लगे। सामने दूर वृक्षों से ढँकी एक छोटी ऊँचाई की पहाड़ी पर जाते हुए लोगों की लंबी कतार किसी चींटी-पंक्ति की भाँति दिख रही थी। बड़े-बूढ़े, बच्चे, युवक-युवतियाँ सभी में भक्ति-भाव दिख रहा था। भीड़ में बीमारों की भी अच्छी संख्या थी। कोई बीमार किसी की पीठ पर लदा था, तो कोई बाँस की खपच्चियों पर लेटा हुआ था- जिसे आगे-पीछे दो व्यक्ति उठाकर चल रहे थे। बच्चों में बहुत कम बीमार दिखे, वे ऐसे उछलते हुए चल रहे थे मानो कोई मेला देखने जा रहे हों।

उन्होंने अपने घोड़ों की गति बढ़ाई और वृक्षों से ढँकी पहाड़ी की चढ़ान चढ़कर उस समतल भाग में पहुँच गए, जहाँ महर्षि का अस्थायी आश्रम स्थापित था। एकदम सीधे और अत्यधिक ऊँचे वृक्षों के मध्य स्थापित आश्रम में प्रवेश करने वालों की लंबी कतार लगी हुई थी। भूमि में बाँस गाड़कर बाड़ बनाई गई थी, जिसके भीतर छोटी-बड़ी कई कुटियाँ बनी हुई थीं, परंतु मध्य वाली कुटिया अतिविशाल तथा तिकोनी टोपीनुमा अत्यंत ऊँची छत वाली थी। आश्रम में महर्षि के शिष्य इधर-उधर आते-जाते बहुत व्यस्त दिख रहे थे। दर्शनों को आए भक्तगण आँखें मूँदे हल्की ताली बजाते, झूमते हुए मंद-मंद श्रद्धा का कोई गीत बुदबुदा रहे थे। उन्होंने अपने घोड़े वृक्षों से बाँधे, तथा वहीं समीप बने एक कुंड से जल लेकर

हाथ-पाँव धोया, फिर अन्य श्रद्धालुओं के साथ कतार में लग गए।

कुछ देर बाद पंजों के बल उचककर कतार की लंबाई नापते हुए सत्तू रूपक से बोला- "अपने राजचिह्न का प्रयोग कर बिना कतार में लगे दर्शन नहीं करवा सकते।"

"अवश्य करवा सकता हूँ, परंतु मुझे आदेश मिला है कि आपको सामान्य जन की भाँति दर्शन कराऊँ, इसीलिए मैं स्वयं भी अपनी सैनिक-वेशभूषा में नहीं हूँ।" रूपक ने कहा।

"कोई विशेष कारण?" विधान ने प्रश्न किया।

"मुझे ज्ञात नहीं।" रूपक ने सपाट उत्तर दिया।

प्रतीक्षा से थककर कतार में कई लोग बैठ गए थे। सत्तू भी बैठ गया, फिर थोड़ी देर पश्चात लेट गया। बीच-बीच में विधान उसे हिलाता रहता था, अन्यथा वह सो जाता।

महर्षि की कुटिया में सामने तथा बाईं ओर दो द्वार दिख रहे थे। लोग सामने से प्रवेश करते और बाईं ओर से दर्शन कर निकल जाते। सामान्य जन तो शीघ्र ही बाहर आ जाता था, परंतु बीमार देर तक टिके रहते थे।

विधान के सामने अब तक आठ बीमार महर्षि के दर्शन कर बाहर निकल चुके थे। उनकी बीमारी कितनी ठीक हुई, यह तो उसे नहीं पता चला, परंतु उनके मुख पर श्रद्धा, आशा और चरम प्रसन्नता का भाव वह दूर से ही देख सकता था।

सूरज चढ़ते-चढ़ते उनकी बारी आ गई। बाँस के अहाते को पार कर वे महर्षि की कुटिया की ओर बढ़ ही रहे थे कि विधान के मस्तिष्क को एक तेज झटका लगा। क्षणभर के लिए लगा, मानो सारे वातावरण में अँधकार छा गया। पर अगले ही क्षण वह पुनः वास्तविक लोक में आ गया। उसने इधर-उधर देखा, सबकुछ वैसा ही था। सत्तू और रूपक उसे पकड़कर पूछ रहे थे- "क्या हुआ?"

विधान को आश्चर्य हो रहा था कि मात्र क्षणभर में उसके माथे पर स्वेद की बूँदें कैसे आ गईं।

"कुछ नहीं! संभवतः स्वास्थ्य पूरी तरह ठीक नहीं हुआ है।" माथे से पसीना पोंछते हुए वह बोला।

उन्होंने महर्षि की कुटिया में प्रवेश किया। अंदर दाहिनी दीवार के पास एक ऊँचे आसन पर महर्षि बैठे थे। उनके अगल-बगल कुछ शिष्य जड़ी-बूटियाँ पीसकर कोई औषधि तैयार कर रहे थे। मोटी बुनाई के सफेद वस्त्र में लगभग लिपटे से हुए, पेट तक लंबी चमकती हुई सफेद दाढ़ी वाले महर्षि गाधि पतले और

लंबे व्यक्ति थे। गौर वर्ण के महर्षि के चितवन पर हल्की मुस्कराहट ने ऐसी आभा बिखेर रखी थी, मानो वह आने वालों को आशा दे रही हो कि निश्चिंत रहो, तुम्हारे कष्टों का समय समाप्त हो जाएगा।

धीरे-धीरे चलते हुए वे जैसे ही महर्षि के समीप पहुँचे, विधान को विचित्र अनुभव होने लगा। सर्वप्रथम उसे समझ नहीं आया, यह क्या है; फिर अगले ही क्षण उसे भान हुआ कि वह प्रसन्नता का अनुभव कर रहा है- अत्यधिक प्रसन्नता और निश्चिंतता। उसने जैसे ही महर्षि से अपने नेत्र मिलाए, लगा प्रसन्नता कई गुना बढ़ गई। हृदय का हर कोना एक अलौकिक प्रकाश से भर गया। मन में किसी प्रकार का कोई विरोध, कोई भय, कोई दुख नहीं बचा। उसकी इच्छा हुई कि वह वहीं महर्षि के चरणों में सिर रखकर सो जाए। उसे ऐसा प्रतीत हुआ कि महर्षि के नेत्रों से किरणें फूटकर उसके शरीर में समा रही हैं। उसका शरीर जितनी किरणें सोखता, उसे उतनी ही शीतलता महसूस होती। हृदय में ऐसा भाव उत्पन्न हुआ, मानो उसने पूर्ण संतुष्टि प्राप्त कर ली।

"स्थान ग्रहण करो पुत्रो!" महर्षि की मधुर वाणी ने उसे भौतिक संसार में वापस खींचा।

विधान ने रूपक और सत्तू की ओर देखा- उनकी भी अवस्था उसने अपने जैसी ही पाई। महर्षि के सम्मोहन में बँधे तीनों चुपचाप बैठ गए।

महर्षि रूपक से संबोधित हुए- "वसुंधरा का संदेश लाए हो, पुत्र!"

"आप तो सर्वज्ञाता हैं, महर्षि!" रूपक पूर्ण श्रद्धा में था- "मैं संदेश नहीं अनुमति लेने आया हूँ। आप अपनी सुविधानुसार राजपरिवार को अपने दर्शन देने का समय निर्धारित कर दें।"

महर्षि ने हल्के हाथ से अपनी दाढ़ी सहलाई, फिर कुछ सोचते हुए सीधी अनुमति दी- "कल संध्या के पश्चात।"

रूपक ने हाथ जोड़े- "क्षमा करें, महर्षि! क्या तीन दिवस पश्चात की अनुमति मिल सकती है?"

महर्षि धीरे से हँसे- "जब वसुंधरा को अपनी इच्छा से ही समय चाहिए, तो मेरी अनुमति का क्या अर्थ, पुत्र!"

रूपक थोड़ा झेंप गया- "क्षमा चाहता हूँ, महर्षि! बात यह है कि दो दिन पश्चात धनंजय भी आ जाएँगे। रानी उन्हीं के साथ आपके दर्शन को आना चाहती हैं।"

"मैं एक साधक हूँ, पुत्र! कर्तव्यों का कोई विशेष बोझ नहीं है मुझ पर।

वसुंधरा को पूरा राज्य सँभालना होता है। अतः मेरी सुविधा की चिंता मत करो, वह अपनी इच्छा से कभी भी मिलने आ सकती है।'' महर्षि ने मधुरता से कहा।

''जैसी आपकी आज्ञा।'' रूपक ने सिर झुकाया। फिर विधान और सत्तू की ओर संकेत कर कहा- ''ये मेरे दूर के संबंधी हैं, इन्हें भी आपके दर्शन कराने लाया हूँ।''

विधान और सत्तू दोनों ने श्रद्धा से हाथ जोड़कर नमन किया।

''प्रसन्न हो पुत्र?'' महर्षि विधान से संबोधित हुए।

विधान थोड़ा अचकचाया, क्या महर्षि को ज्ञात है कि मुझे क्या अनुभव हुआ अथवा यह एक साधारण प्रश्न था।

''हाँ! मैं प्रसन्न हूँ, महर्षि।'' विधान ने नम्रता से उत्तर दिया।

महर्षि अपनी लंबी दाढ़ी पर हौले-हौले हाथ फेरते हुए विधान के नेत्रो में एकटक झाँकते रहे, फिर हल्की मुस्कान के साथ हाथ उठाकर सभी को आशीर्वाद दिया- ''सदैव प्रसन्न रहो, पुत्रो!''

विधान को लगा कि महर्षि के हाथों से फिर से ऊर्जा फूट रही है, जिसका प्रकाश उसे अपार शांति दे रहा है। महर्षि के दाईं ओर बैठा उनका पट्ट शिष्य उठा और प्रसाद के रूप में उनको गुड़ प्रदान किया। वे सभी महर्षि का अभिवादन कर उठे और धीरे से कुटिया के बाहर निकल आए। बाहर निकलने के बाद विधान ने मुड़कर कई बार आश्रम की ओर देखा और समझने का प्रयास करता रहा कि प्रवेश करते समय उसे तेज झटका क्यों लगा था। उन्होंने प्रसाद खाया, घोड़ों को खोला और उन पर बैठकर आश्रम से दूर होते चले गए।

वे एक नहर को पकड़कर पश्चिम की ओर बढ़ते जा रहे थे। बीच में जब वे थोड़ा सुस्ताने और जल पीने के लिए रुके, तब विधान ने पूछा- ''यह धनंजय कौन हैं?... वही जो नागवंश के प्रमुख हैं?''

''हाँ! वही हैं। उनके जैसा व्यक्ति पूरे जंबूद्वीप में दूसरा नहीं मिलेगा... मात्र अपने बल पर नागवंश को साधारण जाति से प्रबल शक्ति में बदलना कोई खेल नहीं। वे कोई राजा नहीं हैं... नागवंश के मुखिया मात्र हैं। परंतु लोगों में उनका सम्मान किसी सम्राट से भी अधिक है। दो-तीन दिनों में वे अर्थला आने वाले हैं, तब आप स्वयं ही उनके दर्शन कर लेना,'' रूपक उठ गया- ''अभी आगे बढ़ते हैं, अधिक सुस्ताने से हाथ-पाँव जमने लगते हैं।''

"अभी और कितनी दूर है ?" सत्तू ने उबासी लेते हुए पूछा।

"उन पर्वतों को देख रहे हैं ?" दूर ऊँची-नीची आकृति की ओर संकेत कर रूपक बोला।

"वह तो अभी दूर है।"

"हाँ! वही अंतिम लक्ष्य है, परंतु बीच में एक स्थान पर रुकेंगे।"

"इतिहास का प्रथम पाठ बहुत थकाऊ है," कहता हुआ सत्तू अपने घोड़े पर लद गया।

चलते हुए उन्होंने अभी आधा मार्ग ही तय किया था कि एक ऊँचे टीले पर स्थापित कुछ मानव-मूर्तियाँ दिखाई पड़ीं। टीले के समीप पहुँचकर उन्होंने अपने घोड़े त्यागे और पैदल ही ऊपर चढ़ गए। वहाँ ढेरों मूर्तियाँ थीं। उनमें से पाँच मूर्तियाँ मनुष्य कद से चार गुना बड़ी तथा शेष दो गुना विशाल थीं। कमर से दूर बाहर की ओर खुले उनके दोनों हाथों में लंबी और सीधी तलवारें थीं, जिनकी नोंक पैरों के समीप भूमि में धँसी हुई थीं। सारी मूर्तियाँ एक हाथ ऊँचाई वाले पत्थरों के विशाल वृत्ताकार घेरे में खड़ी थीं। घेरे के बाहर एक छोटा-सा जलकुंड था जिसके चारों ओर तरह-तरह के पुष्प खिले थे। रूपक ने कुछ पुष्प चुने और वृत्त के अंदर जाकर पाँचों बड़ी मूर्तियों के चरणों पर अर्पित कर दिया। विधान और सत्तू ने भी रूपक का अनुसरण किया।

"यह राजकीय समाधि स्थल है। बड़ी मूर्तियाँ अर्थलाधीशों की तथा छोटी मूर्तियाँ अर्थला के परमवीर सेनाध्यक्षों की हैं...वह मूर्ति जो बीच में खड़ी है (एक बड़ी मूर्ति की ओर संकेत कर), वह धाता वंश के संस्थापक 'धाता प्रथम' की है।" रूपक ने बताया।

विधान ने ध्यान से देखा- लंबे बाल और बढ़ी हुई दाढ़ी-मूँछों वाली उस मूर्ति का मुख किसी साधु के समान लग रहा था, परंतु शरीर बलिष्ठ योद्धा के समान मांसल था। फिर रूपक ने सभी बड़ी मूर्तियों की पहचान बताई- धाता द्वितीय, तृतीय, चतुर्थ और पंचम। अंत में उसने दाईं ओर एक विशिष्ट मूर्ति की ओर संकेत किया, जिसकी मुद्रा औरों से भिन्न थी। उस मूर्ति ने बायाँ हाथ कमर पर रखा था और दाहिने हाथ में एक बड़ी हँसिया भूमि से टिका रखी थी।

"ये पूर्व सेनाध्यक्ष शिलादित्य हैं। उन्होंने मृत्युपूर्व ही अपनी इच्छा बता दी थी कि उनकी समाधि इसी रूप में बनाई जाए। उन्हें अपने शस्त्र से बहुत प्रेम था।" रूपक बोला।

"वे पूरा युद्ध इसी शस्त्र से लड़ते थे ?" विधान ने उत्सुकता दिखाई।

"हाँ! यह दिखने में मात्र एक बड़ी हँसिया लग रही है, परंतु कभी अर्थमहल के संग्रहालय में जाकर इसके वास्तविक रूप का दर्शन करिएगा, तब इस शस्त्र की आभा का भान होगा।"

"अर्थमहल में संग्रहालय है?" विधान और उत्सुक हो गया।

"संग्रहालय और ग्रंथालय दोनों हैं, धाता वंश का समस्त इतिहास वहाँ रखा है। यदि इच्छा हो, तो वहाँ जाकर विस्तार से पढ़ा जा सकता है।"

"अवश्य पढ़ूँगा।" विधान ने प्रसन्नता दिखाई।

"अब पर्वतों की ओर चलते हैं, रात्रि से पहले लौटना भी है।" रूपक बोला। वे टीले से नीचे उतरे, फिर उत्तर-पूर्व की ओर अपने घोड़ों को ऐड़ लगा दी।

पर्वतों के समीप पहुँचने पर मार्ग बहुत ऊबड़-खाबड़ और गड्ढों से युक्त होता चला गया। रूपक उन्हें जिस मार्ग से ले जा रहा था, वह कोई नियमित मार्ग नहीं था। कई बार मार्ग बनाने के लिए वह घोड़े से उतरकर अपनी तलवार से झाड़ियों को काटकर हटाता। अंत में उन्हें अपने घोड़े छोड़ने पड़े। एक पहाड़ी नाले के समीप घोड़ों को वृक्षों से बाँधा और पैदल ही आगे बढ़ने लगे। उसी नाले को पकड़कर मार्ग की झाड़ियों को काटते-हटाते वे उन दो पर्वतों के बीच की तलहटी में पहुँच गए, जिसे रूपक 'चंद्र पर्वत' के नाम से संबोधित कर रहा था। तलहटी में सामने दूर तक फैले विशाल खंडहर को देखकर थके हुए सत्तू में कौतूहल ने उत्साह जगा दिया।

रूपक ने बताया- "अर्द्धचंद्राकार आकृति होने के कारण इन युग्म-पर्वतों को सम्मिलित रूप से चंद्र पर्वत कहते हैं तथा ये भग्नावशेष कभी देवों की प्रयोगशाला हुआ करते थे, परंतु अंतिम देवासुर-संग्राम में दैत्यों ने इसे पूरी तरह नष्ट कर दिया। अब यह प्रतिबंधित क्षेत्र घोषित है।"

सत्तू लपककर आगे चलने लगा। स्वच्छंदता से उगे रंग-बिरंगे पुष्प और हरी वनस्पतियों ने उस बिखरे खंडहर को भी दर्शनीय बना दिया था। टूटी छतों के ऊपर उड़ती रंगीन चिड़ियों ने उन निर्जीव भवनों को भी सजीवता प्रदान कर रखी थी। जिस नाले को पकड़कर वे आए थे, वह खंडहर के दाईं ओर होकर आगे निकल गया था। सामने अकेले खड़े दो अर्द्धटूटे ऊँचे स्तंभ किसी समय प्रयोगशाला के मुख्य प्रवेश द्वार का हिस्सा रहे होंगे। परंतु अब इनके ऊपर पक्षियों के घोंसले दिख रहे थे।

प्रवेश द्वार का स्वागत लेकर उन्होंने खंडहर में प्रवेश किया। रूपक ने देखा- विधान और सत्तू, दोनों को यह स्थान पसंद आया। उत्सुकता से उन दोनों की आँखें

किसी एक स्थान पर टिकती ही नहीं थीं। इतना लंबा मार्ग तय कर यहाँ पहुँचने के बाद रूपक कुछ विश्राम करना चाहता था, परंतु उन दोनों का उत्साह देखकर उसने रुकना उचित नहीं समझा। वे लोग थोड़ा ही आगे बढ़े थे कि सत्तू इधर-उधर देखता हुआ उनसे दूर चला गया। थोड़ी देर बाद विधान भी टूटी मूर्तियों को देखने के फेर में रूपक से अलग हो गया। आगे एक खुले स्थान पर गिरे हुए स्तंभ पर बैठकर रूपक ने ऊँचे स्वर में कहा- "आप लोग मन भर देख लें, मैं यहीं बैठा विश्राम कर रहा हूँ, देखने के बाद इसी स्थान पर लौटिएगा।"

"तुम नहीं घूमोगे?" विधान ने दूर से ही पूछा।

"नहीं! मैं पहले ही घूम चुका हूँ।"

"ठीक है! हम आते हैं," विधान ने कहा और एक घोड़े की टूटी मूर्ति निहारकर आगे बढ़ गया। खंडहर की सारी भूमि पर वर्गाकार पत्थर जड़े हुए थे। दीवारों और भूमि के पत्थरों पर कहीं-कहीं आकृतियाँ बनी हुई थीं- गरुड़, मृग का मुख, मछली, सिंह के पदचिह्न, हंस तथा विभिन्न प्रकार के पशु-पक्षियों की आकृतियाँ।

आगे बढ़ने पर विधान को भूमि में नीचे जातीं टूटी सीढ़ियाँ दिखीं, परंतु उन पर जमी काई और गहन अँधकार के कारण वहाँ जाने का विचार त्याग दिया। टूटे-फूटे कई कक्षों को पार करने के बाद वह एक लंबे गलियारे में पहुँचा। लगभग सौ हाथ लंबे उस गलियारे की छत पूरी तरह बची हुई थी। उस छत को सँभालने के लिए दाईं ओर दीवार तथा बाईं ओर ढेरों स्तंभ थे। हरी लताओं ने सभी स्तंभों को ऊपर तक अपने अधिकार में ले रखा था। भूमि पर उग आई छोटी वनस्पतियों के बीच उसने काली-पीली पट्टियों वाले एक सर्प को अपना मार्ग काटते देखा।

उस लंबे गलियारे को पार कर वह कुछ खुले स्थान तथा कुछ टूटे कक्षों से होता हुआ एक दूसरे गलियारे में पहुँचा। यहाँ प्रकाश की मात्रा थोड़ी कम थी और यह पिछले गलियारे जितना लंबा भी नहीं था; मात्र चालीस हाथ लंबा होगा। उस गलियारे की बाईं दीवार पर एक विचित्र जीव की आकृति ने उसका ध्यान खींचा। वर्षों की धूल के कारण पूरी आकृति अस्पष्ट थी। विधान ने हाथ से रगड़ कर धूल साफ की और आँखें गड़ाकर देखा। जीव का मुख किसी वानर की भाँति था, परंतु दोनों ओर फैले हाथों के नीचे पंख लटक रहे थे जो कमर से जुड़े हुए थे। पैरों के बीच से उसकी पूँछ भी लटक रही थी, जिसके अंतिम सिरे नुकीले होकर दो भागों में विभक्त थे।

वह उस आकृति को समझने का प्रयास ही कर रहा था कि एक तीखी ध्वनि

सुनाई पड़ी और अगले ही क्षण उसका शरीर उछलकर दूर जा गिरा। उसे लगा, मानो किसी ने उसके वक्ष पर जोरदार प्रहार किया हो। वह घबराया हुआ उठा और फुर्ती से चारों ओर देखने लगा। कहीं कोई नहीं था, वह अंदर से थोड़ा भयभीत होने लगा। वह अतिशीघ्र उस गलियारे को पार कर बाहर निकलना चाहता था। उसने गलियारे के दूसरे छोर की ओर दौड़ लगा दी। कुछ पग आगे बढ़ा था कि एक काई पर फिसलकर लड़खड़ाते हुए मुँह के बल धम्म से गिरा। चोट अधिक नहीं आई थी, वह झट से उठा और सीधे भाग गया। गलियारे के अंतिम छोर पर बाईं ओर एक कक्ष का बड़ा सा द्वार दिखा, वह लपककर उसमें घुस गया। घुसते ही कक्ष के अंदर दो व्यक्तियों को खड़ा देखकर और भी चौंका। एक युवती छुरे के साथ तथा एक युवक तलवार लेकर रक्षात्मक मुद्रा में खड़े थे।

यंत्रकार

उन दोनों को देखकर विधान बुरी तरह चौंका। अभी-अभी उस पर किसी अज्ञात व्यक्ति ने प्रहार किया था और अब इस प्रतिबंधित क्षेत्र में दो अनजान उसे शस्त्र दिखा रहे हैं। उसने क्षणभर के लिए उनकी आँखों में झाँका। वे सतर्क और भ्रमित थे, परंतु आक्रमण करने की कोई मंशा नहीं दिखी। एक बार उसका हाथ अपनी तलवार की मूठ पर गया, परंतु कुछ सोचकर हटा लिया। फिर उसने उन दोनों पर से दृष्टि हटाए बिना द्वार की ओर मुख कर पूरी शक्ति से रूपक को पुकारा।

युवती थोड़ी हड़बड़ाकर और अधिक सतर्क हो गई, परंतु युवक के भाव में कोई परिवर्तन नहीं दिखा। दोनों पक्ष तब तक वैसे ही जड़वत अपने स्थान पर खड़े रहे, जब तक रूपक और सत्तू भी वहाँ नहीं पहुँच गए। रूपक ने पहुँचते ही विधान के आगे होकर झट से तलवार निकाल ली और ललकारा- "अपना परिचय दो।"

"हम यात्री हैं।" युवक ने संक्षिप्त उत्तर दिया।

"यहाँ क्या कर रहे हो?... क्या तुम्हें ज्ञात नहीं कि यह प्रतिबंधित क्षेत्र है?"

"हम दूसरे राज्य से हैं, हमें ज्ञात नहीं था।"

"इस स्थान पर कैसे पहुँचे, यहाँ आने का कोई नियमित मार्ग नहीं है।" रूपक ने सख्ती से पूछा।

युवक और युवती के नेत्र आपस में मिले, दोनों शांत रहे।

"शीघ्र उत्तर दो।" रूपक कुछ और सख्त हुआ।

"क्या हम तुम्हारा परिचय जान सकते हैं?" युवक ने नम्रता से प्रश्न किया।

रूपक को उसका प्रश्न पूछना अच्छा नहीं लगा, फिर भी उसने कमर पट्टिका से अपना राजचिह्न निकालकर दिखाया- "मैं पूर्वी सेना में श्वेत टुकड़ी का सेनानायक रूपक हूँ तथा राजपरिवार से संबंधित हूँ... अब तुम अपना पूरा परिचय दो और यहाँ आने का कारण स्पष्ट करो।"

युवक ने युवती की ओर इस भाव से देखा, जैसे उसे किसी बात की आशा दिला रहा हो और फिर उसने अपनी तलवार भूमि पर इस प्रकार फेंक दी कि विश्वास ही विश्वास को जन्म देता है।

युवक ने सीधे शब्दों में सरलता से बताया- "मेरा नाम बसंत है और यह मेरी पत्नी मयूरी है। हम पश्चिम के यामा राज्य से हैं। पाँच वर्ष पूर्व दानवों ने हमारे राज्य

पर अधिकार कर लिया, तब से वहाँ की स्थिति अत्यंत दयनीय हो गई है। अत: हम आजीविका ढूँढ़ने अर्थला आए हैं।''

''जब स्वयं अर्थला की स्थिति अच्छी नहीं है, तब तुम्हें कार्य कहाँ से मिलेगा?'' रूपक ने तलवार नीची कर ली। मयूरी भी सहज हो गई।

''मुझे विश्वास है, रानी से मिलने के पश्चात मैं कार्य प्राप्त कर लूँगा।''

''सैकड़ों व्यक्ति प्रतिदिन रानी से मिलने का प्रयास करते हैं, तुम्हें ऐसा विश्वास क्यों है कि रानी तुमसे एक बार भी मिलने को तैयार होंगी।''

''यदि कोई अर्थला के लिए लाभकारी होगा, तो रानी को अवश्य संभावना दिखेगी।''

''तुम अर्थला के लिए लाभकारी कैसे हो?''

''मैं एक यंत्रकार हूँ।''

''यंत्रकार!'' रूपक कुछ उत्सुक हुआ- ''अपना कुछ कार्य दिखा सकते हो?''

''मैं रानी के सम्मुख प्रदर्शन करना चाहता हूँ।''

''यदि मेरे सम्मुख कुछ प्रदर्शित नहीं करोगे, तो कैसे मानूँगा कि तुम वास्तव में यंत्रकार ही हो।''

कुछ सोचकर बसंत ने हाथीवाला खिलौना निकाला। ''यह पवन से संचालित होता है, हमें खुले में जाना होगा।''

तीन कक्ष पार कर वे खुले स्थान पर पहुँचे। एक टूटे स्तंभ के ऊपर चढ़कर बसंत ने हाथी को ऊपर उठाया। बहती वायु ने ऊपर की पंखुड़ियों को घुमाया और हाथी के पैर दौड़ने लगे। उसे देख विधान और सत्तू किसी बच्चे की भाँति आनंदित हुए। रूपक को भी अच्छा लगा, परंतु सख्ती तो उसे दिखानी ही थी।

''स्वयं बनाया है या किसी दूसरे का चुरा लिया है?''

''इसका प्रमाण तभी मिल सकता है, जब सामने कार्य करके दिखाऊँ।''

''ठीक है! यह बताओ कि इस स्थान तक कैसे पहुँचे?''

रूपक का सख्त रुख देखकर विधान और सत्तू को हँसी आ रही थी, परंतु दोनों ने मुँह दबा रखा था।

''मैं भोजन के लिए खरहे का पीछा कर रहा था, वह भागता हुआ इसी दिशा में आया। झाड़ियों के पीछे से यह खंडहर दिखा, तो कौतूहल में चला आया।''

''कौतूहल में आए थे, तो तलवार चमकाने की क्या आवश्यकता थी?''

''जब पूरा स्थान देखा था, तब कोई नहीं मिला था। बाद में किसी के आने की आहट हुई, तो हमने समझा कोई चोर या दस्यु यहाँ छिपा बैठा है; बस इसीलिए

शस्त्र निकाल लिए थे।''

''यहाँ से कहाँ जाओगे?''

''आज यहीं ठहरेंगे... फिर कल राजधानी चले जाएँगे।'' बसंत सहजता से बोला।

''यह प्रतिबंधित क्षेत्र है, राजाज्ञा के बिना यहाँ आना दंडनीय है और राजधानी यहाँ से इतनी भी दूर नहीं कि रातभर यहाँ रुका जाए। अभी दिन ढला नहीं है, तुम हमारे साथ चल सकते हो।''

''अवश्य, हमारे लिए इससे अच्छा क्या होगा।'' बसंत ने कृतज्ञता दिखाई।

इसके बाद वह अंदर से अपना बोरा और तलवार उठा लाया। बसंत और मयूरी को आगे कर वे उन बूढ़े भवनों को छोड़कर अपने घोड़ों की ओर लौटने लगे। सत्तू ने बसंत से हाथी माँग लिया और पूरे मार्ग ऊपर उठाकर उसे दौड़ता रहा। नाले को पकड़कर वे शीघ्र ही अपने घोड़ों तक पहुँच गए। सत्तू ने अपना घोड़ा बसंत को दे दिया तथा स्वयं विधान के पीछे बैठ गया। रूपक ने उसका बोरा अपने घोड़े पर लाद लिया। बसंत ने मयूरी को पीछे बैठाया और आँखों में चमक लिए उनके साथ राजधानी की ओर बढ़ चला।

वे बिना रुके लगातार चले थे, फिर भी राजधानी लौटते-लौटते साँझ ढल चुकी थी। रूपक उन्हें मुख्य नगर के हाट के आखिरी छोर पर स्थित एक वस्त्र-विक्रेता के यहाँ ले गया। उसकी आगे दुकान और पीछे दुमंजिला बड़ा घर था। लगभग सफेद हो गईं दाढ़ी-मूँछों वाले विक्रेता ने रूपक को देखते ही हाथ जोड़े- ''आज इधर कैसे आना हुआ श्रीमान! मुझे ही बुला लेते, महल में आना-जाना तो लगा ही रहता है।''

''अतिथि लाया हूँ, कुछ दिनों के लिए अपने यहाँ ठहरा लो।'' रूपक ने आदेशात्मक स्वर में कहा। ''अवश्य श्रीमान! कुछ दिन क्यों, पूरे मास ठहरा लूँगा, इस सुमेरु ने आपकी ही छत्र-छाया में इतना कमाया-बनाया है।'' फिर पीछे की ओर मुँह कर अपनी पत्नी को आवाज लगाई- ''कंसा! कुछ अतिथि आए हैं, स्वागत तो कर।''

रूपक, बसंत और मयूरी की ओर मुड़ा- ''तुम दोनों अभी यहीं ठहरो, कल प्रातः अपना प्रदर्शन दिखाने के लिए प्रस्तुत रहना, अर्थमहल पहुँचने में विलंब मत करना, रानी के पास समय बहुत सीमित रहता है। यदि कार्य मिल गया, तो रहने की

व्यवस्था राजसत्ता की ओर से हो जाएगी, अन्यथा किसी दूसरे राज्य चले जाना।''

''मैं पूरी तरह सहमत हूँ।'' बसंत ने बोलने में पूरी विनम्रता दिखाई।

तभी अंदर से कंसा निकली- ''आओ पुत्री! अंदर आओ! संतान सुख तो हमें मिला नहीं। इतने बड़े घर में बस दीवारों के साथ बड़बड़ाती रहती हूँ। तुम्हीं दोनों यहाँ रहकर कुछ चहल-पहल बढ़ाओ।''

रूपक, विधान और सत्तू से विदा लेकर दोनों अंदर चले गए। कक्ष बड़ा था। बाईं ओर रसोई तथा दाईं ओर आँगन का दरवाजा था। कक्ष में घुसते ही मयूरी वहाँ पड़ी एक खाट पर धम्म से लेट गई। बोली- ''अम्मा! पहले कुछ खिला दो, बहुत भूखी हूँ।''

मयूरी की वाणी ने कंसा के हृदय में वर्षों से बैठे ममत्व को एकदम से खड़ा कर दिया। मयूरी के उस अधिकारपूर्ण कथन मात्र ने ही कंसा के रोएँ-रोएँ को आनंदित कर दिया था। गद्गद् कंठ से बोली- ''बस भोजन ही बनाने जा रही थी पुत्री! तब तक छाछ देती हूँ।'' यह कहकर मटके से छाछ निकालने रसोई में चली गई। बसंत वहीं खाट की बगल में, भूमि पर लेट गया।

''अरे, भूमि पर क्यों लेटे हो, दूसरी खाट भी तो पड़ी है।'' थोड़ी देर बाद सुमेरु अंदर प्रवेश करता हुआ बोला।

''नहीं बाबा! कड़ी भूमि पर लेटे बिना कमर सीधी नहीं होती।'' बसंत उठकर बैठते हुए बोला।

''अच्छा ठीक है, कमर सीधी कर खाट पर ही लेटना; कोई आवश्यकता हो तो बता देना, बाहर ही बैठा हूँ।''

''बाबा! कुछ सामग्री की सख्त आवश्यकता है, अभी चाहिए।'' बसंत ने आग्रह किया।

''हाँ! सेनानायक बता गए हैं कि तुम एक यंत्रकार हो, कैसी सामग्री चाहिए, बताओ मैं ले आता हूँ।''

''एक घोड़ागाड़ी, लकड़ियाँ तथा कुछ धातुई कीलें।'' बसंत ने अपने झोले के अंदर टटोलते हुए कहा।

''मात्र इतना ही, इसी से यंत्र बन जाते हैं?'' सुमेरु ने थोड़ा आश्चर्य दिखाया।

''हाँ! अभी के लिए मात्र यही चाहिए, शेष सामग्री मेरे पास है।''

''घोड़ागाड़ी तथा लकड़ियाँ पीछे आँगन में हैं... कीलें लुहार के पास से ले आता हूँ।''

सुमेरु ने खूँटी पर टँगा अपना झोला उठाया और बाहर चला गया। कंसा ने दोनों को छाछ और गुड़ दिया, फिर भोजन पकाते हुए रसोई से ही तेज स्वर में मयूरी से उसकी यात्रा के बारे में पूछने लगी। मयूरी खाट से उठी और बसंत का गाल खींचकर रसोई की ड्योढ़ी पर जा बैठी, ताकि कंसा को जोर से न बोलना पड़े।

रूपक, विधान और सत्तू के साथ बाएँ पर्वत पर चढ़कर सेतु पार कर चुका था। अँधकार पूरी तरह घिर चुका था। मार्ग में सत्तू ने रूपक से विनती की- "क्या हमारी ठहरने की व्यवस्था कहीं और हो सकती है?"

"क्यों! अर्थमहल में रहने के लिए लोग तरसते हैं, यहाँ की सुविधाओं के लिए राजपुरुष जोर लगाए रहते हैं और आप यहाँ रहना नहीं चाहते।" रूपक ने घोड़ा बढ़ाते हुए कहा।

"अवश्य तरसते होंगे, परंतु हमारे कक्ष के लिए कोई सोचता भी नहीं होगा। पहाड़ जैसी ऊँचाई से ऊपर-नीचे करते किसी दिन मेरी धोती अवश्य ही गंदी हो जाएगी।"

सत्तू की बात पर रूपक और विधान ठहाका मारकर हँसे।

सत्तू ने पुनः विनती की- "उस सुमेरु का घर बहुत बड़ा दिख रहा था, उसी के यहाँ हमारी भी व्यवस्था करा दो।"

"आपकी व्यवस्था रानी के आदेशानुसार ही होगी और उन्हें तो मैंने जानबूझकर वहाँ रुकवाया है।" रूपक ने कहा।

"क्यों?" सत्तू ने पूछा।

रूपक धीरे से बोला- "सुमेरु राजपरिवार का गुप्तचर है... उसकी अनुभवी दृष्टि उन दोनों को परख लेगी कि वे वास्तव में वही हैं, जो वे कह रहे हैं अथवा उनका उद्देश्य कुछ और है।"

"तुम्हें उन पर संदेह क्यों है?" विधान को बसंत और मयूरी अच्छे लगे थे। रूपक का उन पर संदेह करना उसे भाया नहीं।

"उनका प्रतिबंधित क्षेत्र में होने का स्पष्टीकरण बहुत संदेहास्पद है और अचानक से प्रकट हो गए, व्यक्ति पर संदेह तो होगा ही।"

"तुम लोग भी अचानक से प्रकट हो गए थे, मैंने तो एक बार भी संदेह नहीं किया।" विधान का स्वर पर्याप्त गंभीर था।

रूपक कुछ नहीं बोला, शांत ही रहा। अर्थमहल पहुँचकर उसने दोनों से विदा ली और रुद्रबाला के नाम संदेश लिखकर प्रहरी को दे दिया।

अगले दिन प्रात: अर्थमहल के ठीक पीछे वाला मैदान, जहाँ रुद्रबाला गरुड़ों को प्रशिक्षित करती थीं, बसंत एक घोड़ागाड़ी पर मयूरी के साथ बैठा हुआ था। कुछ देर में मैदान के किनारे पत्थरों से बने एक छायादार मंडप के नीचे कड़ी सुरक्षा के बीच रानी वसुंधरा उपस्थित हुई। रुद्रबाला, रूपक को लेकर बसंत के पास पहुँची और प्रदर्शन दिखाने की आज्ञा दी।

बसंत ने दूर खड़े एक वृक्ष के तने पर वृत्त का चिह्न बनवाया, फिर सुरक्षा में खड़े एक धनुर्धर से धनुष-बाण लेकर रूपक को दिया। फिर उससे चिह्न को भेदने के लिए कहा। लक्ष्य की दूरी देखकर रूपक थोड़ा अचकचाया, फिर पूरी शक्ति से बाण खींचकर मारा। बाण लक्ष्य से पचास हाथ पहले ही गिर गया। बसंत ने बाणों से भरा तूणीर मयूरी को दिया। मयूरी ने बोरे से एक धनुष निकाला और घोड़ागाड़ी पर ही खड़े होकर बाण छोड़ा। बाण ने सरलता से लक्ष्य भेद दिया। फिर एक के बाद एक लगातार बाण मारकर लक्ष्य भेदती रही। लक्ष्य भेदते समय एक कपोत उड़ता हुआ दिखा। मयूरी ने उसे भी मार गिराया। तूणीर के आखिरी दो बाण उसने बसंत को आगे खड़ा कर उसके कान की बगल से मारे। रुद्रबाला ने प्रशंसनीय दृष्टि से मयूरी को देखा। बसंत ने रुद्रबाला को धनुष दिखाया।

धनुष में जहाँ प्रत्यंचा चढ़ती थी, वहाँ छोटी-छोटी कई घिरनियाँ लगी हुई थीं तथा डोरी उन घिरनियों से होकर धनुष के आखिरी सिरे पर बँधी थी।

''यह यांत्रिक धनुष है, सामान्य धनुष से जिस दूरी तक बाण नहीं पहुँच पाते, यह धनुष कम बल प्रयोग करके उससे भी अधिक दूर तक सटीक लक्ष्य भेद सकता है।'' बसंत ने बताया।

रुद्रबाला ने धनुष रूपक को दिया और वह रानी के पास उसे दिखाने लाया। रानी ने उलट-पुलट कर पूरे धनुष को अच्छी प्रकार देखा।

दूसरे प्रदर्शन में बसंत ने एक घोड़ागाड़ी मँगाने का अनुरोध किया। रुद्रबाला के आदेश पर कुछ ही देर में दो घोड़ों से जुती गाड़ी प्रस्तुत हुई। बसंत के कहने पर उस पर वजनी बोरे लदवाए गए। क्षमता से अधिक बोरे लदवाने के बाद जब घोड़ों को हाँका गया, तब गाड़ी बहुत कठिनाई से चल पाई। फिर बसंत ने वही बोरे अपनी घोड़ागाड़ी पर लदवाए और मात्र एक घोड़े से सुगमता से दौड़ाकर दिखाया। इस विषय में बसंत ने बताया- ''सामान्य घोड़ागाड़ी में यांत्रिक प्रणाली लगा देने से गाड़ी बहुत कम बल से ही खींची जा सकती है। घोड़ा अधिक भार खींच सकेगा और देर से थकेगा।''

उसकी घोड़ागाड़ी में पहियों की धुरी के समीप छोटे चक्रनुमा लकड़ी की कई

घिरनियाँ लगी थीं, जो अपने खाँचे एक-दूसरे में फँसाकर घूमती थीं।

रुद्रबाला उनके प्रदर्शन से प्रभावित थीं। वह रानी के पास पहुँचीं, रानी भी प्रभावित दिखी। रानी के मन का एक कोना कह रहा था- संकट के समय विधाता इसी प्रकार सहायता भेजता है।

रानी ने आदेश दिया- ''इस पर दृष्टि रखते हुए इसे इसकी आवश्यकता के सारे संसाधन उपलब्ध कराओ और सबसे पहले शिला-प्रक्षेपकों को उन्नत बनवाओ...इसकी पत्नी का क्या नाम बताया था?''

''मयूरी।'' रुद्रबाला ने याद दिलाया।

''हाँ! मयूरी... इसका धनुष संचालन अत्यंत प्रशंसनीय है। धरा बहुत दिनों से धनुर्विद्या का नया प्रशिक्षक खोज रही है। इसे नियुक्त कर दो...और इस यंत्रकार की पहचान सदैव गुप्त रखना, लोगों को बताने के लिए एक साधारण सैनिक का पद दे दो।''

''जैसी आज्ञा।'' रुद्रबाला ने कहा और जाकर दोनों को रानी का आदेश सुनाया।

''सेवा का अवसर देने के लिए रानी का आभार।'' बसंत ने कृतज्ञता ज्ञापित की।

खेल प्रतियोगिता

अर्थमहल की दाहिनी ओर वाले पहाड़ के तल पर बने सैनिक स्कंधावार के विशाल वृत्ताकार मैदान में सैनिक खेल प्रतियोगिता होनी थी। बाँसों और लकड़ी के लट्ठों से मैदान की घेराबंदी की गई थी। दर्शकों के बैठने के लिए मैदान के बाहर गोलाई में लकड़ी के पटरों से ऊपर चढ़ती हुई सीढ़ीनुमा संरचना बनाई गई थी। किसी उपद्रव को सँभालने के लिए दर्शक दीर्घा के बीच में दंडधर भी तैनात थे।

पूरे सैनिक स्कंधावार की कई परतों में दूर तक सशस्त्र सैनिकों द्वारा घेराबंदी की गई थी। ठसाठस भरी दर्शक दीर्घा में आम अर्थलावासी का भेष बनाए विधान और सत्तू भी थे। दर्शक दीर्घा के बीच में कहीं-कहीं सीढ़ीनुमा संरचना नहीं बनाई गई थी। उसी खाली स्थान पर सत्तू अपने आगे खड़े व्यक्ति के कंधों का सहारा लेकर पंजे के बल उचककर देखने का प्रयास कर रहा था।

''यहाँ तो बहुत भीड़ है, रूपक ने सही कहा था, हमें जल्दी आना चाहिए था।'' आगे खड़े कई सिरों के बीच से मैदान में झाँकने का प्रयास करते हुए विधान बोला।

''और कितनी जल्दी आते, अभी तो सूरज उदय ही हुआ है।''

''लगता है प्रतियोगिता शीघ्र ही प्रारंभ होने वाली है।'' विधान ने झाँकते हुए कहा।

''शीघ्र ही प्रारंभ हो तो अच्छा है, अन्यथा ऐसे तनकर देखने में मेरी गरदन टूट जाएगी।''

''थोड़ा धैर्य रखो, धीरे-धीरे सभी थककर बैठ जाएँगे; पूरी प्रतियोगिता भर कोई नहीं खड़ा रहेगा।'' विधान ने उसके कंधे दबाए।

''हाँ! प्रतीक्षा ही कर सकता हूँ। यदि इतनी भीड़ में नहीं देख पाया, तो लट्टू निकालकर यहीं अपनी प्रतियोगिता प्रारंभ कर दूँगा।''

''ठीक है लट्टू सम्राट! अभी अपने आगे बाईं ओर देखो, उधर अधिकांश लोग छोटे कद के हैं; धीरे-धीरे वहाँ पहुँचते हैं, उधर से बिना तने सब दिख जाएगा।''

वे भीड़ के बीच अपने कंधे टेढ़े-मेढ़े कर आगे बढ़ते हुए अपने लक्षित स्थान

तक पहुँच गए। वहाँ से सारा मैदान सरलता से दिख रहा था। चारों ओर दर्शकों ने खूब कोलाहल मचाया हुआ था। दर्शकों में युवाओं की संख्या सबसे अधिक थी।

मैदान के बीच में बीस सैनिक टुकड़ियाँ कतारबद्ध खड़ी थीं। प्रत्येक टुकड़ी में सैनिकों की संख्या लगभग दो सौ थी। सभी सैनिक पूर्ण कवच धारण किए एवं शस्त्रों से सजे थे। बाएँ हाथ में लंबे भाले लिए वे सावधान की मुद्रा में थे। उन सैन्य टुकड़ियों के आगे उनके बीस सेनापति तथा उन सेनापतियों के आगे उपसेनाध्यक्ष कुंतल खड़े थे। कुंतल छोटे कद के बहुत मजबूत गठन वाले व्यक्ति थे। सिंहनाद से प्रतिस्पर्द्धा करती उन्हीं के समान मूँछें थीं। उनके कवच का रंग औरों से थोड़ा अलग था। वक्ष, पेट और पीठ का कवच काले रंग में तथा कंधों का कवच गाढ़े लाल रंग में था।

कुछ देर बाद स्कंधावार के मुख्य द्वार से भयंकर हलचल के साथ रथ पर सिंहनाद प्रकट हुए। उनको देखते ही दर्शक दीर्घा में प्रचंड शोर उठा, लगा कि उनकी उपस्थिति मात्र से ही वहाँ के वातावरण में ऊर्जा बढ़ गई हो। सिंह जैसी मोटी गरदन तथा दोनों कंधों से बँधकर पीछे लहराते बाघ की खाल ने उन्हें वास्तविक सिंह की आभा दे रखी थी। उनके मैदान में प्रवेश करते ही उपसेनाध्यक्ष कुंतल ने गर्जना वाले स्वर में उद्घोष किया–

"छातियाँ ठोंककर खड़े हो, सेनाध्यक्ष का आगमन है।"

सारी टुकड़ियों ने तेज स्वर में गर्जना कर दाएँ हाथ की मुट्ठी से दो बार अपनी छातियों को ठोंका, फिर बाएँ हाथ के भाले को भूमि से टकराकर ध्वनि की और अंत में सावधान की मुद्रा धारण कर ली। इस गौरवपूर्ण दृश्य को देखकर दर्शकों ने फिर से उत्साहपूर्ण शोर मचाया। वहाँ खड़े कुछ लड़कों की टोलियों ने भी सैनिकों जैसे ही अभिनय किया। ये वो लड़के थे जो सेना में भर्ती होना चाहते थे, परंतु उनकी आयु अभी सत्रह वर्ष नहीं हो पाई थी।

अपने आठ घोड़ों वाले रथ को दौड़ाते हुए सिंहनाद ने पूरी टोलियों का चक्कर लगाकर निरीक्षण किया, फिर मुख्य द्वार के ऊपर बने कक्षनुमा मंडप में पहुँचे। उन्होंने हाथ उठाकर संकेत किया– जो विश्राम का आदेश था। और फिर वे अपने आसन पर विराजमान हुए। अभी तक तनकर खड़े सैनिक भी सहज मुद्रा में आ गए।

उपसेनाध्यक्ष ने रंगीन झंडियाँ लहराईं और नगाड़े बजने लगे। दस-दस टुकड़ियों के रूप में सारी सेना दो भागों में विभक्त हो गई। नगाड़े तब तक बजते रहे, जब तक कि दोनों भाग एक-दूसरे से अलग होकर मैदान के आखिरी छोर पर

नहीं पहुँच गए। जब बीच का मैदान खाली हो गया, तब सिंहनाद उठे और धनुष पर एक विस्फोटक बाण चढ़ाकर मैदान के बीच में मारा। एक हल्का विस्फोट हुआ और तालियों की गड़गड़ाहट के साथ प्रतियोगिता का आरंभ हो गया।

खेल प्रारंभ होने से पहले व्यूह दिखाए जाने थे। उपसेनाध्यक्ष ने झंडियाँ दिखाईं और नगाड़े फिर बज उठे। दोनों ओर की सेनाएँ एक-दूसरे की ओर दौड़ते हुए आईं और आपस में गुँथ-सी गईं। कुछ क्षणों बाद जब दौड़ रहे सैनिक रुके, तो सभी मकर व्यूह की रचना में खड़े थे। आकाश से देखने पर मुख खोले एक मकर की आकृति दिखती। सिंहनाद ने संकेत किया। उनके बाजू में खड़े सैनिक ने शंख फूंका, जो सेनाध्यक्ष के संतुष्ट होने का संकेत था। उपसेनाध्यक्ष ने झंडियाँ फिर से लहराईं।

सैनिक व्यूह त्यागकर फिर से एक-दूसरे में गुँथने लगे और जब रुके, तो सूर्य व्यूह में खड़े थे- एक बड़ा वृत्ताकार, जिसके चारों ओर लपटें निकल रही थीं। उसके बाद धनुष, गरुड़, सर्प और आयत व्यूह दिखाए गए। दर्शकों ने व्यूह रचना में सैनिकों के आपसी सामंजस्य की खूब प्रशंसा की।

व्यूहों के प्रदर्शन के बाद पहली प्रतियोगिता रथ-संचालन की थी। इस प्रतियोगिता के लिए मैदान में जगह-जगह बाँस गाड़े गए। बीच में छोटे-बड़े पत्थरों से अवरोध बनाए गए। बाँसों तथा अवरोधों की बगल से घुमावदार मार्ग चिह्नित किए गए। दो घोड़ों वाले रथ में रथी के साथ ढेर सारे छोटे-बड़े घड़े लदे थे। रथी को अपना रथ को उन घुमावदार चिह्नित मार्गों से होते हुए कुल पाँच चक्कर लगवाने थे। जिस रथी के रथ में पाँचों चक्कर पूरा होने के बाद सबसे अधिक घड़े बचे रहेंगे, वही विजेता घोषित होगा।

अभी पहला रथी अपना प्रदर्शन दिखाने के लिए तैयार ही हो रहा था कि सिंहनाद के संकेत पर प्रतियोगिता कुछ क्षणों के लिए रुक गई। उनके पास एक संदेशवाहक कोई सूचना लाया था। वे अपने आसन से उठे और मुख्य द्वार से नीचे उतरकर उपसेनाध्यक्ष को कुछ आज्ञाएँ दीं, फिर अपने रथ पर सवार होकर तेजी से निकल गए। उनके धूल उड़ाते रथ की गति से ही लोगों ने समझ लिया कि सूचना कितनी महत्वपूर्ण रही होगी। सिंहनाद के जाने के बाद उनका आसन उपसेनाध्यक्ष ने सँभाला। उनके आदेश पर प्रतियोगिता पुनः आरंभ हुई।

पहले रथी ने बड़ी कुशलता से पहला चक्कर पूरा कर लिया, तो उत्साह में आकर दूसरे चक्कर में रथ की गति बढ़ा दी। एक बाँस के पास घुमावदार मार्ग पर

दर्शकों को हाथ हिलाकर तालियाँ बजवाते समय वह स्वयं ही रथ से गिर गया।

दूसरे खिलाड़ी के साथ विचित्र हुआ, पहले ही चक्कर में उसके सारे घड़े गिर गए, मात्र एक ही बचा। बहुत सावधानी से पाँचवें चक्कर तक पहुँचा। दर्शक साँस रोककर उसका उत्साह बढ़ाते रहे, पर बेचारे का चक्कर पूरा होने से पहले, स्वयं के पाँव से टकराकर आखिरी घड़ा भी गिर गया।

एक खिलाड़ी ने कौशल दिखाने के स्थान पर अपनी ही बुद्धि लगाई। उसने घोड़ों को दौड़ाने के स्थान पर उन्हें चलाकर पहला चक्कर पूरा करवाया। उसका एक भी घड़ा नहीं गिरा। दर्शकों ने उसकी खूब भर्त्सना की। उपसेनाध्यक्ष ने भी काली झंडी दिखाकर उसे अयोग्य घोषित कर दिया।

एक खिलाड़ी ने बहुत अच्छा प्रदर्शन किया। आखिरी चक्कर तक उसके बारह घड़े बचे रहे, पर चक्कर पूरा होने से पहले ही एक मोड़ पर खूँटे से टकराकर पूरा रथ ही पलट गया।

अंत में जो खिलाड़ी विजेता घोषित हुआ, उसने दस घड़ों के साथ पाँचवाँ चक्कर पूरा किया था।

अब तक सारे दर्शकगण बैठ गए थे। सत्तू के आगे बैठा काली पगड़ी वाला व्यक्ति प्रत्येक रथी की गलती पर जमकर कोसता- "न जाने कैसे-कैसे नौसीखिए रथ पर बैठने का साहस कर लेते हैं...मेरे पितामह तो अकेले ही दो रथों को हाँक देते थे।"

उसके निकट बैठे भूरी पगड़ीवाले ने उसे समझाया- "यह तो सेना में भर्ती हुए नए सैनिकों की प्रतियोगिता है, अनुभवी तो आए ही नहीं हैं। इन बेचारों को अभी एक वर्ष का ही प्रशिक्षण प्राप्त है। इतने कम समय में कितना प्रदर्शन दिखा पाएँगे... यदि वास्तविक प्रदर्शन देखना है, तो 'अंधक' के मैदान में होने वाली प्रतियोगिता देखो, वहाँ आते हैं सारे अनुभवी। ऐसा प्रदर्शन दिखाते हैं कि दाँतों से उँगलियाँ काट बैठोगे।"

"वह प्रतियोगिता कब होती है भाई ?" सत्तू ने पीछे से पूछा।

अभी पाँच माह पहले ही तो हुई थी, अब दो वर्ष बाद होगी, तब तक यही देख लो। नए-नए सैनिक बने हैं बेचारे, बहुत अच्छे प्रदर्शन की आशा मत रखो।

इसके बाद घुड़सवारी प्रतियोगिता हुई। इस प्रतियोगिता में दौड़ रहे घोड़े पर चढ़ना, सवारी करना तथा बिना रोके सफलता से उतरना था। ऐसा पाँच चक्करों में अधिक से अधिक बार करने वाला विजेता होगा। पहले खिलाड़ी ने घोड़े के साथ अच्छी दौड़ लगाई और आधे चक्कर के बाद चढ़ तो गया, परंतु उतरते समय मुँह

के बल गिरा।

दूसरे खिलाड़ी के साथ भी कुछ अच्छा नहीं हुआ।

तीसरे खिलाड़ी के आते ही दर्शक दीर्घा के एक छोर पर खूब शोर मचा। वहाँ उस खिलाड़ी के मित्रगण भारी संख्या में उपस्थित थे। उन्होंने उसका नाम ले-लेकर उत्साह बढ़ाया। खिलाड़ी भी पूरे जोश में था। मैदान पर आकर उसने अपनी गरदन घुमाकर कड़कड़ाई। हाथों को खोलकर व्यायाम किया। वहीं भूमि पर थोड़ा सपाटा मारा, आठ-दस दंड-बैठक भी लगाए। हाथ-हिलाकर दर्शकों को ताली बजाने के लिए प्रेरित किया और फिर गर्वीली लंबी साँस खींचकर छाती फुलाते हुए प्रदर्शन को प्रस्तुत हुआ। जैसे ही उस खिलाड़ी ने घोड़े के साथ दौड़ना प्रारंभ किया, उसके मित्रों ने खड़े होकर जोर से तालियाँ पीटीं। दौड़ते हुए मात्र तीस पग ही हुए होंगे कि वह उछलकर बाईं ओर से घोड़े पर चढ़ गया और अगले ही क्षण सरककर दाईं ओर से नीचे गिर गया। दर्शक दीर्घा में सन्नाटा छा गया। उसके मित्र तालियाँ पीटना छोड़, चुपचाप बैठ गए। सत्तू को उस पर बहुत दया आई।

एक खिलाड़ी की बहुत दुर्गति हुई। वह बेचारा चार चक्कर तक घोड़े के साथ दौड़ता ही रह गया, एक बार भी नहीं चढ़ पाया। पाँचवें चक्कर के शुरू होते ही वह इतना हाँफ गया कि हाथ-पाँव फैलाकर वहीं लेट गया।

अंत में चार खिलाड़ियों ने सफलतापूर्वक पाँचों चक्कर पूरे किए। उनमें से विजेता खिलाड़ी ने पाँच चक्करों में सात बार सवारी की थी।

इसके बाद तीरंदाजी प्रतियोगिता हुई। लक्ष्य भेद की इस प्रतियोगिता में तरह-तरह के खेल दिखाए गए। हवा में उछाली गई मिट्टी की पतली ईंट को छेदना; जमीन पर लेटकर दौड़ते घोड़े की पीठ के ऊपर लगे छोटे लक्ष्य को भेदना; आँखों पर पट्टी बाँधकर घंटों की ध्वनि सुनकर उन्हें बाण से नष्ट करना। एक कठिन खेल में घोड़े पर खड़े होकर हवा में फेंकी गई ईंट को तीर से भेदना था। तीस में से मात्र पाँच खिलाड़ी ही यह कर पाए।

लक्ष्य भेद की आखिरी प्रतियोगिता में बहुत दूर के एक लक्ष्य को भेदना था। लक्ष्य इतनी दूर स्थापित था कि किसी खिलाड़ी के बाण वहाँ तक पहुँचे ही नहीं। दर्शकों ने खूब हो-हल्ला किया। खिलाड़ियों का उत्साह बढ़ाने के लिए उपसेनाध्यक्ष कुंतल ने स्वयं धनुष सँभाला और उस कठिन लक्ष्य को भेदकर दिखा दिया कि वह कोई असंभव कार्य नहीं था। इस खेल में कोई विजयी नहीं हुआ।

अब तक सूर्य सिर के ऊपर पहुँच चुका था, परंतु पर्वतीय ठंडी पवनों ने उसके ताप की महिमा को बहुत कम कर दिया था। लोग खाने के लिए अपने साथ फल,

खीरा, ककड़ी तथा अन्य खाद्य सामग्री बाँधकर लाए थे। विधान और सत्तू के पास कुछ नहीं था। वे दूसरों से माँग-माँग कर खा रहे थे।

लक्ष्य भेद के बाद खड्ग संचालन की प्रतियोगिता हुई। सैनिकों का खड्ग संचालन देखकर विधान का मुख खुला रह गया। सैनिक खड्ग संचालन इतनी तीव्रता और सटीकता से कर रहे थे, मानो वह खड्ग स्वयं उनके शरीर का कोई अंग हो। वे दोनों हाथों से ऐसे खड्ग चला रहे थे कि ढाल की आवश्यकता ही नहीं दिख रही थी। एक-दूसरे से लड़ते हुए प्रदर्शन कर रहे सैनिकों की तलवारों के टकराने की ध्वनि ने वातावरण में ऐसी ऊर्जा उत्पन्न की कि पूरी दर्शक-दीर्घा तालियों की गड़गड़ाहट से गूँज उठी।

निरंतर चल रही प्रतियोगिता में अगला खेल भाले का था। भालों से लड़ना और उन्हें फेंकना, दोनों प्रकार के खेल हुए। छोटे, लंबे, हल्के, भारी, सभी प्रकार के भालों से प्रदर्शन हुआ।

इसके बाद चक्का फेंक प्रतियोगिता हुई। इसमें खिलाड़ी अपने स्थान पर एड़ियों के बल चार-पाँच घूर्णन कर चक्के को उछाल देते थे। अधिक दूर तक फेंकना तथा चिह्नित लक्ष्य से टकराना, ये दो प्रकार के खेल दिखाए गए।

बीच में छोटे-छोटे अन्य खेल भी दिखाए गए। मल्ल युद्ध अंतिम प्रतियोगिता थी। खिलाड़ियों ने तरह-तरह के दाँव दिखाकर दर्शकों का मन मोह लिया।

इसके बाद सामूहिक प्रतियोगिताएँ हुईं। जैसे- नियत समय में कौन-सी टुकड़ी अधिक मंडप तैयार कर लेती है तथा कम समय में दुर्ग के प्राचीर पर रस्सी के सहारे चढ़ना। इसके लिए मैदान के किनारे पहले से ही एक अस्थायी प्राचीर निर्मित था। अंत में खिलाड़ियों ने सामूहिक कदमताल कर पूरे मैदान का चक्कर लगाया। और इसी के साथ सैन्य खेल प्रतियोगिता के अंत की घोषणा कर दी गई।

साँझ ढल रही थी। लोग एक-दूसरे से प्रदर्शन की चर्चा करते हुए लौटने लगे। विधान और सत्तू भी चल दिए। सैनिकों का प्रदर्शन देखकर विधान सोच रहा था कि उसे कितना कुछ सीखना बाकी है। सत्तू की पगड़ी खुल गई थी। वह बहुत देर से उसे बाँधने का प्रयास कर रहा था, पर सफल नहीं हुआ। अंत में उसने पूरी पगड़ी खोलकर कमर पर लपेट ली।

"अब तक रूपक चला गया होगा?" सत्तू बोला।

"हाँ! वह तो मध्याह्न में ही जाने वाला था... कह रहा था कि यंत्रकार का प्रदर्शन देखकर चला जाएगा।"

"आज मुख्य नगर का मेला छूट गया।"

"दो दिन का मेला है, कल चलेंगे देखने...वैसे भी रूपक बता रहा था कि बहुत बड़ा मेला नहीं है, हर चौथे मास लगता रहता है।" विधान ने उसके कंधे पर हाथ रखते हुए कहा।

"कल चलकर मिष्टान्न खाऊँगा, कुंडार वाली अच्छी नहीं थी... अभी बहुत भूख लगी है, खीरे-ककड़ी से पेट नहीं भरा..." सत्तू ने अपना पेट सहलाया।

दोनों ही भूखे थे। प्रकाश कम होने लगा था। दोनों अर्थमहल की ओर तेजी से बढ़े।

चौमासा मेला

आज मौसम ठंडा था, ऊपर से बदली छाई थी। बीच-बीच में कभी-कभार सूरज बादलों की ओट से झाँक लेता था, परंतु अधिकांश समय उसके पीछे ही सोया रहता। हवाएँ तूफानी थीं, मानो अपने साथ सबकुछ उड़ा ले जाना चाहती हों। हाट की दुकानों के बाहर टँगी सजावटी झंडियाँ पूरी शक्ति से फड़फड़ा रही थीं। कभी-कभी बादल इतने काले हो जाते कि लगता रात्रि होने वाली है। लोग अपनी पगड़ियाँ पकड़कर चल रहे थे। एक फल की दुकान के बाहर, एक फूस की डलिया किसी कोने से गिरकर बाहर आ गई। जब तक दुकान पर काम करने वाला लड़का आकर उसे उठा पाता, हवा उसे लुढ़काते हुए दूर लेकर चली गई। तभी दूर कहीं बिजली कड़की, लगा कोई पहाड़ टूटकर गिरा। वर्षा होने की पूरी संभावना थी। अर्थला के निवासियों के लिए यह कोई अचरज का दिन नहीं था। ऐसा वातावरण वहाँ होता ही रहता था। वे मौसम पर ध्यान दिए बिना मेले के आखिरी दिन का आनंद उठा रहे थे। यह कोई बड़ा मेला नहीं था, जो किसी विशाल मैदान में लगाया जाता। यह हर चौथे मास होने वाला लघु नगरीय मेला था, जो मुख्य नगर के हाटों से उसके आसपास के चौराहों तक लगता था। महर्षि गाधि की उपस्थिति के कारण आसपास के नगरों तथा गाँवों से उनके दर्शन करने वालों ने मेले की सामान्य भीड़ को दुगना कर रखा था।

"कहीं उड़ न जाऊँ।" विधान ने अपनी पगड़ी सँभालते हुए कहा।

"हाँ, पवन-गति इतनी बलशाली है कि चलने में कठिनाई हो रही है।" इधर-उधर की दुकानें देखता हुआ सत्तू बोला।

"कहीं मेला न रुक जाए।"

"कुछ भी रुके... मिष्टान्न मिलते रहने चाहिए।" सत्तू ने दृढ़ता से अपने विचार बताए।

वे दोनों इधर-उधर देखते हुए बढ़ रहे थे। किधर जाना है, कुछ पता नहीं, बस घूम-घूम कर मेला देखना था। हाटों की स्थायी दुकानों के अतिरिक्त घोड़ागाड़ी तथा बैलगाड़ी पर भी अस्थायी दुकानें लगी थीं। घोड़ागाड़ी पर गुड़ की बिक्री खूब हो रही थी। कुछ फेरीवाले घूम-घूम कर मिट्टी के खिलौने और शहद बेच रहे थे। दुकानदारों ने अपनी दुकानें सजाने में कोई कसर नहीं छोड़ी थी। परंतु तेज हवा ने

अधिकांश सजावट तितर-बितर कर दी थी।

एक दुकान के बाहर लकड़ी के दो मोटे द्वारनुमा स्तंभ रखे थे। उन स्तंभों पर काष्ठ कला का अद्‌भुत कार्य हुआ था। हाट की अन्य सामान्य दुकानों- जो मोटे कपड़े या चमड़े को तानकर बनाए गए छायादार स्थान के नीचे सामान रखकर बेचती थीं- से अलग वह एक कक्षनुमा दुकान थी और जिसके अंदर बैठकर निश्चिंतता से सामान देखा जा सकता था। वह वहाँ काष्ठ-कलाकृतियों की सबसे महँगी दुकान थी, जहाँ संभ्रांत वर्ग के ही चरण पहुँच पाते थे। उस दुकान को बाहर से झाँककर वे जैसे ही आगे बढे, संभ्रांत वर्ग की एक महिला के दर्शन हो गए। अत्यंत गोरी और भयंकर रूप से मोटी वह स्त्री एक खुली पालकी में आ रही थी। उसकी पालकी उसी दुकान के आगे रुकी तथा जब वह स्त्री उतरकर बाहर खड़ी हुई, तो सत्तू की हँसी छूट गई। वह विधान को उस स्त्री की ओर उँगली दिखाकर हँस रहा था। उसको हँसता देख आसपास के लोग थोड़ा सकते में आ गए। किसी संभ्रांत व्यक्ति का इस प्रकार सार्वजनिक उपहास उड़ाने के बारे में किसी ने कभी सोचा भी न था। विधान उसे चुप कराने का प्रयास कर रहा था, परंतु उसकी हँसी रुक ही नहीं रही थी। स्त्री उन दोनों के समीप पहुँची, परंतु आश्चर्यजनक रूप से वह तनिक भी क्रोधित नहीं थी।

वह अत्यंत सहज ढंग से बोली- ''क्या मैं इतनी बेडौल हो गई हूँ?''

सत्तू चुप हो गया, कुछ क्षण बाद माफी माँगते हुए बोला, ''क्षमा करिएगा, पता नहीं कैसे हँसी आ गई, मुझे ऐसा नहीं करना चाहिए था।''

''क्षमा माँगने की आवश्यकता नहीं है, मेरे कारण तुम्हें प्रसन्नता मिली, इस मोटापे का इससे अच्छा और क्या उपयोग हो सकता था। मैं वास्तव में बहुत मोटी हो गई हूँ...है न?''

सत्तू के मुख से प्रायश्चित्त के सारे भाव उड़ गए और फिर से हँसी दबाने का प्रयास करने लगा।

''वैसे मैं कैसी दिख रही हूँ?'' स्त्री स्वयं को देखते हुए बोली।

''एकदम सत्य कहूँ?''

''हाँ! हाँ! कहो।''

''मोटी गाय की तरह।''

सत्तू और स्त्री दोनों मिलकर जोर से हँसते हैं। आसपास वाले मुँह खोले देखते रहे, मात्र पालकी ढोने वाले ही सामान्य दिखे, क्योंकि उन्हें उस स्त्री का व्यवहार पहले से पता था।

''बहुत विनोदी स्वभाव के हो।'' स्त्री मुस्कराते हुए बोली।

''परंतु लोग मुझे शर्मीला, दयालु तथा कम भोजन करने वाला कहते हैं।'' सत्तू अपनी तोंद पर हाथ फेरते हुए बोला।

दोनों फिर ठहाका लगाते हैं। आसमान में बिजली कड़कती है।

''अब मैं चलती हूँ, कुछ वस्तुएँ लेने आई हूँ, कहीं वर्षा न प्रारंभ हो जाए।''

उनसे विदा लेकर वह स्त्री दुकान में घुस गई। विधान और सत्तू भी आगे बढ़ गए।

''यहाँ के लोग बहुत अच्छे हैं।'' सत्तू ने अपनी धोती कसते हुए कहा।

''वह अच्छी स्त्री थी, इसलिए कुछ नहीं कहा। किसी का इस प्रकार सार्वजनिक उपहास नहीं उड़ाते।'' विधान उसे समझाते हुए बोला।

''तो किस प्रकार उड़ाते हैं ?''

''किसी कोने में जाकर।'' सत्तू की पीठ ठोंककर विधान हँसता है।

''हाँ! यही सुरक्षित मार्ग है।'' सत्तू भी हँसा।

आगे लुहार की दुकान के समीप एक मदारी बंदर और भालू का नृत्य दिखा रहा था। बच्चे ताली बजाकर खूब आनंद ले रहे थे। वहाँ से थोड़ी दूर पर एक सपेरा साँपों से लदा हुआ था। उसके पास कई साँप थे, जिन्हें उसने अपने हाथ-पैर, कमर तथा गरदन पर लपेट रखा था। वहाँ इतनी भीड़ जमा थी कि उचककर देखने के बाद भी कुछ स्पष्ट नहीं दिख पाया। वे दोनों आगे चल दिए। आगे एक कलाकार बहुत कम समय में पगड़ी बाँधने का प्रदर्शन कर रहा था। वहाँ भी लोगों की अच्छी भीड़ थी। वह भीड़ में से किसी एक को बुलाकर लकड़ी के आसन पर बैठाता और उसके पीछे खड़े होकर कहता- ''आठ बार लंबी साँस खींचो,'' फिर झट से उसके सिर पर पगड़ी बाँधने लगता। उसके सधे हुए अभ्यस्त हाथ बहुत तेजी से चलते। जब तक व्यक्ति आठों साँस पूरी करता, पगड़ी बँध चुकी होती। लोग प्रसन्न होते और उस कलाकार को कुछ न कुछ दे देते।

अगले बाएँ मोड़ पर तरह-तरह के नट अपनी कला दिखाकर लोगों की प्रशंसा प्राप्त कर रहे थे। यहाँ-वहाँ झाँकते, देखते, बैठते, घूमते वे मेले के अंतिम छोर तक पहुँच गए थे। यहाँ भीड़ बहुत कम थी। अब तक के मेले में उन्हें उच्च वर्ग के लोग बहुत कम दिखे थे। जो दिखे भी उनमें से अधिकतर स्त्रियाँ ही थीं। सारी की सारी अत्यधिक मोटी एवं आभूषणों से लदी हुईं।

'संभवतः उच्च वर्ग इस चौमासे मेले को अधिक महत्व नहीं देता होगा।' ऐसा

विधान ने सोचा।

अभी वे एक बहेलिए की रंग-बिरंगी चिड़ियाँ देख रहे थे कि कड़कदार बिजली के साथ वर्षा प्रारंभ हो गई। लोग आसपास की दुकानों के छायादार स्थानों पर छिपने लगे। विधान और सत्तू भी जगह ढूँढ़ रहे थे कि सत्तू ने एक ओर संकेत किया- "भइया! उधर देखो।"

विधान ने दृष्टि गड़ाकर देखा, कुछ क्षण बाद समझते हुए कहा- "वह तो सुमेरु का घर है।"

सुमेरु का घर हाट के आखिरी छोर पर पचास हाथ की दूरी पर था। दोनों ने दौड़ लगा दी। वहाँ तक पहुँचते-पहुँचते वो थोड़ा भीग गए। दुकान बंद थी और पीछे घर में घुसने वाला किवाड़ अधखुला था। उन्होंने किवाड़ खटखटाया, कुछ क्षणों में कंसा निकली।

"हम परसों सेनानायक रूपक तथा आपके अतिथियों के साथ आए थे।" विधान ने याद दिलाया।

कंसा मुस्कराई- "पहचान गई पुत्रो! अंदर आओ, सेनानायक साथ नहीं आए।"

"वह तो कल ही पूर्वी क्षेत्र चला गया।" कक्ष में प्रवेश करते हुए विधान बोला।

"बैठो! पोंछने को वस्त्र देती हूँ," कहकर कंसा दूसरे द्वार से आँगन की ओर चली गई।

अंदर एक कोने में खाट पर मयूरी थी। उन दोनों को देखते ही उठकर बैठ गई।

"बसंत को कोई कार्य मिला?" विधान ने भूमि पर बैठते हुए पूछा।

"बसंत के साथ मुझे भी कार्य मिल गया।" मयूरी आकर उनके पास बैठ गई।

बसंत-मयूरी से उनकी पहचान मात्र एक दिन की थी, परंतु इतनी सहजता से उसका उन दोनों के पास आकर बैठना विधान और सत्तू को बहुत अच्छा लगा। बसंत, विधान से उम्र में बड़ा था। वैसे, बड़ा तो रूपक भी था, पर सत्तू के मन में रूपक को भइया बोलने का विचार कभी नहीं आया। विधान के साथ सत्तू को भी बसंत-मयूरी अच्छे लगे थे और बसंत को भइया कहने में उसे प्रसन्नता ही मिलती। अपना नया संबंध जोड़ते हुए सत्तू बोला- "बसंत भइया कहाँ हैं? और आपको कौन-सा कार्य मिला है, भाभी?"

मयूरी मुस्कराई- ''बसंत को रक्षा विभाग में युद्धक उपकरण ठीक करने का कार्य मिला है। वे आज ही अपने कार्य पर निकल गए और मुझे राजकुमारी को धनुष चलाना सिखाना है... मैं पूर्णिमा के बाद जाऊँगी।''

''आपको इतनी धनुर्विद्या आती है?'' सत्तू को आश्चर्य हुआ।

''धनुष ही क्यों, भाला, छुरा, खड्ग, चक्र, गदा सब आता है।'' मयूरी ने ऐसे कहा, मानो ये सब उसके बाएँ हाथ के खेल हों।

विधान और सत्तू को मयूरी की बात पर विश्वास नहीं हो रहा था।

''ये लो, शरीर पोंछ लो, ठंड समाते देर नहीं लगती।'' कंसा ने दोनों को वस्त्र देते हुए कहा।

''सुमेरु काका नहीं दिख रहे?'' विधान ने हाथ पोंछकर पूछा।

''उनका आना-जाना तो लगा रहता है, तुम लोग मेला घूम रहे थे क्या?'' कंसा ने उनके लिए लोटे में छाछ तथा तश्तरी में गुड़ रखते हुए कहा। फिर वह भी उनके पास भूमि पर बैठ गई।

''हाँ काकी! मेला ही घूम रहे थे, वर्षा प्रारंभ हुई तो संयोग से आपका घर दिख गया। फिर हम यहीं दौड़े चले आए।'' सत्तू बोला।

''अच्छा किया, जब मन करे बिना वर्षा के ही चले आया करो, तुम्हारे काका बता रहे थे कि तुम दोनों भी यहाँ नए हो।''

विधान ने क्षणभर के लिए सत्तू की ओर देखा, फिर कहा- ''हाँ! तीन दिन पहले ही गाँव से आए हैं।''

''यह भी तो नई-नई आई है बेचारी, चलो अच्छा है इन्हें काम मिल गया। तुम्हारे काका से कहकर तुम दोनों के लिए भी कोई काम दिलवा दूँगी। राजमहल में बहुत आना-जाना करते हैं।''

''ठीक है काकी! परंतु अभी मत कहना, जब आवश्यकता पड़ेगी, हम स्वयं ही बता देंगे।'' विधान ने कृतज्ञता से कहा।

''तुम दोनों भूखे होगे।'' कंसा उठती हुई बोली।

''मैं तो प्रतीक्षा ही कर रहा था, काकी कि आप भोजन के बारे में कब पूछेंगी।'' सत्तू ने प्रसन्नता दिखाते हुए कहा।

''तो संकोच क्यों कर रहे थे पुत्र! आगे से संकोच मत करना,'' कहकर कंसा रसोई में घुस गई।

फिर सत्तू, मयूरी को अपने गाँव की कहानियाँ सुनाने बैठ गया। मयूरी भी सुनने में पूरी उत्सुकता दिखा रही थी। जब उसने रागा और अपने मिलन की कहानी

सुनाई, तो मयूरी ने पूछा- "उसे गाँव में ही छोड़ आए?"

"नहीं! आया तो साथ है, परंतु मेले की भीड़-भाड़ और अनजान मार्गों के बारे में सोचकर अपने निवास पर छोड़ आया हूँ। कुछ दिनों बाद जब मैं स्वयं भी अभ्यस्त हो जाऊँगा, तब उसे नगर घुमाऊँगा, मेले में तो बेचारा खो जाता।"

फिर बात दूसरे गाँव जाकर शहद लाने की हुई। शहद से बात खाने-पीने पर और खाने-पीने से बात मिष्टान्नों पर पहुँची। मिष्टान्नों पर बात पहुँचते ही सत्तू ने थोड़ा जोर से कहा, ताकि आवाज अच्छे से रसोई तक पहुँचे- "काकी! यहाँ के मिष्टान्न कैसे हैं?"

"अच्छे मिष्टान्न हैं... क्यों?"

"मैंने सुन रखा था कि नगरों में विभिन्न प्रकार के मिष्टान्न और पकवान मिलते हैं। मुझे बड़ी इच्छा थी उन्हें चखने की, यहाँ आते समय हम कुंडार की राजधानी में रुके थे और पता है काकी...वहाँ के मिष्टान्न कैसे थे?"

"कैसे थे? अच्छे नहीं थे?"

"अच्छे?...ऐसे थे कि यदि किसी को खींचकर मार दो, तो उसका मस्तक फूट जाए।"

सब धीरे से हँसते हैं।

"तो तुमने उन्हें खाया कैसे देवर?" मयूरी ने आँखें बड़ी करके पूछा।

"खाने की आवश्यकता ही नहीं पड़ी, मैंने धीरे से वह मिष्टान्न अपनी थैली में डाल लिए और जब बाहर निकला, तो झाड़ियों में फेंक दिया।"

"यहाँ के मिष्टान्न इतने बुरे नहीं हैं पुत्र...वर्षा रुक जाए तो लाकर खिलाती हूँ।"

"तुम कहाँ जाओगी काकी! वर्षा रुकते ही हम स्वयं जाकर खा लेंगे। अभी मेले का दूसरा भाग भी देखना है।" विधान ने छाछ पीकर लोटा रखते हुए कहा।

"ठीक है, परंतु मय दानव की दुकान से ही खाना।" कंसा अंदर से बोली।

"दानव... अर्थला में दानव भी रहते हैं?" विधान ने आश्चर्य दिखाया।

"हाँ! दानव और असुर दोनों रहते हैं, किंतु गिनती के हैं। मय दानव का वास्तविक नाम मय है। वह अर्थला का ही रहने वाला है, परंतु उसने अपनी दुकान पर कार्य करने के लिए कुछ दानवों को रखा है। दानवों जैसी पाककला संभवत: ही किसी के पास होगी... दानवों को कार्य पर रखने के कारण लोगों ने उसके नाम के आगे दानव जोड़ दिया है...ऐसे ही काष्ठ-कलाकृतियों की भी एक दुकान है, अत्यंत सुंदर और महँगी कलाकृतियाँ बेचता है। उसके यहाँ भी काष्ठ शिल्पी असुर

देश के हैं। दानवों की पाक कला की भाँति असुरों की काष्ठ कला में कोई बराबरी नहीं कर सकता। सब बहुत अच्छे व्यवहार के गुणी कलाकार हैं।"

"वह काष्ठ कला वाली दुकान हमने भी देखी," कहकर विधान ने मोटी स्त्री से मिलने वाली घटना सुनाई। सब हँसते हैं। तब तक काकी की रसोई भी पूरी हो चुकी थी। काकी ने मकई की चपातियाँ एवं खाँड सभी के सामने परोसा और फिर मयूरी की बगल बैठ गईं।

"ये लोग कैसे दिखते हैं, काकी!" सत्तू ने चपाती तोड़ते हुए पूछा।

"हम जैसे ही दिखते हैं। उनके अपने देश की संस्कृति अलग है, वहाँ वे अपने ढंग में रहते हैं। किंतु यहाँ तो उन्हें अलग से पहचानना भी कठिन है।"

"अच्छा! ऐसी बात है, तब मैं उन्हें अवश्य ही पहचानूँगा।" कहकर सत्तू भोजन पर टूट पड़ा।

जब तक उन्होंने भोजन समाप्त किया, वर्षा भी थम चुकी थी। जब वे जाने लगे, तो काकी ने कुछ फल बाँध दिए। मयूरी ने भी मुस्कराकर विदाई दी।

मुख्य नगर का हाट त्रिभुज की आकृति में था। एक कोने से दूसरा कोना, वे वर्षा होने से पहले ही नाप चुके थे। जो तीसरा कोना बच गया था, वे उधर ही जा रहे थे। भूमि देखकर लग नहीं रहा था कि अधिक वर्षा हुई होगी। कुछ क्षणों की तेज वर्षा के बाद मात्र बूँदा-बाँदी ही हुई थी। मेघ अब भी रह-रह कर गरज उठते थे। इधर के मार्ग अधिक चौड़े और चौराहे अति विशाल थे। मार्ग में वे कठपुतली का खेल दिखाने वाले कलाकारों के बारे में पूछते जाते, परंतु अधिकांश लोगों ने मना कर दिया कि उन्होंने अभी तक किसी कठपुतलीवाले को नहीं देखा। एक ने बताया कि कठपुतलीवाले वार्षिक मेले में आते हैं, चौमासे मेले में यदा-कदा ही दिखते हैं। उन दोनों को कठपुतली का खेल देखना अत्यंत प्रिय था। किसी भी मेले में यही उनका मुख्य आकर्षण हुआ करता है। अलग-अलग राज्यों की रोमांचक और रहस्यमय कहानियाँ इन कठपुतली के खेलों में सुनने को खूब मिलती थीं। यहाँ न देख पाने के कारण उन्हें थोड़ा निराशा हुई। रस्से पर चलने वाले नट, भालू- बंदर के नाच तथा आग पर चलने वालों को वे बचपन से ही देखते आ रहे थे। अभी वे कुछ अनोखा देखना चाहते थे।

अगल-बगल झाँकते हुए वे एक चौराहे पर पहुँचे। वहाँ का दृश्य देखकर दोनों स्तंभित-से रह गए। चौराहे पर एक व्यक्ति सिंह के गले में रस्सा बाँधकर घूम रहा था। एक छोटी भीड़ शोर मचाते हुए सिंह से दस हाथ पीछे चल रही थी। वह व्यक्ति

शरीर से मजबूत था तथा उसकी कमर से एक विशिष्ट राजकीय चिह्न लटका हुआ था, जो इस बात का प्रमाण था कि वह जो कुछ कर रहा है उसके लिए उसे राजाज्ञा प्राप्त है। वह अपने सिंह को लेकर चौराहे के चारों ओर चक्कर लगाने लगा।

कुछ ही देर में वहाँ भारी भीड़ जमा हो गई। विधान और सत्तू भी दौड़कर पहुँचे। वह चौराहा अतिविशाल था तथा बीच में बैठे हुए हाथी की मूर्ति स्थापित थी- जिसने अपनी सूँड उठा रखी थी। इसके अतिरिक्त चौराहे के चारों ओर छायादार वृक्षों के नीचे बैठने के लिए कुछ पत्थर गड़े थे। उन्हीं पत्थरों में से एक पर वे दोनों खड़े हो गए। वहाँ चारों ओर भय और रोमांच का वातावरण बन चुका था। लोग अलग-अलग प्रकार से खुसर-पुसर कर रहे थे। भीड़ में कुछ लोग सिंह को वास्तविक सिंह मानने से मना कर रहे थे। उनका कहना था कि सिंह की खाल के अंदर दो मनुष्य छिपे हुए हैं, जिन्होंने अभ्यास से सिंह की चाल की एकदम सही नकल कर ली है। विधान ने उनकी बात सुनकर सिंह को ध्यान से देखा, उसे सिंह पूरी तरह वास्तविक लगा। कुछ लोगों ने कहा कि उन्होंने यह खेल पहले भी देख रखा है। किसी एक ने जोड़ा- यह सिंह जैसा ही दिखने वाला दूसरा पशु है।

जब पर्याप्त भीड़ एकत्रित हो गई, तब उस व्यक्ति ने रस्सा खोलकर सिंह को बंधनमुक्त कर दिया। भीड़ भय खाते हुए पीछे हट गई। सिंह ने गर्जना की और टहलते हुए पूरे चौराहे का चक्कर लगाया। चक्कर पूरा होते ही व्यक्ति ने सिंह को एक जोरदार लात जड़ दी। सिंह कुछ नहीं बोला, बस मुड़कर एक बार देखा और आगे बढ़ गया। व्यक्ति ने उसे निकम्मा तथा खाकर सोने वाला आलसी कहा और पुनः एक दमदार लात जमाई। सिंह फिर कुछ नहीं बोला, पूर्व की भाँति चलता रहा। उसके बाद व्यक्ति ने सिंह को धकेलकर गिराया और खूब ठोकरें मारी। अब सिंह ने गुर्राना प्रारंभ कर दिया। दर्शकों के अंदर भय बढ़ने लगा। सिंह गुर्राते हुए उठा और पुनः चक्कर लगाने लगा। व्यक्ति अब भी उसे आलसी बताते हुए लात जमाए जा रहा था। फिर जब उसने उसकी पूँछ खींची, तब सिंह भयंकर क्रोधित हो गया और पीछे मुड़कर दहाड़ता हुआ उस पर झपट पड़ा। दर्शकों की चीखें निकल गईं। कोलाहल मचा- उसे बचाओ...सिंह उसे खा जाएगा। वह व्यक्ति और सिंह बहुत देर तक गुत्थमगुत्था रहे। दोनों की पटका-पटकी चलती रही। अंत में व्यक्ति ने सिंह के मुख में अपनी भुजा ठूँस दी और जोर से डाँटा। सिंह शांत हो गया और उसे साहस नहीं हुआ कि वह उसका हाथ चबाए। उसके बाद व्यक्ति ने दूसरा हाथ उठाकर दर्शकों की ओर हिलाया। भयभीत दर्शकों ने प्रशंसा करते हुए तालियाँ कुछ अधिक जोर से बजाईं।

व्यक्ति अपना हाथ बाहर निकालकर सिंह को सहलाता है। सिंह वहीं बैठ गया और व्यक्ति एक बड़ी टोकरी भूमि पर रखकर खड़ा रहा। लोग प्रसन्न थे। लोगों ने आकर स्वर्णमुद्रा, फल, वस्त्र तथा अन्य सामग्रियाँ उस टोकरी में डालीं। आकाश में बादलों ने फिर से गर्जना के साथ अँधकार फैला दिया और थोड़ी बूँदा-बाँदी भी प्रारंभ हो गई।

तभी भीड़ में कोई जोर से चिल्लाया- "चोर...चोर....मेरी थैली काट ले गया वह चोर..."

जब तक लोग मामला समझकर उस चिल्लाने वाले व्यक्ति की इंगित दिशा की ओर देखते, चोर भागता हुआ भीड़ से दूर जा चुका था। विधान अपनी धोती कसकर उसकी ओर दौड़ने ही वाला था कि सत्तू ने हाथ पकड़कर रोक लिया- "कहाँ जा रहे हो भइया! नगरों में ऐसा होता ही रहता है। हमें ऐसा कुछ भी ऐसा करने से मना किया गया है जिससे लोगों का ध्यानाकर्षण हो... आगे कोई न कोई सैनिक उसे पकड़ ही लेगा।"

विधान थोड़ा भ्रमित हो गया, उसे समझ नहीं आया कि वह क्या करे।

अगले ही क्षण सत्तू अकबकाकर चीखा- "भइया! उस चोर को पकड़ो।"

"क्यों, अब क्या हुआ?"

"उस चोर ने मेरी भी थैली काट ली।"

"बहुत शीघ्र बुद्धि आ गई।" विधान ने उसकी पीठ पर जोरदार धौला जमाया।

भीड़ से तीन और व्यक्तियों की आवाज आई- "मेरी भी थैली ले गया।"

भीड़ में से होता हुआ विधान चोर के भागने की दिशा में गया, पर जब तक वह भीड़ को पूरी तरह पार कर पाता, चोर अगले मोड़ पर बाईं ओर जाकर लुप्त हो गया था। तेज बूँदा-बाँदी के कारण लोग मार्ग छोड़कर दुकानों में सिर छुपाने की जगह ढूँढ़ रहे थे, जिससे मार्ग थोड़ा खाली हो गया था। विधान तेजी से उस मोड़ पर पहुँचा, परंतु चोर का कुछ अता-पता नहीं चला। भागते चोर की पीछे से मात्र एक ही पहचान उसे याद थी कि उसने कमर के पास जो हरा वस्त्र लपेटा था, उसके लटकते सिरे के अंत में काले रंग की पैबंद लगी थी। विधान उसी चिह्न के सहारे उसे खोजने लगा। तीव्र बूँदा-बाँदी होने के कारण लोग दुकानों से चिपक गए थे। ऐसे में अगर वह चोर भी उस भीड़ में छिपकर खड़ा हो गया होगा, तो उसे ढूँढ़ना कठिन होगा। कुछ लोग अभी भी बूँदा-बाँदी की परवाह किए बिना मार्ग पर चल रहे थे। विधान भी उन्हीं की तरह चलता हुआ सतर्कता से दृष्टि घुमा रहा था,

तभी बीस हाथ की दूरी पर एक स्त्री के आगे वह चोर दिखा। विधान उसके पीछे चल दिया तथा लोगों के ध्यानाकर्षण से बचने के लिए, उसने चोर को एकांत में दबोचने का सोचा।

भिन्न-भिन्न, चौड़े-सँकरे मार्गों से होता हुआ वह चोर हाट के आखिरी छोर तक पहुँच गया था। विधान अभीब भी उससे तीस हाथ की दूरी बनाकर चल रहा था। हाट के आखिरी छोर पर चोर ने एक घोड़ागाड़ी पर गुड़ के भाव पूछे तथा सामान्य भाव दिखाते हुए इधर-उधर देखा, फिर आगे चल दिया।

आकाश के बादल अब अधिक काले हो चुके थे, प्रतीत होता था कि भयंकर वर्षा होगी। बादलों ने सूर्य का प्रकाश ऐसे रोक रखा था कि लगभग अँधेरे जैसा वातावरण हो गया था। धीमी वर्षा का रूप ले चुकी बूँदा-बाँदी ने चोर और विधान दोनों को पूरी तरह गीला कर दिया था। मार्ग में अब भी छुटपुट लोग मिल जाते थे, जिससे विधान को उसे दबोचने लायक एकांत नहीं मिल पा रहा था। अपना पीछा किए जाने से अनजान चोर सहजता से टहलता हुआ नगर के ऐसे छोर पर आ गया था, जहाँ के घर टूटे-फूटे तथा अत्यधिक सटे हुए थे। उन सटे हुए घरों के कारण वहाँ के मार्ग अत्यंत सँकरे हो गए थे। इतने सँकरे कि एक साथ अगल-बगल होकर मात्र तीन व्यक्ति भी बहुत कठिनाई से चल पाते। कुछ देर पीछा करने के बाद विधान ने ध्यान दिया कि वह स्थान तो पूरी तरह निर्जन है। मार्ग में उसके और चोर के अतिरिक्त अन्य कोई नहीं दिखा। वहाँ के घरों में किवाड़ बचे ही नहीं थे और यदि बचे भी थे, तो अत्यंत जर्जर और जले हुए।

आसपास के सभी घर टूटे-फूटे और खंडहर के समान लग रहे थे। तभी उसे याद आया कि रूपक ने उसे बताया था कि मुख्य नगर के सबसे उत्तरी भाग को लोग शापित मानते हैं। पंद्रह वर्ष पूर्व हुए रक्तगंगा- संग्राम में शत्रुओं ने इस भाग के सारे निवासियों को घरों में बंद करके जीवित जला दिया था, तब से लोगों को यहाँ मँडराती हुई आत्माएँ दिखने की भ्रांतियाँ सुनाई पड़ती रही हैं। इसी अंधविश्वास के कारण इस भाग को लोगों द्वारा पूरी तरह त्याग दिया गया था। फिर यह चोर यहाँ क्या करने आया है? कदाचित चोरी का धन यहीं कहीं निर्जन में छुपाता होगा। चलो अच्छा है, आज बहुतों का धन वापस मिल जाएगा। इसे तभी दबोचूँगा, जब यह धन छुपाने वाले स्थान पर पहुँचेगा।

उसे दबोचने का क्षण कभी भी आ सकता है, यह सोचकर अपनी पहचान गुप्त रखने के लिए विधान ने अपनी पगड़ी उतारकर उसके उमेठे गए वस्त्र को सीधा कर अपने मुख पर लपेट लिया, मात्र आँखें ही खुली छोड़ी। वह अपना नया भेष

बनाकर आगे बढ़ा ही था कि भयंकर गर्जना के साथ मूसलाधार वर्षा प्रारंभ हो गई। तभी बिजली कड़की और चोर लपककर बाईं ओर एक टूटे घर में घुस गया। विधान हकबका गया; क्या चोर को पहले से ज्ञात था कि वह उसका पीछा कर रहा है। विधान दौड़कर उस घर तक पहुँचा। चोर सामने की दीवार में टूटकर बन गए एक छिद्र को पार कर रहा था। विधान उसे दबोचने के लिए दौड़ा, परंतु तब तक चोर छिद्र को पार चुका था। बाहर निकल चुका चोर जब मुड़ा, तब विधान ने पहली बार उसका मुख देखा। उम्र में वह चोर उससे थोड़ा ही कम रहा होगा। चोर लड़के ने उस छोटे छिद्र को पार करने में गजब का लचीलापन दिखाया था। जब तक विधान टेढ़े-मेढ़े होकर उस छिद्र को पार करता, चोर दूसरे घर में घुस गया और जब विधान उस घर में पहुँचा, तब वह दिखा ही नहीं। विधान सतर्कता से चारों ओर देखने लगा तथा अपने कान खड़े रखे, किंतु बाहर हो रही मूसलाधार वर्षा की आवाज ने हर प्रकार की आहट को दबा दिया था।

जिस कक्ष में वह घुसा था, उसके बाईं तथा दाईं ओर भी कक्ष बने थे, पर वह उधर नहीं गया। वह धीरे से सामने टूटे किवाड़ तक पहुँचा। किवाड़ की टूटी लकड़ी पर गीले हाथ का अस्पष्ट चिह्न दिखा। विधान ने निश्चित किया कि चोर इसी किवाड़ से निकला है, वह भी लपक कर बाहर निकला। दाईं ओर बीस हाथ की दूरी पर एक आकृति भागती हुई दिखाई पड़ी। यह मार्ग अब तक का सबसे सँकरा मार्ग था। मूसलाधार वर्षा में विधान ने पूरी शक्ति से दौड़ लगा दी। चोर भी अच्छा धावक था, किंतु विधान जितना अच्छा नहीं। कुछ ही क्षणों में विधान चोर के ठीक पीछे पहुँच गया। सामने दीवार खड़ी थी, जिसने उस मार्ग को अचानक से दाईं ओर मोड़ दिया था। विधान ने उसे मोड़ पर पकड़ने की सोची, क्योंकि उस सँकरे तीव्र मोड़ पर मुड़ने के लिए चोर को अपनी गति कम करनी ही होगी। मोड़ के समीप पहुँचकर पूरी क्षमता से दौड़ते हुए विधान ने जैसे ही उसे पकड़ने के लिए हाथ बढ़ाया, चोर झट से नीचे बैठ गया। चोर के शरीर से उसका पाँव टकराया और लगभग उड़ता हुआ अपने ही आवेग में सामने की दीवार से पूरी प्रचंडता से टकरा गया। टक्कर जोरदार थी, पूरा सिर झनझना उठा। वह अर्द्धमूर्च्छित अवस्था में वहीं पड़ा रहा।

न जाने कितनी देर बाद, जब उसकी चेतना लौटी, तो अगल-बगल कोई नहीं था। सिर अब भी झनझना रहा था। कहाँ वह सोच रहा था कि जब वह चोर को पकड़ेगा, तो वह उससे गिड़गिड़ाकर क्षमा माँगने लगेगा, तब वह सभी के धन वापस माँगकर उसे छोड़ देगा, परंतु यहाँ तो चोर बड़ा चतुर निकला, प्रहार किए बिना

उसका सिर तक फोड़ दिया। अब तो वह उसे पकड़कर ही रहेगा, ऐसा निश्चय कर वह उठा और अगल-बगल के मार्गों पर ढूँढ़ने लगा। अपनी बुद्धि लगाकर उन टूटे-फूटे घरों को छानने के बाद उसे शीघ्र ही समझ आ गया कि बिना किसी चिह्न और दिशा के इधर-उधर ढूँढ़ने से वह चोर पूरे माह में भी नहीं मिलेगा। अत: अंतिम प्रयास के तहत वह घरों की छत पर चढ़ गया। एक छत पर खड़े होकर देखने के बाद ज्ञात हुआ कि वह शापित क्षेत्र कितना अधिक विस्तृत था। भयंकर वर्षा कर रहे गाढ़े काले बादलों के कारण हुए कम प्रकाश में यदा-कदा कड़कने वाली बिजली वहाँ के शापित वातावरण को और भी डरावना बना दे रही थी।

एक छत से दूसरी छत पर कूदता हुआ वह नीचे के सँकरे मार्गों का निरीक्षण करता जा रहा था। एक छत इतनी जर्जर हो चुकी थी कि कूदते ही वह भाग भरभरा कर गिर पड़ा, पर समय रहते लड़खड़ाते हुए भी, वह दूसरी छत पर कूद गया था। कूदने के बाद वह स्वयं को व्यवस्थित कर ही रहा था कि दाईं ओर से किसी की मर्मभेदी चीख सुनाई पड़ी। अभी तक दिशाहीन खोजबीन कर रहे विधान को एक दिशा मिल गई, वह उस चीख की ओर तेजी से बढ़ने लगा।

छतों पर कूदता हुआ विधान जब तक उस कष्टकारक ध्वनि के स्रोत तक पहुँचता, चीखें कई बार निकल चुकी थीं। सुनकर प्रतीत होता था कि कोई भयंकर कष्ट में है। घनघोर वर्षा में ध्वनि अस्पष्ट थी, पर विधान के सचेत कानों के लिए इतना ही पर्याप्त था। एक छत से दूसरी, दूसरी से तीसरी पर कूदता हुआ कुछ ही देर में वह उस स्थान पर पहुँच गया और छत से ही आड़ लेकर नीचे का दृश्य देखने लगा। नीचे एक आँगन का दृश्य था। वहाँ दो व्यक्ति थे। पहला तो वह चोर, जो एक कोने में अपना दायाँ कंधा पकड़कर दीवार के सहारे मुख पर दर्द भाव बनाकर बैठा था। उसका कंधा उतर गया था। और दूसरे व्यक्ति ने विधान की ही तरह मुख को वस्त्र से लपेटकर ढँका हुआ था, जैसे वह भी अपनी पहचान गुप्त रखना चाहता हो। उन दोनों व्यक्तियों के बीच की भूमि पर कई थैलियाँ खुली पड़ी थीं, जिनमें से स्वर्ण मुद्राएँ, आभूषण तथा भिन्न प्रकार के रंगीन रत्न बाहर निकलकर बिखरे हुए थे। एक बड़ी थैली से ढेर सारे छोटे काले चिकने पत्थर निकलकर फैले हुए थे। दूसरा व्यक्ति स्वर्णाभूषणों और रत्नों को छोड़कर उन काले पत्थरों के पीछे पड़ा हुआ था। वह एक जैसे दिखने वाले उन पत्थरों में किसी विशिष्ट पत्थर को खोज रहा था। कुछ देर बाद जब नहीं खोज पाया, तो भर्राई आवाज में क्रोध से गुर्राया- "दूसरा हाथ तोड़े बिना तुम मुख नहीं खोलोगे।"

चोर अत्यंत दयनीय बनकर गिड़गिड़ाने लगा- "मुझे क्षमा कर दो, यह मेरे

जीवन की आखिरी चोरी थी, अब कभी...।"

"इसमें मेरे पत्थर नहीं हैं...बता कहाँ हैं?" दूसरा व्यक्ति बीच में ही गरजा।

चोर पुन: गिड़गिड़ाया- "मैं अभी भी सत्य कह रहा हूँ...मैंने सारे पत्थर एक ही थैली में बाँध लिए थे। मुझे तनिक भी स्मरण नहीं, कौन पत्थर किससे चुराए..."

दूसरा व्यक्ति क्रोध से उसे पीटने के लिए बढ़ ही रहा था कि मानो उसने स्वयं को संयमित कर लिया और फिर से उन पत्थरों में अपनी खोज प्रारंभ कर दी।

वहाँ का दृश्य देखकर विधान को इतना समझ आया कि उसके जैसा ही कोई व्यक्ति उस चोर को पीटकर अपनी वस्तुएँ माँग रहा है, परंतु उन काले सजावटी पत्थरों से इतना मोह क्यों है कि उसके लिए किसी का हाथ तोड़ दे। ऐसे सजावटी पत्थर एक ही रंग तथा आकार के होते हैं और बहुत मूल्यवान भी होते हैं। उस व्यक्ति को अपने ही पत्थर ढूँढ़ने की क्या आवश्यकता है, वहाँ तो ढेरों पत्थर पड़े हैं।

वह व्यक्ति उन पत्थरों को अपनी गीली धोती से रगड़कर अच्छे से देख रहा था। एक पत्थर को उसने बहुत देर तक घुमा-फिरा कर देखा, जैसे वही उसका पत्थर हो। फिर किसी प्रकार की जाँच करने के लिए शेष पत्थरों को उस पत्थर से टकराकर कान के पास उनकी ध्वनि सुनता। विधान तक ध्वनि बहुत धीमी पहुँच रही थी। सभी पत्थरों से लगभग एक ही प्रकार की ध्वनि निकली। तभी एक पत्थर की ध्वनि विधान को कुछ परिचित सी लगी, परंतु ठीक से स्मरण नहीं आया।

नीचे उस व्यक्ति की शारीरिक दशा बता रही थी कि उसे उसकी मनोवांछित वस्तु मिल चुकी है। उस व्यक्ति ने खड़े होकर दृढ़ता से अपने पग भूमि पर जमाए और दोनों पत्थरों को अलग-अलग हाथों में लेकर तेजी से एक-दूसरे से टकरा दिया। एक विचित्र तीखी ध्वनि निकली। विधान को ध्वनि का स्मरण आ गया, किंतु तब तक उसके शरीर को एक तेज झटका लग चुका था- वह उछलकर पीछे जा गिरा। उसके मुख से आह निकली और लुढ़कते हुए वह छत के दूसरे छोर तक पहुँच गया।

किसी के गिरने और आह की ध्वनि नीचे वाले व्यक्ति ने स्पष्ट सुनी। उसने पत्थरों को अपनी कमर पट्टिका में खोंसा और फुर्ती से छत पर चढ़ गया। विधान अभी स्वयं को सँभालकर खड़ा ही हो रहा था कि सामने उस व्यक्ति को देखकर चौंक गया। दोनों ही व्यक्ति छत पर कुछ क्षणों तक स्तंभित खड़े रहे, फिर दूसरे व्यक्ति ने फुर्ती से दोनों पत्थरों को निकालकर धीरे से टकरा दिया। वही तीखी ध्वनि निकली, परंतु इस बार तीव्रता बहुत कम थी। विधान को हल्का झटका लगा; मात्र शरीर हिला, उछलकर गिरा नहीं। विधान को कुछ समझ नहीं आया कि क्या हो रहा है। थोड़े भयभीत हृदय के साथ उसके मस्तिष्क में कई बातें घूमने लगीं। भय,

भ्रम और रहस्य के उस वातावरण में उसे एक ही उपाय सूझा। वह छत से नीचे कूद गया। दूसरे व्यक्ति ने दौड़कर छत से नीचे झाँका, उसे विधान एक टूटे दुमंजिला घर में घुसता हुआ दिखा, परंतु उसने उसका पीछा नहीं किया।

भूमि पर बैठी मयूरी नए तीर बना रही थी। राजकुमारी धरा का प्रशिक्षण प्रारंभ कराने में अभी दो दिन शेष थे। वह चाहती तो आज से ही प्रारंभ करा देती, परंतु लंबी यात्रा के बाद वह कुछ दिनों का पूर्ण विश्राम चाहती थी। अत: उसने पूर्णिमा का दिन नियत किया था। वह कोई गीत गुनगुनाते हुए अपने छुरे से तीर को छिल रही थी। तभी आहट पाकर किवाड़ की ओर देखा। द्वार पर बसंत खड़ा था।

"भीगते हुए आने की क्या आवश्यकता थी, थोड़ा रुक जाते।" मयूरी ने उसके गीले वस्त्रों को देखकर मुस्कराते हुए कहा।

"अम्मा और बाबा कहाँ हैं?" बसंत ने चारों ओर दृष्टि दौड़ते हुए धीरे से पूछा।

"दोनों बाहर गए हैं, क्यों?" मयूरी ने भी धीरे से कहा।

बसंत ने अंदर आकर किवाड़ बंद कर लिया और मयूरी के पास जाकर बैठ गया। फिर धीरे से बोला,

"यहाँ कोई सिद्धिधारक है।"

मयूरी कुछ क्षणों तक बसंत को देखती रही, फिर घबराकर बोली- "मैं समझी नहीं।"

बसंत ने उसे बताना प्रारंभ किया- "आज हाट में कुछ सामान लाने गया था, वहीं एक चोर ने मेरी पत्थरों वाली थैली चुरा ली। उसने कब चुराई, मुझे पता नहीं चला। इधर-उधर टहलते हुए सोच ही रहा था कि क्या करूँ, तभी सामने के चतुष्पद से चोर-चोर का शोर मचा। मैं समझ गया कि मेले की भीड़ का लाभ उठाकर चोर ने कई की थैली काट ली है। मैं दौड़कर उधर पहुँचा, तो चोर भागता हुआ दिख गया। एकांत में दबोचने की सोचकर दूरी से उसका पीछा करता रहा। वह चोर उत्तरी क्षेत्र के निर्जन भाग तक चला गया। वहाँ के अत्यंत सँकरे मार्ग किसी भूलभुलैया से कम नहीं थे। चोर को आगे से पकड़ने के फेर में मैंने दूसरा मार्ग पकड़ा और भटक गया। बहुत देर बाद अंत में मैंने उसे दबोच लिया। उस चोर को पीटकर जब मैं पत्थरों का परीक्षण कर रहा था, तभी वह सिद्धिधारक मिला।"

"संदेह है या पूरा विश्वास है कि वह सिद्धिधारक ही था।" मयूरी ने पूछा।

वह भयभीत लग रही थी।

''मैंने अपने नेत्रों से उस पर स्पष्ट प्रभाव देखा था। उसने मुख ढँक रखा था, अत: देख नहीं पाया कि कौन था?''

''यहाँ जंबूद्वीप में किसी काण के पास भूमिसिद्धि होने की बात सुन रखी थी।'' मयूरी ने याद करते हुए कहा।

''हाँ काण का नाम मैंने भी सुना था, परंतु कार्यशाला में सैनिक बता रहे थे कि कुछ दिन पूर्व ही उसकी मृत्यु की सूचना मिली है, यह कोई और सिद्धिधारक है।''

मयूरी सहमकर बसंत के समीप आ गई और उसका हाथ पकड़कर धीरे से हिचकिचाते हुए बोली-

''कहीं...उसने...तो....नहीं भेजा...है?''

बसंत ने मयूरी को सांत्वना देने के लिए उसके मस्तक पर चुंबन किया- ''नहीं, तू डर मत, वह तो हमें तुच्छ समझता है, उसे ज्ञात भी नहीं होगा कि हम जीवित हैं।''

मयूरी को पुरानी घटनाएँ स्मरण हो आईं। वह बसंत से चिपककर खूब रोई। कुछ देर बाद जब शांत हुई, तो अपने आँसू पोंछते हुए बोली- ''क्या उसने तुम पर आक्रमण किया?''

''नहीं! वह भी मेरी तरह आश्चर्यचकित और भ्रमित था, जैसे उसे स्वयं ही ज्ञात न हो कि उसके साथ क्या हो रहा है।''

''वह हमारे लिए संकट तो नहीं बनेगा?'' मयूरी अभी भी थोड़ा सहमी हुई थी।

''कह तो नहीं सकता... किंतु संभवत: मुझे थोड़ा ज्ञात है कि वह कौन हो सकता है और जिस पर संदेह है, आशा करता हूँ, वह संकट नहीं बनेगा।''

''कौन था वह?'' मयूरी ने झट से आँखें उठाकर पूछा।

बसंत ने मयूरी का मुख अपने हाथों में भर लिया- ''ऐसे मत चौंका कर मेरी प्यारी मयूरी, जब मैं पूर्ण रूप से निश्चिंत हो जाऊँगा, तब बता दूँगा।''

फिर उसने मयूरी का मुख चूमकर कहा- ''अभी तू मेरी थैली कमर पट्टिका के अंदर सिल दे, फिर दुबारा चोरी नहीं हो पाएगी।''

मयूरी ने भी बसंत को चूमकर उसके गालों को खींचा और उठते हुए बोली- ''लाओ, अभी सिल देती हूँ।''

रात्रि अभी उतनी नहीं चढ़ी थी। सामान्य दिनों में इस समय तक अर्थमहल में चहल-पहल सुनाई पड़ जाती थी। परंतु प्रकृति का विराट रूप देखकर लगता है कि आज सभी ने शीघ्रता से कार्य समाप्त कर अपनी-अपनी शय्या पकड़ ली है। प्रकृति ने ऐसा भयंकर रूप धारण किया था कि आज सृष्टि का अंत होकर रहेगा। पर्वतों से प्रतिध्वनित होती बिजली के कड़कने की आवाज पहाड़ों को तोड़कर गिराने जैसा आभास करा रही थी। पवन भी इतनी प्रचंडता पर था कि कक्ष का कोई दीपक जलने का साहस नहीं दिखा पा रहा था और तेज मूसलाधार वर्षा ने आसपास का सारा वातावरण धुँधला बना रखा था।

अर्थमहल के ऊँचाई वाले कक्ष में भूमि पर लेटे विधान को बहुत प्रयास करने पर भी निद्रा नहीं आ रही थी। आज का पूरा घटनाक्रम उसने सत्तू को नहीं बताया, मात्र इतना कह दिया था कि चोर चतुराई दिखाकर भाग गया। वह बहुत देर तक करवट बदल-बदल कर उधेड़बुन करता रहा और फिर अंत में उठकर बैठ गया। उसने देखा- सत्तू पलंग पर मुख खोलकर निश्चिंतता से सो रहा है और रागा भी अपना शरीर सिकोड़कर गोल बना हुआ था। उसने सत्तू को धकेलकर जगाया और बलपूर्वक खींचकर भूमि पर ले आया। जब सत्तू की नींद पूरी तरह खुल गई, तब विधान ने उसे पूरी बात बताई। उसने दो दिन पूर्व चंद्र पर्वत के खंडहरों में अदृश्य प्रहार वाली घटना भी बताई।

"भइया! आपको यह बात रूपक को बतानी चाहिए थी, हो सकता है यह गंभीर विषय हो।" सत्तू बोला।

"चंद्र पर्वत वाले खंडहर में जब झटका लगता था, तब मैं थोड़ा भ्रम में था, क्योंकि अब भी रात्रि में कभी-कभी हल्के झटके लग जाते हैं। मैंने सोचा, अस्वस्थ होने के कारण कुछ होगा और ठीक उसी समय वह ध्वनि सुनाई पड़ना संयोग हो सकता है। परंतु आज जब वही ध्वनि सुनते ही पुनः झटका लगा, तब निश्चित कर पाया कि इसका संबध उस ध्वनि से अवश्य है।" विधान ने बताया।

"क्या ध्वनि से प्रहार करना संभव है?" सत्तू ने भूमि पर लेटते हुए पूछा।

"क्यों नहीं संभव है? जब तेज ध्वनि से कान फटने लगते हैं, तो अवश्य संभव है और तुम्हें कठपुतली वाला वह नाटक नहीं याद है, जिसकी कहानी में एक राजा ने अपनी तेज चीख से ही शत्रु सेना का संहार कर दिया था।" विधान ने समझाया।

"यह बात सही है, परंतु आपको ही झटका क्यों लगा, उस चोर और दूसरे व्यक्ति को क्यों नहीं लगा?" सत्तू ने पूछा

"संभव है भूमिसिद्धि होने की विशिष्टता के कारण मुझे ही प्रहार लगा।" विधान ने अपना अनुमान बताया।

"यदि यह बात है, तब उस व्यक्ति को भी पता चल गया होगा कि आपके पास सिद्धि है।" सत्तू लेट-लेटे ही बोला।

विधान अचरज से सत्तू का मुख देखता रहा, फिर बोला- "हाँ! यह बात तो मैंने सोची ही नहीं।"

"और आपको संदेह है कि वह रहस्यमय व्यक्ति बसंत हो सकता है।"

"हाँ, मुख ढँका था, परंतु शरीर उसी के जैसा लग रहा था।"

"बसंत जैसा शरीर बहुतों का होगा।" सत्तू ने तर्क दिया।

"हाँ! परंतु चंद्र पर्वत वाले खंडहर में वही ध्वनि सुनी थी और वहाँ बसंत के अतिरिक्त और कोई नहीं था।"

"आपने अपने नेत्रों से बसंत को ध्वनि निकालते नहीं देखा था और जिन पत्थरों की आप बात कर रहे हैं वो औरों के पास भी हो सकते हैं।"

"हो तो बहुत कुछ सकता है, पर मुझे जितना समझ में आया, मैंने बता दिया, अब और नहीं सोचना चाहता...संसार कितना विचित्र और रहस्यमय है...चल अब सो जाते हैं," कहकर विधान भी करवट लेकर लेट गया।

विश्वविद्यालय

विधान के लिए यह एक तात्कालिक और अप्रत्याशित निर्णय था। उसे आशा थी कि वह अभी माहभर तक अर्थला में ही रहेगा, परंतु आज प्रात: आँख खुलने से पहले ही माया ने आकर सिंहनाद का आदेश सुनाया कि वह घड़ीभर में अपना सामान बाँधकर प्रस्थान के लिए प्रस्तुत हो जाए। सत्तू ने भी साथ आने का प्रबल अनुरोध किया था, पर सिंहनाद ने सख्ती से मना कर दिया तथा अर्थला में ही उसकी शिक्षा की व्यवस्था का आदेश दिया।

विधान के साथ चल रहे सैनिक-दल में मात्र सिंहनाद ही परिचित लग रहे थे। न रूपक था, न स्थूल और न पुराने सैनिक। सिंहनाद के व्यक्तित्व से वह अभी इतना सहज नहीं हुआ था कि मन में उठी किसी भी जिज्ञासा को झट से रख दे।

अर्थला छूटते ही अमरखंड की सीमा प्रारंभ हो गई। जैसे-जैसे वे अमरखंड में भीतर जा रहे थे, माटी की सुगंध बदलती जा रही थी। अमरखंड के बारे में उत्सुकता उसे बहुत पहले से ही थी, परंतु जब से यह पता चला कि गुरु काण भी यहाँ से संबंधित रहे हैं, उसका कौतूहल और भी बढ़ गया। कुछ लोग भले ही उसे सिद्धिधारक कहकर महत्व देते हैं, परंतु उसे स्वयं में कभी कोई अंतर महसूस नहीं हुआ, सिवाय कुछ दिनों से कभी-कभी रात्रि में लगने वाले झटकों के।

अमरखंड में विश्वविद्यालय तक की यात्रा कुल तीन दिनों की थी। पिछली बार की तरह इस बार भी उसे सामान्य सैनिक-वेशभूषा ही पहनाई गई थी, ताकि सिंहनाद जैसे सेनाध्यक्ष के साथ चलने पर उसकी विशिष्टता छुपाई जा सके।

अभी तक चलते हुए तीसरे दिन की दोपहर हो चुकी थी। संध्या तक वे विश्वविद्यालय पहुँच जाएँगे। अपनी गति बनाए रखते हुए वे साँझ से पहले वटवृक्ष के वनों तक पहुँच गए। इसी वन को पार कर विश्वविद्यालय की सीमा प्रारंभ हो जाती थी। उस वन में वटवृक्षों ने अपनी पत्तियों से ऐसी छत का निर्माण कर दिया था कि सूर्य की सीधी किरणें कठिनाई से भूमि तक आ पा रही थीं। वन में हर प्रकार के वृक्ष होते हैं, परंतु यहाँ मात्र वटवृक्ष का होना ऐसा प्रतीत होता था कि यह वन प्राकृतिक न होकर कृत्रिम रूप से उगाया गया हो। कारण ढूँढ़ने पर विधान के मस्तिष्क में बस यही आया कि यदि इस वन ने विश्वविद्यालय को चारों ओर से घेर रखा होगा, तब किसी सेना जैसे समूह के लिए आक्रमण करना अत्यंत दुष्कर कार्य

होगा। किसी साधु की लंबी-लंबी जटाओं की भाँति लटकती हुई वटवृक्ष की जड़ों को थोड़ा-बहुत हटाते हुए वे वन पार कर रहे थे। इस प्रकार वन पार करना वास्तव में श्रमसाध्य था। एक सैनिक से पूछने पर पता चला कि यह मुख्य मार्ग नहीं है। मुख्य मार्ग घूमकर था, यदि उधर से जाते तो एक दिन अतिरिक्त लगता।

लटकती जड़ों की बगल से अपने घोड़े निकालते हुए वे आगे बढ़ रहे थे। वटवृक्ष पर वानरों की भरमार थी। कहीं-कहीं मोर भी दिखे। आगे बढ़ने पर नेवलों का विशाल समूह मिला। कम होता प्रकाश सूर्य के ढलने की गति बता रहा था।

कुछ घड़ी पश्चात वे वन पार कर खुले मैदान में आ गए थे। मैदानों में गेहूँ, मकई तथा गन्ने के खेतों के पार कुछ भवननुमा संरचनाओं का आभास हो रहा था। जैसे-जैसे वे खेतों को पार कर समीप पहुँचते गए, लाल पत्थरों से निर्मित विश्वविद्यालय के भवन स्पष्ट दिखने लगे। विश्वविद्यालय में कोई चहारदीवारी नहीं थी, जैसे जंगली पशुओं का कोई भय न हो। विश्वविद्यालय की सीमा में प्रवेश देने के लिए अकेले खड़े मुख्य द्वार को देखकर विधान के शरीर में एक उमंग-सी दौड़ गई। इच्छा हुई कि घोड़े को अधिकतम गति तक पहुँचा दे और समीप पहुँचते ही उछलकर द्वार से लटक जाए, परंतु अपनी उत्तेजना को शांत रखते हुए दल के साथ मुख्य द्वार तक पहुँचा। मुख्यद्वार के नाम पर एक बहुत बड़ी अर्द्धवृत्ताकार संरचना थी। मानो किसी कुंडल को खड़ा करके जमीन में आधा धँसा दिया गया हो। किसी धातु से बनी उस संरचना को लताओं ने लपेटकर लगभग पूरी तरह हरा रंग दे रखा था। उस द्वार को पार करते हुए विधान के मन में एक गर्व-सा फूटा और मुख पर प्रसन्नता झलक उठी।

लाल पत्थरों से बने विश्वविद्यालय के छोटे-बड़े भवन दूर तक फैले हुए थे। द्वार का समीपवर्ती भवन कुलपति का आवास था। वहाँ आसपास प्रहरियों के अतिरिक्त और कोई नहीं दिख रहा था। बहुत दूर के भवनों के पास कुछ लोग दिखे, पर वे इतनी दूर थे कि दृष्टि गड़ाने पर ही दिख पा रहे थे।

एक प्रहरी सैनिक के नेतृत्व में वे कुलपति के आवास पहुँचे। उनको अतिथि कक्ष में ठहराया गया था। साथ आए सैनिकों की व्यवस्था बाहर थी। कक्ष में विधान और सिंहनाद ही ठहरे। हाथ-मुँह धोने के बाद शरीर ऐसा हो रहा था कि यदि विधान कक्ष में अकेला होता, तो झट से लेट कर सो जाता।

कुछ देर बाद प्रस्तुत किए गए हल्के जलपान को समाप्त कर वह पूरे कक्ष में अपनी दृष्टि दौड़ाने लगा। वहाँ ऐसा कुछ भी नहीं था जो उस कक्ष को कोई विशिष्टता देता, मात्र उन छोटी मानव मूर्तियों के, जो अत्यंत सूक्ष्मता से छाँटी गई थीं।

कुछ देर पश्चात विश्वविद्यालय के कुलपति इंद्रजीत प्रकट हुए। मध्यम ऊँचाई के, मजबूत गोल कंधे, लगभग पचहत्तर वर्षीय खल्वाट सिर वाले कुलपति के वस्त्र उनकी दाढ़ी से मेल खाते हुए एकदम सफेद थे। कुलपति के आते ही सिंहनाद और विधान दोनों खड़े हो गए। कुलपति ने एक परीक्षक की दृष्टि से विधान को ऊपर से नीचे तक देखा, फिर उसके दोनों कंधों पर हाथ रखकर कहा- "पुत्र! शक्तियाँ सदैव कर्तव्यभार के साथ प्राप्त होती हैं।"

विधान को समझ नहीं आया कि क्या बोले, बस धीरे से मुस्कराकर हामी भर दी।

कुलपति ने बैठने का संकेत किया और स्वयं भी बैठ गए।

"जब से सिद्धि सीखी है, कुछ अंतर अनुभव हुआ पुत्र!" कुलपति ने पूछा।

"शारीरिक शक्ति के अतिरिक्त कोई अन्य अंतर अभी तक नहीं अनुभव हुआ।" वह सोचते हुए बोला।

"अंतर है पुत्र! मात्र ज्ञात नहीं है।"

"क्या अंतर है आदरणीय?"

"समय के साथ स्वयं ज्ञात हो जाएगा।" कुलपति थोड़ी गंभीरता से बोले।

विधान ने समझने का प्रयास किया, किंतु कुछ समझा नहीं।

"मात्र छह मास का समय कुछ कम नहीं है, सेनाध्यक्ष?" कुलपति ने सिंहनाद से पूछा।

"बहुत समझाने पर रानी मानी है, अन्यथा वह अभी से सिद्धि पूर्ण करने के लिए कह रही थी।" सिंहनाद बोले

"वसुंधरा इतनी हड़बड़ाई क्यों रहती है?"

"रानी को सम्राट की ओर से शीघ्रता का भय है।"

"भय तो सदैव बना रहता है, इतने वर्षों से अर्थला को थामते-थामते थक गई होगी बेचारी।"

कुलपति के आखिरी शब्द पर सिंहनाद ने तत्काल विरोध दिखाया- "क्षमा करें कुलपति! उस वीरांगना को 'बेचारी' शब्द से स्पर्श भी मत करिए। वह अर्थला की रानी नहीं, स्वयं अर्थला है। मेरे इन्हीं नेत्रों ने उसे हिरणी से सिंहनी बनते देखा है। उस जननी में स्त्री का वह विराट रूप है, जिसके आगे सिंहनाद भी मस्तक झुकाता है।"

कुलपति धीरे से मुस्करा उठे- "मुझे क्षमा करना सेनाध्यक्ष! मेरे मुख से वास्तव में अनुचित शब्द निकल गया। मुझे उस जैसी स्त्री की गरिमा का ध्यान

रखना चाहिए था।''

सिंहनाद कुछ नहीं बोले। कुछ क्षणों की शून्यता के बाद कुलपति ने विधान से कहा- ''वर्षों के पाठ्यक्रम को छह मास में समेटना संभव नहीं पुत्र! अतः दी गई निर्धारित समय-सीमा के लिए हमने कुछ विशिष्ट विषयों को चुनकर एक पाठ्यक्रम बनाया है, जिसकी शिक्षा बिना विलंब किए कल प्रातः से ही प्रारंभ हो जाएगी। इसके अतिरिक्त यदि तुम्हारी किसी विशेष विषय में रुचि हो, तो निःसंकोच बताना।''

''अवश्य आदरणीय!'' विधान ने सिर झुकाकर कहा।

''ठीक है पुत्र! आज यहीं विश्राम करो, कल से रहने की नियमित व्यवस्था हो जाएगी।'' कुलपति बोले।

''जैसी आज्ञा।'' विधान ने धन्यवाद ज्ञापित किया।

फिर कुलपति ने सिंहनाद को बाहर चलने का संकेत किया। भवन के बाहर बने छोटे उद्यान में हरी दूब पर नंगे पाँव, दोनों हाथों को बाँधकर चलते हुए कुलपति ने पूछा- ''दैत्यों के आगमन की भ्रांतियाँ किस सीमा तक सत्य हैं?''

''भ्रांतियाँ तो वर्षों से फैल रही हैं, परंतु कुछ दिन पूर्व राज्यवर्धन के सैनिक एक व्यक्ति को लेकर आए थे। उसकी शारीरिक दशा अत्यंत दयनीय थी। पिछले कई वर्षों में वह पहला व्यक्ति है, जिसने भेड़ाक्षों को स्पष्ट रूप से देखा है, अन्यथा आज तक लोगों को धुँधली आकृतियाँ ही दिखी थीं। उसने बताया कि भेड़ाक्षों ने उसके गाँव के प्रत्येक नर, नारी और बच्चे को काट डाला, यहाँ तक कि पशुओं को भी खंड-खंड करके खेतों में बिखेर दिया था।''

''ओह! वे आज भी उतने ही हिंसक हैं, जितनी कथाएँ कहती हैं।'' कुलपति ने चिंता दिखाई।

''हाँ कुलपति! पहले इस बात की भ्रांति थी कि संभवतः उपद्रवी लोग भेड़ाक्षों का रूप धरकर लोगों को भयभीत कर रहे हैं। परंतु अब प्रतीत होता है कि अर्थला के साथ पूरे जंबूद्वीप के संकट की उल्टी गणना प्रारंभ हो गई है।''

कुछ क्षण रुककर सिंहनाद फिर बोले- ''क्या अमरखंड की तैयारी समय पर पूर्ण हो जाएगी?''

''यही तो भय का विषय है, सेनाध्यक्ष... कि इन संकटों से टकराने की अमरखंड की तैयारी समय से पीछे चल रही है।'' कुलपति चिंतित होते हुए बोले।

''क्या कोई नई समस्या उत्पन्न हो गई?'' सिंहनाद ने पूछा।

''नहीं! समस्या तो पुरानी ही है... अभी तक भभूतों के मानसिक संतुलन पर नियंत्रण नहीं पा सके हैं। प्रयोगकर्ता पूर्ण रूप से लगे हैं, किंतु संकटों की गति देखकर प्रतीत नहीं होता कि समय से सफलता मिल पाएगी।''

इसके बाद सिंहनाद और कुलपति ने कुछ व्यक्तिगत वार्तालाप किया और अंत में सिंहनाद क्षण नष्ट किए बिना अपने सैनिक-दल के साथ दक्षिण की ओर राजा राज्यवर्धन के राज्य उषाखंड की ओर चल दिए, जो वहाँ से दस दिनों की दूरी पर था।

अगले दिन प्रातः जब विधान उठकर अपनी गरदन चटका रहा था, तभी मुड़े बालों वाला एक छोटा लड़का वस्त्र लेकर उसके पास आया और बोला- ''शिला भइया! स्नान कर ये वस्त्र धारण कर लें, कुलपति आते ही होंगे।''

विधान चौंका- शिला भइया? यह लड़का उसे शिला भइया बुला रहा है। संभवतः उसकी पहचान गुप्त रखने के लिए सामान्य जन को परिवर्तित नाम बताया गया हो।

''तुम कौन हो, छोटे वीर?'' उससे वस्त्र लेते हुए विधान ने पूछा।

''मैं विरंजन हूँ। प्रथम श्रेणी का विद्यार्थी,'' कहकर वह तुरंत भाग गया। विधान ने उसे पीछे से पुकार लगाई, पर वह रुका नहीं।

वस्त्र लेकर विधान ने कक्ष के पीछे आँगन में बने कुएँ पर जाकर स्नान किया तथा नए वस्त्र धारण कर जैसे ही कक्ष में वापस पहुँचा, कुलपति भी आ गए। विधान ने उन्हें प्रणाम किया। कुलपति ने आशीर्वाद देकर सीधा प्रश्न किया- ''क्या किसी विशेष विषय का चुनाव किया है, पुत्र?''

''इतिहास का ज्ञान अर्जित करना चाहता हूँ, आदरणीय।''

''उत्तम पुत्र!... उत्तम! इतिहास तो सदैव से कौतूहल का विषय रहा है। हमने स्वयं भी तुम्हारे पाठ्यक्रम में इतिहास सम्मिलित किया है। इसके अतिरिक्त राजनीतिशास्त्र तथा भू-शास्त्र कैसा रहेगा?''

''मुझे कोई आपत्ति नहीं।'' विधान ने निर्द्वंद्व कहा।

''ठीक है पुत्र! तुम भोजन ग्रहण करो, तब तक तुम्हारा शिक्षक भी आ जाएगा,'' कहकर कुलपति शीघ्रता से चले गए।

थोड़ी देर बाद विरंजन भोजन लेकर आया। विधान ने उससे बात करने का प्रयास किया, पर वह कुछ न बोला और भोजन देकर भाग गया। विधान ने इस बार

भी उसे पीछे से पुकारा। वह इस बार भी नहीं रुका। विधान ने भोजन समाप्त कर आँगन में हाथ धोया तथा कक्ष में आकर अपनी ढीली धोती कसने लगा। तभी द्वार पर किसी के खँखारने की ध्वनि हुई, मानो कोई अपनी ओर ध्यान आकर्षित कराना चाहता हो। विधान ने दृष्टि उठाई। सामने बड़े-बड़े चंचल नेत्रों वाली गौर वर्ण की एक युवती खड़ी थी।

"क्या तुम ही शिला हो?" युवती ने चंचलता से पूछा।

"हाँ...हाँ! मैं ही शिला हूँ।"

"अपने गुरु को प्रणाम करना नहीं सीखा है?" युवती ने बनावटी वक्रता दिखाई।

'गुरु' ओह, इसे मेरा शिक्षक नियुक्त किया गया है, किंतु वय में मेरे ही समकक्ष होगी- ऐसा विधान ने मन में सोचा।

"क्षमा करें गुरुमाता, पहली बार मिल रहा हूँ, पहचान नहीं पाया... अपने शिष्य का प्रणाम स्वीकार करें।" विधान ने हाथ जोड़कर सिर झुकाया।

"ठीक है! ठीक है! अपनी लंबी गरदन उठाओ और मेरे पीछे आओ," कहकर वह कक्ष से बाहर निकल गई। विधान ने भी अपनी धोती कसी और उसके पीछे चल दिया।

कुलपति का आवास छोड़कर वे विश्वविद्यालय के भवनों की विपरीत दिशा में चलते हुए खेतों को पार कर एक पुरानी कुटिया पर पहुँचे। कुटिया की बाईं ओर खड़ा विशाल वट-वृक्ष दूर तक छाया प्रदान कर रहा था। थोड़ी दूर पर एक कुआँ भी दिखा। इसके अतिरिक्त आसपास एकांत-सा था, जैसे किसी ध्यान लगाने वाले साधु की कुटिया हो।

"अंदर से खाट उठा लाओ।" युवती ने आदेश दिया।

विधान कुटिया में घुसा, अंदर एक खाट और घड़े के अतिरिक्त कुछ नहीं था। वहाँ की भूमि साफ-सुथरी थी। वह खाट लेकर बाहर आ गया। युवती खाट पर बैठ गई और पुनः आदेश दिया- "बैठो।"

युवती ने विधान को खाट पर ही बगल में बैठने का संकेत किया था, पर बगल बैठने में अचकचाता हुआ वह सामने भूमि पर बैठ गया।

"तो, तुम ही सिद्धिधारक हो?" युवती ने उसके नेत्रों में झाँकते हुए कहा।

विधान कुछ क्षणों तक उसे देखता रहा। फिर उसे अर्थला वाले विचित्र लगने लगे। एक तरफ वे पहचान गुप्त रखने को कहते हैं और दूसरी तरफ स्वयं ही लोगों को उसकी वास्तविकता बताते फिरते हैं। कम से कम उसे तो बता देना चाहिए कि

किससे पहचान छुपानी है और किससे नहीं।

कुछ देर चुप रहने के बाद सहजता से बोला- "हाँ! मैं ही हूँ।"

"परंतु कुछ अलग तो दिखते नहीं; नाक, कान, मुँह सब सामान्य ही हैं।"

"हाँ! आपने सत्य कहा गुरुमाता।" उसने पुनः उसी सहजता से कहा।

युवती खिलखिला कर हँस पड़ी। विधान उसका मुँह देखता रहा।

"मुझे गुरुमाता मत कहो।" युवती ने हँसते हुए कहा।

"क्या आप मेरी शिक्षिका नहीं हैं?"

"हाँ! मैं तुम्हारी इतिहास की शिक्षिका हूँ। परंतु क्या मैं तुम्हें माताओं की आयु वाली दिखती हूँ, जो तुम मुझे बार-बार माता कह रहे हो।"

"तो मैं आपको क्या कहूँ?" विधान ने नम्रता से पूछा।

"मुझे नाम से पुकारो, मेरा नाम इंद्राणी है। मुझे सफेद बालों वाले उन वृद्ध शिक्षकों की भाँति व्यवहार करना एकदम पसंद नहीं, जो चाहते हैं कि उनके विद्यार्थी दिन में दस बार उनके चरण छुएँ और उनकी ही भक्ति करें।"

"परंतु इसी प्रकार तो अनुशासन बनता है।" विधान के मुख से निकला।

इंद्राणी ने उसकी आँखों में घूरकर देखा- "आज के पहले कभी किसी विद्यालय का मुख भी देखा था?"

"हाँ! बाल्यावस्था में चार वर्ष तक एक आचार्य के आश्रम में लिपि सीखने जाता था।"

"ओह! तो पढ़ना-लिखना आता है।"

"हाँ! थोड़ा-बहुत पढ़ सकता हूँ, परंतु कठिन शब्दों में सहायता लेनी पड़ेगी।"

"अच्छा! आदरणीय काण से कितने वर्ष शिक्षा ली थी?"

"पिछले पाँच वर्षों से उन्हीं से शिक्षा प्राप्त कर रहा था।"

"क्या वो भी तुमसे दिन में दस बार अपने चरण-स्पर्श करवाते थे?"

विधान का मन पिछली स्मृतियों की ओर घूम गया- गुरु काण शिक्षक अवश्य थे, परंतु संबंध तो पिता-पुत्र की भाँति थे। जब वे सिखाते थे, कड़े अनुशासन में रखते थे। दिन की शिक्षा समाप्त होते ही वे एक पिता की भाँति व्यवहार करने लगते थे और परिहास के समय एक मित्र समान हो जाते। कितने प्रसन्नता वाले थे वे दिन...

"कहाँ खो गए शक्तिपुरुष?" इंद्राणी ने चुटकी बजाकर जगाया।

"आँ...कहीं...नहीं...गुरु काण अच्छे शिक्षक थे। वे कभी अपने चरण-स्पर्श

नहीं करवाते थे। वे तो सदैव अपने अंक में भरते थे।'' विधान ने प्रसन्नता दिखाते हुए कहा।

''मैं भी सदैव तुम्हें अपने अंक में भरूं, ऐसा कार्यक्रम तो हो नहीं पाएगा, परंतु जब भी इच्छा होगी, कभी-कभी अपने चरण अवश्य दबवा लूँगी... तुम्हें कोई आपत्ति तो नहीं ?'' नेत्रों को टेढ़ा करते हुए इंद्राणी ने कहा।

''नहीं, कोई आपत्ति नहीं गुरुमाता।''

''फिर से माता!'' इंद्राणी ने डाँट लगाई।

''ओह! भूल हो गई ...इं...इंद्राणी।'' विधान ने क्षमा माँगते हुए कहा।

''जोर से पुकारो।'' इंद्राणी ने आदेश दिया।

''इंद्राणी...''

''और जोर से।''

''इंद्राणी...।''

''थोड़ा और जोर लगाओ।''

''इंद्राणी...इंद्राणी...इंद्राणी...'' विधान ने हृदय खोलकर जोर से पुकारा।

''बहुत उद्‌दंड शिष्य हो...अपने गुरु का नाम लेते हो।'' इंद्राणी ने फिर डाँटा।

विधान ने लंबी साँस छोड़ी और अप्रसन्नता का भाव लिए मुँह फेरकर दूसरी ओर देखने लगा।

इंद्राणी खिलखिलाकर हँस पड़ी- ''देखो! परिहास करना मेरा स्वभाव है, इसके बिना मैं रह नहीं सकती, अत: मेरे परिहास को अपना उपहास समझकर मुँह मत फुला लेना। और मैं एक मित्र बनकर ही तुम्हें पढ़ा पाऊँगी। अनुशासन के फेर में रहूँगी, तो ऊब जाऊँगी। वैसे भी मात्र तुम्हें ही पढ़ाना है, पूरी कक्षा होती तो एक बार अनुशासन के बारे में सोचती भी...चलो अब मुँह इधर कर अपनी प्रसन्नता दिखाओ।''

विधान ने मुँह फाड़कर सारे दाँत गिना दिए।

''तुम्हें पढ़ाने में आनंद आएगा।'' इंद्राणी ने सपाट भाव से कहा।

''मुझे तो अभी से आ रहा है।'' विधान ने भी सपाट भाव से आँखें मूँदकर कहा।

''चलो उठो! सबसे पहले विश्वविद्यालय का विस्तार दिखा लाती हूँ,'' कहते हुए इंद्राणी उठ गई।

वह विधान को कुटिया की बाईं ओर से एक घुमावदार मार्ग से होते हुए

विश्वविद्यालय की ओर ले जा रही थी। इधर के खेतों में अन्न के स्थान पर फूलों की असंख्य क्यारियाँ थीं। प्रतीत होता था, जैसे दूर तक कोई रंगीन चादर बिछी हो। कुछ देर बाद सामने विश्वविद्यालय का मुख्य द्वार दिखा, तो विधान चौंका- यह वह मुख्य द्वार नहीं था, जिससे उसने कल प्रवेश किया था। इस द्वार पर पुष्पों वाली लताएँ लिपटी थीं। पूछने पर इंद्राणी ने बताया कि चारों दिशाओं में चार मुख्य द्वार हैं। वह उत्तर के द्वार से आया था और यह पश्चिम का द्वार है।

विश्वविद्यालय के सारे भवन लाल पत्थरों के बने थे। उनका रख-रखाव ऐसा था कि देखकर कोई कह नहीं सकता कि ये भवन तीन सौ वर्ष पुराने होंगे। छोटे-बड़े सभी भवन एक-दूसरे से पर्याप्त दूरी पर बने थे। किसी भी भवन की ऊँचाई तीस हाथ से कम नहीं थी। सभी भवनों की लाल खपरैल की ढालूदार छत थी। समस्त विद्यार्थी सफेद वस्त्र में दिख रहे थे। पूछने पर इंद्राणी ने बताया कि श्वेत रंग में गंदगी तत्काल दिख जाती है, अतः स्वच्छता की आदत पड़वाने के लिए श्वेत रंग का चयन किया गया है। विद्यार्थियों की कमर-पट्टिका पर पीले रंग की धारियाँ उनके वर्ष का निर्धारण करती थीं। एक धारी प्रथम वर्ष के लिए, दो धारियाँ द्वितीय वर्ष के लिए। इसी प्रकार वक्ष पर बना पीले रंग का छोटा-सा सूर्यमुखी फूल कक्षा प्रमुख की पहचान बताता था। कक्षा प्रमुख का चुनाव कक्षा के विद्यार्थियों के बीच मतदान कराके होता था। उसका कार्य शिक्षक की अनुपस्थिति में कक्षा में अनुशासन बनाना और शिक्षक तथा कुलपति के आदेश को विद्यार्थियों तक पहुँचाना था। प्रथम वर्ष के विद्यार्थियों का सिर मुड़ा हुआ था। कुछ विद्यार्थी किसी कार्य से इधर-उधर आ-जा रहे थे, परंतु अधिकतर अपनी कक्षाओं में बैठकर श्लोकों का पाठ कर रहे थे। इंद्राणी के समान कुछ युवतियाँ भी दिखीं। पूछने पर उसने बताया कि राजकुमारियाँ यहाँ शिक्षा के लिए नहीं आती हैं...ये सारी युवतियाँ यहाँ के शिक्षकों की पुत्रियाँ हैं। इनकी शिक्षा की अलग व्यवस्था है तथा बाद में ये सभी उसी की तरह शिक्षण का कार्य सँभालेंगी।

आगे बढ़ने पर एक कृत्रिम जलाशय के बीच बने छायादार मंच पर कुछ शिक्षक विमर्श करते दिखे। उनमें कई लटकती त्वचा वाली बूढ़ी स्त्रियाँ भी थीं। जलाशय में खिले कमलों के बीच तैरते हंसों को देखकर विधान आगे बढ़ा। आगे विशाल अश्वशाला और गौशालाएँ दिखीं। थोड़ा और बढ़ने पर चिकित्सालय मिला। पूरे विश्वविद्यालय में वही एकमात्र ऐसी संरचना थी, जिसके भवन आपस में सटे हुए थे। उसे पार करते ही वे दक्षिण की ओर विश्वविद्यालय के बाहरी छोर पर पहुँच गए। वहाँ एक बहुत बड़ी रंगशाला थी। अर्थला में खेल-प्रतियोगिता के

समय देखी रंगशाला से यह लगभग चार गुना बड़ी थी। घोड़ों और रथों को दौड़ाने के लिए रंगशाला के किनारे अलग से पथ बने हुए थे। मल्लयुद्ध, धनुर्संचालन तथा विभिन्न प्रकार के शस्त्राभ्यास के लिए बीच के मैदान में अलग व्यवस्था थी। चूँकि यह स्थायी रंगशाला थी, अतः दर्शक-दीर्घा पत्थरों की बनी हुई थी। दर्शक-दीर्घा में बैठने वाली सीढ़ियों में मात्र चार चरण ही थे। परंतु इतनी विशाल वृत्ताकार रंगशाला के लिए यह पर्याप्त था। दर्शकों को छाया प्रदान करने के लिए दीर्घा के बाहर लगभग दस हाथ की दूरी पर पीपल के पेड़ लगे थे। बीच-बीच में कुछ वटवृक्ष भी दिख रहे थे। बहुत से विद्यार्थी रंगशाला में अभ्यास कर रहे थे। कुछ तलवार चला रहे थे, कुछ भाले फेंक रहे थे और कुछ घुड़सवारी कर रहे थे, परंतु सबसे अधिक संख्या धनुर्विद्या वाले विद्यार्थियों की थी। छूटती प्रत्यंचाओं की ध्वनि विधान में एक अलग रोमांच जगा रही थी।

दर्शक-दीर्घा के किनारे चलते हुए वे एक विशाल वटवृक्ष के पास पहुँचे। वह वृक्ष भी अन्य वृक्षों की भाँति दर्शकों को छाया प्रदान करने के लिए वर्षों से खड़ा था। तने के पास पहुँचकर इंद्राणी ने आदेश दिया-

"इसकी धूल अपने मस्तक पर लगाओ।"

विधान कुछ समझा नहीं, मुख पर प्रश्नवाचक भाव लिए वृक्ष को देखता रहा। इंद्राणी ने पुनः आदेश दिया- "चलो! विलंब मत करो, लगाओ।"

विधान ने चुपचाप झुककर धरती से धूल उठाकर अपने मस्तक पर लगा ली और सपाट भाव से इंद्राणी के बोलने की प्रतीक्षा करता रहा।

"यही वह वृक्ष है, जिसे आदरणीय काण ने एक ही छलांग में पार कर सबको दिखा दिया था कि उनके पास भूमि-सिद्धि है।" इंद्राणी ने बताया।

यह बात सुनते ही विधान का हृदय क्षणभर में प्रसन्नता के गुबार से भर गया। उसने झट से गरदन उठाई और नेत्रों को नचा-नचा कर ऐसे देखने लगा, मानो एक ही क्षण में वृक्ष का प्रत्येक कोना देख लेना चाहता हो। उसने कई पग पीछे हटकर थोड़ी दूरी बनाई, जिससे कि पूरा वृक्ष एक बार में देख सके। उसकी कल्पना ने गतिमान रेखाचित्र बनाना प्रारंभ किया- एक छोटा बालक दौड़ता हुआ आ रहा है और समीप पहुँचा, ये उछला...वह हवा में वृक्ष की चोटी के ऊपर है और चिल्ला रहा है...अब वह वृक्ष को पार कर रंगशाला की भूमि पर धम्म से उतर गया। इसी के साथ दर्शक-दीर्घा में शोर मचा...।

फिर विधान ने स्वयं से प्रश्न किया कि क्या वह स्वयं इस वृक्ष को पार कर सकता है। उसके मन ने हामी नहीं भरी। फिर उसने सोचा- संभव है, उसने कभी

प्रयास ही नहीं किया, इसलिए ऐसा लग रहा है।

"पुनः खो गए... ?" इंद्राणी ने चुटकी बजाकर ध्यान खींचा। वह मुस्कराकर उसके आश्चर्य का सुख ले रही थी।

विधान थोड़ा झेंप गया और कुछ न बोला। इंद्राणी ने आगे बढ़ने का संकेत किया। चलते हुए विधान ने मुड़कर कई बार उस वृक्ष को देखा। थोड़ा आगे चलने के पश्चात अत्यंत विस्तृत जलाशय मिला, जिसमें एक ओर नौकाएँ चलाई जा रही थीं तथा दूसरी ओर कुछ विद्यार्थी तैरने का अभ्यास कर रहे थे। संभवतः वे प्रथम वर्ष के विद्यार्थी थे, ऐसा उनके मुड़े हुए सिर को देखकर अनुमान लगाया। जलाशय पर वे कुछ देर रुके और जब इंद्राणी लौटने के लिए मुड़ी, तब विधान ने अत्यधिक दूर दिख रही कुछ अस्पष्ट आकृतियों की ओर संकेत कर पूछा- "वे कैसे भवन हैं ?"

इंद्राणी ने दृष्टि उठाकर देखा। बोली- "वह सैनिक स्कंधावार है। अमरखंड की शांति सेना की एक टुकड़ी वहाँ रहती है। शेष टुकड़ियाँ समस्त अमरखंड में बाईस भिन्न-भिन्न स्थानों पर हैं...उनके विषय में बाद में सूचना एकत्र करना, अभी इधर आओ।"

विश्वविद्यालय के बाहरी छोर से होते हुए वे पुनः उसी एकांत कुटिया में पहुँचे, जहाँ से उन्होंने प्रारंभ किया था।

"चलो! यहाँ की धूल मस्तक पर लगाओ।" इंद्राणी ने आदेश किया।

विधान ने आश्चर्य से देखा, फिर झट से धूल लगा ली।

"विश्वविद्यालय के आखिरी वर्ष में आदरणीय काण यहीं निवास करते थे।" इंद्राणी बोली।

विधान के मुख से प्रसन्नता टपक पड़ी। कानों तक फैली मुस्कान लेकर कुटिया के चार चक्कर लगाए। पत्थरों से निर्मित होने के कारण वह इतने समय तक बच पाई थी। उसने आसपास के वातावरण को पुनः ध्यान से देखा और आँखें बंद कर वहाँ की अनुभूति लेने लगा। वहाँ की वायु में कोई अंतर नहीं था, फिर भी आँखें मूँदकर, वह लंबी-लंबी साँसें भरकर किसी अंतर को ढूँढ़ने का प्रयास कर रहा था।

"तुम तो अत्यंत कल्पनाशील हो।" इंद्राणी ने फिर से चुटकी बजाई।

"अत्यधिक प्रसन्नता का अनुभव हो रहा है।" विधान ने आँखें खोलते हुए कहा।

"चलो अच्छा है। तुम्हारे लिए यही आवास निश्चित किया गया है।"

इंद्राणी की इस सूचना ने विधान की प्रसन्नता दुगनी कर दी।

“आओ! दूसरा भाग देखने चलें।” इंद्राणी ने आगे बढ़ने का संकेत किया।

कुटिया की दाईं ओर बढ़ते ही वह कुआँ मिला, जो विधान को यहाँ प्रातः ही दिख गया था।

“जल के लिए इसी कुएँ का प्रयोग करना।” इंद्राणी ने बताया और कुछ क्षणों बाद जब चुपके से पीछे देखा, तब विधान कुएँ की धूल मस्तक से लगा रहा था।

मकई के कई खेत पार करने पर एक कतार में बने कई छोटे भवन मिले। वहाँ ढेरों स्त्रियाँ थीं। कुछ डलिया बना रही थीं, कुछ तरकारियाँ काट रही थीं, तो कुछ बुनाई कर रही थीं। इंद्राणी ने बताया- “यहाँ विश्वविद्यालय के लिए भोजन बनता है। समय-सारिणी के अनुसार तुम्हें भी यहीं आकर भोजन करना होगा...(फिर संकेत करके) उस बड़े भवन को देख रहे हो?”

“वह श्वेत रंग वाला?”

“हाँ वही!... वह मुख्य रसोईघर है। सभी महिलाएँ वहीं भोजन बनाती हैं और उनका परिवार इन छोटे भवनों में रहता है। भोजन के अतिरिक्त इस स्थान पर वस्त्र तथा अन्य छोटी वस्तुएँ बनाई जाती हैं, उधर देखो...टोकरी बन रही है...उधर..वस्त्रों पर कढ़ाई हो रही है...।”

इधर-उधर दिखाते हुए इंद्राणी विधान को वहाँ से लेकर मटर के खेतों से होते हुए आगे बढ़ गई। अभी वे चौथा खेत पार ही कर रहे थे कि एक तीर इंद्राणी के पैरों के आगे आकर गड़ गया। विधान चौकन्ना हुआ, तत्काल इंद्राणी के आगे आकर खड़ा हो गया और जोर से बोला- “गुरुमाता झुककर बैठ जाइए।”

“पुनः गुरुमाता!” इंद्राणी ने जोरदार डाँट लगाई।

संकट के इस अवसर पर इंद्राणी के सामान्य व्यवहार से विधान असमंजस में पड़ गया। तभी बाईं ओर से गन्ने के खेतों में छिपा आक्रमणकारी प्रकट हुआ। वह एक युवती थी, जिसकी पीठ पर तूणीर तथा हाथ में छोटा धनुष था। वह मुस्कराते हुए धीरे-धीरे उनकी ओर बढ़ रही थी। उसके मुख पर कोई शत्रु भाव न देखकर विधान ने भी अपनी मुद्रा ढीली कर ली।

“खेल-खेल में किसी दिन तू मेरे सिर में छिद्र अवश्य करेगी।” इंद्राणी ने उस युवती पर बनावटी रोष दिखाया।

“कैसी बात कहती हो इंद्राणी! मैं नेत्र मूँदकर भी चिड़िया के नेत्र फोड़ सकती हूँ और तुझे लगता है कि मैं कच्ची धनुर्धर हूँ।” युवती एकदम समीप आ चुकी थी।

गोल चेहरे तथा धूप के कारण थोड़े दबे रंग वाली उस युवती की बारीक भौंहों के ऊपर मस्तक पर स्वेद की कुछ बूँदें चमक रही थीं।

''इनके चरण-स्पर्श करो।'' इंद्राणी ने संकेत करते हुए विधान को आदेश दिया।

विधान के हृदय में क्षण गँवाए बिना भाव उठा- अवश्य ही गुरु काण की पुत्री होंगी। भाव-विह्वल होकर उसने उसी क्षण दंडवत लेटकर प्रणाम किया।

इंद्राणी खिलखिलाकर हँस पड़ी। कुछ देर तक उसकी हँसी रुकी ही नहीं। जब रुकी तब बोली- ''यह मेरी सबसे प्यारी सखी मेघना है...यह यहाँ लड़कियों की धनुर्विद्या की प्रशिक्षक है।''

दोनों युवतियाँ अब भी हँसे जा रही थीं। विधान ने उठकर धूल झाड़ी और दूसरी ओर देखने लगा।

''मुँह मत फुलाओ, मेरे शिष्य! अब आगे बढ़ो।''

इसके बाद इंद्राणी ने मेघना के कान में कुछ फुसफुसाया और फिर दोनों उन्मुक्त होकर हँसीं। चलते समय इंद्राणी ने मेघना को संध्या के बाद घर आने को कहा।

जब इंद्राणी और विधान कुछ आगे बढ़े, तब दूसरी रंगशाला मिली। यह रंगशाला पिछली वाली की आधी थी और इसमें मात्र लड़कियाँ ही अभ्यास कर रही थीं।

''क्या यह रंगशाला लड़कियों के लिए आरक्षित है?'' विधान ने प्रश्न किया।

''नहीं! ऐसा नहीं है! लड़कों को बड़ी रंगशाला अधिक भाती है। वहाँ आसपास फलों के बहुत वृक्ष हैं, जबकि यहाँ पुष्पों की खूब क्यारियाँ हैं। अत: लड़कियों को यह रंगशाला अधिक पसंद आती है।''

रंगशाला के समीप एक वृक्ष के नीचे दोनों सुस्ताने के लिए रुके। इंद्राणी बोली- ''दूसरे का इतिहास जानने से पहले स्वयं का तथा अपने आसपास का इतिहास जानना अधिक आवश्यक है। प्रथम पाठ के रूप में मैंने तुम्हें विश्वविद्यालय का विस्तार दिखाया। इसका प्रत्येक कोना एक ही दिन में देखना संभव नहीं है। यहाँ रहते हुए धीरे-धीरे स्वयं ही देख लोगे...(फिर आकाश की ओर देखते हुए)... दोपहर हो चुकी है, भोजन कर इसी स्थान पर मिलना...फिर अमरखंड का इतिहास बताऊँगी।'' यह कहकर इंद्राणी एक तरफ जाने को हुई।

''आप कहाँ जा रही हैं...भोजन नहीं करेंगी?'' विधान ने विनम्रता से पूछा।

''किसी आवश्यक कार्य से रंगशाला के आगे जा रही हूँ। घड़ीभर में लौट आऊँगी। तब तक तुम भी लौट आना...और सुनो... अधिक भोजन मत करना...ऐसा

न हो कि मैं श्रम लगाकर तुम्हें पढ़ाऊँ और तुम सोते हुए मिलो...यहाँ कई विद्यार्थी दोपहर के भोजन के बाद कक्षाओं में ही आँखें मूँद लेते हैं।''

''मैं ध्यान रखूँगा,'' बोलकर विधान मुख्य रसोई घर की ओर चल दिया।

भोजन कर विधान उसी वृक्ष के नीचे पुनः उपस्थित हुआ। इंद्राणी अभी नहीं आई थी। बाईं ओर देखने पर दूर वटवृक्ष वाले वन दिखाई पड़े, जिसे पार कर वह विश्वविद्यालय पहुँचा था। उसने कल्पना की- इसी वन में कहीं गुरु काण बाल्यावस्था में मूर्च्छित पाए गए होंगे, फिर उन्होंने सभी को बताया होगा कि दो वर्षों के लिए वे कहाँ खो गए थे। उन्होंने कहानियाँ बताई होंगी, पर लोगों ने विश्वास नहीं किया होगा... जब इंद्राणी आएगी, तब वह उस स्थान को दिखाने के लिए कहेगा।

विधान ने दूर दिख रहे विश्वविद्यालय के भवनों को ठीक से देखने का प्रयास किया। वे वहाँ से इतनी दूर थे कि धुँधली लाल आकृतियों के रूप में दिख रहे थे। विधान ने ध्यान दिया- विश्वविद्यालय घूमने के लिए आज उसने जितनी दूरी तय की उतने में वह अपने गाँव से दूसरे गाँव पहुँच जाता। जब तक इंद्राणी आएगी, तब तक पास वाली छोटी रंगशाला में लड़कियों का अभ्यास ही देख लिया जाए- ऐसा सोचकर जैसे ही वह बढ़ने वाला था कि सामने से इंद्राणी आती दिख गई।

आते ही इंद्राणी ने पूछा- ''भोजन कैसा था?''

''अच्छा था।'' विधान ने सीधा उत्तर दिया।

''उदर में इतना तो नहीं भर लिया कि निद्रा आ जाए।''

''नहीं! संतुलित भोजन किया है।''

''संतुलित से क्या तात्पर्य है? मेरी तरह कुछ फल अथवा उषाखंड राज्य के राजकुमार पदम् की भाँति हाँड़ी भर भात।''

''हाँड़ी भर भात कोई कैसे खा सकता है।''

''तो तुम्हारा कहना है कि मैं झूठ बोल रही हूँ?'' इंद्राणी ने वक्रता दिखाई।

''मेरा यह अर्थ नहीं था।''

''तो क्या अर्थ था?''

''किसी प्रकार का कोई अर्थ नहीं था, कृपया अमरखंड का इतिहास बताएँ।'' विधान ने हाथ जोड़कर कहा।

''बहुत चतुर बन रहे हो।''

''यह शब्द पहले कभी नहीं सुना।'' विधान ने अपना सिर लटकाकर कहा।

इंद्राणी हँसी और फिर अमरखंड का इतिहास बताने लगी। उसने बताया–

''अंतिम देवासुर-संग्राम के बाद अर्थला में धाता वंश की स्थापना हुई। अपनी स्थापना के कुछ वर्षों में ही अर्थला ने इतना विकास कर लिया कि वह जंबूद्वीप की सबसे बड़ी शक्ति बन गई। बड़ी शक्ति बनने में उसकी आर्थिक स्थिति का महत्वपूर्ण योगदान था। अर्थला की लचीली तथा सधी हुई आर्थिक नीति ने उसे जंबूद्वीप का मुख्य व्यापारिक केंद्र बना दिया था। अर्थला तो संपन्न हो गई, परंतु जंबूद्वीप के अन्य राज्य सीमा विस्तार और आपसी मतभेद को लेकर आपस में सदैव लड़ते रहते थे। उनके लड़ने के कारण व्यापारिक मार्गों में बाधा उत्पन्न हो जाती थी। बीच के किसी राज्य ने युद्ध छेड़ दिया, तो इस पार से उस पार का सारा व्यापारिक मार्ग छिन्न-भिन्न हो जाता था। व्यापारी के पास दो ही विकल्प बचते थे। या तो वह युद्ध की समाप्ति तक रुके अथवा अपना नियमित मार्ग छोड़कर किसी दूसरे राज्य से लंबा मार्ग तय कर आगे बढ़े। दोनों ही विकल्पों में व्यापार को क्षति होती थी। यदि व्यापारी युद्ध रुकने के बाद उस राज्य को पार करता, तब वहाँ का राजा युद्ध में हुई अपनी आर्थिक क्षति को पूरा करने के नाम पर बढ़ा हुआ कर उस व्यापारी से लेता, और यदि व्यापारी दूसरे विकल्प को अपनाकर किसी अन्य राज्य से जाता, तब वह राजा भी व्यापारी की विवशता का लाभ उठाने के लिए मोटा कर वसूलता। अधिक कर देने के कारण अंत में वस्तुएँ जब हाटों में पहुँचतीं, तब इतनी महँगी हो जातीं कि आम जन के लिए उन्हें क्रय करना अत्यंत कठिन हो जाता।

''इसके अतिरिक्त इन युद्धों के कारण वस्तुओं को गंतव्य तक पहुँचने में अधिक समय लगता। व्यापार में समय अत्यंत महत्वपूर्ण भूमिका निभाता है। जिस समय जिस वस्तु की आवश्यकता है, यदि वह उसी समय विक्रय के लिए उपलब्ध नहीं होगी, तो बाद में उसका क्रय करने वाला ढूँढ़ना अत्यंत दुष्कर हो जाता है। ऊन यदि शीत ॠतु के बजाय गर्मियों में पहुँचेगा, तो उसे कौन क्रय करेगा। धीरे-धीरे राज्यों के आपसी मतभेद इतने बढ़ गए कि एक समय अर्थला को भयंकर आर्थिक हानि उठानी पड़ी। इस आर्थिक हानि ने अर्थला के अंदर गृहयुद्ध का वातावरण बना दिया। अर्थला में अराजकता फैलने लगी। इन सब का निराकरण करने के लिए धाता-प्रथम ने 'एक राष्ट्र, एक नीति, एक विकास' का सिद्धांत लेकर पृथ्वीपति बनने का अभियान छेड़ दिया। अर्थला जैसी भीषण शक्ति के आगे छोटे राज्य अधिक संघर्ष नहीं कर पाए और कुछ ही समय में समस्त जंबूद्वीप एक पताका के नीचे आ गया। संपूर्ण जंबूद्वीप के एक राष्ट्र बनते ही राज्यों की सीमाएँ समाप्त हो गईं। जब सीमाएँ ही न रहीं, तब सीमा विवाद किस बात पर होता। उत्तर से

लेकर दक्षिण और पूरब से पश्चिम, पूरे जंबूद्वीप में 'एक कर' नीति लागू कर दी गई। व्यापारिक मार्ग निष्कंटक हो गए। पूरे जंबूद्वीप में खूब आर्थिक उन्नति होने लगी तथा प्रजा पहली बार युद्ध के भय से मुक्त हुई। भयमुक्त प्रजा ने अगले दिन जीवित रहने के संघर्ष को छोड़कर अन्य क्षेत्रों में विस्तार करना प्रारंभ किया। नाना प्रकार की प्राचीन कलाएँ फिर से विकसित होने लगीं। एक राष्ट्र होने के कारण सांस्कृतिक आदान-प्रदान भी सरलता से होने लगा।

"कुछ वर्षों तक सब अच्छा चला, परंतु बाद में एक नई समस्या ने जन्म ले लिया। धाता-प्रथम पृथ्वीपति अवश्य बने थे, किंतु जिन राज्यों को उन्होंने जीता था, उन राज्यों की व्यवस्था उन्हीं राजाओं के हाथ में थी। जो राजा पहले एक-दूसरे से लड़ते रहते थे, वे अर्थलाधीश (धाता-प्रथम) के भय से भले ही प्रत्यक्ष युद्ध का साहस नहीं दिखा पा रहे थे, पर उनके मन की कुंठा समाप्त नहीं हुई थी। अतः उन्होंने गुप्त रूप से अपने शत्रु राज-परिवारों की हत्याएँ प्रारंभ कर दीं। उनकी यह कुंठा पीढ़ियों से चली आ रही थी... किसी के पितामह ने दूसरे राजा के पितामह को कभी पराजित किया था, वह इस बात का प्रतिशोध पालकर बैठा था। किसी राजा के पिता का पशुधन किसी दूसरे राजा के पिता ने चुराया था, वह इस बात पर भौंहें सिकोड़े था। अपनी मूर्खता, ईर्ष्या तथा प्रतिशोध में सने इन राजाओं की हत्यारी गतिविधियों के कारण जंबूद्वीप में पुनः अराजकता फैलने लगी।...अर्थलाधीश स्वयं देख रहे थे कि इस शांति और व्यवस्था-तंत्र के मुख्य बिंदु ये राजा हैं। शक्ति और भय से इन्हें कुछ समय तक भले ही नियंत्रित किया जा सकता है, परंतु मन की कटुता, ईर्ष्या तथा प्रतिशोध अवसर मिलने पर पुनः उभर आते हैं और तब यह शांति व्यवस्था छिन्न-भिन्न होते देर नहीं लगती। शक्ति और भय से नियंत्रित होने के स्थान पर यदि ये राजा स्वयं ही नियंत्रित रहें, तो यह शांति और व्यवस्था दीर्घकालीन हो जाएगी। परंतु व्यक्तिगत रूप से स्वयं पर नियंत्रण मात्र ज्ञान से संभव है और ज्ञान, शिक्षा तथा अनुभव से प्राप्त होता है।

"अर्थलाधीश को इन राजाओं के मूर्खतापूर्ण तथा स्वहित कृत्यों के पीछे मुख्य कारण उनकी दूषित शिक्षा-प्रणाली नजर आई। शिक्षा के नाम पर राजा, राजा बने रहने का ज्ञान ग्रहण करते थे। राजनीति शास्त्र के नाम पर षड्यंत्र सीखते थे और अनुभव के नाम पर चाटुकारों से प्रजा को कुचलने के उपाय प्राप्त करते थे। अधिकतर राजाओं ने प्रजा को एक उपकरण की तरह देखना सीखा था, जो कर के रूप में उनके राजकोष भरती थी। प्रजा-पालन, नैतिकता, परहित, दया, न्याय और समाज सेवा जैसे शब्द पूरे जीवन में उनके कानों में नहीं पड़ते थे। अतः

अर्थलाधीश ने इन राजाओं की एक नई संतुलित शिक्षा व्यवस्था के लिए महर्षि गौतम की देख-रेख में जंबूद्वीप की मध्य भूमि पर इस विश्वविद्यालय की स्थापना की। विश्वविद्यालय के लिए दी गई समस्त भूमि 'अमरखंड' अर्थात सदैव जीवित रहने वाला क्षेत्र कहलाती है। भौगोलिक दृष्टि से अमरखंड जंबूद्वीप के कई राज्यों से भी विशाल है।

"धाता-प्रथम के आदेश पर सभी राजाओं ने अपने पुत्रों को शिक्षा के लिए अमरखंड भेजा। कुछ राजा अपने शत्रु-पुत्र के साथ अपने पुत्र की शिक्षा के लिए नहीं माने, किंतु धाता-प्रथम की धमक के आगे उन्हें भी भेजना पड़ा।

"अपने राज्य में राजसी व्यवहार दिखाने को बाध्य तथा सुरक्षा के नाम पर सदैव प्रहरियों से घिरे रहने और दुर्ग के बाहर न निकलने की बाध्यता के उलट, कई राजकुमारों को यहाँ की स्वतंत्रता इतनी प्रिय लगती है कि शिक्षा पूरी होने के उपरांत यहीं रहने की इच्छा जताते हैं। इतने वर्षों तक एक साथ रहने से राजकुमारों में घनिष्ठ मैत्री हो जाती है। पाठ्यक्रम पूरा होने के पश्चात जब ये राजकुमार अपने राज्यों में जाकर समय आने पर सिंहासन सँभालते हैं, तो मित्रता के कारण आपसी संघर्ष की आशंका बहुत कम रहती है... 'उषाखंड' तथा उसके पड़ोसी राज्य 'गोया' में लंबे समय से अनबन चली आ रही है। उषाखंड के राजकुमार पदम् की बुआ गोया के राजपरिवार में ब्याही थी। किसी रोग के कारण उनकी मृत्यु हो गई। उपद्रवियों ने भ्रांति उड़ा दी कि उनकी हत्या हुई है। तभी से दोनों राज्यों में ठनी हुई है। परंतु यहाँ अमरखंड में राजकुमार 'पदम्' और गोया के राजकुमार 'वीरन' में ऐसी मैत्री है कि दोनों एक-दूसरे के लिए प्राण भी देने को प्रस्तुत हैं। दोनों ने अभी से सौगंध खा ली है कि सिंहासन धारण करते ही इस अनबन का अंत कर देंगे।

"अमरखंड में उन्हें नैतिक शिक्षा दी जाती है, जो उनके राज्यों की शिक्षा-प्रणाली में कभी भी सम्मिलित नहीं थी। यहाँ उन्हें राजा बनने से पहले मनुष्य बनना सिखाया जाता है। मात्र शस्त्र-शिक्षा तथा राजनीतिशास्त्र के स्थान पर यहाँ इतिहास, भू-शास्त्र, खगोलशास्त्र, अर्थशास्त्र, चिकित्सा-शास्त्र, संगीत, नृत्य, कला सहित प्रत्येक क्षेत्र की शिक्षा दी जाती है।

"जो राजपरिवार पहले अपने पुरोहितों के विश्वास पर आश्रित था, अब वह स्वयं खगोलीय गणनाओं का वास्तविक अर्थ समझ सकता है कि ये गणनाएँ ऋतुओं के लिए हैं या व्यक्तिविशेष के लिए। अन्यथा पहले पुरोहित ने आकाश में किसी तेज चमकते तारे को उँगली दिखाई, कुछ गणनाएँ बुदबुदाईं और घोषणा कर दी कि उत्तर की ओर बढ़ने से भाग्योदय होगा। फिर वह मूढ़ राजा सेना लेकर उत्तर

के राज्यों की ओर दौड़ पड़ता था।

''इसी प्रकार नैतिक-शिक्षा का ज्ञान उन्हें समस्त मनुष्यों को समान धरातल पर देखना तथा उनकी शक्ति को कर्तव्यों में बाँधना सिखाता है।...वृक्ष का प्रत्येक फल एक समान मीठा नहीं होता, कुछ फल सड़ भी जाते हैं, परंतु अधिकांश फल अच्छे ही प्राप्त होते हैं। उसी प्रकार अमरखंड से निकला प्रत्येक विद्यार्थी एक समान नहीं होता। कुछ बहुत अच्छे निकलते हैं, तो कुछ असफल भी होते हैं। अमरखंड की स्थापना ने जंबूद्वीप के संघर्षों को भारी मात्रा में कम कर दिया था। जो थोड़े-बहुत संघर्ष होते, उसे अर्थलाधीश की शक्ति दबा देती थी। किसी भी राष्ट्र में उचित शिक्षा-व्यवस्था वह क्रांति लाती है, जो अन्य साधनों से प्राप्त करने के प्रयास में वर्षों असफल निकल जाते हैं।

''राजाओं की नई पीढ़ी को एक समान शिक्षा देने तथा बाल्यावस्था से ही आपस में मित्र बना देने में अमरखंड का पहला चरण सफल रहा था। पहले चरण में मात्र राजकुमारों की शिक्षा के लिए व्यवस्था थी। फिर धाता-द्वितीय ने दूसरा चरण प्रारंभ किया। द्वितीय चरण के अनुसार अब राजसभा में बैठने वाले राजपुरुषों की संतानों को भी विश्वविद्यालय भेजा जाने लगा, क्योंकि राजा के मुख्य सलाहकार यही मंत्रीगण होते हैं। यदि वे स्वयं उन्नत विचार नहीं रखेंगे, तो राजा को उचित सलाह कैसे देंगे।

''इसके पश्चात तृतीय तथा अंतिम चरण के अनुसार आम जन के लिए विश्वविद्यालय के द्वार खोलने थे, परंतु धाता-तृतीय के आते-आते अर्थला की पकड़ जंबूद्वीप से ढीली पड़ने लगी। धाता-तृतीय का कमजोर प्रशासन छुटपुट होने वाले संघर्षों को बड़ा रूप देने में बहुत सहायक सिद्ध हुआ। अर्थला के ढीले पड़ते ही पहले से ताक में बैठी दानव तथा असुर जातियों को पैर पसारने का अवसर प्राप्त हो गया।

''जंबूद्वीप की संपन्नता उन दोनों जातियों के व्यापार के लिए खुला स्थान थी। जब तक अर्थला का वर्चस्व था, दानव तथा असुरों से व्यापार पर पूर्ण प्रतिबंध लगा हुआ था। परंतु अर्थला के बलहीन होते ही दानव तथा असुरों ने गुप्त रूप से अपना व्यापार प्रारंभ कर दिया। उन्होंने छुटपुट होने वाले संघर्षों को अपना अप्रत्यक्ष समर्थन देकर पूरे जंबूद्वीप को गृहयुद्ध की ओर धकेल दिया....धाता-चतुर्थ धाता वंश के सबसे निर्बल अर्थलाधीश प्रमाणित हुए। दानव और असुर नीति में बुरी प्रकार फँसे राजाओं ने अर्थलाधीश से विद्रोह कर स्वयं को स्वतंत्र घोषित कर दिया...जिस जंबूद्वीप को धाता-प्रथम ने एक राष्ट्र के रूप में संगठित किया था, वह

पुनः छोटे-छोटे राज्यों में बँट गया। असुरों ने इस अवसर का भरपूर लाभ उठाया। उन्होंने राजाओं को आपस में लड़वाकर खूब संपदा बटोरी। परंतु दानव अधिक लाभ नहीं उठा पाए, क्योंकि भौगोलिक रूप से आगे बढ़ने में अर्थला की सीमा आती थी... और जब घोर प्रयास के बाद भी अर्थला के अंदर उनकी दानव नीति नहीं चल पाई, तब उन्होंने अर्थला के मित्र राज्यों को गुप्त रूप से प्रभावित करना प्रारंभ कर दिया।

"अमरखंड जो पूरे जंबूद्वीप की शांति और विकास में महत्वपूर्ण भूमिका निभा रहा था, अर्थला के शक्तिहीन होते ही संकट में आ गया। अपने अस्तित्व को बनाए रखने के लिए अमरखंड ने स्वयं की सेना निर्मित की तथा अपनी प्रयोगशालाओं में नए शस्त्रों का विकास किया...।"

"विश्वविद्यालय में शस्त्रों का विकास... ?" विधान ने बीच में टोका

इंद्राणी बोली- "निर्बल की भला कौन सुनता है... अमरखंड को अपनी अभिभावक की भूमिका बनाए रखने के लिए शक्तिशाली होना आवश्यक था। जब तक जंबूद्वीप पर अर्थला का नियंत्रण था, अर्थला ही अमरखंड की शक्ति थी। परंतु अर्थला के शक्तिहीन होते ही अमरखंड को स्वयं को शक्तिशाली बनाना अत्यंत आवश्यक हो गया था। वह भी इतना शक्तिशाली कि उसकी शक्ति की धमक, उसकी ओर दृष्टि उठाने वालों को कँपा सके। आज अमरखंड की शांति सेना जंबूद्वीप की श्रेष्ठ सेनाओं में गिनी जाती है। अमरखंड में ज्ञान का अभाव नहीं था। अतः विश्वविद्यालय में शोध कर नए विकसित शस्त्र बनाए गए, जिनकी सहायता से शांति सेना उच्चकोटि की हो गई। आज जंबूद्वीप की प्रत्येक दिशा में अव्यवस्था फैली हुई है। कोई राजा दानव-नीति में फँसा है, तो कोई असुर-नीति में...अब तो भ्रांतियाँ फैल रही हैं कि दैत्य भी लौटने वाले हैं...।"

इंद्राणी कुछ क्षण शांत हुई, फिर सोचते हुए बोली- "मेरा मत है कि इस सारी अव्यवस्था के पीछे अर्थला का शक्तिहीन होना दोषी है, क्योंकि अर्थला ही शांति और व्यवस्था का मुख्य नियंत्रक थी, और अच्छे नियंत्रक को कभी शक्तिहीन नहीं होना चाहिए। यदि अर्थला ढीली न पड़ती, तो इन दानव और असुरों में इतना साहस नहीं था कि यहाँ ऐसा उत्पात मचा पाते... इसलिए हे सिद्धिधारक (बगल में बैठे विधान की पीठ पर हलके से थपकी मारकर), अपनी शक्ति बढ़ा और अर्थला को शक्तिशाली बना।"

फिर उठते हुए बोली- "आज का पाठ कुछ समझ में आया अथवा बीच-बीच में अपनी नींद पूरी करते रहे?"

"नहीं! एक बार भी झपकी नहीं आई...बहुत रोचक इतिहास था।" विधान भी उठ गया।

"किस स्तर के सिद्धिधारक हो, कुछ प्रदर्शन दिखाओ।"

"क्षमा करें! मुझे स्वयं ही अपनी सिद्धि के विषय में पूर्ण ज्ञान नहीं है...और अभी स्वास्थ्य पूर्ण रूप से ठीक भी नहीं है।"

"ऊपर से तो हट्टे-कट्टे दिखते हो।" इंद्राणी ने विधान को ऊपर से नीचे तक देखा और फिर वापस चलने का संकेत किया। विधान उसके पीछे चल दिया।

"एक प्रश्न करना चाहता हूँ।" विधान ने चलते हुए पीछे से कहा।

इंद्राणी अपनी काली चोटी आगे कर उसके साथ खेलते हुए बोली- "हाँ! खुलकर पूछो।"

"...जब गुरु काण नहीं रहे, तो मुझे आगे की सिद्धि कौन सिखाएगा?"

"इस विषय में मुझे कुछ ज्ञात नहीं...संभवतः पिताजी को ज्ञात हो।" इंद्राणी ने सपाट उत्तर दिया।

"आपके पिताजी?... कौन हैं?"

"कुलपति इंद्रजीत।"

"आप कुलपति की पुत्री हैं?"

"क्यों, तुम्हें कोई आपत्ति है?"

विधान कुछ नहीं बोला, वह जानता था कि उसकी हर बात से कुछ न कुछ निकालकर इंद्राणी उसे तंग करती रहेगी। जब विधान कुछ नहीं बोला, तो इंद्राणी धीरे से मुस्कराई और बोली- "शीघ्रता से चलो, तुम्हें कुछ आवश्यक सामग्री दिलाकर, मुझे संगीत की संध्याकालीन कक्षा में भी पहुँचना है।

इंद्राणी ने उसे रसोईघर की स्त्रियों से तिनकों की बनी चटाई, छाछ रखने के लिए छोटा घड़ा, मिट्टी का लोटा, सरकंडे की कुछ कलमें, एक टोकरी, कुछ वस्त्र और एक कटोरा दिलवाया।

घड़ियाँ बीतीं। अँधकार की काली चादर पर चंद्रमा चढ़ आया। अमरखंड में यह उसकी दूसरी रात्रि थी। कुटिया में अकेले लेटे विधान को अच्छा नहीं लग रहा था। उसे माँ और सत्तू याद आ रहे थे। पिछले कुछ दिनों के समय-काल में उसका पूरा संसार ही परिवर्तित हो गया था। धीरे-धीरे उसकी स्मृतियों ने पिछले दिनों के दृश्य बनाना प्रारंभ कर दिया। उन दृश्यों को देखते-देखते वह निद्रा में

डूबता चला गया।

अगले दिन सूर्योदय से पहले उसकी निद्रा टूटी। रात्रि में पुराना स्वप्न पुनः दिखा था–

सुदास के जिन सैनिकों को उसने मारा था, वे रक्त से लथपथ शरीरों के साथ उससे लड़ रहे थे। वहाँ सत्तू और माँ भी खड़ी थीं। लड़ते-लड़ते वे सभी सैनिक धुएँ में परिवर्तित होकर सत्तू और माँ के पास चले गए। विधान के देखते-देखते धुआँ एक भाले में परिवर्तित हुआ और सत्तू के वक्ष में धँस गया। उसी समय एक अन्य भाला माँ के वक्ष से भी पार हो गया। विधान चीखा, पर चीखते ही निद्रा टूट गई।

कई बार आ चुके इस स्वप्न में घटनाएँ समान रहती थीं, किंतु स्थान भिन्न-भिन्न होते थे। कभी घर पर, कभी किसी नदी के तट पर, तो कभी किसी विशाल खड्ड में। इस बार वह संध्या के समय एक कीचड़ युक्त वन में लड़ रहा था।

हर बार की भाँति इस बार भी उसने इस दुःस्वप्न को शीघ्रता से भूलने का प्रयास किया। वह उठा और थोड़ा व्यायाम किया, कुएँ पर स्नान कर नए वस्त्र धारण किए, टोकरी में रखे कुछ फल खाए तथा लाल स्याही बनाकर कुछ लिखने बैठ गया।

अब तक सूर्य भी पूरी तरह उग चुका था। विद्यार्थियों का हुडदंग हल्का-हल्का सुनाई पड़ रहा था। वह दूर दिख रहे विश्वविद्यालय के भवनों पर आँखें गड़ा रहा था कि द्वार पर एक अत्यंत वृद्ध व्यक्ति प्रकट हुए। वे इतने वृद्ध थे कि विधान ने सौ वर्ष की आयु-गणना की। उसने उठकर प्रणाम किया।

"मैं गोविंद हूँ, राजनीति शास्त्र का शिक्षक।" झुकी कमर वाले बूढ़े ने धीमे स्वर में अपना परिचय दिया।

"कुटिया में पधारें गुरुजी!" विधान ने अंदर बुलाया।

"नहीं पुत्र! बाहर आओ, यहीं वृक्ष के नीचे बैठते हैं, कुटिया बंद-बंद लगती है, यहाँ खुला वातावरण है।"

विधान ने खाट बाहर निकाली और अपने शिक्षक को सहारा देकर उस पर बिठाया, फिर स्वयं भी उनके सम्मुख भूमि पर बैठ गया। गुरुजी ने विधान को निहारते हुए कहा- "तुम सीधे दिखते हो, काण तो बड़ा उपद्रवी था।"

"गुरु काण उपद्रवी थे... ?" विधान ने आश्चर्य और प्रसन्नता के मिश्रित भाव से कहा।

"हाँ! वह दुष्ट मेरी फलों की टोकरी में केंचुए भर दिया करता था...धोती सुखाने को टाँगता, तो उस पर चित्र बना देता...बहुत उपद्रव मचाया था उसने। कुलपति के कक्ष के पीछे रात्रि में सियारों जैसी ध्वनि निकालता और भाग जाता।" विधान की ओर थोड़ा झुककर बोले- "तुम उससे अलग प्रतीत होते हो।"

"हाँ गुरुजी! मैं एकदम गऊ हूँ।" विधान ने सिर झुकाकर कहा।

"हा...हा...हा," गुरुजी हँस पड़े- "बड़े विनोदी स्वभाव के हो...चलो, उपद्रवी होने से तो विनोदी होना अधिक अच्छा है।"

फिर थोड़ा गंभीर होते हुए बोले- "अल्प समय में बहुत कुछ सिखाना-पढ़ाना है, अतः क्षण गँवाए बिना तुम्हारी शिक्षा प्रारंभ करता हूँ।"

"मैं ध्यान से सुन रहा हूँ, गुरुजी।" विधान ने सतर्कता दिखाई।

गुरु गोविंद ने बताना प्रारंभ किया- "राजनीति शास्त्र के पाठ्यक्रम में राजधर्म, राजसभा की व्यवस्था, कूटनीति, राज्य की आर्थिक व्यवस्था, राजसभा के सदस्यों का मनोविज्ञान तथा प्रजापालन मुख्य अंग हैं। अधिकांश लोग कूटनीति को ही संपूर्ण राजनीति शास्त्र मान लेते हैं, जबकि सबसे बड़ा अंग राजधर्म है, जो न्याय और समता के स्तंभों पर टिका होता है।"

इसके बाद गुरुजी, विधान को दोपहर तक राजधर्म के बारे में बताते रहे। जब भोजन का समय हुआ, तब गुरुजी ने उसे भोजन करने भेज दिया और स्वयं वहीं विश्राम करने लगे। विधान उन्हें कुटिया में रखी मटकी से छाछ तथा कुछ फल देकर भोजन करने चला गया। जब लौटकर आया, तब गुरुजी ने पुनः पाठ आरंभ किया। उन्होंने कई राजाओं की कहानियाँ सुनाकर उसे राजधर्म का सही अर्थ और महत्व समझाया। शिक्षण का यह कार्य बिना रुके संध्या तक चलता रहा।

संध्या होने पर विधान, गुरुजी को उनके निवास तक छोड़ने गया। लौटते समय उसे इंद्राणी दिखी। वह अपनी संगीत कक्षा में जा रही थी। विधान के यह पूछने पर कि वो किस दिन पढ़ाने आएँगी, उसने बताया कि एक दिन इतिहास, दूसरे दिन राजनीतिशास्त्र और तीसरे दिन भू-शास्त्र पढ़ाने की समय-सारिणी है, अतः वह प्रत्येक तीसरे दिन पढ़ाने आया करेगी। जाते समय उसने विधान से अपने चरण स्पर्श करवाए और फिर खिलखिलाकर हँसती हुई चली गई।

अगले दिन चालीस वर्षीय भू-शास्त्र के शिक्षक गुरु श्याम उसे भूमि की परतों के बारे में समझाने के लिए गड्ढों, नालों, तालाबों तथा कुओं सहित न जाने कहाँ-

कहाँ ले गए। पढ़ाते समय वे इतना उत्साह दिखाते, मानो एक ही दिन में अधिक से अधिक ज्ञान दे डालेंगे। वे बीच-बीच में विधान से पूछते- "समझ आया?"

वह कहता- "हाँ! आ गया।"

वे कहते- "नहीं आया होगा, मैं दूसरे प्रकार से समझाता हूँ।"

फिर वे दुगने उत्साह से पुनः समझाते। विधान को उनका साथ बहुत अच्छा लगा। उनकी ऊर्जा देखकर वह स्वयं भी ऊर्जावान महसूस करता।

तीसरे दिन इंद्राणी थोड़ी देर से आई। जब आई, तब विधान कुटिया के बाहर वटवृक्ष के नीचे नेत्र मूँदकर ठंडे पवन को मुख पर अनुभव करने का प्रयास कर रहा था।

"दिनभर समाधि ही लगाए रखोगे अथवा कुछ ज्ञान भी लोगे?" इंद्राणी ने चुटकी बजाते हुए कहा।

विधान ने उठकर प्रणाम किया और इंद्राणी ने हँसते हुए हाथ उठाकर आशीर्वाद देने का अभिनय किया। वह उसे अपने साथ मुख्य रसोईघर के पीछे एकांत में बनी एक कुटिया में ले गई। वहाँ एक वृद्धा तिनके से टोकरी बना रही थी। विधान ने इतनी वृद्ध स्त्री पूरे जीवन में कभी नहीं देखी थी। उसने सौ के ऊपर आयु होने की संभावना मानी। वृद्धा के नेत्रों की ज्योति बहुत कम हो चुकी थी, बस पुराने अभ्यास के सहारे वह टोकरी गूँथ रही थी। विधान ने नेत्रों के संकेत से पूछा। उत्तर में इंद्राणी ने पाँव छूने का आदेश दिया। विधान ने वृद्धा के पाँव की रज अपने माथे पर लगाई।

"तू इसी के विषय में कह रही थी बिटिया?" वृद्धा ने पोपले मुँह से मुस्कराते हुए कहा। वृद्धा की आवाज में खरखराहट थी।

"हाँ माई! यही है जिसे आदरणीय काण ने उछल-कूद करना सिखाया है।"

वृद्धा ने हाथ के संकेत से विधान को पास बुलाया और फिर अपने दोनों हाथों से विधान के नाक, कान, मुँह, सिर तथा कंधे स्पर्श कर देखे- "तू तो बड़ा है पुत्र! उसके जैसा ही शरीर बनाया है।"

फिर गर्व से बोली- "जब वह आया था, मरकुटहा जैसा था...मैंने ही उसे खिला-पिला कर पिल्ला बनाया।"

विधान ने भाव-विह्वल होकर पुनः चरण-स्पर्श किए- "माई! मुझे भी ऐसे ही खिलाना-पिलाना।"

माई ने उसके सिर पर हाथ रखकर खूब आशीर्वाद दिया। फिर एक टोकरी की

ओर संकेत कर कहा-

"बिटिया इसे खिला दे और स्वयं भी खा ले।"

इंद्राणी ने टोकरी से ताजा बना गुड़ उठाकर विधान को दिया और कुटिया के बाहर निकलने का संकेत किया।

कुटिया के समीप ही एक पीपल के वृक्ष के नीचे दोनों आकर बैठे। गुड़ खाते हुए इंद्राणी ने बताया- "माई पहले रसोईघर की मुख्य संचालिका हुआ करती थीं। आदरणीय काण का इनसे विशेष स्नेह था। प्रारंभ में जब वे अमरखंड आए थे, उन्हें यहाँ अच्छा नहीं लगता था। वे कक्षाएँ छोड़कर इन्हीं के पास छुपे रहते थे। माई ने विवाह नहीं किया था, वे आदरणीय काण को संतान की तरह मानती थीं। आदरणीय काण की बाल्यावस्था का वर्णन इनसे अच्छा और कोई नहीं कर सकता...जब भी अवसर मिले, माई के पास चले आना।"

फिर गुड़ खाकर समाप्त करते हुए बोली- "गुड़ तो खा लिया, अब जल कहाँ से पिएँ?"

"आपकी आज्ञा हो, तो मैं व्यवस्था कर दूँ?" विधान ने भी अपना गुड़ समाप्त करते हुए कहा।

"ठीक है! माई की कुटिया के पीछे ही कुआँ है, वहीं से ले आओ... इसके बाद मैं तुम्हें देवों और असुरों का इतिहास बताऊँगी।"

थोड़ी देर बाद विधान कुएँ से जल का घड़ा उठा लाया। दोनों ने मन भर पिया और फिर मुँह भी धोया। तत्पश्चात इंद्राणी ने अपना पाठ प्रारंभ किया-

"प्रारंभ में समस्त मानव जाति एक ही थी। धीरे-धीरे मानव समाज में समूह बनने लगे और अंत में जातियों के रूप में सभी समूह अलग होते चले गए। किसी ने गरुड़ को प्रतीक बनाकर गरुड़ जाति बनाई। किसी ने नाग का चिह्न लेकर नाग जाति बनाई और किसी ने वानर को प्रतीक बताकर वानर जाति स्थापित की। इसी प्रकार ढेरों जातियाँ अस्तित्व में आना प्रारंभ हो गईं। अधिकतर ने अपना प्रतीक चिह्न बनाया, परंतु बहुतों ने बिना चिह्न के ही अपनी जाति की घोषणा कर दी... आरंभ में असंख्य जातियाँ बनीं, किंतु समय के साथ एक-दूसरे से संघर्ष करते हुए नष्ट भी होती चली गईं। अंत में बची हुई मुख्य जातियों में देव जाति ने तीव्रता से विकास किया। उन्होंने धरती पर उपलब्ध संसाधनों का प्रयोग करना सीख लिया था। देवों ने धरती का गर्भ चीरकर नई धातुएँ प्राप्त कीं। उन धातुओं से उन्नत अस्त्र-शस्त्र बनाए। जिन रत्नों को लोग आभूषणों के रूप में सज्जा के लिए धारण करते हैं, उन्हीं रत्नों से उन्होंने ऊर्जा प्राप्त करना सीख लिया। जिन लकड़ियों को

लोग भोजन तथा उष्मा के लिए जलाते हैं, उन्हीं काष्ठ के टुकड़ों से उन्होंने अद्‌भुत उपकरण बनाए। जिन हिंसक पशुओं को लोग अपनी सुरक्षा के लिए मार डालते हैं, उन्हीं पशुओं को उन्होंने प्रशिक्षित कर युद्धों में प्रयोग किया। चिकित्सा, कला, युद्ध, समाज, संस्कृति आदि प्रत्येक क्षेत्र में वे सर्वोच्च बनते चले गए। कुछ समय पश्चात देव तथा शेष जातियों के बीच धरती और आकाश का अंतर हो गया। वे इतने उच्च स्तर पर पहुँच गए कि लोग उन्हें विधाता के समकक्ष मानकर पूजने लगे...।''

विधान ने बीच में टोक दिया- ''... क्या कोई किसी को इसलिए भी पूजता है कि दूसरा उससे अत्यंत उच्च स्तर पर है?''

''नहीं!'' इंद्राणी बोली- ''ऊँचे स्तर पर होने से सम्मान अवश्य बढ़ता है, परंतु पूजनीय बनने के लिए ऐसे कर्म करने पड़ते हैं कि लोगों के मन में स्वयं श्रद्धा उत्पन्न हो, और देवों ने ऐसे ही कर्म किए थे। आज गंगा का जल रोगनाशक माना जाता है, परंतु अंतिम देवासुर-संग्राम से पहले इसके जल की रोगनाशक क्षमता बीस गुना अधिक थी। उत्तर में 'गंगाद्वार' में देव, गंगा के जल में औषधि मिलाते थे। औषधि मिला जल पहाड़ों से उतरकर मैदानों से होता हुआ अंतिम छोर तक पहुँचता था। कोई किसी भी जाति का हो, वह गंगा के जल का सेवन कर लाभ उठा सकता था। ऐसे ही जंबूद्वीप की अधिकतर नदियों के उद्‌गम स्थानों पर देवों का आधिपत्य था। वे नदियों में औषधियाँ मिलाते और लोगों को बिना पक्षपात के निःशुल्क लाभ मिलता। सूखा पड़ने पर देव कृत्रिम मेघों से वर्षा करवाते...।''

''कृत्रिम मेघ...कृत्रिम मेघ बनाना क्या ऊँची बात नहीं है?'' विधान ने आश्चर्य दिखाया।

''हाँ! ऊँची बात तो है... पर ऐसी ही ऊँची-ऊँची बातें देवों को विकास के उच्च स्तर पर रखती हैं।'' इंद्राणी बोली।

''और इतनी विशाल नदी में भारी मात्रा में औषधि मिलाना क्या संभव है..?'' विधान ने प्रश्न किया।

इंद्राणी ने उसकी आँखों में घूरा- ''बड़े कौतुक हो तुम...(फिर हँसकर)... अच्छा है, ऐसा ही होना चाहिए...यदि देव शक्ति के विषय में जानना है, तो उसके लिए उचित व्यक्ति आदरणीय धनंजय हैं।''

''धनंजय...जो नागवंश के मुखिया हैं?'' विधान के नेत्रों ने पूरी उत्सुकता दिखाई।

''हाँ! उन्हीं की बात कर रही हूँ, उन्होंने देवशक्ति पर शोध किया है। अमरखंड

का पाठ्यक्रम दस वर्ष का होता है। इसके उपरांत यदि कोई उच्च शिक्षा लेना चाहता है, तो चार अतिरिक्त वर्ष किसी निश्चित क्षेत्र में शोध कार्य कर सकता है। बहुत कम विद्यार्थी शोध कार्य का चुनाव करते हैं, परंतु आदरणीय धनंजय ने अपनी इच्छा से चार के स्थान पर छह वर्ष का शोध कार्य किया। वे अमरखंड के सर्वाधिक सफल विद्यार्थियों में गिने जाते हैं। देव शक्ति के बारे में उन्हीं से पूछना...।''

इंद्राणी कुछ क्षणों के लिए रुक गई, फिर बोली- ''तुम बीच में मत टोका करो, बताने का प्रवाह टूट जाता है...तो हम कहाँ थे?''

''सूखा पड़ने पर देव कृत्रिम मेघों से वर्षा कराते थे।'' विधान ने याद दिलाया।

''हाँ! देव जाति बिना किसी भेदभाव के लोगों की सामूहिक समस्या का निदान करती रहती थी। इसी प्रकार से सहायता करके वे लोगों के बीच पालनहार की भाँति पूजनीय होते चले गए। किसी भी जाति के गौरव की यह सर्वोच्च अवस्था होती है कि वह दूसरों के लिए पूजनीय बन जाए। लोगों के मन में उनके प्रति इतनी श्रद्धा और प्रशंसा थी कि किसी व्यक्ति को सम्मान देने के लिए वे उसे देव तथा देवी कहकर संबोधित करते थे।

''देव यह बात अच्छी तरह समझते थे कि उन्हें यह पूजनीय स्तर तभी तक प्राप्त है, जब तक उनके तथा अन्य लोगों के बीच विकास का यह बड़ा अंतर बना रहे; अन्यथा जिस दिन अन्य जातियाँ भी उनके समकक्ष खड़ीं हो गईं, उसी दिन उनका पूजनीय स्तर गिरकर सामान्य स्तर हो जाएगा। अतः इस अंतर को बनाए रखने के लिए देवों ने अपने ज्ञान को सदैव गुप्त रखा। अन्य जातियों ने उनके ज्ञान को प्राप्त करने के लिए देवों में घुसपैठ का बहुत प्रयास किया, परंतु असफल रहीं। वर्षों पश्चात असुर जाति, देवों के ज्ञान का कुछ भाग पाने में सफल रही।

''देवों के ज्ञान से संसाधनों का प्रयोग करना सीखकर असुर जाति भी भौतिक विकास के मार्ग पर चल पड़ी। कुछ समय पश्चात वे भी देवों के स्तर तक पहुँचने का प्रयास करने लगे। प्रारंभ में दोनों जातियों के मार्ग भिन्न-भिन्न थे, परंतु बाद में दोनों के मार्ग आपस में टकराने लगे, क्योंकि देव तथा असुर दोनों जातियों ने संसाधनों के कारण ही उन्नति का मार्ग थामा था। अतः जब संसाधनों की कमी पड़ने लगी, तब दोनों में टकराव आरंभ हो गए... कहा जाता है कि संसाधनों पर स्वामित्व के कारण ही देव तथा असुरों के बीच प्रथम देवासुर-संग्राम हुआ था।

''असुर सदैव स्वयं को देवों के समकक्ष मानते रहे, अतः उन्हें चिढ़न रहती है कि लोग उन्हें भी देवों की भाँति क्यों नहीं पूजते। परंतु उनके उग्र तथा हिंसक

स्वभाव के कारण अन्य जातियाँ उनसे भय खाती रहती थीं। जो दूसरों को भयभीत करेगा, वह भला पूजनीय कैसे हो सकता है। अत: जब भी देवासुर-संग्राम हुआ, अधिकांश जातियों ने देवों का ही पक्ष लिया... अब तक सोलह देवासुर-संग्राम हो चुके, पर असुर एक बार भी विजयी नहीं हुए।

"देवों तथा असुरों में एक बड़ा अंतर है। वह है- मानसिक विकास का। देवों ने संसाधनों का प्रयोग कर भौतिक विकास किया, परंतु साथ ही मानसिक विकास को भी महत्व दिया। उन्होंने नई पीढ़ी के लिए उचित शिक्षा-व्यवस्था बनाई। सामाजिक ढाँचे को मजबूत बनाए रखने के लिए समय-समय पर परिवर्तन अपनाए। शारीरिक शक्ति के साथ उन्होंने मानसिक शक्तियाँ भी विकसित कीं।

"हर सभ्यता अपने चरमोत्कर्ष पर पहुँचकर विलासी बन जाती है, क्योंकि मनुष्य अपनी सहज प्रवृत्ति के अनुसार सोचता है कि वह विकास इसलिए कर रहा है, जिससे कि वह अधिक से अधिक अपने भोग के साधन जुटा सके... देवों ने इस असाध्य प्रवृत्ति को साध लिया, परंतु असुर इसे कभी भी साध न पाए, अत: जैसे-जैसे असुरों का भौतिक विकास होता गया, वे भोगी होते चले गए। इस कारण से देव सदैव पूजनीय बने रहे और असुर निंदनीय...।"

धारा-प्रवाह बोलती जा रही इंद्राणी अब रुक गई। कुछ क्षण शांत रही, फिर बोली- "यह था देवों तथा असुरों का संक्षिप्त इतिहास ...इनके बारे में विस्तार से जानने के लिए विश्वविद्यालय के ग्रंथालय से ग्रंथ लेकर पढ़ लेना।"

वह उठी और अंगड़ाई लेते हुए बोली- "आज का पाठ यहीं समाप्त होता है, मध्याह्न का भोजन कर कुलपति कार्यलय में पिताजी से मिल लेना।"

"कुलपति ने क्यों बुलाया है, कोई विशिष्ट कारण?"

"तुम्हें नई समय-सारिणी देंगे।"

"क्या पाठ्यक्रम में बदलाव हो गया है?"

"नहीं! मात्र विषयों में ही घुसे रहोगे, तो युद्ध-नीति तथा शस्त्र-संचालन का अभ्यास कब करोगे? अत: नई समय-सारिणी में विषयों के अतिरिक्त कई अन्य कार्यक्रम हैं।"

"अच्छा, यह बात है! मैं सोच रहा था कि भोजन के पश्चात यदि आप साथ चलतीं, तो ग्रंथालय से सही ग्रंथ चुनने में सुविधा रहती।" विधान ने मधुरता से कहा।

"कोई और दिन होता, तो अवश्य चलती, परंतु अभी अपने शोध कार्य के लिए कहीं पहुँचना है।"

इंद्राणी ने सपाट भाव से उत्तर दिया।

"एक प्रश्न पूछूँ?"

"हाँ! पूछो।"

"आप शिक्षण-कार्य करती हैं, संगीत सीखती हैं, शोधार्थी भी हैं...वस्तुतः आप क्या हैं?"

इंद्राणी रुकी। विधान को घूरकर देखा, फिर गर्व से बोली- "वस्तुतः मैं एक सुंदर कन्या हूँ।"

फिर जोर से हँस पड़ी।

विधान उसे कुछ क्षण देखता रहा, फिर बनावटी हँसी हँसते हुए बोला- "हा... हा....हा...आज कितना अद्भुत रहस्य खुल गया।"

इंद्राणी तत्काल शांत हो गई। भौंहें वक्र कर बोली- "तुम मेरा उपहास उड़ा रहे हो।"

विधान ने हाथ जोड़कर सिर झुकाया- "नहीं! गुरुमाई, आपका उपहास उड़ाने का साहस कैसे कर सकता हूँ?"

"अच्छा!" इंद्राणी लगभग चीख पड़ी- "पहले तो गुरुमाता ही कहते थे, अब गुरुमाई कहकर बुढ़िया ही बना दिया।"

"मैंने कभी बुढ़िया नहीं कहा।" विधान ने एकदम सपाट चेहरे से कहा।

कुछ देर तक भौंहें सिकोड़कर घूरने के बाद स्वयं ही मुख पर मुस्कान लाते हुए बोली- "तुम मुझे अच्छे लगते हो, इसलिए बता देती हूँ...मेरा दस वर्ष का पाठ्यक्रम समाप्त हो चुका है। अभी शोध कार्य कर रही हूँ। शोध के तीन वर्ष पूर्ण हो चुके, मात्र एक वर्ष शेष है...और संगीत तो कोई भी संध्याकालीन कक्षा में सीख सकता है...मैं अभी स्थायी शिक्षिका नहीं हूँ, मात्र तुम्हारे लिए अस्थायी नियुक्ति है।"

"आप किस विषय पर शोध कर रही हैं?" विधान ने पूछा।

इंद्राणी उसके कान पर जाकर धीरे से बोली- "बहुत गुप्त विषय है, बता नहीं सकती।"

विधान भी धीरे से बोला- "तब मत बताइए।"

दोनों जोर से हँसते हैं। इंद्राणी चल देती है। चलते हुए इंद्राणी ने उसे बताया कि अगली कक्षा में वह राक्षसों का इतिहास बताएगी।

अगले दिन नई समय-सारिणी के अनुसार राजनीति शास्त्र की कक्षा के बाद संध्या होने से पहले रंगशाला में शस्त्र संचालन का अभ्यास करने पहुँचा। खड्ग संचालन, धनुर्विद्या तथा भाले में वह पहले ही निपुण था, पर मल्लयुद्ध, गदायुद्ध, रथ-संचालन तथा तैराकी में कच्चा था। प्रारंभ उसने मल्लयुद्ध से किया।

कई घड़ी शस्त्र प्रशिक्षण के बाद रात्रि में वृद्ध शिक्षकों के बीच दर्शन की चर्चा में बैठा। नई समय-सारिणी ने उसकी व्यस्तता बढ़ा दी थी।

अगले दिन भू-शास्त्र का पाठ पढ़ाने गुरु श्याम उसे ऐसे स्थान पर ले गए, जहाँ पहुँचने में उनके घोड़ों को दोपहर हो गई। उस स्थान पर दूर तक छोटे पठार थे। बंजर भूमि पर घास के दर्शन भी दुर्लभ थे। वहाँ वे उसे मिट्टी की संरचना तथा उर्वरा न होने के कारण का ज्ञान देते रहे। लौटते हुए वे एक वन-मार्ग से लौटे। वन में गुरु श्याम ने कई वृक्षों के तने फाड़कर उनके विषय में समझाया। वहाँ उसे ज्ञात हुआ कि सुंदरी वृक्ष की जड़ों में घाव भरने की अद्‌भुत क्षमता होती है तथा एक विचित्र नाम वाले वृक्ष के तने का गूदा शरीर पर मलने से वर्षा ऋतु में कीट-पतंगे दूर रहते हैं। उस दिन लौटने में उन्हें रात्रि हो गई, जिससे वह शस्त्राभ्यास के लिए नहीं जा सका।

अगले दिन इंद्राणी दोपहर बाद आई। वह प्रसन्न नहीं दिख रही थी। उसने कहा- ''आज जी कुछ ठीक नहीं है, किसी अच्छे स्थान पर चलते हैं।''

विधान उसे छोटी रंगशाला के पीछे फैले वन के समीप एक पठार पर ले गया। वहाँ से पूरा विश्वविद्यालय ऊपर से दिख जाता था। आसपास ढेरों मृग चर रहे थे, कुछ मोर और भेड़ें भी दिखीं।

''कल गुरु श्याम इसी मार्ग से मुझे ले गए थे।'' विधान ने अभी तक फैले सन्नाटे को हटाने का प्रयत्न किया।

''अच्छा स्थान है, मैं यहाँ पहले भी आ चुकी हूँ।'' इंद्राणी ने धीरे से कहा।

दोनों के बीच इधर-उधर की हल्की बातें हुईं, फिर जब इंद्राणी का मन कुछ अच्छा हुआ और वह मुस्कराने लगी, तब उसने अपना पाठ प्रारंभ किया। राक्षसों के इतिहास के बारे में उसने बताया-

''राक्षस कोई जाति न होकर कुछ प्रचंड योद्धाओं का संगठन था। राक्षस वह होता है, जिसने 'रक्ष-सौगंध' ली हो। रक्ष-सौगंध का अर्थ है- 'दूसरों की रक्षा के लिए सौगंध'। राक्षस बहुत नेक हृदय तथा भयंकर आदर्शवादी थे। वे प्रत्येक की रक्षा के लिए सदैव तत्पर रहते थे। उनके लिए यह महत्वपूर्ण नहीं होता कि वे किस पक्ष की रक्षा कर रहे हैं। किसी ने रक्षा की गुहार की और वे सबसे आगे खड़े

मिलते। इस कारण लोगों के बीच राक्षसों का अत्यधिक सम्मान था। परंतु राक्षसों के संगठन की बाद की पीढ़ी उतनी आदर्शवादी नहीं रही। अंतिम देवासुर-संग्राम में असुरों ने राक्षसों से सहायता माँगी थी और असुरों के पराजित होने से राक्षसों की संख्या अत्यंत नगण्य हो गई।...ग्रंथों में चौरासी राक्षसों के जीवित बचने का वर्णन है। जीवित बचे राक्षसों की भयंकर दुर्गति हो गई। वे भागकर विभिन्न स्थानों पर चले गए। देवासुर-संग्राम की समाप्ति पर पूरे जंबूद्वीप में चारों ओर अराजकता, महामारी तथा भुखमरी व्याप्त हो गई थी। उस भुखमरी में सामान्य-जन तो भोजन के अभाव में प्राण त्यागने लगे, किंतु कथाएँ कहती हैं कि राक्षसों ने स्वयं को जीवित रखने के लिए कुछ न उपलब्ध होने पर लोगों को ही मारकर मानव-मांस खाना प्रारंभ कर दिया था। राक्षसों के इस कृत्य ने उन्हें इतिहास में सबसे घृणित बना दिया। बचे हुए राक्षसों की नई पीढ़ी में नैतिकता, आदर्श तथा सौगंध के प्रति कोई सम्मान नहीं बचा। उन्होंने अपनी शक्ति राजाओं की सेवा में लगाकर संपदा बटोरनी प्रारंभ कर दी।...इन्हीं राक्षसों का प्रयोग कर धाता-प्रथम के शासन-काल में राजाओं ने एक-दूसरे की हत्याएँ करवाई थीं। जो दूसरों की रक्षा करने के कारण राक्षस कहलाते थे, वही अब मनुष्य का भक्षण करने वाले कहलाने लगे।''

इंद्राणी चुप हुई, तो विधान ने पूछा- ''क्या राक्षस अब भी हैं?''

''हाँ! कुछ राक्षस बचे हैं...दक्षिण के राजाओं की राजसभा में अब भी कुछ राक्षस हैं, परंतु लोगों को उनकी सत्यता पर विश्वास नहीं है।''

''क्या आपने स्वयं राक्षस देखे हैं?'' विधान ने पुनः पूछा।

''नहीं! मात्र ग्रंथों के रेखाचित्रों में ही देखा है ...और तुम मुझे आप मत कहा करो....मैं आयु में तुम्हारे ही समकक्ष हूँ।'' इंद्राणी ने आँखें टेढ़ी कर कहा।

''यदि आप को गुरु नहीं मानूँगा, तो गुरु-दक्षिणा कैसे दूँगा।''

''तुम मुझे मित्र मानो और मित्र-दक्षिणा दे देना।''

''मित्र-दक्षिणा जैसा कुछ नहीं होता।''

''तब कुछ मत देना,'' कहकर इंद्राणी उठ गई।

''अच्छा! यदि इसी से प्रसन्नता मिलती है, तो आज से विधान तुम्हारा मित्र हुआ, इंद्राणी,'' कहकर विधान ने गले मिलने के लिए बाँहें फैला दी।

''ठीक है, प्यारे विधान! परंतु यह मेल-मिलाप बाद में।''

दोनों खुलकर हँसने लगे।

दनुमाता के दानव

पचास घुड़सवारों का दल घोड़ों की टापों से पथरीली धरती को चटकाता हुआ मिराज दुर्ग की ओर तीव्र गति से बढ़ रहा था। उनकी गति देखकर ही ज्ञात हो जाता था कि उन्हें अपने लक्ष्य पर पहुँचने की बड़ी शीघ्रता है। सभी की कमर में दो-दो तलवारें थीं। पीठ पर बाणों से ठसाठस भरे तूणीर तथा छोटे धनुष लटक रहे थे। घोड़ों की बाईं ओर ढाल तथा तीक्ष्ण फल वाले दोमुखी भाले कसे हुए थे। उनकी छातियों पर बँधे कवचों का कार्य देखकर प्रतीत होता था कि शिल्पकारों ने पूरे मनोयोग से पर्याप्त समय लेकर अपनी प्रतिभा न्योछावर की है। पीछे के घोड़ों पर खाद्य-सामग्री, जल के भांड तथा अन्य सामान बँधे हुए थे।

नाम-मात्र की वनस्पतियों वाले उस बीहड़ में पूरा दल सात दिनों से निरंतर यात्रा कर रहा था। जिस गति और निरंतरता से उनके घोड़ों ने यहाँ तक की यात्रा की थी, कहीं और के घोड़े होते, तो अब तक जिह्वा लटकाकर भूमि पर बिछ गए होते। परंतु वे विशिष्ट चूर्ण का सेवन करने वाले सामान्य से पाँच गुना अधिक क्षमतावान, दानव देश के घोड़े थे। वे अब भी उतनी ही गति से दौड़ रहे थे, जिस गति से उन्होंने दानव-राजधानी छोड़ी थी। उनके अधिकांश घोड़े चमकीले काले थे। कुछ लाल भी थे, पर सफेद एक भी न था।

मजबूत कद-काठी तथा भयंकर दिखने वाले इन घुड़सवारों का नेतृत्व दानव देश का राजकुमार 'दक्षान' कर रहा था। कड़ी धूप में यात्रा करने से उसका चेहरा तपाए हुए तांबे की भाँति तमतमा रहा था। सुर्ख लाल आँखों वाले उस राजकुमार ने सामने अस्त होते सूर्य को घूरा। जितना वह अपने लक्ष्य के समीप होता जा रहा था, उतना ही उसका क्रोध बढ़ता जा रहा था। देख तो वह सूर्य को रहा था, परंतु नेत्रों के सामने उसकी स्मृतियाँ कुछ अलग ही दृश्य उपस्थित कर रही थीं।

सात दिन पहले उसे राजसभा में बुलाया गया था। दानव सम्राट की चापलूसी तथा महिमामंडन करने वाले, नशे में धुत और अत्यंत भोगी मंत्रियों से भरी उस राजसभा में जाना उसे तनिक भी पसंद न था। जितना वह राजसभा को नापसंद करता था, उससे अधिक राजसभा उसे नापसंद करती थी। उस दिन दानव सम्राट ने उसे मिराज दुर्ग का विद्रोह समाप्त करने का आदेश दिया। इस प्रकार के अभियान का आदेश कुछ नया नहीं था, परंतु हर अभियान में पर्याप्त सैनिक तथा संसाधन

उपलब्ध कराए गए थे, और इस बार सीधा आदेश था कि अपने अंगरक्षकों के साथ जाकर विद्रोह कुचल आओ। इस बात का भान होते हुए भी कि वहाँ विद्रोहियों की संख्या पाँच सहस्र के ऊपर है, उसे मात्र पचास अंगरक्षकों के बल पर समाप्त करने भेजना, सीधे-सीधे उसकी हत्या करवाने का प्रयास है। हत्या का प्रयास... ? हाँ! पहला प्रयास तो है नहीं...सम्राट ने कभी उस पर सीधा प्रहार नहीं किया। हर बार प्राणघातक अभियानों में किसी-न-किसी रूप में उसे ही आगे रखा गया। इन कठिन अभियानों में उसके प्राण तो गए नहीं, अपितु उसी का युद्ध-कौशल निखरता गया।...ऐसा नहीं था कि प्रत्येक अभियान में उसे पूरे संसाधन दिए गए हों, हर बार आवश्यकता से आधे ही दिए गए, परंतु इस बार तो खाली हाथ भेज दिया गया... न हाथी, न रथ, न दानवों के विशिष्ट अस्त्र-शस्त्र, कुछ भी तो नहीं दिया। यह हत्या नहीं तो और क्या है... क्या दानव सम्राट के अंदर का पिता मर गया है...क्या सम्राट को अपने पुत्र से रंचमात्र भी मोह नहीं...मोह... ? जिसको अपने पुत्रों की संख्या भी ठीक से ज्ञात न हो, उसे मोह की अनुभूति कैसे हो सकती है ?...अनुभूति ?...दक्षान को स्वयं पर आश्चर्य हुआ। उसके मष्तिष्क में 'मोह' और 'अनुभूति' जैसे शब्द कैसे गूँज सकते हैं। ये तो कमजोर व्यक्तियों के शब्द हैं। दक्षान सदैव इन कमजोरियों से दूर रहा है। उसने अनुभव किया कि उसमें यह परिवर्तन विवाह के बाद ही प्रारंभ हुआ है। विवाह... ? विवाह की बात सोचकर उसके नथुने और भी फूल गए।

उसकी स्मृतियाँ उसके सामने और भी दृश्य उपस्थित करतीं, यदि सामने मिराज दुर्ग का प्राचीर न दिख गया होता।

दक्षान के रुकते ही सारा दल रुक गया। घिरते अँधेरे के बीच काई युक्त काली दीवारों वाला मिराज दुर्ग बड़ा भयावह प्रतीत हो रहा था। किले का प्राचीर सामान्य दुर्ग की प्राचीरों से दुगना ऊँचा था। मिराज दुर्ग संथार के सबसे बड़े तथा पुराने दुर्गों में से एक था। तीन सौ वर्ष पूर्व हुए देवासुर-संग्राम के समय वह दानव-राजधानी हुआ करता था। प्राचीरों पर पड़ी गहरी खरोंचें, गड्ढे तथा टूटे हुए ऊपरी भाग उसके युद्धक इतिहास को दूर से ही दर्शा रहे थे। दुर्ग इतना विशाल था कि दस सहस्र लोगों का नगर बस जाए। संथार के अन्य दुर्गों से भिन्न, मिराज दुर्ग का प्राचीर आयताकार था। सामने की तीन दीवारें पत्थरों से बनी थीं तथा दुर्ग के पीछे खड़ी सीधी ढलान वाली पहाड़ी स्वयं चौथी दीवार का कार्य कर रही थी।

वर्षों पहले त्याग दिए गए इस खंडहर दुर्ग में आजकल दानव देश की आपातकालीन खाद्य-आपूर्ति सुरक्षित रखी जाती थी। ऐसा नहीं था कि बीहड़ में स्थित इस दुर्ग की सुरक्षा में कोई कमी थी, परंतु विद्रोहियों के अप्रत्याशित

आक्रमण तथा संख्या बल ने एक ही प्रवाह में दुर्ग पर अधिकार कर लिया।

दक्षान ने दृष्टि घुमाई। दुर्ग के प्राचीर से दूर कुछ सैन्य टुकड़ियों के शिविर थे। ये वो टुकड़ियाँ थीं जिन्हें विद्रोह कुचलने के लिए भेजा गया था तथा जिनके असफल रहने के चलते सहायता के लिए उसे भेजा गया है। दक्षान ने घोड़े को ऐड़ लगाई और शिविर की ओर चल पड़ा।

कुछ ही देर में वह शिविर पहुँचा। घोड़े से उतरकर अपने अंगरक्षकों को कुछ आदेश दिया, फिर वहाँ के सेनानायक के साथ शिविर का निरीक्षण करने निकल पड़ा।

वहाँ उपस्थित सैनिकों की संख्या देखकर उसको झटका लगा- ''खिलवाड़ हो रहा है क्या यहाँ पर?''

पूरे शिविर में घूम-घूम कर वह मात्र सैनिकों को ही गिनता रहा।

अब तक उसके अंगरक्षकों ने शिविर के मध्य उसका मंडप तैयार कर दिया था। अँधेरा भी घिरने ही वाला था। वह अपने मंडप में घुसा और उसने सेनानायक से वहाँ की स्थिति का विस्तार से वर्णन करने को कहा।

अपने अभियान में असफल रहे सेनानायक ने सकपकाते हुए बताना प्रारंभ किया- ''राजकुमार! हम यहाँ पर पिछले एक माह से अभियान पर हैं। एक तो हमारी संख्या विद्रोहियों के सामने नगण्य है तथा दूसरे, जैसे-जैसे दिन बीत रहे हैं, उनकी स्थिति मजबूत और हमारी कमजोर होती जा रही है...।''

''कैसे?'' दक्षान ने नायक की ओर घूरे बिना सामने रखे थाल से जामुनी रंग का एक जंगली फल उठाते हुए टोका।

''राजकुमार! समय बीतने के साथ हमारी खाद्यान्न आपूर्ति समाप्त होती जा रही है। जिस बीहड़ में हम खड़े हैं, यहाँ चारों ओर प्राणघातक वनस्पतियाँ ही उपजती हैं। पिछले दिनों एक अपरिचित जंगली फल खाकर हमारे आधे सैनिकों को तीव्र ज्वर हो गया। वह तो भाग्य है कि हमारे साथ एक सैनिक-चिकित्सक भी उपस्थित है, अन्यथा आधी टुकड़ी फल खाकर ही नष्ट हो गई होती।''

दक्षान ने हाथ में पकड़ा फल विचित्र नेत्रों से देखा और झट से मुँह में डाल लिया।

''राजकुमार! आप सहायता के लिए आए हैं, तो खाद्यान्न में थोड़ी सहायता अवश्य मिलेगी, परंतु जल का क्या होगा... ?''

''जल... ? जल को क्या हुआ?'' मुँह से फल की गुठली निकालते हुए दक्षान ने पूछा।

"धृष्टता के लिए क्षमा करें, राजकुमार! परंतु क्या आप स्मरण कर सकते हैं कि अंतिम जलस्रोत आपने कब देखा था?"

सपाट भाव से कुछ क्षण सोचने के बाद- "चार दिवस पूर्व एक सरोवर मिला था।"

"राजकुमार! ऐसी ही स्थिति यहाँ से चारों दिशाओं की ओर है। हमारे पास टिके रहने के संसाधन बहुत सीमित हैं तथा किले के अंदर इतना अन्न भरा है कि दो वर्ष तक बाहर निकलने की आवश्यकता ही न पड़े और पेयजल के लिए दर्जनों कुएँ हैं।" सेनानायक ने बताया।

"हमारे पास कितने दिनों का अन्न और जल उपलब्ध है?"

"आपकी ओर से आई आपूर्ति मिलाकर अधिकतम दस दिन।"

"कितने सैनिक?"

"आपके अंगरक्षकों को मिलाकर स्वस्थ सैनिकों की संख्या दो सौ... यदि अस्वस्थ सैनिक कुछ दिनों में स्वस्थ हो गए, तब सौ और बढ़ जाएँगे।"

दक्षान अपनी मूँछों पर ताव देता हुआ कुछ देर तक सोचता रहा, फिर उसने आदेश दिया- "तुम जाओ! कल प्रातः रणनीति बनाई जाएगी।"

अभिवादन कर नायक जाने लगा, पर कुछ पग चलकर रुक गया।

"यदि राजकुमार क्षमा करें, तो कुछ पूछना चाहता हूँ।" नायक ने निवेदन किया।

"पूछो।" दक्षान ने लंबी साँस छोड़ते हुए अनमने ढंग से आज्ञा दी।

"यहाँ की स्थिति के अनुसार हमें पूरी सेना के आने की आशा थी, परंतु मात्र पचास सैनिक-सहायता के पीछे क्या नीति है?"

प्रश्न सुनकर दक्षान के नथुने फूल गए। मस्तिष्क का ताप बढ़ने लगा। निरंतर तीव्र हो रही साँसों की ध्वनि सुनकर नायक थोड़ा सहमा और पुनः अभिवादन कर चुपचाप मंडप के बाहर निकल गया।

नायक के प्रश्न ने उसकी स्मृतियों को पुनः जगा दिया था। वे उसके सामने पुनः नए दृश्य उपस्थित करने लगीं। कुछ क्षणों बाद उसने अपने सिर को ऐसे झटका, मानो वह उन दृश्यों को निकाल फेंकना चाहता हो। उसने अपने पैरों के समीप, तंबू में जल रहे एकमात्र दीपक को क्रोध से लात मारकर बुझाया और रीछ के मुलायम चर्म बिछे पलंग पर सोने के लिए लेट गया।

प्रातः उठते ही दक्षान ने घोड़े पर बैठकर पूरे शिविर का सूक्ष्मता से निरीक्षण किया। पिछली संध्या जब वह यहाँ पहुँचा था, तब अँधकार में मात्र ऊपरी निरीक्षण ही कर पाया था।

शिविर के तंबू व्यूहबद्ध ढंग से गाड़े गए थे, बाहर चारों ओर नुकीली लकड़ियों की बाड़ अच्छे से बँधी थी, प्रहरी सैनिक चौकस थे, कचरे वाले स्थान पर कोई भी बचा हुआ भोजन नहीं दिखा तथा शस्त्र-भंडार में अस्त्र-शस्त्र नियमित स्थान पर रखे हुए थे।

यद्यपि सारा शिविर सैन्य-अनुशासन के अनुसार व्यवस्थित था, फिर भी वहाँ उसे एक विचित्र-सी नीरसता, आशाहीनता और ऊर्जा शून्यता महसूस हुई। कुछ सैनिक अभ्यास कर रहे थे, परंतु उनमें किसी अभियान जैसा उत्साह नहीं था। उनकी ऊर्जा और अभ्यास देखकर ढेरों सैन्य अभियानों का अनुभव रखने वाले दक्षान को समझते देर न लगी कि वे सेना के सबसे कमजोर सैनिक थे। दक्षान का मन फिर खटका- इतने बड़े विद्रोह को कुचलने के लिए सबसे कमजोर सेना भेजी गई है और इसी नगण्य सेना की सहायता के लिए उसे बिना संसाधनों के भेजा गया है। इतने कम संख्या-बल के साथ संघर्ष करना तो असंभव है। क्या वास्तव में यह उसकी हत्या करवाने का प्रयास है... ?

दक्षान का मस्तिष्क गरम हो उठा। अंदर से उसका अहंकार बोला- युद्ध यदि सैनिकों के बल पर जीता जाता, तो दक्षान बहुत पहले ही समाप्त हो चुका होता... दक्षान यदि अकेला भी रहा, तो विद्रोहियों के मुंड राजसभा में ले जाकर अपने विरोधियों के हृदय में शूल गाड़ेगा।

अहंकार ने उसके शरीर में एक विचित्र-सी ऊर्जा दौड़ा दी। वह अपने घोड़े से उतरा और प्रातः के पीले प्रकाश में दुर्ग को निहारने लगा। दुर्ग के प्राचीर पर खड़े धनुर्धरों के टोप दूर से ही चमक रहे थे। उन चमकते टोपों से दक्षान ने दो सौ धनुर्धारियों का अनुमान लगाया। दुर्ग का मुख्य द्वार वर्षों से युद्ध तथा प्रकृति की मार झेलकर इतना कमजोर दिख रहा था कि यदि हाथी से प्रयास किया जाता, तो तोड़ा जा सकता था। परंतु यहाँ हाथी तो क्या, रथ भी नहीं था। शिविर एवं दुर्ग के बीच के मैदान में कुछ भाले गड़े हुए थे, जो उस अधिकतम दूरी को बताते थे, जहाँ तक दुर्ग से छोड़े गए बाण पहुँच सकते थे।

दक्षान ने अपने पीछे खड़े सेनानायक को अपनी बगल आने का संकेत किया। नायक धीरे से आकर खड़ा हुआ। नायक को अपने जीवन में कभी भी दक्षान के साथ अभियान करने का अवसर नहीं मिला था, परंतु उसने इतना अवश्य सुन रखा

था कि दक्षान तीव्र बुद्धि का रण-कुशल, अहंकारी तथा नाक पर क्रोध लेकर चलने वाला व्यक्ति है।

''विद्रोहियों के विषय में बताओ!'' प्राचीर में पड़ी एक लंबी दरार की ओर दृष्टि गड़ाए दक्षान ने आदेशात्मक स्वर में कहा।

''राजकुमार! विद्रोहियों का नेता कूर्मा है...।''

''कूर्मा... ?'' दक्षान को जैसे झटका लगा- ''उसे तो तीन वर्ष पूर्व उत्तर के एक दुर्ग में मैंने स्वयं ही मारा था।''

''नहीं राजकुमार! यह वह कूर्मा नहीं है। यह पश्चिम का कूर्मा है। आपने पश्चिम की ओर कभी अभियान नहीं किया है, इस कारण से संभवत: आपको इसके बारे में ज्ञान नहीं।''

दक्षान ने उसकी ओर घूरा। नायक थोड़ा सकपका गया। दक्षान ने जलती हुई आँखें दुर्ग की ओर मोड़ीं और अपनी पतली मूँछों के किनारों को मसलने लगा।

नायक ने गला साफ करते हुए पुन: बताना प्रारंभ किया- ''राजकुमार! कर्म से कूर्मा दानव-सेना में एक साधारण सैनिक था। पाँच वर्ष तक सैनिक रहने के पश्चात विद्रोही बन बैठा। विद्रोही बनने का कारण हमें ज्ञात नहीं। धीरे-धीरे उसने संगठन बनाना प्रारंभ किया। उसके संगठन की विचित्रता यह है कि संगठन में मात्र चोर, दस्यु, मादक पदार्थों के लती तथा सजाप्राप्त अपराधी ही सम्मिलित होते हैं। यह संगठन अभियान पर निकले सैन्य शिविरों पर रात्रि में आक्रमण कर उनकी खाद्य-आपूर्ति तथा शस्त्र लूटकर भाग जाता है। धीरे-धीरे पूरे पश्चिम में इनका संगठन छोटे-छोटे टुकड़ों में फैल गया। पिछले एक वर्ष से इन्होने कोई गतिविधि नहीं की, मानो अदृश्य हो गए हों। फिर पिछले माह पूरा संगठन यहाँ एकत्र हुआ और आक्रमण करके दुर्ग पर अधिकार कर लिया। इनके एकत्रित होने पर पहली बार ज्ञात हुआ कि इनकी संख्या पाँच सहस्त्र के ऊपर है। इन विद्रोहियों के पास शस्त्रों का पूरा भंडार है। जब से हम संघर्ष कर रहे हैं, इन्होनें विस्फोटक तीरों का ही प्रयोग किया है। इनके पास विस्फोटक तीरों का कितना भंडार है, यह हमें ज्ञात नहीं, परंतु हमारे विस्फोटक तीर पाँच दिन में ही समाप्त हो गए थे। दुर्ग का प्राचीर अत्यधिक ऊँचा होने के कारण उनके बाणों की मारक दूरी भी बढ़ गई है।... विद्रोहियों ने अभी तक सुरक्षात्मक नीति अपना रखी है। वे किले के समीप जाने पर ही बाण वर्षा करते हैं, अन्यथा दुर्ग के बाहर वे कभी नहीं निकले।...''

''विद्रोहियों की माँगें क्या हैं?'' दक्षान ने बीच में टोकते हुए प्रश्न किया।

''माँगें... ?'' नायक थोड़ा चकराया- ''हमें विद्रोहियों को नष्ट करने का

आदेश मिला है, इसमें उनकी माँगों का क्या औचित्य?''

दक्षान ने उसकी ओर ऐसे देखा, जैसे उसने कोई विचित्र बात कह दी हो।

''तुम्हें धेलेभर का भी ज्ञान नहीं...तुम सेनानायक कैसे बन गए।''

नायक को समझ नहीं आया कि ऐसी टिप्पणी पर वह क्या प्रतिक्रिया करे। कुछ देर चुप रहने के बाद दक्षान ही बोला- ''हम यहाँ प्रत्यक्ष युद्ध करने की स्थिति में नहीं हैं, अप्रत्यक्ष और गुप्त युद्ध का ही सहारा लेना होगा। मुझे एक बड़ा धनुष लाकर दो।''

कुछ ही क्षणों में एक बड़ा धनुष प्रस्तुत हो गया। दक्षान ने बाईं ओर थोड़ी दूरी पर खड़े अपने अंगरक्षक की ओर आँखें फेरकर पूछा- ''धीरा! पर्याप्त है?''

ऊँची उठान,गोल कंधे, खरोंचों से भरे मुख तथा ऊँचे कद वाले धीरा ने धनुष को हाथों से तौला और प्रत्यंचा खींचकर देखी। फिर सिर हिलाकर हामी भरी।

दक्षान के आदेशानुसार एक संदेश लिखा गया और एक बड़े बाण से बाँधकर धीरा को दिया गया। धीरा ने अपने वक्ष तथा पीठ पर बँधे कवच को छोड़कर सारे शस्त्र, हाथ-पैरों के कवच, कमर-पट्टिका और शिरस्त्राण उतार दिए। उसने बाण को धनुष पर रखा और सधे हुए मजबूत कदमों से दुर्ग की ओर दौड़ा। बीच में गड़े भाले- जो शिविर के लिए अधिकतम सुरक्षित सीमा थी- को पार करते ही अप्रत्याशित रूप से उसकी गति बढ़ गई।

दुर्ग की ओर शत्रु को आते देख प्राचीर पर खड़े धनुर्धर सजग हो उठे। उन्होंने अपने धनुष तान लिए, परंतु मात्र एक शत्रु को आता देखकर भ्रम में पड़ गए। जब तक उनका भ्रम टूटता, धीरा सुरक्षित सीमा से पचास पग आगे बढ़ चुका था। उसने भूमि पर अपना बायाँ घुटना टेका। दुर्ग के ऊपर के आकाश को लक्ष्य कर बाण खींचा। दाँत भींचकर भुजाओं में कुछ अतिरिक्त शक्ति उड़ेली। अगले ही क्षण प्रत्यंचा खिंचकर कानों के पीछे तक आ गई। धीरा ने बाण छोड़ दिया।

बाण छोड़ते ही बिना क्षण गँवाए वह मुड़ा और पूरी रफ्तार से दौड़ पड़ा। प्राचीर से किसी हड़बड़ाए धनुर्धर का बाण छूट गया और सनसनाता हुआ धीरा के पीछे गिरा। गिरते ही विस्फोट हुआ। परंतु सुरक्षित दूरी पर भाग रहे धीरा को एक हल्के धक्के के अतिरिक्त अन्य कोई क्षति नहीं पहुँची। जिस क्षण विस्फोट हुआ, ठीक उसी क्षण धीरा द्वारा छोड़ा गया बाण परवलयाकार पथ नापता हुआ दुर्ग के मुख्य द्वार से बीस हाथ पहले ही भूमि में गड़ गया।

लौटकर धीरा ने अपने शेष कवच तथा शस्त्र बाँध लिए। दक्षान निश्चिंत भाव से दुर्ग की ओर देखता रहा। कुछ देर बाद भयंकर गड़गड़ाहट के साथ दुर्ग का मुख्य

द्वार धीरे से खुला। अंदर से एक घुड़सवार बाहर आया और भूमि से बाण खींचकर लौट गया। पुनः उसी भयंकर गड़गड़ाहट के साथ द्वार बंद हो गया।

दुर्ग के अंदर जाकर घुड़सवार ने संदेश खोला। उसमें लिखा था- "कूर्मा! मैं संथार का राजकुमार दक्षान तुम से संबोधित हूँ। मैं तुम्हारी माँगें तथा विद्रोह का कारण सुनने के लिए सुरक्षित एवं अनुशासित वातावरण में किसी भी समय प्रस्तुत हूँ। एक संगठन के नेता होने की मर्यादा का पालन करते हुए निःशस्त्र होकर मंत्रणा का अवसर दो।"

नीचे दानव-राजसत्ता की मुहर लगी हुई थी।

शिविर में लौटकर दक्षान ने सेनानायक को कुछ आदेश दिया और तत्पश्चात अपने बीस अंगरक्षकों के साथ मिराज दुर्ग के चारों ओर योजन तक फैले वन का निरीक्षण करने निकल पड़ा।

विषाक्त वनस्पतियों से भरे उस घने वन में कहीं कोई पगडंडी नजर नहीं आई। पूरा वन ऊँचे वृक्षों तथा लंबी घासों से लगभग ढँका हुआ था। वन में अंदर धँसने पर गाढ़े चमकीले रंगों के जंगली फल मिले। नायक ने पहले ही सचेत कर दिया था कि जितना गाढ़ा रंग होगा, उतने ही विषाक्त होंगे। इसके अतिरिक्त नायक द्वारा बताई गई सावधानी के कारण ही सभी ने वस्त्रों को दोहरा करके पूरे शरीर को ऊपर से नीचे तक ढँक रखा था, अन्यथा वहाँ ऐसी सरपतें थीं जिनकी खरोंच मात्र से शरीर के अंग दिनभर के लिए संज्ञाशून्य हो जाते थे। धीरे-धीरे सावधानी से वन के अंदर एक लंबा मार्ग तय करते हुए दक्षान दुर्ग के पीछे खड़ी पहाड़ी की जड़ तक पहुँचा। उस पथरीली पहाड़ी की ऊँचाई अधिक नहीं थी, परंतु ढलान इतनी खड़ी और नुकीले पत्थरों से भरी थी कि प्रतीत होता था, मानो दुर्ग की सुरक्षा के लिए उसकी छँटाई की गई हो। दक्षान ने वन में छिपे रहकर दुर्ग के पीछे तथा बाईं ओर का संपूर्ण निरीक्षण किया। उसने अपनी सूक्ष्म सैन्य दृष्टि से वहाँ की भौगोलिक स्थिति की सूचना बटोरी और फिर शिविर की ओर वापस चल पड़ा।

उसके शिविर पहुँचने से पहले ही वह दल, जो दाईं ओर से वन का निरीक्षण करने गया था, वहाँ उपस्थित हो चुका था। दक्षान ने उनसे भी सूचनाएँ लीं, फिर हल्का भोजन करके शिविर के बाहर दुर्ग के मुख्य द्वार की ओर मुख करके बैठ गया।

साँझ का सूरज ढलान पर था कि दुर्ग से एक बाण छूटा और बीच के मैदान

में आकर धँस गया।

दक्षान को मानो इसी क्षण की प्रतीक्षा थी। वह तेज स्वर में बोला- "धीरा...!"

धीरा पुनः वक्ष और पीठ का कवच पहने अविश्वसनीय गति से दौड़ता हुआ गया और बाण लेकर लौट आया। बाण के साथ कूर्मा का एक संक्षिप्त संदेश लिपटा था।

"कल प्रातः सूर्य की पहली किरण के साथ दुर्ग के मुख्य द्वार पर।"

अगले दिन प्रातः सूर्य अपनी किरणों से दुर्ग के प्राचीर पर पीलापन पोत रहा था। कूर्मा, दक्षान के सम्मुख मुख्य द्वार के बाहर मृगचर्म बिछे लकड़ी के आसन पर बैठा हुआ था। एक नवयुवक, योद्धा की भाँति तो नहीं, परंतु किसी सैनिक की तरह कसरती देह, गोरी चिकनी त्वचा, सफाचट मूँछें, चमकीली आँखें, तेजपूर्ण ललाट तथा मुख पर आकर्षक मुस्कान। कूर्मा का व्यक्तित्व दक्षान की कल्पना के रेखाचित्र के विपरीत था, परंतु सबसे अधिक आश्चर्य उसकी आयु पर हुआ। कूर्मा उससे चार-पाँच वर्ष छोटा होगा। दक्षान के कला-प्रेमी हृदय को जिन दो चीजों ने आकर्षित किया, वह थी कूर्मा की आँखें और उसका ललाट- इन आँखों में कैसी सजीवता है, मानो एकदम निश्चिंत, ठंडी और मुस्करा रही हों। ललाट कितना चमकीला और सिलवटों रहित है। दक्षान को अपने बारे में कुछ याद आ गया। सदैव क्रोध में रहने के कारण उसकी सिकुड़ी हुई भौंहों के ऊपर सिलवटों का स्थायी निवास हो गया था और लोग उसे उसकी उम्र से अधिक बूढ़ा समझते थे। दक्षान ने क्षणभर के लिए ध्यान केंद्रित कर अपनी भौंहों को ढीला छोड़ा- लगा कहीं कोई खिंचाव मुक्त हुआ। तभी उसके अंदर के दक्षान ने चेताया- क्या तू यहाँ अपना व्यक्तित्व सुधारने आया है?

अगले ही क्षण भौंहें फिर से सिकुड़ गईं।

"क्या तुम ही वास्तविक कूर्मा हो?"

"हाँ, राजकुमार!" कूर्मा मधुर भाव से बोला- "आप संदेह न करें।"

"संदेह...?" दक्षान ने आश्चर्य का भाव दिखाते हुए कहा- "चोरों एवं दस्युओं की क्या विश्वसनीयता?...और तुम तो उनके मुखिया हो।"

कूर्मा कुछ न बोला, बस मुख पर हल्की मुस्कान लिए शांत बैठा रहा।

"अपनी माँगें कहो।" दक्षान रूखे स्वर में बोला।

कूर्मा ने गंभीर भाव धारण कर सधे हुए स्पष्ट शब्दों में कहा- ''मिराज दुर्ग के चारों ओर पचास योजन तक की भूमि संथार से अलग, एक स्वतंत्र देश घोषित हो।''

दक्षान भौंचक्का रह गया। लगा हवा शांत हो गई अथवा उसके कान ही बंद हो गए। कुछ क्षणों तक चुप रहने के बाद ठहाका मारकर हँसा और बोला- ''इन चोरों और दस्युओं के बल पर तुम साम्राज्य बनाने चले हो... और उस देश की प्रजा कौन होगी? ये मादक द्रव्यों के लती और अपराधी?... हा...हा...हा...हा... समाज जिस कूड़े को कूड़ेघर में फेंकता है, उसी को बटोरकर तुम अपना स्वतंत्र देश बनाना चाहते हो! हा...हा...हा...हा ...मुझे समझाओ कि क्या सोचकर और किसके बल पर तुमने इतना बड़ा विद्रोह खड़ा किया है।''

कूर्मा कुछ क्षणों तक मंद-मंद मुस्कराता रहा और फिर बोला- ''राजकुमार! आपको इतना तो ज्ञात ही होगा कि दानवों की स्थापना कैसे हुई।''

''तुम मुझे क्या समझाना चाहते हो?''

''मैं जो कुछ समझाना चाहता हूँ, वह दानवों के इतिहास से जुड़ा हुआ है।'' कूर्मा ने नम्रता से कहा।

''अपनी बात कहो।''

कूर्मा ने बोलना प्रारंभ किया- ''दानव-समाज की रचना दनुमाता ने की थी। वे ऐसे मानव समाज की रचना करना चाहती थीं, जो इतने संपन्न हो कि प्रत्येक प्रकार के दान में श्रेष्ठ हो- धन का दान, ज्ञान का दान, शक्ति का दान, प्रकाश का दान, आशा का दान, प्रसन्नता का दान, विकास का दान।...परंतु व्यक्ति के दान देने की अवस्था तब आती है, जब वह स्वयं इन गुणों से संपन्न हो। समाज में संपन्नता के रथ का सबसे महत्वपूर्ण और मजबूत पहिया आर्थिक स्थिति होती है। इसी आर्थिक संपन्नता के लिए देवी दनु ने व्यापार का मार्ग चुना। जिस स्थान पर उन्होंने दानव नगरी बसाई थी, वह भूमि छोटी किंतु अत्यंत उपजाऊ थी। उन्होंने अन्न के स्थान पर मसालों की खेती की, क्योंकि छोटी भूमि पर जितना अन्न पैदा होता, वह संपूर्ण दानवों के लिए पर्याप्त नहीं था, जबकि उतनी ही भूमि पर उपजाए गए मसालों का व्यापार करके पचास गुना अधिक अन्न प्राप्त किया जा सकता था। उन्होंने दूसरे देशों के संभ्रांत वर्ग को केंद्रित करके मसालों का व्यापार प्रारंभ किया। उच्च कोटि के मसालों के इस व्यापार ने दानवों की आर्थिक स्थिति एक झटके से सुदृढ़ कर दी। आर्थिक संपन्नता ने दानव समाज को विकास के तीव्रगामी रथों पर सवार कर दिया। दानवों ने अपनी सैन्य-शक्ति बढ़ाई, अस्त्र-शस्त्र तथा आयुधों का विकास

किया और व्यापार की नई व्यवस्था बनाई। धीरे-धीरे दानव इतने संपन्न हो गए कि वास्तव में दान में श्रेष्ठ हो गए।... दूसरे देशों को प्राकृतिक आपदा के समय धन तथा खाद्यान्न का दान किया, आक्रमण संकट के समय पीड़ित देशों को अपनी सैन्य-शक्ति का दान किया।... संसार में जिसको जिस वस्तु की आवश्यकता हुई, उनके कष्टों को दूर करने के लिए दानवों ने अपने सभी संसाधनों का हृदय खोलकर दान किया और कुछ पीढ़ियों पश्चात दानवों ने देवों को भी पीछे छोड़कर सबसे सम्मानित जाति होने का गौरव प्राप्त कर लिया था...।''

कूर्मा चुप हो गया। दक्षान अब भी घूरते हुए कान लगाए था।

कूर्मा ने पुनः बताना आरंभ किया- ''...फिर दानवों की वह पीढ़ी आई, जिसे विरासत में संपन्नता मिली थी। संघर्ष करने वाली पीढ़ी को ही संपन्नता का वास्तविक मूल्य ज्ञात होता है, विरासत में मिली संपन्नता अकर्मण्यता तथा अतिभोग को जन्म देती है। बाद की पीढ़ियों ने अकर्मण्यता के साथ इतना भोग किया कि विरासत में मिली संपन्नता ढहने में अधिक समय नहीं लगा। दान देने में श्रेष्ठ दानव गिरकर नीचे आ गए। वर्षों बाद दानव पुनः अपनी संपन्नता बढ़ाने में जुट गए। परंतु इस बार संपन्नता का लक्ष्य दान नहीं, भोग था और मार्ग नीतिबद्ध व्यापार नहीं, षड्यंत्रों में लिपटे मादक मसाले थे। आज संपूर्ण दानव समाज अपनी रचना के मूल उद्देश्य से भटककर अपने भोग के साधनों को मजबूत बनाने में लगा हुआ है। जिन देशों की सहायता कर हम प्रसन्नता फैलाते थे, आज उन्हीं देशों को खोखला कर उनकी समृद्धि हड़पते हैं। जो दानव समाज कभी देवों से भी अधिक सम्मानित हो गया था, वह अपने कृत्यों से आज सबसे निंदनीय जाति माना जाता है। दनुमाता द्वारा बनाई गई दानव-नीति का संपूर्ण रूप ही परिवर्तित हो गया है...।''

दक्षान भौंहें वक्र किए, परंतु मन में मुग्ध भाव लिए कूर्मा को देखता रहा। दक्षान को भी दानवों के इतिहास का ज्ञान था और उनके पतन के कारणों पर उसके विचार कूर्मा से बहुत कुछ मिलते थे।

कूर्मा बोलता रहा- ''जो दूसरों के घर गंदगी फैलाते हैं, वे भूल जाते हैं कि उनकी यह आदत स्वयं का भी घर गंदा कर सकती है। मादक पदार्थों के जितने लती हम दूसरे देशों में बनाते हैं, उससे अधिक स्वयं हमारे देश में पैदा हो रहे हैं। एक दानव स्वयं को संपन्न बनाने के लिए दूसरे दानव का धन छीन रहा है। दानवों ने संपूर्ण संपन्नता के स्थान पर मात्र आर्थिक संपन्नता को ही सबकुछ मान लिया है। दूसरों की सहायता कर उनके कष्टों को दूर कर मिलने वाली प्रसन्नता का स्थान, पदार्थों में सदैव धुत रहने वाली मदांधता ने ले लिया है। अपने ज्ञान-दान से

दूसरों के विकास में सहयोग करने वाला दानव समाज आज स्वयं विकास के मार्ग पर घिसट रहा है। जिस नशे को हम दूसरों में बाँटते हैं, वही नशा हमारे मानसिक विकास को शताब्दियों पहले ही अवरुद्ध कर चुका है। संपन्नता भोग की ओर ले गई, भोग नशे की ओर, और अब यही नशा दानवों को विनाश की ओर ले जा रहा है। नशे में धुत व्यक्ति संबंधों की मर्यादा भूलता है, मर्यादा टूटते ही संबंध टूटते हैं, संबंध टूटते ही परिवार, परिवार टूटते ही समाज और समाज टूटते ही देश... ।''

अपने विचारों से कूर्मा के विचारों का मेल देख दक्षान अति प्रसन्न था।

कूर्मा बोल रहा था- ''मेरे विद्रोह की माँगों का संबंध दानवों के उसी पुराने गौरवपूर्ण इतिहास से है, जिसने स्वयं के साथ दूसरों को भी प्रसन्नता एवं संपन्नता दान की थी। मैं एक अलग राष्ट्र का निर्माण कर दानवों का पुनर्जागरण करूँगा तथा दनुमाता की बनाई वास्तविक दानव-नीति पर चलकर ऐसे आदर्श की स्थापना करूँगा, जिसे देखकर दूसरे दानव भी प्रोत्साहित हों।''

दक्षान का मन हुआ कि उठकर कूर्मा की पीठ ठोंक दे- वाह नौजवान! वाह! तुम विद्रोही नहीं क्रांतिकारी हो।

परंतु उसने ऐसा कुछ नहीं किया और क्रोध का मिथ्या भाव धारण किए बैठा रहा। फिर गंभीरता से पूछा- ''अपने लक्ष्य के लिए चोरों तथा लती जैसे, समाज के त्याज्य लोगों को ही क्यों चुना?''

कूर्मा बोला- ''राजकुमार! समाज ने इन्हें त्यागा है, परंतु इन लोगों ने समाज को नहीं त्यागा। चोर को चोरी करने के लिए समाज में रहना पड़ेगा, लती को नशा करने के बाद अपनी सुरक्षा के लिए समाज में रहना पड़ेगा। समाज सामान्य जन की भाँति इन्हें भी अन्न, वस्त्र तथा छाया प्रदान करता है। समाज के पास इन्हें त्यागने का विकल्प है, परंतु इन लोगों के पास नहीं।...मुझे इनकी जरूरत थी और इन्हें मेरी। मैंने इन्हें समाज और लक्ष्य दिया, इन्होंने मुझे सहयोग। इस संगठन में वही सम्मिलित है, जिसके पास अपराध करना ही अंतिम विकल्प था। जिस चोर ने मात्र धन संचय के लिए चोरी की हो, उसे मैं स्वयं अपने हाथों मार डालता हूँ।...जिसका धन छीनने के लिए उसे लती बनाया गया हो, मात्र उसी का स्वागत है, परंतु जो भोग के लिए नशा करता है, वह प्रतिबंधित है। मैंने उनके अपराधी बनने का कारण नष्ट किया और उन्होंने मेरा लक्ष्य स्वीकार किया। जो चोर भोजन की पूर्ति के लिए चोरी करता था, उसे मैंने भोजन दिया। जो चोर नशे की लत के कारण चोरी करता था, उसे नशा दिया...''

''नशा दिया... ?'' दक्षान थोड़ा चौंककर बोला।

"...नशा त्यागना एक लंबी प्रक्रिया है। नशीले पदार्थ में प्रतिविष की निश्चित मात्रा मिलाकर दी जाती है, जो धीरे-धीरे नशे के प्रति उनकी उत्कंठा को कम कर देती है। इस संगठन में अधिकांश नशामुक्त हो चुके हैं। चोर को चोरी करने की आवश्यकता नहीं। नशामुक्त हुए व्यक्ति को नशे की आवश्यकता नहीं। समाज की नजर में ये अब भी चोर, अपराधी और लती ही हैं। परंतु मेरे समाज में नहीं। ...यदि मैं समाज के सामान्य व्यक्ति को संगठन में सम्मिलित करता, तो उसके पास बड़े समाज तथा मेरे छोटे समाज में से किसी एक को चुनने का विकल्प होता। कुछ समय के लिए प्रभावित होकर वह मेरे छोटे समाज का अंग अवश्य हो जाता, परंतु मानवीय प्रवृत्ति के अधीन हो उसे अपना विकास बड़े समाज में ही दिखाई पड़ता... और तब मेरे संगठन को नष्ट होने में समय नहीं लगता।"

दक्षान पूरी तरह मंत्रमुग्ध हो चुका था, उसका हृदय प्रसन्नता से चीखने को कह रहा था- देखो दानवो! तुम्हारे ही बीच ऐसे विचारों वाले भी रहते हैं।

परंतु उसने स्वयं को संयमित किया और कहा- "क्या तुम्हें अपना लक्ष्य संभव प्रतीत होता है?"

"सभी को अपना लक्ष्य संभव प्रतीत होता है, अन्यथा कोई लक्ष्य ही क्यों बनाए।" कूर्मा ने बड़ी सहजता से कहा।

"क्या तुम्हें दानव सेना का भय नहीं?"

"दानव सेना?" कूर्मा ने गरदन उठाकर दक्षान के पीछे दूर शिविर में खड़े सैनिकों को देखने का अभिनय-सा किया। मुस्कराकर बोला- "जिस दानव सेना की बात कर रहे हैं, उसकी स्थिति आप भली-भाँति जानते हैं और आपकी सेना के पास ऐसी कोई शक्ति नहीं है, जिससे भयभीत हुआ जाए।"

"यहाँ न सही, परंतु राजधानी में ऐसे दानवास्त्र रखे हैं, जो इस दुर्ग को सरलता से चूर्ण कर देंगे।"

"आपने सही कहा राजकुमार! परंतु उन दानवास्त्रों को संचालित कौन करेगा?"

"उनके संचालक सेनापति...और कौन?"

कूर्मा मुस्करा उठा- "आप जिन संचालक सेनापतियों की बात कर रहे हैं, प्रतीत होता है कि आपने कभी उनकी सुध नहीं ली।"

कूर्मा की बात सुनकर दक्षान के मुख पर आश्चर्य का भाव पैदा हो गया।

कूर्मा बोला- "दानवास्त्रों के संचालन के लिए दस सेनापति नियुक्त हैं। उनमें से दो की मृत्यु हो चुकी, छह सेनापति भोगों तथा नशे में लिप्त हैं और बिना अभ्यास

के संचालन-विधि वर्षों पहले भूल चुके। शेष दो ने विधि सीखे बिना चाटुकारिता और उत्कोच देकर पद प्राप्त किए हैं। चूंकि दानवास्त्रों का प्रयोग हुए पीढ़ियाँ बीत चुकीं, अतः इस ओर किसी ने कभी कोई संवेदनशीलता नहीं दिखाई।''

दक्षान को आसपास का वातावरण भय-मिश्रित लगने लगा। उसका मन कह उठा- यह कूर्मा तो बड़ा भयंकर निकला, प्रत्येक संभावना पर कितनी सूक्ष्म दृष्टि रखे हुए है। सेना में रहते हुए भी, स्वयं उसे जिस संकट-छिद्र का भान नहीं हुआ, उसे यह आँकड़ों सहित गिना रहा है। जिसे इस स्तर की सूचना प्राप्त है, वह कोई सामान्य विद्रोही नहीं हो सकता।

अपने प्रशंसा मिश्रित भय को छुपाते हुए दक्षान बोला- ''दानवास्त्र न सही, यदि राजधानी से अतिरिक्त सेना आ गई, तब भी तुम्हें धूल में मिलते देर नहीं लगेगी।''

''राजकुमार! आप अपने शत्रु को कम आँक रहे हैं... और यदि राजकुमार दक्षान को यहाँ भेजा गया है, तो इसका सीधा अर्थ है कि अब कोई अन्य सहायता सेना नहीं आएगी।

''क्यों... ? तुम्हें ऐसा विश्वास क्यों है ?''

कूर्मा अत्यंत धीरे से मुस्कराया- ''राजकुमार! राजसभा में आपकी स्थिति और उपयोगिता के विषय में मुझे भली प्रकार ज्ञान है।''

दक्षान का मस्तिष्क गरम हो उठा। कूर्मा ने अपनी जिह्वा से उसे दंश मार दिया था। प्रशंसा का स्थान क्रोध ने ले लिया। मुट्ठियाँ भिंच गईं। दक्षान का मन हुआ कि अपने जूते के नीचे छुपाया छोटा छुरा निकालकर कूर्मा के हृदय में गाड़ दे। परंतु ऐसे अवसरों पर स्वयं को संयमित करने का दक्षान को पुराना अभ्यास था। उसने कुछ क्षणों तक शांत रहकर स्वयं को सहज बनाया, फिर चेतावनी भरे शब्दों में कहा- ''सूर्य की अंतिम किरण तक का अवकाश देता हूँ, समर्पण कर दो, अन्यथा अपनी हानि उठाने को प्रस्तुत रहना।''

दक्षान आसन से उठा और अपनी मूँछों के कोनों को मसलता हुआ शिविर की ओर लौट पड़ा।

शिविर लौटकर वह सीधे अपने तंबू में गया। उसने स्वयं को नियंत्रित कर रखा था, परंतु आज पूर्ण नियंत्रण नहीं हो पा रहा था। शरीर क्रोध से थरथरा रहा था, कानों में कूर्मा के शब्द बार-बार गूँज रहे थे- राजसभा में आपकी स्थिति और उपयोगिता...।

उसने कई बार अपना सिर झटका, पर हर बार झटकने से गूँज की तीव्रता बढ़ जाती। वह अपने तंबू से बाहर निकला और आकाश की ओर घूरते हुए उँगली दिखाकर, मानो ऊपर बैठे विधाता को चेतावनी दे रहा हो, पूरी शक्ति से चीखा। दक्षान के अंगरक्षकों को छोड़कर- जो उसके इस व्यवहार से भली-भाँति परिचित थे- शेष सैनिक सकते में आ गए।

पूरा दिन आसन जमाकर वह दुर्ग के मुख्य-द्वार को घूरता हुआ बैठा रहा। प्रातः हुए वार्तालाप के अंत में यदि कूर्मा ने वह कटु दंश न मारा होता, तो वह उसके सामने वैचारिक मित्रता का प्रस्ताव रखता। दक्षान को पहली बार कोई मिला था, जो दानवों की स्थिति के विषय में विचार करता था। किंतु कूर्मा के अंतिम शब्दों ने उसकी भावनाओं को सामाजिक-स्तर से व्यक्ति-विशेष के स्तर की ओर धकेल दिया था। कूर्मा ने उसे राजसभा में उसकी स्थिति याद दिलाई थी। दक्षान सदैव अपने बड़े भाई युवराज हर्षमान से दानवों की वास्तविक स्थिति तथा सुधारों पर चर्चा किया करता था। परंतु कूर्मा के दंश ने उसे अंदर तक अनुभव करा दिया कि जिसकी स्वयं की स्थिति मजबूत नहीं है, वह दूसरों की स्थिति क्या सुधारेगा।

दक्षान के अंदर से उसका अहं चमका- यदि कूर्मा मानता है कि राजसभा में उसकी स्थिति शोचनीय है, तो दक्षान कूर्मा के ही शव पर खड़ा होकर अपनी स्थिति मजबूत करेगा।...कूर्मा को मरना होगा...कूर्मा को मरना होगा...कूर्मा को दक्षान के लिए मरना होगा...।

प्रातः से संध्या तक एक ही स्थान पर बैठे-बैठे दक्षान ने अपनी रणनीति बना ली थी। उसके अनुमान के अनुसार अँधेरा घिरने तक कूर्मा की ओर से कोई स्थिति परिवर्तन नहीं हुआ। कूर्मा समर्पण नहीं करेगा।

चार दिन पश्चात रात्रि के अंतिम पहर में फैले अँधकार में कई साए दुर्ग के चारों ओर बिखरे वनों में तेजी से भागते जा रहे थे। कुछ दूर जाकर उनमें से एक रुक जाता तथा शेष आगे दौड़ जाते। इसी क्रम का पालन करते हुए, दुर्ग के पीछे खड़ी पहाड़ी की जड़ तक पहुँचते-पहुँचते मात्र चार साए बचे। एक साया नीचे रुक गया तथा शेष तीन पहाड़ी की खड़ी चढ़ान चढ़ने लगे।

चट्टानें बहुत फिसलनदार थीं। जिस चट्टान को पकड़कर शरीर को ऊपर उठाते, वह फिसलकर छूट जाती और नुकीली चट्टानों तथा कँटीली झाड़ियों से रगड़ खाता शरीर पुनः नीचे पहुँच जाता। चढ़ाई इतनी खड़ी थी, जैसे वृक्ष पर चढ़

रहे हों। वे उभरी हुई चट्टानों, छिद्रों, बीच-बीच में उग आई वनस्पतियों, छोटे वृक्षों की टहनियों तथा लटकती हुई बेलों का सहारा लेकर ऊपर चढ़ रहे थे। जहाँ पकड़ने की कोई संभावना नहीं दिखती, वहाँ वे कमर से लटकते लकड़ी के नुकीले खूँटों में से एक खूँटा निकालकर गाड़ देते और उसकी सहायता से ऊपर चढ़ते। उन्होंने अपने शरीर को वस्त्रों तथा चमड़ों की कई परतों से ढँक रखा था, परंतु इसके बाद भी उनके घुटने, कुहनी तथा वक्ष कई स्थानों से छिल गए थे।

वे तीनों साए खूँटे गाड़ते और किसी कुशल नट की भाँति उस पर चढ़कर उछलते हुए लताओं तथा चट्टानों को पकड़कर सूर्य की पहली किरण फूटने से पहले ही उस दुर्गम पहाड़ी के शिखर पर पहुँच गए। शिखर कुछ दूर तक समतल था, फिर वह ढलान प्रारंभ होती थी, जो सीधे दुर्ग के अंदर उतरती थी।

प्रात: दक्षान ने दुर्ग के प्राचीर पर चमकते टोपों की संख्या बढ़ी हुई पायी। कूर्मा ने सुरक्षा बढ़ा दी थी। दक्षान निश्चिंत भाव से अपने तंबू में गया और साथ लाया एक ग्रंथ पढ़ने लगा। ग्रंथ के पृष्ठ दनुबाँस की पतली परतों के बने थे तथा लिखावट हरे रंग में थी। ग्रंथ के मुख्य पृष्ठ पर रीछ की बेढंगी मुखाकृति बनी थी। अध्ययन का व्यसनी दक्षान बिना रुके संध्या तक पढ़ता रहा।

अँधेरा होने से पहले वह अपने तंबू से निकलकर बाहर आया और अपनी मूँछों के उठे हुए कोनों को मसलता हुआ मिराज दुर्ग के ऊपर लहराती विद्रोहियों की पताका को देखता रहा। बाण के फलक के चिह्न वाली भूरे रंग की तिकोनी पताका निर्जीव-सी लटक रही थी। हवा ठहरी हुई थी तथा भूमि एकदम सूखी। दुर्ग के अंदर से कभी-कभी हाथियों के चिंघाड़ने की ध्वनि सुनाई पड़ जाती थी।

अँधेरा इतना घिर चुका था कि दूर की वस्तुएँ बहुत प्रयास से ही दिखाई देतीं। अमावस्या होने के कारण अंतरिक्ष से प्रकाश की भी कोई संभावना नहीं थी। अगले ही क्षण दक्षान ने अपने दाएँ गाल पर हवा की हल्की छुअन महसूस की। उसने दृष्टि गड़ाकर दुर्ग की पताका को देखने का प्रयास किया। हवा से शक्ति पाकर पताका बाईं ओर उड़ने का प्रयास कर रही थी। दक्षान ने पुष्टि करने के लिए भूमि से मिट्टी उठाकर धीरे-धीरे गिराई। हवा उसकी दाईं से बाईं ओर बह रही थी।

मुख पर कुटिल मुस्कान तथा आँखों में अहंकार भरकर दक्षान चीखा- "धीरा... !"

धीरा ने संकेत समझकर पास खड़े दूसरे अंगरक्षक को संदेश लिपटा हुआ एक बाण थमाया। अंगरक्षक बाण लेकर वन में घुस गया तथा एक निश्चित मार्ग

तय करता हुआ पूर्व चिह्नित एक वृक्ष के समीप पहुँचा। बाण को धनुष पर चढ़ाया और वहाँ से दूर, ऊँचाई पर चमकते हुए जुगनुओं के एक पुंज को लक्ष्य कर चला दिया। धातु के फलक वाला बाण उस प्रकाश पुंज के ठीक मध्य एक वृक्ष की डाल में धँसा। उसी डाल पर दो हाथ की दूरी पर चढ़कर खड़े सैनिक ने वह बाण निकला और अपने धनुष पर चढ़ाकर दूर दिखाई पड़ रहे दूसरे जुगनू पुंज की ओर छोड़ दिया।

आकस्मिक बाण रूपी अनचाहा आगंतुक आ जाने से भागे हुए जुगनुओं को वापस बुलाने के लिए सैनिक ने अपनी कमर में बँधी पोटली से मीठी सुगंध वाला एक लिपलिपा पदार्थ निकालकर शाखा पर लगा दिया। सुगंध के वशीभूत हो, बिखरे हुए जुगनू पुन: उस पदार्थ के ऊपर मँडराने लगे।

एक पुंज से दूसरे, दूसरे से तीसरे, तीसरे से चौथे तथा इसी प्रकार कई प्रकाश पुंजों को पार करता हुआ वह संदेश-बाण अंत में उस स्थान पर पहुँचा, जहाँ कुछ सैनिकों ने सूखी वनस्पतियों तथा घास-फूस को इकट्ठा कर कई बड़े ढेर बना रखे थे। संदेश मिलते ही एक सैनिक ने अपनी कमर की थैली से चकमक पत्थर निकालकर एक छोटी उल्का जलाई और उसकी सहायता से सभी ढेरों में आग लगा दी। कुछ देर बाद वहाँ उपस्थित अन्य सैनिक भांडों से गाढ़ा लाल द्रव्य जल रहे ढेरों पर उड़ेलने लगे। उस गंधहीन लाल द्रव्य के संपर्क में आते ही आग क्षणभर में बुझ गई तथा काला गाढ़ा धुआँ उत्पन्न होने लगा। मुँह एवं नाक पर चमड़े की पट्टी बाँधे सारे सैनिक थोड़ी-थोड़ी देर पर उन ढेरों में और द्रव्य मिलाते। धीरे-धीरे धुएँ का गाढ़ापन और मात्रा बढ़ने लगी।

बहती वायु धुएँ को बटोरकर दुर्ग की बाएँ प्राचीर तक ले गई। दुर्ग के अंदर संकट के नगाड़े बज उठे। प्राचीर पर विद्रोही सैनिकों की संख्या बढ़ने लगी। बाईं ओर से उठते धुएँ ने शीघ्र ही पूरे दुर्ग को ढँक लिया। अमावस्या की रात ने धुएँ के कालेपन में और भी बढ़ोतरी कर रखी थी।

दक्षान के भेजे हुए अंगरक्षक- जो दुर्ग के पीछे वाली पहाड़ी पर बैठे संकेत की प्रतीक्षा कर रहे थे- सजग हो उठे। उन तीनों में से दो अंगरक्षकों ने अपनी सैनिक वेशभूषा उतारी तथा साथ लाई गठरी से सामान्य-जन वाले वस्त्रों को पहना। उन्होंने नाक तथा मुँह को पट्टियों से ढँका। फिर छोटे धनुष पीठ पर लटकाकर प्रतीक्षा करने लगे।

कुछ ही देर में धुएँ ने दुर्ग के साथ पहाड़ी को भी अपनी चादर में समेटना प्रारंभ कर दिया। जैसे ही पहाड़ी पूर्ण रूप से ढँकी, प्रतीक्षारत दोनों अंगरक्षक पहाड़ी

की ढलान से दुर्ग में उतरने लगे। धुआँ इतना गाढ़ा था कि एक हाथ की दूरी से भी एक-दूसरे को देख पाना संभव नहीं था। हाथ से भूमि टटोलकर दोनों सावधानी से उतर रहे थे। ढलान पर्याप्त सीधी थी, परंतु इतनी भी नहीं थी कि फिसलने पर लुढ़क जाएँ। मिट्टी तथा वनस्पतियों की अधिकता के कारण उन अभ्यस्त अंगरक्षकों को नीचे उतरने में अधिक कठिनाई नहीं हुई।

नीचे उतरने पर धुआँ इतना घना नहीं रहा कि भूमि को टटोलने की आवश्यकता पड़ती। प्रयास करने पर दस हाथ दूर की वस्तुएँ दिख सकती थीं। उन दोनों को दी गई पूर्व-सूचना के अनुसार पहाड़ी से उतरते ही कुछ दूर की समतल भूमि और फिर भवनों के पिछवाड़े दिखाई पड़ने थे।

सामने दिख रही समतल भूमि पर कम ऊँचाई के कुछ वृक्ष तथा कमर तक ऊँची घासें थीं। दोनों सावधानी से पार करने लगे। समतल क्षेत्र का आधा भाग पार करने के बाद मरे हुए जंतुओं के लोथड़े एवं हड्डियाँ मिलीं। उस दुर्गंधयुक्त क्षेत्र को पार कर थोड़ी दूर चलने के पश्चात धुँधलके में एक भवन की पीछे वाली ऊँची दीवार दिखाई पड़ी। दी गई सूचना के अनुसार वह खाद्य-भंडारण भवन था। भवन के ऊपर छत से कई सैनिकों के खाँसने की आवाजें आ रही थीं, पर वे धुएँ के कारण दिखे नहीं। धुएँ की आड़ ने ही उन दोनों अंगरक्षकों का वहाँ तक पहुँचना संभव किया था। दोनों उस भवन की दीवार से चिपककर अँधेरे में धीरे-धीरे बढ़ने लगे। बढ़ते-बढ़ते वे दोनों भवन की बाईं दीवार के अंतिम छोर तक पहुँच गए। पुनः उसी सावधानी से बाईं दीवार से चिपककर उन दोनों ने भवन को पार कर लिया। भवन को पार करते ही अँधेरे में कुछ विद्रोहियों के खाँसने और उल्टी करने की आवाजें सुनाई पड़ीं। दोनों ने अपने मुख तथा नाक पर बँधी पट्टियाँ उतारकर वस्त्रों में छुपाई और खाँसते हुए घुप अँधेरे में उन्हीं लोगों के बीच कहीं लुप्त हो गए।

अगले दिन प्रातः तक धुआँ पूर्ण रूप से छँट चुका था। खाद्य-भंडारण भवन के निकट ही एक कुआँ था, उसी कुएँ से सटे एक टूटी छत वाले खंडहर कक्ष में घुसकर दोनों अंगरक्षकों ने रात्रि बिताई थी। और अब प्रातः दोनों बीमार व्यक्ति का अभिनय कर रहे थे। वे एक-दूसरे का सहारा लेकर धीरे-धीरे चलते हुए पूरे दुर्ग का निरीक्षण कर रहे थे।

पूरे दुर्ग में चारों ओर विद्रोही किसी न किसी रूप में फैले हुए थे। अधिकतर संख्या पुरुषों की थी, स्त्रियाँ नगण्य थीं। बीच के अतिविशाल मैदान में कई छोटे-

छोटे समूह शस्त्राभ्यास कर रहे थे। कुछ घुड़सवारी करते हुए बाण चलाने का अभ्यास कर रहे थे, तो कुछ भाले तथा ढाल से प्रहार और बचाव सीख रहे थे। खड्ग संचालन का अभ्यास करने वाले समूहों की संख्या अधिक थी। युवाओं के एक समूह को भारी बोझ उठाकर चलने का शारीरिक अभ्यास कराया जा रहा था।

दृष्टि गड़ाकर देखने पर दुर्ग के बाएँ प्राचीर के पास एक चिकित्सा शिविर दिखाई पड़ा, जिसमें कल रात के धुएँ से बीमार हुए लोग बैठे दिख रहे थे। दोनों थोड़ा घिसटकर चलते हुए उस चिकित्सा-शिविर की ओर बढ़ रहे थे, साथ ही साथ अपनी पैनी दृष्टि से आसपास के वातावरण को खंगाल भी रहे थे। जब कोई उनसे बात करने का प्रयास करता, तो वे उल्टी करने लगते। चिकित्सा शिविर तक पहुँचने में अभी उन्हें लंबी दूरी तय करनी थी।

दुर्ग के कड़ी सुरक्षा वाले राजभवन में लकड़ी के लट्ठ को काटकर बनाए गए आसन पर बैठा कूर्मा अपने सेनापति से संबोधित था- "कोई सूचना मिली?"

"नहीं! पूरी रात्रि कहीं से कोई आक्रमण नहीं हुआ, धुएँ के कारण कुछ लोग बीमार अवश्य हुए हैं, परंतु कोई भी गंभीर क्षति नहीं हुई है।"

"नहीं सचान...!" अपने आसन से उठते हुए कूर्मा बोला- "आक्रमण भले ही न हुआ हो, घुसपैठ अवश्य हुई होगी।...कल रात्रि का धुआँ, साधारण धुआँ नहीं था, उस धुएँ के संपर्क में आते ही उल्काएँ बुझ गई थीं।...जब तक वह धुआँ रहा, कोई भी उल्का ठीक से जल नहीं पाई और कल अमावस्या भी थी। मुझे पूरा संदेह है कि घुसपैठ अवश्य हुई है।"

"परंतु प्राचीर पर इतने सैनिकों के सामने किसी प्रकार की कोई घुसपैठ नहीं दिखी।"

"प्राचीरों से नहीं, परंतु पीछे से अवश्य संभव है।"

"उस दुर्गम पहाड़ी को लाँघना अत्यंत दुष्कर है।...उधर से सेनाएँ नहीं आ सकतीं।"

"दुष्कर अवश्य है, किंतु असंभव नहीं... और शत्रु इसी सोच का लाभ उठाता है।"

कुछ देर तक दोनों सन्नाटे में रहे, फिर कूर्मा ने आदेश दिया- "हूकर छोड़ दो।"

"यदि शंका है, तो ऐसा ही करते हैं।" कहकर सेनापति सचान कक्ष के बाहर चला गया।

कुछ देर पश्चात दो सैनिक एक बड़ा पिंजरा टाँगकर राजभवन के मुख्य द्वार से

बाहर निकले। उस पिंजरे में मात्र हथेली जितने बड़े तथा लंगूर जैसे दिखने वाले एवं दो पूँछों वाले हूकर भरे हुए थे। सैनिकों ने एक वस्त्र के टुकड़े पर कोई इत्र छिड़कर पिंजरे के ऊपर डाल दिया। हूकरों ने उस सुगंध को अच्छे से सूँघा। फिर पिंजरा खोल दिया गया। छोटे हूकर तेजी से दौड़ते और कुछ देर बाद उछल जाते। उछलते ही उनके हाथों को कमर से जोड़ने वाली महीन झिल्ली खुल जाती और वे हवा में तैरते हुए दूर निकल जाते।

चिकित्सा शिविर का दूर से निरीक्षण कर रहे दोनों घुसपैठिए अंगरक्षकों में से एक, जिसने हरे रंग की पगड़ी बाँध रखी थी और जिसका नाम गूजर था, धीरे से दूसरे के कान में कहा- "कुमास! उधर देखो।"

कुमास ने दूर उड़ते हूकरों को देखा, पर कुछ समझा नहीं। गूजर उसे खींचता हुआ दूसरी दिशा में ले जाने लगा। कुछ देर बाद वह उसे लेकर एक अश्वशाला में घुस गया। वह अश्वशाला प्राचीर से सटे एक टूटे कक्ष में बनाई गई थी। वहाँ हिनहिनाते घोड़ों के अतिरिक्त और कोई नहीं था। लीद के ढेर देखकर लगता था कि कई दिनों से इसकी सफाई करने कोई नहीं आया होगा।

"उन हूकरों को देखा?" गूजर ने अपनी चिकनी खोपड़ी से मटमैली हरी पगड़ी उतारते हुए कहा।

"हाँ देखा! दुर्लभ जीव हैं, इन्हें कैसे प्राप्त हुए?" घोड़े की लीद से बचते हुए कुमास बोला।

"कहीं से भी प्राप्त हुए हों, प्रश्न यह है कि इन्हें छोड़ा क्यों गया है?"

"हूकरों की घ्राण शक्ति बहुत तीव्र होती है, इसलिए कुछ सेनाएँ इनका प्रयोग करती हैं; परंतु यहाँ क्या सूँघने के लिए छोड़ा गया है?"

गूजर ने कुमास से आँखें मिलाईं- "पूर्ण रूप से नहीं कह सकता, परंतु मुझे संदेह है कि...हमें सूँघने के लिए छोड़ा गया है।"

कुमास ने कुछ कहा नहीं, बस प्रश्नवाचक भाव से गूजर को देखता रहा। गूजर बोला- "कल रात जब हमने यहाँ घुसपैठ की थी, मार्ग में लंबी-लंबी घासों को पार करना पड़ा था।...तुमने ध्यान नहीं दिया होगा, उन पर तैल जैसा कुछ लगा हुआ था। पहले तो मुझे लगा कि वह उस बीहड़ की विचित्र घास होगी, जो स्वयं ही तैल उत्सर्जित करती होगी, परंतु उसका रूप-रंग साधारण घासों से कुछ भी भिन्न नहीं था। मुझे पूरा संदेह है कि उन घासों पर लगा तैल सुरक्षा तंत्र का ही भाग था। उन घासों का तैल हमारे वस्त्रों पर लग चुका है और जिन्हें सूँघने के लिए इन हूकरों को छोड़ा गया है।"

"यदि तुम्हारा संदेह सत्य है, तो अब क्या करें?" कुमास ने अपना छुरा निकालकर हवा में चमकाते हुए पूछा।

"शस्त्र अंदर रखो! हम वही करेंगे, जिसके लिए मैंने तुम्हें यहाँ घुसाया है।" गूजर ने एक घोड़े की पीठ सहलाते हुए कहा।

कुमास कुछ देर भ्रमित-सा खड़ा रहा, फिर मानो बात समझते हुए गूजर पर बरस पड़ा- "गूजर तुम भी विचित्र हो, हम यहाँ अभियान पर आए हैं और तुम घोड़ों की सहायता से भागना चाहते हो, इस बंद स्थान पर कहाँ भागकर जाएँगे।"

गूजर झल्ला उठा- "गंजा मैं हूँ, और बुद्धि तुम्हारी उड़ी रहती है।...मैं घोड़ों से भागने की बात नहीं कर रहा, मैं उनकी लीद की बात कर रहा हूँ।"

कुमास भी झल्ला उठा- "घोड़ों की लीद खाकर क्या होगा?"

गूजर ने कह कर समझाने के स्थान पर कार्य करके दिखाना अधिक उचित समझा। वह घोड़ों के पीछे गया और वहाँ पड़ी लीद में जमकर लोटा। कुमास कुछ देर तक चुपचाप खड़ा रहा, फिर उसे बात समझ में आ गई, उसने भी जमकर लोट लगाई।

लीद से सनकर दोनों खाँसते हुए बाहर निकले और थोड़ी दूर चलकर लड़खड़ा कर गिर पड़े। एक विद्रोही सैनिक ने अपने साथी की मदद से उन दोनों को चिकित्सा-शिविर में पहुँचाया।

वैद्य ने उन दुर्गंध वाले बीमारों को सबसे अलग बैठाया। वैद्य के यह पूछने पर कि उनकी यह स्थिति कैसे हुई, उन्होंने बताया कि कल रात्रि वे अश्वशाला में कार्य कर रहे थे, तभी एक विचित्र धुएँ के कारण उनका दम घुटने लगा और वे वहीं गिरकर तड़पते हुए लोटने लगे। वह तो दनु माता की कृपा रही कि वे घोड़ों के पैरों के नीचे नहीं आए।

वैद्य ने उन्हें काढ़ा देते हुए कहा- "धुएँ से औरों की भी स्थिति बुरी हुई, परंतु दोनों जैसी अवस्था किसी की नहीं हुई कि रात्रिभर अचेत पड़ा रहे... प्रतीत होता है, उच्च स्तर का पदार्थ लेते थे।"

औषधि का सेवन करने के बाद उन दोनों ने वैद्य से स्वच्छ वस्त्र माँगे और कुएँ पर जाकर रगड़-रगड़ कर स्नान किया। हूकर अब भी उछलते, कूदते, उड़ते हुए सभी के समीप जाते, उन्हें सूँघते और दाँत दिखाकर दूसरे के पास चले जाते। वे अपनी दोनों पूँछों के आखिरी सिरों पर निकले नुकीले नखों को आपस में टकराते, जिनसे कड़-कड़ जैसी ध्वनि निकलती थी।

मिराज दुर्ग के अंदर मुख्य द्वार के ठीक सामने मैदान पार कर आखिरी छोर

पर राजभवन बना था। उस बहुमंजिले राजभवन के मुख्यद्वार पर आसमान की ओर मुँह फाड़े दो भालुओं की मूर्ति लगी थी। राजभवन का अपना प्राचीर था, जिस पर धनुर्धारी पूरी सजगता से टहल रहे थे।

दोपहर को नशेड़ियों की लंबी कतार राजभवन के बाहर लगी हुई थी। ये वह नशेड़ी थे, जो नशा छोड़ने के प्राथमिक चरण में थे। उनके सम्मुख खड़ा कूर्मा सभी को संबोधित कर रहा था- "मेरे भाइयो! हम यहाँ जीवित उपस्थित हैं, इसका अर्थ है कि प्रकृति ने हमारे अस्तित्व को स्वीकारा है। दनु माता हमें भी वही वायु देती है, जिसे दूसरे दानव खींचते हैं। लोगों ने हमें त्यागा है, परंतु दनु माता के लिए हम उतने ही महत्वपूर्ण हैं, जितना कोई अन्य दानव।... हम यहाँ वास्तविक दानव समाज बनाने के लिए एकत्रित हुए हैं। हम उन्हें दिखाएँगे कि समर्थ और वास्तविक दानव कौन होता है...।" फिर जोर से बोला-

"...हम सब भाई हैं।...हम सब एक हैं।"

वहाँ खड़े नशेड़ियों ने भी अपनी लड़खड़ाती आवाज में कहा- "ह...म...स..ब....ए...एक हैं...।"

कूर्मा अंदर के कक्ष में चला गया। नशेड़ियों को क्रम से अंदर भेजा जाने लगा। कूर्मा मुस्कराते हुए उन्हें गले लगाता और प्रतिविष मिला चूर्ण देता।

दो दिनों के बाद रात्रि के अंतिम प्रहर में कुमास औरों की दृष्टि से छिपता हुआ एक बड़ा धनुष लेकर खाद्य-भंडारण भवन के पीछे पहुँचा। वहाँ के घुप अँधेरे में भोजन के लिए मारे गए बकरों तथा घोड़ों की हड्डियों एवं लोथड़ों को बगल से पार करता हुआ एक छोटे कद के वृक्ष के नीचे पहुँचा। रात के इस प्रहर में आलस्य तथा निश्चिंतता ने भंडारण भवन की छत वाले प्रहरियों को सुला रखा था। और जिस स्थान पर कुमास खड़ा था, वह आड़ के कारण प्रहरियों को नहीं दिख सकता था। कुमास ने संदेश लिपटा बाण धनुष पर चढ़ाया और छोड़ दिया। उड़ता हुआ बाण चोटी के समीप ढलान पर जाकर धँस गया।

चोटी पर गुप्त रूप से छिपा अंगरक्षक, जिसने अपने शरीर को पहाड़ी घास से लपेट रखा था, लेटकर धीरे-धीरे सरकता हुआ गया और बाण लेकर चोटी के समतल भाग पर वापस चला गया। फिर वह उस चोटी के अंतिम सिरे पर पहुँचा, जिधर से वह कुमास और गूजर के साथ चढ़ा था। उसने धनुष पर बाण चढ़ाकर

पहाड़ी के नीचे, पहले से नियत एक स्थान पर मारा।

कुछ क्षणों पश्चात समीप की झाड़ी में छुपा साया निकला और उस बाण को अपने धनुष पर चढ़ाकर दूर टिमटिमाते प्रकाश पुंज की ओर छोड़ दिया। कई प्रकाश पुंजों को पार करता हुआ संदेश बाण दक्षान तक पहुँच गया।

संदेश में कुओं, हाथी, घोड़ों, रथों तथा विद्रोहियों की संख्या दी गई थी तथा योजना के अनुसार कुछ नशेड़ियों को चिह्नित कर उनकी यथासंभव विस्तृत जानकारी थी। शेष अन्य सूचनाएँ पढ़कर दक्षान ने जोर का ठहाका लगाया और धीरा की पीठ ठोंककर अपने तंबू में घुस गया।

अगली रात्रि कुमास पुनः खाद्य भंडारण भवन के पीछे वृक्ष के तने से चिपका हुआ था। कुछ समय प्रतीक्षा कर जब वह निश्चिंत हो गया कि भवन की छत वाले प्रहरी निश्चिंतता से सो रहे हैं, तब उसने एक छोटी उल्का जलाई और पहाड़ी की चोटी की ओर दिखाते हुए संकेतात्मक मुद्रा में हिलाया। फिर भूमि पर रगड़कर बुझा दी।

कुछ क्षणों पश्चात चोटी से बाण छूटा और कुमास के आगे भूमि पर धँस गया। बाण में संदेश के अतिरिक्त चूर्ण की छोटी-छोटी थैलियाँ भी बँधी थीं। कुमास ने संदेश एवं थैलियों को अपने वस्त्रों में छुपाया तथा बाण के टुकड़े कर लोथड़ों के कूड़े में बिखेर दिया।

विद्रोहियों में जो नशेड़ी नशा त्यागने के प्राथमिक चरण में थे, उन्हें सैन्य प्रशिक्षण नहीं दिया जा रहा था। उनसे हाथी, घोड़ों, बैलों, बकरों तथा अन्य पशुओं की देखभाल, वस्तुओं को इधर से उधर पहुँचाना तथा साफ-सफाई का ही कार्य लिया जा रहा था।

कुमास और गूजर अधिकांश समय सफाई वाले के भेष में रहते- जिससे उन्हें अधिकतर स्थानों पर घुसने का मौका मिल जाता। दुर्ग में सबकुछ व्यवस्थित था, परंतु रात्रि में सोने की व्यवस्था पूरी तरह ठीक नहीं थी। सैनिक वर्ग के अतिरिक्त कोई कहीं भी सो सकता था- बैलगाड़ी पर, रथ पर, पशुओं के पास, कुओं के पास, वृक्षों के पास, टूटे भवनों में और जिसे जहाँ स्थान मिले।

एक नशेड़ी वृक्ष पर चढ़कर स्वयं को बाँधकर सोता था, क्योंकि उसे लगता था कि सोते समय उसकी छोड़ी गई साँस से धरती हिल जाती है।

एक रात्रि कुमास और गूजर पूर्व चिह्नित एक नशेड़ी के पास पहुँचे, जो एक भवन की दीवार से सटे टूटे रथ के नीचे सोने की व्यवस्था बना रहा था। दोनों ने

शिष्टाचारपूर्ण व्यवहार दिखाया और पुआल बिछाने में उसकी सहायता करने लगे। आपसी वार्तालाप से पता चला कि उसका नाम धनूर है और वह सजावटी वस्तुएँ बेचने वाला व्यापारी था। अपनी पत्नी की असमय मृत्यु से वह अत्यधिक दुखी रहता था। इस अवसर का लाभ उठाकर उसके सारथी ने उसे नशे की लत लगवा दी। मादक पदार्थों का क्रय करते-करते वह इतना दरिद्र हो गया कि एक रात अपने सारथी के ही घर चोरी करने पहुँच गया। धनूर दुखी मन से अपनी सारी व्यथा विस्तार से दोनों को सुनाता गया। जो व्यथा धनूर उन्हें सुना रहा था, उसकी वह उन दोनों ने पहले ही दूसरों से पूछकर पता कर ली थी। सुनाते-सुनाते जब उसका गला रुँध गया, तब वह चुप हो गया। कुमास ने उसे पीने के लिए जल दिया। जल पीकर जब वह थोड़ा स्थिर हुआ, तो गूजर ने अपने वस्त्रों से एक मोदक निकाला- "लो भाई! यह मोदक खाओ...मैं जब भी दुखी होता था, मेरी माँ मुझे यह मोदक खिलाती थी।"

"नहीं! मेरा कुछ भी खाने का जी नहीं कर रहा।" धनूर ने सिर हिलाकर मना कर दिया।

"देखो भाई! यहाँ हम सब एक ही अवस्था में हैं। हम सब एक परिवार हैं और आपस में ही एक-दूसरे का सुख-दुख बाँट सकते हैं। मैं तुम्हारा दुख कम तो नहीं कर सकता, परंतु अपना कुछ सुख अवश्य बाँट सकता हूँ...यह कोई साधारण मोदक नहीं है, मेरे भाई!... यह तुम्हारे दुख को कितना कम कर पाएगा, यह तो पता नहीं, पर कुछ न कुछ सुख अवश्य देगा।...मुझे अपना छोटा भाई समझकर यह ग्रहण करो।"

धनूर ने दोनों को उनींदी आँखों से देखा और बात समाप्त करने के लिए मोदक लेकर खा लिया। कुमास ने धनूर को पीने के लिए पुनः जल दिया और शिष्टाचार दिखाकर दोनों वहाँ से चले गए।

अगले दिन प्रातः जब गूजर और कुमास कुएँ पर स्नान कर रहे थे, धनूर उन्हें ढूँढ़ते हुए पहुँचा। वे दोनों उसके अधिक दूर नहीं गए थे। उन्हें देखते ही धनूर लगभग भागते हुए आया और दोनों को गले लगाया।

"तुम वास्तव में मेरे भाई हो।" धनूर का पूरा शरीर उल्लास से भरा हुआ था।

"क्या हुआ धनूर भाई, बहुत प्रसन्न हो?" गूजर पत्थर पर अपनी एड़ियाँ रगड़कर साफ करता हुआ बोला।

धनूर से प्रसन्नता रोकी नहीं जा रही थी, बोला- "वह मोदक बड़ा अद्भुत

था, उसे खाकर कुछ देर पश्चात मेरी पत्नी आती हुई दिखी, मुझे लगा मैं स्वप्न देख रहा हूँ, पर वह चलती हुई मेरे समीप आकर बैठ गई...उसने मुझसे बातें कीं और मुझे अपने आलिंगन में लिया, फिर मेरी पुत्री भी आई...मैं जो सोचता, वही होता। प्रतीत हो रहा था कि सारा संसार मेरी इच्छा से चल रहा है...मेरी प्रत्येक मनोकामना पूर्ण हो रही थी...पूरी रात्रि मैंने घोर प्रसन्नता में व्यतीत की...(विनती करता हुआ बोला) क्या वह मोदक पुनः दे सकते हो, मेरे भाई... ?''

गूजर के मुख पर मुस्कान की एक महीन रेखा खिंच गई, जिसे कुमास ही देख सकता था। गूजर ने आगे बढ़कर धनूर के दोनों कंधे पकड़े और उसके नेत्रों में झाँकते हुए बोला- ''क्यों नहीं धनूर भाई! यदि मोदक से तुम्हें प्रसन्नता मिलती है, तो अवश्य दूँगा, परंतु इस विषय में किसी से चर्चा मत करना, अन्यथा सभी को बाँटता रहूँगा, तो मोदक बनाने की सामग्री एक दिन में ही समाप्त हो जाएगी, तब तुम्हारे लिए कुछ नहीं बना पाऊँगा।''

''नहीं मैं सौगंध खाता हूँ, किसी को नहीं बताऊँगा, मैं अब बस अपनी पत्नी के साथ रहना चाहता हूँ।''

''ठीक है भाई! मोदक बनाने में समय लगता है, मैं रात्रि में तुमसे भेंट करूँगा।''

''उसी स्थान पर आना, मैं प्रत्येक रात्रि वहीं सोता हूँ।''

''हाँ! मैं उसी स्थान पर आऊँगा,'' कहकर गूजर ने धनूर को विदा कर दिया।

धनूर के जाते हुए पगों का उल्लास देखकर गूजर के मन में भी उल्लास बढ़ गया। परंतु कुमास के मन में कोई उल्लास नहीं था।

दोनों लंगड़ाते हुए चलते और सफाई करने के बहाने प्रत्येक स्थान पर अपनी पैनी दृष्टि से खोजबीन करते रहते। बीमार व्यक्ति का अभिनय करने के कारण उन्हें शस्त्राभ्यास के प्राथमिक चरण में सम्मिलित नहीं किया गया था। गूजर राजभवन के समीप निरीक्षण करता और कुमास प्राचीर से सटे भवनों में। वे रात्रि में धनूर को मोदक खिलाते और पीछे जाकर बाणों से संदेशों का आदान-प्रदान करते।

सातवें दिन निरीक्षण करने के बाद संध्या को जब दोनों आपस में मिले, तब तक कुमास का धैर्य समाप्त हो चुका था। स्वयं को बहुत नियंत्रित करने के बाद बोला- ''वास्तव में कोई गुप्त मार्ग है...अथवा मात्र कथाओं के आधार पर ही कार्य सौंप दिया गया।''

गूजर, कुमास के अधैर्य से भली-भाँति परिचित था। बोला- ''सूचनाएँ

पुरानी कथाओं के आधार पर हैं कि दुर्ग से निकलने के लिए तीन गुप्त मार्ग हैं, परंतु...''

''...यदि हैं, तो अब तक एक भी क्यों नहीं मिला?'' कुमास ने झल्लाकर बीच में ही टोका।

''अरे मूढ़! यदि इतनी सरलता से मिल जाता, तो उसे गुप्त द्वार क्यों कहते?''

''जब ज्ञात है कि इतनी सरलता से नहीं मिलेगा, तब इतना अल्प समय क्यों दिया गया है...तुम क्या सोचते हो, मात्र हम दोनों मिलकर इतने विशाल स्थल पर माहभर में भी ढूँढ़ पाएँगे?''

''जैसा भी हो, हमें आदेशों के अनुसार ही चलना है।''

कुछ क्षणों तक दोनों चुप रहे, फिर कुमास ने ही मुख खोलकर अपनी अप्रसन्नता प्रकट की- ''मेरा इस मोदक खिलाने वाली योजना से विरोध है।''

''इसमें विरोध की क्या बात है?'' गूजर ने पगड़ी उतारकर सिर खुजलाते हुए कहा।

''जिस व्याधि से दानवों को छुटकारा दिलाने की बात राजकुमार करते हैं, उसी व्याधि का प्रयोग वे स्वयं अपनी योजना में करते हैं।'' कुमास बोला।

''बड़े लक्ष्य के लिए कभी-कभी यह सब करना पड़ता है।'' गूजर ने सतर्क नेत्रों से इधर-उधर देखते हुए कहा।

''अवसर आने पर जो स्वयं ही अपने सिद्धांत से हट जाए, वह सिद्धांतवादी नहीं अवसरवादी होता है, और बड़ा लक्ष्य तो प्रत्येक क्षण उनके सम्मुख उपस्थित रहता है...जाएँ, जाकर सिंहासन ग्रहण करें।''

''वाह! बड़ा सरल है सिंहासन ग्रहण करना।'' इस बार गूजर भी तुनक गया- ''बस जाकर महामहिम से कहें, पिताजी! पिताजी! मुझे महामहिम बनना है, चलिए सिंहासन से उतरिए और मुझे बैठने दीजिए। फिर राजसभा के मंत्रीगण भी कहेंगे- आइए राजकुमार दक्षान! आइए! हम आपके नशामुक्ति के विचारों से अति प्रभावित हैं, आइए! आकर सिंहासन ग्रहण करिए, ताकि हम सब आपके पाँव दबा सकें...।''

कुमास ने सपाट भाव से गूजर की ओर देखा, फिर बिना कुछ बोले ठंडी साँस छोड़कर दूर कहीं देखने लगा।

गूजर फिर बोला- ''जो व्यक्ति अपने प्रत्येक जन्मोत्सव पर एक नया विवाह रचाता है, क्या वह इतनी सरलता से महामहिम का पद त्याग देगा? और जो राजसभा

अपने भोगों की पूर्ति के लिए महामहिम की चाटुकारिता में कभी कोई कमी नहीं रखती, क्या वह किसी भी मूल्य पर दक्षान को महामहिम बनने देगी...वैसे भी राजकुमार ने स्वयं महामहिम बनने का स्वप्न कभी नहीं देखा, वे सदैव युवराज हर्षमान को ही महामहिम बनाने के लिए प्रयासरत रहते हैं।''

''इधर-उधर कंकड़-पत्थर हटाकर ताकने-झाँकने का मेरा धैर्य समाप्त हो चुका है। यह सब गुप्तचरों का कार्य है, मुझ जैसे योद्धा को मात्र ललकारने का कार्य सौंपना चाहिए।'' कुमास बोला।

''इतने उतावले मत बनो, ललकारने का अवसर भी शीघ्र ही आएगा।''

कुमास ने कोई प्रतिक्रिया नहीं दी। दोनों वहाँ से उठकर चले गए।

रात्रि में वे धनूर के पास पहुँचे। उनके पहुँचते ही धनूर ने गूजर के पाँव पकड़ लिए- ''तुम्हारे जैसा बंधु पाकर मैं धन्य हो गया हूँ, अब मेरा पूरा परिवार ही मिलने आता है, इच्छा होती है कि बस इसी प्रकार सोता रहूँ और वे मेरे स्वप्नों में प्रत्येक क्षण मेरे साथ रहें।''

''क्या कर रहे हो? कोई देख लेगा, तो पूछ बैठेगा, फिर तुम्हें मोदक कहाँ से दूँगा?'' गूजर ने पाँव छुड़ाते हुए कहा।

धनूर सीधा होकर बैठ गया- ''क्षमा करना भाई! प्रसन्नता में उतावला हो जाता हूँ।''

''धनूर भाई! तुम्हारी प्रसन्नता के लिए ही हम रोज मोदक लाते हैं।'' गूजर ने वस्त्रों से एक मोदक निकालकर पकड़ा दिया- ''यह दूसरा मोदक है, इससे और भी अधिक प्रसन्नता मिलेगी...खाकर देखो, स्वाद भी पहले से अधिक अच्छा है।''

धनूर ने क्षण गँवाए बिना खा लिया और दोनों हाथों से गूजर का दायाँ हाथ पकड़कर बैठ गया- ''तुम्हें ज्ञात नहीं भाई, मैं कितनी प्रसन्नता में जी रहा हूँ। स्वप्न में मेरा परिवार मेरे साथ ही रहता है। मेरी छोटी लड़की प्रतिदिन नए-नए चित्र बनाकर दिखाती है। मेरी पत्नी पहले से और अधिक सुंदर हो गई है...जब भी तुम दोनों को देखता हूँ, प्रतीत होता है कि दनु माता स्वयं मेरे कष्टों को दूर करने के लिए आई हैं।''

गूजर ने उसके कंधे सहलाकर कहा- ''हाँ भाई! दनु माता सभी के कष्टों को दूर करती हैं। हम सभी दनु माता की ही संतान हैं। उन पर विश्वास रखो, वे सदैव तुम पर कृपा करेंगी।''

धनूर, गूजर का हाथ पकड़े तब तक अपने प्रसन्नता भरे स्वप्न के बारे में बताता रहा, जब तक कि मोदक के प्रभाव में आकर सो नहीं गया। दोनों वहाँ से

उठे और अँधेरे में लुप्त हो गए।

अर्द्ध रात्रि के बाद कुमास भवन के पीछे जाकर संदेश ले आया। इस बार संदेश के नाम पर रक्त की एक बूँद का धब्बा था। यह योजना के मुख्य भाग का प्रथम चरण आरंभ करने का आदेश था।

योजना के अनुसार अगले दो दिनों तक गूजर और कुमास धनूर से नहीं मिले, तीसरे दिन धनूर बदहवास स्थिति में उन दोनों को ढूँढ़ता हुआ पहुँचा। पहुँचते ही वह लगभग रो पड़ा- ''मेरे भाइयो! तुम दोनों कहाँ चले गए थे? वह मोदक खाए बिना मेरे स्वप्न में मेरा परिवार मुझसे मिलने ही नहीं आता...कृपा कर सारा मोदक मुझे दे दो।''

''दो दिनों से हमें मोदक बनाने का अवसर ही नहीं मिला, धनूर भाई! परंतु आज रात्रि अवश्य आएँगे।'' गूजर ने उसे पकड़कर समझाया।

''नहीं! नहीं! इतनी प्रतीक्षा में मैं मर ही जाऊँगा...तुम्हें ज्ञात नहीं बंधु, पिछले दो दिनों से मेरी क्या स्थिति है?''

धनूर एकदम पागलों की भाँति बाल नोंचकर गिड़गिड़ाने लगा। उसके इस प्रकार के व्यवहार से अन्य लोगों का ध्यान न आकर्षित हो जाए, इसलिए गूजर ने झट से एक मोदक निकालकर उसे थमा दिया।

सैकड़ों धन्यवाद कहकर डगमगाते हुए पैरों से धनूर लौट गया। दोनों ने सतर्क नेत्रों से आसपास देखा, फिर पूर्व की भाँति मार्ग में यत्र-तत्र पड़ी घोड़ों की लीद हटाने में लग गए।

''अच्छा हुआ, योजना का मुख्य भाग प्रारंभ हो गया, अन्यथा कुछ दिनों में मुझे यही कार्य पसंद आने लगता।'' कुमास ने माथे से स्वेद पोंछते हुए कहा।

''तुम इतने में ही घबरा गए?'' गूजर ने बनावटी ताना मारा।

''घबरा गए... इसका क्या अर्थ है? एक योद्धा के लिए इससे बुरी क्या स्थिति हो सकती है कि रणभूमि में छाती फुलाने के स्थान पर पशुओं का मल-मूत्र साफ करे।'' कुमास एकदम से भड़कते हुए बोला।

''तुम राजकुमार के साथ मात्र तीन वर्षों से हो, मैं पिछले सात वर्षों से उनके साथ अभियान पर जा रहा हूँ। उत्तर के एक अभियान में हम ऐसे स्थान पर फँस गए थे, जहाँ जीवन बचाने के लिए अपना ही मूत्र पीना पड़ा।''

लीद उठाते कुमास का शरीर जिस अवस्था में था, वहीं ठहर गया। फिर अगले क्षण कमर सीधी करके तनकर खड़ा हुआ।

"तुम लोगों ने मूत्र पिया?" कुमास ने ऐसे कहा, मानो एक नया संसार देख रहा हो।

"हाँ! सत्य कह रहा हूँ।" अपना कार्य रोके बिना गूजर ने सहजता से कहा।

"छिः!" कुमास ने पूर्ण धिक्कार अपने मुख पर प्रदर्शित किया- "कैसे योद्धा हो तुम लोग?... योद्धा अपनी आन के लिए प्राण भी दे सकता है... और तुम लोग प्राणों के लोभ में मूत्र तक पी गए... छिः!"

कुमास के धिक्कार से प्रभावित हुए बिना गूजर ने शांत स्वर में कहा- "योद्धा की आन उसके कर्तव्यों से जुड़ी होती है, मूत्र पीने या जल पीने से नहीं। जब हमने राजकुमार का अंगरक्षक बनने की अग्नि प्रतिज्ञा ली थी, तभी से उनका प्रत्येक आदेश हमारा कर्तव्य बन गया। यदि हमारी इच्छा चलती, तो कोई मूत्र पीने की कल्पना भी नहीं करता, परंतु राजकुमार का ही आदेश था कि सभी अपना मूत्र पिएँ और जीवित रहें।"

कुमास कुछ क्षणों तक स्तब्ध खड़ा रहा, फिर उसने अपने सिर को झटक दिया- "राजकुमार भी विचित्र व्यक्ति हैं...परंतु एक बात समझ नहीं आई, जब गुप्त द्वार का, योजना में कोई कार्य ही नहीं था, तब इतना श्रम क्यों करवाया?"

"राजकुमार एक साथ कई योजनाएँ चलाते हैं। यदि इतने समय में द्वार मिल जाता, तब योजना कुछ और होती।...उनकी प्राथमिकता कम से कम रक्तपात करने की है, अब जब द्वार नहीं मिला, तब दूसरी योजना है, और इतने समय में अंतिम योजना के लिए जो निर्माण-कार्य वे करा रहे हैं, वह भी पूरा हो जाएगा।" गूजर ने बताया।

कुमास ने कुछ नहीं कहा और लीद बटोरने में लग गया।

अर्द्धरात्रि के बाद दोनों धनूर के पास पहुँचे। घोड़ों के हिनहिनाने के अतिरिक्त बहुत कम ध्वनि सुनाई पड़ रही थी। आसपास के अधिकांश नशेड़ी सो चुके थे। कुछ जो जाग रहे थे, वे अपनी ही कल्पना में उड़ रहे थे। उनके पहुँचते ही धनूर, गूजर के पाँव पकड़ने ही वाला था कि गूजर ने उसके मुख पर हाथ रख दिया और धीरे से कान में फुसफुसाया- "तुम्हारी पत्नी और परिवार संकट में हैं।"

पहले से व्यथित धनूर रुआँसा हो उठा, परंतु गूजर ने उल्काओं के प्रकाश से दूर अँधेरे में काली आकृति के रूप में खड़े एक वृक्ष की ओर चलने का संकेत किया। कुमास ने धनूर को सहारा देकर घसीटते हुए लाकर वृक्ष के तने से चिपकाकर बैठा दिया।

धनूर ने गूजर का हाथ पकड़ लिया। बोला, ''भाई! ऐसा क्यों कह रहे हो? मेरी पत्नी पर कैसा संकट आ गया है? अभी संध्या तक मेरे साथ ही थी।''

''परंतु अब मिलने नहीं आ सकती।'' गूजर ने हाथ छुड़ाते हुए ठंडे भाव से कहा।

''क्यों, मेरे भाई, क्यों?'' धनूर गिड़गिड़ाने लगा।

''मोदक बनाने की सामग्री समाप्त हो गई है।'' गूजर ने सपाट भाव से कहा।

''समाप्त हो गई है... तो पुनः ले आओ।''

''यही तो कष्ट है धनूर भाई!'' गूजर उसके उसके बाएँ कंधे को दबाता हुआ बगल में बैठ गया।

''गोल-गोल बातें मत करो, बंधु! मेरा मस्तक पहले से ही फटा जा रहा है।'' धनूर ने दोनों हाथों से सिर पकड़ते हुए कहा।

''बात अत्यंत सीधी है, यदि मोदक प्राप्त करना है, तो हमारा एक छोटा कार्य करना होगा।'' गूजर ने रूखे ढंग से कहा।

''बताओ बंधु, बताओ! तुम्हारे लिए मैं सदैव प्रस्तुत हूँ।''

गूजर ने अपने वस्त्रों में छुपाया एक छोटा छुरा निकालकर उसके वस्त्रों में डाल दिया। तत्पश्चात गूजर ने धनूर के कानों में जो कुछ कहा, उसे सुनकर पहले धनूर का हृदय बैठ गया, पर अंत में उसके मुख पर किसी संकल्प की दृढ़ता जमने लगी।

अगले दिन प्रातः कूर्मा से नशामुक्ति चूर्ण प्राप्त करने वालों की कतार में खड़ा धनूर लगभग सोई हुई अवस्था में अपनी बारी की प्रतीक्षा कर रहा था। नशामुक्ति चूर्ण कूर्मा के अतिरिक्त चिकित्सालय में वैद्य भी बाँटते थे, परंतु उच्च नशे का सेवन करने वालों को कूर्मा स्वयं अपने हाथों से बाँटता था। उच्च स्तर के इन नशेड़ियों का शरीर इतना दुर्बल हो गया था कि उनसे सफाई तथा रख-रखाव का ही कार्य लिया जाता था। गूजर और कुमास अपने बलिष्ठ शरीर के कारण इन कतारों में कभी नहीं लगे। कतार में खड़ा धनूर रह-रह कर अपने सिर को झटक रहा था, जैसे वह अपनी निद्रा भगाने का प्रयास कर रहा हो। उसकी उनींदी आँखें खुली तो थीं, परंतु दृश्य कुछ और चल रहा था।

- वह अपने घर के कक्ष में है। सामने कुछ दूरी पर उसकी पत्नी है, वह उसकी ओर आने का प्रयास कर रही है, किंतु प्रयत्न करने के पश्चात भी वह अपने स्थान से आगे नहीं बढ़ पा रही है। इसका कारण उसके गले में बँधी हुई रस्सी है जो पीछे

अँधेरे में खड़े एक काले साए के हाथ में है। तभी कक्ष में हँसी गूँजी और प्रकाश बढ़ने लगा। इसी के साथ साए का मुख भी स्पष्ट होता चला गया।...वह कूर्मा था, वीभत्स हँसी हँसता हुआ कूर्मा। वह रस्सी खींचता हुआ हँसे जा रहा था। उसकी पत्नी पूरी शक्ति से हाथ बढ़ाकर धनूर को छूने का प्रयत्न कर रही थी। धनूर ने भी अपनी पत्नी की ओर बढ़ने का प्रयास किया, पर उसके पाँव मानो जम-से गए हों। उसने अपने दोनों हाथों से पकड़कर पैरों को उठाने का प्रयत्न किया, परंतु वह व्यर्थ रहा। उसे कूर्मा पर भयंकर क्रोध आ रहा था, वह उसकी पत्नी को उससे मिलने नहीं दे रहा था।... तभी उसके सामने दनु माता की मूर्ति प्रकट हुई, जो धीरे-धीरे एक छुरे में परिवर्तित होती चली गई। उस छुरे को छूते ही धनूर का शरीर बंधनमुक्त हो गया। अब वह हिल सकता था। वह छुरा लेकर बढ़ा और अपनी पत्नी के गले से बँधी, तनी हुई रस्सी पर प्रहार किया, परंतु रस्सी कटी नहीं। उसने निरंतर कई वार किए, पर स्थिति वैसी ही रही। वह कूर्मा की ओर मुड़ा। कूर्मा अब भी वैसी ही वीभत्स हँसी हँस रहा था। धनूर ने पूरी शक्ति से छुरा उसके हृदय में उतार दिया। कूर्मा के हाथ से रस्सी छूट गई और हवा में विलीन हो गई। बंधन मुक्त होते ही उसकी पत्नी दौड़कर उसके पास आई और धनूर ने उसे अपने अंक में भर लिया। अभी वह अपनी पत्नी के मुख को अच्छी प्रकार देखने का प्रयास ही कर रहा था कि कतार में पीछे खड़े नशेड़ी के धक्के से वास्तविक लोक में लौट आया। फिर उसने अपने सिर को कई बार झटका।

कुछ समय की प्रतीक्षा के बाद धनूर की बारी आ गई। वह एक लंबे गलियारे के एक छोर पर कतार में सबसे आगे खड़ा था। पचास हाथ लंबे उस गलियारे के दूसरे सिरे पर बने कक्ष के प्रहरी ने आने का संकेत किया। धनूर डगमगाते पैरों से धीरे-धीरे आगे बढ़ा। श्वासों की गहराई बढ़ने लगी। कक्ष के द्वार तक पहुँचते-पहुँचते हृदय पूरी तरह धक-धका चुका था। कक्ष में सैनिक दीवारों से चिपककर खड़े थे। कक्ष के बीच में खड़ा कूर्मा- "हम सब भाई हैं..." की घोषणा करता हुआ बाँहें फैलाकर उसे आमंत्रित कर रहा था। धनूर की आँखों के आगे का दृश्य बदल गया। धनूर देख रहा था कि कूर्मा के पैरों तले उसकी पत्नी दबी जा रही है और मुख पर वीभत्स मुस्कान लिए कूर्मा उसे चुनौती दे रहा है। आसपास का सारा दृश्य धुँधलाता चला गया। सामने मात्र कूर्मा और पाँव तले चीत्कार करती उसकी पत्नी ही दिख रही थी। कूर्मा के पीछे से रंग-बिरंगी रेखाएँ निकल रही थीं, जो उसकी नासिका में समाती जा रही थीं।

बौराया हुआ धनूर हिलते-डुलते कूर्मा तक पहुँचा। प्रतिदिन की भाँति कूर्मा ने

उसे गले लगाया। अगले ही क्षण मानो धनूर की चेतना जागी। आँखें ऐसी फैलीं, मानो उछलकर बाहर आ जाएँगी। उसने क्षणभर में शरीर की संपूर्ण शक्ति को जुटाया और धोती में पीछे छुपाया छुरा निकालकर कूर्मा की पीठ में घोंप दिया, फिर स्वयं मूर्च्छित होकर गिर पड़ा।

टन्न की एक ध्वनि के साथ छुरा नीचे गिरा। वस्त्रों के नीचे छुपाकर पहने गए कवच ने कूर्मा को बचा लिया था। कक्ष के प्रहरियों ने तलवारें खींच लीं। कूर्मा ने उन्हें संयमित रहने का संकेत किया। उसने मूर्च्छित धनूर का मुख अच्छे से देखा, फिर प्रहरियों को उसे राजभवन में बंदी बनाए रखने का आदेश दिया तथा इस घटना को गुप्त रखने को भी कहा।

कुछ समय के ठहराव के पश्चात कूर्मा ने पूर्व की भाँति नशेड़ियों को चूर्ण देने के लिए कक्ष में बुलाना प्रारंभ कर दिया।

राजभवन की गतिविधि में कोई अंतर न देख कर कुमास और गूजर असमंजस में पड़ गए। उन्होंने सोचा था कि यदि धनूर सफल रहा, तब बिना रक्तपात के उनका कार्य समाप्त हो जाएगा और यदि असफल रहा, तो कूर्मा उसका मुंड लेकर बाहर आएगा।

पूरा दिन उन्होंने विभिन्न कयासों में बिताया तथा बीच-बीच में उस स्थान का दूर से निरीक्षण भी करते रहे, जहाँ धनूर उपस्थित रहता था। जब वह रात्रि तक नहीं मिला, तब उन्होंने निश्चित मान लिया कि योजना असफल रही और उन्होंने यह अनुमान भी लगाया कि दुर्ग की शांति देखकर राजकुमार दक्षान ने भी स्थिति भाँप ली होगी।

अर्द्ध रात्रि के बाद जब कुमास ने संदेश बाणों का आदान-प्रदान किया, तो इस बार के संदेश में लाल रंग के तीन बाण बने हुए थे तथा उन बाणों के नीचे एक लाल बिंदी थी। यह संदेश प्राप्त होते ही तत्काल योजना प्रारंभ करने का आदेश था। संदेश के साथ चूर्ण की कुछ थैलियाँ भी आई थीं।

कुमास और गूजर ने उन चूर्णों से चालीस छोटी-छोटी थैलियाँ बनाईं तथा आपस में बाँटकर अलग-अलग दिशाओं में चल पड़े।

वे दोनों कुओं पर जल पीने जाते और चुपके से एक थैली कुएँ में गिरा देते। रात्रि के इस प्रहर उनकी गतिविधि पर ध्यान देने वाला कोई नहीं था।

भोर होने से पहले दोनों ने सारे कुओं में पोटली गिरा दी। आखिरी कुएँ में गिराने से पहले गूजर ने दो घड़ों में जल भरकर एक खंडहरनुमा टूटे भवन में छुपा दिया।

अगले दिन मध्याह्न तक दुर्ग में हाहाकार मच गया। अधिकांश विद्रोही उल्टी

तथा दस्त से पीड़ित हो गए। वैद्यों ने समस्त औषधियाँ प्रयोग कीं, परंतु स्थिति बिगड़ती चली गई। संध्या तक स्थिति इतनी दयनीय हो गई कि कई विद्रोहियों को मल-त्याग के लिए नियत स्थान तक पहुँचने का अवसर ही नहीं मिला। अधिकतर वैद्य स्वयं ही पीड़ित थे।

राजभवन में कूर्मा अपने सेनापति सचान के सामने तनावयुक्त मुख लेकर बैठा हुआ था।

"कारण ज्ञात हुआ?"

"वैद्यों को जल पर संदेह है।" सचान ने बताया।

"जल ही क्यों, भोजन पर क्यों नहीं?"

"क्योंकि भोजन भिन्न-भिन्न पाकशालाओं में बनता है। किसी एक पाकशाला में दुर्घटना हो सकती है, परंतु एक ही दिन प्रत्येक पाकशाला में समान प्रकार की दुर्घटना संभव प्रतीत नहीं होती। अधिकांश व्यक्ति पीड़ित हैं, परंतु राजभवन में कोई पीड़ित नहीं हुआ। अत: जब वैद्यों ने जल की जाँच की, तब राजभवन के कुओं के जल तथा बाहर के कुओं के जल में अंतर पाया। उनका मत है कि बाहर के कुओं में किसी प्रकार का प्रदूषण मिलाया गया है।...मैंने सभी कुओं पर प्रहरी खड़े कर प्रतिबंध लगा दिया है। जब तक वैद्य प्रदूषण का विश्लेषण कर रहे हैं, तब तक जल के लिए राजभवन के कुओं पर ही निर्भर रहना होगा।"

कुछ क्षणों तक सोचने के पश्चात कूर्मा बोला- "उस लती से कुछ ज्ञात हुआ?"

"उसका नाम धनूर है, उसे पाकशाला में सफाई का कार्य नियत था। अधिकांश समय किसी स्वप्न में खोया हुआ प्रतीत होता है और जब कुछ समय के लिए चेतना लौटती है, तब बड़बड़ाने लगता है- मुझे मेरी पत्नी से मिलने दो...अन्यथा तुम्हें मार डालूँगा। विचित्र बात है कि उस पर अभी तक नशामुक्ति औषधि का प्रभाव क्यों नहीं पड़ा..."

कूर्मा चिंता का भाव लिए लंबे क्षणों तक सोचता रहा, फिर उसने आदेश दिया- "संकट बहुत बढ़ चुका है। 'महाप्रभु' को आपातकालीन संदेश भिजवाकर उनका अस्त्र राजभवन के मुख्य द्वार पर स्थापित कर दो। उनके आने तक किसी भी मूल्य पर दुर्ग को अपने अधिकार में रखना है, अन्यथा जो लक्ष्य लेकर हम चले हैं, वह यहीं धराशायी हो जाएगा।"

मिराज का युद्ध

संध्या में शिविर के बाहर बैठे दक्षान ने आँखों पर बल देकर देखा कि दुर्ग के प्राचीर पर चमकते टोपों की संख्या गिरकर चौथाई हो चुकी है। प्रसन्नता से उठकर दक्षान ने धीरा की पीठ पर एक धौला जमाया और अपनी मूँछों को ताव देता हुआ शिविर के आखिरी छोर पर पहुँचा, जहाँ वह पिछले दस दिनों से कोई निर्माण करवा रहा था। जिस वस्तु का वह निर्माण करवा रहा था, वह देखने में ऐसी प्रतीत होती, मानो एक लंबी नाव उलटी होकर जमीन से एक हाथ की ऊँचाई पर टँगी हुई हो। अंदर से संरचना में वह एक सामान्य रथ जैसी ही थी। मात्र इतना अंतर था कि रथ की छत के स्थान पर एक बड़ी नाव उलटकर रख दी गई थी। इस रथ को खींचने के लिए नाव के नीचे ही दो पंक्तियों में छह घोड़े जुते थे। रथ पर तीस व्यक्तियों के खड़े होने का स्थान था। पूरी नाव के उपरी भाग को सैनिकों की ढाल से ढँक दिया गया था। सभी ढालें आपस में रस्सियों से गुँथी हुई थीं। उस नाव रूपी रथ का निरीक्षण कर दक्षान युद्ध का कवच धारण करने के लिए अपने तंबू में चला गया।

जब अँधेरा पूरी तरह घिर गया, दक्षान अपने सभी अंगरक्षकों तथा उस विचित्र रथ के साथ शिविर के बाहर दुर्ग की ओर मुख करके खड़ा था। अंगरक्षकों के पीछे सेनानायक भी अपनी सैन्य टुकड़ी के साथ उपस्थित था।

इधर दुर्ग के वातावरण में उल्टी और दस्त की दुर्गंध ने अपना साम्राज्य फैला रखा था। चारों ओर फैली अव्यवस्था के बीच मात्र राजभवन ही ऐसा दिख रहा था, जहाँ पूर्व की भाँति सबकुछ सामान्य लग रहा था। समस्त वैद्यों में मात्र राजभवन के वैद्य ही इस अस्वस्थता से बच सके थे। वे कुछ स्वस्थ सैनिकों को अपने सहायक के रूप में लेकर मुख पर वस्त्र की पट्टी बाँधे, लोगों को औषधियाँ बाँट रहे थे। कुमास और गूजर भी उन्हीं की भाँति मुख पर पट्टी बाँधकर लोगों को चूर्ण बाँट रहे थे।

इधर-उधर लोगों को बाँटते हुए वे मैदान के बीच चारा खा रहे हाथियों के समीप पहुँचे। वहाँ हाथियों की रखवाली कर रहे बीस सैनिकों को उन्होंने दूसरा चूर्ण दिया और उनके समीप ही टहलते रहे। वे दोनों धीरे-धीरे ऐसे बुदबुदा रहे थे, जैसे कोई गणना कर रहे हों। एक निश्चित गणना के बाद दोनों की दृष्टि मिली। उसी क्षण हाथियों की रखवाली कर रहे सभी बीस सैनिकों के मुख से झाग निकला

और वे कटे वृक्ष की भाँति गिर पड़े। कुमास ने बिना क्षण गँवाए एक बाण खींचकर आकाश की ओर सीधा मारा। ऊपर जाते बाण के साथ बँधी पतले बाँस की सीटी की तीखी ध्वनि चारों दिशाओं में दूर तक फैल गई।

सीटी की ध्वनि सुनते ही शिविर के बाहर प्रतीक्षा कर रहा दक्षान चिल्ला उठा– "धीरा...!"

धीरा झुककर नाव के अंदर घुसा। फिर दक्षान सहित सारे अंगरक्षक चारों ओर से नाव में घुसने लगे। सेनानायक अपने सैनिकों के साथ बाहर ही खड़ा रहा।

दुर्ग के अंदर बाण छोड़ते ही कुमास ने धनुष फेंक दिया और गूजर की भाँति वस्त्रों में छिपाई पोटली निकाल ली। वह दौड़कर एक हाथी के पास पहुँचा और उसकी सूँड के सामने पोटली पटक दी। पटकते ही पोटली से विचित्र-सी गंध वाला हल्का धूम्र निकला। फिर अगले ही क्षण पोटली से बँधी महीन डोरी को खींचकर पोटली वापस अपने हाथ में ले ली। वह दौड़कर दूसरे हाथी के पास पहुँचा और वहाँ भी सूँड के सामने पटक दी। आसपास के विद्रोही जब तक इस विचित्र घटना का कोई अर्थ निकाल पाते, तब तक गूजर पाँच तथा कुमास चार हाथियों के सामने पोटली पटक चुका था। दोनों ने पोटली अपनी कमर से लटकाई और मुँह से झाग उगल रहे सैनिकों की ढाल उठाकर विपरीत दिशाओं में भागना प्रारंभ कर दिया। पोटली का धूम्र सूँघते ही हाथी एक प्रकार से मदांध हो उठे थे। वे सुगंध के पीछे जाने के लिए अपने बंधन छुड़ाने लगे। उनके खूँटे, जो कुमास ने दिन में हाथियों की लीद उठाते समय ढीले कर दिए थे, थोड़े-से प्रयास से ही उखड़ गए। वे हाथी उन दोनों की कमर से लटकती पोटली की सुगंध के पीछे पागलों की तरह भागे।

कुमास के पीछे चार तथा गूजर के पीछे पाँच हाथी दौड़ रहे थे। दोनों ने ढाल सामने कर रखी थी, जिससे कि मार्ग में पड़ने वाले किसी भी व्यक्ति को शीघ्रता से धकेला जा सके तथा उनकी ओर छोड़े गए तीरों से भी सुरक्षा हो सके।

कुमास हाथियों को दौड़ाता हुआ विद्रोहियों के बीच ले गया। पहले से ही उल्टी-दस्त से त्रस्त अधिकतर विद्रोहियों में प्रतिरोध करने की क्षमता नहीं बची थी। चारों ओर भगदड़ मच गई। विद्रोहियों को हाथियों के पैरों तले कुचलवाता हुआ कुमास टेढ़े-मेढ़े मार्ग से होता हुआ, राजभवन के मुख्य द्वार की ओर दौड़ा जा रहा था। दुर्ग में संकट के नगाड़े पीट दिए गए।

हाथियों के चिंघाड़ने की ध्वनि तथा लोगों के कोलाहल से कूर्मा बाहर आ चुका था। राजभवन के प्राचीर पर खड़ा वह इस दृश्य को देख रहा था। राजभवन के मुख्य द्वार के ठीक सामने एक अत्यधिक ऊँचा रथ खड़ा था। उस रथ पर विचित्र-सा

शस्त्र रखा हुआ था। शस्त्र की आकृति कुछ ऐसी थी, जैसे किसी लंबी चोंच वाले पक्षी का सिर काटकर खड़ा कर दिया गया हो।

राजभवन का प्राचीर बहुत ऊँचा न था। कूर्मा ने पीछे मुड़कर सेनापति सचान को कुछ संकेत किया और प्राचीर से ही रथ पर कूद पड़ा। रथ पर पहुँचकर कूर्मा ने उस शस्त्र के पीछे लगे हत्थे को पकड़कर, उसकी चोंच को आते हुए हाथियों की तरफ मोड़ा और फिर नीचे लगे लकड़ी के पट्टे को दाएँ पाँव से दबा दिया।

हाथियों को अपने पीछे दौड़ाता हुआ कुमास राजभवन के मुख्य द्वार तक लगभग पहुँच ही गया था। तभी उसे रथ पर रखे उस विचित्र शस्त्र की चोंच से प्रकाश फूटता हुआ दिखाई पड़ा, किसी संकट की आशंका से वह तत्काल बाईं ओर कलाबाजी खाकर भूमि पर लुढ़क गया।

कूर्मा द्वारा पट्टे को दबाए जाते ही चोंच से क्षणभर के लिए प्रकाश फूटा, फिर भयंकर अग्नि प्रकट हुई। नीले रंग की उस अग्नि की मारक दूरी लगभग बारह हाथ थी। कुमास तो बच गया, परंतु दौड़ते हुए हाथी उसकी चपेट में आ गए। हाथियों के शरीर विचित्र ढंग से डगमगाए और वे एक-दूसरे पर गिरकर काँपने लगे।

दूसरी ओर गूजर पूरी शक्ति से दुर्ग के मुख्य द्वार की ओर दौड़ा जा रहा था। उसे भूमि पर विद्रोहियों से बहुत कम प्रतिरोध का सामना करना पड़ा। अपनी ढाल से धकेलता हुआ वह आगे बढ़ता जा रहा था। मुख्य समस्या दुर्ग के प्राचीर से छोड़े जा रहे विस्फोटक तीर थे। उन तीरों को लक्ष्य पर लगने की आवश्यकता नहीं थी। वे अगल-बगल गिरकर अपने विस्फोट से उसे हानि पहुँचा रहे थे। ऐसे ही कई विस्फोटों से गूजर के पाँव के कवच छिन्न-भिन्न हो चुके थे तथा पैर रक्त से नहा रहे थे। तभी एक तीर ठीक सामने फटा, विस्फोट अधिक क्षमता का था। उसका शरीर हवा में उछल गया। ऐसा लगा कि कान सुन्न हो गया तथा शरीर अपने आप भूमि पर घिसटता हुआ दो हाथ दूर जाकर रुका। वह लगभग मूर्च्छित होने लगा, परंतु उसने मस्तक को झटककर स्वयं को जगाया। उसके तथा हाथियों के बीच पंद्रह हाथ की दूरी बची हुई थी।

उसने एक हुंकार भरकर स्वयं का उत्साह बढ़ाया और उठकर मुख्य द्वार की ओर भागा। कुछ क्षणों पश्चात जब वह वहाँ पहुँचा, तो मुख्य द्वार के रक्षकों ने भाले दिखाकर प्रतिरोध करने का प्रयास किया, परंतु पेट के मरोड़ों से त्रस्त, कमजोर इच्छाशक्ति वाले वे रक्षक पीछे आते हाथियों को देखकर भाग खड़े हुए। गूजर मुख्य द्वार से पीठ चिपकाकर खड़ा हो गया। पगलाए हाथी पूरी शक्ति से उसकी ओर दौड़े आ रहे थे। जब गूजर तथा आगे वाले हाथी के बीच पाँच हाथ से भी कम

दूरी बची, तब वह पूरी चपलता से दाईं ओर उछला तथा लुढ़कते हुए मुख्य द्वार को थामने वाली दीवार से चिपक गया। गंध में अंधा हाथी सीधे मुख्य द्वार से टकराया। पहले से ही क्षतिग्रस्त द्वार चरमरा उठा। एक-दूसरे से उलझकर शेष चार हाथी भी लड़खड़ाते हुए द्वार से टकराए। उनके टकराते ही मुख्य द्वार भयंकर कड़कड़ाहट के साथ टूट कर गिर पड़ा। द्वार टूटते ही गूजर ने द्वार रक्षक सैनिक द्वारा फेंके गए भाले को उठाया तथा झट से उस पर पोटली बाँध दी। एक-दूसरे पर गड्ड-मड्ड हो गए हाथियों की बगल से निकलता हुआ वह टूटे द्वार से बाहर आ गया और पूरी शक्ति से भाला उछाल दिया। वायु में गंध की रेखा बनाता हुआ भाला दुर्ग से दूर भूमि में गड़ गया। भाला फेंककर गूजर ने उठने का प्रयास कर रहे हाथियों की बगल से बचते हुए वापस दुर्ग में प्रवेश ही किया था कि उसकी पीठ पर प्राचीर से छोड़े गए एक तीर का विस्फोट हुआ। पीठ पर बँधे कवच ने उसके प्राण तो बचा लिए, परंतु विस्फोट के आघात से क्षणभर में उसकी चेतना लुप्त हो गई।

राजभवन के समीप कुमास को विद्रोही सैनिकों ने घेर लिया था। घेरने वाले संख्या में अधिक थे, परंतु अधिकतर सैनिक रह-रह कर अपना पेट पकड़ लेते थे। पहले से लुंज-पुंज विद्रोही उसके आगे कोई प्रतिरोध नहीं दिखा पाए। वह उन्हें सरलता से काटता जा रहा था।

इधर कूर्मा अपने सारथी को कुमास के पीछे चलने का आदेश देने ही वाला था कि मुख्य द्वार के टूटने की ध्वनि ने उसका निर्णय बदल दिया। सारथी ने उसके आदेशानुसार रथ को मुख्य द्वार की ओर मोड़ दिया।

मुख्य द्वार के टूटते ही दक्षान का नाव रूपी रथ चल पड़ा। आगे के दो छोटे छिद्रों से मार्ग देखकर वे मध्यम गति से बढ़ रहे थे। नाव के अंदर रथ पर तीस तथा नीचे पैदल अठारह अंगरक्षक थे। उनको आता देख प्राचीर से विस्फोटक तीर चलना प्रारंभ हो गए। तीरों के विस्फोट का आघात ऊपर बँधी ढालें झेल रही थीं। नाव के नीचे ध्वनि तथा कंपन के अतिरिक्त अन्य कोई प्रभाव नहीं दिख रहा था। जब उन्होंने आधा मार्ग तय कर लिया, तब विद्रोही अधिक क्षमता वाले विस्फोटक तीरों का प्रयोग करने लगे। इन तीव्र विस्फोटों से पूरा रथ हिल जा रहा था। नाव के अंदर दक्षान सहित सभी अंगरक्षकों ने कानों में उँगलियाँ ठूँस रखी थीं। घोड़ों के कानों में पहले ही वस्त्रों के गोले बनाकर ठूँस दिए गए थे, अन्यथा वे कभी भी बिदक सकते थे। जब तक उनका रथ मुख्य द्वार तक पहुँचता, पगलाए हाथी द्वार से उठकर, गूजर द्वारा फेंकी गई सुगंध के पीछे निकल चुके थे।

कूर्मा का रथ भी द्वार की ओर बढ़ रहा था, परंतु हाथियों द्वारा मचाई गई भगदड़

के कारण रथ की गति बहुत धीमी थी। वह अब भी द्वार से बहुत दूर था।

दक्षान की नाव धड़धड़ाती हुई बिना किसी विशेष प्रतिरोध के मुख्य द्वार को पार कर दुर्ग में प्रवेश कर गई। नाव के नीचे से सबसे पहले धीरा निकला, फिर अन्य अंगरक्षक तथा अंत में दक्षान। दुर्ग में जल रही उल्काओं से पीला प्रकाश था, शेष प्रकाश चंद्रमा से ही प्राप्त था। दक्षान के बीस अंगरक्षक प्राचीरों पर जाने वाली सीढ़ियों की ओर चल दिए तथा शेष अंगरक्षक भूमि पर ही विद्रोहियों से संघर्ष के लिए प्रस्तुत हो गए।

रथ पर खड़े कूर्मा ने पीछे मुड़कर राजभवन के द्वार की ओर देखा कि सचान ने अभी तक उसकी आज्ञा का पालन किया या नहीं। राजभवन के द्वार से निकल रहे सैनिकों को देखकर वह कुछ संतुष्ट हुआ। राजभवन के निकट ही लड़ रहे कुमास ने देखा कि बाहर आ रहे सैनिक दिखने में जीवट योद्धा प्रतीत हो रहे थे। उन योद्धाओं की संख्या पाँच सौ के आसपास थी। वे तीव्रता से चारों ओर फैलते जा रहे थे।

दुर्ग के प्राचीर पर दक्षान के अंगरक्षकों तथा विद्रोहियों के बीच अच्छा संघर्ष प्रारंभ हो गया था। विद्रोहियों के पास भले ही विस्फोटक तीर थे, परंतु आमने-सामने की लड़ाई में वे बहुत कच्चे निकले। अंगरक्षक तीरों को ढाल से रोकते और छुरा फेंककर उनका धनुष पकड़ने वाला हाथ घायल कर देते। जब तक वे सँभलते, अंगरक्षक उनके ऊपर कूदकर उन्हें अपनी ढाल से प्राचीर के नीचे धकेल देते। अब तक बीस अंगरक्षक, साठ धनुर्धारियों को प्राचीर के नीचे फेंक चुके थे और अब भी लगभग सौ शेष थे। परंतु मात्र पाँच हाथ चौड़े प्राचीर पर उनकी संख्या बल का कोई महत्त्व नहीं था, क्योंकि लड़ने के लिए उन्हें क्रम से ही आना पड़ता था।

प्राचीर के नीचे दुर्ग के अंदर भी घमासान युद्ध का वातावरण बना हुआ था। राजभवन से निकले कूर्मा के नए योद्धा, दक्षान के अंगरक्षकों को अच्छा संघर्ष दिखा रहे थे। वातावरण में चारों ओर बाण उड़ रहे थे। दस्त से लुंज-पुंज विद्रोहियों द्वारा छोड़े गए लक्ष्यहीन बाण, शरीर पर कवच बँधा होने के कारण कुछ विशेष हानि नहीं पहुँचा पा रहे थे, परंतु लड़ने में व्यवधान अवश्य ही उत्पन्न कर रहे थे।

दक्षान के जल-प्रदूषण से सहस्त्रों विद्रोहियों में शस्त्र उठाने की भी क्षमता नहीं थी। इसके अतिरिक्त गूजर एवं कुमास ने हाथियों से कुचलवाकर तथा भगदड़ मचवाकर एक सहस्त्र अन्य विद्रोहियों को असक्षम कर दिया था। लड़ने के लिए शेष बचे विद्रोहियों में कूर्मा के नए योद्धाओं को मिलाकर दो हजार विद्रोही ही ढंग से लड़ पा रहे थे, उनमें भी मात्र नए योद्धा ही पूरी तरह स्वस्थ थे। भूमि पर लड़

रहे दक्षान के बीस अंगरक्षकों की तुलना में विद्रोहियों की संख्या अधिक अवश्य थी, परंतु संथार के श्रेष्ठ योद्धाओं की श्रेणी वाले अंगरक्षक किसी युद्धक यंत्र की भाँति सबको काटते जा रहे थे।

दक्षान ने भी अपनी दोनों तलवारें निकाल ली थीं। घेरने के लिए आए लगभग तीस विद्रोहियों के समूह का उसने मंद मुस्कान के साथ स्वागत किया। अगले ही क्षण मुस्कान विलीन हो गई तथा नेत्रों में हिंसा जागी। उसने दोनों तलवारों को अपने शरीर के चारों ओर घुमाना प्रारंभ किया। देखने में लग रहा था कि कोई कलाकार तलवारों के साथ करतब दिखा रहा हो। अगले कुछ क्षणों में तलवारों के घूमने की गति इतनी बढ़ गई थी कि लगा तलवारें अदृश्य हों रही हैं। भयंकर गति से घूमती तलवारें लेकर दक्षान विद्रोहियों से भिड़ गया। जब तक किसी को कुछ समझ आता, किसी का हाथ, किसी का पाँव, किसी का कान, किसी की नाक, किसी का उदर तथा अनेक के मुंड कटकर अलग हो गए थे। दक्षान की अद्‌भुत गति से घूम रही तलवार ने किसी को संघर्ष करने का अवसर ही नहीं दिया था। विद्रोहियों में आतंक छा गया। कोई भी उसके समीप जाने का साहस नहीं जुटा पा रहा था। वे एक-दूसरे का मुँह ही देखते रहे।

इधर खुला हुआ मुख्य-द्वार, शारीरिक दशा से त्रस्त्र कई विद्रोहियों को भाग निकलने की प्रेरणा दे रहा था। इसी आकर्षण में बँधे कुछ विद्रोही जब बाहर निकलते, तब वहाँ पहले से ही घात लगाए बैठे शिविर के सेनानायक तथा सैनिक उन्हें बाणों से बींध डालते।

मुख्य द्वार के समीप मृत सैनिक की भाँति पड़े गूजर की चेतना कुछ-कुछ लौट रही थी। स्वयं खुल रही आँखों की धुँधली दृष्टि से उसे दूर कहीं नीला प्रकाश चमकता हुआ दिखा। नीला प्रकाश कुछ क्षणों के लिए चमकता, फिर लुप्त हो जाता, कभी इधर चमकता, तो कभी उधर। अगले कुछ क्षणों में जब गूजर की चेतना पूरी तरह लौटी, तब उसने आँखों को मिचमिचाकर पूरी तरह खोला। लेटे हुए ही उसने देखा कि कूर्मा का रथ चारों ओर दौड़ रहा है तथा वह उस पर खड़ा किसी शस्त्र से नीली अग्नि उगल रहा है। गूजर के देखते-देखते, लक्ष्य करके चलाए गए उस आग्नेयास्त्र की अग्नि में एक अंगरक्षक तथा आठ विद्रोही सैनिक आ गए। अग्नि के संपर्क में आते ही उनका शरीर काँपता हुआ भूमि पर गिर गया। काँपते हुए उस निःशस्त्र अंगरक्षक को दस विद्रोहियों ने मिलकर भालों से छेद डाला। ठीक उसी समय बाईं ओर दूर एक कुएँ के समीप कूर्मा के सेनापति सचान ने अपने दो योद्धाओं तथा बीस सैनिकों के साथ मिलकर एक अन्य अंगरक्षक को मार डाला।

गूजर ने जब उठने का प्रयत्न किया, तब उसे ज्ञात हुआ कि उसके पैरों के ऊपर तीन विद्रोहियों के शव पड़े हुए हैं। स्वयं को निकालकर उसने अपना कवच ठीक किया। पूरी तरह फट चुके पाँव के कवच को उतारकर एक मृत सैनिक के कवच से बदल लिया। इसी प्रकार पीठ का कवच भी उसने एक मृत सैनिक से बदला। कवच ठीक कर उसने अपना ध्यान मुख्य समस्या की ओर केंद्रित किया। मुख्य संकट, उसे कूर्मा का वह विचित्र आग्नेयास्त्र लगा। कुछ ही क्षणों में गूजर ने मन में एक योजना बनाई और फिर दृष्टि दौड़ाकर दक्षान के नाव रूपी रथ को ढूँढ़ने लगा। इस प्रकार का रथ दक्षान ने एक बार उत्तर के अभियान में प्रयोग किया था, अतः वह गूजर के लिए कुछ नया नहीं था। बाईं ओर देखने पर वह प्राचीर के नीचे शांत-सा खड़ा मिला। वह झुककर उसमें घुसा और रथ पर चढ़कर घोड़ों को हाँक दिया। नाव के आगे देखने के लिए खुले दो छिद्रों से कूर्मा के रथ की दिशा तय करते हुए वह रथ की गति बढ़ाता जा रहा था। मार्ग में पड़ने वाली भीड़ की उसे कोई चिंता नहीं थी, क्योंकि अधिकतर संख्या विद्रोहियों की थी तथा इतनी बड़ी संरचना को बिना किसी पूर्व योजना के कुछ विद्रोही मिलकर रोक नहीं सकते थे। उसने रथ की गति अधिकतम सीमा तक बढ़ा दी।

कूर्मा का सारथी तेजी से आ रही उस बड़ी-सी वस्तु का उद्‌देश्य भाँप गया। कुछ सोचकर उसने भी रथ की दिशा उसकी ओर मोड़ी और गति बढ़ा दी।

कूर्मा का रथ अपनी ओर आता देखकर गूजर आश्चर्य में पड़ गया। उसकी योजना थी कि वह दोनों रथों को टकराकर कूर्मा का रथ पलट देगा। उसे आशा थी कि अपनी ओर रथ को आता देखकर कूर्मा का रथ बचाव के लिए इधर-उधर भागेगा, परंतु वह तो स्वयं ही टकराने के लिए आ रहा है। गूजर को समझ नहीं आया, पर वह अपने जबड़े कसकर टकराव के लिए तैयार हो गया। एक-दूसरे की ओर तीव्रता से आ रहे रथों के बीच जब बारह हाथ से भी कम दूरी रह गई, तब आग्नेयास्त्र ने अग्नि उगली। दक्षान की नाव पूरी तरह अग्नि से नहा उठी। समस्त अग्नि नाव की ऊपरी सतह पर फिसलती चली गई, परंतु सामने के छिद्रों से कुछ लपटें अंदर भी आ गईं। इस स्थिति की संभावना मानकर पहले से तैयार गूजर अपने लचीलेपन का प्रयोग करते हुए घुटने मोड़कर पीछे की ओर झुकता चला गया। अग्नि की पतली लपट उसकी नाक से एक अंगुल से भी कम की दूरी से निकल गई, तब तक दोनों रथों के बीच पाँच हाथ से भी कम की दूरी रह गई थी। फिर चार हाथ की दूरी होते ही कूर्मा के सारथी ने रथ को दाईं ओर मोड़ दिया। दोनों रथ एक-दूसरे को स्पर्श किए बिना दो अंगुल की दूरी से पार हो गए।

पार होकर सारथी ने बहुत दूर जाकर रथ रोका। दूर से यह दृश्य देख रहे दक्षान के मन में सारथी के लिए प्रशंसा का भाव जागा। ऐसा सारथ्य अनुभव, साहस, सूक्ष्मता तथा सटीक गणना से ही संभव था।

इधर गूजर का रथ अपनी ही गति से एक सीधी रेखा में दौड़ा जा रहा था। पीछे झुकने के कारण वह घुटने मोड़कर लगभग लेट ही गया था। उसका हृदय तीव्रता से धड़क रहा था। वह समझ नहीं पा रहा था कि उसे क्या हो गया है। एक विचित्र-सा भय उसके हृदय में समा रहा था। उसका सारा शरीर ठंडा होने लगा, हाथ से वल्गा छूट गई। वल्गा का तनाव कम होते ही घोड़े गति कम करते हुए अंत में रुक गए। अगले कुछ क्षणों तक वह लंबी श्वासों तथा पथराई आँखों के साथ उसी अवस्था में रथ पर पड़ा रहा।

कुछ समय पश्चात लगा, जैसे वह मूर्च्छा से जागा हो। अब वह पूरी तरह ठीक था। उसने समझने का पूर्ण प्रयत्न किया कि कुछ देर पहले उसे क्या हो गया था, परंतु कोई छोर पकड़ में न आने के कारण सोचना छोड़ दिया। वह रथ से उतरा तथा झुककर नाव से बाहर आ गया। अभी वह अपनी कमर सीधी ही कर रहा था कि एक विद्रोही सैनिक उसकी ओर उड़ता हुआ दिखाई पड़ा। गूजर झट से हट गया, वह सैनिक नाव से टकराया और गिरकर मूर्च्छित हो गया। मुड़कर देखने पर ज्ञात हुआ कि कुमास ने उसे उठाकर फेंका था।

कुमास को दर्जनों विद्रोहियों ने घेर रखा था। उसकी जंघा में दो तीर धँसे हुए थे, फिर भी उसके पराक्रम की गति में कोई अंतर नहीं दिख रहा था। दक्षान के अंगरक्षकों में, शक्ति के प्रसंग में धीरा के बाद कुमास का ही नाम आता था। इस बीच कुमास ने एक अन्य विद्रोही को उछालकर उसकी ओर फेंक दिया। जो कोई विद्रोही कुमास को भाला दिखाता, वह उसे भाला सहित खींच लेता और गोल घुमाकर उछाल देता।

गूजर ने मुड़कर कूर्मा के रथ की ओर देखा, वह अब भी घूमते हुए चारों ओर अग्नि उगल रहा था। गूजर को समझ नहीं आ रहा था कि आमने-सामने की टक्कर कैसे बच गई। क्या वह पुनः टक्कर मारने का प्रयास करे, किंतु कुछ समय पहले हुई अपनी विचित्र स्थिति के बारे में सोचकर वह द्वंद्व में पड़ गया। तभी सामने से कूर्मा का सेनापति सचान आता हुआ दिखाई पड़ा। गूजर का द्वंद्व समाप्त हो गया। उसने भी अपनी तलवार खींच ली।

इधर कोई भी विद्रोही दक्षान के सामने पड़ने का साहस नहीं जुटा पा रहा था। उसके समीप जाने का अर्थ था- क्षणभर में किसी न किसी रूप में विकलांग हो

जाना। अपनी ओर आते तीर को वह तलवार की चौड़ाई पर रोक लेता तथा भालों को वह क्षणभर में काट डालता। विद्रोहियों के मन में आतंक मचाते हुए दक्षान धीरा के पास पहुँचा। उसने संकेत छोड़ने तथा कूर्मा के रथ को एक स्थान पर कीलित करने को कहा।

धीरा ने अपनी कमर पट्टिका से एक सीटी निकालकर तीर से बाँधी तथा उसे धनुष पर चढ़ाकर छोड़ दिया। कोयल की कूक जैसा तेज स्वर निकालता हुआ बाण आकाश में उड़ गया।

संकेत मिलते ही दुर्ग के बाहर उपस्थित सेनानायक अपने दो सौ से भी अधिक सैनिकों के साथ हुंकार भरते हुए दुर्ग में प्रवेश कर गया। अचानक पहुँची सहायता से विद्रोहियों में खलबली मच गई। इस खलबली से यह लाभ हुआ कि दक्षान के जो अंगरक्षक विद्रोहियों से पूरी तरह घिरकर लड़ रहे थे, मुक्त हो गए।

गूजर से लड़ रहा कूर्मा का सेनापति सचान अत्यंत दुर्द्धर्ष योद्धा प्रमाणित हो रहा था। गूजर को आशा नहीं थी कि सचान इतने समय तक उसके सम्मुख टिक सकेगा। परंतु वह विद्रोही सेनापति उसके सम्मुख टिका ही नहीं, वरन उसे कई स्थानों से घायल भी कर चुका था। तभी आकाश में एक अन्य तीखी सीटी की ध्वनि गूँजी। यह संकेत था कि सभी अंगरक्षक दक्षान के समीप एकत्रित हों।

सभी अंगरक्षक विद्रोहियों को धकेलते तथा मारते हुए दक्षान की ओर बढ़ने लगे। गूजर ने देखा कि कुमास भी अपना घेरा नष्ट कर दक्षान की ओर जा रहा है। गूजर स्वयं सचान के रहते वहाँ से हिल भी नहीं सकता था। उसने मुँह गोल कर विचित्र-सी सीटी मारी। संकेत मिलते ही कुमास उसकी सहायता के लिए आया। उसने पास ही खड़े नाव रूपी रथ से नाव की एक अत्यंत मोटी लंबी लकड़ी खींच ली, जो विस्फोटक तीरों का आघात झेलकर पहले ही ढीली दिख रही थी। वह मोटी लकड़ी लेकर कुमास ने सीधे सचान पर प्रहार कर दिया। सचान ने इस अप्रत्याशित प्रहार को तलवार से रोकने का प्रयास किया। उसकी तलवार लकड़ी को काट तो नहीं पाई, परंतु क्षणभर के लिए उसमें गड़ गई। कुमास ने झट से लकड़ी उमेठ दी। सचान के हाथ से तलवार छूट गई। असावधानी के किसी ऐसे ही क्षण की प्रतीक्षा कर रहे गूजर ने उछलकर उसकी छाती पर अपने पैरों से जोरदार प्रहार किया। गूजर के पाद-प्रहार से सचान लड़खड़ाते हुए पीछे गिरा। इससे पहले कि वह पूरी तरह उठ पाता, कुमास ने एक भारी पत्थर उठाकर उसके सिर पर दे मारा। मस्तक फूट गया, रक्त की धार निकली तथा शरीर गतिहीन हो गया। कुमास और गूजर मुड़े, फिर दक्षान की ओर चल दिए।

जब तक कुमास और गूजर दक्षान के समीप पहुँचते, शेष अंगरक्षक दक्षान के आदेशानुसार कूर्मा के रथ के घोड़ों को तीर से मारने का प्रयत्न कर रहे थे। घोड़ों पर बँधे कवच उन तीरों को सरलता से निरस्त कर दे रहे थे। इसके अतिरिक्त, अंगरक्षक घोड़ों को तलवार से मारने के लिए रथ के समीप भी नहीं पहुँच पा रहे थे, क्योंकि उनके समीप जाते ही कूर्मा आग्नेयास्त्र चला देता था। अंगरक्षकों को असफल होता देख दक्षान ने धीरा को धनुष सँभालने का आदेश दिया। अंगरक्षकों के प्रमुख तथा उनके सबसे शक्तिशाली योद्धा ने अपना बड़ा धनुष सँभाल लिया। एक बड़ा बाण धनुष पर चढ़ाकर प्रत्यंचा कान के पीछे तक खींची और दाईं पंक्ति के सबसे आगे वाले घोड़े को लक्ष्य करके छोड़ दिया। तेज फलक वाला वह बाण कवच में जाकर धँस गया। धीरा को अनुमान लग गया कि कवच भेदने के लिए कितनी शक्ति की आवश्यकता है। उसने दूसरा बाण खींचा तथा पूरी शक्ति लगा दी; गरदन तथा कंधों के स्नायु खिंचने लगे। दाँत भींचकर उसने बाण छोड़ दिया। वह बाण कवच को छेदकर सीधा घोड़े के पेट में जा घुसा। परंतु मात्र एक बाण से घोड़ा इतनी शीघ्रता से नहीं मरने वाला था और प्रत्येक बाण वह इतनी शक्ति से नहीं चला सकता था। अत: अगले ही प्रहार में उसे उस घोड़े को समाप्त करना आवश्यक था। उसने एक नया बाण चढ़ाया तथा इस बार और अधिक शक्ति से खींचा, एक भयंकर हुंकार भरी तथा घोड़े के मस्तक को लक्ष्य करके चला दिया। भीषण ऊर्जा लिए वह बाण कवच एवं सिर की हड्डी तोड़कर मस्तिष्क में जा धँसा। घोड़े को निर्जीव होकर गिरने में क्षणभर भी नहीं लगा।

घोड़े के गिरते ही पूरा रथ लड़खड़ाने लगा। सारथी ने रथ रोक दिया। धीरा को अब शेष घोड़ों को मारने की आवश्यकता नहीं थी। मृत घोड़े को घसीटते हुए, रथ दौड़ाने से शेष घोड़ों के लड़खड़ाकर गिरने की संभावना थी, जिससे पूरा रथ ही पलट सकता था। सारथी ने सोचा कि रथ से उतरकर मृत घोड़े को खोलकर अलग कर दे, परंतु रथ से उतरते ही अंगरक्षकों द्वारा चलाए जा रहे तीरों से जीवित बचने की संभावना नगण्य थी। अभी तक वह रथ की बनावट के कारण ओट में सुरक्षित था। वह रथ से उतरे अथवा बैठा रहे, रथ अब नहीं बढ़ सकता था। अत: ढाल ऊपर कर वह वहीं बैठ गया।

रथ रुकते ही कूर्मा पागलों की भाँति चारों ओर अग्नि फेंकने लगा। इसी अंधाधुंध अग्नि से बचने के प्रयास में एक अग्नि दक्षान को छूकर निकल गई।

अग्नि का स्पर्श होते ही दक्षान का हृदय धड़धड़ा उठा, शरीर में कँपकँपी प्रारंभ हो गई। क्षणभर में ऐसा भय समाया कि आँखें पूरी तरह फैल गईं, लगा अगले ही

क्षण बाहर आ जाएँगी। शरीर ऐसे काँप रहा था, मानो निर्जीव देह को झटके लग रहे हों। पथराई आँखों वाले निस्तेज दक्षान के शरीर को धीरा खींचकर दूर ले गया। शरीर के कंपन कुछ क्षणों पश्चात धीरे-धीरे कम होने लगे तथा अंत में रुक गए। दक्षान के शरीर में कोई गति न देखकर धीरा घबरा उठा। उसने दक्षान को झकझोर कर जगाने का प्रयास किया, परंतु वह प्रयास भर ही रहा।

धीरा के मुख पर विषाद छा गया। उसके मुख की क्लांति दूर से ही देखी जा सकती थी। वह घुटनों के बल गिरकर, शिथिल होकर बैठ गया। धीरा की स्थिति देखकर दो अंगरक्षक उसकी सुरक्षा के लिए आ गए। धीरा के मन में घोर पश्चात्ताप उठा कि वह अपने कर्तव्य में असफल रहा। उसके पश्चात्ताप ने उसके मन में क्या-क्या स्मृतियाँ और दृश्य उत्पन्न किए, यह तो वही जानता था, परंतु उसके साथी अंगरक्षकों ने उसका यह तेजहीन रूप पहली बार देखा था।

दुर्ग में अब भी घमासान युद्ध चल रहा था। प्राचीर पर चढ़े बीस अंगरक्षकों ने सभी विद्रोही धनुर्धरों को समाप्त कर दिया था। वे उन्हीं के विस्फोटक तीरों को प्राचीर से ही कूर्मा के रथ पर चला रहे थे। परंतु रथ के ऊपर लगी बड़ी छतरी के कारण कूर्मा को कोई गंभीर क्षति नहीं हो रही थी। नीचे से चलाए जा रहे बाण भी कूर्मा को स्पर्श नहीं कर पा रहे थे, क्योंकि वह जिस स्थान पर खड़ा होकर आग्नेयास्त्र चला रहा था, वह भी उसे आड़ प्रदान कर रहा था। दक्षान के अंगरक्षक आग्नेयास्त्र की अग्नि से बचकर रथ पर चढ़ने का प्रयत्न कर रहे थे, परंतु आठ हाथ से अधिक समीप कोई नहीं पहुँच पाया था। इसी प्रयास में दो अंगरक्षक भूमि पर काँपते हुए पड़े थे।

युद्ध क्षेत्र के चारों ओर दृष्टि घुमाकर धीरा ने जब दक्षान की ओर देखा, तो एकदम से उल्लसित हो उठा। दक्षान की पथराई आँखें सामान्य हो रही थीं। कुछ क्षणों पश्चात शरीर ऐसे हिला, मानो उसकी चेतना किसी दूसरे लोक से इस लोक में पुन: लौट आई हो। दक्षान सिर झटकते हुए उठा।

"राजकुमार! क्या हो गया था?" धीरा ने पूछा।

दक्षान ने अपना सिर सँभालते हुए बताया- "...यह आग्नेयास्त्र बड़ा रहस्यमम है। इसकी अग्नि अत्यंत ठंडी है तथा शरीर के किसी अंग के स्पर्श मात्र से ही भयंकर भय लगता है। हृदय ऐसे धड़कता है, मानो फट ही पड़ेगा..."

दक्षान की बात सुनकर धीरा कुछ क्षणों के लिए ठिठक-सा गया। उसने कुछ नहीं बोला और दक्षान का कवच सुधारने लगा। जब सुधार कार्य पूर्ण हो चुका, तब उसने पूछा- "अब क्या योजना है, राजकुमार?"

"इस आग्नेयास्त्र का संचालन ध्यान से देखो। एक बार अग्नि उगलने के पश्चात सात क्षणों के उपरांत ही दुबारा अग्नि उगल पाता है। मेरी योजना इन्हीं सात क्षणों की है।" दक्षान बोला।

"आप योजना बताइए, मैं उसे औरों तक प्रसारित करवाता हूँ।" धीरा तत्काल बोला।

नायक तथा उसके सैनिक आशा से अच्छा प्रदर्शन कर रहे थे, क्योंकि अपना पेट पकड़े बीमार विद्रोहियों को पराजित करने में उन्हें किसी युद्ध कौशल की आवश्यकता नहीं थी। योद्धा श्रेणी के विद्रोही सैनिकों को अंगरक्षकों ने पहले ही पराजित कर दिया था।

इधर दक्षान की योजना के अनुसार समस्त अंगरक्षकों ने कूर्मा के रथ को चारों ओर से घेर लिया था। रथ की बाईं ओर दक्षान तथा धीरा थे, जबकि दाईं ओर कुमास और गूजर। दक्षान का संकेत मिलते ही रथ के ठीक सामने से एक अंगरक्षक शोर मचाता हुआ कूर्मा की ओर दौड़ा। कूर्मा ने आग्नेयास्त्र का मुख उसकी ओर करके चला दिया। जैसे ही आग्नेयास्त्र ने अग्नि उगली, उसी क्षण धीरा और दक्षान बाईं ओर से कूर्मा की ओर दौड़ पड़े। आगे ढाल लेकर धीरा था तथा उससे पाँच हाथ पीछे तलवार लेकर दक्षान। दौड़ते हुए दक्षान तेज स्वर में चीखा- "धीरा!"

कूर्मा ने ध्वनि की दिशा में अपनी गरदन घुमाई। दो शत्रु उसकी ओर तीव्र गति से आ रहे थे।

दौड़ता हुआ धीरा रथ के बाएँ पहिए के समीप पहुँचा तथा ढाल को सिर के ऊपर छतरी की भाँति पकड़कर बैठ गया। ठीक पीछे आ रहा दक्षान जैसे ही ढाल पर चढ़ा, धीरा ने पूरी लंबाई में खड़े होकर पूर्ण शक्ति से उछाल दिया। उछलकर दक्षान ऊँचाई पर खड़े कूर्मा की लगभग बगल तक पहुँच गया। दक्षान ने हवा में तलवार तानी हुई थी। अपनी ओर उछलते देख कूर्मा उसका उद्देश्य पहले ही समझ गया था। अत: उसने भी अपनी तलवार निकाल ली थी। परंतु दक्षान द्वारा चीखकर अपनी ओर ध्यान आकर्षित करवाने के कारण कूर्मा दाईं ओर से हवा में तैरते गूजर को नहीं देख पाया। जिस क्षण दक्षान उछला था, उसी क्षण रथ की दाईं ओर से कुमास ने गूजर को ढाल की सहायता से उछाल दिया था। दक्षान की चलाई तलवार को रोकने के लिए कूर्मा ने जैसे ही अपनी तलवार टकराई, गूजर ने पीछे से कूर्मा की गरदन काट दी।

कटा हुआ मुंड रथ से गिरकर भूमि पर लुढ़क गया। दक्षान ने कटे हुए मुंड पर अपना दायाँ पाँव रखा और शंख बजा दिया। उस निर्णायक शंखध्वनि को सुनकर

सारा दुर्ग ठहर गया।

दक्षान ने ऊँचे स्वर में घोषणा की- ''शस्त्र त्याग दो, मैं तुम्हारा कल्याण करूँगा।''

विद्रोह समाप्त हो चुका था।

अगले दो दिनों तक राजभवन से जो सामग्री और साक्ष्य मिले, उन्हें देखकर दक्षान का मस्तिष्क घूम गया।

तीसरे दिन प्रात: जब वह अपने बचे हुए चालीस अंगरक्षकों को लेकर राजधानी के लिए निकल रहा था, तब अपने घोड़े पर बैठकर उसने नायक से कहा- ''इस दुर्ग को मैं अपनी निजी संपत्ति घोषित करता हूँ, यहाँ की समस्त सामग्री तथा सूचना मेरी आज्ञा के बिना बाहर नहीं प्रस्तुत होनी चाहिए। इस आदेश का किसी भी प्रकार से उल्लंघन होने का अर्थ, दंडनीय अपराध होगा।''

नायक ने सिर झुककर हामी भरी।

राजसभा में अपने विरोधियों की ईर्ष्या से तृप्त होने के लिए कूर्मा का कटा हुआ मुंड लेकर दक्षान राजधानी की ओर बढ़ चला।

दक्षान का संकल्प

खुले हुए काले केश, साँवली रंगत, इकहरी सुडौल काया, लंबा कद तथा बड़ी काली आँखों की लंबी-लंबी बरौनियों वाली दक्षान की पत्नी उरी बायाँ हाथ भूमि पर टिकाकर बैठी हुई थी। वह दाएँ हाथ से रंगीन चूर्ण गिराते हुए अपने शयनकक्ष की भूमि पर पुष्प बना रही थी। मुख पर मंद मुस्कान लिए वह बचपन का सीखा कोई गीत मन ही मन गुनगुना रही थी। तभी उसे अपनी बिल्ली का ध्यान आया। इधर-उधर दृष्टि घुमाने के बाद जब वह कहीं सोती हुई नहीं दिखी, तब हाथों से संकेत कर द्वार पर खड़ी परिचारिका से पूछा। उसे भय था कि वह उपद्रवी मोटी बिल्ली हर बार की तरह छुपकर आएगी और सारे चित्रों को बिगाड़ कर म्याऊँ-म्याऊँ करते हुए भाग जाएगी। परिचारिका ने बताया कि बहुत देर से उसने भी नहीं देखा, संभव है उद्यान की झाड़ियों में कहीं घुसी बैठी हो। उरी ने परिचारिका को एक मोहक मुस्कान दिखाई और पुन: चित्र बनाने में जुट गई। वह अपनी बिल्ली के लिए निश्चिंत थी, क्योंकि रात्रि चढ़ते ही वह स्वयं लौट आती थी तथा तब तक नहीं सोती थी, जब तक उसे अच्छे से दुलार न किया जाए।

आज उरी लाल रंग का बड़ा फूल बना रही थी। प्रात: उसे जैसे ही ज्ञात हुआ कि उसके पति विद्रोह समाप्त कर रात्रि तक लौट आएँगे, वह पूरा कक्ष नए ढंग से सजाने में जुट गई थी। फूलदान बदल दिए, कक्ष में नई मूर्तियाँ रखवा दीं, दीवारों पर चित्र चढ़ा दिए तथा शय्या पर अपने हाथों से कढ़ाई की हुई महीन बुनाई की चादर बिछा दी, जिस पर सुगंधित पुष्प के रस का छिड़काव किया गया था। कक्ष की किनारी पर चूर्ण से छोटे रंगीन चित्र बने हुए थे तथा कक्ष की सबसे आकर्षक वस्तु शय्या के ठीक ऊपर लटक रही थी। वह आमने-सामने चोंच किए दो तोतों की आकृति थी। वह आकृति छोटे गोल काले पत्थरों को धागों से लटकाकर बनाई गई थी; चोंच के पत्थर लाल रंग के थे। एकदम सुडौल, चिकने, छोटे, गोल पत्थरों को धागों से लटकाकर सजावटी आकृति बनाने में दानवों को विशेष दक्षता प्राप्त थी।

गंध वाले पुष्पों ने पूरा कक्ष सुगंधित कर रखा था। उरी ने उठकर खिड़की से झाँका, चंद्रमा पूरा उग आया था। अब तक उन्हें आ जाना चाहिए था- ऐसा उसने मन में सोचा। तभी द्वार पर संदेशवाहक प्रकट हुआ। उसने सूचना दी कि राजकुमार दक्षान राजधानी पहुँच गए हैं, परंतु आज रात्रि उत्सव मनाएँगे, अत: कल राजसभा

की समाप्ति पर लौटेंगे। सन्देशवाहक चला गया और उरी भूमि पर लेट गई।

कुछ समय पश्चात उसकी बिल्ली लौटी। काले रंग की मोटी बिल्ली ने इस बार चित्र नहीं बिगाड़ा तथा आकर उरी के पेट से अपना सिर खूब रगड़ा, परंतु उरी ने उसे एक बार भी दुलार नहीं किया। खूब प्रयास करने के पश्चात भी जब उरी ने उसकी ओर ध्यान नहीं दिया, तब वह उसके पैरों के पास जाकर लेट गई।

प्रधानमंत्री-आवास के उद्यान की ठीक बगल में स्थापित किए गए विशाल मंडप में दक्षान नगाड़े बजवाकर अपने अंगरक्षकों के साथ उत्सव मना रहा था। मदिरा की उसे कोई लत नहीं थी, पर ऐसे अवसरों पर अपने सहयोगियों का साथ देने के लिए चखने से परहेज नहीं करता था। पचास हाथ दूर तक बिछे रीछ के चर्म पर मांस, मदिरा, फलों तथा पकवानों का ढेर लगा हुआ था। राजधानी की श्रेष्ठ गणिकाएँ नृत्य प्रस्तुत कर रही थीं। दक्षान के आदेशानुसार उत्सव मनाने वाले पूरी क्षमता से हुड़दंग मचाकर अपनी प्रसन्नता दिखा रहे थे। गूजर को यह सब अधिक पसंद न था, परंतु कुमास पूरे आनंद में था। वह चार बार गूजर की पीठ ठोंकता, तो एक घूँट मदिरा उतारता। कुछ देर बाद वह इतना मत्त हो गया कि सभी के पास जाकर हाथ जोड़कर कहता- ''पितामह प्रणाम! आइए, आपका कंठ दबा दूँ।''

दक्षान स्वयं बहुत थोड़ा पीता था, किंतु ऐसे दिखाता, मानो कितना मदांध हो गया है। फिर वह दूसरों को और पीने के लिए प्रेरित करता। अंगरक्षकों के अतिरिक्त दक्षान ने अपने कुछ गिने-चुने सहयोगियों को भी बुला रखा था। मात्र धीरा ही ऐसा व्यक्ति था, जो कवच धारण कर दक्षान की सुरक्षा में पूरी तरह सन्नद्ध था।

दक्षान ने प्रधानमंत्री के आवास के निकट मंडप तैयार करवाया था, क्योंकि वह चाहता था कि रात्रि के इस प्रहर, मांस तथा मदिरा की दुर्गंध उसके सबसे प्रबल विरोधी प्रधानमंत्री की नासिका में जाकर उसकी विजय की सूचना दे। अपनी सफलता की प्रस्तुति करने का अवसर उसे कल राजसभा प्रारंभ होने पर ही मिलेगा, परंतु वह एक रात्रि भी अपने विरोधियों को सुख की निद्रा का अवसर नहीं देना चाहता था। उसने जोर-जोर से नगाड़े पीटने का आदेश दिया था, जिससे उसका विजय-नाद सुनकर उसके शत्रुओं के वक्ष पर पूरी रात्रि साँप लोटते रहें। ईर्ष्या का सुख लेने वाला यह उपद्रवी उत्सव रात्रिभर चला तथा दक्षान के कहेनुसार सारे नगाड़े उसके विरोधियों के भवनों के सामने से भोर होने तक गुजारे गए।

इस बात का विशेष ध्यान रखा गया कि इस हुड़दंग की ध्वनि महामहिम के राजमहल तक न पहुँचे।

दनुबाँस से बने ऊँची पीठ वाले सिंहासन पर अपना विशाल शरीर फैलाकर दानवों का सम्राट, जिसे वे महामहिम की उपाधि देते थे, पाणिक बैठा हुआ था। मुट्ठी जैसी नासिका, दबा हुआ रंग, अत्यधिक मदिरा के सेवन से रक्त हो गईं उभरी आँखें, मोटे होंठ एवं उससे भी अधिक मोटी मूँछें तथा चर्बीयुक्त शरीर वाले उस महामहिम के काष्ठ सिंहासन के पीछे अत्यधिक गौरवर्ण तथा सुनहरे केशों की एक चोटी वाली दो विदेशी युवतियाँ चँवर डुला रही थीं। बाईं वाली युवती से चार हाथ की दूरी पर एक विराट आकृति खड़ी थी। कवच धारण किए हुए तथा ऊँचे डील-डौल वाले 'राना' नाम के उस अंगरक्षक के बारे में कहा जाता था कि उसके रहते पूरी सेना भी मिलकर महामहिम को खरोंच तक नहीं लगा सकती। दानव सम्राट कई बार दुर्घटनाओं का शिकार हुआ, किंतु राना ने हर बार चमत्कारिक ढंग से बचा लिया। दबे मुँह उन दुर्घटनाओं को षड्यंत्र कहकर उसका आरोप दक्षान पर ही लगता रहा। इस बात की सत्यता मात्र दक्षान को ही पता थी, परंतु इतना अवश्य था कि प्रत्येक दुर्घटना में महामहिम का बच जाना उसे प्रसन्न नहीं करता था।

सिंहासन के ठीक ऊपर असंख्य काले छोटे पत्थरों को महीन धागों से लटकाकर बनाई गई खुले मुख वाले रीछ की मुखाकृति अत्यंत प्रभावशाली लग रही थी।

सिंहासन की ही भाँति, दनुबाँस से बने आसनों पर राजसभा के सदस्य बैठे थे। बाईं ओर की कतार में तीसरे आसन पर बैठा दक्षान चाहकर भी अपनी उत्तेजना, दबा नहीं पा रहा था। वह एक असाध्य अभियान से लौटा था; जब वह कूर्मा का मुंड सबके सम्मुख प्रस्तुत करेगा, तब अपने विरोधियों के मुख के भाव देखकर उसे जो प्रसन्नता मिलेगी, उसकी कल्पना करके ही उसका मस्तिष्क मदांध हो रहा था। उसकी इच्छा थी कि आज राजसभा में सर्वप्रथम उसी के अभियान की चर्चा हो, परंतु वाणिज्य मंत्री ने पहले ही अपनी पोथी खोलकर कर-संचय के विषय में अपना गुणगान प्रारंभ कर दिया था। दक्षान बैठा प्रतीक्षा करता रहा कि महामहिम कब उससे अभियान की चर्चा करेंगे। वाणिज्य मंत्री के पश्चात नए रथों का क्रय, पश्चिम में बहने वाली नदी के तट पर नए राजभवन के निर्माण की प्रगति, नए चूर्णों का विकास, राजधानी के ठीक बाहर स्थापित दनु माता की विशाल मूर्ति का अनावरण तथा महामहिम के जन्मोत्सव की तैयारियाँ, आदि सभी विषयों पर चर्चा हो गई, किंतु महामहिम ने एक बार भी दक्षान की ओर दृष्टि तक नहीं फेरी। दक्षान का सारा उत्साह क्रोध में बदल गया। इस समय चर्चा मदिरा के नए भंडारण-गृह पर चल रही थी। दक्षान के लिए अब बैठे रहना संभव नहीं था। जैसे ही चर्चा समाप्त हुई, वह स्वयं ही उठकर खड़ा हो गया।

"महामहिम! दक्षान का प्रणाम स्वीकार करें।" सिर झुकाकर प्रणाम करता है। फिर उसने कहा- "मिराज दुर्ग का विद्रोह समाप्त करने में राजसत्ता को अभूतपूर्व सफलता मिली है। पाँच सहस्र से अधिक विद्रोहियों को..."

"...तुमने प्रशंसनीय कार्य किया हैं राजकुमार।" दानव सम्राट अपनी खरखराती आवाज में, बीच में ही बोला- "...पुरस्कार के रूप में मिराज दुर्ग तुम्हारे अधीन किया जाता है। तुम्हें अपने वीर सैनिकों पर गर्व करना चाहिए, जिन्होंने तुम्हारे लिए ऐसे असाध्य कार्य को सिद्ध किया।"

"मैं विद्रोहियों के नेता कूर्मा का मुंड प्रस्तुत करने की आज्ञा चाहता हूँ।" दक्षान ने आज्ञा माँगी।

"आजकल संथार में अपशकुनों का समय चल रहा है। दानव देश के प्रत्येक भाग में विद्रोह उठ रहे हैं। ऐसे में राजसभा में किसी मृतक को लाकर और अपशकुन मत बढ़ाओ। तुम्हें तुम्हारा पुरस्कार दिया जा चुका है...।" यह कहकर महामहिम ने विदेश मंत्री को चर्चा के लिए खड़ा किया।

दक्षान का सारा शरीर जल उठा। राजसभा में सदैव उसका महत्व कम करने का प्रयास किया गया था, परंतु यह सीधा तिरस्कार था। पाँच-छह वाक्यों में सारी चर्चा समेट दी गई। न विद्रोहियों के बारे में पूछा गया, न विद्रोह के कारणों पर चर्चा हुई। मुंड प्रस्तुत करने का प्रयास करके उसने वार्ता को कुछ खींचना चाहा, तो अपशकुन का ढोंग दिखाकर उसे ही चुप करा दिया गया। अब वह अपने विरोधियों का ईर्ष्या युक्त मुख कैसे देख पाएगा, जिसकी उत्तेजना में उसे पूरी रात्रि नींद नहीं आई थी। आसन पर बैठे-बैठे ही उसने राजसभा में अपनी दृष्टि दौड़ाई। उसके विरोधी मुख पर कुटिल मुस्कान लिए उसका हृदय छेद रहे थे। दक्षान का मस्तिष्क गरम हो उठा। उसका मन हुआ कि चारों ओर अंधाधुँध विस्फोटक बाण मारकर पूरी राजसभा को भस्मीभूत कर दे। अपने ताप से स्वयं को झुलसाते हुए वह राजसभा की समाप्ति तक बैठा रहा। महामहिम के जाने के पश्चात राजसभा धीरे-धीरे खाली होने लगी। दक्षान सबसे अंत में उठा।

राजसभा के कक्ष के बाहर दक्षान के आगे उसके विरोधियों का समूह चल रहा था। वे धीमी गति से बढ़ रहे थे तथा ऊँचे स्वर में चर्चा कर रहे थे, जिससे दक्षान के कानों तक बात पहुँचे।

किसी ने कहा- "कुछ व्यक्तियों को स्वयं की प्रशंसा करवाने का रोग होता है।"

दूसरे ने कहा- "ऐसा रोग प्राणों के साथ ही जाता है।"

किसी अन्य ने कहा- "एक अनाथ को नाम मिल गया, क्या यही पर्याप्त नहीं? महामहिम ने कृपा न की होती, तो आज किसी के घर में दास होता।"

चौथे ने कहा- "सही कह रहे हो, बर्तन माँजने वाले को राजसभा में बैठकर भी संतोष नहीं हो रहा।" पाँचवें ने कहा- "गूँगे के पति को गूँगा ही रहना चाहिए। बिना लाभ के राजसभा में मुख खोलता है और फिर स्वयं को ही सुलगा बैठता है।"

दक्षान का शरीर जल रहा था। यह सब सुनना उसके लिए कुछ नया नहीं था। वह वहीं ठहर गया। किसी ने पीछे मुड़कर देखा भी नहीं, वे अपनी चर्चा करते हुए आगे निकल गए। भवन के अगले मोड़ पर उनके ओझल होने के पश्चात ही दक्षान हिला। बाहर धीरा उसकी प्रतीक्षा कर रहा था।

दक्षान बिना कुछ बोले अपने घोड़े पर चढ़ गया तथा धीरा के साथ राजधानी के बाहर चला गया। राजधानी की उत्तरी प्राचीर के बाहर लगभग बीस हाथ चौड़ी नदी के तट पर एक पीपल के वृक्ष के नीचे उसने घोड़ा रोका। यह वृक्ष उसके जीवन में महत्वपूर्ण स्थान रखता था। इसी वृक्ष के नीचे उसने बड़े भाई हर्षमान के साथ घड़ियों समय बिताया था। राजधानी से बाहर अन्य राजकुमारों की ईर्ष्या-कलह से दूर, इसी स्थान पर उसके बड़े भाई ने सबकुछ सिखाया था। सामाजिक संबंध भले ही बड़े भाई का हो, परंतु वास्तविक संबंध दोनों के बीच पिता-पुत्र के समान था। दक्षान जब कभी व्यथित होता था, इसी स्थान पर आकर उसे राहत मिलती थी। स्वयं के क्रोध, दुख तथा निराशा को जब उसने शांत कर लिया, तब धीरा से पूछा- "भइया कब तक लौटेंगे?"

"युवराज हर्षमान के चर आज प्रातः ही संदेश लाए थे, संभवतः कल मध्याह्न तक राजधानी पहुँच जाएँगे।" धीरा ने उत्तर दिया।

"उनका आगमन होते ही सूचित करना।"

"जैसी आज्ञा।"

कुछ देर शांत रहकर दक्षान ने पुनः प्रश्न किया- "क्या अपने पिता से मिले?"

"नहीं राजकुमार!" धीरा निराशा से बोला- "उत्कोच बढ़ाने के उपरांत भी कारागार के प्रहरी नहीं माने।"

"अंतिम बार कब मिले थे?"

"वर्षभर पहले।"

"अपने पिता से अपार प्रेम करते हो?" दक्षान ने अनंत में देखते हुए पूछा।

"...प्रत्येक पुत्र अपने पिता से करता है, राजकुमार!"

धीरा ने एक प्रवाह में कह तो दिया, किंतु बाद में ध्यान आया कि यह बात वह किससे कह रहा है।

दक्षान कुछ नहीं बोला। संध्या तक वह वहीं रुका रहा।

रात्रि चढ़ते ही दक्षान अपने शयन-कक्ष में पहुँचा। उसने चौखट पर खड़े होकर अंदर का दृश्य देखा। कक्ष की सजावट बदली हुई थी। सारा वातावरण किसी मोहक गंध से सुवासित था, चारों ओर रंगीन चूर्ण से चित्र बने थे, बीच के बड़े फूल को उरी ठीक कर रही थी। दक्षान पर दृष्टि पड़ते ही वह सहम गई, पर अगले ही क्षण मुख पर मुस्कान लाकर चुपचाप खड़ी हो गई। दक्षान का ताप ऊँचा हो गया- आज उसका भयंकर तिरस्कार हुआ है और यह उत्सव मना रही है। इसी गूँगी के कारण सब उसे गूँगापति कहते रहते हैं...।

न चाहते हुए भी दक्षान चीख पड़ा- "तू गूँगी क्यों है? कुछ बोलती क्यों नहीं? मेरे तिरस्कार पर तुझे उत्सव की सूझी है ...मेरे जीवन का सबसे बड़ा अपशकुन...मेरे विरोधियों की भाँति तू भी मुस्करा रही है!"

भीषण क्रोध से भरे दक्षान ने आकर पूरी शक्ति से उरी पर हाथ उठाया। चाँटा खाकर वह बेचारी भूमि पर गिर गई। उसके गिरने से फूल बिगड़ गया। नेत्रों के अश्रु पोंछकर उठी, तो फिर से थप्पड़ पड़ा- "कुलटा!...मेरे जीवन में ग्रहण लगाने क्यों आई?" दक्षान अब भी चीख रहा था। उसने बगल में रखी सजावटी मूर्ति भी उठाकर पटक दी। भूमि पर सुबकती हुई उरी पर उसने पाद-प्रहार किया और चीखा- "जब मैं राजवंश में पला हूँ, तब मैं अनाथ क्यों कहा जाता हूँ... ?"

दक्षान ने उरी को पुनः एक थप्पड़ जड़ा- "क्या मेरे हाथ बर्तन माँजने के लिए हैं?"

दक्षान ने उरी पर मन भर हाथ बरसाया और ठोकरें मारी। अंत में हाँफते हुए शय्या पर जाकर लेट गया।

रोते-रोते जब उरी कुछ शांत हुई, तब परिचारिका से जल मँगवा कर मुँह धोया। अपने वस्त्रों तथा शृंगार को थोड़ा सुधारा। आसन बिछाकर भोजन मँगवाया, फिर जाकर अपने पति के बाजू में खड़ी हो गई। ध्यान से देखा तो उसका पति अभी सोया नहीं था, मात्र आँखें मूँदे था। सहमते हुए उसने दक्षान की बाँह हिलाई। दक्षान ने अपने क्रोधपूर्ण नेत्र ऐसे खोले, मानो उसे चबा जाएगा। उरी भयभीत हो

गई, पर कुछ क्षण पश्चात हाथ से भोजन करने का संकेत किया। दक्षान ने हाथ झिड़ककर दूसरी ओर करवट ले ली। उरी के नेत्रों से अश्रु झरझरा उठे। वह भोजन के सम्मुख बैठकर सारी रात्रि दक्षान की प्रतीक्षा करती रही और अंत में वहीं भूमि पर लेटकर सो गई। उसके जीवन में इस प्रकार का कार्यक्रम विवाह के बाद अब तक अनगिनत बार हो चुका था। एक सजावटी मूर्ति के पीछे दुबककर यह सब देख रही बिल्ली धीरे से उरी के पास आई और उसके मुख को चाटकर उसके पैरों के पास लेट गई।

अगले दिन प्रातः दक्षान देर से उठा। बाहर सूर्य एकदम चटक हो चुका था। वह उठकर बैठा, तो उरी खिड़की पर सजावटी सुराही में पुष्प बदलती हुई दिखी। उसने नए वस्त्रों के साथ सुंदर श्रृंगार किया था। मुख पर चिर-परिचित मुस्कान के साथ उसने अपने पति को देखा। दक्षान को पुनः क्रोध आ गया। उसका मन हुआ कि उरी को फिर से पीटे और पूछे कि कल रात्रि इतना सब होने के बाद भी वह इतनी प्रसन्न कैसे है। परंतु उसने कुछ किया नहीं और शय्या से उठकर नंगे पाँव ही कक्ष के बाहर चला गया। उरी मन ही मन गीत गुनगुनाते हुए हरी स्याही से कुछ लिखने बैठ गई।

राजधानी के मार्गों पर अपना घोड़ा दौड़ाते हुए दक्षान को अपने सामने कुछ नहीं दिख रहा था। मार्ग में पड़ने वाले लोग भागकर, स्वयं ही मार्ग छोड़ दे रहे थे। उत्साह एवं प्रसन्नता ने उसके मुख पर एक लंबी मुस्कान खींच रखी थी। भइया हर्षमान के आगमन की सूचना पाकर दक्षान अपना भोजन छोड़कर दौड़ पड़ा था।

राजधानी में प्रवेश करने से पहले युवराज हर्षमान अधिकतर उस पीपल के वृक्ष पर रुक जाया करते थे। वह वृक्ष उन्हें भी उतनी ही शांति प्रदान करता था, जितनी दक्षान को। जब दक्षान वहाँ पहुँचा, तब हर्षमान दोनों हाथ पीछे बाँधकर वृक्ष के नीचे खड़े दिखे। कुछ दूर पीछे, उनके अंगरक्षकों का समूह खड़ा था। अंगरक्षक उनसे इतनी दूर खड़े थे कि युवराज को पर्याप्त एकांत मिल सके।

दक्षान ने अपना घोड़ा अंगरक्षकों को सौंपा तथा दबे पाँव उनकी ओर जाने लगा, परंतु अंगरक्षकों ने आहट कर दी। हर्षमान ने पीछे मुड़कर दक्षान को देख लिया। देखते ही उन्होंने मुस्कराकर बाँहें फैला दीं। दक्षान को लगा कि सारा वातावरण धुँधला हो गया और मात्र बाँहें ही दिख रही हैं। उसके बड़े भाई की फैली बाँहों के बीच की दूरी ही उसका सारा संसार था। रुँधे कंठ से दक्षान जाकर उन

बाँहों में समा गया। कद में दक्षान से लंबे, गौर वर्ण के, बिना दाढ़ी-मूँछों वाले तथा शांत चित्त के, युवराज हर्षमान दक्षान की पीठ सहलाते हुए हँसते रहे और बोले- "तुझ जैसा पूरे संसार में कोई नहीं दक्षान! मात्र पचास को लेकर पाँच सहस्त्र का सामना।"

दक्षान को अपनी प्रशंसा में कभी कोई रुचि नहीं थी। उसने बस अपने मन की बात कही- "जब आपको कुशल देखता हूँ, तभी भान होता है कि मेरा संसार अभी जीवित है।"

"मीठा बोलना सीख गया है तू!" हर्षमान हँसते हुए बोले तथा उसके कंधे पर हाथ रखकर टहलते हुए नदी तक गए। दक्षान अपने रुँधे कंठ को ठीक करता रहा और कुछ नहीं बोला।

"चल...जल में खड़े होते हैं," कहकर हर्षमान नदी में उतर गए।

दक्षान भी बिना धोती उठाए घुटनों तक जल में उतर गया।

हर्षमान ने जब दक्षान को भावपूर्ण स्थिति में देखा, तो क्रीड़ा करने के लिए नदी का जल उसके मुख पर उछाल दिया और बोले- "तू बहुत भावुक है दक्षान! चल अब अपने अभियान के विषय में बता, मेरे कान तेरी दुःसाध्य संघर्ष-गाथा सुनने के लिए बड़े उत्सुक हैं।"

"आप के अतिरिक्त किसी अन्य के कानों में मेरी संघर्ष गाथा कहाँ घुस पाती है।" दक्षान और भावुक हो गया।

"अच्छा! अब प्रारंभ कर।" हर्षमान ने पुनः उसके मुख पर जल उछाला।

दक्षान ने अपना मुख पोंछा, फिर गला खंगालकर प्रारंभ से अंत तक संपूर्ण-गाथा विस्तार से सुना डाली। सारी गाथा में उसने अपने अंगरक्षकों की ही प्रशंसा की, विशेषकर कुमास और गूजर की। प्रत्येक कहानी में दक्षान स्वयं की वीरता सबसे अंत में रखता था।

विद्रोह समाप्त होने के पश्चात की जो घटना उसने बताई, वह बहुत रोचक थी।

दक्षान ने बताया- "... कूर्मा ने मुझसे कहा था कि उसका लक्ष्य एक स्वतंत्र राज्य की स्थापना है, परंतु वहाँ राजभवन के अंदर उसके कक्ष से राजधानी का विस्तृत मानचित्र मिला। कूर्मा का सेनापति जो अंत में मूर्च्छित अवस्था में मिला, उसने पूछताछ में यह बताया कि कूर्मा की योजना पूरे संथार पर अधिकार करने की थी। भय बढ़ाने वाले उस युद्धक शस्त्र के विषय में उसका सेनापति मात्र इतना बता पाया कि कूर्मा को वह शस्त्र किसी ने प्रदान किया था, जिसे कूर्मा 'महाप्रभु' कहकर संबोधित करता था, परंतु उस महाप्रभु का मुख किसी ने नहीं देखा। उसी

रहस्यमय शक्ति ने कूर्मा को एक धातु का पिंड भी प्रदान किया था, जिसे सामान्य धातु के साथ मिश्रित कर कवच बनाने से कवच की अभेद्य क्षमता दस गुना तक बढ़ जाती है। कूर्मा के योद्धा सैनिकों ने उसी कवच को धारण किया था, जिससे उनको पराजित करने में अच्छा संघर्ष करना पड़ा था।''

''यह तो संकट का विषय है। ऐसा कौन है, जो कूर्मा को कठपुतली बनाकर राजसत्ता पलटना चाहता था?...जो उसे ऐसे अलौकिक शस्त्र दे सकता है, वह स्वयं कितना शक्तिशाली होगा।'' युवराज हर्षमान ने चिंता प्रकट की। उन्होंने आगे पूछा- ''वह शस्त्र और धातु पिंड राजधानी लाए हो?''

''नहीं! उनके विषय में किसी को ज्ञात नहीं, मैंने दुर्ग में ही गुप्त रूप से शोध करने का आदेश दिया है।'' दक्षान ने सपाट भाव से कहा।

''तुम ऐसा कार्य क्यों करते हो, जिससे तुम्हारे विरोधियों को अवसर मिले?'' बड़े भाई ने छोटे भाई के दोनों कंधों पर हाथ रखकर समझाया।

''स्वयं को विरोधियों से अधिक शक्तिशाली करने के लिए ही ऐसा कर रहा हूँ... और अब मैं पर्याप्त सामर्थ्यवान हो गया हूँ भइया! आप सिंहासन की ओर चरण क्यों नहीं बढ़ाते? मैं अपनी सारी सामर्थ्य झोंकने के लिए कब से व्याकुल हो रहा हूँ।'' इस बार दक्षान ने हर्षमान को समझाया।

''पुनः वही विषय।'' हर्षमान ने अप्रसन्नता दिखाई- ''ऐसे ही विचारों के कारण तुम सदैव पिताजी के मन में चुभते रहते हो।''

''ऐसा कौन-सा क्षण है, जब मैं सम्राट के मन में नहीं चुभता?''

''एक तो तुम उन्हें पिता नहीं कहते, दूसरे, पीठ पीछे महामहिम के स्थान पर सम्राट कहकर संबोधित करते हो, इन्हीं सब की सूचना पहुँचाकर तुम्हारे विरोधी महामहिम के मन से तुम्हें गिराते रहते हैं।''

''यदि पिता कहना है, तो आपको कहूँगा, मेरे माता-पिता, आप ही हैं। जो कुछ सीखा-समझा, सब आपकी ही देन है। सम्राट ने तो मात्र नाम दिया है...मुझे आज तक नहीं याद, जब उन्होंने कभी मुझे पुत्र भी कहा हो। वे राजाओं के राजा, मात्र सम्राट बन सकते हैं, परंतु महामहिम?...जिसकी महिमा महान हो, वे उसके योग्य नहीं। भइया! मैं कब से कह रहा हूँ कि दानवों को अब नए महामहिम की आवश्यकता है, जो उन्हें नए युग में प्रवेश कराए।''

''पिताजी के पश्चात सिंहासन स्वयं ही मेरे अधिकार में आ जाएगा, अतः इतने उतावले होने की आवश्यकता नहीं है।'' हर्षमान बोले।

''नैतिकता के अनुसार, उन्हें इस वय में राजपाट छोड़कर वृद्धाश्रम अपना लेना

चाहिए, परंतु सम्राट को भोगों से इतना मोह है कि वे आखिरी साँस तक सिंहासन नहीं छोड़ेंगे। तब आपकी भी आयु इतनी नहीं रह जाएगी कि किसी परिवर्तन के लिए कोई ऊर्जा लगा सकें।"

हर्षमान जानते थे कि दक्षान इस विषय पर पूरे दिन चर्चा कर सकता है, अतः विषय बदलते हुए बोले-

"अच्छा! इन सब बातों को छोड़, यह बता उरी कैसी है?...तूने उसे पुनः प्रताड़ित तो नहीं किया।"

"वह ठीक है, परंतु प्रतीत होता है कि उसकी त्वचा कुछ मोटी हो गई है, तभी उस पर किसी का प्रभाव नहीं पड़ता... भाभी की क्या स्थिति है?"

"प्रत्येक क्षण सुनाते रहते हो कि भइया और भाभी ही तुम्हारा संसार हैं और उन्हीं की सुध नहीं ली।"

"ऐसी बात नहीं है भइया! कल राजसभा की समाप्ति पर उन्हीं से मिलने जाने वाला था, परंतु राजसभा ने मेरा मन खराब कर दिया। अतः अपना विकृत मुख लेकर उनके सम्मुख नहीं जाना चाहता था।"

"वैद्यों के अनुसार उसका स्वास्थ्य अच्छा है, तीन माह में पिता बन जाऊँगा।" हर्षमान ने प्रसन्नता से कहा।

"ठीक है भइया, अब निश्चित रहा! छोटे हर्षमान के जन्म लेते ही आप सिंहासन ग्रहण करिएगा और उसी समय मैं उसे युवराज घोषित कर दूँगा।"

"पुनः वही चर्चा! अब चुप हो जा, अन्यथा चार माह तक तेरा मुख भी नहीं देखूँगा।" हर्षमान ने बनावटी वक्रता दिखाई।

"क्षमा करना भइया!" दक्षान ने गिड़गिड़ाने का अभिनय किया- "उतावलेपन में बोल गया था।"

फिर धीरे से मुस्कराकर बोला- "किंतु अर्थ तो वही था।"

"दुष्ट कहीं का।" हर्षमान ने उसकी पीठ पर जोरदार धौला जमाया। फिर दोनों नदी से बाहर निकल आए।

दक्षान, हर्षमान के साथ सीधा भाभी के पास पहुँचा। भाभी के कक्ष में ढेरों परिचारिकाएँ आ-जा रही थीं। पिछली संतान जन्म लेते ही चल बसी थी, फिर दस वर्षों के दीर्घ अंतराल के बाद यह संतान आ रही थी। दानवों में बहुपत्नी का प्रचलन होने के चलते अपने पिता की घृणित अवस्था देखकर हर्षमान ने एकपत्नी व्रत का संकल्प लिया था। उन्हीं से प्रभावित होकर दक्षान ने भी विवाह से पूर्व ही एकपत्नी व्रत की घोषणा कर दी थी। दक्षान से चिढ़े महामहिम ने उसको अपमानित करने

के लिए एक गूँगी कन्या से उसका विवाह करा दिया। अतीत की घटनाएँ याद कर दक्षान का ताप बढ़ गया, परंतु भाभी को वह अपना प्रसन्न मुख ही दिखाना चाहता था। अतः स्वयं को संयमित कर मुख पर मुस्कान लाते हुए, भइया हर्षमान के साथ भाभी की शय्या के निकट पहुँचा, तो भाभी सोती हुई मिलीं।

हर्षमान वहीं रुक गए और दक्षान परिचारिका से भाभी का स्वास्थ्य पूछकर लौट गया।

प्रत्येक दिन की भाँति आज भी दक्षान राजसभा में दुखी मन से बैठा हुआ था। दो दिन पूर्व जब उसे ज्ञात हुआ कि भइया हर्षमान को उत्तरी क्षेत्र का विद्रोह दबाने के लिए मात्र एक सहस्र सैनिकों के साथ भेजा गया है, तो गत दिवस उसने राजसभा में हर्षमान को अतिरिक्त सैन्य सहायता भेजने का प्रस्ताव रखा था। क्योंकि उत्तर का वह क्षेत्र अत्यंत दुर्गम पहाड़ियों पर था। वहाँ के भूलभुलैया मार्गों के अभ्यस्त विद्रोहियों को घेरने मात्र के लिए ही सहस्र सैनिक कम पड़ जाएँगे। परंतु महामहिम ने यह कहकर उसे चुप करा दिया था कि क्या वह दानवों के युवराज को सामर्थ्यहीन समझता है।

आज की राजसभा में पुनः मदिरा की ही चर्चा छाई रही- डेढ़ माह पश्चात होने वाले महामहिम के जन्मोत्सव में कहाँ-कहाँ की मदिरा मँगाई जाए तथा प्रजा में कितनी बाँटी जाए। इन सब चर्चाओं से दक्षान का दम फूलता था। जब भंडारण मंत्री ने अपनी चर्चा समाप्त की, तब वह स्वयं ही उठकर खड़ा हो गया। महामहिम को प्रणाम कर दक्षान ने अपनी बात रखी- "मैं महामहिम को दानव सेना की वास्तविक स्थिति की ओर ध्यान दिलाना चाहता हूँ। मेरे विचार से सेना को नए प्रशिक्षण-कार्यक्रम की आवश्यकता है। दानव सेना संख्या-बल में सारे संसार में भले ही श्रेष्ठ हो, परंतु इतने वर्षों से दानव-नीति का उपयोग करते हुए राज्यों को जीतने में अधिक संघर्ष करना पड़ा है। मेरी सैन्य दृष्टि कहती है कि प्रत्यक्ष युद्ध का अवसर आने पर दानव सेना अधिक देर नहीं ठहर पाएगी। सैनिकों को न व्यूह रचना का अभ्यास कराया जाता है और न ही छद्‌म युद्ध के प्रशिक्षण की कोई व्यवस्था है। आधे से अधिक सैनिक स्वयं ही मदिरा में धुत पड़े रहते हैं। अतः मैं सैनिकों की नई प्रशिक्षण-व्यवस्था का प्रस्ताव रखता हूँ, जिससे एक नई सशक्त सेना की संरचना बन सके।"

"संथार को किससे भय है, राजकुमार दक्षान, जिसके लिए आप संपूर्ण सेना

की संरचना ही परिवर्तित करने का प्रस्ताव दे रहे हैं?'' सामने की कतार में बैठे प्रधानमंत्री ने कहा।

''मैं भय के विषय में नहीं कह रहा हूँ, मैं संथार की वर्तमान समस्या की चर्चा कर रहा हूँ।'' दक्षान ने सहजता से कहा।

''आपको ऐसी कौन-सी समस्या दिख गई, जो हमें नहीं दिख रही।'' प्रधानमंत्री ने उपहास उड़ाने का प्रयास किया।

दक्षान धैर्य से बोला- ''वर्तमान में दानव देश की मुख्य समस्या प्रत्येक कोने में उठ रहे विद्रोह हैं। इसका कारण प्रजा में भोजन की कमी है। भोजन की कमी के कारण लोग कर नहीं देना चाहते, और जब राजसत्ता उनसे जबरन कर वसूलेगी, तब विद्रोह होना स्वाभाविक है।... हम सभी जानते हैं कि जिस भूमि पर हम अपने मसाले उगाते हैं, वह भूमि विशिष्ट उर्वरकों का प्रयोग करने के कारण प्रारंभ में उच्चकोटि के मादक मसाले देती है, परंतु कुछ दशकों पश्चात इतनी बंजर हो जाती है कि वहाँ तृण भी नहीं उगता। लाभ के लिए सभी दानवों ने आज तक मसालों की ही खेती की है। खाने के लिए अधिकांश अन्न हम दूसरे देशों से धन देकर मँगाते रहे हैं। परंतु धीरे-धीरे संथार इतना विस्तृत हो चुका है कि उसकी भूख मिटाने के लिए मँगाया गया अन्न पर्याप्त नहीं हो पा रहा है। इसके अतिरिक्त, दूसरे देश भी उतना अन्न नहीं दे पा रहे हैं, जितनी संथार को आवश्यकता है।...हमें अपना अन्न स्वयं उपजाना चाहिए, जिससे सबसे आधारभूत आवश्यकता के लिए दानवों को दूसरों पर निर्भर न रहना पड़े। वर्तमान में पूरे संथार में पर्याप्त अन्न उगाने के उपयुक्त भूमि की भारी कमी है। अत: मेरा मत यह है कि हमें अपनी सैन्य शक्ति सुदृढ़ कर नई उपजाऊ भूमि पर अधिकार का प्रयत्न करना चाहिए। संथार की निकटवर्ती, सबसे बड़ी उपजाऊ भूमि जंबूद्वीप है। हम वर्षों से पश्चिम की ओर बढ़ रहे हैं, क्योंकि पश्चिम के छोटे राज्यों में दानव नीति सफल हो जाती है, परंतु पूर्व में विस्तार के लिए सैन्य शक्ति के अतिरिक्त अन्य कोई विकल्प नहीं है। दानवों को पूर्व में बढ़ने से सदैव अर्थला ने ही रोका है, परंतु वर्तमान में वह स्वयं ही दयनीय अवस्था में है। हम दानवों के पास यही उचित अवसर है कि अपनी सैन्य शक्ति को बढ़ाकर, अर्थला को रौंदते हुए जंबूद्वीप में प्रवेश किया जाएँ। संपूर्ण जंबूद्वीप में इतनी उपजाऊ भूमि है कि दानवों की कई पीढ़ियों को अन्न की समस्या से मुक्ति मिल जाएगी।''

''तो राजकुमार दक्षान, अर्थला से प्रत्यक्ष युद्ध का प्रस्ताव दे रहे हैं।'' प्रधानमंत्री ने पूरी राजसभा की ओर देखते हुए कहा।

"अपनी प्रजा को अपने ही सैनिकों द्वारा, विद्रोह के नाम पर मारने के स्थान पर अपनी सैन्य शक्ति का प्रयोग दानवों के भविष्य के लिए करना अधिक श्रेयस्कर होगा।" दक्षान ने सहजता दिखाई।

"राजकुमार! आप अपनी हिंसक प्रवृत्ति को स्वयं तक ही सीमित रखें। ऐसा प्रतीत होता है कि दानव-देश में वर्षों बाद फैली शांति, आपको सुहाती नहीं। युद्ध के जिस भय से प्रजा अभी तक मुक्त है, वही भय आप उस पर थोपना चाहते हैं। वर्षों पूर्व अर्थला के साथ हुआ युद्ध आपको ध्यान नहीं होगा। जिस अर्थला को आप शक्तिहीन बता रहे हैं, उसी अर्थला के पक्ष से जब अकेला काण ही रणखेत पाटकर संथार की राजधानी पर चढ़ बैठा था, तब आपके ही जैसे रणधीरों को अपनी गीली धोतियाँ बदलने का अवसर नहीं मिला था।...दानवों ने प्रत्यक्ष युद्ध की नीति वर्षों पहले ही छोड़ दी है। यदि आपको अपनी वीरता दिखाने का इतना ही उत्साह है, तो स्वयं जाकर लड़ आइए।" दानव प्रधानमंत्री उत्तेजना के साथ बोलकर बैठ गए।

दक्षान भी उत्तेजना में आ गया था, परंतु नियंत्रण में ही बोला- "जिस काण की चर्चा आप कर रहे हैं, उसके कुछ दिन पूर्व ही मारे जाने की सूचना प्राप्त हुई है। इसके अतिरिक्त, यदि हम किसी के लिए संकट नहीं बन रहे हैं, तो इसका अर्थ यह नहीं है कि कोई दूसरा हमारे लिए संकट नहीं बनेगा।...चारों ओर भेड़ाक्षों के आगमन की भ्रांतियाँ फैल रही हैं। उस बर्बर जाति का कोई विश्वास नहीं, कब किस ओर दौड़ पड़े। यदि दुर्भाग्य से संथार की ओर उन दैत्यों ने मुख कर लिया, तब इतनी निर्बल अवस्था में यहाँ जीवन बचाना भी कठिन होगा।"

"आज आप भेड़ाक्षों के आगमन की चर्चा कर रहे हैं...कल आप देवों के लौटने की बात कहेंगे।" प्रधानमंत्री ने राजसभा की ओर देखते हुए ऐसे कहा, मानो सभी सदस्यों की ओर से बोल रहे हों।

"क्यों नहीं!" दक्षान ने पूरे आत्मविश्वास से कहा- "यदि दैत्य लौट सकते हैं, तो देव जैसी महाशक्ति को लौटने से कौन रोक सकता है। स्थिति कोई भी हो, सैन्य शक्ति के मानदंड पर संथार ही सबसे कमजोर पक्ष सिद्ध होगा।"

"अत्यंत कल्पनाशील बालक है...!" राजसभा में किसी ने खिल्ली उड़ाई। जिसने भी खिल्ली उड़ाई, उसका स्वर पर्याप्त ऊँचा था तथा सभी को ज्ञात था कि वह कौन है। सभी ने ऐसे व्यवहार किया, मानो किसी ने कुछ सुना ही न हो।

दक्षान का रक्त खड़े-खड़े खौल गया। वह धीरे से बैठ गया। इतने वर्षों से अपमान तथा तिरस्कार झेलने के बाद भी उसने राजसभा में प्रत्येक उस विषय को उठाया था, जो दानवों के हित से जुड़ा था। दक्षान को पहले ही ज्ञात था कि उसकी

चर्चा को राजसभा में किस रूप में लिया जाएगा, फिर भी वह यह चर्चा करना चाहता था। क्योंकि वह अच्छे से जानता था कि इसी राजसभा में ऐसे लोग भी हैं, जो दानवों के हित में उसी के समान विचार रखते हैं, परंतु अन्य प्रभावशाली सदस्यों के कारण कभी खुलकर आगे नहीं आए। दक्षान को आशा थी कि कभी किसी अवसर पर ये छुपे हुए समर्थक उसके लिए लाभकारी सिद्ध होंगे।

राजसभा में पुनः महामहिम के जन्मोत्सव की तैयारियों पर चर्चा प्रारंभ हो गई।

यह क्या हो गया...कैसे हो गया... ? दक्षान को लगा कि उसके नीचे की धरती फट पड़ी, जब धीरा ने उसे सूचना दी कि भइया हर्षमान की विद्रोह कुचलने में मृत्यु हो गई। उसने बार-बार आँखें भींची, स्वयं को थप्पड़ मारा कि कहीं वह दुःस्वप्न तो नहीं देख रहा, परंतु उसे भान हो गया कि, वह वास्तविक लोक में है।

उन्हीं को तो वह अपना संसार मानता था। वे भाई के साथ पिता, माता, मित्र, सबकुछ थे। राजपरिवार से रक्त-संबंध न होने के कारण उसे सदैव ईर्ष्या तथा घृणा की दृष्टि से देखा गया था। किसी-न-किसी प्रकार उसके कानों में यह बात पहुँचा दी जाती थी कि किसी अनाथ का ऐसा भाग्य पूरे संथार में नहीं होगा- जो दास बनने के स्थान पर राजकुमार बन जाए...

अब क्या करेगा दक्षान, इस संसार में रहकर। लोगों का तिरस्कार वह मात्र इसलिए सहन कर पाता था, क्योंकि उसके ताप को शीतल करने की औषधि भइया हर्षमान ही थे। वही तो थे, जो स्वयं ही उसकी संघर्ष-गाथा सुनने के लिए उत्सुक रहते थे। उसकी प्रत्येक सफलता पर वे अपनी सफलता के समान प्रसन्न होते थे। उन्हीं के समीप पहुँचकर उसकी हिंसकता कम हो पाती थी। लगा शरीर सुन्न पड़ रहा है, श्वास लेने में भी कठिनाई हो रही थी। काँपते पगों से अपने निजी कक्ष की ओर बढ़ते दक्षान को एक परिचारिका ने सूचना दी कि भाभी, भइया हर्षमान की मृत्यु सहन न कर सकीं और वो भी चल बसीं।

दक्षान का शरीर किसी निर्जीव शव की भाँति अपने कक्ष के द्वार पर गिर गया।

उरी भागते हुए उसके पास आई।

जब उसकी आँख खुली, तब उरी को अपने ऊपर झाँकते हुए पाया। चारों ओर ढेरों परिचारिकाएँ उसकी सेवा के लिए खड़ी थीं। पहले तो उसे ध्यान ही नहीं आया कि क्या हो रहा है। कुछ क्षणों पश्चात जब चेतना ने डंक मारा, तो हृदय पुनः दुख

के सागर में डूब गया। वह उरी को पकड़कर चीखने लगा- ''सम्राट ने भइया को मार डाला...भाभी को भी मार डाला...मैंने कहा था... सहायता भेज दो, पर उन्होंने भइया की हत्या करवा दी ...सम्राट मेरे साथ भी ऐसा कर चुके हैं... सम्राट ने भइया को मार डाला... मार डाला...''

दक्षान पागलों की भाँति उरी को झकझोर कर बड़बड़ाता रहा- ''सम्राट को अपने पुत्रों से कोई मोह नहीं...उन्हें मात्र अपने चाटुकारों के साथ भोगों में लिप्त रहने का मोह है...वे महामहिम के उपयुक्त नहीं...उन्होंने मेरा संसार नष्ट किया है...मैं उन्हें नष्ट कर दूँगा...यह दक्षान का संकल्प है...मैं उन्हें नष्ट कर दूँगा... नष्ट कर दूँगा...''

महामहिम का जन्मोत्सव

राना अपनी मतवाली चाल से राजधानी के मार्गों को पार करता हुआ दूर दक्षिण दिशा में कम जनसंख्या वाले एक गाँव की ओर जा रहा था। राना से पहले उसके पिता महामहिम के मुख्य अंगरक्षक थे। यद्यपि मुख्य अंगरक्षक का पद कोई वंशानुगत पद नहीं था, फिर भी राना ने अपनी श्रेष्ठता दिखाकर यह पद सरलता से प्राप्त कर लिया था। वह युवा था एवं भीषण ऊर्जावान भी। जब से उसने यह पद प्राप्त किया, आठ बार महामहिम के प्राणों की रक्षा कर चुका था। प्रत्येक वर्ष कोई न कोई दुर्घटना अवश्य हो जाती थी। लोग कानाफूसी कर सारा संदेह दक्षान पर डालते थे, परंतु राना को दक्षान पर कोई संदेह नहीं था। राजसभा के अन्य सदस्य भले ही दक्षान की खिल्ली उड़ाएँ, परंतु उसके मन में दक्षान के विचारों ने प्रशंसा का भाव जगाया हुआ था।

राना गाँव के पश्चिमी छोर के सबसे अंतिम घर को गया। घर के नाम पर अगल-बगल बनी दो झोपड़ियाँ थीं, बाहर एक घोड़ा तथा एक गाय बँधी थी। उन दोनों पशुओं को चारा डालते हुए एकदम गौर वर्ण की मंजरी के सिवा वहाँ अन्य कोई न था।

राना ने कमर से म्यान उतारकर नीम के पेड़ से टिका दी और वहीं रखे घड़े के जल से मुँह धोते हुए पूछा- "काका कहाँ गए?"

"राजधानी गए हैं।" मंजरी अब भी चारा डाल रही थी।

"कब तक लौटेंगे?"

"कोई कार्य न अटके, तो बस आते ही होंगे।"

राना ने मार्ग की ओर देखा, फिर वहीं पेड़ के नीचे बैठ गया। बोला- "तब तक यहीं आकर बैठ।"

मंजरी ने दूर से ही हवा में चुंबन उछाल दिया। "पहले पिताजी से हाथ तो माँग, फिर चैन से बैठूँगी, अभी तो ढेरों कार्य करने हैं," कहकर नेत्रों से बाण चलाते हुए अपनी कोठरी में घुस गई।

"पहले तो प्रतिदिन बैठती थी, आज क्या हो गया... ?"

"हाँ! पहले बैठती थी, परंतु अब जब तक हाथ नहीं माँगोगे, नहीं बैठूँगी।" मंजरी भीतर से ही बोली।

"क्या कोई सौगंध खा ली है... ?" राना कोठरी की ओर देख रहा था, परंतु रह-रह कर मार्ग की ओर भी देख लेता था।

"ऐसा ही समझ।"

राना कुछ न बोला। कुछ देर बाद अंदर से चूड़ियों के खनकने की ध्वनि आई। ध्वनि ऐसी थी, मानो चूड़ियाँ जानबूझकर खनकाई जा रही हों। हर खनक के साथ राना का हृदय उछलने लगता था। मन में आशाओं की एक लहर उठने लगती थी।

"ऐसे पीड़ित मत कर, अन्यथा कोठरी में घुस आऊँगा।" राना ने अपने विचार बताए।

"मैं कहाँ कुछ कर रही हूँ, कार्य करते समय चूड़ियाँ स्वयं ही बजती हैं।" मंजरी ने खिलखिलाकर हँसते हुए कहा।

"तू बहुत दुष्ट है।" राना बोला।

कुछ क्षणों तक कोई ध्वनि नहीं हुई, फिर मंजरी का स्वर सुनाई पड़ा-

"अच्छा! एक बात बता, यदि मेरा ब्याह किसी और से हो गया, तब..."

"ऐसी असंभव बातें मत कर।" राना उत्तेजित हो गया।

"जब तू हाथ नहीं माँगेगा, तो सब संभव है।" मंजरी बोली।

"यदि ऐसा हुआ, तो उस पुरुष का मुंड मेरे चरणों में होगा।" राना ने अपनी तलवार थाम ली।

"तू तो बड़ा झगड़ालू है।" मंजरी हँसकर बोली।

"मैं सत्य कह रहा हूँ। तू मेरी है। यदि विधाता भी सम्मुख आ गया, तो उससे भी भिड़ जाऊँगा।"

"तेरा प्रेम तो पागलों वाला है।" मंजरी फिर हँसी।

"वह तो मैं हूँ ही, तू चिंता मत कर, कुछ दिनों में महामहिम का जन्मोत्सव है, कुछ अधिक व्यस्तता रहेगी। जन्मोत्सव के पश्चात काका से तेरा हाथ माँग लूँगा...और तू उस अंधी कोठरी में घुसकर कौन-सा कार्य कर रही है? मैं इतनी दूर से चिल्लाकर बात नहीं करूँगा।" राना बोला।

"अरे! अरे!... झगड़ालू बच्चा तो रूठ गया।"

"मैं अंदर आ रहा हूँ," कहकर राना कोठरी में घुसने के लिए उठा ही था कि मंजरी इठलाती हुई कोठरी से बाहर निकल आई।

"हाथ तो खाली हैं, अँधेरे में क्या कर रही थी?" राना ने त्योरियाँ चढ़ाने का अभिनय करते हुए उसे पकड़ने का प्रयास किया।

"बस चूड़ियाँ खनका रही थी," कहकर मंजरी खिलखिलाते हुए, भागकर

घोड़े के पीछे चली गई।

राना उसे पकड़ने के लिए आगे बढ़ने ही वाला था कि मंजरी के पिता दीरन आते हुए दिखाई पड़े।

"काका प्रणाम!" राना ने हाथ जोड़े।

"योद्धा श्रेष्ठ! इधर कैसे आना हुआ?" दीरन ने आते ही उसके कंधे पर थपकी दी।

"बस मिलने का मन हुआ, तो चला आया। आगे वाले गाँव जाना है, अभी चलता हूँ।" राना अपनी तलवार उठाकर कमर से बाँधने लगा।

"कुछ खा-पी लो, तब जाना।" दीरन ने हाथ-पाँव धोने के लिए घड़े से जल निकालते हुए कहा।

घोड़े की आड़ से मंजरी जीभ निकालकर उसे चिढ़ा रही थी।

"नहीं काका! आपको तो ज्ञात ही होगा, अंगरक्षकों को व्यक्तिगत अवकाश कम ही प्राप्त होता है। अगली पूर्णिमा को पूर्ण अवकाश लूँगा, तब पूरा दिन यहीं बिताऊँगा।"

"पैदल ही जाओगे?"

"हाँ! पैदल आया था, पैदल ही जाऊँगा।"

"मेरा घोड़ा ले जा, इस उम्र में इस पर कम ही चढ़ता हूँ। इतने दिनों से एक ही स्थान पर खड़े-खड़े बेचारा ऊब गया होगा। इसकी सैर भी हो जाएगी और तुम्हें भी शीघ्रता रहेगी।"

"यही करता हूँ।"

जब तक राना घोड़े के पास तक पहुँचा, मंजरी ने घोड़े की वल्गा खूँटे से खोल दी थी। अगला गाँव दूर न था, अतः बिना काठी के ही उस पर सवार हो गया।

राना ने घूमकर देखा, काका हाथ-मुँह धोने में व्यस्त थे। उसने झट से पास खड़ी मंजरी के गाल खींचे और घोड़े को ऐड़ लगा दी। मंजरी ने भी लजाते हुए एक हल्का मुक्का उसके पैरों पर मारकर अपना प्रेम दर्शाया।

अर्द्धरात्रि होने ही वाली थी कि किसी ने द्वार खटखटाया। अंतिम छोर पर बने इस घर में रात्रि के इस प्रहर किसी को आए हुए वर्षों बीत गए थे। किसी चोर या दस्यु के आने की संभावना देख दीरन ने मंजरी को शस्त्र उठाने का संकेत दिया। मंजरी ने भाला उठा लिया तथा द्वार के समीप दीवार से पीठ चिपकाकर खड़ी हो गई। दीरन ने सावधानी से द्वार खोला और बाहर खड़े व्यक्ति को देखकर चौंक

पड़ा- "राजकुमार! आप?"

दक्षान ने बाहर आने का संकेत किया। दीरन जब बाहर चला गया, तो मंजरी ने अंदर से कपाट भिड़ा दिए।

दक्षान अकेला आया था, इतना तो निश्चित था कि वह गुप्त रूप से आया था, परंतु राजकुमार जैसे व्यक्ति को साधारण कृषक से क्या कार्य आ पड़ा? बहुत माथा-पच्ची करने पर भी दीरन को समझ नहीं आया। दक्षान उसे संकेत कर दूर एक पीपल के वृक्ष के नीचे ले गया।

"तुम्हारी सहायता का अवसर आया है, कर सकोगे?" दक्षान ने सतर्कता से इधर-उधर देखते हुए कहा।

"आप आज्ञा करें राजकुमार!" दीरन ने हाथ जोड़े- "आपकी कृपा न होती, तो ये नेत्र वर्षों पहले कारागार में ही बंद हो चुके होते। आपका ऋण उतारने के लिए वर्षों से प्रतीक्षा कर रहा हूँ। आपकी आज्ञा के लिए प्राण भी दे दूँगा।"

"प्राण नहीं देने हैं, जो कह रहा हूँ, उसे ध्यान से सुनो।" दक्षान ने धीमे स्वर में अपनी सारी बात कही।

सबकुछ समझा कर दक्षान अँधेरे में लुप्त हो गया, परंतु दीरन वहीं खड़ा रहा। उसे समझ नहीं आया कि यह किसी प्रकार का पुरस्कार है अथवा दंड।

अगले कुछ दिनों तक संथार में महामहिम के जन्मोत्सव की खूब तैयारियाँ चलीं। राजधानी के मार्गों की मरम्मत की गई। मार्गों के दोनों ओर थोड़ी-थोड़ी दूर पर छोटे काले मोतियों तथा अलग-अलग रत्नों को महीन धागों से लटकाकर तरह-तरह की आकृतियाँ बनाई गईं- रीछ की, हाथी की, उड़ते गरुड़ की, गिरे हुए शत्रु के वक्ष में भाला भोंकते योद्धा की। जैसे-जैसे मार्ग राजमहल तक पहुँचे, उन पर अलग-अलग मुद्राओं वाली स्त्रियों की आकृतियों की अधिकता होती गई। सबसे बड़ी आकृति कमर पर मटकी रखे एक युवती की थी, जो राजमहल के द्वार के ठीक सामने एक ऊँची वीथिका पर मानव कद से चार गुना बड़ी बनाई गई थी। उसकी मटकी में कई रंगों के रत्न लगे हुए थे। सभी घरों के ऊपर रीछ की मुखाकृति वाले तिकोने नए झंडे लगवाए गए थे। राजधानी के लोगों को चटक चमकीले रंगों के नए वस्त्र बाँटे गए। एक विशाल मैदान में- जिसके विषय में कहा जाता था कि वहाँ कभी खेल-प्रतियोगिता हुआ करती थी तथा आजकल जो नशेड़ियों का मुख्य अड्डा बना हुआ था- बड़ा मंडप लगवाकर जन्मोत्सव के दिन तक लोगों के लिए

दो प्रहर के शाही भोजन की व्यवस्था थी।

राजमहल में पाले जा रहे पचास रीछों को प्रतिदिन नहलाया-धुलाया जा रहा था, जिनकी जन्मोत्सव पर बलि दी जानी थी। सहस्त्रों विदेशी नर्तकियों को बुलाया गया था। जन्मोत्सव के विशाल मेले में सम्मिलित होने के लिए विदेशी कलाकार भी आने लगे थे। प्रत्येक वर्ष होने वाले इस भव्य आयोजन के लिए एक अलग विभाग बना दिया गया था, जो संभवत: पूरे दानव देश का सबसे दुरुस्त तथा धनी विभाग था। खुले हाथों से धन खर्च करने की छूट का, विभाग के मंत्री पूरा लाभ उठाते थे। चार मुद्रा व्यवस्था पर खर्च करते थे, तो एक मुद्रा अपनी थैली में डाल लेते थे। वे उत्तम कोटि की मदिरा खोज कर मँगवाते थे। कुल मिलाकर, कहा जा सकता है कि महामहिम का जन्मोत्सव पूरे दानव देश के लिए सबसे खर्चीला, सबसे भव्य तथा संसार की सर्वश्रेष्ठ मदिरा पीने का दिन होता था।

जन्मोत्सव का दिन आने में समय नहीं लगा। प्रात: से ही राजधानी के मार्गों पर आम जन का आवागमन बढ़ गया था। आकाश में मेघ थे, परंतु वर्षा की कोई संभावना नहीं दिख रही थी। शरीर को स्पर्श कर रहा शीतल पवन कहीं दूर किसी अन्य क्षेत्र में वर्षा होने की सूचना अवश्य दे रहा था।

मार्गों पर थोड़ी-थोड़ी दूर पर दो हाथ ऊँचे छायादार मंच पर विदेशी नर्तकियाँ नृत्य दिखा रही थीं। कुछ समय पश्चात वे मंच से उतरतीं, तब संगीत के कलाकार चढ़ते, वे उतरते तब कोई अन्य कलाकार चढ़ता। मंच के चारों ओर बाँस बाँधकर एक सीमा बनाई गई थी, जो दर्शकों को कलाकारों से दूर रखने के लिए आवश्यक थी। किसी अवांछनीय गतिविधि को रोकने के लिए दंडधर नियुक्त थे, जिन्हें व्यवस्था बनाए रखने के लिए किसी भी दर्शक को डंडे से पीटने की पूरी छूट थी। दर्शकों द्वारा कलाकारों पर मुद्राएँ उछालने पर पूरा प्रतिबंध था। यदि कोई व्यक्ति प्रसन्न होकर कोई पुरस्कार देने की इच्छा रखता हो, तो उसके लिए दान पेटिका की व्यवस्था थी। राजधानी के मार्गों पर थोड़ी-थोड़ी दूर चल रहे ऐसे मंचीय कार्यक्रमों का अंत, बाहरी छोर पर स्थापित विशाल मेले में जाकर होता था।

मेला एक विस्तृत खुले क्षेत्र में लगा हुआ था। चटक रंगों के नए वस्त्र पहने लोग मेले में आ-जा रहे थे। कोई करतब देखने आया था, तो कोई वस्तुएँ खरीदने। मेले में आए विदेशियों को दानवों ने भाँति-भाँति के चूर्ण नि:शुल्क बाँटे। विभिन्न प्रकार के वस्त्र विक्रय के लिए आए थे। कुछ दुकानों पर मदिरा ढालने के लिए भिन्न-भिन्न आकृतियों की सुंदर सुराहियाँ बेची जा रही थीं। हाथ की सफाई

दिखाने वाले कलाकार खूब भीड़ आकर्षित कर रहे थे। बड़ी कठपुतलियों का प्रदर्शन लोगों को मात्र दानव देश में ही देखने को मिलता था। कमर के नीचे मत्स्य की पूँछ जैसे परिधान धारण कर विदेशी युवतियों ने भी खूब दर्शक जुटाए थे। वे एक बड़े स्वच्छ कुंड में तैरते हुए प्रदर्शन कर रही थीं। दोपहर तक उनकी बीस दान-पेटियाँ भर चुकी थीं। रीछ के साथ एक पहलवान की कुश्ती ने खूब तालियाँ बटोरीं। मेले के अधिकांश कलाकार विदेशी ही थे। मेले के बाहरी किनारों पर लगे पंडालों में मांस तथा मदिरा बँट रही थी।

संध्या तक पूरी राजधानी उत्सव के उफान पर आ गई। श्रेष्ठ नर्तकियाँ, जो अभी तक प्रदर्शन के लिए नहीं आई थीं, उन्होंने संध्या ढलते ही प्रदर्शन प्रारंभ कर दिया था। सर्वश्रेष्ठ मदिरा, जन्मोत्सव के मुख्य कार्यक्रम के बाद बँटनी थी। विस्फोटक तीरों का प्रदर्शन भी बाद में होना था।

रंगीन, चमकदार पत्थर जड़ित ईंटों से बने चार हाथ ऊँचे मंच पर दानवों का महामहिम अत्यंत प्रसन्न मुद्रा में बैठा हुआ था। दूर से ही पता चल रहा था कि श्रृंगार-कर्मियों ने महामहिम के मुख को चमकाने में अपना पूरा कौशल लगाया था। उन्होंने अपनी अद्‌भुत कला से अधिकांश झुर्रियाँ मिटा दी थीं, परंतु मुट्‌ठी जैसी नाक का वे कुछ नहीं कर पाए थे। वस्त्र के नाम पर कमर के नीचे बहुमूल्य रत्नों से जड़ित लाल किनारी वाली काली धोती थी। कमर के ऊपर अधिकांश शरीर स्वर्णाभूषणों से ही लदा हुआ था। मस्तक पर, सदियों से न जाने कितने महामहिमों की शोभा बढ़ा चुका, स्वर्ण मुकुट था, जिसके आगे मुख फाड़े रीछ की मुखाकृति बनी थी।

आसन के पीछे चँवर डुला रही नई विदेशी युवतियों की बगल में खड़ा राना शांत भाव से चारों ओर देख रहा था। खुली वाटिका में हो रहे इस कार्यक्रम में कोई व्यवधान उत्पन्न होने की आशंका नगण्य थी, ऐसा मानकर राना निश्चिंतता की साँसें छोड़ रहा था। सामने रखे आसनों पर ढेरों राजपुरुष बैठे थे। दक्षान सहित पूरे सत्तर राजकुमार आए हुए थे। चूँकि सारा राजपरिवार वहाँ उपस्थित था, अतः किसी नए-पुराने मतभेद के कारण तलवारें खिंचने से रोकने के लिए, किसी के भी अपने व्यक्तिगत अंगरक्षक लाने पर पूर्ण प्रतिबंध था। वाटिका में चारों ओर महामहिम के ही व्यक्तिगत अंगरक्षक तथा सैनिक थे। परिचारिकाएँ वहाँ उपस्थित राजपुरुषों को मदिरा ढाल रही थीं। राजकुमारों ने आवश्यकता से अधिक पी रखी

थी। उन्हें सँभालने के लिए अलग से परिचारिकाएँ नियुक्त थीं। दक्षान भी पूर्ण मदांध लग रहा था। वह आसन पर बैठकर स्वयं में बड़बड़ा रहा था- "पिताजी प्रणाम...पिताजी प्रणाम..."

बाईं ओर पचास रीछों की एक साथ बलि देने के लिए पचास बलिवेदियाँ बनी हुई थीं, जिन पर रीछों के चारों पाँव बाँसों से ऐसे बँधे थे कि वे हिल भी नहीं सकते थे। बलिवेदी के समीप खड़े पुरोहित ने महामहिम को संकेत दिया। महामहिम ने बायाँ हाथ उठाया, सारी वाटिका शांत हो गई तथा बलि लेने वालों ने अपने परशु तान लिए। फिर महामहिम के हाथ गिराते ही पचास परशु एक साथ चले और रीछों के मुंड कटकर बलिवेदी से लुढ़क गए। कटे हुए धड़ों से निकल रहा रक्त बलिवेदी के किनारों पर बनी पतली नालियों से होता हुआ एक कुंड में एकत्रित होने लगा। पुरोहित ने कुंड से चुल्लूभर रक्त लेकर मदिरा के एक भांड में मिलाया और फिर उस मदिरा को सभी राजपुरुषों में बाँटा जाने लगा। कटे हुए रीछों को खींचकर पाकशाला पहुँचा दिया गया, जहाँ उनके मांस को पकाकर आम जन में वितरित किया जाएगा।

मदिरा वितरण के बाद वह मुख्य कार्यक्रम होना था, जिसकी प्रतीक्षा में महामहिम कल्पना किए कब से बैठा था।

वाटिका के बाहर नगाड़े बजने प्रारंभ हो गए। सामने से प्रधानमंत्री आते हुए दिखे। उनके पीछे एक युवती हाथ में वरमाला लिए मंद गति से चल रही थी। उसके अगल-बगल कुछ परिचारिकाएँ भी थीं। सभी परिचारिकाओं के हाथों में पुष्प से भरे थाल थे। वे सभी युवती के मार्ग में पुष्प पंखुड़ियाँ बिखेर रही थीं। उनके पीछे चलने वाला समुदाय नशे में मत्त खूब शोर मचा रहा था। वे तेज स्वर में महामहिम को बधाइयाँ दे रहे थे।

राना देख रहा था कि महामहिम का उतावलापन बढ़ता ही जा रहा था। वह पिछले पाँच वर्षों से मुख्य अंगरक्षक के पद पर था तथा प्रत्येक जन्मोत्सव पर महामहिम का एक नई पत्नी बनाना उसे बहुत विचित्र लगता था। उसने नेत्र गड़ाकर देखने का प्रयास किया। युवती का मुख अर्द्ध पारदर्शी लाल रंग के घूँघट से ढँका हुआ था। धीरे-धीरे चलता हुआ पूरा समुदाय महामहिम के मंच के निकट पहुँचा। सबसे आगे खड़े प्रधानमंत्री ने सत्कार किया- "दानवों के अमर-अजर महामहिम के जन्मोत्सव पर आपका यह दास प्रधानमंत्री सर्वोच्च उपहार प्रस्तुत करना चाहता है।"

"शीघ्र प्रस्तुत करो।" महामहिम की आज्ञा में उतावलापन फूट-फूट कर बाहर

आ रहा था।

प्रधानमंत्री मुड़े तथा एक परिचारिका को संकेत किया। परिचारिका ने घूँघट उठा दिया।

आँखें नीची किए हुए मंजरी को देखकर राना की साँसें रुक-सी गईं।

यह क्या है, अवश्य ही कोई दुःस्वप्न है। राना ने अपने बाएँ हाथ पर चिकोटी काटी। नहीं... ! यह स्वप्न नहीं वास्तविकता है। राना का शरीर काँप रहा था। हृदय बैठने लगा। वह मन ही मन चीखा- यह असंभव है, यह नहीं हो सकता... । उसने महामहिम की ओर देखा। लार टपकते आशावान मुख को देखकर उसका रक्त खौल उठा। जिस महामहिम के लिए वह प्राणों पर खेल जाया करता था, वही मुख उसे बहुत घृणित लगने लगा। सारा समुदाय महामहिम को नई पत्नी की बधाई दे रहा था। लोगों का हर शब्द उसे अपने वक्ष पर कील ठोंकता हुआ प्रतीत हुआ। मंच की सीढ़ियाँ चढ़ती मंजरी को देखकर लगा, वह उसे पैरों तले कुचलते हुए बढ़ रही है। उसका मन हुआ कि मंजरी को झकझोर कर पूछे- यहाँ क्यों आई हो ? अपनी इच्छा से आई हो या बलात लाई गई हो...कुछ भी हो...किसी और की पत्नी बनने से पहले प्राण क्यों नहीं त्याग दिए...तनिक आँखें उठाकर मिला मुझसे...इसी दिन के लिए मुझे इतना प्रेम दिखाया था।...इस महाभोगी को प्रत्येक वर्ष नई पत्नी चाहिए, न जाने कितनी प्रेमिकाओं का यह मर्दन कर चुका है...इसकी कितनी पत्नियाँ और कितनी संतानें हैं...इसे स्वयं ही स्मरण नहीं होगा... ।

राना का शरीर सुन्न पड़ रहा था, मस्तिष्क हिचकोले खाने लगा। मंजरी ने दृष्टि उठाए बिना सम्मुख पहुँचकर वरमाला महामहिम के गले में डाल दी। दर्शक समुदाय ने भयंकर जयकार की, विस्फोटक तीर छोड़ दिए गए। राना का हृदय ऐसे बैठा मानो प्राण ही निकल गए।

मंजरी, महामहिम की बगल में खड़ी हुई। महामहिम ने उसकी कमर में अपना बायाँ हाथ डालकर एक झटके से अपने समीप खींच लिया तथा दायाँ हाथ उठाकर दर्शक समुदाय की बधाइयाँ स्वीकार कीं।

राना को लगा कि उसका शरीर उसके ही ताप से जलकर क्षार हो जाएगा। प्रचंड क्रोध ने उसकी आँखें लाल कर दीं। उसका शरीर उसके नियंत्रण में नहीं रहा। उसके हाथ में तलवार चमकी और दूसरे ही क्षण महामहिम का मुंड कटकर अलग हो गया।

सारा दर्शक समुदाय मानो पत्थर का हो गया। मंजरी मूर्च्छित होकर गिर पड़ी। मुंड काटकर राना भी शिलावत हो गया। उसकी आँखों के सामने सबकुछ धुँधला

होता जा रहा था। कुछ क्षणों पश्चात उसके कानों में राजकुमार दक्षान की आवाज सुनाई पड़ी, वह चीख रहा था– "...विद्रोही...हत्यारा...मार डालो उसे...।"

अगले ही क्षण उसे अपने शरीर में सैकड़ों चुभन महसूस हुई। वह मूर्ति की तरह खड़ा रहा और चुभन बढ़ती ही जा रही थी। तभी एक तीक्ष्ण चुभन उसे अपने मस्तक पर अनुभव हुई। दूसरे ही क्षण उसकी आँखों की ज्योति बुझ गई। सैनिकों के बाणों से बिंधा राना का शरीर धम्म से गिरा।

चारों ओर भगदड़ मच गई। सुरक्षा में तैनात प्रहरी भी भ्रमित हो गए। अभी तक मदिरा में धुत होने का अभिनय कर रहे दक्षान की आँखें फैल गईं। जब उसकी आँखों ने महामहिम के मुंड को कटकर मंच की सीढ़ियों पर लुढ़कते हुए देखा था, तब क्रोध, प्रतिशोध, दुख तथा प्रसन्नता का ऐसा मिश्रित भाव उसके अंदर उपजा कि उसे स्वयं भान नहीं हो पा रहा था कि वह क्या महसूस कर रहा है। उसका मन हुआ कि वह भइया हर्षमान की मृत्यु का विलाप करे, फिर अगले ही क्षण कटा मुंड देखकर अट्टहास करने का मन हुआ। उसकी आँखों में रक्त उतर आया।

वह भीड़ को चीरता हुआ मंच की ओर बढ़ा। उसने अपनी म्यान के पास छुपाकर लपेटी गई वस्तु को हाथ में ले लिया। वह दृढ़ पगों से मंच पर चढ़ा, एक भयंकर हुंकार भरी और हाथ उठाकर राजदंड दिखा दिया। कोलाहल कर रहा समुदाय फिर से सन्न हो गया।

राजदंड तो महामहिम ही धारण कर सकता है। दनु माता योग्य पात्र को ही राजदंड थामने की शक्ति देती हैं, ऐसा राजपरिवार ने लोगों के मध्य विश्वास फैला रखा था, जिससे लोगों की राजसत्ता के प्रति श्रद्धा बनी रहे तथा वे मानते रहें कि राजपरिवार ही दनु देवी का उचित प्रतिनिधि है।

वहाँ उपस्थित राजपुरुष कुछ न बोले, क्योंकि समुदाय में भारी संख्या में आम जन था। समुदाय में भनभनाहट प्रारंभ हो गई– राजदंड कैसे भी आया हो, जिस हाथ ने उसे थामा है, वही महामहिम है...। परंतु आए हुए सत्तर राजकुमारों ने चिल्लाकर कहा– चोर, नीच, कपटी...इस चोर ने राजदंड चुरा लिया है।

मंच से ही दक्षान ने सारे समुदाय को संबोधित किया– "दानवो!...दनु माता की कृपा के बिना कोई भी राजदंड थाम नहीं सकता।...आपके सम्मुख ही महामहिम की हत्या हुई है, हत्यारा भी मारा जा चुका है और राजदंड मेरे हाथ में है।... दनु माता ने राजदंड के माध्यम से मुझे महामहिम घोषित किया है। आप सभी..."

तभी दो राजकुमार तलवार लेकर मंच की ओर दौड़े। दक्षान ने भी तलवार निकाल ली और एक ही प्रहार में दोनों को काट डाला। फिर तो और भी राजकुमार

चोर, हत्यारा कहते हुए उसे मारने दौड़े। वहाँ उपस्थित राजपुरुषों ने उन्हें रोकने का प्रयास किया, तो दक्षान फुफकार उठा- ''मत रोको उन्हें...आने दो...आज सारे दानव देख लें कि राजदंड थामने वाले हाथों में सामर्थ्य है या नहीं।...आज वे स्वयं अपने विश्वास की परीक्षा ले लें...।''

दक्षान ने मुँह से निकल आए झाग को हाथ से पोंछा, राजदंड को सिंहासन पर रखा और अपनी दूसरी तलवार भी निकाल ली। प्रचंड हुंकार के साथ दाँत पीसकर आँखों में क्रोध दिखाया और फिर मंच पर चढ़ रहे राजकुमारों को काटना प्रारंभ कर दिया। खड्ग-संचालन के उस अद्भुत महाबली के सामने नशे में लड़खड़ाते राजकुमार गाजर-मूली की तरह कटते रहे। उनके शवों से मंच लदता जा रहा था। जब मंच भर गया, तो दक्षान उनके शवों पर खड़ा होकर काटने लगा। जिन शवों को मंच पर स्थान नहीं मिला, वे लुढ़ककर नीचे बिछ गए। दक्षान के शरीर के साथ पूरा मंच राजकुमारों के रक्त से स्नान कर उठा। दक्षान उन्हें मारकर चीखता और अट्टहास करता। कोई अन्य अवसर होता, तो दक्षान का पराक्रम देखकर वे राजकुमार भाग खड़े होते, परंतु मदिरा ने उन्हें कुछ सोचने का अवसर ही नहीं दिया। ईर्ष्या के वशीभूत हो, वे काल के गाल में समाते चले गए।

पूरा समुदाय मुख खोले सबकुछ देखता रहा। राजदंड के प्रति उनकी निष्ठा तथा राजपरिवार के आपसी झगड़े ने उन्हें ऐसा भ्रमित किया था कि भय से जड़वत होकर वे इस हत्याकांड को देखते रहे। वातावरण में चारों ओर मृत्यु तैर रही थी। सबसे अंत में संघर्ष करने के लिए राजकुमार बालि प्रस्तुत हुआ। इस राजकुमार पर महामहिम की विशेष कृपा थी तथा जन्मोत्सव के पश्चात इसी को युवराज घोषित किया जाता।

दक्षान ने बालि का मुंड काटकर उसकी छाती पर भीषण लात जमाई। उसका धड़ लुढ़ककर सीढ़ियों से दस हाथ दूर गिरा। फिर तलवार लिए दक्षान ने दोनों बाँहें फैलाकर ऐसा जोर का अट्टहास किया, मानो अपनी सारी घृणा इसी हँसी के साथ निकाल देना चाहता हो।

अब लड़ने वाला कोई नहीं बचा था। राजवंश का एकमात्र जीवित उत्तराधिकारी दानवों के सामने खड़ा था। दक्षान ने चीखकर कहा- ''धीरा...!''

समुदाय में आम जन का भेष बनाकर आए दक्षान के अंगरक्षक भीड़ से निकलकर चारों ओर फैलने लगे। धीरा भी निकलकर मंच तक आया। महामहिम के कटे मुंड से मुकुट उतारकर तथा शवों के ऊपर चढ़ता हुआ वह दक्षान के सम्मुख पहुँचा। वह घुटने के बल बैठा, फिर सिर झुकाकर दोनों हाथों से मुकुट को ऊपर

उठा दिया। दक्षान ने दोनों तलवारें फेंकी और रक्त से सने उस मुकुट को विचित्र दृष्टि से घूरता हुआ अपने मस्तक पर धारण कर लिया। मुकुट में लगा रक्त उसके मस्तक से चूता हुआ उसके मुख पर पहले से लगे रक्त में मिल गया। वह मुड़ा और राजवंश के लहू से लथपथ सिंहासन पर जाकर बैठ गया।

धीरा उठा और तेज गर्वीले स्वर में घोषणा की- ''महामहिम दक्षान!''

भीड़ में खड़ा दक्षान के सबसे विश्वसनीय समर्थक अश्वशाला मंत्री विशोक ने भी चिल्लाकर कहा- ''महामहिम दक्षान... !''

दक्षान के विचारों से प्रभावित- राजपुरुषों में छुपे हुए समर्थकों के लिए यही उचित अवसर था। उन्होंने भी तेज स्वर में कहा- ''महामहिम दक्षान... !''

दक्षान के विरोधी राजपुरुषों ने भय से एक-दूसरे की ओर देखा, फिर वे भी बोले- ''महामहिम दक्षान... !''

वाटिका में उपस्थित प्रत्येक व्यक्ति तथा प्रत्येक सैनिक घुटने के बल बैठा, सिर झुकाया और दोनों हाथ ऊपर उठाकर बोला- ''महामहिम!..महामहिम!''

अत्यंत विकृत मुख तथा उबलती आँखों वाले दक्षान ने पागलों की भाँति मुख खोलकर भयंकर हँसी हँसी- महामहिम... !...हा...हा...हा...हा... !

वहाँ के वातावरण में सर्वत्र एक ही शब्द गूँज रहा था- महामहिम!...महामहिम!...महामहिम!

रक्त पी रहे सिंहासन ने दानव इतिहास के सबसे युवा महामहिम को चुन लिया था।

यह मृत्यु का दिन नहीं था।

यह वास्तव में महामहिम का जन्मोत्सव था।

...एक नए महामहिम के जन्म का उत्सव...।

सेनाध्यक्ष लौट आया

जन्मोत्सव के अगले दो दिनों तक पूरी राजधानी में उथल-पुथल रही। आम जन ने राजदंड देखकर कोई विशेष आपत्ति नहीं की, परंतु दक्षान के कई विरोधी भयभीत होकर राजधानी छोड़कर भाग गए। प्रधानमंत्री को दूसरे दिन ही ज्ञात हो गया कि जन्मोत्सव वाले दिन दक्षान ने जो राजदंड दिखाया था, वह वास्तविक नहीं था; वास्तविक राजदंड तो सदैव की तरह राजभवन में ही सुरक्षित था। परंतु अब वे प्रमाणित नहीं कर सकते थे और प्रमाणित करके भी कोई लाभ न देख, उन्होंने चुप्पी साध ली।

दानव देश में नए महामहिम के रक्त रंजित सिंहासनारूढ़ होने की सूचना अग्नि की तरह फैलने लगी। संदेशवाहक गरुड़ संथार के आकाश में चारों ओर मँडराने लगे। दानवों के सेनाध्यक्ष प्रलंब ने विद्रोह तो नहीं किया, परंतु दक्षान के महामहिम बनने पर खुली अप्रसन्नता दिखाई। वह जन्मोत्सव वाले दिन राजधानी की सुरक्षा के लिए बाहरी घेरे की व्यवस्था देख रहा था। अत: वह उस दुष्कांड के समय घटनास्थल पर उपस्थित नहीं था।

तीसरे दिन दक्षान, कुमास के साथ संथार के सबसे सुरक्षित माने जाने वाले कारागार में पहुँचा। लगभग पचास हाथ ऊँचे पत्थरों के प्राचीर से गोलाई में घिरे कारागार के समस्त प्रहरी किसी सामान्य सैनिक से दस गुना अधिक दक्ष थे। नियमों का सख्ती से पालन करने वाले प्रहरियों ने दक्षान का निर्द्वंद्व भाव से सिर झुकाकर सम्मान किया। कारागार अंदर से बहुत बड़ा नहीं था, वहाँ विशिष्ट अपराधी ही रखे जाते थे। दक्षान, कुमास के साथ एक कोठरी में पहुँचा। बड़े-बड़े छिद्रयुक्त लौह द्वार के पीछे कोठरी की गहराई बहुत अधिक थी। ऊँची छत का अग्र भाग कहीं-कहीं से खुला था, जिससे धूप तथा वर्षा का जल आता था, परंतु कोठरी इतनी लंबी थी कि आखिरी छोर तक प्रकाश न पहुँच पाने के कारण पूर्ण अँधकार था। उस कोठरी का अपराधी उसी अँधकार में कहीं बैठा था। दक्षान ने वहाँ खड़े प्रहरियों को एकांत करने का आदेश दिया।

फिर तेज स्वर में पुकारा- ''दारा...!''

कुछ क्षणों पश्चात एक विशाल काया अँधेरे से बाहर आती दिखी। कुमास ने इतने विशाल शरीर वाले व्यक्ति को पहले कभी नहीं देखा था। उसने दारा के विषय

में बहुत कुछ सुन रखा था, परंतु अपने नेत्रों से पहली बार देख रहा था। वय पचपन वर्ष, अधपके लंबे बाल, बड़ी मोटी मूँछें तथा मोटी-मोटी आँखों वाला यह व्यक्ति कभी दानवों का सेनाध्यक्ष हुआ करता था। शरीर ऐसा बलिष्ठ मानो नस-नस में शक्ति समाई हो।

दारा शांत भाव से द्वार तक आया तथा कुछ क्षणों तक दक्षान को एकटक देखता रहा, फिर जोर से उपालंभ देते हुए हँसा- "महामहिम दक्षान!...हा...हा...हा...हा..., जब से ज्ञात हुआ, तुम्हारी ही प्रतीक्षा कर रहा था।"

"यदि नहीं आता?" दक्षान बोला।

दारा जोर से हँसा- "शक्ति ही शक्ति का पोषण कर सकती है।"

"क्या अब भी स्वयं को उतना ही शक्तिमान मानते हो?"

"क्या दक्षान को मेरा शक्ति-प्रदर्शन देखना है?" दारा मुस्कराकर बोला।

"दक्षान नहीं!...महामहिम!" दक्षान ने चेतावनी दी।

दारा का मुख गंभीर हो गया- "राजपुरुषों का यही मनोविकार मुझे भाता नहीं।"

"महामहिम!" दक्षान ने पुनः चेतावनी दी।

"योद्धा शक्ति की समानता देखता है, पद की समानता राजपुरुष देखते हैं; मैं योद्धा हूँ, सिंहासन की छाया में रहने वाला कोई राजपुरुष नहीं।" दारा ने भी आँखें निकालकर ऊँचे स्वर में अपने विचार प्रकट किए।

"महामहिम...!" दक्षान की चेतावनी फिर गूँजी।

दारा ने गंभीर भाव से दक्षान से दृष्टि मिलाई, फिर अचानक से मुँह फाड़कर हँसा और सिर झुकाकर बोला- "महामहिम!"

दक्षान धीरे से मुस्कराया और प्रहरियों को बुलाकर उसे स्वतंत्र करने का आदेश दिया।

बाहर निकलकर खुले स्थान में आते ही दारा ने बाँहें फैलाकर नेत्र मूँदे, लंबी साँस खींची तथा जोर का ठहाका लगाया- "...हा...हा...हा...हा... दारा स्वतंत्र हुआ... काण!... तू अपनी धोतियाँ कस ले..."

पीछे चल रहा कुमास धीरे से बोला- "काण अब नहीं रहे।"

दारा भौंचक्का रह गया- "काण की मृत्यु हो गई?"

उसे अब भी विश्वास नहीं हो रहा था, वह चीखा- "यह कैसे संभव है?... क्या दारा से भी श्रेष्ठ योद्धा इस धरती पर विचरण कर रहा है।"

"अभी तक पूरी सूचना प्राप्त नहीं हुई है। कहा जा रहा है कि कुंडार राजकुमार

के अंगरक्षक सैनिकों ने उनकी हत्या कर दी।'' कुमास ने बताया।

''जो अकेले ही पूरी सेना खा जाता था, उसे अंगरक्षकों ने मार डाला?... यह कैसा रहस्य है?... सिंहनाद जीवित है या उसने भी आँखें मूँद लीं?''

''नहीं! सिंहनाद अब भी उतने ही प्रचंड हैं।''

दारा ने कुमास की ओर आँखें तरेरकर कहा- ''बड़ा सम्मान दिखा रहा है?''

''एक सच्चा योद्धा दूसरे योद्धा का सदैव सम्मान करता है।'' कुमास ने किसी निर्दोष बच्चे की भाँति सीधा उत्तर दिया।

''सही कहा तुमने वीर!'' दारा ने कुमास की पीठ जोर से ठोंकी- ''इस धरती पर मात्र योद्धाओं का ही वर्ग बचा है, जो सम्मान, कर्तव्य एवं वचन को महत्व देता है, अन्यथा राजपुरुष तो षड्यंत्रों को शक्ति तथा पद-प्रतिष्ठा को ही गौरव समझ लेते हैं।... सोचते हैं, अपनी केंचुए जैसी भुजाओं से समस्त संसार थाम लेंगे।''

आखिरी बात उसने जोर से कही, जिससे दक्षान भी ध्यान से सुन सके।

दक्षान ने दारा की बात सुनी, परंतु कोई प्रतिक्रिया नहीं दी।

दक्षान, दारा को लेकर अपने व्यक्तिगत अंगरक्षकों की प्रशिक्षण-शाला में पहुँचा। खुले मैदान में मल्लयुद्ध का अभ्यास कर रहे धीरा की दृष्टि जैसे ही दारा पर पड़ी, वह क्षणभर के लिए स्तंभित हो गया, फिर सीधे दारा की ओर भागा। दारा भी जोर का अट्टहास करते हुए, बाँहें फैलाकर धीरा की ओर दौड़ा।

पिता-पुत्र ने एक-दूसरे को अपने अंक में भर लिया।

''हा...हा...हा...हा...मेरा बच्चा,'' कहकर दारा ने धीरा का मस्तक चूमा। धीरा की आँखें छलछला रही थीं। उसने लंबे क्षणों तक अपने पिता को पकड़े रखा।

दारा ने पूछा- ''तेरी माँ कैसी है, बच्चा!''

धीरा का कंठ एकदम से रुँध गया- ''तीन माह पहले ही पितर लोक चली गईं।''

दारा शांत हो गया। आसमान की ओर मुख कर बोला- ''अरे सुभद्रे! कुछ दिन और साँसें थाम लेती, तो तेरा भी मुख देख लेता...पर तूने मेरे बच्चे को अच्छे से पाला है।''

उसके बाद दारा ने धीरा के मस्तक पर कई चुंबन किए। अंत में जब धीरा ने सिर उठाकर अपने पिता को देखा, तो उनके भी नेत्र भीगे थे।

कुछ देर पश्चात धीरा, दक्षान के आदेशानुसार अपने पिता को कवच बाँध रहा था। कवच बँधवाते समय दारा अपने पुत्र के प्रत्येक अंग को गर्वीले भाव से

देख रहा था। यद्यपि धीरा वर्ष में एक बार कारागार में मिल लिया करता था, परंतु छिद्रयुक्त लौह द्वार के पार से कम प्रकाश में वह अपने पुत्र को स्पष्ट रूप से कभी नहीं देख पाया था।

दारा बोला- ''अच्छी देह बनाई है, बड़ा होकर मुझ जैसा ही दिखेगा।''

धीरा बस मुस्कराकर अपने पिता को कवच बाँधता रहा। कवच बँधवाकर दारा बोला- ''मेरा शक्ति परीक्षण किए बिना आप मानेंगे नहीं... महामहिम!'' आखिरी शब्द दारा ने उपालंभ देते हुए कहा।

दक्षान ने दारा को अपने रथ पर चढ़ाया और बताया- ''पूर्व सम्राट के सबसे बड़े चाटुकार, सेनाध्यक्ष प्रलंब को मेरा महामहिम का पद धारण करना स्वीकार नहीं है, उसका कहना है कि मैंने षड्यंत्र करके राजदंड हथिया लिया है।''

दारा जोर से हँसा- ''हा..हा..हा..हा...क्या वह असत्य कह रहा है।''

''वह सैनिक स्कंधावार में सैनिकों को विद्रोह के लिए उकसा रहा है।'' दक्षान कहा।

''जब दारा लौट आया है, तब किसी अन्य का क्या कार्य।'' दारा ने छाती ठोंककर कहा।

''यही समझाने के लिए हम स्कंधावार चल रहे हैं।''

''शीघ्र चलिए...महामहिम! शरीर को रक्त से स्नान कराए वर्षों बीत गए।''

सैनिक स्कंधावार का दृश्य किसी युद्धस्थल जैसा हो गया था। एक ओर सैनिकों की चार टुकड़ियों का नेतृत्व करता हुआ संथार का वर्तमान सेनाध्यक्ष प्रलंब खड़ा था, दूसरी ओर दो टुकड़ियों के साथ दारा और दक्षान खड़े थे।

प्रलंब ने अपना विरोध प्रकट किया- ''समस्त राजधानी जानती है कि तुमने राजदंड चुराकर, षड्यंत्र करते हुए सिंहासन ग्रहण किया है और तुममें राजवंश का रक्त भी नहीं है।''

दक्षान बोला- ''अनर्गल बातें मत करो, मात्र इतना स्पष्ट करो कि तुम राजसत्ता से विद्रोह कर रहे हो अथवा मुझे अपना महामहिम स्वीकारते हो?''

''मेरा विद्रोह राजसत्ता से नहीं, तुमसे है दक्षान।'' प्रलंब बोला।

दक्षान ने प्रलंब के पीछे खड़े विद्रोही सैनिकों की टुकड़ी को संबोधित किया- ''सैनिको! क्या तुम अपनी इच्छा से विद्रोह कर रहे हो अथवा अपने सेनानायक के आदेश में बँधकर यहाँ खड़े हो?''

विद्रोही सैनिकों ने कनखियों से एक-दूसरे को देखा, परंतु कोई कुछ न

बोला।

दक्षान के मुख पर मुस्कान की एक महीन रेखा आ गई। वह बोला- "मैं तुम लोगों की दुविधा समझ सकता हूँ। ऐसा प्रतीत होता है कि सेनाध्यक्ष प्रलंब में राजदंड तथा दनु माता के प्रति कोई श्रद्धा नहीं है, अत: मैं प्रलंब के सामने पूर्व सेनाध्यक्ष दारा की चुनौती प्रस्तुत करता हूँ। यदि प्रलंब विजयी हुआ, तब मैं दनु माता का आदेश समझकर महामहिम का पद त्याग दूँगा और यदि दारा विजयी हुआ, तब तुम लोग विद्रोह त्याग दोगे। विद्रोह के नाम पर होने वाले रक्तपात को रोकने का यही उत्तम उपाय है...सैनिको! क्या तुम्हें स्वीकार है?"

पहले से ही अन्यमनस्क तथा लक्ष्य खोए सैनिकों को दक्षान ने अत्यंत सरल मार्ग दिखा दिया था। उन्होंने ऊँचे स्वर में कहा- "स्वीकार है।"

दक्षान ने जोर से कहा- "आज तुम स्वयं देख लो, तुम्हारा वर्तमान सेनाध्यक्ष कितना सामर्थ्यवान है।"

दारा को देखकर प्रलंब पहले ही घबरा गया था। अब युगल युद्ध की बात सुनकर थोड़ा भयभीत हो गया। फिर भी था तो उसमें भी योद्धा रक्त ही। उसने चुनौती स्वीकार कर ली।

वह तलवार लेकर आगे बढ़ा। दारा भी भयंकर हँसी निकालता हुआ चला तथा बीच मार्ग में ही अपनी तलवार भूमि पर फेंक दी। प्रलंब को भी अपने गौरव की रक्षा के लिए तलवार फेंकनी पड़ी, क्योंकि दारा उसकी ओर खाली हाथ आगे बढ़ रहा था, वह मल्लयुद्ध की चुनौती दे रहा था। प्रलंब ने भी मल्लयुद्ध की मुद्रा बना ली।

दोनों भिड़े, थोड़ी ही देर में दिख गया कि दारा, प्रलंब के साथ मल्लयुद्ध नहीं, खिलवाड़ कर रहा है। जब प्रलंब उसकी ओर झपटता तब दारा बगल होकर बचते हुए उसे धकेल देता। प्रलंब एक बार भी दारा को नहीं पकड़ पाया था। उसने सारे दाँव लगा लिए, फिर भी दारा उसके हाथ नहीं आया। दारा उसे कभी इधर धकेलता, तो कभी उधर। धीरे-धीरे प्रलंब थककर स्वेद से लथपथ हो गया। इस बार दारा ने उसे जोरदार लात जमाई और अपना कवच उतारकर फेंक दिया। प्रलंब उठा और उसने भी कवच उतारकर फेंक दिया। उठते ही दारा ने पुन: एक लात जमाई, प्रलंब मुँह के बल गिरा। दारा अब भी जोर की हँसी हँस रहा था। अपने सैनिकों के सम्मुख इस प्रकार पाद-प्रहार खाने से प्रलंब ग्लानि से भर गया।

अट्टहास करता दारा अब शांत हो गया, मानो उसने उस युगल युद्ध को समाप्त करने का मन बना लिया हो। इस बार जब प्रलंब उस पर झपटा, तो दारा ने भयंकर

गर्जना के साथ आगे बढ़कर उसके पेट पर घूँसा चला दिया। प्रचंड अतिमानवीय शक्ति लिए उसका घूँसा प्रलंब का पेट फाड़कर, रीढ़ की हड्डी तोड़ता हुआ पीठ से बाहर आ गया।

दारा के महा भयंकर अट्टहास से वातावरण गूँज उठा। उसकी हँसी से सैनिकों के हृदय भय से बैठ गए। वध का ऐसा वीभत्स प्रदर्शन उन्होंने कभी नहीं देखा था।

दानवों का हिंसक सेनाध्यक्ष वर्षों बाद लौट आया था। विद्रोही सैनिकों ने शस्त्र त्याग दिए। घुटनों के बल बैठकर सिर झुकाया और दोनों हाथ ऊपर उठा दिए।

दिशाओं में गूँज उठा–...महामहिम!...महामहिम!...महामहिम!...

सत्तू का शस्त्र-प्रशिक्षण

नए सैनिकों की प्रशिक्षण शाला के बाहर एक पुराने मैदान में सत्तू, तीन अन्य लड़कों के साथ उपस्थित था। वे तीनों आपस में पूर्व परिचित जान पड़ते थे। उनसे अलग, एक वृक्ष के नीचे पत्थर पर बैठा सत्तू उदास-सा दिख रहा था।

एक माह पहले विधान अमरखंड चला गया था। तब सत्तू ने दुखी मन से अकेले ही अर्थमहल के उस ऊँचे कक्ष में वह रात्रि बिताई थी। परंतु अगले दिन रुद्रबाला से आज्ञा लेकर वह रागा के साथ सुमेरु के घर रहने चला आया।

रुद्रबाला ने उसके लिए विषयों का अध्ययन तथा शस्त्र-शिक्षा की व्यवस्था कर दी। विषयों में उसे मात्र इतिहास में ही रुचि थी, क्योंकि उसमें उसे आश्चर्यजनक कहानियाँ सुनने को मिलती थीं। शस्त्र-शिक्षा के शारीरिक श्रम के विषय में सोचकर वह एक दिन भी शस्त्राभ्यास के लिए नहीं गया।

इतिहास की शिक्षा के लिए वह वित्तमंत्री विश्वरथ के घर जाता था, वहाँ उनके पुत्र के साथ उसके अध्ययन की व्यवस्था थी। जब सत्तू ने विश्वरथ को देखा, तब ध्यान आया कि ये वही व्यक्ति हैं, जो रानी वसुंधरा से प्रथम भेंट के समय उपसेनाध्यक्ष कुंतल के साथ उस कक्ष में उपस्थित थे। इतिहास पढ़कर वह मध्याह्न तक घर लौट आता था।

सुमेरु ने मात्र दिखावे के लिए वस्त्रों की दुकान खोली थी, उसका वास्तविक कार्य गुप्तचरी था, अत: अधिकांश समय वह घर के बाहर ही रहता था। बसंत और मयूरी भी संध्या को लौटते थे। उन दोनों का साथ सत्तू को बहुत भाता था। सुमेरु एवं काकी के दुलार तथा बसंत-मयूरी के हँसमुख व्यवहार ने उसे एक नया परिवार दे दिया।

इतिहास में वह जितना पढ़ता, रात्रि में सुनाए बिना किसी को सोने नहीं देता था। मयूरी भी कभी-कभी उसे कहानियाँ सुनाती, परंतु आज तक उसकी किसी भी कहानी पर सत्तू को पूर्ण विश्वास नहीं हुआ। मयूरी की समस्त कहानियाँ उसकी रोमांचक यात्राओं के बारे में थीं। कहानियों के बाद सत्तू और मयूरी खुलकर हँसते, बसंत एवं काकी उनको देखकर मात्र मुस्कराते रहते। काकी, सत्तू को बढ़िया-बढ़िया भोजन बनाकर खिलाती। वह अत्यंत रुचि से इतिहास पढ़ता तथा मन भर सोता। किसी-किसी रात्रि वह विधान तथा माँ का स्मरण कर दुखी भी होता।

इतने दिनों से वह आनंदपूर्वक रह रहा था कि माहभर पश्चात सिंहनाद दक्षिण

से लौटे तथा साथ में तीन युवकों को भी लेते आए, जिन्हें उन्होंने अपना मानस-पुत्र घोषित कर दिया था। आते ही, जैसे उन्हें ज्ञात हुआ कि सत्तू शस्त्राभ्यास नहीं करता, उन्होंने उस पर पूर्ण सख्ती दिखाई तथा अपने मानस पुत्रों के साथ उसकी शस्त्र-शिक्षा की अलग व्यवस्था कर दी। उसी शस्त्राभ्यास का आज प्रथम दिन था।

वह समयानुसार नियत स्थान पर आ गया, परंतु उनका शिक्षक अभी तक नहीं आया था। बलपूर्वक भेजे जाने से सत्तू का मन अच्छा नहीं था। समय काटने के लिए वह आठ हाथ की दूरी पर एक छोटे पत्थर पर कंकड़ से लक्ष्य साधने लगा। सोचा कि चार कंकड़ मारकर शांत बैठ जाएगा, परंतु चारों में से एक भी कंकड़ लक्ष्य पर नहीं लगा, तो अनजाने में उसके पौरुष को चुनौती मिल गई। उसने चार कंकड़ और मारे, वे भी लक्ष्यहीन रहे। अब वह सबकुछ भूलकर लक्ष्य साधने में जुट गया। अंत में चौबीसवें कंकड़ में सफलता मिली। सफलता से उसका मन थोड़ा प्रसन्न हुआ और मुख पर मुस्कान आ गई। दीर्घ श्वास छोड़कर उसने दृष्टि ऊपर ही की थी कि एक अधेड़ व्यक्ति आता दिखाई पड़ा। उसके शिक्षक होने का अनुमान लगाकर वहाँ उपस्थित चारों लड़के शांति से खड़े हो गए।

मध्यम ऊँचाई तथा मजबूत शरीर वाले, वे गुरु गजबाहु थे।

चारों को सामने खड़ा कर उन्होंने सबका परिचय प्राप्त किया।

पहला लड़का वय में सत्तू से तनिक ही बड़ा होगा, उसने अपना नाम शतायु बताया। दूसरा लड़का वय में सत्तू से थोड़ा छोटा था, उसका नाम एकांश था। तीसरा लड़का सबसे छोटा था, उसने अपना परिचय निकुंज बताया।

परिचय जानने के बाद गुरु गजबाहु अपनी अनुभवी दृष्टि से सभी का शारीरिक परीक्षण करने लगे-

"शतायु, तूने अच्छी देह-संपदा पाई है, इसे तपाकर और ठोस बना... एकांश! तेरी पिंडलियाँ तो पेशी-शून्य प्रतीत होती हैं।... निकुंज! तुझे देखकर लगता नहीं कि तूने कभी कोई भारी वस्तु भी उठाई होगी...।" फिर सत्तू पर दृष्टि डालते ही क्षणभर ठिठके और बोले- "इन महानुभाव को देखिए, उदर फुलाकर ऐसे खड़े हैं, मानो गर्भ धारण कर रखा हो।"

सत्तू ने अपने पेट की ओर देखा, फिर खिसियाकर सभी को दाँत दिखा दिया।

गुरु गजबाहु ने सभी से पूछा कि क्या किसी ने पूर्व में शस्त्र चलाया है।

शतायु ने बताया- "गुरुजी! मैंने शस्त्र तो नहीं चलाया है, परंतु मल्लयुद्ध का थोड़ा अभ्यास है।"

उसके बाद सत्तू ने भी कहा कि वह खड्ग चला सकता है। गुरु गजबाहु को विश्वास नहीं हुआ, उन्होंने उसे लकड़ी की तलवार थमाई और प्रदर्शन करने को कहा।

सत्तू ने पूरा गर्व दिखाते हुए तलवार सँभाली और घुमाना प्रारंभ किया। वह भिन्न-भिन्न प्रकार के करतब दिखाने का प्रयत्न कर रहा था- सामने तथा ऊपर का वार रोकना... शत्रु के वक्ष में तलवार घोंपना...बगल के प्रहार को रोकना... शत्रु के पैरों को काटना। कुछ देर तक तो समझ आया कि वह क्या कर रहा है, किंतु उसके पश्चात पता ही नहीं चला कि वह तलवार चला रहा है या चिड़िया उड़ा रहा है। सामने दृष्टि रखते हुए पीठ पीछे का वार रोकने का प्रदर्शन कर ही रहा था कि गुरुजी ने उसका हाथ थाम लिया और समझाते हुए बोले- ''यदि इसी प्रकार नचाते रहे, तो किसी दिन अपने ही पीछे खोंस लोगे...खड्ग भाँजना... और चलाना भिन्न-भिन्न विषय हैं।''

इसके बाद गुरुजी ने सभी को साधारण व्यायाम कराया, जैसे- दौड़ लगाना, भार उठाकर दूरी तय करना, पेड़ पर चढ़ना, खूँटे गाड़ना तथा तीव्र गति से पत्थर उठाकर फेंकना, आदि-आदि...

शस्त्राभ्यास के पहले दिन का अंत होते-होते सत्तू इतना थक गया कि जब सब चले गए, तब वह वहीं नीम के एक वृक्ष के नीचे दो घड़ी सो गया। जब उठा, अँधेरा लगभग घिर चुका था।

घर पहुँचकर उसने मयूरी से सिर दबवाया और फिर बिना भोजन किए फैलकर पुनः सो गया।

अगले दिन से शस्त्राभ्यास का समय मध्याह्न के बाद था। वह प्रातः से मध्याह्न तक इतिहास पढ़ता, तत्पश्चात मध्याह्न से संध्या तक शस्त्राभ्यास करता।

प्रारंभ में सत्तू का शस्त्राभ्यास में मन नहीं लगा, परंतु कुछ दिनों में शतायु, एकांश एवं निकुंज से अच्छी मित्रता होने के बाद उसे उनका साथ भाने लगा, फिर उनके साथ शस्त्राभ्यास एक प्रकार का खेल हो गया।

शतायु एवं एकांश उसे सत्तू ही पुकारते थे तथा निकुंज उसे भइया बुलाता था।

शतायु शांत स्वभाव का था, हास-परिहास में जब अन्य लोग खुलकर हँसते थे, वह मात्र मुस्करा देता था।

एकांश छोटी-छोटी बातों पर उत्तेजित हो जाता था, किंतु उतनी ही शीघ्रता से ठंडा भी हो जाता था और निकुंज थोड़ा जल्दी भयभीत होने वाला लड़का था।

शतायु ने उसे बताया कि गुरु गजबाहु इसलिए कठिन शस्त्राभ्यास करा रहे हैं, क्योंकि तीन माह पश्चात उन्हें नए सैनिकों के साथ प्रशिक्षण में सम्मिलित कर

लिया जाएगा, जिनका शस्त्राभ्यास उनके शस्त्राभ्यास से तीन माह पूर्व ही प्रारंभ हो गया था।

एक दिन गुरुजी ज्वर से पीड़ित होने के कारण उपस्थित नहीं हो पायए। उस दिन सत्तू ने तीनों से उनके परिवार के विषय में पूछा। सत्तू ने प्रश्न तो कौतूहलवश पूछा था, किंतु प्रश्न पूछते ही उन तीनों के मुख पर क्षणभर में फैले दुख एवं विषाद के भाव देखकर अचकचा गया। निकुंज तो रुआँसा-सा हो गया और कुछ क्षणों पश्चात वह खुलकर रो पड़ा। सत्तू को कुछ समझ नहीं आया, वह उन्हें देखता रहा। कुछ देर बाद जब निकुंज मन भर रो चुका, तब शतायु ने अपने रुँधे कंठ को व्यवस्थित कर बताया-

''हम तीनों दक्षिण के राज्य ऊषाखंड से हैं। कुछ वर्षों से हमारे पड़ोस के गाँवों में भेड़ाक्षों के देखे जाने की भ्रांतियाँ फैल रही थीं। लोगों का मानना था कि उपद्रवी ही भय फैलाने के लिए भेड़ाक्षों का रूप धरकर ऐसा कर रहे हैं। क्योंकि जिस पर्वतीय क्षेत्र में हमारे तथा अन्य गाँव बसे हैं, वहाँ की खनिज संपदा पर असुरों की पुरानी दृष्टि रही है। उन्होंने गाँववासियों से वह स्थान छुड़वाने के लिए गुप्त रूप से खूब प्रयास किए। लोगों ने माना कि उसी प्रयास में असुरों ने उपद्रवियों की सहायता से भेड़ाक्षों का भय दिखाने का प्रयास किया होगा। परंतु कुछ दिन पूर्व हमारे निकटवर्ती गांव में, रात्रि में विचित्र आकृतियाँ दिखीं। लोग भय के मारे घरों में छिपे रहे, अगले दिन प्रात: उनके सारे पशु खेतों में कटे हुए मिले। इतनी वीभत्सता उपद्रवी कभी नहीं करेंगे। लोगों को विश्वास हो गया कि यह भेड़ाक्षों का ही कार्य है। इस घटना के पाँच दिन पश्चात हमारे गाँव के भी सारे पशु खेतों में बिछे मिले...''

शतायु चुप हो गया, लगा स्वयं को व्यवस्थित कर रहा हो।

उसने आगे बताया- ''...अगली रात्रि भेड़ाक्षों का पुन: आक्रमण हुआ... और..इस बार... सारे गाँववासियों को... टुकड़ों में काटकर... पशुओं के साथ... बिखेर दिया।... उन्हें स्पष्ट रूप से किसी ने नहीं देखा। वे अँधकार युक्त स्थान पर खड़े होकर अपने शस्त्र चलाते हैं।... पूरे गाँव में मात्र चार जन ही सुरक्षित बच पाए। तीन हम हैं तथा एक चरवाहा। उसका एक पाँव भंग हो गया था। हमारे राजा राज्यवर्धन ने स्थिति की गंभीरता दर्शाने के लिए उसे अर्थला भिजवाया था। कुछ दिनों पश्चात सेनाध्यक्ष सिंहनाद पहुँचे, उन्होंने आसपास के क्षेत्रों का भ्रमण कर वहाँ की स्थिति देखी तथा हम तीनों को अपना मानस-पुत्र घोषित कर साथ लेते आए।...निकुंज आज भी प्रत्येक रात्रि अपने परिवार के लिए रोता रहता है...।''

सत्तू कई प्रश्न पूछना चाहता था, परंतु कुछ न बोला। वह अच्छे से समझता था कि जिस घटना को शतायु ने साधारण शब्दों में बताया है, वह कितनी हृदय विदारक एवं भयकारी रही होगी। उसके नेत्रों के आगे वर्षों पूर्व वह घटना तैर गई- जब सुदास के सैनिकों ने विधान के पिता को विधान के सम्मुख ही मार डाला था। तब विधान कई दिनों तक रह-रह कर चीखता तथा खड़े-खड़े अचेत हो जाता था। सत्तू ने सिर झटककर उन पुराने दृश्यों को और आगे बनने से रोका।

कुछ देर तक जब लंबा सन्नाटा फैला रहा, विषय बदलने के लिए सत्तू ने अपना लट्टू निकाल लिया और भाँति-भाँति के करतब दिखाने लगा। थोड़ी देर बाद निकुंज ने भी सत्तू से लट्टू लेकर कुछ करतब दिखाए। सत्तू ने उसकी पीठ ठोंककर प्रशंसा की तथा नए करतब सिखाने का आश्वासन दिया। परंतु उसके बाद निकुंज ने जो करतब दिखाए, उन्हें देखकर सत्तू का मुख खुला रह गया। वह आज तक स्वयं को ही लट्टू धुरंधर समझता था। उसने निकुंज को तत्काल आदेश दिया कि कल से वह भी एक लट्टू लेकर आएगा और संध्या को लट्टू फाड़ने की प्रतिस्पर्धा करके ही घर लौटेगा।

इसके पश्चात सत्तू ने अपने गाँव तथा मेलों की कई कहानियाँ सुनाईं। भूमि-सिद्धि वाला भाग छोड़कर विधान के विषय में भी बताया तथा रागा से प्रथम भेंट बताना वह भूल ही नहीं सकता था।

संध्या में, जब सब घर लौटने लगे, उनका प्रसन्न मुख देखकर सत्तू को बहुत अच्छा लगा।

जब वह घर पहुँचा तो सुमेरु भी उपस्थित मिला। सत्तू ने सभी को भेड़ाक्षों तथा उन तीनों के विषय में बताया। मयूरी ने उसे कहानी की तरह सुन लिया और कुछ न बोली, परंतु सुमेरु ने बताया कि प्रारंभ में असुर ही उपद्रवियों की सहायता से भ्रांतियाँ फैला रहे थे, पर अब वास्तव में भेड़ाक्ष लौट रहे हैं। सुमेरु ने यह भी बताया कि सिंहनाद का किसी को अपना मानस-पुत्र बनाना कोई नई बात नहीं है, वे जहाँ कहीं अभियान के लिए जाते हैं, वहाँ परिवार खो चुके बच्चों को अपनी मानस संतान घोषित कर देते हैं। इस प्रकार अभी तक उनके अठहत्तर मानस-पुत्र तथा नब्बे मानस-पुत्रियाँ हैं।

भेड़ाक्षों के संबंध में और प्रश्न पूछने पर सुमेरु ने उसे प्राचीन ग्रंथ पढ़ने का सुझाव दिया।

वसुंधरा

आसन की पीठ ऊँची थी, दोनों हत्थे मयूर की आकृति के बने थे, बैठने वाले का हाथ उस पक्षी के सिर पर पड़ता। वसुंधरा के उस आसन पर बैठते ही आसन की पीठ के दोनों ओर धीरे से पंख खुल गए, मानो मयूर ने नृत्य के लिए पंख फैलाए हों। मध्य में जड़े मणि-माणिक्य तथा रत्न मोर के पंखों के रंगीन चकत्तों की भाँति लग रहे थे। पीठ पर सबसे ऊपर सिंह का पद-चिह्न उकेरा गया था। धाता-वंश के अधिकार में आने से पहले इस मयूर सिंहासन पर देव बैठा करते थे तथा जो छल्लेनुमा मुकुट रानी ने धारण किया था, वह भी कभी देवों द्वारा पहना गया था।

राजसभा की छत कितनी ऊँची थी, यह बता पाना तनिक कठिन था; सौ हाथ, डेढ़ सौ हाथ अथवा दो सौ हाथ...क्योंकि अस्सी हाथ के बाद ऐसा अँधेरा छाने लगा था कि छत दिख ही नहीं रही थी। सदस्यों के बैठने के आसन साधारण थे तथा उनमें हत्थे भी नहीं लगे थे।

लगभग सौ सदस्यों वाली राजसभा में मयूर सिंहासन पर बैठी रानी कुछ बोल नहीं रही थी, मात्र सुन रही थी, उसके नेत्रों से उसका ताप झलक रहा था।

पूर्वी क्षेत्र में तैनात अष्टम सेना के सेनापति स्कंद ने तीसरी बार भोज के सैनिकों को असुरों को गुप्त रूप से सीमा पार कराते हुए पकड़ा था। भोज वसुंधरा का बड़ा भाई था। वह वसुंधरा के विवाह से छह वर्ष पूर्व अर्थला की राजसभा में सम्मिलित हुआ था तथा कुछ ही वर्षों में राजसभा का सबसे प्रभावशाली सदस्य भी बन गया था। मुंद्रा के साथ हुए पिछले संग्राम में संपूर्ण धाता वंश के नष्ट होने पर भोज ही अपने प्रभाव का प्रयोग कर राजसिंहासन पर बैठने वाला था। परंतु धाता-पंचम को उसकी प्रवृत्ति का पहले से भान था, अतः अपनी मृत्यु से पहले ही उन्होंने अर्थला में 'जननी सर्वोच्च' का विधान लागू कर दिया था।

रानी ने स्वयं को नियंत्रित कर कहा- "सेनापति स्कंद, प्रमाण प्रस्तुत करो।"

"प्रमाण पकड़े गए सैनिक हैं, जो असुरों की सहायता कर रहे थे। वे सभी श्रीमान भोज की व्यक्तिगत सेना के सैनिक हैं।" सेनापति स्कंद, भोज की ओर टेढ़ी दृष्टि से देखते हुए बोला।

"क्या प्रमाण है कि वे मेरे ही सैनिक हैं?" भोज बीच में ही उठ खड़ा

हुआ।

"उनकी सैनिक वेशभूषा तथा कमर-पट्टिका पर लगी मुहर आपकी व्यक्तिगत सेना की ही है।" स्कंद ने भौंहें सिकोड़कर कहा।

"मेरे पास कोई व्यक्तिगत सेना नहीं है, मात्र अंगरक्षक हैं और यदि कोई मेरे अंगरक्षकों की वेशभूषा धारण कर समान मुहर बनवाकर उसका प्रयोग करे, तो मैं क्या कर सकता हूँ?...क्या इससे मैं अपराधी सिद्ध होता हूँ... ?" भोज ने राजसभा के सदस्यों से संबोधित होते हुए कहा, जैसे उन्हें अपनी बात समझाकर उनसे स्वीकृति ले रहा हो।

जिन-जिन सदस्यों से उसने दृष्टि मिलाई थी, सभी ने उसके पक्ष में शोर मचाया। पिछली दो बार से ऐसा ही हो रहा था। प्रत्येक बार पकड़े जाने पर भोज इसी प्रकार के बिना सिर-पैर वाले तर्क देता था और उसके सहयोगी- जो एक स्त्री के सिंहासन पर बैठने को लेकर आहत थे- आँखें मूँदकर उसका पक्ष लेते थे।

"पकड़े गए सैनिकों ने किसी का नाम लिया?" रानी ने संयम दिखाते हुए प्रश्न किया।

"नहीं! उन्होंने चुप्पी साध रखी है।" स्कंद ने नथुने फुलाते हुए कहा।

"तो उनके मुख खुलवाओ सेनापति!" भोज स्कंद से ऐसे संबोधित हुआ, मानो वहाँ रानी उपस्थित ही न हों। "यदि सैनिक मुख नहीं खोल रहे, तो उन असुरों के मुख खुलवाओ।"

"वे असुर भागकर मुंद्रा की सीमा में चले गए।" स्कंद बोला।

"वाह! सेनापति स्कंद, वाह!... आप यह क्या क्रीड़ा खेल रहे हैं?...पकड़े गए सैनिक मुख नहीं खोल रहे... और असुर भागकर शत्रु क्षेत्र में चले गए।... क्या वास्तव में ऐसी घटना हुई थी अथवा आप स्वयं ही यह कार्य करते हैं और नाम हमारा बताते हैं?" मदिरा से रक्तिम नेत्रों वाले भोज ने तिरस्कार के भाव से कहा।

उग्र स्वभाव वाले सेनापति स्कंद का हाथ अपनी तलवार की मूठ पर कस गया। साँस धौंकनी की भाँति चली, नथुने और भी फूल गए। अग्नि बरसाते नेत्रों से भोज को देखा, फिर क्षणभर के लिए रानी से दृष्टि मिलाकर भूमि की ओर देखने लगा। कुछ क्षण पश्चात वह रानी से संबोधित हुआ- "आपको सत्य का भान है, आपके निर्णय की प्रतीक्षा कर रहा हूँ।"

भोज बीच में ही बोल पड़ा- "एक स्त्री को क्या भान करा रहे हो, सेनापति! बिना प्रमाण के इस राजसभा में दुबारा अपने चरण मत धरना।"

भोज के समर्थकों ने पुनः कोलाहल मचाया।

स्कंद के लिए अब और सहना कठिन हो गया था, स्वयं को बहुत मर्यादित करने के उपरांत भी उसके हाथ धीरे-धीरे तलवार को खींचने लगे। वसुंधरा भी क्रोध से तप रही थी, परंतु स्कंद की स्थिति देखकर तथा विषय की गंभीरता को समझते हुए उसने स्कंद को बाहर प्रतीक्षा करने का आदेश दिया।

स्कंद के बाहर जाने के पश्चात प्रत्येक बार की भाँति इस बार भी राजसभा के बहुमत ने भोज के पक्ष में हल्ला मचाया तथा राजद्रोह जैसे संवेदनशील विषय पर पर्याप्त प्रमाण न होने का आधार बताकर रानी ने भोज को आरोपमुक्त कर दिया।

इसके पश्चात कुछ दूसरे विषयों पर चर्चाएँ चलीं, पर रानी का मन उद्वेलित ही रहा। अंत में राजसभा स्थगित होने के बाद रानी ने स्कंद को बुलाया। एकांत हो चुकी राजसभा में स्कंद चुपचाप खड़ा था।

''भोज को राजसभा में दंडित करना राजसभा की स्थिरता को भंग कर देगा।'' रानी ने शांत स्वर में अपनी बात कही।

''जिस कार्य को हम नेत्र झपकाए बिना पूरी तत्परता से करते हैं, उसे राजपुरुषों की राजनीति के आगे महत्वहीन होता देखकर मेरा एवं मेरे सैनिकों का उत्साह मरता है...अपने प्राण दाँव पर लगाकर हम राज्य की सुरक्षा करें... और ये बड़ी तोंद वाले राजपुरुष अपने आरोप उल्टे हम ही पर मढ़ते हैं... आपको स्वयं ज्ञात है कि भोज दोषी है... इसके उपरांत भी आप उन्हीं पापियों के पक्ष में आदेश सुनाती हैं।'' स्कंद के मुख पर क्रोध के साथ निराशा भी मिश्रित हो गई।

''मैं तुम्हारी बात समझती हूँ सेनापति! परंतु भोज को दंडित करते ही राजसभा दो फाड़ हो जाएगी। अब जब युद्ध का संकट सिर पर मंडरा रहा है, मैं यह राजनैतिक अस्थिरता नहीं चाहती।'' वसुंधरा बोली।

स्कंद एकदम से भड़क गया। तेज स्वर में बोला- ''जब मेरे कार्य का कोई महत्व ही नहीं...तब मैं यह कार्य कर ही क्यों रहा हूँ...मैं अभी अपना पद त्याग देता हूँ।'' यह कहकर स्कंद ने अपनी तलवार भूमि पर गिरा दी और कवच उतारने लगा।

''ठहर जाओ सेनापति! अपनी मर्यादा मत भूलो।'' वसुंधरा की वाणी का तेज झलका- ''एक सेनापति होकर राज्य की रानी के सामने ऐसा व्यवहार शोभा नहीं देता।...जब जंघाओं पर ताल ठोंककर डटे रहने का समय आ रहा है, तब तुम शस्त्र त्याग रहे हो। क्या किसी अपराधी का अपराध तुम्हारी देशभक्ति से भी ऊँचा हो गया है कि तुम्हारे हाथों से शस्त्र छूट जाए।''

रानी के इस परिवर्तित ओजपूर्ण व्यक्तित्व से स्कंद थोड़ा हकबका गया।

''क्षमा करें!'' स्कंद ने धीमे स्वर में कहा- ''मेरा यह अर्थ नहीं था, किंतु राजद्रोही जैसे अपराधी को दंड नहीं मिलेगा, तो यह भी संकट उत्पन्न करेगा।''

''सेनापति स्कंद! तुम सीमा पर शस्त्र से सुरक्षा करते हो और मैं घर के अंदर राजनीति से। हम दोनों ही देशभक्त हैं, मात्र हमारे पद भिन्न हैं। मात्र रानी का पद प्राप्त हो जाने से यदि मैं सर्वशक्तिमान हो जाती, तब राजसभा तथा सेनाओं की क्या आवश्यकता थी। सिंहासन धारण करके भी मुझे राजसभा तथा सेनाओं, दोनों का सहयोग चाहिए।''

''क्या राजनीति के नाम पर अपराधी कभी दंडित नहीं होगा?'' स्कंद व्यथित होते हुए बोला।

''अवश्य दंडित होगा, यदि राजसभा उसके दंड में अवरोध उत्पन्न कर रही है, तो उसे राजसभा के बाहर दंडित करूँगी... आगे से जब वह असुरों को सीमा पार कराए, उसे सफल होने देना, जिससे उसके कार्य का लक्ष्य ज्ञात हो सके... और इसकी सूचना मुझे गुप्त रूप से तत्काल पहुँचाना।'' वसुंधरा ने कहा।

''जो आज्ञा,'' कहकर स्कंद ने अपनी तलवार उठाई और कक्ष के बाहर निकल गया। परंतु उसके मन में प्रश्न चल रहा था कि क्या दंड के समय रानी, भोज से अपना रक्त-संबंध भूल पाएँगी।

सेनापति स्कंद तो अपना रोष निकाल, शांत होकर चला गया, परंतु वसुंधरा की आँखें अब भी सुलग रही थीं- अब तक न जाने कितनी बार भोज ने भरी सभा में उसका तिरस्कार किया था। यह किसी भाई द्वारा बहन का तिरस्कार नहीं था, अपितु एक लोभी राजपुरुष द्वारा अर्थला के राजसिंहासन का तिरस्कार था। मात्र राजसभा की स्थिरता के लिए वसुंधरा ने न जाने कितनी बार रक्त का घूँट पिया था। राजसभा में भोज के अधिकांश समर्थक, मित्र राज्यों के राजपरिवारों से थे। इन राजपुरुषों को भोज ने न जाने कौन-सी घुट्टी पिला रखी थी कि वे सब उसके भक्त ही बन गए थे। भोज अपनी वाकपटुता से राजनैतिक समझौते करने में अत्यंत कुशल था। अपनी इसी प्रतिभा से उसने धाता-पंचम के लिए कई दु:साध्य राजनैतिक समझौते कराए थे। उसकी इन्हीं राजनयिक सफलताओं ने उसे राजसिंहासन की ओर कुदृष्टि डालने का साहस भी प्रदान किया था।

जब तक भोज राजसभा में उपस्थित है, ये मित्र राज्य के प्रतिनिधि भी साथ हैं; अन्यथा एक स्त्री द्वारा शासित होने से चोट खाए इन राजपुरुषों को समर्थन खींचने में समय नहीं लगेगा। आज भले ही ये मित्र-राज्य वर्षों पुराने समझौतों में बँधे

होने के कारण मुँह नहीं मोड़ पा रहे हों, परंतु शक्तिहीन के समझौते को कोई कब तक महत्व देगा।

...सोचा था, विधाता की कृपा से एक सिद्धिधारक मिला है, उसकी शक्ति की महिमा दिखाकर शत्रुओं को न सही, कम से कम अपने समर्थकों को तो विश्वास दिला सकूँगी कि अर्थला की भुजाओं में अब भी शक्ति बची है। परंतु वह तो नाम-मात्र का सिद्धिधारक निकला। सिद्धि पूर्ण करने में न जाने कितना समय लगाएगा... पूर्ण कर भी पाएगा अथवा पहले ही शत्रुओं के हाथों खेत रहेगा...और सिद्धि पूर्ण कर, यदि यह भी काण बन गया...तब तू क्या करेगी वसुंधरा?

जब उसने सिंहासन धारण किया किया था, तब चौबीस वर्ष की थी। जिस आयु में स्त्री कुमकुम-कस्तूरी का लेप लगाती है, चोटी में मुक्ता गूँथती है, कपोलों के लावण्य का ध्यान रखती है; उस समय वह साम्राज्य थामने के लिए अपनी भुजाओं को लौह बना रही थी। आज पंद्रह वर्ष पश्चात उसके शरीर के साथ अंदर की स्त्री भी लौह बन चुकी है। आकर्षण, शृंगार, ममत्व, उल्लास, उत्साह, अभिलाषा, कुछ भी तो अनुभव नहीं होता उसे। क्या अब वह स्त्री नहीं रही, मात्र स्त्री रूप की देह बची है...

वसुंधरा का मन झल्ला उठा। मस्तिष्क गरम होकर फटने लगा। इच्छा हुई कि किसी विशाल जल के घड़े में सिर डुबाकर बैठ जाए। कुछ देर लंबी साँसें भरकर उसने स्वयं को व्यवस्थित करने का प्रयास किया।

रानी का मन वर्षों पीछे चला गया- जब धाता वंश की ओर से उसके पिता के पास विवाह प्रस्ताव आया था। प्रस्ताव क्या था, वह तो मात्र एक राजनैतिक समझौते को और सुदृढ़ करने का प्रयास था। विवाह के पाँच वर्ष पूर्व अर्थला की पश्चिमी सीमा की सुरक्षा के लिए एक समझौता हुआ था, जिसके परिणामस्वरूप भोज को अर्थला की राजसभा में स्थायी सदस्यता मिली थी। इन्हीं पाँच वर्षों में भोज ने अर्थला में अपना प्रभाव बढ़ाया था तथा स्वयं को अर्थला के राजवंश से जोड़ने के लिए धाता-पंचम को विवाह का सुझाव दिया था। धाता पंचम को पश्चिमी सीमा की सुरक्षा अभेद्य करने के लिए यह पारिवारिक संबंध बनाना उचित लगा। उन्होंने सैकड़ों रथों में उपहार भरकर उसके पिता के पास प्रस्ताव भिजवाया था।

वसुंधरा के पिता नागवंश के प्रमुख थे। नागवंश कहने को नागवंश था, किंतु वास्तव में वह किसी कारण निराश्रित हो गए दानव, दैत्य, असुर, गरुड़, वानर और न जाने कितनी जातियों का समूह था। चूँकि नागवंश ने सभी को अपने यहाँ शरण दी थी तथा संख्या में नाग ही अग्रणी थे, अतः इनके सम्मिलित समूह को नागवंश

ही कहा जाता था। नागवंश में जंबूद्वीप के अन्य राजाओं की भाँति कोई राज वैभव नहीं था, क्योंकि नागवंश में राजा नहीं, प्रमुख चुना जाता था। प्रमुख चुना जाना भी एक पद था, जिसकी अपनी गरिमा तथा अधिकार थे। शेष रहन-सहन आम परिवारों जैसा ही था। कर के नाम पर जो कुछ प्राप्त होता, वह पूरे नागवंश की सम्मिलित संपत्ति होती थी- जो सैनिक, सुरक्षा तथा आपातकाल के लिए प्रयोग होती थी। उसके पिता को नागवंश-प्रमुख का पद प्राप्त होते हुए भी घर में कोई दास-दासी नहीं थे। स्वयं ही लकड़ी काटो, चूल्हा जलाओ, भोजन पकाओ, स्वयं ही साफ-सफाई करो। वह दो भाइयों के बाद सबसे छोटी थी। उसे जन्म देते ही माँ चल बसी। पिता और भाइयों ने ही मिलकर उसे पाला था। पिताजी को दुख रहता था कि यदि माँ होती, तो मेरा बचपन भी औरों की तरह बीतता। वे सदैव कहते थे- प्रकृति को यदि मानवीय रूप धारण करना होगा, तो वह एक स्त्री के रूप में ही प्रकट होगी। स्त्री में ही किसी जीव को पालने की नैसर्गिक क्षमता होती है। प्राणी को पालने का प्राकृतिक चुनाव सदैव से स्त्री के पक्ष में रहा है। स्त्री मनुष्य रूप में हो या पशु रूप में, उसकी इस क्षमता को पुरुष प्रयास कर भी संपूर्ण रूप से आत्मसात नहीं कर सकता है।

इसलिए अर्थला से प्रस्ताव आते ही पिताजी फूले नहीं समाए थे। अर्थला के राज-वैभव में उन्हें मेरा खोया हुआ सुख पूर्ण होता दिखा। उन्होंने तो राजपरिवारों के मात्र सुख-साधनों की ही बातें सुन रखी थीं। यदि स्वयं कभी राज-वैभव भोगा होता, तो राजपरिवारों का स्याह रूप तथा समस्याएँ भी देखी होतीं।

जब वह छोटी थी, तब भोज उसके छोटे-से छोटे सुख के लिए कुछ भी करने को तैयार रहता था। उसे आज भी याद है- एक बार उसकी गुड़िया झरने में गिर गई थी। वह खूब रोई। भोज को जैसे ही पता चला, वह सीधे झरने में कूद गया। नीचे एक पत्थर से टकराकर उसका माथा फूट गया था, फिर भी वह गुड़िया खोजकर हँसते हुए लौटा- ''ले मेरी बहना!... अब बता इसका गुड्डा कहाँ फेंक दिया है।'' भोज के माथे पर रक्त एवं मुख पर स्नेह की मुस्कान देखकर मैं रोते हुए उससे लिपट गई थी।... बचपन में ऐसा कोई दिन नहीं होगा, जब मैं भोज के कंधे पर न बैठी। छोटे भइया धनंजय मुझसे तीन वर्ष ही बड़े थे। परंतु व्यवहार ऐसे करते थे, मानो भोज से भी बड़े हों। वे इतने शरारती थे कि जब मैं भूख से रोती थी, तब मुझे किसी प्रकार अपनी गोद में लेकर मेरा मुख गाय के थन से लगा देते और कहते- ''घड़ा भर दूध पिए बिना तू मानेगी नहीं, घड़ा तो मिल नहीं रहा, इसलिए सीधे थन से ही पी ले।''... कितने अच्छे दिन थे वे, हम तीनों भाई-बहन दिनभर

महुए के वृक्ष के नीचे खेलते तथा रात्रि में डरावनी ध्वनि निकालकर पिताजी को तंग करते और सो जाते।

फिर बड़े होने पर विवाह होते ही सबकुछ बदल गया। विवाह के समय पिताजी इतने प्रसन्न थे, मानो संसार में इससे बड़ा सुख उन्हें दुबारा नहीं प्राप्त होगा। सखियों ने विदा करते हुए खूब उल्लास मनाया था, उन्होंने कहा था- जा, जाकर संसार का हर सुख लूटना, हमें भी बुलाना मत भूलना, कुछ दिन हम भी दास-दासियों से सेवा करवा लेंगे।

वसुंधरा का मन भड़क उठा- यही सुख होता है कि एक भाई अपनी बहन का ही शत्रु हो जाए और निर्लज्ज होकर उसके अधिकारों पर अपनी कुदृष्टि डाले।... सादगी से जीवन व्यतीत करने वाला भोज, अर्थला आकर यहाँ के वैभव को देखते ही, मदांध हो गया था। परिश्रम करने वाले हाथों में मदिरा के चषक चिपक गए। स्वयं से खाट बुनकर सोने वाले शरीर को स्वर्ण पलंग ने ऐसे सुख-सागर में धकेला कि प्राप्त हुई संपन्नता भी मन न भर सकी। भोज का लोभ बढ़ता गया और उसके विवाह के पूर्व ही पाँच वर्षों में उसने अर्थला की राजसभा पर अच्छा अधिकार जमा लिया। वह लोगों के लोभ को ढूँढ़ता और उसे पूर्ण कर अपने पक्ष में मिला लेता।

क्या वैभव ऐसे ही मनुष्य के मस्तिष्क पर अपना प्रभाव डालता है। साधारण व्यक्ति के मन में भी अवसर पाते ही चुपके से लोभ और लालसा को बैठा देता है। फिर यह लोभ और लालसा स्वयं की तृप्ति के लिए ईर्ष्या, कटुता, द्वेष, षड्यंत्र, अधैर्य, अधर्म जैसे विकारों की सहायता लेने लगती है। इसी लालसा को कुछ अपना भाग्य समझकर उसके पीछे पड़े रहते हैं और कुछ इसी लालसा की पूर्ति के लिए दूसरों के अधिकारों पर कुदृष्टि डालकर उन्हें अपना अधिकार बताते हैं। किसी को धन-संपदा की लालसा है, किसी को शक्ति की, किसी को सत्ता की। कुछ जो स्वयं को ज्ञानी समझते हैं, उन्हें नाम और प्रसिद्धि की लालसा है। मनुष्य समझता है कि अपनी लालसा पूर्ण कर उसने विजय प्राप्त कर ली, पर उसे भान ही नहीं होता कि लालसा ने कब उसे अपना उपकरण बना लिया, जो अब जीवनपर्यंत असंतोष पैदा कर उसके जीवन की प्रसन्नता खाती रहेगी। लालसा दूसरे का वैभव देखकर ही उत्पन्न होती है। परंतु क्या वैभव का आकर्षण इतना शक्तिशाली है कि पलकों पर बैठाने वाला भाई भी अपनी बहन के अधिकार पर कुदृष्टि डाले...क्या वैभव और संपन्नता इतनी बुरी है?

वसुंधरा के मन में दूसरे कोने से आवाज आई- नहीं! बुराई तो मनुष्य में है, अन्यथा वैभव तो धाता-पंचम के पास भी था। उनके पास संसार की किस वस्तु

का अभाव था। इतनी संपन्नता तथा अधिकार होते हुए भी वे दयालु, सद्‍गुणी एवं संस्कारवान व्यक्ति थे। सबकुछ होते हुए भी उन्होंने अपने वंश की वर्षों पुरानी एक-पत्नीव्रत परंपरा का स्वयं की इच्छा से पालन किया। यदि वे और पत्नियाँ चाहते, तो कौन रोक लेता उन्हें।

अचानक मिले वैभव और संपन्नता में मदिरा जैसा प्रभाव होता है, जो मस्तिष्क को घुमा देता है। भोज के साथ भी यही हुआ है। स्वयं वस्त्र धोने वाले हाथों को दूसरे के राजसिंहासन पर बैठकर हत्थे सहलाने की लालसा जाग उठी है। परंतु अब तो बीस वर्ष हो चुके हैं, क्या अभी तक उसका प्रभाव नहीं उतरा? नहीं! नहीं उतरेगा...अब तो वह लोभ की मदिरा पी रहा है और लोभ तो ऐसी मदिरा है, जिसका प्रभाव समय के साथ बढ़ता ही जाता है।

अगले कुछ क्षणों तक वसुंधरा का मन शून्य रहा, फिर बचपन की सुखद स्मृतियों ने उसके भावना-सागर में हिलोरें उत्पन्न कर दीं। मन ही मन व्यथित होकर रुआँसी हो गई- 'भोज भइया, आप ऐसे क्यों हो गए...क्या लोभ के कारण बहन नहीं दिख पा रही है...सबकुछ तो है आपके पास...धन, वैभव, शक्ति, संपन्नता...मात्र राजगद्‍दी ही तो नहीं है...मैं कर्तव्यों में बँधी हूँ, अन्यथा वर्षों पूर्व ही सिंहासन सौंपकर चली गई होती...भइया किस मायाजाल में फँस गए हो...लौट आओ...'

तभी कक्ष में एक आवाज गूँजी- "तू एक राजद्रोही को बचाना क्यों चाहती है?"

वसुंधरा ने मुड़कर चारों ओर देखा। वह, यह आवाज पहचानती थी। यह आवाज छोटे भइया धनंजय की थी, परंतु कक्ष तो खाली था। बाद में उसे समझ आया कि यह ध्वनि तो उसके अपने मन में उठी है-

"मैं कहाँ बचाना चाहती हूँ?" वसुंधरा ने मन में ही उत्तर दिया।

"तब सबकुछ जानते हुए भी उसे दंडित क्यों नहीं करती, दंड के नाम पर तुझे अपने भाई का कंधा क्यों दिखने लगता है।"

"नहीं! मैं तो मात्र राजनैतिक स्थिरता के लिए चिंतित हूँ।"

"चुप कर, वसुंधरे! अर्थलाधीश ने तुझे राजनीति के कीचड़ में धँसने के लिए नहीं, राजधर्म निभाने के लिए कहा था।"

"राजधर्म ही तो निभा रही हूँ।"

"नहीं वसुंधरे! राजधर्म न्याय देखता है, संबंध नहीं... राजधर्म लाभ-हानि नहीं तौलता... राजधर्म प्रचंड होता है- राजनीति की भाँति मीठा बोलने वाला

चापलूस नहीं... राजधर्म स्थिरता-अस्थिरता का भय नहीं देखता... राजधर्म प्रजाहित है, राजनीति की भाँति स्वहित नहीं... राजधर्म सीधी राह देखता है, राजनीति की भाँति षड्यंत्रों में उलझता नहीं... राजधर्म सत्ता का संस्कार है, राजनीति की भाँति ईर्ष्या, कटुता, लोभ, मित्रघात और पक्षपात की कालिख नहीं...।''

वसुंधरा के नेत्रों के सामने धनंजय की आकृति उभर आई। वही आकृति जिसने इतने वर्षों से वसुंधरा के संकल्पों में सदैव शक्ति ही भरी थी। वसुंधरा को लगा, धनंजय की आकृति बड़ी होती जा रही है और वे बाँहें फैलाए उसकी ओर बढ़ रहे हैं... धनंजय उसके ठीक सामने तक आ गए। उन्होंने अपनी विशाल भुजाओं में वसुंधरा को भरा और धीरे से कहा- ''वसुंधरे! राजधर्म नेतृत्व का शृंगार है और इस शृंगार के बिना तू मुझे अच्छी नहीं लगती।''

वसुंधरा का गला रुँध गया...

उसे भोज जैसा भाई मिलने पर आज तक दुख नहीं हुआ था, क्योंकि वह विधाता को सहस्रों बार धन्यवाद ज्ञापित कर चुकी थी कि उसे धनंजय जैसा भाई मिला।

अपनी बात कहकर धनंजय की आकृति विलीन हो गई, परंतु रानी में ऊर्जा का उफान भर गई।

भइया धनंजय ने सत्य कहा- उसके पति अर्थलाधीश ने उससे राजधर्म का पालन करते हुए अर्थला की सुरक्षा का वचन लिया था। संबंधों के मोह में आज तक उसने राजनैतिक आचार-संहिता का पालन किया था, पर अब अर्थला की रानी दंड-संहिता दिखाएगी।

रानी दृढ़ता से सिंहासन से उठी और तेजस्वी वाणी में गरजी-

''अब राजनीति नहीं, राजधर्म होगा।''

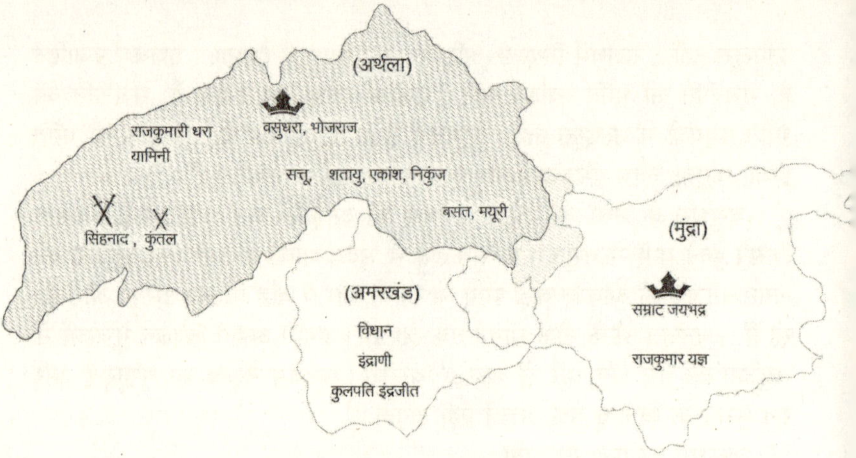

धनंजय आगमन

मयूरी, धरा की धनुर्विद्या के लिए दोपहर पश्चात आती थी। मयूरी के हँसमुख व्यवहार ने उसे शीघ्र ही धरा के हृदय में बैठा दिया। बाण संचालन मयूरी के लिए बाएँ हाथ का खेल था, वह धरा को लक्ष्य भेदने की इतनी सरल चरणबद्ध विधि बताती कि कोई बच्चा भी अभ्यास से सीख ले। बीच-बीच में मयूरी अपने चुलबुलेपन से धरा को खूब हँसाती रहती। वह उसे अपनी यात्रा-कथाएँ सुनाती, जिन्हें सुनकर धरा भी सत्तू की भाँति अविश्वास प्रकट करती। दो माह में दोनों के हृदय इतने आत्मीय हो गए कि धरा ने मयूरी के सम्मुख अपना मन खोलकर रखना प्रारंभ कर दिया। वह सुख-दुख, क्रोध, कल्पन सबकुछ उसके समक्ष प्रकट करने लगी। उसने उसे यज्ञ के विषय में भी बताया। धरा को आशा थी कि मयूरी अपने स्वभाव के अनुरूप इस एकपक्षीय प्रेम की बात सुनकर उसकी हँसी उड़ाएगी, किंतु उसे आश्चर्य हुआ कि मयूरी ने सहजता से सुना ही नहीं, अपितु उसे गले लगाकर भावनापूर्ण बधाई भी दी। मयूरी के इस हृदयपूर्ण समर्थन ने धरा को उसके और समीप खींच दिया।

अपने कक्ष में गवाक्ष पर खड़ी धरा सामने उद्यान में मयूरी और बसंत को देख रही थी। कभी-कभी संध्या को लौटते समय बसंत, मयूरी को लेने आता था। आज बसंत कुछ पहले ही आ गया था, तो मयूरी उसे पूरा उद्यान घुमाने लगी। धरा जब भी बसंत-मयूरी को साथ देखती, उसका हृदय भी यज्ञ के साथ कल्पना के सरोवर में गोते लगाने लगता। मन में एक उत्स फूटता, शरीर का प्रत्येक रोआँ संवेदनशील

हो उठता। खड़े-खड़े वह यज्ञ के साथ वृद्धावस्था तक के जीवन की कल्पना कर डालती।

उसी कक्ष में उपस्थित यामिनी उसे देखती रहती। जब भी धरा अपनी कल्पना में खोती- आँखें मूँद लेती। नेत्र मूँदे वह बाँहें फैलाती, मानो आलिंगन का आमंत्रण दे रही हो, फिर गोल-गोल घूमने लगती, कुछ देर पश्चात न जाने क्या सोचकर मुस्करा देती और फिर गरदन टेढ़ी कर लजा जाती। पहले जब धरा इस प्रकार लजाती थी, तब यामिनी खूब हँसती थी, पर धीरे-धीरे उसे धरा की इस गतिविधि से चिढ़न होने लगी। अब जब भी वह धरा को इस प्रकार नेत्र मूँदे लजाते देखती, उसकी इच्छा होती कि वह एक डंडा उसके सिर पर मार दे। अभी वह धरा के सिर पर डंडा मारने का विचार कर ही रही थी कि धरा ने आँखें खोल दीं और मुस्कराकर बोली-

''क्या तूने कभी हृदय की झंकार सुनी है, यामिनी!''

''ऊँह! गाने-बजाने में मेरी कोई रुचि नहीं।'' यामिनी ने मुँह बनाया।

तभी द्वार पर किसी के प्रवेश करने की आहट हुई। धरा की दृष्टि द्वार की ओर घूमी और देखते ही सामने खड़े व्यक्ति की ओर चिल्लाते हुए पूरी गति से भागी-

''धनंजय मामा...!'' और जाकर किसी बच्चे की भाँति लिपट गई।

धनंजय उसका सिर सहलाते हुए धीरे से मुस्कराए- ''मेरी प्यारी बच्ची! इतने दिनों में तू मोटी हो गई।''

धरा हकबका कर अलग हुई- ''क्या कह रहे हैं मामा! मैं मोटी दिख रही हूँ, ऐसा नहीं हो सकता।''

उसकी घबराहट देखकर धनंजय को कुछ आश्चर्य हुआ- ''क्या हुआ? मैं तो मात्र परिहास कर रहा था।''

धरा बात सँभालते हुए बोली- ''मैं भी तो परिहास कर रही थी...चलिए अंदर पधारिए, कितने दिनों पश्चात आप प्रकट हुए हैं, ढेरों बातें करनी हैं।''

''हाँ! हाँ! मैं भी सुनने के लिए उत्सुक हो रहा हूँ कि मेरी अनुपस्थिति में मेरी बहन ने कितनी निर्दयता पूर्वक तेरा पालन-पोषण किया।''

धरा, धनंजय को लगभग खींचते हुए अपने पर्यंक तक ले आई और बैठाते हुए बोली- ''अब बताइए! ऐसे कौन-से कार्य में खो गए थे कि इतने दिनों तक विलीन रहे? दिन क्या...एक वर्ष होने को आया है।''

''क्या बताऊँ, पुत्री! नागवंश में इतनी जातियाँ समाई हुई हैं कि एक मान्यता न होने के कारण किसी न किसी बात पर मतभेद उत्पन्न हो ही जाता है...मेरी बात

छोड़, अपनी बता?'' इधर-उधर देखते हुए- ''यह श्रृंगार का ढेरों सामान क्यों फैला रखा है?'' और उत्तर पाने के लिए जब धरा की ओर देखा, तब वह पलकें झुकाकर लजा रही थी।

''ओह! बच्ची! तू तो बड़ी हो गई, अपने मामा को बताए बिना किससे विवाह करने की तैयारी में जुटी है।'' धनंजय स्नेह से पुचकारते हुए बोले।

धरा ने आँखें उठाए बिना ही कहा- ''नहीं मामाजी! बस श्रृंगार में रुचि उत्पन्न हो गई।''

धनंजय हँसे- ''स्त्री के मन में हृदय के संकेत से ही श्रृंगार का भाव फूटता है। चल बता, किसे अपने हृदय-कपाट के भीतर बंद कर रखा है?''

''ऐसी कोई बात नहीं है मामाजी।'' धरा अब भी लजा रही थी।

गवाक्ष के समीप लेप तैयार कर रही यामिनी को धनंजय ने डपटा- ''यामिनी! तू ही इसका रहस्य खोल।''

धरा ने सिर नीचे किए हुए ही यामिनी को आँखें दिखाईं।

''इस विषय में मुझे कुछ ज्ञात नहीं, मामाजी!'' यामिनी ने सपाट उत्तर देने का प्रयत्न किया।

धनंजय फिर डपटे- ''यह सौंदर्य लेप किसके लिए बन रहा है?''

''यह तो...'' यामिनी कुछ अचकचाई।

धरा बीच में कूद पड़ी- ''लेप तो यह स्वयं के लिए बना रही है, मामाजी! बेचारी एक सेनानायक के प्रेम में पागल हो उठी है...दिनभर अपने श्रृंगार में जुटी रहती है। इसी यामिनी से मुझे भी यह छूत लग गई।''

स्वयं को बचाने के लिए उस पर आरोप मढ़ने से यामिनी को क्रोध आ गया। उसने लेप का कटोरा पटका और उठकर बोली- ''मामाजी! हमारी राजकुमारी को उसके सपनों का राजकुमार मिल गया है। यह सौंदर्य लेप लगाकर अपने स्वप्नों में उसी के साथ विहार करती रहती है।''

धरा चिल्ला उठी- ''चुप रह यामिनी की बच्ची! बक-बक मत कर।'' पर्यंक से उठकर इधर-उधर कुछ ढूँढ़ते हुए- ''अभी बताती हूँ तुझे...मेरा धनुष कहाँ रखा है?''

जब कुछ नहीं मिला, तो एक कटोरा लेकर ही मारने दौड़ पड़ी।

धनंजय ने उसे पकड़ लिया और हाथ से उसका मुँह दबाकर बोले- ''यामिनी! तू बताती रह।''

यामिनी बोली- ''दो वर्ष पूर्व जब अमरखंड में शांति सम्मेलन हुआ था, वहीं

मुंद्रा के राजकुमार यज्ञ पर दृष्टि पड़ते ही पागल हो उठी थी। तब से दिनभर उसी की रट लगाए रहती है। उसी राजकुमार के समकक्ष होने के लिए ही धनुर्विद्या सीख रही है।''

''और मैं समझा कि इसे अपनी माँ की सहायता करने में रुचि उत्पन्न हो गई है।'' धनंजय आश्चर्य से बोले।

यामिनी पुनः बोली- ''ग्रंथों में पढ़कर सुंदरता बढ़ाने के न जाने क्या-क्या प्रयोग करवाती रहती है। कभी कहती है- खीरा काटकर आँखों पर रखो, तो कभी तरबूजे का रस निकालकर गालों पर लगाओ। आप कल आए होते, तब देखते मामाजी! रसोई से अधिक तरकारियाँ यहाँ बिखरी पड़ी थीं।''

धनंजय ने धरा को छोड़ दिया। वह सिर झुकाकर जड़वत खड़ी रही। कुछ देर बाद धीमे स्वर में बोली-

''यह दुष्टा झूठ बोल रही है।''

''अद्भुत पुत्री! अद्भुत! तुम्हारा हृदय शत्रुता की सीमाओं का भी अतिक्रमण कर गया। मैं प्रसन्न हूँ मेरी बच्ची, कि नई पीढ़ी में प्रतिशोध के स्थान पर प्रेम ने जन्म लिया है।'' धनंजय ने धरा को गले लगा लिया।

धरा अब भी स्तब्ध थी। कुछ क्षणों पश्चात जब धनंजय ने उसे छोड़ा, तो कहा- ''चल, अब सहज हो जा, इस विषय में और अधिक कुछ नहीं पूछूँगा, परंतु इतना बता कि क्या वसुंधरा को इसकी भनक है?''

''नहीं! और आप भी उन्हें सूचित मत करिएगा।'' धरा अत्यंत धीमे स्वर में बोली।

धनंजय हँसे- ''नहीं करूँगा, पुत्री! चल इधर बैठ और बता कि जो कुछ तुझे सिखाया था, उसका अभ्यास करती है अथवा सारा ज्ञान इन्हीं लेपों में घोलकर उड़ा दिया।''

''क्षमा करें मामाजी! आपके सिखाए हुए समस्त व्यूह स्मरण तो हैं, परंतु अभ्यास किए महीनों बीत गए।''

''अच्छा! मोटी होने के साथ आलसी भी हो गई है तू, तेरी धनुर्विद्या कैसी चल रही है?''

फिर धरा पर्यंक पर बैठकर पिछले कई माह से लेकर आज तक की सारी घटनाएँ सुनाने बैठ गई। मयूरी की उसने विशेष प्रशंसा की।

वसुंधरा आज जब लौटी, तब तक आकाश में तारे स्वच्छ रूप से दिखने लगे थे। वह प्रातः ही उत्तरी क्षेत्र के गाँवों का निरीक्षण करने निकल गई थी। पिछले कई माह से उत्तरी भाग के गाँवों में तेंदुओं का आतंक बढ़ गया था। हर दिन कोई न कोई ग्रामवासी रक्षा की गुहार लेकर राजसभा में पहुँचा रहता था। आज वसुंधरा स्वयं ही सौ सैनिकों की टुकड़ी लेकर वहाँ गई तथा व्यक्तिगत रूप से गाँववालों से मिलकर उनकी रक्षा का विश्वास दिलाया और अंतिम तेंदुआ जीवित रहने तक उस सैन्य टुकड़ी को वहीं स्थापित कर दिया। वसुंधरा चाहती तो किसी सेनापति को भेजकर यह कार्य करवा सकती थी, परंतु वह ग्रामजनों के प्रति अपनी आत्मीयता दर्शाना चाहती थी क्योंकि तीन माह पूर्व हुई नए सैनिकों की भर्ती में अधिकांश युवक इन्हीं ग्रामों के थे। चाहे राजसभा हो या आम जन, वसुंधरा इस समय अर्थला के प्रत्येक व्यक्ति की श्रद्धा और आस्था राजसत्ता के प्रति चाहती थी।

आर्थिक रूप से अर्थला इतनी कंगाल चल रही थी कि प्रशासनिक अधिकारी हो या सैनिक, सभी पिछले पाँच वर्षों से आधे वेतन पर कार्य कर रहे थे। ऐसे समय जब शत्रु धन का लोभ देकर अर्थला की आंतरिक तथा बाह्य सुरक्षा को भेदने का प्रयास करता रहता है, तब मातृभूमि के प्रति प्रेम एवं राजसत्ता के प्रति श्रद्धा ही लोगों को टिकाकर रख पाती है। इसी श्रद्धा को पाने के लिए वसुंधरा आम जन के सुख-दुख को पूरी गंभीरता से लेती थी। लोगों के कष्टों को दूर करने के लिए उसने सारा राजवैभव त्याग दिया था। अर्थमहल की सारी सजावटी वस्तुओं को बेचकर उसने सैनिकों का वेतन बाँटा था। हर दिन उत्सव मनाने वाली पाकशाला में विशिष्ट अवसरों को छोड़कर सामान्य जनों जैसा भोजन तैयार करने का आदेश था। अपनी प्रजा के सुख के लिए वसुंधरा ने अपनी ओर से छोटे-से-छोटा वैभव भी त्याग दिया था।

अपनी रानी के त्याग तथा प्रजापालन से आम जन में रानी के प्रति अपार श्रद्धा थी। इसी श्रद्धा के बल पर वसुंधरा ने इतने वर्षों से अर्थला को थाम रखा था।

अपने कक्ष में दर्पण के सामने खड़ी वसुंधरा स्वयं को निहार रही थी। लौटकर अभी तक उसने अपना कवच नहीं उतारा था। बहुत दिनों बाद आज उसकी इच्छा हुई कि वह दर्पण के सामने खड़ी हो, परंतु दर्पण में स्वयं को देखकर वह प्रसन्न नहीं हुई। दर्पण में दिख रही स्त्री अत्यंत थकी हुई और तेजहीन-सी थी। वह किसी कोण से रानी नहीं प्रतीत हो रही थी। उसे रानी दिखना भी नहीं था, वह अपने अंदर की स्त्री का कोई कोना झाँकने के लिए खड़ी थी। जब कुछ दिखा नहीं, तो दर्पण

से हट गई और पर्यंक के सिरहाने स्थापित धाता-पंचम की मूर्ति के पास पहुँची। मूर्ति के शरीर को अच्छी प्रकार निहारने के बाद उसके मुख को एकटक घूरती रही। फिर कुछ देर पश्चात मूर्ति को अपने अंक में कसकर जकड़ लिया तथा बहुत रोकने के बाद भी उसकी आँखें गीली हो उठीं। लंबे क्षणों तक वह उसी अवस्था में बनी रही।

शांति-प्राप्ति के प्रयास में यह उसकी पुरानी दिनचर्या थी। वह मूर्ति की शीतलता को स्वयं में समाने का पूरा प्रयास कर रही थी कि उसे कोई आभा महसूस हुई। कुछ ऐसा जो बहुत ऊर्जावान था, लगा सारा वातावरण शीतल हो गया। देह की थकान का तो पता नहीं, पर मन की थकान अवश्य कम हो गई। कक्ष के चारों कोनों में जल रहे चर्बी वाले दीपक ही प्रकाश दे रहे थे, किंतु प्रतीत हुआ कि प्रकाश कुछ बढ़ गया है।

वसुंधरा जानती थी कि ऐसी अलौकिक आभा उसे कब अनुभव होती है। उसने अपनी दृष्टि द्वार की ओर घुमाई, सामने आभामयी मुस्कान लिए धनंजय खड़े थे। वसुंधरा के मुख पर भी एक लंबी मुस्कान खिंच गई। दोनों भाई-बहन पूरी आत्मीयता से एक-दूसरे की ओर बढ़े और धनंजय ने किसी पिता की भाँति वसुंधरा को अपनी बाँहों के संरक्षण में ले लिया।

अपने स्वभाव के अनुरूप उन्होंने वसुंधरा के सिर को सहलाया और हँसते हुए बोले-

"भावुकता में तू एकदम बच्ची लगती है, वसुंधरे!"

पहले से गीली आँखों वाली वसुंधरा के नेत्र प्रसन्नता से छलछला उठे। वह कुछ न बोली, मात्र अपने भाई के संरक्षण में शांति प्राप्त करती रही। जब अलग हुई, तो आँसू पोंछते हुए बोली- "इस बार अपनी बहन को तपस्या कराए बिना दर्शन न देने की सौगंध खा रखी थी?"

"बहुत वाकपटु हो गई है तू...चल पर्यंक पर बैठ और सारा कुशल-मंगल विस्तार से सुना। मेरा दीर्घकाल तक विलीन रहना कोई नई बात नहीं।"

"आपको क्या कुशल-मंगल बताना भइया! संसार में ऐसा कौन-सा स्थान है, जहाँ आपकी दृष्टि न रहती हो।"

"दृष्टि रखनी पड़ती है वसुंधरे! सूचनाओं के अभाव में सत्य परखना अत्यंत कठिन हो जाता है और सूचनाएँ तो स्वयं में एक शक्ति हैं।" धनंजय मंद मुस्कान के साथ बोले।

"जब सबकुछ आपको ज्ञात है, तब बताने के लिए शेष ही क्या है?" वसुंधरा

भी मुस्कराई।

धनंजय पर्यंक से उठकर गवाक्ष पर जाकर बाहर देखने लगे फिर थोड़ा गंभीर होकर बोले- "महर्षि गाधि से कुछ सहायता मिली?"

"सहायता के नाम पर मात्र सुझाव प्राप्त हुआ...अत्यंत विचित्र तथा संकटपूर्ण।" वसुंधरा निराशा के साथ बोली।

"क्या महर्षि में तेरी श्रद्धा घट रही है?" धनंजय अब भी बाहर देख रहे थे।

"नहीं! श्रद्धा क्यों घटेगी? उनकी शक्ति और विचारों पर कोई संदेह नहीं, उन्होंने तो स्वयं ही सिद्धिधारक को पहचान लिया था।"

"उन्हें स्वयं ज्ञात हो गया?" धनंजय आश्चर्य प्रकट करते हुए झट से मुड़े।

"हाँ!...इसमें इतना आश्चर्य क्यों? उन जैसे शक्तिवान के लिए यह कोई विलक्षण बात तो नहीं।"

"हाँ! ठीक कहा...उनका सुझाव क्या था?" धनंजय ने सहजता दिखाते हुए कहा।

"यही कि अर्थला, दानवों के साथ सैन्य-संधि कर ले।" वसुंधरा ने बताया।

धनंजय ने इस बात को ऐसे सुना, मानो कोई विशेष बात न हो। कुछ क्षणों बाद मंद मुस्कान के साथ बोले- "क्या निर्णय लिया?"

"निर्णय लेना इतना सरल होता, तो सुझाव को संकटपूर्ण क्यों कहती। महर्षि का कहना है कि वे दानव सम्राट से पहले भी संधि की चर्चा कर चुके हैं तथा दानवों का संधि की ओर झुकाव भी है...अर्थला से प्रस्थान के पश्चात महर्षि का अगला पड़ाव दानव देश ही है, इस बार वे पुनः संधि की चर्चा करेंगे। संधि के रूप में दानव, अर्थला के समस्त व्यापारिक मार्गों का प्रयोग करना चाहते हैं... आपका क्या विचार है?

धनंजय ने कुछ क्षण सोचा, फिर बोले- "महर्षि का सुझाव उनके स्वभाव तथा व्यवहार के अनुरूप ही है, वे विश्वशांति के अभियान पर निकले हैं। शांति के लिए उन्होंने सदैव संधि को ही प्रमुखता दी है। उनके लिए इस प्रकार का सुझाव देना कोई नई बात नहीं है...यदि मेरा विचार सुनना चाहती हो, तो मेरा अनुमान यह है कि वर्तमान समय में संधि जैसा कोई वातावरण नहीं है। प्रत्येक व्यक्ति अपने लाभ के लिए घात लगाए बैठा है... मैं महर्षि के सुझाव से सहमत नहीं हूँ, क्योंकि महर्षि ने जिस समय यह सुझाव दिया था, उस समय से अब तक दानव देश में बहुत कुछ परिवर्तित हो चुका है।"

"हाँ! दानव देश में उथल-पुथल की कुछ सूचना मुझे भी प्राप्त हुई है।"

''मात्र उथल-पुथल नहीं! पूरी दानव सत्ता ही पलट चुकी है। पिछली अमावस्या को दानव राजकुमार दक्षान ने पूरे कुटुंब का वध कर स्वयं को महामहिम घोषित कर दिया। उपजाऊ भूमि के लिए अर्थला पर आक्रमण करने का प्रस्ताव वह वर्षों से अपनी राजसभा में प्रस्तुत करता रहा है। दानवों से संधि का यह उचित समय नहीं है।''

वसुंधरा ने ठंडी साँस छोड़ी और बोली- ''मेरा भी यही मत है। संकट के समय और संकट मोल लेना आत्मघाती ही होगा।''

''रुद्रबाला बता रही थी कि कहीं से एक यंत्रकार प्रकट हो गया है।'' धनंजय ने पूछा।

''हाँ! विधाता की कृपा से उचित समय पर आया। अद्भुत ज्ञान है उसका, शिला-प्रक्षेपकों की मारक दूरी चार गुना तक बढ़ा दी उसने... और भी भिन्न-भिन्न प्रकार के यंत्र बनाने की योजनाएँ प्रस्तुत करता रहता है।'' वसुंधरा ने प्रसन्नता से बताया।

धनंजय समझाते हुए बोले- ''इतना हड़बड़ाया मत कर, तू जहाँ कहीं सहायता की संभावना देखती है, विधाता की कृपा मानकर झट से अपने पक्ष का न्योता दे देती है, वह यंत्रकार शत्रु का भेजा हुआ भेदिया भी हो सकता है।''

वसुंधरा भी समझाते हुए बोली- ''इतनी सतर्कता रखती हूँ मैं, अपने विश्वस्त गुप्तचर के घर ही ठहराया है उसे, और भेदियों का डर कहाँ तक पालूँ। जब अपना ही भाई घर के अंदर शत्रु बना बैठा है, तो बाहरी शत्रु कितना भयभीत कर पाएगा।''

''तू भोज का प्रतिकार क्यों नहीं करती?'' धनंजय का स्वर पर्याप्त गंभीर था।

''अवसर आने पर कर दूँगी।'' वसुंधरा भावहीन होकर बोली।

धनंजय वसुंधरा की ओर मुड़े और उसके दोनों कंधों पर हाथ रखकर दृढ़ता से बोले- ''अपनी आँखें खोल वसुंधरे! संबंधों का पाश और मधुर स्मृतियों का मोह त्याग। जिस अर्थला की सुरक्षा के लिए तू दिन-रात लगी हुई है, वह अब उसी में सेंध लगा रहा है। पहले तो उस सत्तालोभी के लोभ के बीच में तू खड़ी थी, परंतु अब वह अंधा होकर शत्रुओं से जा मिला है।''

वसुंधरा कुछ न बोली, पर धनंजय ने उसकी आँखों में अर्थला की रानी का ठोस रूप देख लिया।

मृगया

रानी ने बसंत पर दृष्टि रखने की पूरी व्यवस्था की थी। दिन में कार्यस्थल पर गुप्तचर उपस्थित रहते थे तथा रात्रि में सुमेरु स्वयं बसंत के कार्य-व्यवहार पर दृष्टि रखता था। प्रारंभ में सुमेरु पूरी सतर्कता दिखाता था, परंतु कुछ माह पश्चात जब कुंसा की भाँति उसके हृदय में भी बसंत-मयूरी के प्रति आत्मीयता जागी, तो उसने बसंत के प्रत्येक व्यवहार से कोई अर्थ निकालना छोड़ दिया। बसंत को यह तो ज्ञात था कि उस पर दृष्टि रखी जा रही है, परंतु सुमेरु भी उस पर दृष्टि रखता है, यह नहीं जानता था। बसंत-मयूरी सुमेरु के दोमंजिला घर के ऊपरी भाग में रहते थे। रात्रि में सभी के सो जाने पर कभी-कभी अवसर देखकर वह छत से उतरता तथा बूढ़े व्यक्ति का भेष बनाकर राजधानी से बाहर निकल जाता। फिर गुप्त रूप से छिपाकर बाँधे गए घोड़े पर चढ़कर प्रतिबंधित प्रयोगशाला चला जाता तथा भोर होने से पहले लौट आता। छोटे मार्ग से वहाँ तक पहुँचने में दो घड़ी का समय लगता था। बसंत अब तक कई बार वह रहस्यमय द्वार खोलने का प्रयास कर चुका था, परंतु सफल नहीं हुआ था। हर बार जब वह निराश लौटता, तो मयूरी उसे धैर्य बँधाती।

शतायु, एकांश और निकुंज के साथ सत्तू का तीन माह का कठिन शस्त्राभ्यास समाप्त हो चुका था। वे नई सैन्य टुकड़ी में सम्मिलित कर लिए गए थे। नए युवा सैनिकों में घुलने-मिलने में उन्हें अधिक समय नहीं लगा, परंतु मतंग नाम के लड़के से सत्तू की अनबन हो गई। मतंग कृषि-मंत्री के परिवार से संबंधित था। राजपुरुषों के परिवार से होने के कारण वह स्वयं को श्रेष्ठ समझता था तथा पूरी उद्दंडता दिखाता था। एक दिन, जब सत्तू, निकुंज के साथ लट्टू नचा रहा था, मतंग ने परिहास करने के लिए उसका लट्टू उठाकर कुएँ में फेंक दिया। फिर ऐसा उसने कई बार किया।

माहभर पश्चात उनकी सैन्य टुकड़ी में मृगया की प्रतियोगिता रखी गई। इस प्रतियोगिता में पाँच के समूह में मृग का शिकार करना था। तीन दिनों के भीतर जो समूह सबसे अधिक मृग लेकर लौटेगा, वह विजयी घोषित होगा। इस प्रतियोगिता का लक्ष्य समूह की एकजुटता तथा आपसी सामंजस्य बढ़ाना था। यद्यपि प्रतियोगिता का नाम मृगया अवश्य था, परंतु हर बार मृग के साथ विकल्प के रूप में उस पशु

का भी चयन किया जाता था, जिसकी बढ़ी हुई संख्या से आम जन को कठिनाई उठानी पड़ती थी। जैसे-पिछले वर्ष व्याघ्रों को शिकार के लिए चुना गया था तथा उसके पिछले वर्ष जंगली शूकरों को। इसी प्रकार इस बार तेंदुओं का चुनाव किया गया, क्योंकि अज्ञात कारणों से तेंदुओं की बढ़ी हुई संख्या ने कई ग्रामों में आतंक फैला रखा था। तेंदुआ एक कठिन तथा संकटपूर्ण लक्ष्य था, अतः अधिकाँश समूहों ने मृग का चयन किया। जो साहसी थे, उन्होंने तेंदुओं का चुनाव कर अपना गर्व दिखाया।

सत्तू निर्द्वंद्व भाव से मृग का ही चयन करने वाला था, परंतु मतंग द्वारा तेंदुए का चुनाव करने से सत्तू में उबाल आ गया। उसने भी छाती पीटकर तेंदुए की घोषणा कर दी। जिस दिन उसने घोषणा की, उस रात्रि उसे नींद नहीं आई।

कुछ दिन पश्चात प्रातः ही घोड़ों पर अपनी-अपनी सामग्री लादे शतायु, एकांश और निकुंज, सत्तू के नेतृत्व में उत्तर-पूर्व की ओर बढ़े जा रहे थे। सामग्री में अधिकांशतः भोजन ही था। कुछ शस्त्र एवं जल का एक भांड भी एकांश के घोड़े पर बँधा था। लगातार दो घड़ी तक घोड़े दौड़ाने के पश्चात सुस्ताने के लिए वे एक विशाल वृक्ष की छाया में रुके। वृक्ष के मोटे तने से टेक लगाकर चारों बैठ गए और कुछ फल खाए, फिर चषक से जल भी पिया। विश्राम करते हुए निकुंज ने पूछा- "सत्तू भइया! आपके पास कोई योजना है अथवा हम ऐसे ही निकल पड़े हैं मृगया के लिए?"

"हाँ! एक अच्छी योजना है मेरे पास।" सत्तू ने केले खाते हुए कहा।

"यदि योजना है...तो अभी बता दें।"

"हाँ! हाँ! बताता हूँ, धीरज रखो...पहले यह कदली तो पूरी खा लूँ।"

खाकर, मुँह पोंछकर सत्तू ने बताया- "सुनो! उस घमंडी मतंग के फेर में मेरे मुख से तेंदुए का नाम निकल गया था, अन्यथा मैं मृग का ही चुनाव करता। जो बात निकल गई, उसे जाने दो। अब हम मृग का संधान करेंगे। मृगया के लिए मेरे मन में एक विशिष्ट स्थान है, वह स्थान बहुत रोमांचकारी, सुंदर, रमणीय और मनभावन भी है। वहाँ ढेरों पशु-पक्षी रहते हैं। मृग ढूँढ़ने के लिए कहीं दूर नहीं जाना होगा तथा रात्रि विश्राम के लिए मंडप भी गाड़ने की आवश्यकता नहीं। वहाँ क्रीड़ा भी हो जाएगी तथा सरलता से मृगया भी। मृग का संधान कैसे करना है, यह योजना उस स्थान पर पहुँचकर, भौगोलिक स्थिति के अनुसार बनानी पड़ेगी, दूर बैठकर योजना नहीं बन सकती।"

सत्तू के विचार से उन तीनों को कोई आपत्ति नहीं थी। वे तीनों तो पहले से

ही तेंदुए के पक्ष में नहीं थे। कुछ देर विश्राम कर वे पुनः उत्तर-पूर्व की ओर बढ़े। लगभग दो घड़ी पश्चात वे चारों चंद्र पर्वत के समीप थे। अपने घोड़ों से उतरकर वल्गा थामे जब वे पर्वत की चढ़ान चढ़ रहे थे, तब सत्तू ने जानकारी देने के लिए उस पर्वत का नाम बताया। नाम सुनकर तीनों चौंक गए।

एकांश बोला- ''कुछ दिन पूर्व ही प्रशिक्षण-शाला में हमें प्रतिबंधित क्षेत्रों की सूची दी गई थी...उसमें चंद्र पर्वत का भी नाम था।''

''यह चंद्र पर्वत औरों के लिए प्रतिबंधित होगा, मैं यहाँ पहले भी आ चुका हूँ...प्रतिबंध का भय मत पालो, आगे बढ़ो।'' सत्तू ने लापरवाही से कहा और आगे बढ़ गया।

तीनों एक-दूसरे का मुँह देखते रहे और हिले भी नहीं।

एकांश पुनः बोला- ''प्रतिबंधित क्षेत्र में राजाज्ञा के बिना प्रवेश करने पर मृत्युदंड का सीधा प्रावधान है।''

सत्तू ने समझाया- ''मैं, भइया के साथ यह स्थान पहले भी भ्रमण कर चुका हूँ, यहीं पर बसंत भइया और मयूरी भाभी भी मिली थीं। यदि मृत्युदंड दिया गया होता, तो क्या मैं तुम्हारे सम्मुख खड़ा दीखता... ? यहाँ ऐसा कुछ नहीं, जो इतना बहुमूल्य हो कि उसके लिए मृत्युदंड दिया जाए। वैसे भी यह स्थान प्राचीन भग्नावशेष हैं। ऐतिहासिक धरोहर के रूप में सुरक्षित रखने के लिए प्रतिबंधित क्षेत्र घोषित कर दिया होगा। बिना भय के चलो...इस निर्जन स्थान पर कोई नहीं रहता। यदि कोई देख भी लेगा, तो कह देंगे कि मृगया के लिए आए थे और हमें नहीं ज्ञात था कि यही प्रतिबंधित चंद्र पर्वत है। चलो, अब स्थिर मत रहो।''

''ठीक है! हम चलते हैं, परंतु समस्या खड़ी होने पर तुम ही सारे आरोप झेलना।'' शतायु आगे बढ़ते हुए बोला, साथ ही उसने एकांश एवं निकुंज को भी आगे बढ़ने का संकेत किया।

''हाँ! मैं सदैव प्रस्तुत हूँ, लौटने पर तुम लोग स्वयं कहोगे कि कितना आनंदपूर्ण दिन व्यतीत हुआ।'' सत्तू बोला।

कुछ दूर आगे बढ़ने पर स्वच्छ जल का नाला मिला, जो ऊपर खंडहरों से बहता हुआ आया था।

''घोड़ों को यहीं जल पिलाकर चरने के लिए छोड़ देते हैं। यदि साथ रहेंगे, तो इनकी हिनहिनाहट से मृग हमारी उपस्थिति भाँप लेंगे।'' सत्तू ने रुकते हुए कहा।

सभी ने अपने घोड़ों से सामग्री उतारकर कंधों पर लादी तथा घोड़ों को जल पीता छोड़कर ऊपर बढ़ने लगे। वे शस्त्रों के रूप में तलवारों तथा छोटे छुरों के

अतिरिक्त ढेरों भाले भी लेकर आए थे, क्योंकि मृगया-प्रतियोगिता का नियम था कि शिकार का मात्र भाले से संधान किया जाए, अन्यथा झाड़ियों में छिपकर बाण चलाने में कोई साहस नहीं था।

कुछ ही समय में वे उन युग्म पर्वतों की तलहटी पर बनी टूटी प्रयोगशाला के मुख्य द्वार तक पहुँच गए। मुख्य द्वार के टूटे स्तंभ के ऊपरी भाग को देखकर सत्तू प्रसन्नता से चिल्ला उठा- ''यह घोंसला आज भी है।''

एकांश और निकुंज वहाँ पहुँचकर बहुत प्रसन्न दिख रहे थे। शतायु के मुख के शांत भाव से कुछ नहीं पता चला। कुछ दिन पूर्व हुई वर्षा के कारण वनस्पतियों की समस्त धूल धुल गई थी, जिससे उनकी हरीतिमा और भी उज्ज्वल हो उठी थी। विस्तृत फैले भग्नावशेषों पर चढ़ी लताओं ने ऐसा शृंगार किया था कि किसी का भी मन मोह लें। एकांश और निकुंज शीघ्रता से आगे बढ़े।

''सावधानी से पग बढ़ाना, वहाँ बहुत काई जमी होगी।'' सत्तू ने तेज स्वर में उन दोनों को आगाह किया।

चारों, भूमि पर जमी वर्षों पुरानी काई से बचते हुए उन खंडहरों में प्रवेश कर गए। वे दीवारों पर उभरे चित्रों को ध्यान से देखते हुए बढ़ रहे थे। पिछली बार की स्मृतियों के आधार पर सत्तू उत्साहपूर्वक बताता जा रहा था- ''उधर देखो, वहाँ वानर का मुख बना है, जिसके दाँत बाहर तक निकले हैं...सामने उस कक्ष की दाईं ओर एक हाथी की मूर्ति स्थापित है, जिसकी सूँड में ढेरों चीटियाँ रहती हैं...निकुंज सँभलकर!...वहाँ की भूमि थोड़ी दलदली है।''

इधर-उधर देखते हुए, आगे जाकर सत्तू एक खुले स्थान पर रुका। वह स्थान आँगननुमा था, जिसके चारों ओर ढेरों कक्ष बने थे। सत्तू ने एक ओर संकेत कर कहा- ''बाईं ओर किसी कक्ष का चुनाव कर लेते हैं, वहीं अपना बोझ रखकर ठहरने की व्यवस्था कर लेंगे।''

उन्होंने बाईं ओर के सभी कक्षों में झाँका। एक कक्ष की छत पूरी तरह सुरक्षित थी और वहाँ काई भी अधिक नहीं थी।

''यह स्थान ठीक रहेगा, अप्रत्याशित वर्षा से बचाव रहेगा तथा प्रकाश एवं स्वच्छ वायु भी मिलती रहेगी।'' शतायु ने अपने कंधे से सामान उतारते हुए कहा।

''अच्छा स्थान है, इसकी भूमि साफ कर यहीं ठहरते हैं।'' सत्तू कक्ष में चारों ओर दृष्टि दौड़ाते हुए बोला।

निकुंज और एकांश ने अपनी सामग्री द्वार के समीप ही डाल दी।

निकुंज उस कक्ष की लंबाई, चौड़ाई तथा ऊँचाई निहारते हुए प्रशंसा भरे स्वर

में बोला- "प्राचीन नगरों के भवन कितने विशाल हुआ करते थे।"

"यह नगर नहीं, प्रयोगशाला थी।" सत्तू बोला।

"प्रयोगशाला? हमारे राज्य में भी एक प्रयोगशाला थी। लोग कहते है वहाँ अग्नि उत्पन्न करने वाले पत्थरों पर शोध होता था। यहाँ किस पर प्रयोग होता था?" एकांश नीचे रखे सामान पर लदकर बैठते हुए बोला।

"यह देवों की प्रयोगशाला थी, जो तीन सौ वर्ष पूर्व हुए संग्राम में ध्वस्त हो गई...अभी तक मैंने इससे संबंधित ग्रंथ नहीं पढ़ा है। अत: अभी इतना ही ज्ञात है...और तुम लेटो मत, पहले भूमि साफ कर व्यवस्था बना लें, तब विश्राम करना।" सत्तू ने एकांश को डपटते हुए कहा।

एकांश ने आश्चर्य से सत्तू की ओर देखा- "सत्तू! शस्त्राभ्यास के अनुशासन ने तुम्हें परिवर्तित कर दिया है।"

"नहीं! मैं पहले से ही अनुशासन तथा स्वच्छता प्रिय हूँ।" सत्तू ने एकदम सपाट भाव दिखाते हुए कहा।

उन्होंने वहाँ की थोड़ी भूमि साफ की। काई वर्षों पुरानी थी, थोड़े परिश्रम से हटनी नहीं थी। उन्होंने अधिक परिश्रम भी नहीं किया, जितना हटा सकते थे, हटा दिया; फिर एक वस्त्र बिछाकर उस पर सारा सामान रखा। शतायु ने भालों को बगल वाली दीवार पर टिकाकर सजा दिया।

अपना सामान व्यवस्थित कर जब वे कक्ष से बाहर निकले, सूर्य मध्याह्न का संकेत दे रहा था। भूख किसी को नहीं लगी थी, मात्र प्यास लगी थी। वे आँगन के उस पार सामने वाले कक्ष की टूटी दीवार को पार कर नाले तक पहुँचे। पूरी प्रयोगशाला बाएँ पर्वत से सटाकर लंबाई में बनाई गई थी तथा दाएँ पर्वत से सौ हाथ की दूरी पर थी। इसी सौ हाथ की दूरी के बीच से नाला आर-पार गया था। उन्होंने नाले पर जल पिया, जल मीठा था। वह नाला प्रयोगशाला के मुख्य द्वार की विपरीत दिशा से बहता आ रहा था। वह डेढ़ हाथ से अधिक चौड़ा नहीं था। नाले को पकड़कर आगे बढ़ने पर दाईं पहाड़ी का वह स्थान दिखा, जहाँ से जल किसी छोटे झरने के रूप में गिर रहा था। दस हाथ की ऊँचाई से झरना जहाँ गिर रहा था, वहाँ एक छोटा कुंड-सा बन गया था। कुंड से एक धार प्रवेश द्वार की ओर गई थी तथा दूसरी विपरीत दिशा में। उस विपरीत दिशा वाली धार को पकड़कर आगे चलने पर वे प्रयोगशाला के दूसरे छोर पर पहुँच गए। आगे ऊँचे-नीचे झाड़-झंखाड़ ने मार्ग अवरुद्ध कर दिया था। प्रयोगशाला तक पहुँचने के दो ही मार्ग थे। एक वह, जिस ओर से वे आए थे तथा दूसरा यह, जहाँ पर वे इस समय खड़े थे। झाड़ियों

को डंडों से हटाकर आगे देखने पर नीचे जाती ढलान दिखी, जिस पर हरा-भरा पूरा वन उगा था। वे और आगे नहीं गए, कुंड पर लौटे आए, हो-हल्ला करते हुए जमकर स्नान किया। फिर कक्ष में लौटकर वस्त्र बदले तथा आगे की योजना पर चर्चा करने बैठ गए।

सत्तू का मत था कि कई दिनों बाद शस्त्राभ्यास से अवकाश मिला है, अतः दो दिन पूर्ण विश्राम किया जाए, फिर तीसरे दिन मृग मारकर लौट जाएँ।

एकांश पूरे उत्साह में था। बोला- "हम स्वयं को इतना कम क्यों आँक रहे हैं, हम तीनों दिन तीन-तीन मृग मारेंगे और प्रतियोगिता जीत लेंगे।"

निकुंज डरता था। वह कुछ न बोला, बस तीनों का मुँह ताकता रहा। उन चारों में मात्र शतायु को ही शिकार का पूर्व अनुभव था, समझाते हुए बोला- "शिकार करना कोई सरल कार्य नहीं है, जो तुम्हारी मन के अनुसार इच्छित समय पर हो जाए। यह योजना तथा धैर्य का कार्य है। पहले शिकार को ढूँढ़ना पड़ता है, उसके आने-जाने का मार्ग देखना पड़ता है, फिर अंत में योजना बनाकर उसका संधान किया जाता है।"

"हम मृग को ढूँढ़ेंगे, फिर दौड़कर मार गिराएँगे।" सत्तू ने सीधी योजना रखी।

"मृग बहुत सतर्क पशु है, आहट पाते ही भाग खड़ा होता है, और वह इतना वेगवान है कि हम पैदल दौड़कर उसकी गति की बराबरी नहीं कर सकते। दौड़ते मृग को सीमा के भीतर धनुष-बाण से अवश्य मारा जा सकता है, परंतु धनुर्विद्या में उतनी कुशलता भी होनी चाहिए। प्रतियोगिता में केवल भाले का प्रयोग करना है और गति करते लक्ष्य को भाले से भेदने की निपुणता अभी तक हम चारों में किसी को प्राप्त नहीं।" शतायु ने समझाया।

शतायु के शिकार-संबंधी ज्ञान को देखकर सत्तू ने पूछा- "क्या तुम्हें शिकार का कोई पूर्व अनुभव है?"

"हाँ! मैंने कई बार गाँववालों के साथ शिकार किया है। निकुंज और एकांश के गाँव में मैं तीन वर्ष पूर्व ही आकर बसा था, क्योंकि मेरा पूरा गाँव बाढ़ में डूब गया था। बाढ़ के प्रकोप के कारण कई बार हमारी पूरी फसल तथा अन्न नष्ट हो जाया करते थे, तब हमें मांसाहार पर ही निर्भर रहना पड़ता था। हमने कई-कई मास शिकार करके ही भोजन की पूर्ति की थी।"

"तुम्हें अच्छा अनुभव है। बताओ हमें क्या करना चाहिए?" सत्तू ने पूछा।

"मृग ऊँचे पहाड़ों तथा सघन वनों में बहुत कम रहते हैं। अतः हमें यहाँ से

उतरकर नीचे वाले वनों में जाना होगा। वहाँ पदचिह्न देखकर ही ज्ञात होगा कि कौन-सा पशु उधर आता-जाता है। सर्वप्रथम हमें टोह लेने चलना होगा।''

''ठीक है! सभी चलें या सामान की सुरक्षा के लिए यहाँ कोई रुके ?'' एकांश ने पूछा।

''सामान का कोई भय नहीं, यहाँ अंदर कोई पशु आता-जाता नहीं होगा, अन्यथा यहाँ किसी के पद-चिह्न अवश्य दिखते। सब चलें और अपने शस्त्र भी साथ रख लो, वन में कब कौन पशु सम्मुख पड़ जाए, कोई पूर्वानुमान नहीं।'' शतायु ने कमर में तलवार बाँधते हुए कहा।

वे सभी भालों को छोड़कर तलवार, छुरे तथा धनुष लेकर प्रयोगशाला के दूसरे छोर पर झाड़ियों को हटाकर ढलान पर उतरने लगे। ढलान बहुत दूर तक थी, आगे जाने का कोई नियमित मार्ग नहीं था। पूरा मार्ग अत्यंत ऊबड़-खाबड़ था। वे सभी शतायु के नेतृत्व में चले जा रहे थे, सत्तू सबसे पीछे था। जैसे-जैसे वे बढ़ते गए, वन की सघनता कम होती चली गई। वे ऊपर से बहकर आ रहे नाले को पकड़कर चल रहे थे। शतायु का अनुमान था कि पशु जल पीने के लिए इधर अवश्य आते होंगे। वह किसी पशु के पद-चिह्नों की खोज में धीरे-धीरे बढ़ रहा था। मार्ग में निकुंज को दाहिनी ओर झाड़ियों के पीछे कुछ दिखा। समीप जाने पर वह एक टूटी हुई गाड़ी निकली। पहिए इधर-उधर बिखरे पड़े थे। शतायु ने टूटे भागों की संरचना देखकर उसके घोड़ागाड़ी होने की संभावना जताई।

''सत्तू! तुम तो कह रहे थे, यहाँ कोई आता-जाता नहीं।'' एकांश बोला।

''कोई भटककर आ गया होगा, अन्यथा यहाँ आकर उसे क्या प्राप्त होगा... ?'' सत्तू ने अपनी ढीली धोती कसते हुए कहा।

''आगे जल का बड़ा गड्ढा दिख रहा है, वहाँ अवश्य पशु आते होंगे।'' शतायु उन्हें बताते हुए उस गड्ढे की ओर बढ़ा।

वह गड्ढा उसी नाले का बीच का एक भाग था। सावधानी से देखने पर शतायु को कुछ पद-चिह्न मिले।

''कुछ ज्ञात हुआ ?'' समीप के एक वृक्ष की उभरी जड़ पर बैठते हुए सत्तू ने पूछा।

''समझो कार्य सरलता से हो गया।'' शतायु बोला।

''कैसे ?'' निकुंज पूछा।

''यहाँ खुर वाले पशुओं के साथ गद्दी वाले पशुओं के भी पद-चिह्न हैं।''

''इसका क्या अर्थ है ?'' सत्तू ने प्रश्न किया।

"मृग, गाय, जंगली शूकर, घोड़ा, भेड़, बकरी ये खुर वाले पशु हैं। जंगली कुत्ते, लकड़बग्घे, लोमड़ी, सियार, तेंदुए तथा सिंह ये सब गद्दी जैसे पाँव वाले होते हैं।" शतायु ने उत्तर दिया।

"तुम सारे पदचिह्न जानते हो... ?" सत्तू ने हाथ से पेट दबाकर जाँच करते हुए पूछा। उसे अपने पेट में वायु गोला बनने की आशंका हो रही थी।

"सारे नहीं, कुछ के ही पहचान सकता हूँ। परंतु प्रतीत होता है कि यहाँ के अधिकांश पशु इसी स्थान पर प्यास बुझाने आते हैं।"

"इस गड्ढे पर इतना विश्वास कैसे है, नाला तो ऊपर से लगातार बहता आ रहा है, पशु कहीं भी जल पी सकते हैं।" एकांश ने पूछा, जो इस समय निकुंज के कंधे पर लदकर खड़ा था।

"अवश्य पी सकते हैं। परंतु उसी स्थान पर पिएँगे, जहाँ खड़े होने की सुविधा हो। इस नाले को ध्यान से देखो- ऊपर से लेकर अभी तक यह इतनी गहराई में बहता हुआ आ रहा है कि कोई भी पशु झुककर सरलता से जल तक मुँह नहीं पहुँचा पाएगा। यह गड्ढा पहला स्थान मिला है जिसके किनारे वे खड़े होकर जल पी सकते हैं। इसी कारण अभी तक नाले के निकट किसी के पदचिह्न नहीं मिल पा रहे थे। इस बड़े गड्ढे के बाद यह नाला पुनः गहराई में बहता हुआ आगे जा रहा है। संभव है आगे भी पीने लायक कोई स्थान हो, परंतु यहाँ तो अवश्य ही आते होंगे...ये देखो, कुछ पशुओं के मल भी दिख रहे हैं।"

"यदि यह स्थान निश्चित है, तो हम वृक्षों के पीछे छुप जाते हैं। जब मृग जल पीने आएगा, हम मार गिराएँगे।" सत्तू उठते हुए बोला।

"नहीं!" शतायु ने साफ मना किया। बोला- "आज हम मात्र टोह लेने आए हैं। तुम सब शिकार में एकदम कच्चे हो और मैं भी बहुत अधिक पारंगत नहीं हूँ। हम योजनानुसार कार्य करेंगे, अन्यथा तीन दिन में भी कुछ हाथ नहीं लगेगा।"

"अच्छी बात है, योजना क्या है?" एकांश बोला।

शतायु चारों ओर निरीक्षण करने लगा। इधर-उधर घास तथा गिरी हुई पत्तियों की कुचलन देखकर उसने पशुओं के आने-जाने का मार्ग निश्चित किया। उसने जब अपनी ताक-झाँक पूरी कर ली, तब बोला- "एकांश, तू यहाँ गड्ढे के पास वाली भूमि साफ कर और निकुंज, तू उधर उस पत्थर की बगल वाली भूमि साफ कर। मैं सत्तू को लेकर कुछ झाड़ियाँ काटने जा रहा हूँ।"

"इससे क्या होगा?" एकांश ने पूछा।

"पहले कार्य कर लो, फिर बताता हूँ," कहकर शतायु ने सत्तू को चलने का

संकेत किया।

निकुंज और एकांश ने कमर से तलवार उतारी, धोतियाँ घुटनों तक चढ़ाईं, फिर पत्तियों से युक्त एक-एक डाल काटकर, झाड़ू के रूप में प्रयोग करते हुए शतायु द्वारा निर्देशित भूमि साफ करने लगे। बहुत अधिक साफ नहीं करना था। आधी सफाई झाड़ू से हो गई, शेष का हाथों से ही कर दिया। उन्होंने घास भी उखाड़कर साफ कर दी थी।

शतायु, सत्तू के साथ उन दोनों की दृष्टि से ओझल न होने वाली दूरी पर झाड़ियाँ काट रहा था। सत्तू घनी झाड़ियों पर तथा शतायु काँटों वाली झाड़ियों पर लगा हुआ था। झाड़ियाँ इतनी अधिक काट ली गई थीं कि एक बार में नहीं लाई जा सकती थीं। उन दोनों ने तीन बार में झाड़ियाँ लाकर रखीं। तब तक एकांश और निकुंज भी भूमि साफ कर चुके थे।

शतायु ने घनी झाड़ियाँ साफ की हुई भूमि पर डाल दीं, उसके ऊपर काँटों वाली झाड़ियाँ तथा सबसे ऊपर ढेर सारी पत्तियाँ।

"कल इन्हीं झाड़ियों में बैठकर हम मृग का शिकार करेंगे। यह स्थान गड्ढे के इतना समीप है कि जल पीता हुआ मृग हमारे भालों की सीमा में रहेगा। हम सरलता से उसके शरीर में घुसा देंगे।" शतायु बोला।

"भाले घुसाने का कार्य हम कब करेंगे?" सत्तू ने पूछा।

शतायु ने समझाने का क्रम जारी रखा- "अधिकतर मृग दिन में दो बार जल पीते हैं। मृग हो अथवा अन्य कोई पशु, सूर्यास्त के पश्चात पूरी रात्रि के बीच एक बार जल पीने अवश्य जाते हैं। अत: कल सूर्यास्त के बाद हम शिकार करेंगे। रात्रि में स्वयं को छिपाना सरल होता है तथा तेज धूप से बचने की समस्या भी नहीं रहती। ये झाड़ियाँ आज इसलिए रखवाई हैं, जिससे कि ये कल सूर्यास्त तक पशुओं की सहज दृष्टि में प्रवेश कर जाएँ, अन्यथा आकस्मिक नए अजूबों को देखकर वे सतर्क हो जाते हैं। आज से कल तक वे दो-तीन बार इसे देख चुके होंगे, तो इसके प्रति आशंकित नहीं रहेंगे।"

"अच्छी योजना है।" सत्तू ने शतायु की पीठ ठोंकते हुए कहा।

"सबसे सरल एवं सुरक्षित, यही योजना बन सकती थी। अभी हम लौट चलते हैं, परंतु पहले कुछ बाँस काटकर ले चलना होगा।" शतायु ने कहा।

"बाँस का क्या कार्य ?" एकांश ने पूछा।

"अभी ले चलो, बाद में समझाऊँगा।"

उन्होंने कुछ बाँस काटे, उन्हें कंधों पर लादा और खंडहरों के लिए लौट

पड़े।

मार्ग में सत्तू बोला- "निकुंज! तू आज इतना चुप क्यों है?"

"क...कहाँ चुप हूँ? बोल तो रहा हूँ।" निकुंज थोड़ा अचकचाते हुए बोला।

"यह बहुत बड़ा डरपोक है। शिकार के लिए नहीं आना चाहता था। कह रहा था- भय लग रहा है, कहीं हिंसक पशुओं के मध्य न फँस जाएँ। यहाँ न आने के लिए इसने कई बहाने बनाए थे। बल प्रयोग करने पर यह आया है आज।" एकांश ने निकुंज के सिर पर चपत मारते हुए बताया।

"इतना भय लगता है, तब युद्ध में कैसे खड़ा होगा?" सत्तू ने पीछे से निकुंज का सिर सहलाते हुए कहा।

"यह अभी सोलह वर्ष का है, युद्ध में सम्मिलित होने के लिए सेना में न्यूनतम आयु अठारह वर्ष निर्धारित है। यह सोचता है, इतने वर्षों में मजबूत हो जाएगा।" एकांश ने पुनः निकुंज के सिर पर चपत लगाई।

सत्तू ने निकुंज को साहस बँधाते हुए कहा- "भय तो मुझे भी लगता है, परंतु मृग मारने में कैसा भय। वह तो ऐसा पशु है कि कंकड़ भी मार दो, तो भाग जाएगा, फिर शतायु जैसे मल्ल योद्धा के रहते किसका भय।"

"यदि सिंह आ गया, तो वह शतायु भइया को कुश्ती के लिए नहीं बुलाएगा।" निकुंज ने धीमे स्वर में सरलता से कहा।

"सिंह आ गया तो क्या हुआ, हम झाड़ियों में छिपे बैठे रहेंगे। वह प्यास बुझाकर और घूम-फिरकर चला जाएगा।" सत्तू बोला।

निकुंज कुछ न बोला, शांति से कंधे पर बाँस लादे आगे-आगे चलता रहा। सत्तू उसके पास पहुँचा और पेट पर गुदगुदी करता हुआ बोला- "चल, अब प्रसन्न हो जा। मुँह लटकाने से भय नहीं जाता।"

"हा..हा..हा... सत्तू भैया ऐसा मत करो...बाँस छूट जाएगा।"

"तो कह, मैं प्रसन्न हूँ।" गुदगुदी बढ़ाते हुए सत्तू बोला।

"खी..खी...हाँ! हाँ! मैं प्रसन्न हूँ।" हाथ से छूटते बाँस को सँभालते हुए निकुंज बोला।

जब वे खंडहरों में पहुँचे, उनके सामान कक्ष में यथावत मिले। परंतु एक आगंतुक आकर बैठा हुआ था। वह था काली-पीली धारियों वाला एक सर्प, जो भालों की शृंखला के नीचे कुंडली मारे बैठा था। शतायु ने उसे डंडे से कोंच-कोंच कर भगा दिया।

उन्होंने बाँसों को भालों के साथ खड़ा कर दिया तथा गठरी में बाँधकर लाए

कुछ फल लेकर हाथ-मुँह धोने कुंड पर चले गए। उन्होंने हाथ-पैर धोए और फल खाकर वहीं बैठ गए।

संध्या होने की सूचना मिल चुकी थी। पक्षी घर लौट रहे थे। उस खंडहर प्रयोगशाला के ऊपरी छोर पर ऐसा कोई छिद्र नहीं बचा था, जहाँ किसी पक्षी का घोंसला न बना हो। झरने के आसपास जंगली बेर खूब उगे थे। सत्तू ने तोड़कर मन भर खाया, फिर निकुंज के साथ लट्टू नचाने में जुट गया। धीरे-धीरे डरावना अँधकार छाने लगा। वे कक्ष में लौट आए।

उनकी रात हँसी-ठट्ठे में ही बीती। शतायु गंभीर भाव धारण कर कथाएँ सुनाता तथा धीरे-धीरे उसे डरावना बना देता। कहानी के किसी मोड़ पर निकुंज एकदम से डर जाता। सत्तू उसे पुचकारकर धैर्य बँधाता और भय मिटाने के लिए दूसरी कथा सुनाता। सुनाते-सुनाते वह भी अंत में डरावना बना देता। निकुंज पुन: भयभीत हो जाता; एकांश बीच-बीच में उसके सिर पर चपत लगाता रहा।

अगले दिन प्रात: पक्षियों के कोलाहल ने उनकी निद्रा तोड़ी। नित्य-कर्म एवं स्नान के बाद फल खाकर वे शतायु के निर्देशानुसार बाँसों को चीरकर लंबी खपच्चियाँ तैयार करने में जुट गए।

मध्याह्न के पश्चात वे खपच्चियाँ तथा सारे शस्त्र लेकर अपने लक्ष्य स्थल की ओर चले। निकुंज ने एक गठरी में कुछ फल भी बाँध लिए थे। एक घड़ी पश्चात वे अपने नियत स्थल तक पहुँच गए। कुछ देर सुस्ताया और फिर कार्य में जुट गए।

शतायु ने उन खपच्चियों से तीन बड़े-बड़े कटोरे की तरह का ढाँचा बनाया। खपच्चियों को आपस में बाँधने के लिए लताओं का प्रयोग किया था।

कल रखी गईं झाड़ियों को हटाकर साफ भूमि पर कटोरे को उल्टा रखा, फिर ऊपर से झाड़ियाँ रखकर ढँक दिया। उसके ऊपर काँटों वाली झाड़ियाँ बिछाईं तथा अंत में पत्तियाँ बिछाकर बचे हुए छिद्र भी ढँक दिए। अब वे दिखने में वैसे ही लग रही थीं, जैसे पहले झाड़ियाँ रखी हुई थीं। दो कटोरे ऐसे रखे थे कि वे जल पीते पशु के अगल-बगल पड़ें तथा तीसरा उनसे दस हाथ की दूरी पर कुंड की ओर जाने वाले मार्ग के निकट था।

''पक्षियों के स्वर की अच्छी नकल कौन कर सकता है?'' शतायु ने पूछा।

सत्तू तत्काल बोल उठा- ''यह कार्य मुझे बहुत भाता है, किस पक्षी का स्वर निकालना है?''

''ठीक है, तुम उस वृक्ष पर चढ़ोगे।'' गड्ढे से बीस हाथ की दूरी पर एक वृक्ष की ओर संकेत कर शतायु बोला।

"वृक्ष पर क्यों?" सत्तू को समझ नहीं आया।

"अब पूर्ण योजना सुनो।" शतायु ने समझाना प्रारंभ किया-

"मैं और एकांश भाले लेकर गड्ढों के समीप वाले कटोरे में बैठेंगे। निकुंज उस दूर वाले कटोरे में रहेगा। तुम वृक्ष पर चढ़कर चौकसी करोगे। जब कोई पशु आता दिखे, तो मोर की ध्वनि निकालना क्योंकि यहाँ मोर समय-समय पर चीखते ही रहते हैं, पशुओं के लिए उन्हें सुनना सामान्य क्रिया होगी। तुम्हारा संकेत पाकर हम सतर्क हो जाएँगे और हिलना-डुलना बंद कर देंगे। जब मृग यहाँ झुककर जल पी रहा होगा, तब मैं और एकांश उसके शरीर में भाले घुसा देंगे। निकुंज उस दूर वाले कटोरे में धनुष पर बाण चढ़ाकर बैठा रहेगा। यदि कोई संकट आया, तो वह वहीं से बाण वर्षा प्रारंभ कर देगा।"

"क्या मृग भी संकट उत्पन्न कर सकता है?" निकुंज बीच में ही पूछ पड़ा।

"यहाँ मृग के अतिरिक्त अन्य पशु भी आते हैं। संकट किसी भी रूप में उत्पन्न हो सकता है। यदि कोई जंगली पशु जल पीता रहे और कहीं कोई खटका सुनाई पड़ा, तो वह तत्काल झाड़ियों में घुस जाता है...संभव है हमारी ही झाड़ी में घुसने का प्रयास करे। वैसे तो सुरक्षा के लिए ऊपर से काँटे बिछा दिए हैं, परंतु संकट का कोई निश्चित रूप नहीं होता, अतः तू धनुष पर बाण चढ़ाए रखना...मृग के अतिरिक्त अन्य कोई पशु आएगा, तो हम उसे जल पीकर चुपचाप लौट जाने देंगे। क्या योजना समझ में आ गई?" शतायु ने सभी से नेत्र मिलाए।

"हाँ!" सभी ने एक साथ उत्तर दिया।

"सूर्यास्त होने में घड़ी भर का समय शेष है, तब तक फल खाकर थोड़ा विश्राम कर लेते हैं।" शतायु बोला।

निकुंज ने पोटली खोलकर सभी को फल दिए तथा स्वयं भी खाए। सत्तू फल खाते हुए मोर की ध्वनि निकालने का अभ्यास करने लगा। वह अच्छी नकल उतारता था। बाद में उसने गधे, कोयल, घोड़े तथा बत्तख की भी ध्वनि निकाली। ध्वनि निकालते समय उसका मुख विचित्र ढंग का दिखने लगता था। उसे देखकर सभी हँसे।

निकुंज ने सुझाया कि कुछ फल तोड़कर रख लिए जाएँ, क्या पता कितनी रात्रि तक बैठना पड़े।

फल के नाम पर जंगली बेर वहाँ खूब थे। सभी ने कच्चे-पक्के बेर तोड़कर एक पोटली बनाई और अपने पास रख ली। वे अधिक समय विश्राम नहीं कर पाए। सूर्य पूर्ण रूप से ढल चुका था।

सत्तू पेड़ पर चढ़ गया। निकुंज, एकांश और शतायु भी अपने कटोरों में धीरे से घुस गए। उन्हें अपने भाले काटकर थोड़े छोटे करने पड़े, क्योंकि कटोरे इतने बड़े नहीं थे कि उनके अंदर भाले सरलतापूर्वक घूम सकें। सभी के पास अपनी तलवारें, छुरे, धनुष एवं खाने के लिए कच्चे-पक्के बेर थे।

रात्रि आई। पूर्णिमा वाली रात्रि। अधिकतम प्रकाश की रात्रि। वहाँ वन सघन नहीं था, वृक्ष दूर-दूर थे। अधिकांश भूमि दूधिया प्रकाश में नहाई हुई थी।

वृक्ष पर चढ़ा सत्तू ऊब गया था। इतनी देर से एक ही अवस्था में बैठे रहने से उसके कंधे तथा कमर असहज होने लगे थे। कभी वह गरदन झटकता, तो कभी कमर घुमा-घुमा कर सही करता। पहले तो वह मन ही मन प्रसन्न था कि उसे सबसे सरल कार्य मिला है- पशु दिखा, मोर की ध्वनि निकाली और कार्य समाप्त। परंतु यहाँ तो शांति से बैठे रहने में भी शारीरिक श्रम करना पड़ रहा था। अभी उसे दूर कुछ छोटे जंतुओं की अस्पष्ट आकृतियाँ दिखाई पड़ीं।उनकी उछल-कूद से उसने खरहे होने की संभावना मानी।

बैठे-बैठे सत्तू ने पुरानी बातें स्मरण कर डालीं। विधान को स्मरण कर लिया, गाँव में माँ का ध्यान कर लिया। बसंत-मयूरी के बारे में सोच लिया और रागा को भी याद कर लिया। जब स्मरण करने को सबकुछ समाप्त हो गया, तब वह पोटली से बेर निकालकर खाने लगा तथा उनके बीज से सामने वाले वृक्ष के तने को लक्ष्य बनाने लगा। वह वहाँ अकेला था, किसी से बात नहीं कर सकता था। नीचे एकांश और शतायु धीमे स्वर में आपस में बातचीत कर ले रहे थे। निकुंज दस हाथ दूर था, वह बेचारा भी ऊब रहा था।

शतायु, एकांश को धीमे स्वर में समझा रहा था- ''भाला पूरी शक्ति से घोंपना, फिर घोंपकर मजबूती से थामे रहना, जिससे कि मृग उसी में अटक जाए।''

''पहले तुम घोंपना, फिर मैं घोंपूँगा।'' एकांश फुसफुसाया।

''ठीक है, ऐसा ही करना।''

इसके बाद दोनों खुसफुसाते रहे।

कुछ क्षण बाद किसी बात पर एकांश हँसा। उसकी हँसी का हल्का स्वर सत्तू के कानों तक भी पहुँचा। सत्तू ने शांत भाव से उनके कटोरे की ओर देखा फिर एक ठंडी साँस छोड़ी। वह सिर मोड़कर पाँचवीं गुठली से लक्ष्य साधने लगा। तभी खुर्र-हुख की ध्वनि सुनाई पड़ी। वह सतर्क हो गया। बेर की जो गठली फेंकने जा रहा था, वापस पोटली में डाल ली। ध्वनि की दिशा की ओर दृष्टि केंद्रित की। ध्वनि उसकी बाईं ओर से आई थी; दाईं ओर जल का गड्ढा तथा उनके कटोरे थे। दूर

वृक्षों की ओट के कारण खुर्र-हुख वाला प्राणी नहीं दिखा। फिर कुछ क्षण पश्चात दिखा, परंतु वृक्षों की छाया में चल रहा था। तय था कि मृग नहीं है, कुछ और है। छाया पार करते ही चंद्र प्रकाश में स्पष्ट हुआ; जंगली शूकर था। बड़ी-बड़ी खींसों वाला (जंगली सूअर के नीचे के दो दाँत बाहर निकले होते हैं), टेढ़ी-मेढ़ी चाल चलता हुआ उसी ओर आ रहा था।

सत्तू तने से चिपक गया। गला साफ कर धीरे से मोर की ध्वनि निकाली। कटोरे वाले सतर्क हो गए, फुसफुसाना बंद। उन्होंने कटोरे से देखने के लिए बनाए छिद्रों से झाँका। कुछ नहीं दिखा, मात्र खुर्र-हुख सुनाई पड़ता रहा। शतायु, एकांश ने भाले सँभाले तथा निकुंज ने धनुष पर बाण तैयार किया। जब शूकर सत्तू के वृक्ष से दस हाथ की दूरी पर आया, तब उन्हें दिखा।

वह तिरछी चाल चलता हुआ आया, निकुंज के कटोरे के समीप पहुँचकर चाल धीमी की, थोड़ा सतर्क हुआ, परंतु रुका नहीं, धीरे-धीरे चलता चला गया। गड्ढे पर जाकर रुका और प्यास बुझाने लगा। शूकर पर प्रहार नहीं करना था, फिर भी एकांश और शतायु ने अपने भाले हाथ में रखे, निकुंज भी धनुष के साथ सन्नद्ध था। शूकर ने प्यास बुझाकर वहीं गड्ढे के किनारे खूब लोट लगाई। वह बहुत देर तक लोट लगाता रहा, मानो इस खेल से अभी उसका मन न भरा हो।

एकांश और शतायु दम साधे उसे देख रहे थे कि एक गुर्राहट सुनाई पड़ी। गुर्राहट सभी ने सुनी। परंतु ध्वनि का स्रोत सर्वप्रथम सत्तू ने देखा। उसके वृक्ष के ठीक नीचे एक भरा-पूरा वयस्क तेंदुआ खड़ा था। देखते ही सत्तू को कँपकँपी छूट गई। वह कब आकर उसके नीचे खड़ा हो गया, उसे भनक भी न लगी। तेंदुए वृक्ष पर चढ़ जाते जाते हैं, यह सोचकर उसके शरीर में झुरझुरी दौड़ गई। साँस रोककर बिना कोई ध्वनि किए वह वृक्ष से चिपका रहा। निकुंज, एकांश और शतायु ने भी उस तेंदुए को देखा। निकुंज के प्राण ही सूख गए।

तेंदुए की गुर्राहट सुनकर शूकर की लोट-पोट सब बंद हो गई। क्षण गँवाए बिना वह सतर्क होकर खड़ा हो गया। तेंदुआ गुर्राते हुए उस पर आक्रमण की मुद्रा बना रहा था। तेंदुए की मंशा स्पष्ट थी- वह शूकर को भोजन के रूप में देख रहा था। तेंदुआ धीरे से एक पग आगे बढ़ा। शिकार और शिकारी के नेत्र आपस में मिले। शूकर के पास भागने का कोई मार्ग नहीं था। पीछे दस हाथ चौड़ा गड्ढा था। अगल-बगल झाड़ियाँ थीं, जो उसके लिए संदेहास्पद थीं तथा सामने शिकारी खड़ा था।

जंगली शूकर अत्यंत ढीठ तथा साहसी होता है। साहस में कई बार सिंह को

भी पीछे छोड़ देता है। उसका सिर इतना ठोस होता है, मानो पत्थर का बना हो। सिर एवं खीसें ही इसकी शक्ति होती हैं। ललकार को यह बड़ी गंभीरता से लेता है तथा प्रत्युत्तर के लिए सदैव प्रस्तुत रहता है।

तेंदुआ धीरे-धीरे बढ़ता हुआ निकुंज के कटोरे के समीप तक पहुँच गया। इतने समीप कि निकुंज अंदर से उसकी मूँछें भी गिन सकता था। वह भय के मारे काँप रहा था, अतः धनुष नीचे कर लिया। उसे शंका थी कि कहीं काँपते हाथों से बाण न छूट जाए।

शूकर ने तेंदुए की ओर दौड़ लगाई। तेंदुआ अपनी मुद्रा साधकर समीप आने की प्रतीक्षा करता रहा, क्योंकि जहाँ शूकर खड़ा था, वहाँ लड़ने-भिड़ने के लिए खुला स्थान नहीं था। पर शूकर चतुराई खेल गया। वह तेंदुए से नेत्र मिलाए उसकी ओर दौड़ा, फिर शतायु वाली झाड़ी पार होते ही झट से दाईं ओर मुड़ गया। तेंदुआ भिड़ंत की प्रतीक्षा में खड़ा ही रह गया। शूकर भागा जा रहा था, तेंदुआ उसके पीछे झपटा। समीप पहुँचकर उस पर उछला। जैसे ही वह उछला, शूकर पीछे घूमकर खड़ा हो गया। हवा में तेंदुए को कुछ करने का अवसर ही नहीं मिला। सीधा शूकर के सिर से टकराया और खीसें उसकी गरदन के नीचे घुस गईं। पूरी नहीं घुस पाई थीं, परंतु पर्याप्त घाव दे गईं। प्रहार खाकर तेंदुआ तिलमिला उठा। भयंकर गुर्राहट के साथ झपटा। शूकर अपनी टेढ़ी-मेढ़ी चाल से भागता हुआ बचता रहा, पर कई बार रुककर भिड़ा भी। इस संघर्ष में तेंदुए के कई पंजे उसे लग गए थे। उसकी पीठ से रक्त निकल रहा था। तेंदुए ने भी अच्छी चोटें खाई थीं। उसकी गरदन तथा पेट से रक्त बह रहा था। सत्तू सहित चारों दम-साधे यह संघर्ष देख रहे थे। भय चारों को लग रहा था, परंतु निकुंज इतना भयभीत था कि लगा शरीर सुन्न पड़ रहा हो।

शूकर को अपने प्राण बचाने थे, वह प्रत्येक संभव प्रयास कर रहा था। इधर प्रहार खाकर तेंदुए का क्रोध पूर्ण रूप से जागा हुआ था। गुर्राहट और खुर्र-हुख से वातावरण गूँज रहा था। लड़ते-भिड़ते शूकर निकुंज के कटोरे के समीप पहुँचा। निकुंज की ओर पीठ किए शूकर तेंदुए के सामने डटा हुआ था। तेंदुआ शूकर से मात्र इतनी दूरी पर खड़ा था कि एक छलांग में ही शूकर को पकड़ सकता था। तेंदुए ने छलांग मारने में कोई शीघ्रता नहीं की। शूकर दृढ़ता से खड़ा उससे नेत्र मिलाए हुए था। तेंदुए ने गरजते हुए उछाल के लिए शरीर को धीरे-धीरे सिकोड़ा। सत्तू ऊपर से देख रहा था- तेंदुआ शूकर पर उछलेगा और शूकर पूर्व की भाँति झट से हट जाएगा, फिर तेंदुआ सीधे निकुंज के कटोरे पर गिरेगा। कटोरा इतना मजबूत नहीं था कि तेंदुए का भार सँभाल पाता। उसके बाद क्या होगा, उसकी कल्पना से

ही सत्तू का हृदय काँप उठा। भय तो सत्तू को भी खूब लगता था, परंतु निकुंज उससे छोटा था तथा वह उस पर बहुत स्नेह बरसाता था। वह उसे संकट में नहीं डाल सकता, उसे उन दोनों योद्धाओं का युद्धस्थल बदलना होगा।

भय से काँपते हाथों से उसने मुट्ठी में बेर भरकर खींच मारा। छितराए हुए कुछ बेर तेंदुए को लगे तथा कुछ शूकर को। रक्त रंजित शरीरों को बेर कितना कष्ट पहुँचा पाते। दोनों योद्धाओं ने दृष्टि मोड़कर, उनके युद्ध में व्यवधान उत्पन्न करने वाले को देखा। सामान्य अवसर पर तेंदुए मनुष्य से नहीं उलझते हैं तथा देखते ही भाग जाते हैं। परंतु घायल और क्रोध में सना तेंदुआ किसी को नहीं छोड़ता। तेंदुए ने क्षणभर सत्तू को देखकर दृष्टि पुनः शूकर पर जमाई, क्योंकि उसे घाव देने वाला सामने खड़ा था। वह पुनः छलांग मारने की तैयारी करने लगा। सत्तू ने बेरों वाली पूरी पोटली खींच मारी। बिना लक्ष्य साधे फेंकी थी, सो किसी को लगी नहीं। परंतु तेंदुए ने गुर्राकर सत्तू को डाँटा, मानो कह रहा हो- पहले इस दुस्साहसी को निबटा लूँ, फिर तुम्हें भी निबटा दूँगा।

सत्तू ने देखा कि कोई प्रभाव नहीं पड़ा, तो इस बार अपना लट्टू निकाला। बाएँ हाथ से एक छोटी डाल पकड़कर स्वयं को वृक्ष पर दृढ़ किया, फिर दाएँ हाथ से पूरी शक्ति लगाकर लट्टू खींच मारा। लक्ष्य साधकर मारा था। भारी लट्टू तेंदुए के मुँह पर पड़ा। तेंदुए को सितारे दिख गए, वह बिलबिला उठा। अवसर का लाभ उठाकर शूकर भाग खड़ा हुआ। तेंदुए का क्रोध आसमान छू गया। सत्तू की ओर देखकर भयंकर गर्जना की। वह चाहता, तो शूकर के पीछे जाता, परंतु इस प्रहार ने उसका सारा क्रोध सत्तू की ओर मोड़ दिया। इस उद्दंडता की सजा देने के लिए दहकते नेत्रों से घूरता हुआ वृक्ष के नीचे आकर खड़ा हो गया। सत्तू की भय के मारे घिग्घी बँध गई। क्षणभर में उसकी कल्पना जागी- दो छलांग मारकर ऊपर आ जा जाएगा और मारकर खा जाएगा।

भयभीत होने के उपरांत भी उसे कुछ सूझा। वह जिस डाल पर खड़ा था, वह लंबी थी तथा इतनी मोटी थी कि संतुलन बनाकर दूसरे छोर तक पहुँचा जा सकता था। सत्तू काँपते पैरों से दूसरे छोर की ओर बढ़ने लगा। तेंदुआ भी दो छलांग में ऊपर चढ़ आया।

इधर शतायु स्थिति देखकर भयभीत और असमंजस में था। क्षणभर में उपस्थित हुई इस संकटपूर्ण स्थिति ने उसे ढंग से सोचने का अवसर ही नहीं दिया। एक बार सोचा कि सभी को बाहर निकलने के लिए कहे- संख्या बल देखकर तेंदुआ भाग जाएगा। परंतु निकुंज के भय के बारे में उसे ज्ञात था। संभव है डर के मारे वह

निकले ही नहीं और कहीं एकांश भी डर गया, तो वह अकेला क्या करेगा। वह अभी सोच ही रहा था कि सत्तू का तेज स्वर सुनाई पड़ा- "धनुष उठा लो।" वह शाखा के आखिरी छोर पर खड़ा चिल्ला रहा था।

कटोरों में तीनों ने झट से अपने धनुषों पर बाण चढ़ा लिए। तेंदुआ गुर्राता हुआ उसी शाखा पर धीरे-धीरे बढ़ रहा था। सत्तू जो करना चाहता था, उसके लिए साहस नहीं जुटा पा रहा था। तेंदुआ समीप आता जा रहा था। उसने सिर झटका, लंबी साँस भरी और सामने लटकती डाल को पकड़ने के लिए पूरी शक्ति से उछल गया। डाल हाथ में आ गई और सत्तू के भार से नीचे झुकती चली गई। उसको भूमि से एक हाथ ऊपर तक पहुँचाकर रुक गई। सत्तू ने डाल छोड़ी और धप्प से भूमि पर कूदा। कूदते ही गड्ढे की ओर दौड़ लगा दी। सत्तू को आशा थी कि तेंदुआ लौटकर तने की ओर से उतरेगा। किंतु तेंदुए ने भी सीधी कूद लगा दी। क्रोध में था, सात-आठ हाथ की ऊँचाई का भान नहीं किया। कूदते ही जोर की चोट लगी, परंतु उठा, लड़खड़ाया और सत्तू के पीछे दौड़ा।

सामने सत्तू था, पीछे तेंदुआ। शतायु बाण चला ही नहीं पाया। बाण सत्तू को भी लग सकता था। यही सोचकर एकांश ने भी बाण नहीं छोड़ा। निकुंज ने भी बाण ताना हुआ था। उसके सामने तेंदुआ स्पष्ट था, परंतु भय से हाथ काँप रहे थे। जैसे ही सत्तू गड्ढे के समीप पहुँचा, निकुंज के भयभीत हाथों से बाण छूट गया। भनभनाता हुआ बाण सत्तू के पेंदे को छूकर निकल गया। सत्तू उछलकर जल में कूद गया। तेंदुआ गड्ढे के समीप आकर रुक गया। भयंकर गर्जना के साथ वहीं हाथ-पाँव मारता रहा। सत्तू के हाथ में जो कुछ आता, वही फेंककर मार रहा था। छुरे, तलवार, म्यान, कीचड़ उसने सब फेंके। तेंदुए को एक भी नहीं लगा। वह इधर-उधर करके बच जा रहा था। तेंदुए के इधर-उधर गति करते रहने से शतायु को बाण चलाने का साहस नहीं हुआ। भयभीत हाथों से छूटा बाण यदि तेंदुए को नहीं लगा, तो सामने कटोरे में बैठे एकांश को लग जाएगा। उसने पुनः भाला उठा लिया। तेंदुआ चाहता तो जल में उतर सकता था, परंतु घायल शरीर तथा ऊँचाई से कूदने से लगी चोट के कारण उसने जल में उतरने का साहस नहीं दिखाया।

शतायु ने अवसर देखकर भाला मारा। लक्ष्य चूक गया, मात्र तेंदुए की पीठ रगड़ाई। तेंदुआ चौंक गया। अगले ही क्षण दूसरी ओर से एकांश ने भी भयंकर हुंकार के साथ भाला चला दिया। तेंदुआ सतर्क तो था ही, उसने झाड़ियों के हिलते ही भूमि से पेट चिपका दिया। एकांश का लक्ष्य चूक गया। अचानक से उत्पन्न हुए नए शत्रुओं को देखकर तेंदुआ घबरा गया। वह तेजी से मुड़ा और भागकर अँधेरे

में लुप्त हो गया।

गड्ढे के जल में पड़ा सत्तू धड़कते हृदय से तेंदुए को देखता रहा। वह तब तक गड्ढे से नहीं निकला, जब तक वह घायल शिकारी दृष्टि से ओझल न हो गया। कुछ क्षणों पश्चात शतायु और एकांश निकले, निकुंज भी डरते हुए निकला। सत्तू जल से बाहर आते ही हाथ-पाँव फैलाकर भूमि पर लेट गया। कोई कुछ बोल नहीं रहा था। सभी के हृदय धड़धड़ा रहे थे। निकुंज और एकांश, सत्तू के समीप आकर बैठ गए। शतायु ने कुछ सूखी लकड़ियाँ इकट्ठा कर चकमक पत्थर से जला दी और आकर सभी के साथ बैठ गया।

जब हृदय की धड़कनें कुछ नियमित हुईं, तब सत्तू उठकर बैठा और एक लंबी मुस्कान सभी को दिखाई।

मुस्कान तो छूत होती है, सभी को लग गई। सभी मुस्कराए।

सत्तू बोला- "किसने चलाया था बाण? बड़ी कुशलता से चलाया था। बेचारे को लगा ही नहीं, मुझे लग गया।"

सब हँसे, मन थोड़ा अच्छा हुआ और भय थोड़ा कम। फिर आज के इस संकटपूर्ण अभियान पर चर्चा होने लगी। निकुंज ने सभी को बेर बाँटे। अंत में सत्तू ने सुझाव दिया कि प्रयोगशाला लौट चलें, मृगया के लिए यह स्थान ठीक नहीं और अब साहस भी नहीं बचा।

सभी डरे हुए थे, प्रस्ताव तत्काल मान लिया गया। कुछ देर विश्राम कर उन्होंने अपने अस्त्र-शस्त्र बटोरे और चंद्रमा के प्रकाश में लौट पड़े।

मार्ग में सत्तू, निकुंज का सिर सहलाकर कहता रहता- "आज तो तेरे बाण ने मेरे प्राण बचा लिए।"

निकुंज सिर झुकाकर कहता- "लज्जित मत करो भइया! मुझे अपने भय को साधना होगा, यदि भयभीत न हुआ होता, तो बाण तेंदुए पर ही पड़ता।"

हँसी-ठिठोली करते वे लौट रहे थे।

वे प्रयोगशाला के समीप पहुँचे ही थे कि कुछ प्रकाश दिखने लगा। इतनी दूर से प्रकाश स्रोत तो ज्ञात नहीं हुआ, परंतु प्रतीत हुआ कि कुछ प्रज्वलित है, जिसका प्रकाश ऊपर तक छितराया हुआ है। मन में शंका लिए भिन्न-भिन्न कयास लगाते हुए वे तीव्र गति से बढ़ने लगे। एकांश का मत था कि भग्नावशेष जैसे स्थान को प्रतिबंधित करने का अर्थ है कि यह स्थान किसी न किसी रूप में अति संवेदनशील

तथा महत्वपूर्ण है। सत्तू का मत था कि चोर-लुटेरे छिपने के लिए ऐसे ही स्थानों पर डेरा डालते हैं। उन्होंने कुछ पकाने के लिए अग्नि प्रज्वलित की होगी।

निकुंज ने प्रतिवाद किया- "क्या पूरे गाँव का भोजन एक ही स्थान पर पका रहे हैं?"

कुछ ही समय में, वे प्रयोगशाला तक पहुँचे तथा मार्ग से हटकर बाईं ओर की झाड़ियों में घुस गए। अंदर का दृश्य दिखा-

वहाँ से साठ हाथ की दूरी पर उस छोटे झरने के समीप, जहाँ उन्होंने स्नान किया था, ढेरों उल्काएँ जल रही थीं। उल्काओं के प्रकाश में तीस-बत्तीस लोग दिखे। एकदम काले, डरावने, बिखरे बाल, भयंकर मांसपेशियों तथा मोटे पेट वाले पहलवान। उन विशाल शरीर वालों के गले में छोटी हड्डियों की माला पड़ी हुई थी। दोनों कलाइयों में भी छोटी हड्डियाँ बँधी थीं। दस को छोड़कर शेष सभी भारी गदा लेकर झरने के बाएँ तथा दाएँ वाले भाग पर प्रहार कर रहे थे, जैसे उसे तोड़ डालना चाहते हों।

"ये तो असुर हैं।" एकांश के मुख से निकला- "हमारे ग्राम में उत्पात मचाने घुस आते थे।"

शतायु और निकुंज ने भी हाँ मिलाई। वे तीनों उनकी वेश-भूषा और रंग-रूप अच्छे से पहचानते थे।

"पीछे एक व्यक्ति और खड़ा है, परिधान से कोई राजपुरुष लग रहा है।" सत्तू ने दृष्टि केंद्रित करते हुए कहा- "थोड़ा समीप चलते हैं, यहाँ से उसका मुख स्पष्ट नहीं दिख रहा।"

निकुंज ने सत्तू की बाँह पकड़ ली। धीरे से बोला- "सत्तू भइया! तुम्हारा कौतूहल भय को दबा लेता है, किंतु मैं यहाँ से हिलूँगा भी नहीं। अभी-अभी संकट से निकले हैं, पुनः संकट बुलाने का मोह क्यों पाल रहे हैं?"

"हम उनसे लड़ने नहीं जा रहे हैं, उस दाईं ओर वाली दीवार तक चलेंगे। वहाँ अँधेरा है, वहीं से झाँककर देख लेंगे।"

"मैं यहीं रहूँगा।"

"ठीक है! तू एकांश के साथ यहाँ ठहर। मैं और शतायु देखकर आते हैं।"

एकांश ने निकुंज के सिर पर चपत मारी- "भयभीत मूषक!"

सत्तू और शतायु झुकते, छिपते, आड़ लेते हुए अपने वांछित स्थान तक पहुँचे। वह एक गलियारा था, जिसकी छत ने चंद्रमा का प्रकाश अवरुद्ध कर वहाँ अँधेरा फैला रखा था। गलियारे की दीवार में वर्षों पुराने कुछ छिद्र थे। दोनों ने एक-एक

छिद्र पकड़ लिया। वहाँ से सारा दृश्य स्पष्ट दिख रहा था।

उस राजपुरुष को ध्यान से देखते ही सत्तू चौंका, बोला- ''यह भोजराज है।''

''कौन?'' शतायु ने सामान्य भाव से पूछा।

''तुम्हें नहीं ज्ञात होगा, मयूरी भाभी बता रही थीं कि यह रानी का बड़ा भाई है, अत्यंत लोभी है। राजकुमारी धरा और रानी दोनों इससे दुखी रहती हैं। इस पर सदैव असुरों से संबंध होने का राजद्रोह लगता रहता है, परंतु साक्ष्य के अभाव में बच निकलता है।'' सत्तू ने बताया।

''तुम इसे पहचानते हो?'' शतायु ने प्रश्न किया।

''हाँ! मैं वित्त-मंत्री विश्वरथ के यहाँ इतिहास की शिक्षा के लिए जाता हूँ। वहीं एक दिन यह दुष्ट आया था। यह विश्वरथ से मिलना चाहता था, वह कहीं बाहर थे, फिर यह उनके पुत्र को ही उल्टी-सीधी भाषा में सुनाकर चला गया था। वहीं देखा था इसे।''

''कोई राजनैतिक विषय होगा। अभी हम मात्र देख ही सकते हैं। उस भोजराज के पीछे कुछ अन्य लोग खड़े हैं क्या?''

सत्तू ने ध्यान दिया- ''ठीक कहा! पीछे धुँधलके में खड़े हैं। वेशभूषा की आकृतियों से सैनिक लग रहे हैं। भोजराज के अंगरक्षक होंगे।''

''ये असुर क्या कर रहे हैं? पर्वत गिराना चाहते हैं क्या?'' शतायु अपने में ही बोला।

दाहिना पर्वत प्रहार पर प्रहार खाए जा रहा था। परंतु अभी तक कोई प्रभाव नहीं दिखा था। असुर हुंकार भरते हुए पूरी शक्ति से गदा चला रहे थे। उनकी गदा उनके शरीर के रंग से मेल खाती हुई गोल और कँटीली थी। वहाँ के वातावरण में उनकी हुंकार तथा गदाओं के पत्थरों से टकराने की ध्वनि प्रतिध्वनित हो रही थी। कोई प्रभाव न होता देख भोज चिल्लाया- ''मात्र इतनी ही शक्ति है असुरों में!''

जैसे असुरों को बात लग गई। उनकी हुंकार प्रचंड हुई, गदाएँ भयंकर शक्ति से टकराने लगीं। उनके टकराने से उत्पन्न ध्वनि उनकी शक्ति की भीषणता को स्पष्ट रूप से बता रही थी। कुछ क्षणों पश्चात ही असुरों ने झरने के बाईं ओर की एक चट्टान चटका दी। दो-तीन प्रहार में पूरी चट्टान टूटकर गिर गई। भोज समीप पहुँचा। चट्टान से रिक्त हुए स्थान के पीछे कुछ दिखा। सत्तू और शतायु को स्पष्ट नहीं दिखा। भोज प्रसन्नता से चीखा- ''यही है! सब मिलकर इधर प्रहार करो।''

सारे गदाधारी असुर उस टूटे स्थान के अगल-बगल प्रहार करने लगे। थोड़ी-

थोड़ी देर में चट्टानें टूटकर गिरती रहीं तथा जब पर्याप्त चट्टानें टूटकर हटीं, तब पीछे की आकृति स्पष्ट हुई। वह एक विशालकाय चट्टान की समतल दीवार थी, जिसके बीच में दस अंगुल का गोल छिद्र था। संपूर्ण दीवार पर पतली रेखाओं से भिन्न-भिन्न प्रकार की आकृतियाँ खुदी थीं।

भोज प्रसन्नता से फटा जा रहा था। दोनों बाँहें फैलाकर चिल्लाया- "मैं सफल हुआ...मैं सफल हुआ...महाप्रभु! मैं सफल हुआ।"

सत्तू और शतायु को कुछ समझ नहीं आया। वे मात्र एकटक देखते रहे। भोज ने ताली से संकेत किया। अँधेरे में खड़े दो अंगरक्षक लकड़ी का एक संदूक उठा लाए तथा भोज के पैरों के पास खोलकर रख दिया। भोज ने संदूक से दो गोल चिकने पत्थर निकाले। घुमा-घुमा कुछ क्षण देखा, फिर उस छिद्रयुक्त समतल दीवार के समीप गया। पैरों को धरती पर जमाकर दृढ़ मुद्रा बनाई। दोनों बाँहें फैलाकर पत्थरों को दूर किया। फिर पूरी शक्ति से पत्थरों को आपस में टकरा दिया। एक महीन तीक्ष्ण ध्वनि निकली।

भोज ने कुछ क्षण प्रतीक्षा की। कुछ नहीं हुआ। भोज ने पत्थरों को पुनः टकराया। ध्वनि निकली, प्रतीक्षा हुई, सबकुछ अपरिवर्तित रहा। भोज ने इस क्रिया को तीन बार और दुहराया, कहीं कोई परिवर्तन नहीं। झल्लाते हुए वह पुनः संदूक के पास पहुँचा। दाहिने हाथ का पत्थर रखकर संदूक से कोई दूसरा पत्थर निकाला। वह आकार में पहले वाले से छोटा था तथा हरे रंग का मंद प्रकाश छोड़ रहा था, मानो हरे रंग का दीपक पत्थर के अंदर जल रहा हो। वहाँ जल रही उल्काओं के तीव्र प्रकाश में भी वह हरा प्रकाश दूर से दिख रहा था। भोज ने पुनः नई आशा के साथ दीवार के सामने दृढ़ता से चरण जमाए और लंबी साँस खींची, मानो इस बार अधिक शक्ति लगाना चाहता हो। पीछे मुड़कर असुरों को एक दृष्टि देखा, फिर सीधे होकर पत्थर टकरा दिए। पुनः तीक्ष्ण ध्वनि हुई और अगले ही क्षण उस रहस्यमय दीवार के साथ समस्त प्रयोगशाला की दीवारों पर विद्युत-रेखाएँ रेंगने लगीं। भोज भय खाते हुए तत्काल पीछे हटा।

सत्तू और शतायु ने भी झाँकने वाले छिद्र को झट से छोड़ दिया। प्रत्येक दीवार एवं छत, सभी स्थानों पर विद्युत की टेढ़ी-मेढ़ी रेखाएँ मँडरा रही थीं। निकुंज और एकांश ने भी देखा- विस्तृत फैले संपूर्ण खंडहर की दीवारों पर प्रकाश-रेखाएँ रेंग रही थीं। भय से निकुंज चिल्ला ही उठता यदि एकांश ने सही समय पर उसका मुँह न दबा दिया होता। शतायु और सत्तू की भी घिग्घी बँध गई। जब वे छिद्र से चिपके दृश्य देख रहे थे, विद्युत-रेखा उनके मुख से मात्र दो अंगुल दूर से गुजरी थी।

इधर-उधर जहाँ कहीं उनकी दृष्टि पड़ती, प्रकाश-रेखाएँ ही दीवारों, छतों पर रेंगती दिखतीं। दोनों के भयभीत नेत्र मिले तथा क्षण गँवाए बिना उन्होंने वह गलियारा छोड़ दिया। झाड़ियों, सरपतों की आड़ लेकर झुकते हुए वे एकांश और निकुंज के पास पहुँचे। वह विचित्र दृश्य पाँच क्षणों तक रहकर धीरे से विलीन हो गया। हरे प्रकाश वाला पत्थर टकराने के पश्चात मानो बुझ-सा गया।

भोज जो अभी तक दृश्य देखकर भयभीत हो रहा था, उसके मुख पर दुगनी प्रसन्नता लौटी। खुलकर चिल्लाया- ''यह कार्य कर रहा है।''

उसने बुझ चुके हरे प्रकाश वाले पत्थर को संदूक में रखा तथा नीले प्रकाश वाला एक अन्य पत्थर निकाला।

इधर वे चारों भय, कौतूहल, रहस्य एवं विचित्रता का मिश्रित भाव लिए नेत्र फाड़े देख रहे थे। असुर भी थोड़ा भयभीत हो गए थे। वे सब एक ही स्थान पर इकट्ठे होकर खड़े हो गए।

भोज ने नीले प्रकाश वाला पत्थर टकराया। वही दृश्य पुनः उपस्थित हो गया। विद्युत-रेखाएँ पुनः रेंगने लगीं। खंडहर की सबसे ऊँची चोटी तक प्रकाश-रेखाएँ मँडराती दिखाई पड़ीं। पूर्व की भाँति, पाँच क्षणों के पश्चात रेखाएँ मंद-मंद होकर अदृश्य हो गईं। दृश्य की पुनरावृत्ति के अतिरिक्त कुछ नहीं हुआ। भोज बुरी तरह झल्ला उठा। बुझ चुके नीले पत्थर को खींचकर दीवार पर मारा और चिल्लाया- ''सब व्यर्थ है।''

वह असुरों की ओर मुड़ा और क्रोधपूर्ण नेत्रों से उसने आदेश दिया- ''तोड़ डालो इसे।''

असुर थोड़ा सकुचाए। आपस में एक-दूसरे की ओर देखा। भोज पुनः गुर्राया- ''आदेश का पालन करो, असुरो।''

चार गदाधारी आगे बढ़े और उस रहस्यमय दीवार को तोड़ना प्रारंभ कर दिया। आठ-दस भीषण प्रहार हुए ही थे कि प्रकाश-रेखाओं वाला दृश्य पुनः प्रारंभ हो गया। असुर तत्काल हट गए। दृश्य समाप्त होने पर भोज ने मन भर गालियाँ बकीं। सब शांत से खड़े रहे। जब भोज कुछ ठंडा हुआ, तो लौट चलने का आदेश दिया। उसके दो अंगरक्षकों ने बुझ चुका वह नीला पत्थर ढूँढा, जिसे भोज ने क्रोध से खींच मारा था। उसे संदूक में रखा और उठाकर चल दिए। वे समस्त उल्काएँ भी बुझाकर साथ लेते गए। सबसे पीछे कंधों पर गदा संभाले असुर चल रहे थे।

भोज के जाने के लंबे समय पश्चात भी उन चारों में से किसी को भी प्रयोगशाला में जाने का साहस नहीं हुआ।

एकांश बोला- "मैंने कहा था न, यह संवेदनशील स्थान है।"

शतायु ने सुझाव दिया कि अपना सामान उठाकर इसी क्षण घर लौट चलें। किसी को कोई आपत्ति नहीं थी। परंतु प्रयोगशाला में घुसकर सामान उठाने कौन जाए। सामान उठाना आवश्यक था, क्योंकि उसमें उनके साधारण वस्त्रों के साथ सैनिक पोशाक भी रखी थी। और अब जब वे यह जान चुके थे कि यह स्थान कितना संवेदनशील है, जिसके कारण इसे प्रतिबंधित किया गया था, वे अपना कोई चिह्न वहाँ नहीं छोड़ना चाहते थे।

सत्तू ही उन्हें यहाँ लाया था, अतः अपना कर्तव्य समझते हुए वह स्वयं आगे आया। भय खाते हुए वह प्रयोगशाला में घुसा और कुछ ही देर में सारा सामान बटोरकर लौटा। सभी ने अपनी-अपनी गठरी पकड़ी। अस्त्र-शस्त्र ठीक किए, फिर थोड़ा साहस दिखाते हुए नाला पकड़कर मुख्य प्रवेश द्वार की ओर बढ़ने लगे। जो जगह कल रमणीय, मनोरम लग रही थी, वह अभी खाने को दौड़ रही थी। नाले को पकड़कर जब वे झरने के समीप पहुँचे, तो उस रहस्यमय दीवार पर दृष्टि पड़ते ही सत्तू के मन में थोड़ा कौतूहल जागा कि एक बार रुककर दीवार पर बनी आकृतियों को देखा जाए, परंतु रुका नहीं। चलते हुए जितना देख सकता था, देख लिया।

तीव्र गति से चलते हुए वे मुख्य प्रवेश-द्वार को छोड़कर नीचे उतरने लगे। वे किसी प्रकार का वार्तालाप नहीं कर रहे थे। सारा ध्यान अतिशीघ्र उस स्थान को छोड़ देने पर था। कुछ ही समय में वे उस स्थान पर पहुँचे, जहाँ उन्होंने अपने घोड़े छोड़े थे। घोड़े वहाँ नहीं थे,अनुमान लगा कि चरते हुए यहीं कहीं होंगे। इधर-उधर देखने पर कुछ दूर घोड़ों की लीद दिखी, ताजा नहीं थीं। वे अनुमान के आधार पर उसी दिशा में आगे बढ़े। कुछ लीद और मिली, ताजा जान पड़ीं। सत्तू ने अपना बोझ उतारकर भूमि पर रखा और हिनहिनाने की ध्वनि निकाली। प्रातः जब भी वह अपने घोड़े के पास जाता था, इसी प्रकार हिनहिनाकर उसे पुचकारता था। कहीं कोई प्रतिक्रिया नहीं हुई। उसी दिशा में और बढ़े। सत्तू पुनः हिनहिनाया, प्रत्युत्तर में दूर कहीं हिनहिनाहट हुई। उन्हें सफलता मिल गई थी। थोड़ी-थोड़ी देर पर सत्तू हिनहिनाकर दिशा का भान करता रहता। सत्तू का घोड़ा लौट आया। उसके पीछे शतायु, एकांश और निकुंज के भी घोड़े आ गए। उन्होंने शीघ्रता से अपना सामान लादा और घर की ओर लौट पड़े।

उन्होंने लौटने के लिए घुमावदार लंबा मार्ग अपनाया, क्योंकि उन्हें भय था कि कहीं मार्ग में भोजराज और असुरों से भेंट न हो जाए। वे रात्रि के अंतिम पहर तक लौट पाए।

दरवाजा सुमेरु ने खोला। घर में घुसते ही सत्तू सारा बोझ फेंककर फैल गया। कुंसा भी उठ गई थी। सुमेरु और कुंसा उसके इस प्रहर आने से थोड़ा चिंतित हुए। सुमेरु पूछा- ''क्या हुआ पुत्र? तुम तो कल संध्या तक लौटने वाले थे...कुछ हुआ क्या, जो इस प्रहर आना पड़ा...कहीं रुक लेते...प्रातः उजाले में आते।''

इस पहर द्वार खटखटाने की आहट से कोई विशेष बात जानकर बसंत और मयूरी भी ऊपर के कक्ष से नीचे पहुँचे।

सत्तू को फैला देखकर मयूरी मिठास से बोली- ''ऐसा कौन-सा पराक्रम करके लौटे हो देवर कि आते ही स्वयं चित्त हो गए।''

सत्तू उठकर बैठा। कुंसा ने उसे पीने के लिए छाछ दिया।

फिर सत्तू ने पूरी कथा कह डाली। कथा सुनते हुए बसंत और सुमेरु के नेत्र सिकुड़ गए। दोनों के कारण भिन्न-भिन्न थे। पूरी घटना सुनकर सुमेरु ने समझाया- ''राजाज्ञा के बिना वहाँ जाना वास्तव में दंडनीय अपराध है। अच्छा किया जो वहाँ कोई चिह्न छोड़कर नहीं आए। इस घटना को दुबारा किसी के सम्मुख मत प्रकट करना और अपने उन साथियों को भी मुख सिल लेने को कह देना।''

सत्तू ने विश्वास रखने को कहा। उसके पश्चात किसी ने उस विषय पर कोई चर्चा नहीं की। मयूरी, सत्तू को तेंदुए के सामने साहस दिखाने के लिए दुलार-पुचकार कर बसंत के साथ अपने कक्ष लौट गई। कुंसा और सुमेरु ने भी शय्या पकड़ ली।

मन में ढेरों बवंडर लेकर बसंत, मयूरी के साथ कक्ष में लौटा। बोला- ''यह क्या हो रहा है?''

''उसी ने भेजा होगा,'' मयूरी भौंहें सिकोड़कर बोली।

''नहीं! इस कार्य के लिए उसे असुरों की क्या आवश्यकता।'' बसंत सोचते हुए बोला।

''तब असुर स्वयं होंगे उस स्थल के पीछे...भोज को अपने लक्ष्य के लिए प्रयोग कर रहे होंगे।'' मयूरी बोली।

''संभव है। परंतु असुरों को भनक कैसे लगी?''

''मात्र भनक... ?'' मयूरी का स्वर उग्र हुआ- ''उन्हें हमसे भी अधिक सूचनाएँ थीं, उन्होंने पर्वत तोड़कर नया द्वार ढूँढ़ निकाला, रत्नों का प्रयोग किया और हम... (आगे कुछ न बोली)।''

मयूरी की उग्रता देखकर बसंत शांत रहा। बाँहों में भरकर बोला- ''उग्र मत हो, घटनाएँ जटिल होती जा रही हैं, अभी कोई छोर पकड़ में नहीं आ रहा। कुछ

दिन रुककर देखते हैं, घटनाएँ किधर मुड़ती हैं...वैसे भी वे द्वार खोलने में असफल रहे।''

बसंत के पाश ने मयूरी को शांत कर दिया, इतना शांत कि सहमकर बोली– ''यदि वह स्वयं आ गया?''

बसंत को मयूरी के इस सहमे रूप से बहुत चिढ़ थी। इस बार बसंत उग्र होकर बोला– ''तू उससे इतना भय क्यों खाती है? अब मेरी भुजाओं में भी सामर्थ्य समा चुकी है। वह स्वयं को धरती की सबसे बड़ी शक्ति समझता है...सम्मुख आने दो उसे....संसार स्वयं देख लेगा कि शक्ति किसे कहते हैं।''

बसंत की साँसें तेज थीं। मयूरी ने आलिंगन का कसाव बढ़ा दिया। वह नहीं चाहती थी कि पुरानी स्मृतियाँ पुनः उभरें। दोनों एक–दूसरे को सदैव ऐसे ही शांत करते थे।

अगले दिन प्रातः ही सुमेरु, वसुंधरा के सम्मुख उपस्थित हुआ। रुद्रबाला भी किसी कार्य से वहीं थीं। सुमेरु ने विस्तारपूर्वक बताया। घटना सुनकर वसुंधरा का सिर घूम गया। भोज पर क्रोध तो आया, साथ ही मन आशंकित भी हुआ। प्रयोगशाला का रहस्य उसे समझ नहीं आया। तीन सौ वर्ष पूर्व धाता वंश की स्थापना के समय अर्थला के कुछ स्थानों को प्रतिबंधित किया गया था। बाद की पीढ़ियों ने उस प्रतिबंध का अक्षरशः पालन किया। वसुंधरा ने भी किया। परंतु प्रतिबंध का वास्तविक कारण जानने की इच्छा कभी नहीं जागी। जागती भी क्यों? आज तक आवश्यकता ही नहीं पड़ी थी। सोचा पुरानी परंपरा है, निर्वाह कर रही हूँ। उन ध्वंसावशेषों से न कोई लाभ था और न कोई हानि। अतः जानने का प्रयास ही नहीं किया।

उन स्थानों के विषय में लोगों के बीच वर्षों पुराना भय फैला हुआ है कि पिछले देवासुर–संग्राम में उन स्थलों पर घनघोर युद्ध हुए थे। उन्हीं मरे हुए देवों तथा असुरों की आत्माएँ आज भी वहाँ भटकती हैं। परंतु ऐसी कथाएँ तो सामान्य जन को किसी विशिष्ट स्थान से स्वाभाविक रूप से दूर रखने के लिए प्रत्येक राज्य प्रचारित करवाता है। वसुंधरा ने रुद्रबाला की ओर प्रश्नवाचक दृष्टि से देखा– ''प्रयोगशाला का क्या रहस्य है?''

रुद्रबाला कुछ क्षण सोचकर बोलीं– ''परंपराधीशों से पूछते हैं, वही कुछ सुझा सकते हैं।''

"मैं भी यही सोच रही थी, व्यवस्था करो।" वसुंधरा बोली।

तत्पश्चात सुमेरु को आदेश दिया कि वह अपने सभी गुप्तचर भोज के पीछे लगाए। उसकी प्रत्येक साँस पर दृष्टि रखी जाए। भोज अभी अपने कृत्य में सफल नहीं हुआ है, वह निश्चित रूप से दुबारा प्रयत्न करेगा। यदि वह किसी भी कारण से राजधानी छोड़कर उत्तर की ओर बढ़े, तो क्षण गँवाए बिना सूचित करे।

आज्ञा लेकर सुमेरु ने कक्ष छोड़ दिया।

परंपराधीश अर्थला के अति विशिष्ट व अति सम्मानित पदाधिकारी थे। उनका कार्य अर्थला के इतिहास की पांडुलिपि बनाना, इतिहास पर शोध करना तथा धाता वंश के समस्त रहस्यों को सुरक्षित रखना था। आम जन से उनका मेल-मिलाप नगण्य था। लोगों ने उनके विषय में मात्र सुन ही रखा था, देखा बहुत कम लोगों ने था। परंपराधीशों की कोई निजी संपत्ति नहीं होती, उनकी प्रत्येक आवश्यकता राजसत्ता पूरी करती थी। उन्हें अपनी देशभक्ति और सत्यनिष्ठा पर भयंकर अभिमान था।

रानी के आदेश पर परंपराधीशों के कुलपति प्रभंजन उपस्थित हुए। आते ही औपचारिक अभिवादन कर प्रश्न किया- "क्या कार्य है?"

"उत्तर की प्रयोगशाला के विषय में बताइए।" वसुंधरा बोली।

"क्या बताऊँ?"

"इतिहास तथा प्रतिबंध का कारण।"

"तीन सौ पाँच वर्ष पूर्व देवासुर-संग्राम में प्रयोगशाला नष्ट हो गई थी। वहाँ क्या शोध होता था तथा प्रतिबंध का कारण ज्ञात नहीं।"

"कारण ज्ञात नहीं?" वसुंधरा आश्चर्यचकित हुई- "पांडुलिपियों में कुछ तो इतिहास होगा?"

"इतिहास उपलब्ध है, परंतु अत्यंत नगण्य।"

"क्या है, बताइए।" वसुंधरा ने विनीत स्वर में पूछा।

"धाता-प्रथम ने अपने शासन के दसवें वर्ष में प्रतिबंधित क्षेत्रों के इतिहास से संबंधित पांडुलिपियाँ नष्ट करवा दी थीं।" प्रभंजन सपाट भाव से बोले।

वसुंधरा को समझ में नहीं आया। उसने रुद्रबाला की ओर देखा। उनके मुख पर भी प्रश्न का ही भाव दिखा। रानी कुलपति की ओर मुड़ी। पूछा- "पांडुलिपियाँ नष्ट करवाने का कारण?"

"कारण इतिहास में उपलब्ध नहीं।"

वसुंधरा शांत होकर सोचती रही।

"कोई अन्य प्रश्न है या चलूँ?"

"आप इतिहास के मर्मज्ञ हैं। आपके अनुसार प्रयोगशाला के विषय में कोई ओर-छोर?"

"मेरे संज्ञान में कुछ नहीं।"

वसुंधरा पुनः शांत होकर सोचती रही।

"कोई अन्य प्रश्न पूछना है या चलूँ?"

वसुंधरा ने एक ठंडी साँस छोड़ी। पूर्ण विनम्रता दिखाते हुए बोली- "यहाँ उपस्थित होने के लिए धन्यवाद, आप प्रस्थान करें।"

प्रभंजन औपचारिक अभिवादन कर लौट गए।

"इनका अक्खड़पन अभी तक चुका नहीं।" वसुंधरा ने रुद्रबाला से कहा।

रुद्रबाला धीरे से मुस्कराईं। कहा- "इनकी वाणी के स्वभाव पर मत जाओ।"

वसुंधरा ने रुद्रबाला के कथन पर ध्यान नहीं दिया। मस्तिष्क में रहस्य घूम रहा था।

जो रहस्य परंपराधीशों तक को नहीं ज्ञात, वह भोज को कैसे ज्ञात हुआ? वसुंधरा समझने का प्रयास कर रही थी।

"भोज को कुछ ज्ञात नहीं होगा, असुर उसका प्रयोग कर रहे हैं।" रुद्रबाला ने उत्तर दिया।

"असुरों को कैसे ज्ञात हुआ? वह भी इतना गूढ़ कि शताब्दियों पुराना द्वार ढूँढ़ निकाला?" वसुंधरा ने कहा।

रुद्रबाला चुप रही, उन्हें भी समझ नहीं आ रहा था। कुछ क्षणों के शून्य के पश्चात वसुंधरा ने पूछा- "क्या धनंजय चले गए?"

"हाँ! वे कल रात्रि ही कुंडार के लिए चल दिए।" रुद्रबाला ने बताया।

"उन्हें चतुर्थ स्तर के कूट में संदेश भेज दो। गरुड़ का प्रयोग मत करना, गुप्तचर के हाथों भेजना।" वसुंधरा ने आदेश दिया।

"मैं व्यवस्था करती हूँ," कहकर रुद्रबाला जाने को हुई कि रुक गईं। पूछा- "भोज का क्या करना है?"

वसुंधरा के मस्तक पर तेज चमका, दृढ़ शब्दों में बोली- "अर्थला अब और संकट नहीं झेलेगी।"

रानी का प्रताप

धनंजय को संदेश भेजे तीन दिन हो गए थे। प्रतीत होता था कि गुप्तचर अभी तक उनके पास पहुँच नहीं पाया था। यदि मार्ग में वह धनंजय को न पकड़ पाया, तब कुंडार पहुँचकर ही संदेश दे पाएगा। अर्थात तीन दिन और लगेंगे।

प्रयोगशाला की घटना के चौथे दिन सुमेरु ने चंद्र पर्वत के समीप वनों में असुरों के छिपे होने की सूचना दी। वसुंधरा ने उन पर मात्र दृष्टि रखने को कहा, वह भोज को असुरों के साथ रंगे हाथ पकड़ना चाहती थी।

वसुंधरा की प्रतीक्षा लंबी नहीं हुई। अगले ही दिन मध्याह्न की दो घड़ी पश्चात रुद्रबाला को सुमेरु का संदेश मिला कि भोजराज अपने कुछ अंगरक्षकों के साथ उत्तर की ओर निकला है। जिस समय रुद्रबाला को संदेश मिला, वे वित्तमंत्री विश्वरथ के यहाँ उपसेनाध्यक्ष कुंतल के साथ मंत्रणा कर रही थीं।

रूद्रबाला क्षण गँवाए बिना रानी के कक्ष में प्रविष्ट हुईं और सूचना दी। वसुंधरा का हृदय एक बार जोर से धड़का, फिर निमिष भर में मुख पर संकल्प की दृढ़ता छाई। सधे हुए वजनी शब्दों में आदेश दिया- ''मैं स्वयं जाऊँगी, जलद्वार खोल, रुद्रा!''

रुद्रबाला चौंकी। आग्रह किया- ''मैं भी चलती हूँ। थोड़ा समय दें, तो एक सैन्य टुकड़ी भी साथ कर लूँगी।''

''नहीं! तू यहीं रुक। अर्थमहल को सूना मत छोड़। मैं स्वयं जाकर मार्ग रोकती हूँ। पीछे से सहायता भेज देना...अभी मन में ज्वार आया हुआ है, कहीं उतर न जाए, इसलिए विलंब नहीं करना चाहती।''

रुद्रबाला, वसुंधरा के निर्णय की स्थिरता से भली-भाँति परिचित थीं। अत: बिना कुछ बोले झट से एक छोटे पत्र पर कूट-संदेश लिखा। कक्ष की बाईं दीवार से चिपकाकर, सुंदर कारीगरी वाले काष्ठ का एक सजावटी संदूक रखा था। समतल ढक्कन वाले उस संदूक के ऊपर फूलदान था। रुद्रबाला ने फूलदान हटाकर संदूक खोला तथा अंदर से हथेली जितने व्यास की एक गेंद निकाली। गेंद ठोस मिट्टी की थी, जो आग में पके होने से नारंगी रंग की दिख रही थी। पूरी गेंद में मात्र एक छिद्र था। रुद्रबाला ने उस छिद्र में संदेश ठूँस दिया, फिर संदूक के ठीक ऊपर टँगे चमड़े के चित्र को हटाया। हटाने पर दीवार में गेंद की चौड़ाई के बराबर छिद्र

दिखा। रुद्रबाला ने गेंद को उस छिद्र में डाल दिया। हल्की गड़गड़ाहट के साथ गेंद न जाने कहाँ लुढ़क गई।

वसुंधरा अपना कवच कस रही थी। उसने कटार रख ली, दो तलवारें खोंस लीं तथा कमर पट्टिका से छह अंगुल चौड़े ढेरों चक्र लटका लिए।

वसुंधरा को पूरी तरह रणसज्जित देखकर रुद्रबाला समझाने के स्वर में बोलीं- "सहायता पहुँचने पर ही शस्त्र निकालना।"

परंतु वसुंधरा ने मानो कुछ सुना ही नहीं। वह भौंहे सिकोड़े, कुछ सोचते हुए अपने शस्त्रों को बाँधने में उलझी रही।

रुद्रबाला भी पुनः अपने कार्य में लग गईं। उन्होंने उस सजावटी संदूक को धकेलकर हटाया। वह संदूक, एक बड़े मृग चर्म के ऊपर रखा हुआ था। मृग चर्म हटाने पर भूमि में एक छिद्र दिखा। मात्र इतना चौड़ा कि मुट्ठी घुसाई जा सके।

रुद्रबाला ने एक छोटा छुरा लेकर छिद्र में भुजा घुसा दी। छिद्र में नीचे कई रस्सियाँ लटक रही थीं, जो किसी वजनी वस्तु से बँधी होने के कारण एकदम तनी हुई थीं। रुद्रबाला ने हाथों के स्पर्श से रस्सियों को टटोला तथा वांछित रस्सी मिल जाने पर उसे छुरे से काट दिया। रस्सी कटते ही हल्की गड़गड़ाहट के साथ छिद्र की बाईं ओर दो हाथ लंबा एवं दो हाथ चौड़ा, भूमि का एक वर्गाकार भाग दो हथेली तक नीचे धँस गया। धँसे भाग की दरारों से हल्की धूल उठी।

रुद्रबाला ने छिद्र में पुनः कोई रस्सी काटी। धँसा भाग रगड़ खाता हुआ दाईं ओर सरककर कहीं समा गया। उस भाग के हटते ही दो हाथ की चौड़ाई वाला वर्गाकार गहरा छिद्र प्रकट हुआ, जिसमें ऊपर तक जल भरा हुआ था। जल के बीच में लकड़ी का एक बेलनाकार भांड तैर रहा था। वसुंधरा क्षण गँवाए बिना उस छोटे कुंड में कूद गई तथा भांड को पकड़ लिया। भांड में हवा भरी थी, अतः वसुंधरा भी भांड के साथ तैरती रही। रुद्रबाला ने एक छोटी उल्का जलाकर वसुंधरा को थमा दी।

उस कुंड की चारों दीवारों पर रंगीन ईंटें लगी हुई थीं। काली, नीली, नारंगी,पीली, लाल एवं हरे रंग की। वसुंधरा ने अपनी बाईं ओर की एक पीली ईंट को दबाया। ईंट मानो मात्र रखी हुई थी। बल प्रयोग होते ही सरककर पीछे गिर गई। ईंट हटने से उत्पन्न हुए छिद्र में वसुंधरा ने छुरा लेकर हाथ घुसाया और लटकती हुई विभिन्न रस्सियों में से एक विशिष्ट रस्सी काट दी। कहीं कुछ गिरने-खिसकने-रगड़ने-सरकने की ध्वनि हुई तथा कुछ क्षण पश्चात उस छोटे कुंड का जलस्तर कम होने लगा। मानो कुंड की तली से जल कहीं निकलने लगा। घटते जलस्तर के साथ भांड पकड़े वसुंधरा भी नीचे जाने लगी।

वह जलती उल्का को सावधानी से संभाले हुए थी। यदि वह बुझ जाती, तो दिखने के लिए कोई प्रकाश नहीं बचता। वसुंधरा ने ऊपर देखा, रुद्रबाला छिद्र से झाँक रही थीं। जैसे-जैसे वह नीचे जा रही थी, ऊपर का उज्जवल छिद्र छोटा होता जा रहा था। वह तब तक ऊपर देखती रही, जब तक कि वह प्रवेश छिद्र लुप्त न हो गया।

वसुंधरा बहुत नीचे आ चुकी थी। अब मात्र जलती उल्का का ही प्रकाश था। कुंड की चारों दीवारों पर काई की मोटी परत जमी दिख रही थी तथा वायु में विचित्र-सी दुर्गंध घुली थी। जलस्तर कम होने की रफ्तार किसी दौड़ते व्यक्ति की गति के बराबर थी। सामान्य अवस्था में साधारण व्यक्ति उस सँकरे, अँधेरे तथा दुर्गंधयुक्त स्थान पर भयभीत हुए बिना नहीं रह सकता था, परंतु वसुंधरा के मन में क्रोध उमड़ रहा था। उसे आसपास के वातावरण का अधिक भान नहीं था।

न जाने कितने हाथ नीचे आने के पश्चात जलस्तर का घटना धीरे-धीरे रुक गया। जल-स्तर ठहरने के चार क्षण उपरांत बाईं ओर की दीवार पर भयंकर गड़गड़ाहट हुई। बाईं दीवार का एक भाग दाईं ओर खिसका। फिर रगड़ खाता हुआ सरककर पूरी तरह दाईं ओर समा गया। सामने एक खुला द्वार बन गया था। वहाँ कुछ कवचधारी सैनिक धड़धड़ाकर प्रकट हुए। उन्होंने सहारा देकर रानी को जल से बाहर निकाला।

जिस स्थान पर सैनिक खड़े थे, वह तीस हाथ लंबी सुरंग के समान था। उसे पार कर वे एक बड़े कक्ष में पहुँचे। वह एक भूमिगत कक्ष था। जल रही उल्काओं के पीले प्रकाश से कक्ष भरा हुआ था। उस कक्ष से जुड़े हुए अगल-बगल अन्य कक्ष भी थे, जिनसे लगातार पत्थरों के रगड़ने जैसी हल्की ध्वनि आ रही थी।

वसुंधरा की पूरी देह से जल टपक रहा था। एक सैनिक ने शरीर पोंछने के लिए वस्त्र प्रस्तुत किया, पर रानी ने मना कर दिया। वह स्वयं अपना कवच सुधारने में लगी रही।

अर्थमहल जिस पर्वत पर खड़ा था, उससे उतरकर नीचे मुख्य नगर तक आने में आधे घड़ी का समय लगता था। वसुंधरा ने वह दूरी कुछ क्षणों में ही पूर्ण कर ली थी। इस समय वह पर्वत की जड़ के नीचे एक गुप्त भूमिगत कक्ष में खड़ी थी। उन कवचधारी सैनिकों में से एक, जिसने शिरस्त्राण नहीं पहना हुआ था तथा जिसकी दाईं आँख के नीचे नाव की आकृति का चिह्न बना हुआ था, रूद्रबाला का संदेश दिखाया और बोला- ''तीव्रगामी दुकड़ी प्रस्तुत है।''

रानी ने एक तिरछी दृष्टि संदेश-पत्र पर डाली और पूछा- ''कितने हैं ?''

''अठारह उपस्थित हैं।'' उत्तर मिला।

''उत्तर की सुरंगों से चलो तथा चौगुने बाण भर लो।''

''जैसा आदेश।''

यह कहकर वह कवचधारी सैनिक रानी को मार्ग दिखाने आगे चलने लगा।

सामने के दो कक्ष पार कर जब वे तीसरे बड़े कक्ष में पहुँचे, घोड़े तैयार मिले। उस कक्ष से कई सुरंगें जाती हुई दिखीं। रानी के आदेशानुसार उन्होंने बाणों की संख्या बढ़ा ली तथा घोड़ों पर सवार होकर दाईं ओर की सुरंग में प्रविष्ट हो गए। सुरंग इतनी चौड़ी थी कि दो घुड़सवार अगल-बगल सुविधापूर्वक चल सकें। बीच-बीच में जल रही उल्काएँ मार्ग दिखा रही थीं। सुरंग कई जगह मुड़ी थी। कहीं-कहीं सुरंग तीन रास्तों में भी बँट जाती थी। सही सुरंग की पहचान अधिकृत व्यक्ति को ही थी, अन्यथा एक भी गलत मोड़ लेने पर व्यक्ति सुरंगों की भूलभुलैया में भटककर रह जाए। अर्थमहल की वास्तविक चार गुप्त सुरंगें मुख्य नगर के बाहर चारों दिशाओं में निकलती थीं।

टेढ़ी-मेढ़ी सुरंगों में घोड़े दौड़ाते हुए कुछ समय बाद वसुंधरा अठारह सैनिकों के साथ दूसरे मुहाने पर निकली। दूसरा मुहाना मुख्य नगर के प्राचीर के बाहर एक कम ऊँचाई की निर्जन पहाड़ी की तली में खुलता था। आगे चल रहे सैनिक अपनी तलवारों से झाड़-झंखाड़ काटकर रानी के लिए मार्ग बना रहे थे। कुछ देर पश्चात जब वे नियमित मार्ग पर पहुँचे, तब रानी ने अगरी ग्राम की ओर से चलने का आदेश दिया।

अगरी ग्राम के मार्ग से प्रयोगशाला के निकट तक आधे समय में पहुँचा जा सकता था। दलदली तथा प्राणघातक स्थान के कारण वह मार्ग कोई अपनाता नहीं था, परंतु वसुंधरा के लिए समय अत्यंत महत्वपूर्ण था। वह भोज को दुबारा प्रयोगशाला के साथ छेड़छाड़ करने नहीं दे सकती थी। न जाने कौन-सा संकट उसमें बंद हो, जिसके कारण उसका इतिहास तक नष्ट कर दिया गया। जहाँ वह अर्थला को बचाने के लिए प्रत्येक संभावित विकल्प ढूँढ़ रही है, वहीं अपना ही रक्त-संबंध नए-नए संकट पकड़कर ला रहा है।

अगरी ग्राम पहुँचने में अधिक समय नहीं लगा। मार्ग में कुछ चरवाहों ने उन्हें देखा था, परंतु कवच व शिरस्त्राण के कारण वे रानी को पहचान न सके।

अगरी ग्राम कहने मात्र को ग्राम था। वहाँ कोई रहता नहीं था। वर्षों पूर्व हुए रक्तगंगा-संग्राम की विनाश-लीला में यह स्थान भी भयंकर अग्निकांड से स्वाहा हो गया था। वहाँ रहने वाले लोग किसी अत्यंत प्राचीन जनजाति के वंशज थे।

वे अपना निवास स्थान, परंपरा के अनुसार अत्यंत दुर्गम स्थानों पर ही बनाते थे। अगरी ग्राम कई कोस तक फैला विस्तृत दलदल था। यत्र-तत्र बची हुई भूमि तथा वृक्षों पर वे अपने झोपड़े रखते थे। उनकी जनसंख्या बहुत कम थी, अतः थोड़ी-सी भूमि पर ही आवश्यकता भर का अन्न उपजा लेते थे। शेष भोजन के लिए वे मांसाहार पर निर्भर थे।

बड़े-बड़े गड्ढे, गीली मिट्टी से सने रपटीले मार्ग, वातावरण में घुली हल्की गंध- जो दलदलों से सदैव रिसती रहती थी तथा विशिष्ट प्रकार की सरपतें अगरी ग्राम के प्रारंभ होने की सूचना देती थीं। ये विशिष्ट सरपतें मात्र एक हाथ ऊँची थीं, जो वहाँ की समस्त भूमि पर उगी हुई थीं। इनके नीचे का भाग हरा तथा ऊपर का नुकीला भाग छह अंगुल तक नीला था। दलदलों में भी उग आने के कारण इन्हीं सरपतों ने पूरे क्षेत्र को प्राणघातक बना रखा था। हर स्थान पर उगे होने से प्रथम दृष्टि में दिखता ही नहीं था कि कहाँ दलदल है और कहाँ ठोस भूमि। ऊपरी भाग नीला होने के कारण सामान्य जन ने अपनी सरल-सहज बुद्धि से इन सरपतों को विषैला घोषित कर रखा था और उनका यही भय उन्हें स्वयं ही इस स्थान से दूर रखता था।

जब सुमेरु ने असुरों के छिपे होने के स्थान की सूचना दी थी, उसी समय वसुंधरा ने योजनानुसार अगरी ग्राम के सुरक्षित मार्ग को चिह्नित करने का आदेश दिया था। सुमेरु के गुप्तचरों ने बड़े श्रम से सुगम मार्ग ढूँढ़कर वहाँ की कुछ सरपतों को काटकर आठ अंगुल छोटा कर दिया था। वसुंधरा उन्हीं चिह्नित मार्गों पर आगे बढ़ रही थी। आगे दस सैनिक, बीच में वसुंधरा तथा पीछे आठ सैनिक। इस क्रम में वे एक कतार के रूप में चिह्नित पगडंडियों पर अपने घोड़े दौड़ा रहे थे।

दूर जहाँ तक दृष्टि जाती, सरपतें ही सरपतें दिखतीं। उनकी दाईं ओर का क्षेत्र अपेक्षाकृत कम दलदली था, वहाँ जनजातियाँ कभी रहा करती थीं। उस ओर वृक्ष भी अधिक संख्या में दिख रहे थे। परंतु उनका मार्ग बाईं ओर से था, जो मुख्य दलदली क्षेत्र था।

सूर्य उतार पर था। आकाश में कई श्वेत बादलखंड टहल रहे थे। उनमें से कुछ सूर्य को ढँकने के इच्छुक भी लग रहे थे। दूर तक फैली सरपतों की नीलिमा जब बयार के झोंकों से हिलती, तो प्रतीत होता, जैसे नीले समुद्र में लहर उत्पन्न हुई हो। कतार में सीधी-टेढ़ी-मेढ़ी अनुमानित पगडंडियों पर चलती वसुंधरा के कवच का कोई कोना कभी-कभी सूर्य की किरणों से चमक उठता था।

आधा मार्ग तय करके आगे बढ़ने पर एक पगडंडी इतनी पतली मिली कि घोड़ा यदि आधा-हाथ भी इधर-उधर हुआ, तो सीधे दलदल में ही उतरता। वह

पगडंडी दो सौ हाथ लंबी थी। पूरी सावधानी के बाद भी, मार्ग में गति-परिवर्तन के कारण सबसे पीछे वाला घोड़ा अपने आगे वाले से टकरा गया तथा हड़बड़ाहट में दलदल में उतर गया। घोड़े पर बैठा सैनिक झट से कूदकर स्वयं तो बच गया, परंतु घोड़ा सबके नेत्रों के सामने सरपतों वाले दलदल में समा गया। वह सैनिक दूसरे सैनिक के साथ सवार हुआ। दुर्घटना की पुनरावृत्ति रोकने के लिए घोड़ों के बीच की दूरियाँ बढ़ाकर पाँच हाथ कर दी गईं। इस दुर्गम भाग को पार कर वे उस पतली पगडंडी के अंतिम सिरे पर पहुँचे। वहाँ सरपतों पर ऐसा कूट-चिह्न बना था, जिसका अर्थ था कि यहाँ से घोड़ा उछालकर चार हाथ सामने वाले भाग पर उतरना होगा। सामने वाला भाग दलदल है या ठोस भूमि, देखने से कुछ नहीं पता चल रहा था। प्रमाण के लिए सबसे आगे वाले सैनिक ने पूर्ण निडरता से अपना घोड़ा उछाला। वह ठोस भूमि पर उतरा। घोड़े से उतरकर कुछ दूर तक वहाँ की भूमि जाँची, फिर सभी को आने का संकेत किया।

इस कठिन क्षेत्र ने उनकी गति अवश्य ही कम कर रखी थी, परंतु प्रयोगशाला के निकटवर्ती वनों तक पहुँचने में यह सामान्य मार्ग से बहुत कम समय लेता था। सामान्य मार्ग पूरे दलदल के किनारे उगे वनों के बाहरी छोर से अर्द्धवृत्ताकार आकार में था, जबकि यह एकदम सीधा मार्ग था।

कुछ आगे बढ़ने पर सामने क्षितिज पर वनों की वृक्ष शृंखलाएँ दिखना प्रारंभ हो गई थीं। आकाश में उपद्रवी बादल कुछ क्षणों के लिए सूर्य को ढँककर भाग जाते थे।

आगे की कुछ अन्य विघ्न-बाधाओं को पार कर वे वनों तक आ पहुँचे थे। वन में कुछ दूर अंदर धँसकर वसुंधरा रुक गई, फिर एक सीटी निकालकर बजाई। सीटी से कोयल की कूक निकली। यदि कोई ध्यान देता, तो उसे पता चलता कि यह सामान्य कूक से थोड़ी तीखी थी। परंतु सतर्क कान ही यह अंतर ढूँढ़ पाते। कुछ क्षण पश्चात दूर कहीं मोर की ध्वनि सुनाई पड़ी, वह भी थोड़ी तीखी थी। प्रत्युत्तर में वसुंधरा ने दो बार और कूक लगाई। सैनिकों ने एक वृत्त में रानी को घेरकर धनुष पर बाण चढ़ा रखे थे। वे पूरी सतर्कता से चारों ओर दृष्टि दौड़ा रहे थे। हल्की-सी आहट पर भी वे उस ओर दृष्टि गड़ा देते थे।

कुछ देर की प्रतीक्षा के पश्चात सामने से हरी पगड़ी में एक व्यक्ति प्रकट हुआ। आगे वाले सैनिकों ने उसकी ओर बाण लक्षित कर लिया। वह व्यक्ति सहजता से उनकी ओर बढ़ रहा था। समीप पहुँचने पर उसने अपनी पगड़ी के अग्र भाग पर एक छोटा चिह्न टाँक लिया। वसुंधरा ने सैनिकों को बाण नीचे करने का आदेश दिया। उस व्यक्ति ने सिर झुकाकर रानी का अभिवादन किया, फिर बिना

कुछ बोले अपने पीछे आने का संकेत कर एक ओर बढ़ गया।

यह सुमेरु का गुप्तचर था, जो असुरों पर दृष्टि रखे हुए था। कुछ दूर चलने के पश्चात उसने घोड़ों को छोड़ देने का संकेत किया। सैनिकों ने घोड़ों पर लदी कुछ-एक सामग्री को उतारकर आपस में बाँटा और पैदल चल पड़े। लगभग दो सौ हाथ आगे बढ़ने पर गुप्तचर ने सतर्कता दिखाई और ढलान के नीचे झाँकने का संकेत दिया।

झाड़ियों की ओट से झाँकने पर कुछ असुर दिखाई पड़े। असुर जहाँ खड़े थे, वहाँ कुछ अत्यंत मोटे तने वाले सूखे वृक्ष गिरे हुए थे, जो वर्षों पूर्व किसी भयंकर आँधी-तूफान में भूमि पर कमजोर पकड़ के कारण जड़ से उखड़ गए होंगे। वर्षों की धूल, नमी, धूप तथा कीट-पतंगों के कारण वे आधे सड़-गल चुके थे। काई और कुछ लताओं ने उन वृक्षों की देह पर अधिकार जमाने का पूरा प्रयास किया था। उन्हीं वृक्षों के तनों के नीचे कुछ गड्ढे खुदे थे। गिनने पर कुल आठ वृक्ष और उनके नीचे आठ गड्ढे निकले। चार गड्ढे खुले थे तथा शेष चार वनस्पतियों से ऐसे ढँके थे कि प्रथम दृष्टया ज्ञात ही न हो कि वहाँ कुछ खुदा भी हो सकता है। इन्हीं गड्ढों में असुर छिपकर रह रहे थे। पच्चीस असुर बाहर थे। कोई अपने शस्त्र चमका रहा था, तो कोई अपने शरीर पर आभूषणों के रूप में लटकती हड्डियों को साफ कर रहा था। उनके पास गदा, चौड़े फलक वाला खड्ग तथा कुछ लंबी कटारें थीं। धनुष एक भी नहीं दिखा।

पहलवान जैसे अत्यंत विशाल शरीर वाले असुर प्रस्थान की तैयारी कर रहे थे। वे आपस में धीमे स्वर में अपनी भाषा में कुछ वार्तालाप कर रहे थे। कुछ देर पश्चात बंद गड्ढों से शेष असुर भी निकल आए। अब कुल चौंतीस असुर थे। आकाश से देखने पर वे ऐसे लगते, जैसे भूमि पर चौंतीस जामुन आसपास रख दिए गए हों। चमकीली काली त्वचा के ऊपर सफेद हड्डियों का अलंकार उन्हें भयावह बना रहा था। उनमें से एक, जो सबसे लंबे कद का था, उसने अपने गले में लटकती हड्डियों की माला पकड़कर सबको दिखाई और फिर जोर का अट्टहास किया। एकदम उन्मुक्त अट्टहास, मानो भूल गया हो कि वे वहाँ छिपकर गुप्त रूप से रह रहे हों। दूसरे असुर भी उसकी ओर उँगली दिखाकर जोर से हँसे। फिर एक ने अपने गले की हड्डीमाला निकालकर उसे पहना दी। सब मिलकर दुबारा हँसते हैं और वह असुर जोर की हँसी करता हुआ पूरी उत्तेजना में अपनी गदा उठाकर भूमि पर पटक देता है।

कुछ देर के आपसी वार्तालाप के बाद असुर अपने शस्त्रों के साथ उत्तर-

पश्चिम की ओर चल दिए। चलने से पहले वे गड्ढों को वनस्पतियों से ढँकना नहीं भूले।

गुप्तचर का कार्य रानी को असुरों तक पहुँचाना था। वह वहीं रुक गया। वसुंधरा सैनिकों के साथ सुरक्षित दूरी बनाकर आड़ लेते हुए असुरों के पीछे चल दी। वसुंधरा का अनुमान था कि असुर भोजराज के साथ प्रयोगशाला जाएँगे। जैसे ही असुर भोजराज से मिलेंगे, वह उस राजद्रोही को प्रमाण के साथ दबोच लेगी।

धनुषों पर बाण रखे सैनिक निःशब्द होकर असुरों का पीछा कर रहे थे। सारे सैनिक एक-दूसरे से दूरी बनाकर अर्द्धचंद्राकार आकृति में छिपते-झुकते आगे बढ़ रहे थे। असुर आपस में हँसी-ठट्ठा करते हुए ऐसी निश्चिंतता से चल रहे थे, जैसे उन्होंने कल्पना ही न की हो कि इस स्थान पर कोई उन पर दृष्टि भी रख सकता है।

सबसे आगे चल रहा लंबे कद वाला असुर बीच-बीच में पीछे मुड़कर अन्य असुरों से जोर से बड़बड़ाता और फिर बात पूरी कर उत्तेजना में अपनी गदा भूमि पर दे मारता। ऐसा वह अब तक तीन बार कर चुका था।

इस बार जब वह मुड़ा, तो बड़बड़ाते हुए अचानक से चुप हो गया। उसे लगा, उसने कुछ देखा। सैनिकों ने पर्याप्त आड़ ले रखी थी, परंतु उस असुर को कुछ झलक गया था। वह उस दिशा में इंगित कर कुछ बड़बड़ाया। सभी असुर उस ओर देखने लगे। आपस में खुसर-पुसर करते हुए पत्थर उठाकर उस संदेहास्पद दिशा में फेंकने लगे, साथ में भिन्न-भिन्न प्रकार के पशु-पक्षियों की ध्वनियाँ भी निकाल रहे थे। कुछ देर तक यह क्रिया-कलाप करने के पश्चात वे उसी निश्चिंतता से पुनः अपने मार्ग पर चल दिए। असुरों ने मान लिया था कि किसी पशु की झलक मिल गई होगी।

सतर्कता बढ़ाकर वसुंधरा पुनः पीछा करने लगी, परंतु बहुत आगे नहीं कर पाई। आगे वन का वह छोर समाप्त था तथा उसके आगे छोटी घासों का मैदानी क्षेत्र था। वसुंधरा को और आगे पीछा करने की आवश्यकता भी नहीं पड़ी, क्योंकि मैदानों में प्रवेश करते ही असुर रुक गए थे। वसुंधरा उनसे अस्सी हाथ पीछे थी।

असुर कुछ देर खड़े रहे। बीच-बीच में सूर्य की ओर एक दृष्टि देख लेते थे। मानो समय का अनुमान लगा रहे हों। फिर वहीं की कुछ पथरीली चट्टानों पर बैठकर पुनः अबूझ-सा वार्तालाप करने लगे। उनमें से एक असुर दक्षिण की ओर लगातार दृष्टि जमाए हुए था, जैसे किसी की प्रतीक्षा कर रहा हो।

वसुंधरा ने सीधा-सरल अनुमान लगाया कि भोजराज असुरों से यहीं मिलेगा।

उसने वहाँ की भौगोलिक स्थिति को देखकर एक योजना बनाई तथा सैनिकों को समझा दिया। फिर धैर्य से भोज के आने की प्रतीक्षा करने लगी।

एक मोटे तने के पीछे आड़ लेकर खड़ी वसुंधरा को स्वयं नहीं समझ आ रहा था कि वह अभी तक क्यों रुकी रही। जननी-सर्वोच्च का नियम उसे किसी भी निर्णय में राजसभा के बहुमत के बंधन से मुक्त करता था। वह चाहती तो भोजराज को वर्षों पहले कारागार में डाल सकती थी। अधिक से अधिक क्या होता, भोज के सहयोगी विद्रोह खड़ा करते। विद्रोह खड़ा करके भी क्या करते? जननी-सर्वोच्च में रानी, राजसभा से पूर्ण रूप से मुक्त है। थोड़ी-सी धमक दिखाकर उन विद्रोहियों को भी चुप करा देती। उसके सहयोगी कौन-सा बहुत सामर्थ्यवान हैं, जो अर्थला की शक्ति बढ़ाने में उल्लेखनीय योगदान देते हों! आज तक वह समझती रही कि भोजराज को सत्ता का लोभ है... बहुतों को होता है...राजपुरुषों की यह दबी हुई महत्वाकांक्षा सामान्य मनोविकार है....पर भोजराज में यह लोभ बढ़कर रोग बन गया है। इस रोग ने उसे ऐसा अंधा बनाया कि अपना ही घर दाँव पर लगा बैठा है।

वसुंधरा का मन क्षणभर को घबराया- भोज ने शत्रुओं को न जाने कौन-कौन से रहस्य सौंप दिए होंगे। धाता-पंचम का विश्वसनीय होने से, संभव है, उसे अर्थला के सारे गूढ़ रहस्य ज्ञात हों।

वसुंधरा को इस बार स्वयं पर क्रोध आया। जब सबकुछ पता था, तो आज तक हाथ बाँधे क्यों बैठी थी। वह सबसे चिल्ला-चिल्ला कर कहती रहती है कि अर्थला की सुरक्षा के लिए वह कुछ भी कर सकती है... और यहाँ स्वयं ही अपने नेत्रों के सामने, सुरक्षा भेदने वाले सबसे बड़े छिद्र को अनदेखा करती रही। वसुंधरा जितना सोचती, उसकी साँसों की गति उतनी ही बढ़ती जाती।

दग्ध मन से उसने वृक्ष की आड़ से सिर निकालकर झाँका। असुर अब भी पूर्ववत बैठे हुए थे। उसे पुन: धैर्य धारण कर प्रतीक्षा करनी पड़ी।

प्रतीक्षा अपेक्षाकृत लंबी हुई, लगभग आधे घड़ी की। दक्षिण की ओर से घुड़सवारों का एक दल आता दिखा। दृष्टि रखने वाला असुर खड़ा हो गया। उसने कुछ देर दृष्टि गड़ाकर देखा, फिर अन्य असुरों को सचेत किया। वसुंधरा भी सतर्क हुई।

अपने बीस अंगरक्षकों के साथ भोजराज घोड़े दौड़ाता हुआ असुरों तक पहुँचा। भोज के घोड़े पर एक बड़ा संदूक बँधा हुआ था। भोज के पहुँचते ही असुरों ने अपनी परंपरा के अनुरूप चार बार छाती पीटकर, सिर झुकाकर अभिवादन किया।

भोज अपने घोड़े से उतरा। उसने लंबे असुर के कंधे पर हाथ रखकर कुछ

कहा। भोजराज का हाथ कठिनाई से उसके कंधे तक पहुँच पाया था। वसुंधरा को भोज का कहा सुनाई तो नहीं पड़ा, परंतु भाव से ज्ञात हुआ कि किसी प्रकार का विश्वास दिला रहा है। फिर वह वहीं बैठ गया और असुरों से वार्तालाप करने लगा। भोज के अंगरक्षक चारों ओर वृत्त बनाकर खड़े हो गए।

वसुंधरा को जो देखना था, देख लिया। हृदय पर हाथ रखकर एक लंबी साँस छोड़ी और आड़ से बाहर निकल आई। वसुंधरा के सैनिक सतर्क हो गए। वसुंधरा वृक्ष की ओट से निकलकर दूब को कुचलती हुई, यत्र-तत्र उग आई वनस्पतियों तथा उभरी चट्टानों की बगल से, मंथर गति से हल्की ढलान पर उतर रही थी। वह सामने खड़े शत्रुओं को नहीं देख रही थी। वह भूमि की ओर उबड़-खाबड़ मार्ग में आने वाले छोटे गड्ढों एवं चट्टानों जैसे अवरोधों को देखकर बचते हुए इतनी सहजता से आगे बढ़ रही थी, जैसे कोई युवती वनों से लकड़ियाँ इकट्ठा कर संध्या को निश्चिंत भाव से अपने घर लौट रही हो।

सैनिकों को अपनी रानी के लिए कोई विशेष चिंता नहीं थी। वे अर्थला की उस सिंहनी के पराक्रम तथा रणकौशल से अच्छी तरह परिचित थे। वसुंधरा ने ऐसे ही नहीं इतने वर्षों तक अर्थला पर शासन किया था। उसने संसार को उसी के पैमाने के अनुसार अपनी सामर्थ्य दिखाई थी। राजनीति, कूटनीति, साहस, पराक्रम, शौर्य, रणकौशल... ऐसा कोई क्षेत्र नहीं था, जिसमें वह किसी से कम बैठती।

रणक्षेत्र में वह योद्धाओं की श्रेणी में गिनी जाती थी। योद्धाओं में भी वह दुर्लभ योद्धा, जिसने खड्ग-संचालन की अत्यंत दुःसाध्य 'अंडज विद्या' में निपुणता प्राप्त की हो। समस्त संसार में गिने-चुने व्यक्ति ही इस विद्या को धारण करते थे।

वसुंधरा ओट से निकलकर तीस हाथ चली होगी कि भोज के एक अंगरक्षक की दृष्टि उस पर पड़ी। प्रथम दृष्टया उसे विश्वास नहीं हुआ, कुछ क्षण स्तंभित ही रहा। तब तक रानी अन्य अंगरक्षकों की भी दृष्टि में आ चुकी थी। उनको सतर्क होता देख भोज तथा असुरों ने भी दृष्टि मोड़ी। रानी पूरे कवच में थी। असुर पहचान नहीं पाए, पर भोजराज देखते ही सकपका गया। रानी शांत पगों से उनकी ओर बढ़ रही थी। भोज के अंगरक्षकों ने अपने शस्त्र निकाल लिए। उनमें से चार धनुर्धारियों ने बाण खींच लिए। असुर आपस में ही खुसफुसा रहे थे।

रानी बीस हाथ की दूरी पर आकर खड़ी हो गई। अकबकाया भोज अब तक सँभल गया था। अट्टहास कर बोला- "वसुंधरा! तू कब से चोरों की भाँति पीछा करने लगी।"

वसुंधरा कुछ न बोली, बस भोज को एकटक देखती रही। वसुंधरा की भेदक

दृष्टि एवं नि:शब्दता ने भोज को उत्तेजित कर दिया। वाणी में कड़वाहट घोलकर बोला- ''प्रमाण देखने आई थी? देख लिया प्रमाण?...प्रमाण देखकर क्या कर लेगी तू?...मुझे बंदी बनाएगी?...हा...हा...हा...आ..आकर मुझे बंदी बना।''

असुरों ने भोज के संबोधन से रानी का परिचय जान लिया। उनके लिए यह स्वर्णिम अवसर था। अर्थला की रानी का मुंड लेकर जब वे असुर देश लौटेंगे, तब जो राजकीय सम्मान उन्हें प्राप्त होगा, उसकी क्षणिक कल्पना करके वे मन ही मन घोर आनंदित हो उठे। असुरों के इतिहास में नाम खुदवाने का इतना सरल अवसर उन्हें दुबारा नहीं मिलेगा।

सबसे आगे खड़ा असुर भोज को पीछे करते हुए अपनी गदा कंधे पर टिकाकर सामने आया। पीछे मुड़कर जोर से बड़बड़ाया। अन्य असुरों ने भी चिल्लाकर उसका उत्साहवर्धन किया।

आगे के अंगरक्षक बगल हो गए। असुर पंद्रह हाथ की दूरी पर वसुंधरा के सामने खड़ा हो गया। पूरा मुख खोलकर दाँत दिखाते हुए वीभत्स रूप से मुस्कराया, फिर गले में पड़ी हड्डियों की माला को बाएँ हाथ से झकझोर कर दिखाया और साथ में पूर्ण उत्तेजना से चिल्लाया भी।

आकाश में घुमक्कड़ी कर रहे एक विशाल श्वेत बादलखंड ने सूर्य को ढँक लिया। मानो वह सूर्य को आगे का दृश्य नहीं देखने देना चाहता हो। वसुंधरा ने कमर से लटकते चक्रों में से एक चक्र दाहिने हाथ में लिया तथा एक पग बढ़ाकर दोनों बाँहों को पूरा फैलाते हुए, एड़ियों के बल लट्टू की भाँति घूमी (जैसे चक्काफेंक प्रतियोगिता में खिलाड़ी चक्का पकड़कर एड़ियों के बल घूमता है और पर्याप्त घूर्णन प्राप्त कर लेने के पश्चात अंत में चक्के को निर्देशित दिशा में उछाल देता है), फिर मात्र एक चक्कर घूमकर चक्र छोड़ दिया। किसी तीर की भाँति छूटा चक्र क्षणभर में असुर के कंठ में जा धँसा। कंठ नलिका कट चुकी थी। रक्त की धार फूट पड़ी। गदा हाथ से छूटकर गिर गई और फिर दोनों हाथों से अपना कंठ पकड़कर वह भूमि पर साँस लेने के लिए जल बिन मछली की भाँति तड़पने लगा।

एक ही क्षण में भोज-मंडली सकते में आ गई। जब तक वे आश्चर्य सँभालते, वसुंधरा ने दूसरा चक्र खींच मारा। भोज की दाईं ओर खड़ा असुर सचेत था, वह झुक गया, चक्र उसके बालों को छूता हुआ पीछे वाले असुर के मस्तक में धँस गया।

भोज ने क्षण गँवाए बिना पूरी शक्ति से चिल्लाकर आदेश दिया- ''मार डालो

इस स्त्री को।''

वसुंधरा का हृदय धक् हो गया- भोज उसे मार डालने को कह रहा है...अपनी बहन को मार डालने को कह रहा है। वह यहाँ भोज को मात्र बंदी बनाने आई थी, मृत्युदंड के विषय में उसका मन हर बार काँप जाता था। यदि वह चाहती, तो दूसरा चक्र उसकी बगल वाले असुर के स्थान पर उसी के कंठ में मारती। और यहाँ यह राजद्रोही, पापी अपनी बहन के प्राण लेने को कह रहा है...इसी भाई को बचाए रखने के लिए वह आज तक अर्थला की सुरक्षा से खेलती रही...

वसुंधरा के, मन के किसी कोने में वर्षों से बचा भ्रातृप्रेम क्षणभर में जलकर भस्म हो गया। नेत्र दग्ध हो उठे। आज तक भोज द्वारा किए गए सारे अपमान और अपराध नेत्रों के आगे नाच गए। शरीर में महाक्रोध आकर बैठ गया। फेफड़े पूरी तीव्रता पर आ गए। रणभूमि में क्रोध पर नियंत्रण रखने का रानी को अच्छा अभ्यास था। वह क्रोध की उत्तेजना से चीखी नहीं। उसने धीरे से अपनी दोनों तलवारें निकाली और भोज की ओर बढ़ते हुए उन्हें नचाना प्रारंभ कर दिया। शरीर के चारों ओर घूमती तलवारों की गति कुछ क्षणों में इतनी तीव्र हो गई कि उन्हें देख पाना अत्यंत दुष्कर हो गया। घूमती तलवारों ने उसके शरीर के चारों ओर एक आवरण-सा बना दिया था। दिखने में प्रतीत होता था, मानो वह पक्षी के अंडे में खड़ी हो।

भोज के अंगरक्षकों ने बाण चला दिए, परंतु कोई भी बाण रानी के शरीर तक नहीं पहुँचा। घूमती तलवारों द्वारा बनी सीमा रेखा से टकराते ही बाण कटकर दूर जा गिरे। कुछ अंगरक्षकों ने भाले भी फेंके, उनकी दुर्गति भी बाणों जैसी ही हुई।

एक स्त्री का पराक्रम देखकर असुरों का अहं जाग उठा। वे आँखें लाल किए, अपनी गदा को भूमि पर पटककर ललकारते हुए वसुंधरा को चारों ओर से घेरने लगे। कुछ ही क्षणों में उन्होंने पाँच हाथ की दूरी से घेर लिया। असुरों के क्रियाकलाप पर ध्यान न देकर रानी सीधे भोज की ओर बढ़ रही थी। भोज के अंगरक्षक उसके समीप ही शस्त्र लेकर सन्नद्ध थे। भोज एक धनुर्धर से धनुष छीनकर पागलों की भाँति अपशब्द बकते हुए वसुंधरा पर बाण चलाए जा रहा था, परंतु अंडज-सीमा ने उसके सभी बाणों को व्यर्थ कर दिया।

भोज की ओर बढ़ने का मार्ग असुरों ने अवरुद्ध कर दिया। वसुंधरा ने सुलगते नेत्रों से चारों ओर एक दृष्टि डाली, फिर मुँह से एक तेज सीटी मारी।

संकेत मिल गया था। रानी के छुपे हुए सैनिकों ने ओट से ही आकाश की ओर बाण छोड़ना प्रारंभ कर दिया। वे विशिष्ट टुकड़ी के प्रशिक्षित सैनिक थे। एक बार में तीन बाण चढ़ाते थे। छूटे हुए बाण परवलयाकार पथ से भोज-मंडली पर

बरसने लगे। अप्रत्याशित बाण वर्षा तथा छुपी हुई सहायता से असुर थोड़ा चौंके। वे अपनी गदा एवं चौड़ी तलवारों से बाण रोकने लगे। भोज के अंगरक्षकों ने भोज को बैठाकर अपनी ढालों से ढँकने का प्रयास किया। वसुंधरा पर गिरने वाले बाण अंडज आवरण से टकराकर छिन्न-भिन्न होने लगे।

सैनिक पूरी क्षमता से बाण वर्षा किए जा रहे थे। लौह फलक वाले भारी बाण, गदाओं तथा तलवारों से टकराकर टन्न-टन्न कर रहे थे। भोज के अंगरक्षकों ने कवच धारण कर रखा था, अत: उन्हें कोई विशेष क्षति नहीं हो पा रही थी। परंतु नंग-धड़ंग असुरों के लिए बाण-वर्षा संकट बन गई थी। भोज के घोड़े बिदकते हुए दूर भाग गए। भूमि पर चारों ओर बाण ही बाण धँसे दिख रहे थे। अंगरक्षकों ने भोज को किसी कछुए की भाँति ढँक रखा था। असुर, रानी को छोड़ बाण-वर्षा से बचने में लग गए। वसुंधरा के पास यही अवसर था। वह एक खड्गधारी असुर की ओर लपकी। असुर ने रानी पर आक्रमण करने के बजाय आँखों पर आ रहे बाण को पहले रोकना उचित समझा। जिस क्षण उसने अपनी चौड़ी तलवार से बाण को रोका, ठीक उसी क्षण वसुंधरा उसकी बगल से गुजर गई। असुर का बायाँ हाथ अंडज-सीमा में आ गया था। उस हाथ को कटकर गिरने में क्षणभर का भी समय नहीं लगा। जब तक वह चीख पाता, वसुंधरा ने उसका गला रेत दिया। कंठ से फव्वारे की तरह रक्त छोड़ते हुए वह भूमि पर धम्म से गिरा।

वसुंधरा के इस कृत्य ने असुरों को एकदम से भड़का दिया। वे बाणों की परवाह न करते हुए भयंकर गर्जना के साथ वसुंधरा की ओर झपटे। वसुंधरा उन्हें इधर-उधर दौड़ाकर उलझाए रही, जिससे कि वे अधिक से अधिक बाण-वर्षा का भोजन बन सकें। वह भोज की ओर बढ़ना चाहती थी। वहाँ आधे अंगरक्षकों ने भोज को ढँक रखा था तथा शेष ढाल एवं शस्त्र लेकर भोज के चारों ओर घेरा बनाए हुए थे। ढाल से उनका ऊपरी शरीर तो बच गया था, परंतु सभी के पैरों में बाण धँस चुके थे। यदि पीछे असुर न होते, तो वह अब तक उन्हें बिछा चुकी होती।

इतनी देर की बाण-वर्षा से अब तक भोज के चार अंगरक्षक तथा दस असुर असक्षम हो गए थे। कवच न होने के कारण असुरों को अधिक हानि उठानी पड़ी। नाजुक अंगों पर लगे बाणों ने उन्हें असहाय कर दिया था। एक असुर की दाईं आँख तथा नाभि में बाण घुसा हुआ था। एक के दोनों फेफड़ों तक बाण पहुँच गए थे। एक अन्य की स्थिति अत्यंत दयनीय थी, दो बाण उसके कंठ के आर-पार थे।

अगले कुछ क्षणों में सैनिकों के बाण समाप्त हो गए। बाण-वर्षा रुक गई। सैनिक तलवारों के साथ ओट से बाहर निकले तथा अपनी रानी की सहायता को

दौड़े। बाणों से बिंधे होने के बाद भी बीस असुर पूरी उग्रता दिखा रहे थे। भोज भी अपशब्द कहते हुए उठा, उसने इधर-उधर दृष्टि घुमाकर अपना घोड़ा खोजा, जिस पर संदूक बँधा था। घोड़ा दूर खड़ा दिखा। भोज ने एक अंगरक्षक को उसे लाने भेजा। वह अंगरक्षक उस ओर बढ़ा, पर रानी के एक सैनिक ने मार्ग रोक लिया। वे दोनों तलवारों से आपस में उलझ गए।

इधर असुरों ने वसुंधरा को पूर्ण रूप से घेर तो लिया, परंतु वह उनके हाथ नहीं आ रही थी। एक असुर ने क्रोध दिखाते हुए अपनी गदा फेंक मारी। वसुंधरा लचक दिखाते हुए बच गई तथा जब तक वह असुर अपनी तलवार म्यान से खींचता, वसुंधरा ने उछलकर दोनों तलवारें उसके हृदय में उतार दीं। उस पर प्रहार करने के फेर में वह पीछे आती गदा नहीं देख पाई, जो एक अन्य असुर ने उसकी ओर फेंकी थी। वसुंधरा की पीठ के कवच पर गदा का भीषण प्रहार पड़ा, शरीर उछलकर दूर जा गिरा। कवच ने घाव तो नहीं होने दिया, परंतु शरीर को अंदरूनी चोट महसूस हुई। थोड़ी चोट पसलियों पर भी लग गई थी, लगा कुछ क्षणों के लिए साँस रुक गई। कुछ क्षणों में जब साँस पुनः लौटी, तो सिर झटककर उठने का प्रयास किया। मुख ने रक्त वमन किया। समीप पड़ी अपनी तलवार उठाकर टेक लेते हुए वह पुनः खड़ी हुई और भौंहे सिकोड़कर घूरते हुए दाहिनी बाँह से मुख का रक्त पोंछा। रक्त पूरी तरह पुँछा नहीं। रानी किसी मांस खाई हुई सिंहनी की भाँति लगने लगी। ऐसे प्रहार वह युद्धों में अनगिनत बार खा चुकी थी। गदा फेंकने वाला असुर गदा उठाकर समीप तक पहुँच चुका था। उसने पूरी शक्ति से प्रहार किया। वसुंधरा किसी हिरनी की भाँति चौकड़ी मारते हुए असुर की दाईं ओर उछली तथा उसने बगल से उसके उदर में तलवार आर-पार कर आगे की ओर काटते हुए तलवार बाहर निकाल ली। असुर की अँतड़ियाँ क्षणभर में बाहर लटक गईं।

रानी के सैनिक असुरों तथा भोज के अंगरक्षकों से उलझे हुए थे। भोज भी तलवार लेकर एक सैनिक से लड़ रहा था।

ऊँचे कद वाला असुर सबसे ज्यादा उग्र था। अब तक वह तीन सैनिकों का सिर अपनी गदा से कुचल चुका था। रानी को अपने साथी का उदर काटते देख वह पागल हो उठा। गदा लेकर गुर्राते हुए सीधे वसुंधरा की ओर दौड़ा और समीप पहुँचकर रानी का सिर फोड़ने के लिए प्रहार किया। वार खाली गया। रानी ने अवसर का लाभ उठाना चाहा, परंतु वह फुर्तीला निकला। रानी का वार अपनी गरदन पर पड़ने से बचाया ही नहीं, वरन गदा छोड़कर तलवार भी निकाल ली। उसने रानी की कमर पर प्रहार किया। रानी ने अपनी तलवार से प्रहार रोक तो लिया, परंतु प्रहार

की तीव्रता से पूरी तलवार झनझना उठी।

रानी को अंडज आवरण बनाने के लिए कुछ क्षणों का समय चाहिए था। परंतु वह असुर भारी-भरकम होने के बाद भी अत्यंत फुर्तीला था। वह लगातार प्रहार किए जा रहा था। रानी को आवरण बनाने का अवसर ही नहीं मिल पा रहा था। वसुंधरा को क्रोध आने लगा। वह अपने विपक्षी को इतनी देर तक उलझने का अवसर कभी नहीं देती थी। इस बार कंधे पर आ रहे वार को दोनों तलवारों से रोकते ही असुर के पेट पर लात जड़ दी। असुर तिलमिला गया। इस बार उसके वार करने से पहले ही रानी ने दाहिने हाथ की तलवार से उसकी गरदन पर वार कर दिया। फुर्तीले असुर ने अपनी चौड़ी तलवार से वार रोक लिया, परंतु इस फेर में कुछ क्षणों के लिए उसकी गरदन के नीचे का पूरा शरीर प्रहार खाने के लिए पूरी तरह खुल गया। रानी ने क्षण गँवाए बिना बाएँ हाथ की तलवार उसकी नाभि में घुसा दी। असुर भयंकर पीड़ा से कराह उठा। उसने तलवार छोड़ दी और दोनों हाथों से नाभि में घुसी तलवार पकड़कर घुटने के बल बैठ गया। वसुंधरा हाथ में चक्र लेकर उसकी बगल पहुँची और धीरे से उसका गला रेत दिया।

उस असुर के खेत होते ही शेष असुरों पर आतंक छा गया। उन्होंने अर्थला की रानी के शौर्य और रण-कौशल के बारे में सुन रखा था, परंतु नेत्रों से देखने का यह पहला अवसर था।

पहले ही बाण-वर्षा से घायल और अब आतंकित असुरों को गिराने में वसुंधरा तथा उसके सैनिकों को अधिक समय नहीं लगा। अंतिम असुर को रानी ने चक्र से रीढ़ की हड्डी तोड़कर मारा। असुरों को समाप्त कर रानी ने भोज के बचे हुए पाँच अंगरक्षकों को चेतावनी दी- "शस्त्र त्याग दो, क्षमादान मिलेगा।"

किंतु उत्तर में सभी ने अपनी तलवारें चमकाईं। वसुंधरा अपने स्थान पर खड़ी रही, उसके सैनिक ही आगे बढ़े। भोज पर मानो कोई उन्माद छा गया था। बिना रुके चीखता जा रहा था और अपशब्दों की झड़ी लगाए हुए था।

कुछ देर में संघर्ष करने के लिए मात्र भोज बचा। स्वयं को अकेला देखकर उन्माद थोड़ा शांत हुआ। शांत होकर भी पूरी कटुता से बड़बड़ाया- "तू सर्पणी, तूने जन्म लेते ही माता को डसा और अब मुझे भी डसेगी। तू भूल गई कुलटा... मेरे ही कारण तू अर्थला की रानी बनी, अन्यथा वहीं वनों में लकड़ियाँ बीनती रहती... मेरी अर्थला मुझसे छीन ली तूने दुष्टा... अर्थला मेरा अधिकार है... महाप्रभु! प्रकट हों... महाप्रभु! मुझे मेरी अर्थला दो..."

भोज पागलों की भाँति पुनः चीखने लगा- "अर्थला मेरा अधिकार है...

अर्थला मेरा अधिकार है...।''

वसुंधरा कुछ न बोली, बस एक चक्र खींचकर भोज के बाएँ घुटने पर मारा, फिर दाएँ पर। भोज के पाँव संज्ञाशून्य हो गए। अगले ही क्षण पाँव काँपने लगे और वह घुटनों के बल गिर पड़ा। भोज भयंकर पीड़ा में था, परंतु घुटनों के बल बैठा बदहवास-सा बड़बड़ाए जा रहा था- ''...अर्थला मेरा अधिकार है... अर्थला मेरा अधिकार...।''

उसी क्षण वसुंधरा के सिर के ठीक पीछे मेघखंड ने सूर्य को छोड़ दिया। भोज को लगा, सूर्य की किरणें वसुंधरा के सिर के पीछे से निकल रही हैं। भोज की आँखें मृत्यु के भय से फैल गईं। वसुंधरा समीप आकर जोर से चीखी-

''अर्थला मेरा कर्तव्य है...मैं उसे गर्भ में पालती हूँ।''

यह कहकर वह चार पग पीछे हटी। हाथों में एक बड़ा चक्र लिया, एड़ियों के बल घूमी। हर बार की तरह एक चक्कर नहीं, कई चक्कर घूमी। मानो सारा क्रोध उस चक्र में भर देना चाहती हो। भयंकर ऊर्जा लिए चक्र छूटा और भोज का मुंड काटकर पार हो गया।

चक्र छोड़कर वसुंधरा रुकी। शरीर स्वेद से नहाया हुआ था। उसका सारा क्रोध समाप्त हो चुका था। वह हाँफ रही थी। जब उसने सैनिकों को कुछ आदेश देना चाहा, तब उसे ज्ञात हुआ कि उसका कंठ रुँधा हुआ है। वह कुछ न बोली, बस मुड़कर अस्त होते हुए सूर्य की ओर देखने लगी। मन हो रहा था कि खुलकर रो पड़े, परंतु शांत रही।

जीवित बचे बारह सैनिक रानी की सुरक्षा में वृत्त बनाकर खड़े रहे। अस्ताचल सूर्य को देखते-देखते वसुंधरा की आँखें धुँधला गईं। उसे पता नहीं चला कि यह अश्रु था अथवा मस्तक से रिसकर आँखों में ढलक आया स्वेद।

कुछ समय पश्चात दक्षिण की ओर से सौ सैनिकों की टुकड़ी के साथ उपसेनाध्यक्ष कुंतल पहुँचे और रानी के सैनिकों से वहाँ की वस्तु-स्थिति समझी। शत्रु पक्ष का कोई भी जीवित नहीं मिला।

रानी ने जल पिया तथा कवच उतारकर अपना प्राथमिक उपचार करवाया। सैनिक भोज का घोड़ा पकड़कर ले आए, जिस पर संदूक बँधा था और फिर रानी के आदेशानुसार वापस राजधानी लौटने की तैयारी करने लगे।

पत्थरों का रहस्य

जिस रात्रि वसुंधरा, भोज का वध कर लौटी, एक प्रकार के अवसाद में चली गई। आकर कुछ खाया-पिया नहीं। वस्त्र बदलना तो दूर, शरीर पर लगा रक्त पोंछने तथा मुँह धुलवाने से भी मना कर दिया। कभी कक्ष में पदचारी करती, कभी गवाक्ष पर खड़ी होकर तारों की ओर शून्य में ताकती, तो कभी कक्ष में रखी धाता-पंचम की मूर्ति के पैरों को पकड़कर बैठती और अश्रुपात करती। कक्ष में अधिक प्रकाश वसुंधरा को अच्छा नहीं लग रहा था। उसने एक को छोड़कर शेष सभी दीपक गिराकर बुझा दिए। वसुंधरा का भोज के प्रति भ्रातृप्रेम जलकर भस्म अवश्य हुआ था, परंतु उसकी राख अब भी उसके हृदय में घुमड़ रही थी। वह पुरानी स्मृतियों के भँवर में फँस गई। फँसती भी क्यों नहीं, अब तक के जीवन में उसका विवाह पूर्व का जीवन ही सबसे सुखद रहा था। जीवन के उस सुखद कालखंड के सबसे बड़े अंग, भोज और धनंजय थे। पिता जीवित अवश्य थे, परंतु वास्तविक अभिभावक यही दोनों भाई थे। लोगों की दृष्टि में एक रानी ने एक राजद्रोही को दंडित कर न्याय दिखाया था। परंतु कोई उससे पूछे, जिन हाथों ने उसे गोद में झुलाया था, उसी का सिर काटने की कल्पना-मात्र से हृदय कैसे फटता है।

वसुंधरा सिर झटक रही थी। वह स्मृतियों के भँवर चक्र से बाहर निकलना चाहती थी, पर अवसाद तो भँवर में फँसाए रखने का ही रोग है। वह मनुष्य को एक ही स्मृति, एक ही विषय और एक ही मनोदशा में अनंत काल तक फँसाए रख सकता है। वसुंधरा रह-रह कर अपने हाथ से छाती भींचती रहती। इधर-उधर ऐसे छटपटाती, मानो साँस लेने में कठिनाई हो रही हो।

रुद्रबाला भी वहीं कक्ष में उपस्थित थीं। वसुंधरा की दशा देखकर वे भी भाव-विगलित हो रही थीं। वे वसुंधरा के सोने की प्रतीक्षा करती रहीं। ताजा बने अवसादी भँवर से निकलने का तात्कालिक सरल उपाय एक गहरी निद्रा थी। परंतु वसुंधरा सोने के लिए तैयार ही नहीं थी। जब रात्रि का अंतिम प्रहर हुआ, तब रुद्रबाला ने तरह-तरह की सौगंध खिलाकर वसुंधरा को शय्या पर जाने के लिए मना लिया। युद्ध की थकान ने अपना प्रभाव दिखाया और कुछ समय पश्चात वसुंधरा गाढ़ी निद्रा में धँस गई। रानी के सोने के पश्चात रुद्रबाला ने एक गीले वस्त्र से वसुंधरा के मुँह तथा शरीर का रक्त पोंछकर साफ किया। फिर वहीं कक्ष के एक अँधेरे कोने

में बैठ गईं। बैठे-बैठे कुछ देर पश्चात उनकी आँखें भी बंद हो गईं।

सुबह वसुंधरा अपने नियत समय पर उठी। उसका प्रात: उठने का अनुशासन बहुत कड़ा था। आहट पाकर रुद्रबाला की भी आँख खुली। वसुंधरा बिना कुछ बोले शय्या से उठकर गवाक्ष पर जाकर खड़ी हो गई। नेत्र मूँदकर लंबी-लंबी साँसें भरी, फिर धाता-पंचम की मूर्ति के सामने खड़े होकर लंबे समय तक उनसे दृष्टि मिलाए रखी।

रुद्रबाला देख रही थीं कि मूर्ति की कठोरता वसुंधरा में उतर रही है। रुद्रबाला के मुख पर गर्व की एक क्षीण मुस्कान उभरी। जो स्त्री कल रात्रि छातियाँ भींचे सिर पटककर अश्रु बहा रही थी, वह अब शक्तिरूपा लग रही थी। रुद्रबाला, वसुंधरा के ऐसे रूप-परिवर्तन अब तक अनगिनत बार देख चुकी थी। वे दोनों बचपन की सखियाँ थीं। वसुंधरा के रोएँ-रोएँ से उसका परिचय था-

वसुंधरा सुख में प्रसन्नता से उछलती थी, तो दुख में सिर पटककर रोती भी थी। परंतु आज तक उसने न कभी सुख की प्रार्थना की और न कभी दुख का तिरस्कार किया। समय-समय पर जो कुछ उसकी झोली में गिरा, उसे सहर्ष स्वीकार कर आगे बढ़ी। औरों की भाँति वह भी गिरती है, परंतु टूटकर बिखरने के बजाय, वह और दृढ़ता प्राप्त कर पुन: खड़ी होती है। मिलने वाला प्रत्येक घाव उसे ठोस ही बनाता गया। वह ठहरकर पश्चात्ताप कभी नहीं करती। पश्चात्ताप के विषय में उसका कहना था- मैंने सारे कर्म अपनी पूरी चेतना में किए हैं, उसके परिणाम-दुष्परिणाम के लिए मैं स्वयं उत्तरदायी हूँ ..पश्चात्ताप कैसा, दुष्परिणामों को झेलकर मिले अनुभवों को लेकर पग आगे बढ़ाऊँगी। आंदोलित करने वाला सुख हो या विह्वल करने वाला दुख, वह रानी के कर्तव्यों को क्षणमात्र के लिए भी नहीं भूलती। कदाचित उसके कर्तव्य ही उसे प्रत्येक अवस्था में दृढ़ता की ऊर्जा प्रदान करते हैं।

धाता-पंचम से नेत्र मिलाकर जब पूरी कठोरता वसुंधरा में उतर गई, तब वह आदेशात्मक स्वर में रुद्रबाला से बोली- "भोजराज का मुंड राजसभा के मुख्य द्वार पर लटका दो। समस्त राजपुरुषों को भान हो जाए कि अब वसुंधरा पूरी राजसभा को खड्ग की नोंक पर रखकर चलाएगी।"

रुद्रबाला को वसुंधरा से ऐसे ही ओज की आशा थी।

"मैं व्यवस्था करती हूँ," कहकर वे चली गईं।

भोज के कटे सिर ने पूरी राजसभा में सनसनी फैला दी। पूरे नगर में भोज-वध ही चर्चा का विषय रहा। भोज के सहयोगियों में ऐसा आतंक फैला कि उनमें

से अधिकाँश कई दिनों तक राजसभा में उपस्थित ही नहीं हुए। राजसभा में भोज-मंडली के अतिरिक्त कुछ अन्य विरोधी भी थे, जो न तो भोज के पक्ष में थे और न ही रानी के। उनमें अर्थला के प्रति पूर्ण भक्ति थी, परंतु स्त्री द्वारा शासित होने से उनके अहं पर चोट लगती रहती थी। उनके मन ने दबे हुए स्वर में रानी के इस साहसिक दंडात्मक व्यवहार की प्रशंसा ही की।

अगले दिन की राजसभा में सदस्यों की संख्या बहुत कम थी। राजसभा पूर्व की भाँति निर्धारित समय-सारिणी से ही आगे बढ़ी। सबकुछ ऐसे चल रहा था, जैसे कहीं कुछ घटित ही न हुआ हो। मंत्री-गण अपने-अपने विभागों की चर्चाएँ कर रहे थे, गंभीर विषय पर न्याय की गुहार लगाती प्रजा का संकट सुना जा रहा था, सैन्य परिषद के सदस्य अपनी आवश्यकताएँ गिना रहे थे...सबकुछ पूर्ववत था। किसी में साहस नहीं हो पा रहा था कि भोज के विषय में कुछ बोले।

राजसभा स्थगित होने में जब आधा घड़ी शेष रह गई, तब भोज का अभिन्न मित्र दारुक उठा। वह राजसभा के प्रारंभ से ही बोलने के लिए कसमसा रहा था, परंतु अपने साथियों की अनुपस्थिति के कारण साहस नहीं जुटा पा रहा था। उसके उठने पर वसुंधरा ने उसे जो भेदक दृष्टि दिखाई, बेचारा सहम गया। वह खड़ा हुआ था, विरोध प्रकट करने के लिए। परंतु बात बदलते हुए अचकचाकर बोला- "भंते भोजराज...की...राजकीय शवयात्रा...के विषय में चर्चा करना चाहता हूँ।"

मयूरासन पर बैठी वसुंधरा गरज उठी- "राजद्रोही के विषय में कोई भी चर्चा राजद्रोह मानी जाएगी और प्रत्येक राजद्रोही का मुंड इसी प्रकार राजसभा के द्वार पर टँगता रहेगा।"

दारुक दाँत पीसकर चुपचाप बैठ गया।

अगले दिन रानी को ज्ञात हुआ कि दारुक, अर्थला की राजसभा त्यागकर अपने राज्य वज्रगिरि चला गया। लौटते समय दारुक ने दो अन्य सदस्यों को भी भड़काकर राजसभा का त्याग करवा दिया था। वे भी अपने राज्यों को लौट गए।

घटना के आठवें दिन धनंजय लौटे। संदेशवाहक से उन्हें कूट-संकेतों के रूप में सूचना मिली थी, अतः विस्तारपूर्वक समाचार के लिए वे रुद्रबाला से मिले। उन्होंने असुरों के अस्त्र-शस्त्र की अच्छे से जाँच की, फिर परंपराधीशों से भी मिले। भोज के वध का उन्हें तनिक भी दुख नहीं था। वे जानते थे कि भोज एक न एक दिन इस नियति को अवश्य प्राप्त होगा। उन्हें सबसे अधिक उत्सुकता उन

रहस्यमय पत्थरों को लेकर थी। सूचना के आधार पर उन्हें पत्थरों के विषय में थोड़ा अनुमान लग गया था, परंतु जाँचे-परखे बिना वे अपनी सोच को गलत दिशा में नहीं बढ़ाना चाहते थे। पत्थर वसुंधरा के कक्ष में थे और वसुंधरा राजधानी के बाहर एक निर्माण कार्य की प्रगति देखने गई थी। अत: वे वित्तमंत्री विश्वरथ के यहाँ राजनैतिक चर्चा के लिए चले गए।

संध्या को जब वसुंधरा से भेंट हुई तब उसने संदूक खोलकर दिखाया। संदूक के अंदर सात अन्य छोटे संदूक दिखे। सभी संदूक बंद अवस्था में एक-दूसरे के अगल-बगल रखे हुए थे। धनंजय ने सावधानी से छोटे संदूकों को खोला। सातों संदूकों में कपास से लिपटे सात अलग-अलग पत्थर थे। आकार में वे इतने बड़े थे कि बंद हथेली में प्रयास कर छुपाए जा सकते थे। दो पूर्ण काले, दो हरे प्रकाश वाले, दो नीले प्रकाश वाले तथा एक रंग बदलने वाला पत्थर था। वह लाल प्रकाश से नारंगी में परिवर्तित होकर पीला हो गया, फिर पीले से हरा होता हुआ नीला हो गया। वह पत्थर लगातार अपना प्रकाशीय रंग बदल रहा था। किसी भी पत्थर से इतनी प्रकाशीय किरणें नहीं फूट रही थीं कि संदूक जगमग हो पाता।

वसुंधरा को धनंजय के भाव देखकर लगा कि उन्हें कोई छोर पता है। धनंजय ने उन पत्थरों को घुमा-फिरा कर अच्छे से देखा। हाथों से तौलकर भार का अनुमान लगाया, फिर परिचारिका को बुलाकर जल का एक बड़ा पात्र मँगवाया।

जब परिचारिका पात्र रखकर चली गई और कक्ष का द्वार बंद हो गया, तब धनंजय ने उन पत्थरों को जल में डाल दिया। पत्थर पूर्ण रूप से डूबे नहीं, उनकी ऊपरी सतह जल में डूबती-उतराती रही। धनंजय ने उँगली से दबाव डालकर पत्थरों को नीचे डुबोया। दबाव हटते ही पत्थर पुन: ऊपर आ गए।

वसुंधरा अबूझ पहेली-से उन पत्थरों को देखती रही। धनंजय ने सिर उठाकर वसुंधरा से दृष्टि मिलाई और आश्चर्य से बोले- ''यह 'देव-शक्ति' है, वसुंधरे!'

''अर्थात?'' वसुंधरा के लिए पहेली और भी अबूझ हो गई।

''ये साधारण पत्थर के टुकड़े नहीं हैं। ये 'ऊर्जा-रत्न' हैं।'' धनंजय ने पत्थरों को पात्र से निकालते हुए कहा।

''ऊर्जा-रत्न क्या होते हैं? मैंने एक बार संदूक खोलकर इन पत्थरों को देखा था, पर मेरा अनुमान था कि ये चिकित्सीय श्रेणी के कोई पत्थर होंगे जैसा कि महावैद्य अंगिरा प्रयोग करते हैं।'' वसुंधरा बोली।

''हाँ! थोड़ी-बहुत समानता है, परंतु ये शुद्ध 'ऊर्जा-रत्न 'हैं। देवों की शक्ति का सबसे बड़ा आधार...।'' धनंजय ने उन पत्थरों को संदूकों में वापस रखते हुए

कहा।

''आपने देव-शक्ति पर शोध किया है, आपको ज्ञान होगा। परंतु मुझे कोई छोर पकड़ नहीं आता।''

''शोध अवश्य किया है, परंतु मात्र ग्रंथों के आधार पर...इन ऊर्जा रत्नों को पहली बार देख रहा हूँ...अभी मैं इन पत्थरों को अपने पास रखता हूँ। कुछ जाँच-पड़ताल कर इनकी सत्यता जान लूँ, तब कुछ बताऊँगा।''

''परंतु भोजराज के पास देव-शक्ति कहाँ से आई?''

''भोजराज इतना सामर्थ्यवान नहीं था कि स्वयं से देव-शक्ति प्राप्त कर ले। उसे असुरों ने दी होगी।'' धनंजय बोले।

''तो असुरों को कहाँ से प्राप्त हुई?'' वसुंधरा ने पुनः प्रश्न किया।

इस बार धनंजय थोड़ा सोचकर बोले- ''अभी इसका उत्तर देना कठिन है। परंतु घटनाक्रम से यही प्रतीत होता है कि असुरों को प्रयोगशाला से कुछ प्राप्त करना था। उन्होंने द्वार ढूँढ़ा और उसे खोलने में असफल रहे। भोज मात्र कठपुतली था। असुरों ने उसे उसकी महत्वाकांक्षा पुष्ट करने का लोभ देकर अपने पक्ष में मिलाया होगा।''

''प्रयोगशाला के विषय में जो सूचना हमें नहीं है, वह असुरों को कैसे प्राप्त हुई?'' माथे पर बल देते हुए वसुंधरा बोली।

''यही तो संकट का विषय है वसुंधरे! असुरों को थोड़ी-बहुत नहीं, अपितु इस स्तर की सूचना प्राप्त थी कि शताब्दियों पुराना द्वार कहाँ है... और वे वहाँ देव-शक्ति के साथ उपस्थित थे।''

''यदि असुरों को देव-शक्ति प्राप्त है, तब इसका अर्थ हुआ कि जयभद्र को भी प्राप्त होगी।'' वसुंधरा संदेह प्रकट करते हुए बोली।

''पूर्ण संभावना है...सम्राट का असुरों से व्यापार उच्चतम स्तर तक पहुँच गया है। उन्हीं के बल पर वह इतने वर्षों से सम्राट बना बैठा है। और देव-शक्ति जैसी शक्ति के लिए वह अपना सारा राजकोष लुटा देगा।''

वसुंधरा निर्भीक और साहसी थी। रणक्षेत्र में कभी भी भय नहीं खाती थी। परंतु अर्थला की सुरक्षा के लिए आवश्यकता से अधिक संवेदनशील थी। थोड़ा चिंतित होते हुए बोली- ''इन सब विषयों का रहस्य कुछ भी हो, परंतु इतना अवश्य है कि अर्थला महासंकट में जा रही है।''

धनंजय ने स्नेहयुक्त दृष्टि से वसुंधरा को देखा, मुस्कराकर बोले- ''अर्थला पिछले पंद्रह वर्षों से महासंकट में ही जी रही है, वसुंधरे! आज तक कौन-सा

संकट कम था, प्रत्येक संकट दुगना होकर ही लौटा है। जैसे आज तक तूने अर्थला को थामा है, वैसे ही पुन: थाम लोगी। प्रकृति पर आस्था रख, वह सदैव संतुलन साधती है।''

वसुंधरा के माथे के बल कुछ कम हुए, वह धीरे से बोली- ''इस प्रयोगशाला का रहस्य कैसे सुलझेगा? आज असुर आए हैं, संभव है कल दानव और दैत्य भी वहीं खड़े मिलें और हमें स्वयं ही ज्ञात न रहे कि हमारे घर में क्या रखा है।''

धनंजय शांत स्वर में बोले- ''मुझे थोड़ा अनुमान है कि यह रहस्य कैसे सुलझेगा...साथ में यह भी सुलझाना है कि यह महाप्रभु कौन है, जिसका नाम भोज ले रहा था।''

वसुंधरा चौंकते हुए बोली- ''हाँ! इस महाप्रभु के विषय में भूल ही गई थी...आपको सूचना के सारे बिंदु स्मरण रहते हैं।''

''स्मरण इसलिए हैं, क्योंकि दानव देश के अपने गुप्तचर से इस महाप्रभु का नाम पहले भी सुन चुका हूँ।''

''दानव देश... ?'' वसुंधरा के मुख पर कुछ न समझ आने वाला भाव पैदा हुआ।

धनंजय ने वसुंधरा के दोनों कंधों पर हाथ रखकर कहा- ''अधिक मत उलझ। जब समस्त कड़ियाँ सुलझा लूँगा, तब विस्तार से बताऊँगा। अभी तू सतर्क रह और भोज के छिन्न-भिन्न हो गए सहयोगियों को अपने पक्ष में करने का उपाय कर। रहस्य सुलझाने का कार्य मुझ पर छोड़ दे।''

इसके बाद धनंजय कुंडार में महाराज चक्रधर से हुई अपनी भेंट के बारे में बताने लगे। अर्थला में भर्ती हो रहे नए सैनिकों का आधा खर्च कुंडार वहन करता था। धनंजय उसी विषय में कुंडार गए थे।

महर्षि गौतम

मध्याह्न का समय था। आकाश साफ और सूर्य एकदम चटक था। विश्वविद्यालय के कुलपति इंद्रजीत तेजी से अपने निजी कक्ष की ओर पग बढ़ा रहे थे। अस्सी वर्षीय होने के बाद भी उनकी स्फूर्ति देखने योग्य थी। धनंजय के आने की सूचना उन्हें सदैव प्रसन्नता देती थी। वे किसी से कहते नहीं थे, परंतु मन ही मन असीम गर्व का अनुभव करते थे कि उन्होंने धनंजय जैसे शिष्य को शिक्षा दी। सबसे कम आयु में कुलपति बनने का गौरव उन्हीं के नाम था तथा विश्वविद्यालय के सबसे सफल विद्यार्थियों में से काण और धनंजय उन्हीं के कार्यकाल में निकले थे। उन्होंने काण को तीन वर्ष दर्शन तथा धनंजय को सात वर्ष राजनीतिशास्त्र एवं दर्शन दोनों पढ़ाया था। कुलपति ने स्मरण किया कि लगभग एक वर्ष से वह नहीं आया था, मात्र संदेशों से ही संपर्क में था।

कुलपति को अपने पग और तेज करने की आवश्यकता नहीं पड़ी। वे निजी कक्ष तक पहुँच गए थे। उनके कक्ष में प्रवेश करते ही धनंजय ने बड़ी श्रद्धा से झुककर उनकी चरण धूलि अपने मस्तक पर लगाई। कुलपति ने भी भाव-विभोर होकर धनंजय के सिर पर हाथ रखकर स्नेह मिश्रित आशीर्वाद दिया।

"नाग श्रेष्ठ! पूर्व सूचना के बिना कैसे आगमन हुआ।" कुलपति अपने आसन पर बैठते हुए बोले।

"अपने ही घर लौटने में कोई सूचना देता है भला।" अपनी परिचित मंद मुस्कान के साथ धनंजय बोले।

"अपना घर मानते हो, तो इसे सँभालते क्यों नहीं।"

कुलपति किसी आशा की दृष्टि से धनंजय की ओर देखते रहे।

"आपका मंतव्य समझता हूँ, कुलपति! आपके अनुरोध पर पहले भी बता चुका हूँ कि जो भूमिका आप सौंपना चाहते हैं, उसे निभाने में मैं असमर्थ हूँ।" धनंजय ने एक प्रकार से क्षमा माँगते हुए कहा।

"कुलपति बनने में तुम्हें आपत्ति क्यों है, पुत्र! यह कोई बंधक की भूमिका तो है नहीं, जो तुम्हारे कार्यों के बीच आए।" कुलपति समझाते हुए बोले।

"आप सत्य कह रहे हैं, यह बंधक की नहीं निर्माण की भूमिका है, परंतु शिक्षण-कार्य पूर्ण समर्पण एवं संवेदनशीलता का कार्य है। इस पूर्ण समर्पण के

लिए 'समय' सबसे बड़ा संसाधन है और जिस व्यक्ति को स्वयं नहीं ज्ञात रहता कि वह कल कहाँ होगा, उसके लिए विश्वविद्यालय के कुलपति जैसा पद उचित नहीं है।'' धनंजय ने पुनः क्षमा माँगी।

''मेरा समय बीत चुका पुत्र! नए कुलपति के चयन का समय आ गया है। जब भी उत्तराधिकारी के विषय में सोचता हूँ, तुम्हारे अतिरिक्त किसी अन्य का नाम सूझता ही नहीं।'' कुलपति मधुरता से बोले।

धनंजय ने हाथ जोड़कर श्रद्धा से सिर झुकाया- ''आप गुरुजनों के ज्ञान और स्नेह का मैं सदैव ऋणी रहूँगा।''

कुलपति ने मन ही मन ढेर सारा आशीर्वाद दिया। फिर मानो कुछ स्मरण आते ही गंभीरता धारण कर अर्थपूर्ण वाणी में धीरे से बोले- ''पुत्र! एक महत्वपूर्ण विषय पर चर्चा करनी है।''

''भभूतों के विषय में?'' धनंजय ने अनुमान लगाया।

''हाँ! इतने प्रयोगों के उपरांत भी भभूतों की मानसिक अवस्था नियंत्रित नहीं हो पा रही।''

''इस विषय में महावैद्य अंगिरा से कुछ उपाय लेकर आया हूँ। आशा है, समस्या का प्रभावी सीमा तक निदान हो जाएगा।'' धनंजय बोले।

''अंगिरा स्वयं आता, तो अधिक ठीक रहता।''

''उन्होंने अगले माह तक आने को कहा है।''

कुलपति के मुख पर चमक आ गई- ''यह तो शुभ है। प्रयोग के इस चरण में उसके जैसे अनुभवी की ही आवश्यकता थी।''

फिर कुछ सचेत होते हुए बोले- ''लंबी यात्रा से आए हो। कुछ विश्राम कर लो, फिर प्रयोगकर्ताओं के पास चलकर भभूतों की प्रगति भी देख लेना।''

''वहाँ तो मैं जाऊँगा ही कुलपति! परंतु वर्तमान में एक अन्य संकट आया है। मैं अतिशीघ्र महर्षि गौतम से भेंट करना चाहता हूँ।''

''कैसा संकट पुत्र?''

''अभी संकट का चित्र धुँधला है। महर्षि से भेंट कर कुछ साफ हो जाए, तब बताऊँगा।'' धनंजय गंभीरता से बोले।

''ठीक है, जलपान कर लो, तब जाना।''

धनंजय वटवृक्षों के सघन वन में अकेले ही अपना घोड़ा बढ़ाए जा रहे थे।

अति सघन उस वन में घोड़ा दौड़ाना संभव नहीं था। दौड़ाने पर किसी भी क्षण वटवृक्ष की शाखाओं से लटकती जड़ों में उलझकर फँसने की पूरी संभावना थी। वे अभी नेवलों के क्षेत्र में थे। विशाल संख्या वाले नेवले किसी सेना से कम नहीं थे। नेवलों से बचकर निकलने के अतिरिक्त वे वटवृक्षों के तनों पर खुदे किसी विशेष चिह्न को भी सतर्कता से देखते जा रहे थे। चिह्नों का पीछा करते हुए, बल खाते मार्गों से वे दो घड़ी पश्चात एक खुले स्थान पर पहुँचे। ऐसा स्थान, मानो बीच के सौ हाथ चौड़े वृत्ताकार भाग के वृक्ष उखाड़कर घास लगा दी गई हो। वृत्त के ठीक मध्य में एक अतिविशाल वटवृक्ष उगा था। इतना विशाल और इतना बूढ़ा, मानो आसपास के समस्त वटवृक्ष उसी वृद्ध की संतानें हों। पूरे वन में यह पहला स्थान था, जहाँ वटवृक्ष के अतिरिक्त कुछ अन्य वृक्ष, जैसे- आम, पलाश, अमरूद, कनेर, बेर, नीम आदि भी थे। वृक्ष भी ऐसे दिख रहे थे, मानो वृत्ताकार भूमि के चारों ओर व्यवस्थित ढंग से लगाए गए हों। उस वृत्ताकार भाग की हरी घास पर आठ मृगों का एक झुंड चर रहा था। उसी झुंड के समीप दो मोर भी घास में चोंच डालकर कीड़े चुगते हुए दिखे। बाहरी वृक्षों में नीम के तने के पास कुछ उछलते-कूदते खरहों की झलक मिली।

वृत्त के मध्य खड़े वटवृक्ष के तने से सटी हुई एक विशाल कुटिया थी। मिट्टी की दीवारों एवं फूस की ढालूदार छत वाली कुटिया को हरी बेलों ने लगभग ढँक रखा था। कुटिया का द्वार सामने ही था।

धनंजय ने भरपूर दृष्टि से चारों ओर देखा। वे वर्ष भर बाद यहाँ आए थे। सबकुछ वैसा ही था, जैसे पहले हुआ करता था, मात्र उस मोरों के झुंड को छोड़कर, जो दस से घटकर अब मात्र दो तक सीमित दिख रहा था।

धनंजय घोड़े से उतरे तथा आदतवश अपनी कमर पट्टी टटोली। भोज से मिले पत्थरों को उन्होंने अपनी कमर पट्टिका में सुरक्षित बाँध रखा था। किसी नए रहस्य के उद्‍घाटित होने की आशा लिए वे उत्साही पग से उस कुटिया में महर्षि गौतम से मिलने प्रवेश कर गए।

दो घड़ी बीत चुकी थी। सूर्य भी इतना ढल चुका था कि उसकी तिरछी पीली किरणें वृक्षों के ऊपरी भाग पर ही दिख पा रही थीं। मृगों का झुंड घास चरकर एक स्थान पर बैठा हुआ था। धनंजय का घोड़ा अब भी चर रहा था। दोनों मोर उड़कर कहीं दूर चले गए थे। खरहों की उछल-कूद में कोई अंतर नहीं आया था। बाईं ओर आम के वृक्ष पर एक बंदरिया अपने छोटे शिशु को पीठ पर चिपकाकर दूसरी डाल

पर कूदने ही वाली थी कि कुटिया से धनंजय निकले। मुख पर गंभीर भाव, इतने गंभीर कि शायद ही किसी ने कभी देखे होंगे। वे सहज पगों से अपने घोड़े की ओर बढ़ रहे थे। महर्षि गौतम ने उन्हें खोया हुआ इतिहास बताया था। परंतु उनके कानों में महर्षि के अंतिम शब्द अब भी गूँज रहे थे।

यह देवासुर-संग्राम की नहीं, संग्राम-सिंधु की पृष्ठभूमि बन रही है।

संग्राम-सिंधु के विषय में लोगों ने सुन रखा था। धरती के इतिहास में मात्र एक बार हुआ था। यह वह महासंग्राम है, जिसमें दस देवासुर-संग्रामों के बराबर की विध्वंसकारी क्षमता होती है।

धनंजय अपने घोड़े पर चढ़े और विश्वविद्यालय की ओर लौट पड़े। बैठे हुए मृग उठे और पुनः चरने लगे।

पौ फटने से पहले ही विधान उठा। आज पुनः वही स्वप्न दिखा। स्वप्न दिखने की पुनरावृत्ति बढ़ती ही जा रही थी। हर बार की तरह, उस दुःस्वप्न को भूल जाने के अतिरिक्त अन्य कोई उपाय नहीं था। सिर झटककर वह बाहर निकला।

बाहर अँधेरा था। उठकर उसने नित्य कर्म के बाद व्यायाम किया और फिर अपनी भूमिसिद्धि के अभ्यास के लिए थोड़ी योग-साधना। महावैद्य अंगिरा द्वारा लगाया गया परहेज तीन माह पश्चात ही समाप्त हो गया था। अतः कुलपति के कहने पर तथा स्वयं की भी इच्छा से वह रात्रि के अँधकार में गुप्त रूप से अपनी सिद्धि का अभ्यास कर लिया करता था।

वह कुएँ पर गया। व्यायाम तथा योग के श्रम से निकले पसीने को स्नान ने धो डाला। अब तक बालसूर्य भी उग चुका था। पक्षियों का कलरव तेज हो गया। चिड़ियों का उत्साह देखने का यही सही समय होता है। वे झुंड बनाकर पूरी शक्ति से यत्र-तत्र उड़ते हुए खूब चीख-चिल्लाकर अपनी प्रसन्नता दिखाती हैं।

स्नान के बाद वस्त्र बदलकर विधान ने कुछ फल खाए। दूध पिया और थोड़े दाने कुटिया के बाहर बिखेर दिए। छोटी चिड़ियों का एक झुंड भोजन करने तत्काल प्रस्तुत हो गया। उन्हें दाना चुगते देख प्रसन्न होकर विधान आगे बढ़ा।

कुछ देर बाद वह साग के खेतों की एक मेंड़ पर चल रहा था। दाएँ-बाएँ, आगे-पीछे, प्रत्येक स्थान पर दूर-दूर तक साग ही बोया गया था। विश्वविद्यालय में पौष्टिकता के नाम पर साग खूब खिलाया जाता था। मिष्टान्न एवं मांसाहार के सुस्वाद के आदी नए राजकुमारों के लिए प्रतिदिन साग खाना किसी भयंकर

दुःस्वप्न से कम नहीं था। परंतु कड़े अनुशासन में उनका रोना-गाना बंद होकर, नाक सिकोड़कर खाने की आदत पड़ ही जाती थी।

मेंड़ पर चलते हुए उसे थोड़ी ठंड लगी। शीत ऋतु के प्रारंभ होने की सूचना वातावरण ने कुछ दिन पूर्व ही दे दी थी। उसने दोनों हथेलियों से बारी-बारी दोनों हाथों के खड़े हो गए रोओं को रगड़कर कुछ गर्म किया, फिर एक लंबी साँस खींचकर ताजा हवा की गंध ली।

आगे चलने पर चिड़ियों का एक समूचा झुंड उसके सिर के ऊपर, दाईं ओर से बाईं ओर चूँ-चूँ-चूँ करते गुजरा। उसने भी चूँ-चूँ की ध्वनि निकालकर उन्हें हाथ दिखाया, जैसे शुभ-प्रभात कह रहा हो। सूर्य की किरणों में अभी इतना ताप नहीं हुआ था कि सुबह की धुँध को पूरी तरह हटा सके। जहाँ तक दृष्टि जाती, साग ही दिखाई पड़ता और उसके आगे भूमि पर तैरती धुँध का सागर।

साग के हरे खेतों के बाद गेंदे के फूलों की क्यारियों को पार कर वह एक मध्यम ऊँचाई के पठार की ओर बढ़ रहा था। आगे छोटी रंगशाला- जिसमें बहुधा लड़कियाँ ही अभ्यास करती थीं- की बगल से ऊपर पठार पर चढ़कर वह नीम के वृक्ष के समीप खड़ा हो गया। इसी वृक्ष के नीचे इंद्राणी ने उसे राक्षसों का इतिहास पढ़ाया था। यह स्थान आसपास के स्थानों में सबसे ऊँचा था तथा यहाँ से पूरा विश्वविद्यालय एक ही दृष्टि में दिखता था। इंद्राणी और विधान को यह स्थान पूरे विश्वविद्यालय में सबसे अधिक प्रिय था। उनके इतिहास के पठन-पाठन का अधिकांश समय इसी वृक्ष की छाँव में बीता था।

उसकी पीठ पीछे दूर तक हरी घास का समतल मैदान था, जिसमें ढेरों मृग, भेड़ें, बकरियाँ तथा गाएँ चर रही थीं। कुछ मोर तथा आठ-दस बगुले भी थे।

सूर्य की किरणों ने अब धुँध को छाँटना प्रारंभ कर दिया था। लाल पत्थरों से बने विश्वविद्यालय के भवन सूर्य की किरणों से नहाए हुए लग रहे थे। विश्वविद्यालय के ठीक बीच वाले भवन- जो ग्रंथालय था- के ऊपर एक विशाल पताका ठंडी वायु में फड़फड़ा रही थी। सफेद रंग की पताका आयताकार थी, जिसकी लंबाई, चौड़ाई से दुगनी थी तथा बीच में भूरे रंग का दीपक पीली लौ के साथ बना हुआ था। सफेद रंग शांति का तथा दीपक ज्ञान के प्रकाश का प्रतीक बताया गया था। यह पताका विश्वविद्यालय की स्थापना के पीछे का सिद्धांत दर्शाती थी- ''ज्ञान से शांति की स्थापना।''

वह वहीं दूब पर बैठ गया और अपने पिछले छह महीनों के बारे में सोचने लगा-

यहाँ सभी को उसका नाम शिला बताया गया था, जो सुदूर दक्षिणी राज्य के एक राजपुरुष का पुत्र है तथा जिसका पाठ्यक्रम किन्हीं विशिष्ट कारणों से सीमित समय का किया गया है। किसी से पूछने पर वह पारिवारिक कारण बता देता था। दूसरे विद्यार्थियों से अलग, गुरु काण की कुटिया में रहने के अतिरिक्त उसे अन्य कोई विशिष्ट सुविधा नहीं दी गई थी। कुलपति, इंद्राणी तथा उसके व्यक्तिगत शिक्षकों सहित गिने-चुने विश्वसनीय व्यक्तियों को ही उसकी वास्तविक पहचान ज्ञात थी।

इन छह महीनों में उसने बहुत कुछ सीखा-समझा था। उसे सत्तू की बात याद आई कि वह अभी घोंसले से बाहर ही नहीं निकला था। जब निकला, तब ज्ञात हुआ कि विधाता की बनाई इस सृष्टि का विस्तार कितना विराट है। जितना विराट है, उतना ही गूढ़ और जितना गूढ़, उतना सूक्ष्म। सभी शिक्षकों ने उसे ज्ञान देने में पूरी तत्परता दिखाई थी। भूगोल के गुरु श्याम मिट्टी के विषय में बताते-बताते वनस्पति-शास्त्र में घुसते हुए कब नक्षत्रों तक पहुँच जाते, उन्हें भी नहीं पता चलता। गुरु गोविंद के पास राजनीति का अपार अनुभव था। उसे यह जानकार आश्चर्य हुआ कि वे कई वर्षों तक कुंडार के राजनीतिक सलाहकार भी थे। उनसे पढ़कर उसे भान हुआ कि जो राजसत्ता आम जन को बाहर से बहुत आकर्षक लगती है, उसे थामना कितना दुष्कर एवं श्रमसाध्य है।

यहाँ उसने गदा चलाना तथा मल्लयुद्ध के दाँव-पेंच सीखे। धनुर्विद्या में अपना लक्ष्य पक्का किया तथा रथ चलाने को पहली बार मिला। रथ-संचालन कर उसे ज्ञात हुआ कि सामान्य रथी एवं महारथी में क्या अंतर होता है। इतने दिनों में वह रथी तो बन गया था, परंतु महारथी बनने के लिए धैर्य एवं अनुभव की आवश्यकता थी। उसने व्यूह बनाना और तोड़ना सीखा। व्यूहों के ढेरों नाम उसने सुने, परंतु इतने अल्प समय में गिने-चुने व्यूह बनाना ही सीख पाया था।

रात्रि में होने वाली दर्शन-चर्चाओं में उसने खूब भाग लिया। कुलपति इंद्रजीत समेत कई वृद्ध उन चर्चाओं में उपस्थित रहते थे। वहाँ होने वाले वाद-प्रतिवाद में उसे वह सबकुछ प्राप्त हुआ, जो अन्य किसी भी विषय में नहीं पढ़ाया जाता था।

अन्य विद्यार्थियों को कक्षा में पढ़ते देख कई बार उसका भी मन ललचाता था कि वह भी उनके साथ बैठकर पढ़े। उसकी यह इच्छा शस्त्र-शिक्षा के समय पूर्ण हो जाती थी। इसी शस्त्राभ्यास के समय उसकी मित्रता कई विद्यार्थियों से हो गई थी। उनमें से कुछ राजकुमार थे, परंतु अधिकतर सेनापतियों के पुत्र थे। यहाँ अभी तक उसे कोई भी नहीं मिला, जिसमें उसे कोई ऊर्जाहीनता दिखाई पड़ी हो। सभी सात्विक और स्वच्छ विचारों वाले थे। बूढ़ी काकी बड़े प्रेम से उसके लिए छाछ से

भरा घड़ा तैयार करती और सदैव कहतीं- "मैं तुझे हाथी बनाकर भेजूँगी।"

इंद्राणी ने उसके सामने इतना इतिहास उड़ेलकर रख दिया कि इतिहास के प्रति उसके मन में भयंकर कौतूहल जाग गया। वह तीसरे दिन से ही उसकी मित्र बन गई थी। मित्र भी ऐसी, जिसके प्रति मन में अपार स्नेह और सम्मान हो। वह उसे प्रसन्नता की प्रतिमूर्ति लगती थी। हर समय हँसते रहना उसके व्यक्तित्व का महत्वपूर्ण अंग था। कभी-कभी वह उसके लिए अपने हाथों से बना साग और गुड़ लाती थी। पिछले छह माह की स्मृतियाँ उसके मानस पटल पर तैरने लगीं। ये स्मृतियाँ उसे शांति प्रदान करती थीं। उसने एक लंबी साँस खींचकर पुनः हवा की मीठी गंध ली और दोनों हथेलियों से बारी-बारी दोनों हाथों के पुनः खड़े हो गए रोओं को रगड़ा।

अलसाया सूर्य अब पूरी तरह जागकर चारों ओर अपनी किरणें फेंकने लगा था। विधान यहाँ इतिहास के पाठ के लिए इंद्राणी की प्रतीक्षा कर रहा था। उसके आने में अभी दो घड़ी की देर थी, परंतु वह स्वयं की इच्छा से यहाँ पहले ही आकर बैठ जाया करता था। उगता सूर्य देखना उसे सबसे अधिक आनंददायक दृश्य लगता था।

उसने गिना, अगली पूर्णिमा में मात्र छह दिन बचे थे। उस दिन उसका पाठ्यक्रम समाप्त हो जाएगा। पाठ्यक्रम पूरा होने के बाद की समय-सारिणी क्या है, इस विषय में अभी तक किसी ने भी चर्चा नहीं हुई थी। मात्र एक बार कुलपति से पूछने पर उन्होंने कहा था कि वह घड़ी आने दो, तब चर्चा करेंगे।

वह वहीं बैठा धूप सेंकता हुआ इंद्राणी की प्रतीक्षा करने लगा। अब तक मिले ज्ञान पर चिंतन करने का यह अच्छा अवसर था। इन्हीं चिंतनों में डूबे रहने से उसे प्रतीक्षा कभी लंबी नहीं लगती थी। वह बैठा अपने मनन संसार में खोया हुआ था कि उसे कुछ आभास हुआ। लगा कि वातावरण में कोई सुगंध-सी घुल गई है। ऐसा कुछ, जो बहुत ऊर्जावान हो, यहीं कहीं आसपास है। उसने अगल-बगल दृष्टि घुमाई। कहीं कुछ विशेष नहीं दिखा, तब वह पीछे मुड़ा।

कोई व्यक्ति चलता हुआ आ रहा था। सामान्य से थोड़ा ऊँचा कद, गेहुँए रंग का मजबूत गठन वाला शरीर, उन्नत ललाट, खड़ी नासिका तथा मणि जैसी चमक वाले नेत्र। उसके कानों में स्वर्ण कुंडल तथा मुख पर अत्यंत मोहक मुस्कान थी, जो किसी में भी सहज ही अपनेपन का भाव जगा दे। सूर्य की किरणों से दमकता मुख, मानो प्रकाश वहीं से फूट रहा हो। ऊँची उठान वाला चौड़ा वक्ष, ठोस गरदन में हरे मोतियों की कसी हुई माला। कमर के नीचे उज्ज्वल धोती, जिसकी गाँठ के ऊपर स्वर्ण किनारी वाली कमर पट्टिका बँधी थी। उस ऊर्जावान आकृति के दाएँ

कंधे पर एक बड़ा गरुड़ बैठा था।

ऊर्जा के सम्मोहन में बँधा विधान उठकर खड़ा हो गया। उसे लगा ओसयुक्त हरी घास पर कोई प्रकाश पुंज चला आ रहा है। कंधे पर बैठा गरुड़ अपने पंजों के बल आगे की ओर कूदा और फिर दो बार अपने विशाल पंख फड़फड़ाकर हवा में तैरता हुआ उसके ऊपर से गुजर गया।

वह दिव्य पुरुष विधान के पास पहुँचा। एक भरपूर दृष्टि से विधान को देखने के बाद मंद मुस्कान के साथ बोला– ''सिद्धिधारक! ज्ञान का संसार कैसा लगा?''

विधान चौंका, यह तेजवान व्यक्ति कौन है, जो वास्तविक परिचय जानता है। वह बिना हड़बड़ाए नम्रता से बोला– ''क्या आपका परिचय जान सकता हूँ, श्रीमान?''

ओजपूर्ण वाणी में उत्तर मिला– ''मैं धनंजय हूँ।''

परिचय जानकार विधान अतिप्रसन्न हुआ। जब से वह अमरखंड आया है, धनंजय की चर्चा खूब सुन चुका था। प्रत्येक मुख से वह जिस आभा का वर्णन सुना करता था, उसे आज साक्षात देख लिया। वह स्वयं भी उनसे मिलने की इच्छा रखता था। श्रद्धा से हाथ जोड़कर बोला– ''नागश्रेष्ठ! मेरा प्रणाम स्वीकार करें।''

धनंजय धीरे से हँसे– ''प्रत्येक व्यक्ति यदि इसी संबोधन से संबोधित करेगा, तो एक दिन मैं स्वयं का वास्तविक नाम भूल जाऊँगा। तुम मुझे मेरे नाम से संबोधित करो, मुझे अच्छा लगेगा।''

''जैसी आपकी इच्छा।'' विधान ने पुनः श्रद्धा से कहा।

धनंजय उसके दोनों कंधों पर हाथ रखकर दृष्टि मिलाते हुए धीरे से मुस्कराए– ''यह इच्छा की नहीं, मित्रता की बात है।''

विधान एकदम से गदगद हो गया– जो व्यक्ति पूरे जंबूद्वीप के लिए अलौकिक है, गुरुजन जिसके अंदर अपनी शिक्षाओं को फलित होता देखकर असीम गर्व का अनुभव करते हैं, कोई राजसी वैभव न होते हुए भी जिसका लोग सम्राटों से भी अधिक सम्मान करते हैं, वह ओजवान पुरुष स्वयं उसके पास चलकर आया है और अपनी मित्रता दे रहा है।

विधान कृतज्ञता, स्नेह, मिठास तथा प्रसन्नता के मिश्रित भाव से बोला– ''आपकी मित्रता मेरे लिए सौभाग्य है।''

धनंजय मुस्कराकर उसके कंधे दबाते हुए बोले– ''चलो, यहीं बैठकर धूप सेंकी जाए।''

दोनों विश्वविद्यालय की ओर मुख करके बैठ गए। धनंजय का गरुड़ विश्वविद्यालय के भवनों का चक्कर काटकर अंत में पताका के ऊपर बैठ गया।

धनंजय ही बोले- "मैं तुम्हारी कुटिया में गया था। वहाँ नहीं मिले, तो कुलपति से पूछने पर ज्ञात हुआ कि यहाँ मिलोगे।"

"हाँ! यह ऊँचा स्थान है। यहाँ से उगता सूर्य देखना मुझे बहुत भाता है।" विधान बोला।

"सहस्त्रबाहु भी यही किया करते थे।" धनंजय ने बताया।

"गुरु काण ने ही मुझे सर्वप्रथम सूर्योदय एवं सूर्यास्त की सुंदरता दिखाई थी।"

"मैं स्वयं इस दृश्य को नहीं छोड़ता, मुझे मेरे एक मित्र ने प्रेरित किया था।" सूर्योदय का रस लेते हुए धनंजय बोले।

धनंजय को अचानक से अपने समीप पाकर विधान अत्यंत उत्साहित हो गया था। पिछले छह महीनों में उनके बारे में इतना कुछ सुन लिया था कि उसके मन में धनंजय को लेकर ढेरों कौतूहल था। प्रथम परिचय में ही प्रश्न करना उसने उचित नहीं समझा। परंतु चाहकर भी अपना कौतूहल दबा नहीं पाया। इसके अतिरिक्त उन्होंने उसे मित्रता भी तो दी है। इसी बात का सहयोग लेकर हिचकते हुए उसने पूछ ही डाला- "लोग कहते हैं, आपके पास देव-शक्ति है। आप भी देवों की भाँति मेघों का आह्वान कर सकते हैं।"

धनंजय मुस्कराए। कुछ क्षण सूर्य को देखते रहे, फिर मधुरता से बोले- "लोगों को कहानियों में बहुत रस मिलता है। जो उनके चर्म-नेत्रों को सुखद लगता है, वे उसी में आनंदित रहते हैं। जो कथा उनके कान सुनते हैं, वही कथा उनके मुख से दुगने विस्तार के साथ निकलती है।"

"...तो आपकी देव-शक्ति का रहस्य क्या है?" विधान ने उत्सुकता दिखाई।

धनंजय उसकी ओर झुके और कान के पास धीरे से बोले- "प्रथम भेंट में ही इतना गूढ़ रहस्य जानना चाहते हो। यदि तुम्हें बता दूँ, तो यह रहस्य किसी अन्य पर तो नहीं खोलोगे?"

विधान एकदम से गंभीर हो गया। हृदय पर हाथ रखकर विश्वास दिलाते हुए बोला- "मैं सत्य कहता हूँ, इस विषय पर किसी से कोई चर्चा नहीं करूँगा...आप चाहें तो मुझसे सौगंध ले लें।"

धनंजय उसकी पीठ ठोंककर जोर से हँसे- "मैं परिहास कर रहा था, तुम तो गंभीर हो गए। यह कोई ऐसा रहस्य नहीं, जिसे गुप्त रखा जाए। चलो, तुम्हें बताता हूँ।"

दूर कहीं दृष्टि गड़ाकर धनंजय ने सहजता से बताना प्रारंभ किया-

"जब मैं सोलह वर्ष का था, पिताजी भयंकर रूप से बीमार पड़े, लगा उनका समय आ गया। मैं अमरखंड से छुट्टियाँ लेकर कुछ दिनों के लिए घर चला गया। उसी समय हमारे राज्य के दक्षिणी भाग में एक पहाड़ी झरना अचानक से सूख गया। वहाँ बसने वाला गाँव जल के लिए उसी झरने पर निर्भर था। झरने के जलहीन होते ही वहाँ त्राहि-त्राहि मच गई। उस समय मैं किशोरावस्था में था। अमरखंड में नई-नई बातें सीख-समझ रहा था और जोश से भरा हुआ था। समझता था कि संसार की प्रत्येक समस्या का समाधान मैं स्वयं ही कर सकता हूँ। इसी उत्साह में उनकी समस्या का हल करने, बिना किसी को बताए अकेला ही वहाँ पहुँच गया। जब पहुँचा तो देखा कि गाँववाले किसी तांत्रिक को बैठाकर अनुष्ठान कर रहे थे। फिर कुछ देर पश्चात कई बैलों की बलि दी गई। आसपास पड़े ढेरों मांस-खंडों से मैंने अनुमान लगाया कि यह अनुष्ठान कई दिन पूर्व से ही प्रारंभ था। उनको बलि देता देख मैंने स्वयं को उनके सम्मुख प्रकट नहीं किया और वहीं छुपा रहा।"

"आप छुप गए?" विधान बीच में ही टोका। थोड़ा अविश्वास दिखाते हुए उसने पूछा- "क्या आपको भी भय लगता है?"

धनंजय हँसे- "भय किसे नहीं लगता, भय तो एक सामान्य मानवीय क्रिया है। परंतु मैं भय से नहीं, अपनी योजना के कारण छुप गया था।"

धनंजय आगे बताते, पर पहले सामने का दृश्य देखने के लिए रुक गए।

पताका पर बैठे धनंजय के गरुड़ ने पक्षियों के एक झुंड पर दृष्टि साधी। मन में कुछ निश्चय कर अपने स्थान से उड़ा। उड़कर झुंड के ऊपर पहुँचा। समय एवं दूरी की सटीक गणना कर, एक सधा हुआ गोता झुंड पर लगाया और पहले ही प्रयास में एक छोटी चिड़िया को अपने शिकारी पंजों में दबोच लिया। दबोचे शिकार को लेकर वह हवा में ही मुड़ा, तेज चीख मारी फिर सीधे धनंजय की ओर उड़ता हुआ आया और उनके ऊपर से तैर गया।

जब वह उनके सिर के ऊपर से गुजरा, तब विधान को उस बेचारी चिड़िया पर बहुत दया आई। धनंजय उसके मुख का भाव देखकर मुस्कराए और आगे बताना प्रारंभ किया-

"नागवंश कई जातियों का मिश्रण है। वे गाँव वाले स्वयं को दैत्यों की कोई उप-जाति बताते थे। वे जो भी रहे हों, परंतु थे बड़े भयंकर अंधविश्वासी। वे प्रत्येक समस्या के समाधान का प्रयास पशु-बलि से करते थे। किसी को कोई रोग पकड़े, तो पहले पशुबलि, उसके पश्चात ही कोई औषधि। किसी प्रकार का

कोई छोटा-सा भी कार्य प्रारंभ किया, तो पशुबलि। कार्य में विघ्न उत्पन्न हुआ, तो पशुबलि। किसी को कोई दु:स्वप्न दिख जाए या कोई वस्तु खो जाए, तो उसके लिए भी पशुबलि। प्रारंभ में जब वे नागवंश में सम्मिलित हुए थे, तब उनकी संख्या नगण्य थी, अत: उनकी बलि प्रथा का कोई हानिकारक प्रभाव नहीं दिखता था। परंतु समय के साथ उनका समुदाय बढ़ा और उनकी बलि-प्रथा के कारण जब उनका पशुधन कम होने लगा, तब समस्या प्रारंभ हुई। एक बार, एक महामारी के कारण पूरा गाँव बीमार हुआ। प्रत्येक बीमार प्रतिदिन पशुबलि देने लगा। कुछ ही दिनों में जब उनके स्वयं के पशु समाप्त हो गए, तब उन्होंने दूसरे गाँवों के पशु चोरी करना प्रारंभ कर दिया। इस कारण गाँवों के बीच लड़ाई-झगड़े प्रारंभ हो गए। झगड़े का मूल कारण पशु-बलि था, अत: पिताजी ने उनकी बलि-प्रथा पर प्रतिबंध लगा दिया। गाँववालों ने प्रबल विरोध किया। उनका विरोध रुकता न देख अंत में पिताजी ने मात्र इतनी तरलता दी कि प्रत्येक बलि से पहले उनकी अनुमति लेना आवश्यक है। इस कठोरता का कम से कम इतना प्रभाव हुआ कि अनावश्यक पशुबलि बंद हो गई और पशुओं का वध मात्र बड़े आयोजनों तक ही सीमित हो गया।...

"जब झरना सूख गया, तब उन्होंने पिताजी से अनुष्ठान करने के लिए प्रतिदिन दस पशुओं की बलि की अनुमति माँगी। पिताजी जानते थे कि बलि से जल नहीं प्राप्त होगा, अत: उन्होंने अनुमति नहीं दी तथा विकल्प के रूप में कुछ कोस दूर बहने वाली एक नदी के किनारे बसने को कहा। परंतु गाँववाले वह स्थान को छोड़ने को तैयार नहीं हुए। उन्होंने कहा कि उनके पूर्वज यहीं आकर बसे थे। यदि वे यह स्थान त्याग देंगे, तो उनके पुरखों की मृत आत्माएँ उन्हें सताएँगी। तब पिताजी ने दूसरा उपाय रखा कि वे मात्र कुछ समय के लिए नदी के पास स्थानांतरित हो जाएँ, तब तक वे नदी से गाँव तक नहर खुदवा देंगे। उस समय गाँववाले हामी भरकर चले गए। परंतु वहाँ उनको चोरी-छिपे पशुबलि देते देखकर मैं समझ गया कि मेरे प्रतिबंध की बात करने से ये रुकेंगे नहीं, उल्टे बात खुलने के भय से मुझे ही पकड़ लेंगे। मैंने उनको उन्हीं की बुद्धि के स्तर से समझाने की सोची। इसके लिए सबसे पहले मुझे झरना सूखने का कारण ढूँढ़ना था, अत: उस समय मैंने स्वयं को प्रकट नहीं किया।

"वह पहाड़ी झरना मैं पहले भी देख चुका था। वह साठ हाथ ऊँचा और पाँच हाथ चौड़ा था, परंतु इस समय मात्र आधे हाथ की चौड़ाई से जल गिर रहा था। गाँववालों ने पिताजी को बताया था कि कुछ दिन पहले पहाड़ दहाड़ा था और फिर उसके पश्चात झरने ने जल देना बंद कर दिया। मेरे मन में कौतूहल था कि पहाड़

कैसे दहाड़ सकता है। इस कौतूहल के कारण भी मैं वहाँ पर था।

''सामने से झरने पर चढ़ा नहीं जा सकता था, क्योंकि उनका अनुष्ठान दिन-रात चलने वाला होता था। इसके अतिरिक्त उनके उस पवित्र झरने पर चढ़ना, उनके इष्ट को चुनौती देने के समकक्ष था। अत: मैंने पीछे से पहाड़ पर चढ़ने की सोची।

''पीछे से कुछ दूर तक चढ़ना आसान था, परंतु थोड़ा ऊपर चढ़ने पर ज्ञात हुआ कि पहाड़ कैसे दहाड़ा था। वहाँ का दृश्य देखकर भू-शास्त्र की कक्षा याद आ गई। वास्तव में कुछ दिन पूर्व वहाँ भयंकर आँधी-तूफान आया था तथा घनघोर वर्षा हुई थी। उसी तूफान में पहाड़ के ऊपरी भाग के पेड़ उखड़ गए थे। उनके उखड़ने से उनकी जड़ों से बँधी मिट्टी तथा चट्टानें स्वतंत्र हो गईं, जिनके कारण भारी मात्रा में भूस्खलन हुआ था। ऊपर की चट्टानें टूटकर नीचे आ गिरी थीं। इन्हीं चट्टानों के टूटने-गिरने की ध्वनि को गाँववालों ने पहाड़ का दहाड़ना समझा था। मुझे उसी समय थोड़ा अनुमान लग गया कि झरने का जल किस कारण से सूखा होगा। गिरी हुई चट्टानों के कारण पहाड़ पर ऊपर चढ़ना बहुत संकटपूर्ण हो गया था। जिस चट्टान पर पाँव रखकर ऊपर चढ़ता, दबाव पड़ते ही वह सरककर लुढ़क जाती। आधे मार्ग तक पहुँचते-पहुँचते मुझे रात्रि हो गई।...एक वृक्ष पर चढ़कर किसी प्रकार वह रात्रि बिताई और अगले दिन प्रात: पुन: चढ़ाई प्रारंभ की। ऊपर पहुँचकर छान-बीन करने पर स्थिति साफ हो गई। वहाँ कई छोटे स्रोतों से पतली जलधाराएँ निकलकर एक स्थान पर मिलती थीं और यही धाराएँ मिलकर बड़ी जलराशि के रूप में झरने को जल प्रदान करती थीं। उस रात्रि भूस्खलन के कारण उन पतली जलधाराओं का मार्ग अवरुद्ध हो गया था। वे जलधाराएँ एक साथ नहीं मिल पा रही थीं और इधर-उधर मार्ग खोजती हुईं पहाड़ में यत्र-तत्र भटक गई थीं। इसी कारण झरने का जल चौथाई से भी कम रह गया था।

''मैंने सभी जलधाराओं का निरीक्षण किया। छोटे कंकड़ एवं छोटे आकार की चट्टानें ही मुख्य अवरोध थे। वे इतनी बड़ी तथा भारी नहीं थीं कि मैं उन्हें अकेले न हटा सकूँ। मैंने कंकड़-पत्थर हटाने प्रारंभ कर दिए। मैं सात दिनों तक यह कार्य करता रहा। पहाड़ पर फैले वन में खाने लायक फल उपलब्ध थे और जल भी निकट था। जब तक शरीर साथ देता, कार्य करता, फिर सो जाता। सातवें दिन तक मैंने अधिकांश अवरोध हटा दिए। मेरे मन में एक योजना थी, अत: अवरोध हटाते समय मैंने किसी भी जल-धारा को इस प्रकार पूर्ण मुक्त नहीं किया था कि वह पूर्व की भाँति झरने के जल से मिले। मैंने कुछ अवरोध छोड़ दिए थे। उन्हें हटाने में मात्र दो घड़ी का समय लगता।

"आठवें दिन मैंने अपने शरीर को पत्तियों तथा वनस्पतियों से अच्छी प्रकार ढँका और झरने की दिशा में गया। प्रतिदिन की भाँति गाँववाले जैसे ही पशुबलि देने जा रहे थे, मैं झरने के ऊपर प्रकट हुआ और तेज स्वर में बोला- "ठहरो!" गाँववाले अपने पवित्र झरने के ऊपर किसी को खड़ा देख भयभीत हो गए।

"उसी समय मैंने घोषणा की- "मेरे पास देव-शक्ति है, यदि तुम लोग पशुबलि बंद कर दो, तो मैं अगली पूर्णिमा को मेघों का आह्वान कर इस झरने को जल से भर दूँगा।" अंधविश्वासी गाँववालों को सोचने-समझने की आवश्यकता नहीं थी। उनके लिए झरने के ऊपर प्रकट होना ही चमत्कारपूर्ण था। उन्होंने तत्काल श्रद्धा से अपने सिर भूमि पर टिका दिए।

"अपनी बात कहकर मैं झाड़ियों में अदृश्य हो गया और घर लौट आया। पूर्णिमा में चार दिन शेष थे। मैंने वसुंधरा तथा उसकी एक विश्वसनीय सखी को साथ लिया और पूर्णिमा के एक दिन पहले ही पहाड़ पर पहुँच गया।..."

"वसुंधरा! कौन? रानी वसुंधरा?" विधान ने टोककर पूछा।

धनंजय बोले- "हाँ! वही, मेरी बहन। मुझ पर आँख मूँदकर विश्वास करती थी। जो कहूँ, बिना सोचे-समझे करने को तैयार हो जाती थी। उस पहाड़ पर चढ़ने में उसकी और उसकी सखी की पूर्ण दुर्गति हो गई थी। गिरते-पड़ते किसी प्रकार वे दोनों मेरे साथ पहाड़ के ऊपर पहुँच ही गईं। मैं यह कार्य पूर्ण होने से पहले गुप्त रखना चाहता था, इसलिए अपने मित्रों के स्थान पर वसुंधरा को ले गया था। अगले दिन मैंने उन दोनों को कार्य समझाया और शरीर पर पत्ते एवं वनस्पतियाँ लपेटकर झरने के ऊपर जाकर खड़ा हो गया। गाँववाले पहले से ही प्रतीक्षा कर रहे थे। मुझे देखते ही सहस्रों बार नमन किया। मैं झरने के ठीक मध्य खड़ा हुआ और आकाश की ओर दोनों हाथ उठाकर अमरखंड में सीखे कुछ श्लोक तेज स्वर में पढ़ने लगा। गाँववालों को लगा कि मैं मेघों का आह्वान कर रहा हूँ। उन्होंने भी मेरी भाँति दोनों हाथ ऊपर उठा लिए। बीच-बीच में मैं अपना स्वर ऊँचा कर देता, उस क्षण गाँव वाले और सम्मोहित हो जाते।

"इधर मैं श्लोक पाठ कर रहा था, उधर वसुंधरा अपनी सखी के साथ अवरोध हटा रही थी। निरंतर श्लोक पाठ करते-करते जब थक जाता, तब झाड़ियों में घुसकर अदृश्य हो जाता। वहाँ पहले से रखे कुछ फल खाता, जल पीता और थोड़ा विश्राम कर पुनः नए श्लोकों के साथ मेघों का आह्वान करने में लग जाता। यह सब करते हुए एक घड़ी बीती होगी कि पीठ पीछे पहाड़ पर कोयल की बहुत मंद, तीन बार कूक सुनाई पड़ी। मुझे संकेत मिल गया था कि पहली जलधारा मुक्त हो

गई है। मैंने भयंकर स्वर में उच्चारण करना प्रारंभ कर दिया, मानो वह घड़ी आ गई हो। गाँववाले नेत्र फाड़े मुझे देखते रहे। कुछ ही क्षणों पश्चात मुक्त हुई जलधारा मेरे पैरों के नीचे से होती हुई झरने से कूदी। नई जलधारा देखते ही गाँव वाले हर्ष से चिल्ला उठे। उन्होंने सहस्त्रों बार सिर पटककर नमन किया। मैं झरने से हटकर बगल में खड़ा हो गया तथा लगातार श्लोक पाठ करता रहा। बीच-बीच में हाथ से ऐसा अभिनय करता, मानो आकाश से जल खींचकर झरने में भर रहा हूँ।

''उधर वसुंधरा एक, एक कर सभी जल धाराओं को मुक्त करती चली गई। कुछ देर बाद पूरा झरना पुनः पूर्व की भाँति जल से भर गया। झरने के भरते ही मैंने श्लोक पाठ बंद कर दिया तथा शरीर से पत्ते हटाकर अपने वास्तविक रूप में प्रकट हो गया। गाँववालों ने आँखें गड़ाकर देखा और मुझे पहचान लिया। वे जय-जयकार करने लगे। अवसर देखकर मैंने उन्हें चेतावनी दी- ''यदि किसी ने दुबारा पशुवध किया, तो झरने का जल पुनः सुखा दूँगा और उसके नेत्र भी फोड़ दूँगा।'' यह कहकर मैं झाड़ियों में घुसकर अदृश्य हो गया।

''उन्हीं गाँववालों ने बाद में चारों ओर प्रचारित कर दिया कि मेरे पास देव-शक्ति है। घर आकर मैंने पिताजी को सारी बात बताई। उन्हें मेरी बात पर विश्वास नहीं हुआ, पर जब दूसरों के मुख से सुना, तब खूब हँसे। यह था मेरी देवशक्ति का रहस्य... सुनकर आनंद आया?''

विधान मुस्कराया- ''हाँ! रोमांचक और मजेदार था।''

प्रथम भेंट में ही धनंजय के इस प्रकार खुलकर बताने से विधान की सहजता बढ़ी और वह प्रसन्नता दिखाते हुए अपने ग्राम्य जीवन के विषय में बताने लगा। फिर विश्वविद्यालय में अर्जित ज्ञान पर कुछ चर्चा की, प्रश्न किए। धनंजय के कई उत्तरों से नया दृष्टिकोण प्राप्त हुआ। किसी-किसी उत्तर पर उसने प्रतिवाद भी किया। उसके पश्चात गुरु काण के जीवन के विषय में भी ढेरों प्रश्न पूछे। वार्तालाप करते हुए जब दो घड़ी बीत गई, तब उसे अचानक से ध्यान आया। बोला- ''इंद्राणी अभी तक नहीं आई...वह कभी विलंब नहीं करती।''

धनंजय उसके बाएँ कंधे पर हाथ रखकर उठते हुए बोले- ''वह आज नहीं आएगी, मैं उसे मना करके आया हूँ।''

विधान थोड़ा भ्रमित हुआ। उठकर खड़ा हुआ, बोला- ''मैं कुछ समझा नहीं।''

धनंजय गंभीरता से बोले- ''समय आ गया है, अब तुम अपनी सिद्धि पूर्ण करो।''

विधान प्रश्नवाचक भाव लेकर उनका मुँह ताकता रहा।

धनंजय पुनः बोले– "मेरे साथ चलो, कोई विशिष्ट व्यक्ति तुमसे अतिशीघ्र भेंट करना चाहता है।"

धनंजय विधान के लिए एक अतिरिक्त घोड़ा साथ लाए थे। वे उसे लेकर वटवृक्ष के वनों में नेवलों की विशाल सेना पार कर महर्षि गौतम के आश्रम पहुँचे। वहाँ की वृत्ताकार घास पर आज मृगों के साथ कुछ नील गाएँ भी चर रही थीं। चारों ओर वृक्षों से घिरे होने के कारण सूर्य की तिरछी किरणें अभी घास तक नहीं पहुँची थीं।

उन्होंने अपने घोड़े छोड़े और कुटिया में घुस गए। बाहर से विशाल दिख रही कुटिया अंदर से वस्तुतः दो कक्षों में विभक्त थी। पहले कक्ष में खाने-पीने की सामग्री, वस्त्र तथा जलाने के लिए कुछ सूखी लकड़ियाँ रखी थीं। एक कोने में सोने के लिए मृगचर्म बिछा था। उससे लगे दूसरे कक्ष में प्रवेश करने पर वहाँ चारों ओर मिट्टी की दीवारों में बने गहरे खाँचों में ढेरों पांडुलिपियाँ रखी दिखीं। कुछ खुले हुए लकड़ी के बक्से दिखे, उनमें भी पांडुलिपियाँ भरी थीं। उस कक्ष के आखिरी कोने पर भूमि में एक बड़ा छिद्र था, जिससे मंद-मंद पीला प्रकाश फूट रहा था। समीप से देखने पर उस मंद पीले प्रकाश में नीचे जाती हुई पत्थर-जड़ित सीढ़ियाँ दिखीं।

धनंजय निःसंकोच उन सीढ़ियों से उतरने लगे। विधान भी उनके पीछे उतरा। लगभग बीस सीढ़ियाँ उतरते ही वे एक बड़े कक्ष में थे। वह भूमिगत कक्ष ऊपर की संपूर्ण कुटिया से दुगना बड़ा था। कक्ष के चारों कोनों पर चार छोटे-छोटे सफेद पत्थर रखे थे, जिनसे स्वतः प्रकाश फूट रहा था। उन्हीं पत्थरों से पूरा कक्ष प्रकाशमान था। विधान को उन पत्थरों को देखकर आश्चर्य हुआ। उसे उन पत्थरों के विषय में कोई ज्ञान नहीं था। उस कक्ष की दीवारों में भी चारों ओर ढेरों खाँचे थे, जिनमें पांडुलिपियाँ सहेजकर व्यवस्थित ढंग से रखी हुई थीं। कक्ष की छत से वटवृक्ष की कई जड़ें लटकती हुई दिखीं। बाईं दीवार पर दो अन्य कक्षों के द्वार दिखे। एक कक्ष में घोर अँधकार था तथा दूसरे कक्ष में किसी बैठे हुए व्यक्ति की परछाईं दिखी।

विधान गरदन घुमाकर पूरे कक्ष पर दृष्टिपात कर ही रहा था कि वह परछाईं वाला व्यक्ति उठा और उनके कक्ष में पहुँचा। वह दोनों हाथ पीछे बाँधे, थोड़ी झुकी कमर लेकर धीरे-धीरे चलता हुआ एक वृद्ध व्यक्ति था। भयंकर झुर्रियों से ढँके

शरीर वाले इतने वृद्ध व्यक्ति को विधान ने अपने जीवन में कभी नहीं देखा था। आज तक वह अपने राजनीति शास्त्र के शिक्षक को ही सबसे बूढ़ा व्यक्ति समझता था। वृद्ध व्यक्ति ने विधान पर ऊपर से नीचे एक भरपूर दृष्टि डाली, फिर शांतिपूर्ण मुस्कान के साथ बोले- ''प्रकृति सदैव संतुलन साधने में लगी रहती है।''

धनंजय ने हाथ जोड़कर प्रणाम किया। विधान ने भी वैसा ही किया। वृद्ध ने हाथ उठाकर आशीर्वाद दिया और उन्हें बैठने का संकेत कर स्वयं भी उनके सम्मुख बैठ गए।

धनंजय ने परिचय कराया- ''सिद्धिधारक! ये महर्षि गौतम हैं, सिद्धि पूर्ण करने का मार्ग इन्हीं से प्राप्त होगा।''

विधान ने सतर्कता से सिर हिलाकर बात समझने की हामी भरी, परंतु मुख पर प्रश्नवाचक भाव बने ही रहे।

महर्षि गौतम धनंजय से संबोधित हुए- ''नाग श्रेष्ठ! थोड़ी प्रतीक्षा कर लो।''

''जैसी आज्ञा,'' कहकर धनंजय उठे और प्रणाम कर सीढ़ियाँ चढ़ते हुए कुटिया के बाहर चले गए।

पीले प्रकाश से भरे उस भूमिगत कक्ष में महर्षि और विधान ही मंत्रणा के लिए बचे। महर्षि एक स्नेहयुक्त मुस्कान के साथ विधान की आँखों में लगातार झाँकते रहे। विधान असहज होकर इधर-उधर देखने लगा

महर्षि बोले- ''काण और तुम में बहुत समानता है।''

यह सुनकर विधान प्रसन्न हुआ। अपने गुरु से किसी भी प्रकार समान होना उसके लिए बहुत बड़ी प्रशंसा थी। उत्साह से बोला- ''कैसी समानता महर्षि ?''

''तुम भी उसी की भाँति मन में दुविधा भरे रहते हो।'' महर्षि बोले।

वह समझ गया, यह प्रशंसा नहीं है, फिर भी उनकी बात से सहमत था।

उसने विनीत स्वर में पूछा- ''जब गुरु काण नहीं रहे, तब मुझे सिद्धि कौन सिखाएगा?''

महर्षि ने मुस्कराकर उसे देखा और बोले- ''तुम्हें भी वही ज्ञान देगा, जिसने काण को दिया था।''

विधान थोड़ा उलझ गया- ''वही, जो उन्हें बाल्यावस्था में वन में मिला था?''

''नहीं! उसकी बात नहीं कह रहा पुत्र!...मैं उसकी बात कर रहा हूँ, जिसने काण को संपूर्ण सिद्धि सिखाई।''

"कोई और भी सिद्धिधारक है?" विधान आश्चर्य में आ गया।

"राक्षस अश्वगंधा।" महर्षि सहजता से बोले।

"राक्षस अश्वगंधा!...वही दंतकथाओं वाला राक्षस?... मेरे गाँव में कई लोग उसे पूजते हैं।"

"हाँ! उसी पूजनीय राक्षस के विषय में कह रहा हूँ।" महर्षि बोले।

उन्होंने विधान के उलझे हुए मुख को देखा, निमिष भर रुके और फिर बताना प्रारंभ किया-

"हजारों वर्षों से देवों तथा असुरों के बीच किसी न किसी कारण को लेकर देवासुर-संग्राम होता रहा है। उसी प्रकार तीन सौ वर्ष पूर्व हुए आखिरी देवासुर-संग्राम का मुख्य कारण अमर-बूटी थी। देवों की अनेक उपजातियाँ हैं, परंतु उनमें से सबसे प्रभावशाली- यक्ष, यति, यम और आदित्य हैं। शताब्दियों पूर्व यतियों का अन्य देवों से विद्रोह हो गया। यति चिकित्सा शास्त्र में सर्वश्रेष्ठ थे। देव जाति की चिकित्सा क्षेत्र में संपूर्ण उन्नति यतियों के कारण ही हुई थी। देवों से अलग होकर यति हिमालय के शिखरों पर चले गए। बौद्धिक संपदा के धनी वे यति कोई कुशल योद्धा नहीं थे, अतः हिमालय की प्राकृतिक ठंड को उन्होंने अपना सुरक्षा कवच बना लिया। इसके अतिरिक्त हिमालय की तलहटी से उन्हें दुर्लभ से दुर्लभ वनस्पतियाँ सरलता से प्राप्त हो जाती थीं...।"

महर्षि रुककर थोड़ा खाँसे और पुनः बताना प्रारंभ किया- "जो ठंड किसी अन्य को उन तक पहुँचने का साहस तोड़ देती थी, वही ठंड यतियों के स्थायी निवास में भी बाधा बनने लगी। सबसे बड़ी समस्या शीतदंश की थी। इससे बचाव के लिए वे एक विशिष्ट प्रकार का तैल शरीर पर मलते थे। परंतु यह उपाय उतना सुविधाजनक और प्रभावी नहीं था।... फिर दशकों पश्चात एक यति ने एक ऐसा रसायन बनाया, जिसके सेवन से बिना तैल का प्रयोग किए आठ दिनों तक शीतदंश से सफलतापूर्वक बचा जा सकता था। परंतु उस रसायन को बनाने में एक मुख्य समस्या थी- रसायन में एक दुर्लभ हिमालयी कीट का प्रयोग हुआ था। उस कीट का जीवनकाल बहुत नगण्य था। रसायन का अधिक मात्रा में उत्पादन करने के लिए उस दुर्लभ कीट की अधिक संख्या में आवश्यकता थी। जीवनकाल कम होने के कारण उन कीटों में प्रजनन का लगभग अभाव था, इसी से उनकी संख्या अत्यंत सीमित थी। उनकी संख्या बढ़ाने के लिए उनकी आयु बढ़ाने की आवश्यकता थी। वर्षों के शोध के पश्चात उसी यति ने उन कीटों की आयु बढ़ाने वाली बूटी बना ली। बूटी का प्रयोग सफल रहा और कीटों की आयु बढ़ गई तथा रसायन का उत्पादन प्रचुर

मात्रा में होने लगा...।

"मनुष्य मन तो कौतूहल का दास होता है। मनुष्य की इसी प्रवृत्ति ने उस यति को बूटी का प्रयोग मनुष्य पर करने के लिए प्रेरित किया। अपना प्रयोग गुप्त रखने के लिए वह जंबूद्वीप के निर्जन भाग 'भष्मखंड' चला गया। वहाँ जंतर पर्वत की गुफाओं में गुप्त प्रयोगशाला बनाकर एक छोटे बालक पर प्रयोग करने लगा। उसका प्रयोग उतना गुप्त नहीं था, जितना वह यति समझ रहा था। कुछ वर्षों पश्चात भ्राँतियाँ उड़ीं कि यति प्रयोग में सफल रहा और उसने अमर-बूटी बना ली। पहले से कान लगाकर बैठे देवों ने गुप्त प्रयोगशाला का पता लगा लिया और बूटी को अपने अधिकार में करने के लिए पहुँच गए। उसी समय असुर भी देवों को सूँघते हुए वहाँ प्रकट हो गए। गुफा में प्रवेश को लेकर वहीं पर उनके बीच संघर्ष प्रारंभ हो गया।

"जिस प्रकार अमर-बूटी की सूचना देवों और असुरों को हुई, उसी प्रकार महर्षि बाला को भी हुई। इन्हीं महर्षि बाला के एक शिष्य थे- 'धाता', जिन्होंने उस देवासुर-संग्राम के पश्चात अर्थला में धाता-वंश की स्थापना की थी। महर्षि बाला ने अपने एक अन्य विश्वसनीय शिष्य को वह अमर-बूटी लेने भेजा। महर्षि बाला को भय था कि पहले से ही गर्व और शक्ति में फूली देव व असुर जातियों के हाथ लगने पर वह अमर-बूटी संकट का ही कार्य करेगी।...महर्षि बाला का वह शिष्य असुर तथा देवों से पहले ही उस गुफा में प्रवेश कर चुका था। प्रयोगशाला जंतर पर्वत की गुफाओं के जाल के मध्य में स्थित थी। गुफा द्वार पर देव और असुरों के मध्य चल रहे संघर्ष में अवसर पाकर कुछ देव व असुर गुफा में प्रवेश कर गए। परंतु गुफाओं के जाल में ही उलझकर रह गए। महर्षि बाला का वह शिष्य प्रयोगशाला तक शीघ्रता से पहुँच गया था।

जब वह पहुँचा, तब प्रयोगशाला बुरी तरह अस्त-व्यस्त थी, मानो वहाँ किसी प्रकार का कोई संघर्ष हुआ हो। वहाँ वह प्रयोगकर्ता यति उपस्थित नहीं था। परंतु भयभीत नेत्रों वाला सहमा हुआ-सा एक बालक था, जो अँधेरे कोने में छुपने का प्रयास कर रहा था। जब वह शिष्य उसकी ओर बढ़ा, तब उस बालक ने अत्यंत भयभीत होकर अपने हाथ में पकड़ी थैली उस पर फेंक दी और सिकुड़कर वहीं बैठ गया। उस शिष्य ने सहज बुद्धि से अनुमान लगाया कि संभव है, यह अमर-बूटी हो।

अमरता के भीषण आकर्षण में बँधकर उस शिष्य ने, वह पूरी बूटी खा ली। बूटी खाकर वह मूर्च्छित जैसा होने लगा। उसे भय हो रहा था कि कहीं कोई देव या असुर न पहुँच जाएँ। वह अपनी मूर्च्छा को सँभाले किसी प्रकार वहाँ फैली सुरंगों की भूलभुलैया में घुसकर भाग गया...।"

महर्षि ने रुककर पुनः खाँसा और क्षणभर शांत रहे। विधान सुनने के लिए महर्षि का मुख देखता रहा।

महर्षि बोले- ''इसके आगे की कथा महत्वपूर्ण नहीं है।... सबसे महत्वपूर्ण बात यह है कि वह बालक... अश्वगंधा था और... वह शिष्य... मैं स्वयं हूँ।''

विधान के नेत्र आश्चर्य से फैल गए। वह पलक झपकाए बिना इतिहास के पीले पड़ चुके पन्नों की भाँति उस बूढ़े जीवित इतिहास को एकटक देखता रहा।

उसने आश्चर्य से बुदबुदाकर पूछा- ''आप अमर हैं?''

महर्षि मुस्कराए। बोले- ''अमरता मात्र एक शब्द है, वस्तुतः अमर-बूटी के प्रयोग से शरीर मंद गति से वृद्ध होता है।''

विधान को अब भी विश्वास नहीं हो रहा था कि वह तीन सौ वर्ष बूढ़े व्यक्ति से बातें कर रहा है। वह पुनः बुदबुदाया- ''आपके अतिरिक्त अश्वगंधा भी अमर है?''

''हाँ! वह भी दीर्घायु है।''

''उसे भूमि-सिद्धि कहाँ से प्राप्त हुई?''

''जब भेंट करना, तब स्वयं पूछ लेना।'' महर्षि ने मुस्कराकर उत्तर दिया।

लगभग तीन घड़ी पश्चात विधान कुटिया से बाहर निकला। धनंजय एक वृक्ष के तने के पास बैठकर गिलहरियों को दाना खिला रहे थे। धनंजय ने विधान के मुख पर एक दृढ़ता देखी। ऐसी दृढ़ता, जो किसी साहसी व्यक्ति में नया कार्य प्रारंभ करते समय होती है।

''मार्ग प्राप्त हुआ?'' विधान के समीप आने पर धनंजय ने उठते हुए पूछा।

''हाँ! अकेले ही जाना होगा।'' विधान ने संक्षिप्त उत्तर दिया।

महर्षि के जीवित रहने के विषय में गिने-चुने विश्वसनीय लोगों को ही ज्ञात था तथा अश्वगंधा के जीवित रहने के विषय में महर्षि ने काण, धनंजय और विधान के अतिरिक्त दो अन्य व्यक्तियों को बताया था। परंतु अश्वगंधा कहाँ, कैसे रहता है, यह मात्र काण और विधान को ही बताया था।

धनंजय को मालूम था कि महर्षि ने विधान को अश्वगंधा तक पहुँचने का मार्ग गुप्त रखने को कहा है, अतः उस दिशा में कोई प्रश्न नहीं किया। बोले- ''मेरा सुझाव है कि अविलंब आज ही अपनी यात्रा पर निकल जाओ।''

''मैं स्वयं यही सोच रहा था।''

''आज रात्रि के अँधकार में गुप्त रूप से निकल जाना तथा ठीक छठी पूर्णिमा को अर्थला में प्रकट होना।''

"ऐसा ही करने का प्रयास करूँगा।"

धनंजय ने उसके दोनों कंधों पर हाथ रखा और दृढ़ता से बोले- "मात्र प्रयास नहीं, सिद्धिधारक! ऐसा ही करना, समय अत्यंत संवेदनशील हो उठा है, अत: समय-सीमा का कठोरता से पालन करना।"

विधान धनंजय के मुख की गंभीरता को देखता रहा, फिर सिर हिलाकर हामी भरी।

दोनों अपने-अपने घोड़ों पर बैठकर विश्वविद्यालय के लिए लौट पड़े।

महर्षि से मिलकर विधान की उलझन और बढ़ गई थी। यह पूछने पर कि इतने शक्तिशाली होते हुए भी गुरु काण मृत्यु को कैसे प्राप्त हुए, महर्षि ने संक्षिप्त उत्तर दिया था- "वह इच्छा-मृत्यु थी।"

कारण पूछने पर महर्षि ने मात्र इतना कहा- "तुम्हें स्वयं ज्ञात हो जाएगा।"

कुलपति कार्यालय में अपने पिता से मिलकर लौट रही इंद्राणी को समझ नहीं आ रहा था कि उसे क्या हो गया है। यदि वह ठीक से स्मरण करने का प्रयास करती, तो मात्र इतना ही याद आता कि जब-जब विधान उसे अमरखंड में अपनी समय-सीमा पूरी होने की बात कहता, उसे कुछ हो जाता। कुछ ऐसा, जिससे उसे लगता कि उसका कुछ बहुमूल्य छिनने वाला है।

आज प्रात: जब वह तीन घड़ी देर से अपने नियत स्थान पर विधान को दक्षिण की एक जाति की दंतकथा सुनाने पहुँची, तब वह उसे वहाँ नहीं मिला। उसे आशा थी कि धनंजय, विधान से भेंट कर लौट गए होंगे तथा वह वहाँ उसकी प्रतीक्षा में बैठा होगा।

विधान को वहाँ न पाकर वह लौट आई थी। परंतु लौटते समय न जाने क्यों मन भारी होने लगा था। आकर वह सीधे अपनी शय्या पर ढह-सी गई। आँखें मूँदे, बिना निद्रा के वह पेट के बल घड़ीभर पड़ी रही। फिर उठकर सीधे विधान की कुटिया में पहुँची। कुटिया खाली थी। उसने अनुमान लगाया, शायद धनंजय के साथ हो। धनंजय का पता लगाने पर वह अपने पिता कुलपति इंद्रजीत के पास कार्यालय गई। कुलपति उस समय किसी पांडुलिपि को ध्यान से पढ़ रहे थे। कक्ष में उन्हें अकेला देखकर घुसते ही पूछ पड़ी- "आदरणीय धनंजय कहाँ हैं, पिताजी!"

"विश्वविद्यालय में नहीं हैं... क्यों? उन्हें क्यों खोज रही हो?" कुलपति पांडुलिपि से दृष्टि हटाते हुए बोले।

"मैं उन्हें नहीं, उस वानर को खोज रही हूँ।"

"कौन वानर?" कुलपति को आश्चर्य हुआ।

"वही, जिससे मिलने आदरणीय धनंजय आज प्रातः गए थे।"

"अच्छा! शिला के विषय में कह रही हो? वह तो..." कहते-कहते कुलपति रुक गए।

उन्होंने इंद्राणी को समीप आने का संकेत किया। इंद्राणी लापरवाह-सी उनके समीप जाकर बैठ गई।

कुलपति धीरे स्वर में बोले- "धनंजय उसे महर्षि गौतम के पास ले गए हैं।"

"महर्षि के पास क्यों?"

"विश्वविद्यालय में उसका समय पूरा हुआ, अब उसकी सिद्धि पूर्ण करने का समय आ गया है। महर्षि ही उसे मार्ग दिखाएँगे।"

"क्या वह अमरखंड छोड़कर चला जाएगा?" इंद्राणी थोड़ा कंपित स्वर में बोली।

"हाँ! सहस्त्रबाहु काण की भाँति उसे भी कहीं जाना होगा।"

"कहाँ जाएगा?" इंद्राणी ने आँखें बड़ी करके पूछा।

"यह किसी को नहीं ज्ञात पुत्री! महर्षि इस विषय को सदैव गुप्त ही रखते हैं। अब शिला को ढूँढ़ने की आवश्यकता नहीं...संभव है, अब तक वह अपनी यात्रा पर निकल गया हो।"

"इतनी शीघ्रता से?...परंतु उसका सामान तो अब भी उसकी कुटिया में रखा है।"

"आवश्यक नहीं वह अपना सामान लेने लौटे। काण तो महर्षि से मिलने के पश्चात ही अदृश्य हो गया था, फिर डेढ़ वर्ष पश्चात कुंडार में प्रकट हुआ।"

इंद्राणी सिर झुकाकर कुछ सोचती रही, फिर उठते हुए बोली- "अच्छा पिताजी! मैं चलती हूँ, मात्र इतना ही पूछना था।" और वह कार्यालय के बाहर निकल आई।

वापस अपने कक्ष तक पहुँचते-पहुँचते उसका हृदय बहुत भारी हो चुका था। अपनी शय्या पर आकर लेटे हुए कुछ समय ही बीता था कि मेघना आ गई। कवच बाँधे हुए तथा पीठ पीछे धनुष और तूणीर टाँगे वह किसी युद्ध में जाने को पूरी तरह सन्नद्ध लग रही थी। वह अपने साथ इंद्राणी को रंगशाला ले जाने आई थी। आज मेघना ने अपनी प्रशिक्षित की हुई लड़कियों के लिए एक प्रतियोगिता रखी थी। वह इंद्राणी को अपनी लड़कियों का प्रदर्शन दिखाना चाहती थी। इंद्राणी ने लेटे-लेटे

ही मना कर दिया।

"क्या हुआ तुझे ? इस पहर कैसे लेटी हुई है ? कल संध्या तक तो हँस-बोल रही थी।" यह कहकर मेघना ने ताप जाँचने के लिए इंद्राणी के माथे पर हथेली रखी।

जाँच करने के बाद पुनः बोली- "ज्वर तो तुझे है नहीं... क्या आज आलस्य आ रहा है ?"

"नहीं! न जाने क्यों अंदर बहुत पीड़ा हो रही है।" इंद्राणी ने आँखें मूँदकर करवट बदलते हुए कहा और स्वयं को सिकोड़कर गठरी-सा बना लिया।

"पेट में ऐंठन हो रही है क्या ?" मेघना ने उसके पेट पर हाथ रखा।

"नहीं! कुछ नहीं! कुछ देर विश्राम कर लूँ, फिर ठीक हो जाऊँगी।"

"मैं कोई औषधि लाती हूँ," कहकर मेघना उठी।

"नहीं, रहने दे। तू जा, अपनी प्रतियोगिता प्रारंभ करवा, मैं थोड़ी देर में आती हूँ।"

"ठीक है, प्रतीक्षा करूँगी...परंतु आना अवश्य, अन्यथा पूरी रात्रि इसी कक्ष में दुबारा प्रतियोगिता करवाऊँगी।"

इंद्राणी ने हूँ-हूँ करके हामी भरी। मेघना उठकर चली गई।

इंद्राणी की व्याकुलता बढ़ती जा रही थी। घड़ी-दो घड़ी करवटें बदल-बदल कर जब थक गई, तो उठकर विधान की कुटिया की ओर पुनः चल दी।

वह अब भी नहीं लौटा था। उसकी तलवार, ढाल और भाला वहीं रखा था। बाहर उसका घोड़ा मयूर भी चर रहा था। इंद्राणी को अच्छे से ज्ञात था कि विधान अपने गुरु से प्राप्त शस्त्र तथा घोड़े को यूँ ही नहीं छोड़कर जाएगा, विशेषकर तलवार को। वह कुटिया के अंदर द्वार के ठीक सामने बिछे मृगचर्म के बिछौने पर बैठ गई। दोनों पाँव सिकोड़कर घुटने पर ठुड्डी रखकर स्वयं को धीरे-धीरे झुलाते हुए पिछले दिनों का स्मरण करने लगी। कुछ क्षणों पश्चात किसी सुखद स्मृति से मुस्करा उठी। वह स्वयं को झुलाते हुए मुस्कराए जा रही थी। उसके व्यथित हृदय को कुछ सुकून मिला। पर यह सुकून लंबे क्षणों तक नहीं टिका। बाहर मयूर के हिनहिनाने से उसका ध्यान टूटा। उसे लगा शायद कोई आ रहा है। किसी भी क्षण विधान के प्रकट होने की आशा लेकर उसने पाषाण की भाँति जड़वत होकर द्वार की ओर टकटकी लगाए रखी। कोई नहीं आया। तेज पवन के झोंके से एक सूखा पत्ता लुढ़कता-सरकता द्वार के इस पार से उस पार चला गया। इंद्राणी का हृदय बैठ गया।

'क्या वह सचमुच चला गया...बस एक बार देख लूँ उसे...।' रुआँसी होकर

वह मन-ही-मन बोली।

फिर उसे स्वयं पर आश्चर्य हुआ। प्रतिदिन तो देखती है उसे, फिर आज क्या हुआ है जो इतनी व्याकुल हुए जा रही है। उसे ध्यान आया, उसके अंदर यह द्वंद्व बहुत दिनों से चला आ रहा है। हर बार वह उसे बलात दबा देती थी, परंतु आज स्वयं को सँभालने की शक्ति नहीं बची है। लगता है, मानो अंतिम घड़ी आ गई है।

चार वर्ष पूर्व उसके जीवन में घटित एक दुर्घटना ने उसे पूरी तरह छिन्न-भिन्न कर दिया था। बहुत कठिनाई से उसने स्वयं को समेटा था। आज कोई दुर्घटना नहीं हुई है, परंतु लग रहा है कि कहीं वह पुनः अंदर से छिन्न-भिन्न न हो जाए।

इंद्राणी ने आँखें मूँद लीं और कल्पना करने लगी कि जब वह आँखें खोलेगी, उसे सामने खड़ा पाएगी। कुछ क्षण आँखें मूँदकर खोला। कोई नहीं था। हृदय और बैठ गया। अंदर ही अंदर चीत्कार उठी- 'क्या वह वास्तव में चला गया... नहीं... नहीं... वह अभी नहीं गया है... बिना भेंट किए कैसे जाएगा... क्या उसके हृदय को आज तक कोई संकेत नहीं मिला... क्या मैं बुरी हूँ।'

उसका गला रुँध गया। आँखों में आँसू आ गए। दाँतों से नीचे वाले होंठों को भींचने के बाद भी हृदय इतना व्यथित हुआ कि फूट-फूट कर रो पड़ी। घुटनों के बीच सिर छुपाकर सुबक-सुबक कर रोई। खूब रोई, जी-भर रोई, वर्षों बाद जो रोई थी। रोते-रोते निढाल होकर वहीं लेट गई। आँखें मूँदे पड़ी रही।

कई घड़ी बाद जब संध्या का सूर्य नीचे उतरने लगा, तो उसने धीरे से आँखें खोलीं। चेहरे पर आ गए बालों को हटाया। उठकर पूर्व की भाँति घुटने सिकोड़कर बैठ गई। कुछ देर तक ठहरी आँखों से बाहर देखती रही, फिर पुनः रुआँसी हो गई- 'मात्र एक बार भेंट कर लो, अपना हृदय खोल लूँ... अन्यथा फट जाऊँगी... मैंने सभी को खो दिया है... तुम्हें नहीं खोना चाहती।'

तभी मयूर जोर से हिनहिनाया। किसी के पुचकारने की ध्वनि सुनाई पड़ी। वह ध्वनि पहचानती थी। अगले ही क्षण कुटिया के द्वार से सामने दिख रही भूमि पर एक घोड़े तथा उसे पुचकारते हुए किसी व्यक्ति की तिरछी परछाइयाँ दिखीं।

इंद्राणी की धड़कनें बढ़ गईं। निमिष भर में उन परछाइयों के स्वामी प्रकट हुए। कोठरी से आठ हाथ की दूरी पर विधान मयूर को पुचकार रहा था।

कुछ क्षण मयूर को दुलार कर जब विधान की उड़ती दृष्टि कोठरी की ओर पड़ी, तो चकित हो उठा। कोठरी में कोई बैठा हुआ था। कम प्रकाश के कारण अस्पष्ट था।

इंद्राणी का हृदय हर्षमान हो गया। वह यंत्रवत उठी, उसे लगा उसका शरीर

भारहीन हो गया है। उसके हाथ-पैरों का संचालन अपने आप हो रहा था। किसी सुगंध की तरंग पर उसका शरीर उड़ता जा रहा है। गहराई में डूबा हृदय आशा से उत्प्लावित होकर ऊपर आता जा रहा है। वह उड़ती हुई जाकर सीधे विधान से लिपट गई और उसके वक्ष में सिर धँसाकर धाराप्रवाह रोने लगी।

विधान का मुख अचंभे से खुल गया।

'यह क्या है... ?' वह आँखें बड़ी किए उसे देखता रहा।

जब तक इंद्राणी रोती रही, उसने उसे रोकने का तनिक भी प्रयास नहीं किया और दोनों हाथ नीचे लटकाए स्तंभित-सा खड़ा रहा।

कुछ देर में जब सुबकियाँ बंद हुईं, तो वक्ष में धँसा सिर उठाकर दृष्टि मिलाते हुए बोली- "मैं तुमसे विवाह करना चाहती हूँ, क्या तुम करोगे ?"

विधान के शरीर में एक सिहरन-सी दौड़ गई। लगा क्षणभर के लिए चेतना ठहर गई। जब चेतना को गति मिली, तो महसूस हुआ कि वह किसी खुले, खाली मैदान में खड़ा है। फिर उस खाली मैदान में चारों ओर फूल खिलने लगे, मात्र पीले फूल। जब पूरा मैदान फूलों से भर गया, तब उनमें से प्रकाश फूटने लगा; सूर्य की किरणों के समान एकदम पीला। वे किरणें उसके शरीर में समा रही हैं, उन किरणों ने शरीर के रोएँ-रोएँ को प्रकाश से भर दिया। उसकी आँखें चौंधियाने लगीं। चारों ओर सर्वत्र पीला प्रकाश छाया हुआ है। तभी एक चौंध चमकी और पीलापन हट गया। वर्तमान का दृश्य दिखा।

इंद्राणी उसे एकटक देख रही थी। उन दोनों के नेत्रों के बीच मात्र छह अंगुल की दूरी थी। विधान की मुस्कान खिंचकर कानों तक फैल गई। प्रकृति ने त्वचा को यदि और लचीला बनाया होता, तो वह कानों के पार तक फैलकर भी न रुकती।

वह धीरे से हँसा, फिर जोर से हँसा। आठ-दस हँसी के पश्चात जब बाढ़ रूपी प्रसन्नता का ज्वार उतरा, तो किसी गुड्डे की भाँति सिर हिलाकर धीरे से बोला- "हाँ।"

इंद्राणी ने लजाकर पलकें झुकाईं। उसके वक्ष पर धीरे से एक मुक्का मारा, फिर उससे अलग होकर पीछे हटी। हथेली के पीछे से आँसू पोंछते हुए बोली- "कहाँ जा रहे हो ? कब लौटोगे ?"

"कहाँ जा रहा हूँ, यह बताना कठिन है, परंतु छह-सात माह पश्चात लौट आऊँगा।" विधान की मुस्कान अब भी उसके कानों से नीचे नहीं उतरी थी।

"ठीक है, जब लौट आओगे, तब पिताजी से कह दूँगी।"

विधान कुछ न बोला, बस उसे देख हँसता रहा।

इंद्राणी पलकें झुकाए मुस्कराती खड़ी रही। बीच-बीच में दृष्टि उठाकर विधान को देख लेती।

तभी उन दोनों के बीच की भूमि पर एक बाण आकर धँसा। बाण बाईं ओर से चला था। दोनों की दृष्टि तत्काल उधर घूमी। वहाँ मेघना खड़ी थी।

"तो यह है तेरे पेट की ऐंठन की औषधि... पहली बार ज्ञात हुआ कि शिला से लिपटने पर पेट दर्द दूर हो जाता है।" फिर अपना धनुष गिराकर दोनों बाँहें फैलाकर आगे बढ़ते हुए बोली- "मेरे पेट में भी दर्द हो रहा है, तनिक शिला से लिपटकर औषधि प्राप्त कर लूँ।"

इंद्राणी बढ़कर बीच में खड़ी हो गई- "खिंचाई मत कर, यदि इस विषय में किसी से कुछ कहा, तो तेरी जिह्वा काट लूँगी।"

"नहीं कहूँगी, पर एक बार लिपटकर औषधि तो प्राप्त कर लूँ।"

"चुप कर।" इंद्राणी ने उसकी चोटी खींची।

"ई..ई...ई...क्या करती है, छोड़ मेरी चोटी...दर्द होता है।"

"छोड़ रही हूँ, पर मुँह बंद कर चुपचाप मेरे साथ चल।" इंद्राणी उसका हाथ खींचकर ले जाने लगी।

"मेरा धनुष उधर पड़ा है, उसे उठा तो लूँ।"

"रहने दे, बाद में उठा लेना।"

इंद्राणी उसे पकड़कर थोड़ी दूर ले गई, तो मेघना पीछे मुड़कर बोली- "ओ शिला! मैं भी तुझसे विवाह करना चाहती हूँ, क्या तू करेगा... ?"

इंद्राणी ने डाँटा- "चुप कर, उद्दंडी।"

"मैं करूँगा!" विधान ने तेज स्वर में कहा और हँसता रहा।

दूर जाकर इंद्राणी पलटी और मुस्कराकर उसे विदाई दी। मेघना ने फिर कुछ कहा। इस बार इंद्राणी ने बहुत जोर से उसकी चोटी खींची।

उन दोनों के ओझल होने के बाद विधान ने चारों ओर दृष्टि दौड़ाई। सबकुछ वही था, परंतु हर वस्तु उसे हँसती हुई प्रतीत हो रही थी। कुटिया हँस रही थी, वृक्ष हँस रहे थे, कुआँ, भूमि, घासें, सब हँसते हुए दिखे। वह मयूर के समीप पहुँचा और मन भर उसे दुलार किया। मयूर भी जमकर हिनहिनाया और उसकी बाँह से अपने नथुने रगड़े।

अर्द्धरात्रि से एक घड़ी पहले विधान, मयूर पर बैठकर वटवृक्ष के वनों के

किनारे-किनारे आगे बढ़ रहा था। वटवृक्षों ने पूरे विश्वविद्यालय को एक बड़े वृत्त के रूप में चारों ओर से घेर रखा था। वह उस वृत्त के अंदरूनी भाग से चिपककर चल रहा था। रात्रि के अँधकार में उस घने वन को पार करना अत्यंत संकटपूर्ण था। समुचित प्रकाश न होने के कारण पूरी रात्रि वटवृक्षों की लटकती जड़ों में ही उलझकर बीत जाती। अत: वह पूर्वी भाग की ओर बढ़ रहा था, जहाँ वन की सघनता अत्यंत नगण्य थी।

योजनानुसार उसे रात्रि में गुप्त रूप से पूर्वी भाग की ओर से वन पार करना था, फिर भेष बदलकर उसी दिशा में स्थित माथी ग्राम में बहने वाली नहर के तट पर मयूर को छोड़ देना था। वहाँ धनंजय का एक व्यक्ति मयूर तथा उस पर लदी सामग्री- जैसे कि विधान की ढाल, भाला, कुछ पांडुलिपियाँ एवं थोड़े-बहुत व्यक्तिगत सामान- लेकर अर्थला में सत्तू के पास पहुँचा देगा। विधान मात्र तलवार लेकर आगे बढ़ेगा। मयूर को छोड़कर वह किस दिशा में कहाँ जाएगा, यह किसी को ज्ञात नहीं होगा।

उसके पीछे विश्वविद्यालय में प्रचारित कर दिया जाएगा कि किसी आपातकाल के कारण शिला अपने गृह लौट गया। जब तक वह पूर्ण सिद्धिधारक न बन जाए, किसी अनावश्यक दुर्घटना से बचने के लिए पहचान गुप्त रखने की सतर्कता आवश्यक थी।

इंद्राणी के मधुर प्रस्ताव से भावी जीवन की तरह-तरह की कल्पना खींचते हुए वह मयूर को हल्की दौड़ लगवा रहा था।

शीत ऋतु के आगमन की घोषणा हो चुकी थी। हवा सर्द थी, पर ठहरी हुई थी। कोई भी चिड़िया बोल नहीं रही थी, बस झींगुरों की झनकार थी। कभी-कभी कहीं दूर सियारों के रोने का स्वर सुनाई पड़ता। मेघों से रहित स्वच्छ आकाश में अर्द्धचंद्रमा का दूधिया प्रकाश मार्ग दिखाने के लिए पर्याप्त था।

विश्वविद्यालय के भवन पीछे छूट गए थे। मुड़कर देखने पर वे छोटी काली आकृतियों के रूप में दिखे। उसने गरदन मोड़कर सीधी की ही थी कि दाहिनी ओर भवनों जैसा कुछ अस्पष्ट दिखा। उसने अनुमान लगाया कि वे अमरखंड के सैनिक स्कंधावार होंगे। इधर आना विद्यार्थियों के लिए प्रतिबंधित था, अत: उसने इधर आने की कभी चेष्टा नहीं की। परंतु दिन के प्रकाश में अवश्य देखा था।

विधान का मार्ग उन भवनों से दूर, बाईं ओर से था। भवनों में जल रही उल्काओं का प्रकाश टिमटिमाता हुआ दिखा। उस सैनिक स्कंधावार के प्रति कोई कौतूहल न दिखाकर वह अपने मार्ग पर आगे बढ़ गया। निमिष भर बाद ही

उसे किसी प्रकार का कोलाहल सुनाई दिया। चीखने-चिल्लाने और गर्जना का। कोलाहल निश्चित रूप से स्कंधावार की ओर से आया था। विधान ने वल्गा खींचकर मयूर को रोका और आँखें गड़ाकर देखने का प्रयास किया। कई उल्काओं का मंद प्रकाश एक समूह के रूप में स्कंधावार से दूर जाता हुआ दिखा। शोर वहीं से लगातार आ रहा था।

विधान ने मयूर को उस ओर मोड़ा और पूरी शक्ति से दौड़ा दिया। सामने झाड़-झंखाड़ का ही मैदान था। थोड़ा समीप पहुँचने पर दृश्य कुछ समझ आया।

एक स्त्री भागी जा रही थी, उससे पंद्रह हाथ पीछे एक जटाधारी साधु जैसा व्यक्ति गर्जना करता हुआ दौड़ रहा था, मानो वह उस स्त्री को पकड़ना अथवा आक्रमण करना चाहता हो। साधु के पीछे दस-बारह लोगों का समूह उल्काओं के साथ था।

विधान कुछ और समीप पहुँच पाता, इससे पहले ही मयूर हिनहिना कर रुक गया। सामने स्कंधावार की नुकीले बाँसों तथा लट्ठों से बनी बाड़ थी। झाड़ियों एवं कम प्रकाश के कारण वह बाड़ दूर से स्पष्ट दिखी ही नहीं थी। वह बाड़ जंगली पशुओं को रोकने के लिए मात्र वक्ष की ऊँचाई तक थी।

विधान क्षण गँवाए बिना मयूर से उतरा और छलाँग मारकर बाड़ पार कर गया। भाग रहे लोग अब भी दूर थे। वह पूरी रफ्तार से दौड़ा और शीघ्र ही तीस हाथ तक पहुँच गया। उसने एक तेज दृष्टि भागते हुए समूह पर डाली, तो आश्चर्यचकित रह गया। वहाँ धनंजय और कुलपति इंद्रजीत भी थे। भागती हुई स्त्री भी पीछे से देखने पर कुछ परिचित-सी लगी। तभी जटाधारी साधु ने गर्जना की, वह स्त्री से मात्र आठ हाथ की दूरी पर था। समय अधिक नहीं था, साधु किसी भी क्षण स्त्री तक पहुँच सकता था।

विधान ने दौड़ते हुए हुंकार भरी और सिद्धि प्रयोग कर एक लंबी उछाल ली। हुंकार सुनकर भाग रहे समूह ने मुड़कर देखा। आकाश में उड़ता मनुष्य देखकर कई की गति कम हो गई।

एक ऊँचे वृक्ष की ऊँचाई जितनी ऊँची छलांग मारकर वह साधु के ठीक पीछे उतरा। विधान की मंशा उसके पीठ पर कूदने की थी, परंतु गणना सटीक नहीं बैठी। कूदते ही वह आठ-दस पग दौड़ा और पुनः उछलकर साधु की पीठ पर एक घूँसा जड़ दिया। साधु लड़खड़ाया और मुँह के बल गिरा। स्त्री भागते हुए आगे निकल गई।

उस साधु ने उठने में कोई शीघ्रता नहीं दिखाई। करवट लेकर पीठ के बल हुआ। चार-पाँच बार पागलों की भाँति चीखकर सिर झटका, फिर धीरे से उठा।

इतने समय में पीछे आ रहे लोगों ने एक वृत्त बनाकर घेर लिया। घेरे के बीच में विधान और साधु ही थे। लोगों के पास लाठी, डंडे और रस्सियाँ थीं। भाग रही स्त्री रुकी और हाँफते हुए घेरे के समीप पहुँची। उल्का के प्रकाश में उसका मुख स्पष्ट दिखते ही विधान पुनः चौंका। वह इंद्राणी थी।

विधान को अपना सारा ध्यान साधु की ओर लगाना पड़ा। वह मुँह से झाग निकालता हुआ उसे ललकार रहा था। साधु भयंकर शरीर वाला योद्धा प्रतीत होता था। देह की नसें इतनी फूली थीं कि ऊपर से ही दिख पड़ रही थीं। सिर के ऊपर जटाओं का ऊँचा-सा जूड़ा, मुख लंबी-लंबी दाढ़ी-मूँछों से भरा हुआ तथा वस्त्र के नाम पर कमर से बँधा एक मृगचर्म था। उसके पूरे शरीर तथा मुख पर अच्छी प्रकार राख पुती हुई थी। गले, बाँहों, कलाइयों एवं पैरों में रुद्राक्ष की माला कसी थी। उल्काओं के तेज प्रकाश में उसकी मोटे काजल लगी लाल आँखें स्पष्ट दिख रही थीं। उस योद्धा साधु के मुख पर क्रोध नहीं, किसी प्रकार की उत्तेजना और पागलपन के भाव थे।

इससे पहले कि विधान किसी से दृष्टि मिलाकर स्थिति समझता, वह साधु उसकी ओर बढ़ा। विधान सतर्क हुआ तथा पहले आक्रमण की नीति अपनाई। उसने आगे बढ़कर एक जोरदार घूँसा साधु के पेट पर जड़ दिया। साधु हिला तक नहीं, मात्र इतना प्रभाव हुआ कि उसके वक्ष और पेट की थोड़ी-सी राख झड़ गई। विधान को आशा थी कि साधु दर्द से छटपटा जाएगा, पर वार खाया साधु पागलों की भाँति सिर झटककर हँसा और दूसरे ही क्षण विधान का शरीर उड़ता हुआ छह पग पीछे गिरा। उसे दिखाई ही नहीं पड़ा कि कब साधु ने अपना दाहिना हाथ खींचकर उसकी छाती पर प्रहार कर दिया। इतनी फुर्ती और इतने प्रचंड वार की उसने कल्पना भी नहीं की थी। वह उठ रहा था कि पीछे से धनंजय का धीमा स्वर सुनाई पड़ा- ''यह हमारा शत्रु नहीं है, कुछ समय यहीं उलझाए रखो, हम इसे बाँध लेंगे।''

विधान और कुछ पूछने के लिए गरदन मोड़ने ही वाला था कि उसने साधु को इंद्राणी की ओर देखता पाया। विधान ने तेज स्वर में ललकारकर उसका ध्यान अपनी ओर आकर्षित किया। इंद्राणी की ओर मुड़ रहा साधु, विधान की ओर मुड़ा। इस बार साधु ने पहले आक्रमण करने का निश्चय किया। वह गरजता हुआ आया और पुनः छाती को लक्ष्य कर प्रहार किया। विधान अपने प्रतिद्वंद्वी का स्तर पहचान चुका था, पूरी फुर्ती दिखाते हुए उसने बगल होकर उसका वार खाली जाने दिया तथा साथ ही साथ अपनी वास्तविक शक्ति से एक घूँसा साधु के जबड़े पर ठीक नीचे से मारा। प्रहार खाकर साधु का शरीर पाँच हाथ ऊपर उछला और धम्म से

गिरा। विधान को आशा थी कि इतना भीषण वार खाकर वह मूर्च्छित हो गया होगा, पर साधु सिर झटककर धीरे से खड़ा हो गया। तेज स्वर में गरगराया और विधान पर आक्रमण करने पुनः दौड़ा। विधान भी साधु की ओर दौड़ा। वह दो पग दौड़ा, फिर चार हाथ ऊँचा उछलकर सीधे उसके वक्ष पर कूदा। साधु पीठ के बल गिरा, पर सिर झटककर फिर से उठने लगा। उसके पूरी तरह उठने से पहले ही विधान ने पुनः अपनी वास्तविक शक्ति से उसके वक्ष पर प्रहार किया।

साधु मुख से रक्त उगलता हुआ छह पग पीछे घिसट गया।

उठकर, साधु पुनः आक्रमण के लिए आया और विधान ने पुनः प्रचंड वार कर उसके मुख से रक्त उगलवाया।

विधान को अचंभा हो रहा था कि इतने तीव्र प्रहार खाकर भी उसका प्रतिद्वंद्वी अभी तक मूर्च्छित नहीं हुआ। मूर्च्छित होना तो दूर, हर बार वह ऐसे खड़ा हो जाता है, जैसे कुछ हुआ ही न हो। तभी उसे ध्यान आया कि धनंजय उसे बाँधना चाहते हैं, तो क्यों न वह भी उसे बाँधने का ही प्रयास करे।

उसने एक दृष्टि घेरे की ओर डाली। धनंजय तथा कुछ लोग स्कंधावार की ओर देख रहे थे, मानो कोई आने वाला हो।

विधान ने इधर-उधर दृष्टि दौड़ाई, घेरे के बाहर पत्थरों के कुछ खंड दिखाई पड़े। एक विशाल शिलाखंड पर उसकी दृष्टि टिकी। वह एक गाय के बराबर का टुकड़ा था। उसने मन ही मन एक छोटी-सी योजना बनाई।

अब तक साधु खड़ा हो चुका था। विधान ने ललकार लगाई। साधु सिर झटककर उसकी ओर बढ़ा। विधान उसे ललकारते हुए उस शिलाखंड की ओर ले जाने लगा। लोगों ने उस ओर का घेरा तोड़ दिया। जब विधान साधु को उस पत्थर के समीप तक खींच लाया, तब उसने दायाँ पाँव पटककर सिद्धि प्रयोग की। ऊर्जा की एक तरंग साधु के पैरों को लगी। वह थोड़ा-सा लड़खड़ाया, परंतु गिरा नहीं। इतनी ही तीव्रता के प्रहार से उसने कुंडार के वन में अग्निवाले लबादाधारियों को हवा में उछाल दिया था और यहाँ उसका प्रतिद्वंद्वी मात्र लड़खड़ाया था। उसने अधिक ऊर्जा प्रयोग करने की सोची।

इस बार अधिक ऊर्जा से पाँव पटका। एक अदृश्य ऊर्जा रेखा उसके पाँव के नीचे से निकलकर साधु की ओर बढ़ी। ऊर्जा रेखा जिस मार्ग से आगे बढ़ रही थी, उस मार्ग पर भूमि की ऊपरी परत उखड़ती जा रही थी- जैसे भूमि में दबी किसी रस्सी को खींचकर निकालने पर भूमि की ऊपरी परत टूटती है।

ऊर्जा रेखा जैसे ही साधु के पैरों के नीचे पहुँची, वह उछलकर गिर पड़ा।

विधान दौड़कर पत्थर के समीप पहुँचा। उसने एक शक्तिशाली पाँव भूमि पर पटका। इस बार ऊर्जा रेखा भूमि तोड़ती हुई पत्थर के नीचे पहुँची और पत्थर को दो हाथ ऊपर उछाल दिया। विधान ने हवा में ही पत्थर थामकर, उठने का प्रयास कर रहे साधु की पीठ पर रख दिया। बिना किसी प्रतिरोध के साधु नीचे दब गया। दो-तीन क्षणों तक अपने प्रतिद्वंद्वी में कोई गतिविधि न देखकर विधान ने अपनी मुद्रा ढीली की और गर्वीले भाव से लोगों की ओर देखा। उसे आश्चर्य हुआ- लोगों के मुख के भावों में कोई संतुष्टि नहीं थी और वे इस छोटे-से युद्ध के विजेता की ओर भी नहीं देख रहे थे। इंद्राणी तक नहीं देख रही थी। उन सभी की दृष्टि उस दबे हुए साधु पर थी। अचकचाकर विधान ने भी अपनी दृष्टि साधु की ओर मोड़ी।

पत्थर हिल रहा था। साधु ने थोड़ा संघर्ष दिखाया। पत्थर उसकी पीठ से सरककर गिरा और सिर झटककर वह पुनः खड़ा हो गया।

विधान को घोर विस्मय हुआ। जो पत्थर पाँच लोगों द्वारा भी कठिनाई से हिलता, उसे अकेले ही हटाकर खड़ा हो गया।

विधान ने क्षणभर सोचकर नई योजना बनाई।

एक पैनी दृष्टि आसपास की भूमि पर डाली। फिर कई पग पीछे हटता चला गया। ललकारकर साधु को अपनी ओर बुलाया। जब दोनों के बीच मात्र छह पग की दूरी रह गई, तब विधान ने पैर पटककर साधु को पुनः गिरा दिया। फिर क्षण गँवाए बिना नीचे झुककर बाएँ हाथ के बल स्वयं को टिकाया तथा दाएँ हाथ से भूमि पर घूँसे बरसाने लगा। अदृश्य ऊर्जा तरंगें भूमि उखाड़ती, गिरे हुए साधु तक पहुँचने लगीं, परंतु उसे उछालने के स्थान पर उसके नीचे की भूमि पर मात्र कंपन पैदा करती रहीं। पाँच क्षणों पश्चात साधु के आसपास की भूमि से धूल उठने लगी। आठ क्षणों पश्चात उसके नीचे की भूमि रेत के समान महीन कणों में परिवर्तित होने लगी। विधान लगातार घूँसे बरसाए जा रहा था। काँपती भूमि पर किसी प्रकार प्रयास कर साधु खड़ा हुआ। परंतु अगले ही क्षण उसके पैरों के नीचे की भूमि महीन कणों में टूटी और वह घुटनों तक नीचे धँस गया। साधु बेभाव से अपने धँसे हुए पाँव देखता रहा।

इधर विधान भूमि पर घूँसे मारता जा रहा था, उधर साधु का शरीर महीन, सूखी मिट्टी के दलदल में धँसता जा रहा था। पहले जंघा तक, फिर कमर तक, फिर वक्ष तक और अंत में जब वह गरदन तक धँस गया, तब विधान रुका। जब रुका, तब इतना हाँफ रहा था मानो साँसें उखड़ रही हों तथा शरीर पसीने से तर था। पिछले तीन माह से अभ्यास कर उसने भूमि-सिद्धि की जितनी ऊर्जा संचित की थी- इस

क्रिया के पश्चात उसके शरीर में मात्र दसवाँ भाग ही बचा था।

साधु बाहर निकलने का प्रयास कर रहा था, परंतु बाह्य सहायता के बिना सब व्यर्थ था। घेरे हुए लोगों का हर्ष देखकर इस बार उसे कार्य पूर्ण होने की संतुष्टि मिली। तभी स्कंधावार की ओर से नया शोर सुनाई पड़ा।

एक अन्य समूह जलती उल्काओं के साथ आ रहा था। कदाचित धनंजय इन्हीं लोगों की प्रतीक्षा में थे। वह दूसरा समूह साथ में कई मटकियाँ भी ला रहा था, जिनमें से धुआँ निकल रहा था। धनंजय तेजी से विधान के पास पहुँचे। धनंजय के समीप आते ही अपनी उखड़ती साँसों को थोड़ा नियंत्रित कर विधान ने पूछा-

''य..य..यह..क....क्या था... ?''

धनंजय ने उसके कंधे पर पीछे से हाथ रखा और कान के पास धीरे से समझाते हुए बोले- ''यह भभूत है, अभी इतना अवसर नहीं है कि तुम्हें विस्तार से बताऊँ। तुम अतिशीघ्र यहाँ से चले जाओ। आगे की स्थिति हम सँभाल लेंगे। यहाँ उपस्थित अनेक को तुम्हारी सिद्धि के विषय में ज्ञात नहीं है। ये विश्वसनीय लोग हैं, मैं इन्हें समझा दूँगा। परंतु जो लोग पीछे आ रहे हैं, वे संख्या में अधिक हैं। मैं नहीं चाहता कि तुम बहुतों की दृष्टि में आओ। संभव है, तुम्हारे विषय में बात उड़े, पर तब तक तुम उनकी दृष्टि से दूर जा चुके होगे। यहाँ उपस्थित रहोगे, तो कोई भेदिया भी पीछे लग सकता है। अत: अनावश्यक संकट मत मोल लो और यह स्थान शीघ्रता से छोड़ दो।''

''वह इंद्राणी के पीछे क्यों था...वह संकट में तो नहीं है।'' विधान ने चिंतित स्वर में पूछा।

''वह पूर्ण रूप से सुरक्षित रहेगी। तुम उसकी चिंता मत करो। अभी स्थान छोड़ने में शीघ्रता दिखाओ।'' धनंजय आश्वासन देते हुए बोले।

विधान ने दृष्टि घुमाकर इंद्राणी को खोजा, पर वह कहीं नहीं दिखी।

यदि धनंजय के अतिरिक्त किसी अन्य ने उसे ऐसे अवसर पर स्थान छोड़ने की बात कही होती, तब वह कदापि नहीं सुनता।

विधान ने सिर हिलाकर हामी भरी और फिर अपनी साँसों को सँभालता हुआ मयूर की ओर बढ़ गया।

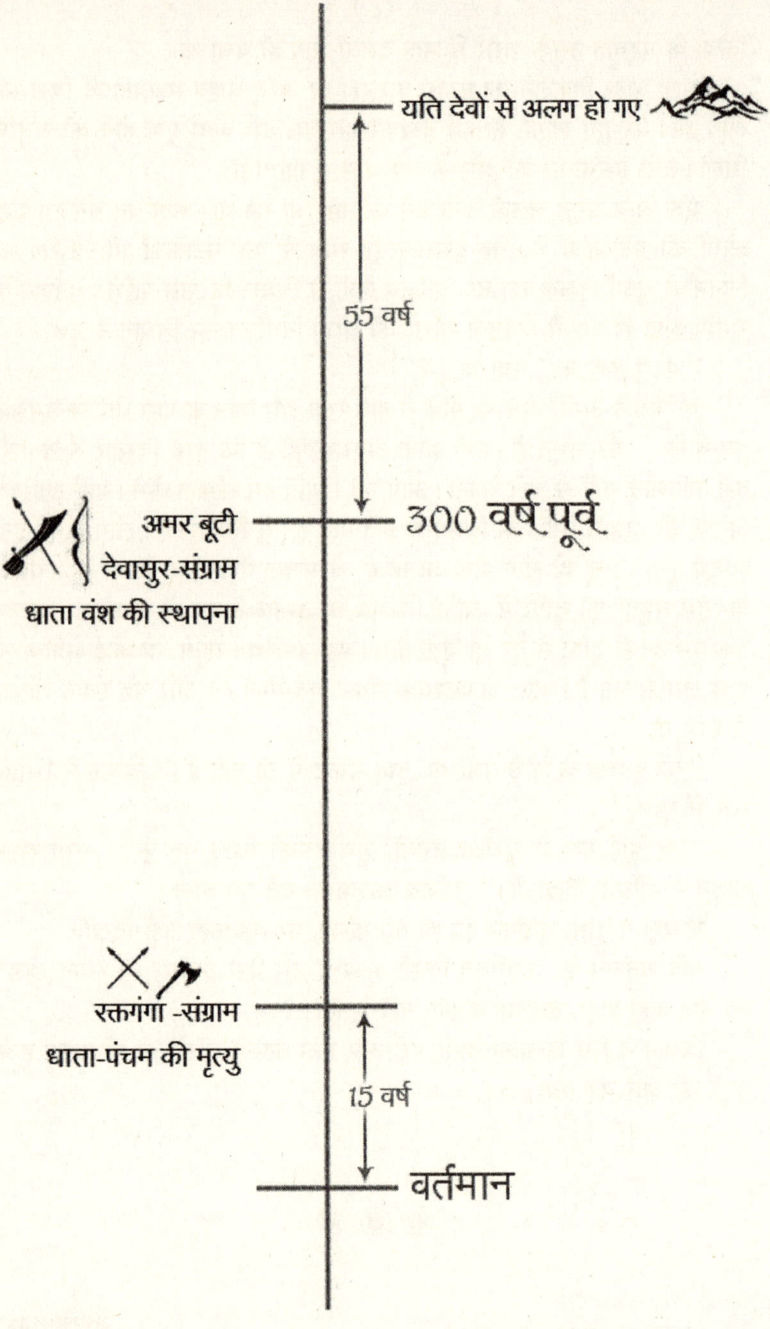

यति देवों से अलग हो गए
55 वर्ष
अमर बूटी
देवासुर-संग्राम
धाता वंश की स्थापना
300 वर्ष पूर्व
रक्तगंगा -संग्राम
धाता-पंचम की मृत्यु
15 वर्ष
वर्तमान

भूमि-सिद्धि

शीत ऋतु आई और गई। अब तो ग्रीष्म ऋतु भी चढ़ने लगी थी। पिछले छह माह मुट्ठी में फँसी रेत के समान निकल गए। वसुंधरा अपने मित्र-राज्यों के साथ बैठकों में व्यस्त रही। रुद्रबाला स्त्री सेना एवं गरुड़ों के प्रशिक्षण में लगी रही। सिंहनाद का अर्थला से अमरखंड आना-जाना लगा रहा। धनंजय अधिकांश समय लोगों के लिए अदृश्य ही रहते थे, कब-कहाँ प्रकट हो जाएँ किसी को ज्ञात नहीं। उपसेनाध्यक्ष कुंतल अर्थला की सीमाओं पर नई सैनिक छावनियाँ बनवा रहे थे, विशेषकर दानवों से लगी सीमा पर।

इधर बसंत ने प्रयोगशाला का द्वार खोलने का प्रयास रोक दिया था। इतने प्रयासों के बाद भी जब द्वार नहीं खुला, तब उसने द्वार तोड़ने का निश्चय किया। परंतु द्वार तोड़ने के लिए पर्याप्त समय तथा निश्चिंतता चाहिए थी। अत: आने वाले युद्ध की आशंका देखते हुए, उसने युद्ध के समय फैलने वाली अव्यवस्था के बीच द्वार तोड़ने का निश्चय किया।

इतने समय में धरा ने धनुर्विद्या में आश्चर्यजनक प्रगति कर ली थी। मयूरी ने उसे तीर चलाने के साथ, सुरक्षा के लिए खड्ग संचालन भी सिखा दिया था। उन दोनों के बीच की घनिष्ठता इतनी बढ़ी कि धरा, मयूरी को अपनी बड़ी बहन समान मानने लगी। मयूरी के द्वारा बसंत से भी उसका संपर्क बढ़ा। धरा उन दोनों को जब भी साथ देखती, सदैव अपने कल्पना-लोक में मुंद्रा के राजकुमार यज्ञ के साथ तैरने लगती। उसके लिए सारा संसार सदैव स्थिर रहता था।

रागा ने भी आसपास के अन्य कुत्तों के बीच अपनी धौंस जमा ली थी। वह उस नस्ल का नहीं था कि भयंकर तगड़ा दिखता, परंतु भौंकना उसने गाँव तथा वनों के कठिन वातावरण में सीखा था। साहस उसमें कूट-कूट कर भरा था। क्षेत्रवाद पर जब कभी कुत्तों में संघर्ष उत्पन्न होता, तो उसकी एक गुर्राहट के आगे बड़े-बड़े कुत्तों की पूँछें सिकुड़ जातीं। सबके चले जाने पर रागा घर पर अकेला रह जाता था। अत: किसी-किसी दिन मयूरी उसे अपने साथ अर्थमहल ले जाती थी तथा खाली समय में उसे भी प्रशिक्षण देती। संकेतों पर निर्देशित वस्तु उठाकर लाना, ऊँची छलांग लगाना, संकेत मिलने पर भौंकना बंद कर नि:शब्द भूमि से चिपक जाना तथा शत्रु सैनिकों के कवच रहित अंगों पर आक्रमण करना- यह सब रागा

ने सरलता से सीख लिया था। घर लौटने पर मयूरी रागा को निर्देशित करने वाले संकेत सत्तू को भी सिखा देती।

सैनिक प्रशिक्षणशाला में सत्तू नीम के वृक्ष के नीचे बैठा सुस्ता रहा था। आज प्रशिक्षण पहले ही समाप्त कर दिया गया था, क्योंकि बचे हुए समय में मल्ल युद्ध की छोटी-सी प्रतियोगिता रख दी गई थी। सत्तू को मल्ल युद्ध में कोई विशेष रुचि नहीं थी। वह मात्र शतायु का द्वंद्व देखने तक रुका। इस कला में शतायु के समकक्ष वहाँ कोई नहीं था। मल्ल युद्ध में वह सर्वश्रेष्ठ था, परंतु अपने प्रतिद्वंद्वी को वह एक बार में चित नहीं करता था। पहले विरोधी को अपना हर दाँव दिखाने का पूरा अवसर देता था, फिर जब उसका प्रतिद्वंद्वी अपने दाँव दुहराना प्रारंभ करता, तब शतायु उसे एक ही झटके में परास्त कर देता। उसका खेल देखने में सभी को रोमांच आता था। उसका द्वंद्व देखकर सत्तू चला गया। वह निकुंज को भी साथ ले जाना चाहता था, ताकि वह उसके साथ लट्टू नचा सके, परंतु निकुंज ने कुछ और देर प्रतियोगिता देखकर आने की बात कही।

नीम के वृक्ष के नीचे बैठा सत्तू उसी की प्रतीक्षा कर रहा था। वह खेल देखने जुटी भीड़ की ओर बहुत देर तक देखता रहा, फिर अपने लट्टू निकालकर अकेले ही नचाने लगा। वह नाचते लट्टू के ऊपर दूसरा लट्टू नचाने का प्रयास कर रहा था। जब से निकुंज ने उसे दो लट्टू एक-दूसरे के ऊपर नचाकर दिखाए थे, वह भी ऐसा करने के लिए तड़प रहा था।

उसने घड़ीभर लगातार प्रयास किया। हर बार की भाँति इस बार भी ढेरों प्रयास असफल रहने के बाद उसने निकुंज द्वारा दिखाए दूसरे खेल का अभ्यास करना प्रारंभ कर दिया। इस खेल में नाचते लट्टू को डोरी से फँसाकर इस प्रकार उछालना था कि वह ऊपर वृक्ष की किसी डाल पर पहुँचकर नाचने लगे। इस खेल के अभ्यास के लिए उसने समीप वाला आम का वृक्ष चुना। उसकी डालें नीची तथा मोटी थीं। सत्तू के लिए यह खेल अपेक्षाकृत आसान था। परंतु गणना ठीक न होने से प्रत्येक बार उसका लट्टू डाल के ठीक मध्य में नहीं पहुँचता था तथा डाल पर दो-तीन घूर्णन के बाद ही सरककर गिर जाता।

इस प्रकार के खेलों के लिए सूक्ष्मता, सटीक गणना, अभ्यास, केंद्रित मन तथा धैर्य की आवश्यकता होती है। लट्टू के अभ्यास ने सत्तू में असीम धैर्य उत्पन्न कर दिया था। किसी की प्रतीक्षा में जहाँ और लोग देर होने पर ऊबकर खीझ जाते थे, वहाँ वह नाक-मुँह सिकोड़े बिना पूरे दिन प्रतीक्षा कर सकता था। सुनी हुईं बातें भी उसे लंबे समय तक याद रहती थीं।

अभ्यास करते-करते जब सूर्य ढलने लगा, तब निकुंज, एकांश और शतायु के साथ आता दिखा। उनको आता देख उन पर से दृष्टि हटाकर सूर्य की ढलान देखने के लिए जब सत्तू ने पश्चिम की ओर दृष्टि उठाई, तो उस दिशा से आते किसी व्यक्ति को देखकर एकदम से हर्षमग्न हो गया। हाथ में पकड़े लट्टू और डोरी को छोड़कर चिल्लाते हुए उसकी ओर दौड़ा।

"भ...इ...या!"

और उसने जाकर विधान को अंक में भर लिया, फिर आदत के अनुसार उसकी छाती पर खूब सिर रगड़ा। विधान ने भी उसका सिर सहलाया। जब सत्तू मन भर छाती पर सिर रगड़कर अलग हुआ, तब विधान ने चौंकने का अभिनय किया। सत्तू के समतल हो चुके पेट को सहलाते हुए बोला- "तेरा पेट किसने काट लिया?"

फिर उसकी बाँह में उँगली धँसाते हुए बोला- "...और तेरी भुजाएँ भी ठोस हो गई हैं।"

फिर उसकी ठुड्डी पकड़कर मुख को इधर-उधर करते हुए- "क्या हो गया मेरे भाई को, आजकल भोजन छोड़कर कंकड़-पत्थर खा रहा है क्या?"

सत्तू उत्साह से अपनी कोहनी मोड़कर बाँह में मूसक निकालते हुए बोला- "सैन्य-अभ्यास ने सारी वसा गला दी, भइया...अब मैं भी शक्तिशाली बन चुका हूँ, पूरी सेना को अकेले ही खदेड़ सकता हूँ।"

"अच्छा! अश्व सेना और गज सेना को भी?"

"हाँ! उन्हें भी।"

"असुरों और दानवों को भी?"

"हाँ! उन्हें फूँककर ही उड़ा दूँगा।"

"और उन दैत्यों को?"

"उनको तो पीस डालूँगा।"

दोनों खुलकर हँसते हैं।

"तू वास्तव में बाहुबली हो गया है।" विधान ने उसके कंधों को दबाते हुए कहा।

"भइया! तुम भी तो पहले से बलिष्ठ लग रहे हो...शरीर पर इतने कटे-फटे चिह्न कैसे?...और केश भी कितने लंबे कर लिए...!" तभी उसका ध्यान समीप आकर खड़े निकुंज, एकांश और शतायु की ओर गया। सत्तू ने उन तीनों से गुप्त बातें छोड़कर विधान के विषय में खूब चर्चा की थी। उसने विधान से उन तीनों का संक्षिप्त परिचय कराया, फिर निकुंज को आदेश दिया- "चल निकुंज! शीघ्रता से

भइया के चरण स्पर्श कर...अन्यथा वे तेरा कर लेंगे।''

निकुंज वास्तव में हड़बड़ा गया और तेजी से बढ़कर विधान के चरण स्पर्श कर लिया। विधान ने सत्तू के सिर पर एक चपत लगाई- ''क्या करता रहता है तू।''

सभी मुस्कराए। पर निकुंज अब भी थोड़ा भ्रमित था।

प्रथम भेंट का थोड़ा-सा औपचारिक वार्तालाप कर एकांश, निकुंज और शतायु ने विदा ले ली।

विधान, सत्तू के साथ वहीं वृक्ष के नीचे बैठ गया।

''भइया! तुम्हें कैसे ज्ञात हुआ कि मैं यहाँ मिलूँगा?'' सत्तू ने बैठते हुए पूछा।

''तुम्हारे विषय में समाचार मुझे समय-समय पर अमरखंड में प्राप्त हो जाता था, अत: राजधानी में प्रवेश करते ही मैं सीधे काकी के घर गया। काकी से ही ज्ञात हुआ कि तुम यहाँ मिलोगे।'' विधान बोला।

''अब काकी का घर ही अर्थला में परिवार है। बसंत भइया और मयूरी भाभी भी बहुत अच्छे हैं।''

''बसंत के विषय में कुछ बता।'' विधान ने कुछ सोचते हुए कहा।

''बसंत भइया स्वभाव के बहुत अच्छे हैं। अपने कार्य में अत्यंत निपुण हैं। रानी वसुंधरा उनसे सदैव प्रसन्न रहती हैं...।''

फिर कुछ क्षण रुककर बोला- ''भइया! कहीं तुम्हारे मन में पिछली घटना तो नहीं घूम रही है?''

''हाँ! घूम रही है, इसीलिए पूछ रहा हूँ। क्या कोई पत्थर बसंत के पास दिखा?''

''मुझे कभी नहीं दिखा, परंतु छह माह पूर्व एक घटना हुई थी, जिसमें मुझे कुछ विचित्र पत्थर दिखे थे।'' सत्तू धीरे से बोला। फिर उसने मृगया वाली घटना से लेकर भोज द्वारा प्रयोगशाला का द्वार खोलने के असफल प्रयास तक की कथा सुना डाली।

घटना सुनकर विधान का मस्तिष्क थोड़ा उलझा। परंतु कुछ क्षण उलझकर उसने समझ न पाने के कारण उस विषय को छोड़ दिया। उसके पास दूसरा महत्वपूर्ण विषय था। थोड़ा गंभीर होकर बोला-

''माँ को देखे हुए वर्षभर हो गया। अमरखंड में कुलपति से माँ का कुशल-मंगल प्राप्त होता रहता था, परंतु नेत्रों से देखे बिना मन व्याकुल होता रहता है। सोचता हूँ, रानी से आज्ञा लेकर कुछ दिनों के लिए गाँव चलते हैं।''

"मेरा भी यही विचार है, यहाँ रूपक का एक सैनिक प्रत्येक माह गाँव का समाचार दे जाता है...क्यों न हम कल ही आज्ञा लेकर चलें।" सत्तू ने सुझाव दिया।

"हाँ! यही करते हैं।"

कुछ क्षणों की शांति के बाद सत्तू ने विषय बदलते हुए पूछा- "भइया! यह बताओ कि अमरखंड कैसा है? क्या-क्या पढ़ा? क्या-क्या देखा? क्या-क्या सीखा?"

विधान में उत्साह आ गया। बोला- "अमरखंड के विषय में रात्रि-भोजन के पश्चात सोते समय विस्तार से बताऊँगा। अभी तुझे कुछ अचंभे वाला कार्य दिखाता हूँ।"

विधान ने इधर-उधर देखा। साँझ हो रही थी। मल्ल युद्ध की प्रतियोगिता भी समाप्त हो चुकी थी। इक्का-दुक्का प्रशिक्षु सैनिक दूर विचरण करते हुए दिखे। विधान वृक्ष के तने की आड़ लेकर बैठ गया और सत्तू से बोला- "इधर बाईं ओर आकर खड़ा हो जा। थोड़ी-सी आड़ दे मुझे।"

सत्तू ने चारों ओर दृष्टि घुमाई- "सब बहुत दूर हैं भइया! कोई ध्यान नहीं दे रहा, तुम निश्चिंत होकर दिखाओ।" यह कहकर सत्तू बाईं ओर आकर खड़ा हो गया।

विधान ने एक लकड़ी से कुछ मिट्टी खोदी। फिर दोनों हथेलियों में भरकर उठा ली। एक बार पुनः निश्चित होने के लिए इधर-उधर दृष्टि दौड़ाई कि कहीं कोई देख तो नहीं रहा, फिर बोला- "देख सत्तू!"

सत्तू ने आँखें गड़ाईं।

विधान के शरीर में क्षणभर के लिए कंपन हुआ। फिर मिट्टी हिली और वह धीरे-धीरे आकार ग्रहण करने लगी। पाँच क्षणों पश्चात मिट्टी ने एक छोटे घड़े का रूप ले लिया। जैसे किसी भुरभुरी मिट्टी से बना घड़ा।

सत्तू प्रसन्नता मिश्रित विस्मय के साथ झट से नीचे बैठ गया तथा विधान की बाँह पकड़ते हुए बोला-

"भइया! तुम यह भी कर सकते हो?...यह तो अद्‌भुत है...क्या भूमि-सिद्धि के प्रयोग से बनाया?"

"हाँ! वास्तव में भूमि-सिद्धि युद्ध या विध्वंस की नहीं, निर्माण की कला है। यह भूमि-तत्व को नियंत्रित करना सिखाती है।"

सत्तू ने कौतूहल से उस घड़े को उठा लिया, पर उसके हाथ में जाते ही पूरा घड़ा भुरभुराकर ढह गया।

"यह तो टूट गया।" सत्तू बोला।

"हाँ! जब तक मैं मिट्टी को ऊर्जा प्रदान करता रहूँगा, मात्र तभी तक वह संरचना में बनी रहेगी। परंतु गीली मिट्टी से थोड़ी स्थायी संरचना बन सकती है।"

"रुको भइया! मैं गीली मिट्टी लाता हूँ।"

"रहने दे, बाद में दिखा दूँगा।"

"नहीं भइया! मैं लेकर आता हूँ, मुझे अभी देखना है," कहकर सत्तू चला गया तथा सैन्य घोड़ों को जल पिलाने के लिए बने गड्ढों से गीली मिट्टी उठा लाया।

"यह तो आवश्यकता से अधिक गीली है। संरचना बह जाएगी, थोड़ी सूखी मिट्टी मिलाकर इसे गूँध ले।" विधान ने मिट्टी छूते हुए कहा।

सत्तू और विधान बाल्यावस्था से ही ऐसी मिट्टियाँ गूँधा करते थे। सत्तू ने थोड़ी ही देर में गूँधकर दे दिया।

विधान ने मिट्टी उठाई। सिद्धि का प्रयोग किया। मिट्टी हिली, घूमी और इस बार एक सुराही बन गई।

सत्तू ने धीरे से सुराही अपने हाथ में उठा ली। वह किसी कुंभकार द्वारा चाक पर घुमाकर बनाई गई सुराही के एकदम समान थी।

"सूखने पर अग्नि में पकाकर हाट में विक्रय भी कर सकते हो।" विधान ने उठते हुए कहा।

सत्तू कौतूहल से सुराही को घुमा-घुमा कर देखता रहा, फिर कोई गूढ़ रहस्य खोज लेने वाली प्रसन्नता से बोला- "भइया!...हम धनी बन सकते हैं।"

"कैसे?" विधान ने मुस्कराकर पूछा।

"सिद्धि के प्रयोग से हम एक दिन में सैकड़ों घड़े बना सकते हैं...और आधे मूल्य पर हाटों में विक्रय कर सकते हैं...और घड़े ही क्यों, हम सैकड़ों, सहस्त्रों खिलौने भी बनाकर विक्रय कर सकते हैं।" सत्तू ने धीरे से सुराही नीचे रखते हुए कहा।

विधान जोर से हँसा। बोला- "एकदम ठीक कहा, घड़े और खिलौने बनाने के लिए ही यह सब सीखकर आया हूँ।"

"मैं परिहास नहीं कर रहा, भइया!" यह कहकर सत्तू, विधान का हाथ खींचकर बैठाने लगा। जिद करता हुआ बोला- "चलो, मुझे एक घोड़े का खिलौना बनाकर दिखाओ।"

"ठीक है, बनाता हूँ, पर सारी मिट्टी तो सुराही में लगा दी है।"

सत्तू ने सुराही को कुचलकर पुनः मिट्टी का लोंदा बना दिया और विधान

के हाथों में रख दिया।

विधान ने मिट्टी लेकर सिद्धि प्रयोग किया और एक पशु की आकृति बना दी।

सत्तू नकारात्मक आश्चर्य से बोला- ''यह क्या है ?...पहचान नहीं आ रहा... यह घोड़ा है या गदहा ? ...इसके नेत्र, ग्रीवा एवं पूँछ के केश तथा पीठ पर बँधी काठी तो उकेरो।''

''उतनी सूक्ष्मता के लिए मुझे अपना स्तर और अभ्यास बढ़ाना होगा। अभी इतना ही कर सकता हूँ।'' घोड़े को भूमि पर रखकर विधान उठते हुए बोला।

सत्तू भी उठ गया और बोला- ''अच्छा, कोई बात नहीं, मैं घड़े और सुराहियाँ ही बेच लूँगा।''

''जब गाँव चलेंगे, तब घड़े-सुराही बनाएँगे। अभी घर चलते हैं, साँझ भी ढल चुकी है। पहुँचते-पहुँचते अँधेरा हो जाएगा।'' विधान बोला।

''हाँ! चलते हैं, बसंत भइया और मयूरी भाभी भी आ चुके होंगे।''

दोनों घर की ओर धीरे-धीरे चलते हैं। मार्ग में सत्तू, विधान को मयूरी द्वारा सुनाई गई रोमांचक कहानियाँ सुनाने लगा...

नया-नया जन्मा मिट्टी का पशु वहीं तने के पास खड़ा रहा- अगले दिन की धूप सेंककर ठोस बनने के लिए।

उस पशु ने बहती वायु की छुवन महसूस की। दूर घरों में जल रहे दीपकों के टिमटिमाते प्रकाश को देखा। हवा के झोंकों से खड़खड़ाती पत्तियों की ध्वनि सुनी और घिर रही रात्रि की कालिमा भी देखी।

दो घड़ी बीती होगी कि एक घोड़ा चरता हुआ आया और अनजाने में उसे कुचलकर चला गया। मिट्टी से जन्मा था, मिट्टी में ही बदल गया।

विधान के सिद्धि पूर्ण कर लौटने के कुछ दिन पूर्व से सूचनाएँ उड़ने लगी थीं कि सम्राट जयभद्र शीघ्र ही युद्ध का प्रस्ताव भेजने वाला है। जंबूद्वीप के प्राचीन युद्ध-संस्कार के अनुसार सम्राट को युद्ध के लिए दो पूर्णिमा पूर्व आमंत्रण देना होगा। आमंत्रण आज आए या कुछ दिन पश्चात, अब युद्ध सिर पर आ खड़ा हुआ था।

वसुंधरा ने पिछले कई वर्षों से अर्थला की शक्ति बढ़ाने के लिए एड़ी-चोटी का जोर लगा रखा था। उसने बचे-खुचे मित्र राज्यों से संबंध सुधारा तथा अभी तक तटस्थ रहे कई राजाओं को अमरखंड की मध्यस्थता द्वारा अपने पक्ष में मिलाया। जो

राज्य सैन्य सहायता नहीं दे सकते थे, उनसे धन की सहायता ली। जो राजा सम्राट के भय से धन भी नहीं दे रहे थे, उनसे कुछ सैन्य-अश्व ही माँग लिए। अर्थला के घने वनों में रहने वाली कई खूंखार जनजातियों से संपर्क साधकर युद्ध के समय उनसे भी सहयोग माँगा।

अर्थला की प्रजा वसुंधरा के कर्मों एवं प्रयासों को देख रही थी। लोग अपनी रानी को बहुत मानते थे। वे अपना योगदान देने के लिए स्वयं आगे आए। कारीगर और श्रमिक बिना वेतन के दुर्ग तथा सैन्य छावनियों के जीर्णोद्धार में लगे हुए थे। नए युवा सैनिकों की भुजाएँ भी शत्रुओं से भिड़ने को फड़क रही थीं। वे जंबूद्वीप के सर्वश्रेष्ठ सेनाध्यक्ष के साथ युद्ध भूमि साझा करने के लिए उत्कंठित थे।

विधान के सिद्धि पूर्ण कर लौटने की घड़ी समीप आती देख वसुंधरा की आशा में भयंकर उछाल आया। उसने विधान के आगमन वाली पूर्णिमा के अगले दिन गुप्त बैठक नियत कर दी तथा विधान के द्वारा नए सिद्धिधारक उत्पन्न कराने के लिए सिंहनाद से कुछ विश्वसनीय सैनिक माँगे।

धनंजय को जब यह ज्ञात हुआ, तब उन्होंने वसुंधरा को समझाया कि इतने कम समय में यह अत्यंत कठिन कार्य है। वह नए सिद्धिधारक उत्पन्न करवाने का विचार त्यागकर विधान को ही शक्ति-कुंडल दिलवाने में सहायता करे। पर रानी पर मानो उन्माद छाया हुआ था, वह नहीं मानी। वह एक बार प्रयोग कर देख लेना चाहती थी। अतः विधान के अर्थला पहुँचते ही अगले दिन प्रातः उसे गुप्त कक्ष में बुलाया गया। वह उसी कक्ष में बैठा हुआ था, जहाँ उसने रानी से प्रथम भेंट की थी।

कल वह देर रात्रि तक सत्तू से वार्तालाप करता रहा तथा प्रातः देर से उठा। उठा भी तब था, जब रानी का संदेशवाहक उसे बुलाने के लिए द्वार पर आकर खड़ा हो गया। शीघ्रता से नित्यकर्म निबटाकर वह संदेशवाहक के साथ यहाँ आ गया था। अभी वहाँ सिंहनाद, विश्वरथ, उपसेनाध्यक्ष कुंतल तथा धनंजय के अतिरिक्त एक अन्य व्यक्ति भी उपस्थित था। ऊँचाई और वय में धनंजय के बराबर, गठीला ठोस शरीर, गहरा साँवला रंग, उभरी हुई बड़ी आँखें, छोटे घुँघराले केश तथा शरीर पर घावों के कई चिह्न- जो साँवलेपन के कारण दूर से दृश्यमान नहीं थे। उस व्यक्ति ने दोनों हाथों में कलाई से लेकर कोहनी तक भूरे चमड़े की पट्टियाँ लपेट रखी थीं। अत्यधिक हँसमुख दिख रहे उस व्यक्ति का परिचय धनंजय ने अयोध्या के राजा रविदास के रूप में कराया। परिचय जानकार विधान को बड़ी प्रसन्नता हुई। बोला- ''मेरा छोटा भाई आपका बहुत बड़ा प्रशंसक है, यहाँ उपस्थित होता, तो आपसे भेंट कर फूला नहीं समाता।''

रविदास की आँखों में चमक आ गई और मुस्कान फैलकर कानों तक खिंच गई। आसन पर बैठे-बैठे ही पीठ सीधी की और दाईं मुट्ठी से अपनी छाती को दो बार ठोंका, फिर धनंजय की ओर उँगली दिखाते हुए बोला- "देख रहे हो धनंजय! मेरी प्रसिद्धि तुमसे भी अधिक बढ़ रही है...इसकी बात सुनकर कहीं तुम्हें ईर्ष्या तो नहीं हो रही?"

धनंजय, रविदास की ओर देखकर बस मुस्करा दिए।

रविदास चिढ़ाते हुए बोला- "मुस्करा रहे हो...हूँ... इसका सीधा अर्थ है कि तुम्हें ईर्ष्या हो रही है।"

धनंजय खुलकर हँस दिए। बोले- "जैसी इच्छा हो, वैसा समझो।"

"मेरे अतिरिक्त और कौन तुम्हें अच्छे से समझेगा...?" फिर विधान से संबोधित होते हुए- "तुम्हारे भाई का परिचय क्या है, सिद्धिधारक!"

"उसका नाम सत्तू है, वह अभी प्रशिक्षु सैनिक है।" विधान ने सहजता से बताया।

"वाह! कितना सुपाच्य नाम है...बहुत कम ही ऐसे स्वादिष्ट नाम सुनने को मिलते हैं...पिछले तीन दिनों से मैं यहीं था, परंतु आज मध्याह्न में लौट जाऊँगा। तुम्हारा और तुम्हारे भाई का अयोध्या में सदैव स्वागत है। जब इच्छा हो, चले आना।"

विधान ने आभार दिखाते हुए धन्यवाद ज्ञापित किया।

तभी बाहर खड़ी परिचारिका ने रानी के आगमन की घोषणा की। सभी सहजता से खड़े हो गए।

कुछ क्षणों पश्चात रानी ने रुद्रबाला और राजकुमारी धरा के साथ कक्ष में प्रवेश किया।

रानी के बैठते ही सभी अपने-अपने आसनों पर बैठ गए। बैठते ही रानी ने सिंहनाद को संकेत किया। सिंहनाद ने उपसेनाध्यक्ष कुंतल की ओर देखा। कुंतल अपने आसन से उठे और कक्ष के बाहर चले गए। विधान प्रश्नवाचक-सा सभी की ओर दृष्टि दौड़ता रहा। इधर-उधर उड़ती दृष्टि जब धरा की दृष्टि से टकराई, तो उसने मुँह बिचकाकर दूसरी ओर दृष्टि फेर ली। विधान को अंदर ही अंदर हँसी आ गई, पर मुख पर सामान्य बना रहा।

कुछ ही क्षणों में कुंतल लौटे तथा अपने पीछे तीन अन्य को भी साथ लाए। तीनों को देखकर विधान थोड़ा चकित हुआ। वे निकुंज, एकांश और शतायु थे। एकांश और शतायु तो सहज दिख रहे थे, परंतु छोटा निकुंज थोड़ा भयभीत लग

रहा था।

वसुंधरा विधान से बोली- "पुत्र! युद्ध का संकट घर तक आ पहुँचा है। तुम्हारी सिद्धि भी पूर्ण हो चुकी है। अब अर्थला तुमसे नए सिद्धिधारक चाहती है, प्रारंभ के लिए ये तीन उपस्थित हैं।"

विधान को अब स्थिति स्पष्ट हुई। रानी उससे अत्यंत दुष्कर कार्य करने को कह रही थी। रानी को उत्तर देने के लिए वह कुछ क्षणों के लिए रुका, मानो बात प्रारंभ करने का सही छोर ढूँढ़ रहा हो। जब कोई छोर पकड़ आया, तो बोला- "भूमि-सिद्धि उस प्रकार प्राप्त नहीं होती, जिस प्रकार आप समझ रही हैं।"

"वक्ष पर हाथ रखकर प्रदान की जाती है...यही ज्ञात है मुझे।" रानी बोली।

"हाँ! उसी प्रकार प्रदान की जाती है, परंतु वह बाहरी क्रिया है।" विधान समझाते हुए आगे बोला- "अपनी बात समझाने के लिए मैं इस सिद्धि का थोड़ा आधारभूत सिद्धांत बताता हूँ।"

विधान ने समझाना प्रारंभ किया- "भूमि-सिद्धि, भूमि-तत्व को नियंत्रित करने की कला है और भूमि-तत्व को नियंत्रित करने के लिए ऊर्जा की आवश्यकता होती है। एक सामान्य व्यक्ति के संपूर्ण शरीर में यह ऊर्जा अव्यवस्थित रूप से नख से लेकर शिख तक फैली रहती है। यही ऊर्जा हमें अपने शारीरिक अंगों पर नियंत्रण प्रदान करती है। जैसे कि हाथ-पैरों का हिलाना, उँगलियों का चलाना, पलकों का झपकाना आदि। इस ऊर्जा के विस्तार की अधिकतम सीमा हमारी त्वचा होती है तथा मनुष्य के शारीरिक ढाँचे के कारण यह ऊर्जा हमारे अंगों पर एक निश्चित सीमा तक ही नियंत्रण प्रदान करती है। जैसे कि हम अपनी कोहनी मात्र आगे की दिशा में ही मोड़ सकते हैं, पीछे या चारों ओर नहीं। जबकि यही ऊर्जा हमारी कलाई, ग्रीवा तथा कंधों को अधिक स्वतंत्र नियंत्रण प्रदान करती है।

यदि इस ऊर्जा को हम अपने सीमित नियंत्रण वाले शारीरिक ढाँचे से बाहर निकाल सकें, तो यह ऊर्जा हमें भूमि-तत्व पर इच्छानुसार नियंत्रण प्रदान करेगी। सिद्धिधारक इसी ऊर्जा को त्वचा की सीमा तोड़कर शरीर से बाहर निकालता है और भूमि-तत्व को नियंत्रित करता है। परंतु यदि हाथ या पैर की ऊर्जा को क्षणभर में शरीर के बाहर निकाल दिया जाएगा, तो वह अंग शक्तिहीन होकर संज्ञाशून्य हो जाएगा तथा व्यक्ति अपने उस हाथ या उस अंग से नियंत्रण खो बैठेगा। अत: शरीर को सुरक्षित बनाए रखने के लिए सिद्धिधारक अपने शरीर की सामान्य प्राकृतिक ऊर्जा को शरीर के बाहर नहीं निकालता। सिद्धि प्रयोग की ऊर्जा के लिए वह अपने शरीर में एक ऊर्जा-गाँठ का निर्माण करता है तथा अभ्यास के द्वारा उस गाँठ में

ऊर्जा संचित करता है। सिद्धि प्रयोग के समय वह उसी ऊर्जा को शरीर के बाहर निकालता है।

इस ऊर्जा गाँठ को कोई सामान्य व्यक्ति स्वयं से अपने शरीर में उत्पन्न नहीं कर सकता। यह ऊर्जा गाँठ कोई सिद्धिधारक ही उस व्यक्ति के शरीर में अपनी ऊर्जा छोड़कर निर्मित करता है।

एक बार ऊर्जा गाँठ निर्मित हो जाने पर वह व्यक्ति यौगिक अभ्यास द्वारा उस गाँठ में ऊर्जा संचित कर सकता है।...परंतु मात्र ऊर्जा संचित करने से ही व्यक्ति सिद्धिधारक नहीं बन जाता। पहले वह गाँठ में ऊर्जा भरना सीखता है, उसके पश्चात उस ऊर्जा को शरीर से बाहर निकालना सीखता है। शरीर से बाहर निकलकर वह ऊर्जा अनियंत्रित रूप से चारों ओर फैलने लगती है। अत: उस ऊर्जा को इच्छित दिशा में केंद्रित करना सीखता है तथा अंत में उस निर्देशित ऊर्जा से भूमि-तत्व पर इच्छित नियंत्रण सीखता है। इस प्रकार भूमि-सिद्धि प्राप्त करना एक चरणबद्ध तथा श्रमसाध्य प्रक्रिया है...।"

विधान ने कुछ क्षण रुककर उन तीनों की ओर देखा, फिर अपनी दृष्टि पुन: रानी की ओर मोड़कर बोला-

"भूमि-सिद्धि प्राप्त करना एक दिन का कार्य नहीं है। शरीर की एक निश्चित ऊर्जा होती है, यदि अचानक से उसकी ऊर्जा बढ़ा दी जाएगी, तो शरीर झेल नहीं पाएगा। अत: व्यक्ति को ऊर्जा गाँठ प्राप्त करने के लिए लंबे अभ्यास द्वारा शरीर को उस अतिरिक्त ऊर्जा को सहने में सक्षम बनाना होता है। आदरणीय काण ने मुझे ढाई वर्ष से भी अधिक समय तक अभ्यास करवाया था, उसके पश्चात ही उन्होंने मेरे शरीर में ऊर्जा गाँठ बनाई थी। अपनी सिद्धि पूर्ण करने के समयकाल में मुझे इस सिद्धि का जितना सिद्धांत एवं इतिहास ज्ञात हुआ, उसके अनुसार यह आवश्यक नहीं कि अभ्यास किया हुआ प्रत्येक व्यक्ति ऊर्जा गाँठ की प्रक्रिया सहन कर सके। दस में से चार व्यक्ति ही ऊर्जा गाँठ प्राप्त कर पाते हैं। इसके अतिरिक्त इतिहास में कुछ ऐसे भी व्यक्ति हुए हैं, जिनमें प्रारंभ से ही इस ऊर्जा को झेलने की प्राकृतिक क्षमता थी। परंतु वह सहस्त्रों में कोई एक ही होता है।...इन तीनों को प्रारंभ में ऊर्जा गाँठ की प्रक्रिया सहने के लिए लंबे समय तक कड़ा अभ्यास करना होगा, उसके पश्चात ही आगे के चरण संभव हो सकेंगे...।"

भूमि-सिद्धि का आधारभूत सिद्धांत बताकर विधान चुप हो गया। पूरे कक्ष में एक अबोला तैरने लगा।

उस नि:शब्दता के वातावरण में वसुंधरा के मुख पर थोड़ी निराशा घिरने लगी।

धरा अपनी माँ को देखती रही।

रानी धीरे से बोली- ''पुत्र! तुम इन तीनों पर प्रयोग करो। संभव है- सहस्त्रों में जिस एक व्यक्ति की बात तुम कर रहे हो, इन्हीं में से कोई एक निकले।''

विधान अचकचा गया। इतना सब बताने के बाद भी उसे रानी से इस प्रकार के आदेश की आशा न थी। वह विनीत स्वर में बोला- ''क्षमा कीजिएगा, मुझे यह अत्यंत संकटपूर्ण लग रहा है। ऊर्जा गाँठ निर्मित करने के लिए बहुत नियंत्रण और सूक्ष्मता चाहिए। इस प्रक्रिया के लिए अभी मुझमें आत्मविश्वास नहीं है।''

उसकी बात सुनकर वसुंधरा ने सोचने के लिए क्षणभर भी नहीं लगाया और पुनः कड़ा आदेश दिया- ''पुत्र! इन पर प्रयोग करो।''

रानी के आदेश में न जाने कैसी दृढ़ता थी कि विधान तत्काल उसमें बँध गया। वह अपने स्थान से उठा और तीनों के समक्ष गया।

विधान की बात सुनकर शतायु और एकांश अंदर से थोड़ा भयभीत हो गए थे, परंतु ऊपर से पूरी सहजता बनाए हुए थे, जबकि छोटे निकुंज का भय दूर से ही देखा जा सकता था।

विधान ने धीमे स्वर में उन तीनों का ढाढ़स बँधाया- ''मैं तुम्हें सुरक्षित रखूँगा।''

तीनों ने अपने नेत्रों के भाव से उस पर विश्वास दिखाया।

विधान ने तीनों को घुटने के बल बैठने को कहा। तीनों बैठ गए। घुटने के बल बैठे हुएतीनों ऐसे लग रहे थे, मानो अपना वध करवाने के लिए बैठे हों।

विधान ने एक दृष्टि कक्ष में उपस्थित सभी व्यक्तियों पर डाली और अंत में सामने बैठे शतायु पर केंद्रित की। उसने झुककर बाएँ हाथ से शतायु का दायाँ कंधा थामा और अपने दाएँ हाथ की हथेली उसके वक्ष पर चिपका दी। निमिष भर ध्यान केंद्रित कर हथेली से ऊर्जा छोड़ी। शतायु के शरीर को झटका लगा। विधान ने दुबारा ऊर्जा छोड़ी। शतायु को पुनः झटका लगा। विधान ने एक बार और ऊर्जा छोड़ी। इस बार झटके के साथ शतायु के मुख से थोड़ा रक्त निकल आया।

विधान ने उसे तत्काल छोड़ दिया और मुड़कर रानी की ओर देखा। उसे आशा थी कि रानी रुक जाने को कहेगी। परंतु वसुंधरा ने एकांश की ओर दृष्टि से संकेत किया। सिंहनाद थोड़े चिंतित हुए, परंतु मुख पर दृढ़ता ही बनी रही। रानी ने जब उनसे सिद्धि प्रयोग के लिए विश्वसनीय सैनिक माँगे, तब उन्होंने अपने मानस-पुत्रों को चुना। मानस-पुत्रों में भी शतायु, एकांश और निकुंज को ही, क्योंकि ये तीनों विधान के छोटे भाई सत्तू के बहुत आत्मीय थे। उनके बीच में किसी विषय को

गुप्त रखना सहज रूप से सरल होता।

इस बार विधान ने एकांश पर ऊर्जा छोड़ी। पहले ही झटके में उसके मुख से रक्त निकल आया। यह देख निकुंज स्वेद से नहा गया। विधान ने एकांश को छोड़ा और बिना इधर-उधर दृष्टि मोड़े सीधे निकुंज के सामने गया। विधान ने जैसे ही निकुंज के वक्ष से अपनी हथेली चिपकाई, उसके प्राण ही सूख गए। विधान की पीठ रानी की ओर थी।

वसुंधरा ने देखा कि विधान ने अपने हाथ को थोड़ा झटका देकर ऊर्जा छोड़ी और निकुंज को कुछ नहीं हुआ। शतायु और एकांश की भाँति उसके शरीर को कोई झटका नहीं लगा। कक्ष में उपस्थित सभी ने निकुंज पर दृष्टि गड़ा दी। निकुंज भी थोड़ा भ्रमित था कि उसे कुछ नहीं हुआ। तभी विधान ने उसका कंधा दबाया और नेत्रों से कुछ संकेत किया।

सभी ने देखा कि विधान ने दुबारा ऊर्जा छोड़ी और इस बार निकुंज क्षणभर में मूर्च्छित-सा होकर गिर पड़ा।

निकुंज के गिरते ही रानी उठ खड़ी हुई। एक विचित्र दृष्टि से विधान को लंबे क्षणों तक एकटक देखा, फिर बिना कुछ कहे कक्ष से बाहर निकल गई। रुद्रबाला और धरा भी रानी के पीछे चली गईं।

रानी के जाते ही उपसेनाध्यक्ष कुंतल उन तीनों के पास पहुँचे। शतायु और एकांश ने उन्हें विश्वास दिलाया कि कोई गंभीर बात नहीं है। निकुंज भी आँखें खोलकर शक्तिहीन-सा धीरे-धीरे उठा।

यह बात निकुंज और विधान के बीच ही रही कि विधान ने एक बार भी उस पर ऊर्जा नहीं छोड़ी थी तथा उसने मूर्च्छित होने का ढोंग किया था।

कुंतल उन तीनों को लेकर प्राथमिक चिकित्सा के लिए कक्ष के बाहर चले गए। धनंजय, विधान के समीप पहुँचे और धीरे से बोले- ''अभी जा सकते हो, संध्या को दूत भेजूँगा।''

विधान स्वयं अतिशीघ्र वहाँ से हटना चाहता था। ऐसे वातावरण में गाँव जाने की आज्ञा माँगना व्यावहारिक नहीं होता। वह उठा और वहाँ शेष बचे लोगों को औपचारिक अभिवादन किया। जब रविदास को किया, तो रविदास ने आकर मुस्कराते हुए उसकी पीठ ठोंक दी।

प्रयोगशाला का रहस्य

अगले दिन प्रातः सविता नारायण की पहली किरण के दिखते ही विधान अपनी तलवार कमर में बाँधकर मयूर के साथ धनंजय द्वारा निर्देशित स्थान की ओर चल दिया। ऊपरी कक्ष में बसंत-मयूरी उठ गए थे, सुमेरु पिछली रात्रि से ही नहीं आया था। रागा और सत्तू अभी तक सो रहे थे तथा काकी कंसा रसोई में घुसी हुई थीं। कुछ फल खाकर तथा छाछ पीकर विधान राजधानी के बाहर निकल आया था। प्रातः वायु की मीठी गंध विधान और मयूर दोनों को पसंद आई।

राजधानी से निकलकर अभी वह जिन खेतों से गुजर रहा था, वहाँ ढेरों बगुले थे। वे अपनी लचीली गरदन को भाले के समान भूमि पर मारकर कीड़े चुग रहे थे। कुछ अपनी लंबी टाँगें लटकाकर उड़ भी रहे थे।

पिछले दिन रानी से मिलने के पश्चात संध्या को धनंजय का दूत संदेश लाया था। उस संदेश में अगले दिन एक निर्देशित स्थान पर पहुँचना था। उन्होंने यह बात गुप्त रखने को कहा था, परंतु विधान ने सत्तू को बता दिया। वह गुप्त बातों को पचा जाने की सत्तू की क्षमता के विषय में भली प्रकार परिचित था। इसके अतिरिक्त जब उसने रानी द्वारा नए सिद्धिधारक बनवाने की घटना के साथ रविदास से भेंट होने की बात बताई, तब वह प्रसन्नता से उछल पड़ा और उसके वक्ष पर खूब सिर रगड़ता रहा था।

मयूर को दौड़ाते हुए वह पश्चिम की ओर जा रहा था। धनंजय द्वारा निर्देशित स्थान का मार्ग सरल था- राजधानी के पश्चिमी द्वार से निकलकर सीधे चलना था, जब तक कोई भग्नावशेष न दिखे। यदि बिना रुके वह अपना घोड़ा दौड़ाता रहे, तो मध्याह्न के दो घड़ी पश्चात वहाँ पहुँच जाएगा।

चलते-चलते जब सूर्य ऊपर चढ़ने लगा, विधान कुछ देर के लिए रुका। गठरी में बँधे कुछ फल खाए तथा मयूर को थोड़ा आराम दिया। फिर अपनी ढीली हो चुकी धोती को कसा और पुनः आगे बढ़ गया।

मार्ग वास्तव में अत्यंत सीधा था। बीच में कुछ छोटे गाँव दिखे। आगे उसने कुछ वन और पतली नहरों को भी पार किया।

पिछली रात्रि सत्तू उसे अर्थला में यत्र-तत्र फैले भग्नावशेषों के विषय में बता रहा था। उसने चार मुख्य भग्नावशेषों के विषय में बताया था, जो प्रतिबंधित थे

तथा जिनका इतिहास बहुत ढूँढ़ने पर भी सत्तू को पढ़ने के लिए नहीं मिला था। एक प्रतिबंधित भग्नावशेष वह पहले ही प्रयोगशाला के रूप में देख चुका था और इस दिशा का भग्नावशेष भी अनुमानतः प्रतिबंधित ही था।

अब सूर्य पूरी तरह सिर पर चढ़ चुका था और हवा भी गर्म होने लगी थी। सामने बहुत दूर एक टेढ़ी-मेढ़ी चमकीली रेखा दिखाई पड़ी। वह कोई नहर थी, जिसका जल सूर्य का प्रकाश चमका रहा था। विधान ने मयूर की गरदन सहलाकर पुचकारा और जोर से ऐड़ लगा दी।

नहर पर पहुँचकर दोनों ने जल पिया। विधान ने मुँह धोया तथा अपने केशों को जल से भिगोया। थोड़ा जल दुलार के रूप में मयूर पर भी उछाला। फिर खड़े होकर दोनों हथेलियों से अपने केशों को दबाते हुए पीछे कर रहा था कि सामने पश्चिम की ओर दूर क्षितिज पर पहाड़ जैसी कोई धुँधली आकृति दिखी। भूमि से उठती गर्म हवा में वह आकृति हिलती-सी लगी।

विधान मयूर पर चढ़ा और तेजी से बढ़ा। जैसे-जैसे वह समीप पहुँचा, आकृति आकार लेती चली गई। वह एक विशालकाय मूर्ति थी। इतनी ऊँची कि कोसों दूर से दिख रही थी। आधा घड़ी मयूर को दौड़ाने के पश्चात जब और समीप पहुँचा, तब मूर्ति अधिक स्पष्ट दिखी। वह अर्थमहल के अगल-बगल खड़ी मूर्तियों के समान ही लग रही थी, परंतु दोनों हाथ कमर पर तथा दृष्टि सूर्य से मिली हुई थी। वह मूर्ति एक वन के मध्य खड़ी थी। उस वन के ऊँचे वृक्ष उस योद्धा सरीखी मूर्ति की मात्र पिंडलियों को ही ढँक पा रहे थे। मूर्ति के सारे शरीर पर घास, काई, वनस्पतियाँ तथा छोटे-मोटे वृक्ष भी उगे थे।

लगभग आधा घड़ी और चलकर वह वन के बाहरी छोर तक पहुँचा, तब अनुमान लगा कि यह हरी मूर्ति अर्थमहल की बगलवाली मूर्तियों से ऊँचाई में आधी थी।

यदि उसने अर्थमहल वाली मूर्तियाँ पहले न देखी होतीं, तो इस मूर्ति की विशालता देखकर उसका मुख आश्चर्य से खुल जाता। उसने मयूर को ऐड़ लगाकर वन में घुसा दिया। वन में गड्ढों, नालों तथा कँटीली झाड़ियों को पार कर धीरे-धीरे आगे बढ़ा और मूर्ति के पाँव तक पहुँचा। मूर्ति के पाँव को लताओं ने ऐसे जकड़ रखा था, मानो वे उसे भूमि में घसीट ले जाना चाहती हों। समीप पहुँचकर विधान, मयूर से उतरा और मूर्ति को निहारने लगा। एक दृष्टि में ही पूरी मूर्ति देख पाना संभव नहीं था। पूरी मूर्ति विशाल पत्थरों को जोड़कर बनाई गई थी। उसे इस बात पर आश्चर्य हो रहा था कि इतनी विशाल संरचना बनाना अर्थला वालों के लिए

क्या सरल कार्य है। अपनी सिद्धि पूर्ण करने के लिए जब वह राक्षस अश्वगंधा के पास जा रहा था, तब मार्ग में उसने बहुत-सी दुर्लभ और आश्चर्यजनक चीजें देखीं थी। परंतु विशालता में जो भव्यता होती है, उसे वह इस मूर्ति में देखने को मिल रही थी।

मूर्ति को देखने में खोए विधान को याद आया कि उसे आगे बढ़ना है। उसने निश्चय किया कि किसी अन्य दिन वह सत्तू के साथ यहाँ पुन: आएगा।

वह मूर्ति की पीठ के पीछे से होता हुआ वन के अंतिम छोर तक पहुँचा। इस बीच उसने कई बार मुड़कर पीछे देखा। उसे मूर्ति के कंधे पर उग आए वृक्ष बहुत अच्छे लग रहे थे।

वन पार करते ही उसे उसका लक्ष्य दिख गया। दूर ऊँचे भवनों जैसी कई आकृतियाँ थीं। विधान ने मयूर को दौड़ लगवा दी। वह शीघ्र ही वहाँ पहुँचा। वे मात्र कुछ भवनों के भग्नावशेष नहीं, अपितु अति विशाल नगर के ध्वंसाशेष थे।

नगर, जो अर्थला की राजधानी की भाँति ऊँची दीवारों के विशाल घेरे के बीच बसा था। घेरा तो पूरी तरह नष्ट हो चुका था, परंतु कुछ अवशेष अब भी अपना इतिहास दर्शाने का प्रयास कर रहे थे। वह टूटा नगर क्षितिज तक फैला हुआ था। प्रयोगशाला की भाँति उसे भी काई और लताओं ने ढँककर हरे रंग में रंग दिया था।

कुछ गिरे हुए टूटे स्तंभों को पार कर उसने नगर में प्रवेश किया। मार्ग का कुछ पता नहीं चल रहा था। जिधर घोड़ा बढ़ाने योग्य स्थान दिखता, वह उधर ही बढ़ रहा था।

कोई भी भवन इतना नहीं बचा था कि उसे देखकर उसकी मूल संरचना का काल्पनिक रेखाचित्र खींचा जा सके। मात्र एक संरचना बची हुई दिख रही थी। उस नगर के मध्य में चार वृक्षों की ऊँचाई बराबर किवाड़ रहित एक द्वार था। वह द्वार किसी रणभूमि के अंतिम बचे सैनिक की भाँति खड़ा था, जो अपनी बूढ़ी आँखों से आसपास अपने मृत साथियों को देख रहा था।

किसी अनजान नगर में अनजान यात्री की भाँति वह अपने घोड़े पर बैठा इधर-उधर दृष्टि डालते हुए धीरे-धीरे बढ़ रहा था। एक बार उसने पीछे मुड़कर भी देखा। मूर्ति की पीठ अब भी दिख रही थी।

वह मयूर से उतरकर पैदल चलने की सोच ही रहा था कि किसी घोड़े के हिनहिनाने का स्वर सुनाई पड़ा। पहली बार में ज्ञात नहीं हुआ कि स्वर किस दिशा से आया। उसने सिर उठाकर देखा।

घोड़ा दुबारा हिनहिनाया। स्वर दाईं ओर एक टूटे स्तंभ के पीछे से आ रहा था। वह स्तंभ एक हाथी के बराबर मोटा था।

धनंजय के होने की आशा में विधान ने मयूर को उस ओर मोड़ा। परंतु मन ही मन थोड़ा सतर्क भी था। वहाँ का श्मशान सरीखा वातावरण उसे पसंद नहीं आ रहा था। उस ओर बढ़ ही रहा था कि स्तंभ की आड़ से हिनहिनाने वाले घोड़े का सिर निकला। वह लाल घोड़ा था। विधान को अच्छे से याद आया कि धनंजय का घोड़ा सफेद था। उसने अपनी गति धीमी की और पूरी तरह सतर्क हुआ।

घोड़ा आड़ से बाहर आ रहा था। दो क्षणों पश्चात जब उसका सवार दिखा, तब विधान को आश्चर्य हुआ।

मुख पर चंचल मुस्कान लिए वह रविदास था। अयोध्या का राजा और दासपुत्र के नाम से प्रसिद्ध।

समीप पहुँचकर विधान ने घोड़े से उतरकर अभिवादन किया। रविदास भी घोड़े से उतरते हुए बोला-

"समय पर पहुँचने वाले मुझे अच्छे लगते हैं।"

विधान आश्चर्य में था, उसने प्रशंसा पर ध्यान नहीं दिया। पूछा- "आप कल ही अयोध्या लौटने वाले थे, गए नहीं? यहाँ इतनी दूर कैसे?"

"जिस दुष्ट ने तुम्हें बुलाया है, उसी ने मुझे भी बुलाया है।"

"किसने?... धनंजय ने?"

"हाँ! उसी नाग ने।"

"धनंजय कहीं दिख नहीं रहे?" इधर-उधर दृष्टि दौड़ाते हुए विधान ने पूछा।

"वह मुझसे एक घड़ी पहले ही पहुँच गया था, उधर (बहुत दूर एक टूटी दीवार की ओर संकेत कर) न जाने क्या ताक-झाँक कर रहा है।"

"यहाँ इतनी दूर बुलाने का कोई विशेष प्रयोजन?" विधान ने प्रश्न किया।

रविदास ने पीछे से उसके कंधे पर हाथ रखा और वाणी को गंभीर बनाने का प्रयास करते हुए कान के पास धीरे से बोला- "विशेष नहीं, बहुत संकटपूर्ण प्रयोजन है, तुम्हारे प्राण भी जा सकते हैं।"

विधान ठिठका। उसके मुख के भाव देखकर रविदास ने उसकी पीठ पर जोर का धौला जमाया और हँसा- "महाबली होकर भी इतने शीघ्र भयभीत हो जाते हो।"

"नहीं!...भय की बात नहीं है...अर्थला में बहुत कुछ मुझे रहस्यमय प्रतीत

होता है...और यहाँ लोग भी पहली बार में गोल-गोल बातें करते हैं।''

''अच्छा! तुम्हारा कहना है कि मैं गोल-गोल बातें बना रहा हूँ?'' रविदास ने बनावटी वक्रता दिखाई।

''मेरे कहने का यह अर्थ नहीं...''

तभी बाईं ओर से धनंजय प्रकट हुए, वे इधर ही आ रहे थे। बीच में बोल पड़े-

''निश्चिंत रहो सिद्धिधारक! आज तुम्हें सारे रहस्य ज्ञात होंगे। अंततः तुम ही तो भविष्य हो। कभी-कभी जब स्थिति संवेदनशील रहती है, तब कुछ बातें समय आने पर ही खोली जाती हैं। इसीलिए तुम्हें कुछ बातें उलझी हुई लगी होंगी।''

विधान ने धनंजय को प्रणाम किया। आकाश में उनका गरुड़ तैरता हुआ दिखा। उनके ऊपर के आकाश के दो चक्कर लगाकर उत्तर की ओर उड़ गया।

''इसने हमें चोरी के लिए बुलाया है।'' रविदास बोला।

''चोरी...?'' विधान पुनः चकित हुआ।

''भ्रमित मत करो रविदास!'' धनंजय बोले।

''भ्रमित कहाँ कर रहा। सीधे शब्दों में तुम्हारा प्रयोजन स्पष्ट कर रहा हूँ।''

विधान उत्तर की आशा में धनंजय का मुख देखता रहा।

धनंजय बोले- ''चलो, पहले तनिक व्यवस्थित हो लो, फिर प्रयोजन पर चर्चा करते हैं।''

धनंजय उन्हें लेकर नगर के दाहिने छोर के बाहरी भाग पर पहुँचे। वहाँ एक टूटी दीवार से सटाकर, भूमि पर पुआल बिछे थे। खाने के लिए एक छोटे बोरे में कुछ फल तथा पीने के लिए जल का एक भांड भी था। भांड के बगल ही बँधी हुई कुछ सामग्री रखी थी, जो धनंजय या रविदास की होगी। विधान अपने साथ कुछ नहीं लाया था। वहाँ ऊपर कोई छत नहीं थी। परंतु दीवार के पीछे उगे नीम के वृक्ष ने छत जैसी ही छाया बना रखी थी। सामने अपेक्षाकृत खुला हुआ स्थान था। वहाँ धनंजय का घोड़ा पहले से ही चर रहा था। रविदास जाकर उसे पुचकारने लगा। विधान ने हाथ-मुँह धोया, फल खाए, जल पिया, धोती कसी और समीप ही एक पत्थर पर- जो कभी किसी दीवार का अंश रहा होगा- बैठ गया। सामने धनंजय बैठे थे।

धनंजय के घोड़े को अच्छे से पुचकारकर रविदास आया और दोनों हाथ सिर के पीछे बाँधकर तथा आँखें मूँदकर पुआल पर लेट गया।

विधान को रविदास का व्यक्तित्व अनोखा लग रहा था- रविदास राजा था।

राजा बड़ा व्यक्ति होता है, बहुत महत्वपूर्ण, जहाँ जाता है, सेवक-सेविकाओं से घिरा रहता है। उसके किसी स्थान पर पहुँचने से पहले ही मंडप गाड़कर सारी व्यवस्था कर दी जाती है। राजा स्वर्णाभूषणों के अलंकार से लदा रहता है। राजाओं के ऊपर अहंकार की एक छाया-सी दिखती है। परंतु रविदास अभी किसी चरवाहे के समान लग रहा था, जो अपने पशुओं को चरता छोड़, भूमि पर लेटकर दुपहरिया में सुस्ता रहा हो। उसके शरीर पर स्वर्ण का एक अंश भी न था। रविदास के मुख की निश्चिंतता, बालसुलभ चंचलता तथा देह पर वस्त्रों की सादगी उसे राजाओं की लोकप्रचलित परिभाषा के बाहर खड़ा कर रही थी। वह धनंजय का समवयस्क था तथा शरीर भी उनके ही जैसा था। धनंजय के मुख पर ओज के साथ अनुभव की प्रौढ़ता दिखती थी, परंतु रविदास के मुख पर किशोरावस्था की उद्दंडता वाली ऊर्जा दिख रही थी। विधान को रविदास के मुख की निश्चिंतता और शांति बहुत भायी।

विधान द्वारा रविदास को इस प्रकार देखने से मानो धनंजय ने उसके मनोभाव पढ़ लिए। मुस्कराकर बोले- "इसकी निश्चिंतता सभी को आकर्षित करती है। अयोध्या का सारा राज-पाट रानी सुदेष्णा सँभालती हैं। इसीलिए यह इतना निश्चिंत रहता है।"

"नहीं! यह कारण नहीं है...।" रविदास बिना आँखें खोले बीच में ही बोला- "मैं निश्चिंत रहना चाहता हूँ, इसलिए निश्चिंत दिखता हूँ।"

विधान और धनंजय दोनों मुस्कराए।

धनंजय ने कहा- "यह मेरा प्रिय मित्र तथा धरती का सबसे विश्वसनीय जीव है। सुख और दुख में समभाव रहने वाला प्रथम मनुष्य दिखा है मुझे। कोई भी अवस्था आए, इसकी ऊर्जा कभी कम नहीं होती...।"

"ठीक है! ठीक है! अब यह मत समझना कि मैं भी तुम्हारी प्रशंसा करूँगा।" रविदास बाईं करवट लेकर बोला।

"तुम प्रशंसनीय हो, इसलिए प्रशंसा कर रहा हूँ...अच्छा इसकी छोड़ो (विधान की ओर दृष्टि मोड़ते हुए), मैं मुख्य विषय पर आता हूँ।" कुछ क्षण ठहरकर, फिर सधी हुई वाणी में स्पष्ट बोले- "हमें दानव देश जाकर तुम्हारे शक्ति-कुंडल लाने हैं।"

"शक्ति-कुंडल?...यह क्या है?" विधान ने आश्चर्य दिखाया।

"क्या सहस्त्रबाहु ने इसकी चर्चा कभी नहीं की? धनंजय ने पूछा।

"जहाँ तक मुझे स्मरण है, कभी नहीं।" विधान सोचते हुए बोला।

"कदाचित उस समय तक तुम्हारी सिद्धि की वह अवस्था नहीं रही होगी।"

धनंजय अनुमान लगाते हुए बोले।

"इन शक्ति-कुंडल का मुझे क्या कार्य ?" विधान ने पूछा।

"भूमि-सिद्धि प्रयोग करते समय जो ऊर्जा तुम अपने हाथों से छोड़ते हो, ये शक्ति-कुंडल उस ऊर्जा को कई गुना बढ़ा देते हैं।"

"अद्‌भुत।" विधान ने प्रसन्नता दिखाई।

"आने वाला युद्ध बहुत भीषण होगा। उन कुंडलों को धारण कर तुम्हारी शक्ति कई गुना बढ़ जाएगी, उसके पश्चात ही तुम उस युद्ध में कुछ प्रभावशाली सहायता प्रदान कर सकोगे।" धनंजय बोले।

"ये कुंडल किस धातु के बने हैं तथा यह दानव देश में क्यों हैं ?" विधान ने पूछा।

"ये कुंडल वास्तव में सहस्त्रबाहु के हैं। रक्तगंगा-संग्राम के कुछ वर्षों बाद दानवों के साथ हुए अंतिम युद्ध में शांति-समझौते के रूप में उन्होंने वे कुंडल दानवों को सौंप दिए थे। उसी समझौते के कारण दानवों ने पुनः प्रत्यक्ष युद्ध करने का प्रयत्न नहीं किया। गिने-चुने लोगों को उन कुंडलों का वास्तविक महत्व ज्ञात है। आम जन उन्हें साधारण स्वर्णाभूषण ही समझता था।"

'गुरु काण के अतिरिक्त गुरु अश्वगंधा ने भी कभी चर्चा नहीं की।' विधान अपने में ही बड़बड़ाया, फिर धनंजय से बोला- "क्या दानव हमें सरलता से कुंडल लौटा देंगे ?"

"कदापि नहीं! वे अपने शत्रु की शक्ति को कभी नहीं लौटाएँगे। हमें उनके घर में घुसकर छीनना होगा।" धनंजय दृढ़ता से बोले।

"मैंने पहले ही बताया था, यह हमसे चोरी करवाएगा। फिर सारे संसार में फैल जाएगा कि अयोध्या का राजा चोर है।" रविदास लेटे-लेटे बोला।

"यह तो एक प्रकार का युद्ध होगा।" विधान गंभीरता से बोला।

"संघर्ष तो अवश्य होगा।" धनंजय ने सरलता से उत्तर दिया।

विधान भूमि की ओर दृष्टि गड़ाए कुछ क्षण शांत रहा, फिर बोला- "क्या संघर्ष करना आवश्यक है ?...हम दूसरा मार्ग भी चुन सकते हैं...जैसे कि...जहाँ से गुरु काण को वे कुंडल प्राप्त हुए थे, वहीं से मैं भी प्राप्त कर लूँ।"

"दूसरा कोई मार्ग नहीं, सहस्त्रबाहु काण को कुंडल उसी समय से प्राप्त थे, जब वे दो वर्ष के अज्ञातवास के बाद मूर्च्छित अवस्था में वन में मिले थे।"

विधान पुनः भूमि पर दृष्टि गड़ाए कुछ सोचता रहा, फिर मन ही मन कोई निश्चय कर बोला- "आप योजना बताएँ, मैं प्रस्तुत हूँ...परंतु सर्वप्रथम यहाँ के

कुछ रहस्यों को उद्‌घाटित करें, अन्यथा वे मेरे मन में घुमड़ते ही रहेंगे। इन रहस्यों के कारण कभी-कभी अविश्वास भी उत्पन्न हो जाता है।''

धनंजय मुस्कराए। बोले- ''किन रहस्यों को जानना चाहते हो?''

विधान रोमांचित हो उठा, अपने कौतूहल को सँभालते हुए उसने गिनाना प्रारंभ किया- ''राजधानी के उत्तर में प्रयोगशाला का क्या रहस्य है?... मेरे भाई ने भोजराज के पास कुछ विचित्र पत्थर देखे थे, वे क्या थे? जब मेरे भाई ने प्रतिबंधित स्थानों का इतिहास ढूँढ़ा, तब ग्रंथालय से ज्ञात हुआ कि उनका कोई भी इतिहास उपलब्ध नहीं है। ऐसा क्या है, जिसके कारण इतिहास छुपाने की आवश्यकता पड़ गई...और वह भभूत क्या था, जिसे मैंने अमरखंड में बंदी बनाया था। इसके अतिरिक्त ये भग्नावशेष कैसे हैं, जहाँ हम बैठे हैं। दिखने में यह राजधानी से भी अधिक विस्तृत प्रतीत होता है। मेरा अनुमान है कि यह स्थान भी प्रतिबंधित स्थानों की सूची में होगा।'' फिर कुछ याद करने का प्रयास करते हुए- ''अभी इतना ही बताएँ, स्मरण आने पर पुनः पूछ लूँगा।''

रविदास उठकर दीवार से पीठ सटाकर बैठ गया तथा बोरे से फल निकालकर खाने लगा, साथ में दूसरा फल निकालकर धनंजय की ओर उछाल दिया। धनंजय ने हवा में ही फल पकड़ा और चुपचाप अपने बगल की भूमि पर रख दिया।

आकाश में सूर्य गिर रहा था, परंतु संध्या होने में अभी विलंब था। पास ही चर रहे रविदास के घोड़े के समीप एक सर्प रेंगता हुआ दिखा। रविदास ने उसे देखते ही अपना फल खींचकर मारा। फल सर्प को नहीं लगा, समीप की पथरीली भूमि से टकराकर छिन्न-भिन्न हो गया। संभवतः सर्प को लक्ष्य कर चलाया ही नहीं गया था। संकट देख सर्प सरसराकर दूसरी ओर विलुप्त हो गया। रविदास बोरे से दूसरा फल निकालकर खाने लगा। धनंजय ने सामान्य भाव से यह घटना देखी और विधान को बताना प्रारंभ किया-

''सहस्रों वर्ष पहले देव जाति सम्मानित अवश्य थी, परंतु वर्तमान जितनी शक्तिशाली नहीं थी। कहा जाता है कि नए संसाधनों की खोज में सदैव तत्पर रहने वाले देवों को कहीं से एक रहस्यमय पिंड प्राप्त हुआ। वह पिंड उन्हें कैसे और कहाँ से प्राप्त हुआ, इस विषय में ढेरों दंतकथाएँ हैं। एक कथा कहती है कि वह एक आकाशीय पिंड था, जो देव क्षेत्र में गिरा। असुर कहते हैं कि वह उनके क्षेत्र में ढूँढ़ा गया था, जिसे देवों ने बलपूर्वक छीन लिया। कुछ कहते हैं कि देवों ने उसे समुद्र से निकाला था।...दंतकथाओं की सत्यता जो भी रही हो, परंतु वह पिंड ही देवों की शक्ति तथा विकास का मूल आधार बना।...उन्होंने उसे 'ऊर्जा-पिंड'

नाम दिया। वह ऊर्जा-पिंड असंख्य प्रकार के रत्नों का समूह था। शोधी प्रवृत्ति वाले देवों ने उस पिंड पर शोध करना प्रारंभ किया। उपलब्ध इतिहास के अनुसार, प्रारंभ के पचास वर्षों के शोध के पश्चात उन्होंने उस पिंड से चार मुख्य रत्न प्राप्त किए। वे चारों रत्न थे-

सूर्य-रत्न, नाद-रत्न, गर्भ-रत्न और उग्र-रत्न।

संयुक्त रूप से वे 'ऊर्जा-रत्न' कहलाते थे।

'सूर्य-रत्न' ऊर्जा अवशोषित करता था। भिन्न-भिन्न प्रकार की ऊर्जा अवशोषित करने के कारण सूर्य-रत्न कई प्रकार के थे। जैसे- कोई सूर्य-रत्न ताप ऊर्जा सोखता, कोई ध्वनि ऊर्जा, तो कोई प्रकाश ऊर्जा।

दूसरा 'नाद-रत्न' था। यह सूर्य-रत्न से टकराने पर उसकी अवशोषित ऊर्जा निकाल देता था।

नाद-रत्न को सूर्य-रत्न से धीरे-से टकराने पर थोड़ी ऊर्जा निकलती और तीव्रता से टकराने पर अधिक मात्रा में ऊर्जा निकलती। इस प्रकार नाद-रत्न को सूर्य-रत्न से निरंतर टकराने पर सूर्य-रत्न द्वारा अवशोषित समस्त ऊर्जा धीरे-धीरे निकल जाती।

तीसरा 'गर्भ-रत्न' था। यह भी एक प्रकार से सूर्य-रत्न के समान था, परंतु गर्भ-रत्न की ऊर्जा अवशोषित करने की क्षमता सूर्य-रत्न से कई गुना अधिक थी तथा नाद-रत्न से टकराने पर सारी ऊर्जा एक बार में ही निकाल देता।

चौथा 'उग्र-रत्न' था। यह अपने अंदर किसी भी प्रकार की ऊर्जा समेटकर नहीं रखता, अपितु अपने अंदर से गुजरने वाली ऊर्जा को कई गुना बढ़ा देता था।

इसी उग्र-रत्न से तुम्हारे शक्ति-कुंडल बने हैं...वे साधारण कुंडल नहीं, 'देव-शक्ति' हैं।

कालांतर में देवों ने शोध कर अन्य प्रकार के भी ऊर्जा-रत्न बनाए तथा उनका प्रयोग कर चिकित्सा, वास्तुकला, युद्ध आदि सभी क्षेत्रों में अविश्वसनीय उन्नति की। उन ऊर्जा-रत्नों से निर्मित प्रलयंकारी देवास्त्रों से देवों ने समस्त देवासुर-संग्राम को अपने पक्ष में मोड़ लिया।

समय के साथ देवों का विकास बढ़ता गया तथा उनकी कीर्ति पताका ऊँची

उठती चली गई। उनके हाथ ऐसा संसाधन लगा था, जो अन्य कहीं उपलब्ध नहीं था। उस बहुमूल्य संसाधन ने देवों तथा अन्य जातियों के बीच बहुत बड़ा अंतर खड़ा कर दिया था।

परंतु प्रत्येक संसाधन निरंतर उपभोग के कारण धीरे-धीरे समाप्ति की ओर बढ़ने लगता है। देवों के ऊर्जा-पिंड के साथ भी यही हुआ। अंधाधुँध प्रयोग के कारण समय के साथ वह पिंड भी धीरे-धीरे समाप्त होने लगा।

चार सौ वर्ष पूर्व यह स्थिति हुई कि उनका ऊर्जा-पिंड मात्र इतना शेष रहा कि यदि उसी गति से उसका उपयोग होता रहता, तो वह आने वाले सौ वर्षों में समाप्त हो जाता। देवों के लिए यह बड़े संकट का विषय था। उनकी उन्नति एवं शक्ति का मूल स्रोत समाप्त होने जा रहा था।

देवों ने ऊर्जा-पिंड का प्रयोग संयमित कर दिया तथा एक गुप्त परियोजना प्रारंभ की- ऊर्जा-पिंड का प्रतिरूप बनाने की।

वे ऊर्जा-पिंड की नकल कर एक दूसरे कृत्रिम पिंड का निर्माण करना चाहते थे।

यह परियोजना अति महत्वाकांक्षी तथा अति कठिन थी। कठिन के स्थान पर असंभव कहना अधिक उचित होगा, क्योंकि उस समय तक ऊर्जा-पिंड के अधिकांश गुण-धर्म एवं सिद्धांत रहस्य ही बने हुए थे। परंतु इसके पश्चात भी साहसी देवों ने नई प्रयोगशालाएँ स्थापित कर गुप्त रूप से परियोजना प्रारंभ कर दी।

कई वर्षों तक पूरी गति से अनुसंधान करने के पश्चात भी जब लक्ष्य की ओर कोई पग नहीं बढ़ा, तब उन्होंने दूसरे विकल्पों पर भी सोचना प्रारंभ कर दिया। परंतु सोचने के लिए अधिक विकल्प नहीं थे। अपनी उन्नति बनाए रखने के लिए देवों ने भी दानवों की भाँति अन्य जातियों के साथ खुले व्यापार का मार्ग चुना।

बृहत् स्तर पर व्यापार करने के लिए देवों ने एक विशाल एवं भव्य आर्थिक नगरी का निर्माण किया, जो कुछ ही समय में पूरे जंबूद्वीप का सबसे बड़ा आर्थिक केंद्र बन गई। वह आर्थिक नगरी जो देवों के लिए अर्थ (धन) लाती- 'अर्थला' कहलाई। अर्थला के समस्त व्यापार पर अर्थमहल से नियंत्रण रखा जाता था। अर्थला के निर्माण में भव्यता का विशेष ध्यान रखा गया, जिससे कि वह पर्यटन का भी केंद्र बन सके।

आज लोग अर्थला को ही देवनगरी समझते हैं, परंतु वास्तविक देवनगरी, जिसे 'अमरावती' कहा जाता था, वह यहाँ स्थित थी, जहाँ हम बैठे हैं...।''

स्वाभाविक कौतूहल से विधान की दृष्टि चारों ओर घूमने लगी, आश्चर्य से

बोला- ''ये भग्नावशेष अमरावती थी?''

''हाँ! यही वास्तविक देवनगरी थी।'' धनंजय बोले। फिर नेत्रों से संकेत करते हुए कहा- ''उस अति विशाल मूर्ति को देख रहे हो?''

''उसे पहले ही देख चुका हूँ। वह राजधानी वाली मूर्तियों जैसी ही दिखती है।'' विधान गरदन मोड़कर पीछे की ओर मूर्ति को देखता हुआ बोला।

''सर्वप्रथम अर्थला उसी मूर्ति वाले स्थान पर निर्मित की जा रही थी। क्योंकि प्रारंभ में अर्थला को मात्र आर्थिक-केंद्र बनाने की योजना थी, परंतु कुछ समय बाद उसे पर्यटन-केंद्र के रूप में भी विकसित करने का निश्चय किया गया। अत: अर्थला का निर्माण उस स्थान पर रोककर ठंडे पहाड़ी क्षेत्र में किया गया, क्योंकि यह क्षेत्र ग्रीष्म-ऋतु में अत्यधिक गर्म हो उठता है। वह अर्द्धनिर्मित मूर्ति अर्थला के निर्माण के प्रारंभिक चरण का बचा हुआ चिह्न है...''

''अमरावती की ऐसी दुर्गति कैसे हुई?'' विधान ने बीच में ही टोका।

''उसी बिंदु पर आ रहा हूँ।'' धनंजय बोले और आगे बताने लगे- ''एक ओर अर्थला में व्यापार प्रारंभ हो चुका था तथा दूसरी ओर प्रयोगशालाओं में कृत्रिम ऊर्जा-पिंड निर्मित करने का प्रयास पूरी गति पर था।

व्यापार-क्षेत्र में देवों के बृहत् स्तर पर उतरने से सबसे अधिक असुर प्रभावित हुए। पहले से ही शत्रुता पालकर बैठी असुर जाति की, आर्थिक विषयों को लेकर देवों के साथ झड़पें प्रारंभ हो गईं। यही झड़पें धीरे-धीरे बृहत रूप लेकर एक नए देवासुर-संग्राम की पृष्ठभूमि बनाने लगीं। संग्राम की आशंका देख देवों ने प्रयोगशालाओं में प्रयोग तीव्र कर दिए। परंतु उसी समय अमर-बूटी के कारण हुई झड़प से देवासुर-संग्राम प्रारंभ हो गया।

देवों ने सभी प्रयोगशालाओं को बंद कर दिया तथा पूरी शक्ति से देवासुर-संग्राम में लग गए। देवों को स्वाभाविक आशा थी कि प्रत्येक बार की भाँति इस बार भी वे विजयी होंगे। परंतु उस संग्राम का पटाक्षेप अत्यंत नाटकीय ढंग से हुआ। देव जीतते-जीतते अंत में हार गए। परिणाम-स्वरूप देवों को अमरावती तथा अर्थला छोड़कर जाना पड़ा।

छोड़कर जाते समय देवों ने स्वयं अपने हाथों से अमरावती को पूरी तरह नष्ट कर दिया। वे अपनी देवनगरी को किसी और के अधिकार में सहन नहीं कर सकते थे। उन्होंने प्रयोगशालाओं को भी नष्ट कर दिया। देव अर्थला को भी नष्ट करना चाहते थे, परंतु धाता-प्रथम के कारण नहीं कर पाए।

देवासुर-संग्राम की समाप्ति पर देव नई अमरावती बसाने हिमालय की ओर

चले गए तथा अर्थला में धाता-प्रथम ने धाता-वंश की स्थापना कर अपनी व्यवस्था लागू कर दी।

कुछ ही समय में अर्थला में धाता-प्रथम का शासन जड़ पकड़ने लगा, तभी दस वर्ष पश्चात उत्तर की प्रयोगशाला पर देवों के बीच आपसी झड़प हुई। झड़प का क्या कारण था- यह किसी को ज्ञात नहीं हुआ।

झड़प के पश्चात देवराज धाता-प्रथम के पास पहुँचा और अपना समझौता प्रस्तुत किया कि वे प्रयोगशालाओं को प्रतिबंधित कर दें तथा उसके इतिहास से संबंधित पांडुलिपियाँ- जो अर्थला के ग्रंथालय में बची हुई थीं- नष्ट कर दें। इसके एवज में देव भविष्य में कभी भी अर्थला को अपने मार्ग में नहीं लाएँगे।

धाता-प्रथम ने प्रयोगशालाओं की सत्यता जानना चाही, परंतु देवों ने कुछ भी बताना स्वीकार नहीं किया। वे मात्र अपने समझौते पर अड़े रहे। समझौता न करने की स्थिति में संघर्ष की आशंका बन रही थी। उस समय अर्थला की नई व्यवस्था शैशव-अवस्था में थी, अतः धाता-प्रथम संघर्ष नहीं चाहते थे। उन्हें समझौते में किसी प्रकार की हानि नहीं दिखी। उन्होंने समझौता कर लिया। प्रयोगशालाएँ प्रतिबंधित करके संबंधित पांडुलिपियाँ नष्ट कर दी गईं।''

धनंजय थोड़ा रुके। रविदास उनकी ओर दूसरा फल उछाल रहा था। उन्होंने हवा में थामकर उसे भी भूमि पर रख दिया, फिर आगे बोले- ''सूचनाएँ और इतिहास बहुमूल्य होते हैं। धाता-प्रथम इसका महत्व जानते थे। अतः उन्होंने नष्ट करने के पूर्व, गुप्त रूप से महर्षि गौतम से उन पांडुलिपियों की प्रतिलिपियाँ बनवा ली थीं। वे प्रतिलिपियाँ आज भी महर्षि के पास सुरक्षित हैं। परंतु उन प्रतिलिपियों का कोई विशेष लाभ नहीं हुआ, क्योंकि उन प्रतिलिपियों को लिखने में जिस गूढ़ लिपि का प्रयोग किया गया था, उसे देवों के प्रयोगकर्ता ही समझ सकते थे। प्रतिबंधित स्थानों के पीछे की घटना महर्षि ने ही मुझे बताई, परंतु प्रयोगशालाओं के अंदर का रहस्य आज तक ज्ञात नहीं हुआ।''

''जो रहस्य वर्तमान में किसी को ज्ञात नहीं, वह भोजराज और असुरों को कैसे ज्ञात हुआ?'' विधान ने प्रश्न किया।

''यही तो संकट का विषय है। प्रयोगशाला के साथ असुरों की संलिप्तता किसी बड़े समीकरण की ओर जा सकती है। भोजराज का उन्होंने अपनी सुविधा के लिए प्रयोग किया था, परंतु इतना निश्चित है कि असुर कोई बड़ी पृष्ठभूमि बना रहे हैं।''

''क्या अर्थला स्वयं प्रयोगशाला नहीं खोल सकती?'' विधान ने सुझावयुक्त

प्रश्न किया।

"शताब्दियों पहले धाता-तृतीय ने कौतूहलवश खोलने का प्रयास किया था। प्रयोगशाला तो खुली नहीं, परंतु देवों की ओर से चेतावनी अवश्य आ गई थी... इस समय जब अर्थला पर संकट मंडरा रहा है, देवों जैसी महाशक्ति से बैर ठीक नहीं।" धनंजय ने समझाया।

"भोजराज के पास जो पत्थर थे, क्या वे ऊर्जा-रत्न थे?" विधान ने कयास लगाते हुए पूछा।

"हाँ! वे ऊर्जा-रत्न ही थे।"

"क...क्या उन रत्नों में कोई उग्र-रत्न नहीं था... जिससे हम नया कुंडल बना लें?" विधान ने थोड़ा अचकचाते हुए पूछा।

धनंजय कुछ क्षणों तक उसे एकटक देखते रहे, फिर मुस्कराकर बोले-

"नहीं! उनमें उग्र-रत्न नहीं था।" फिर थोड़ा अनुमान लगाते हुए कहा- "क्या तुम दानव देश जाने के पक्ष में नहीं हो?"

विधान तुरंत तनकर बैठ गया और दृढ़ता दिखाते हुए बोला- "ऐसा नहीं है...मैं पूरी तरह प्रस्तुत हूँ।"

"महाबली झूठ बोल रहा है," कहते हुए रविदास उठा। उसने धनंजय के पास जाकर उनके समीप रखे दोनों फलों में से एक फल उठाया और खाता हुआ धनंजय के घोड़े पर चढ़ गया।

"कुछ पुरानी स्मृतियाँ ताजा कर लूँ," कहकर वह चला गया।

विधान थोड़ा असहज हो गया था। रविदास के जाते ही उसने अपना प्रश्न किया- "अमरखंड में वह 'भभूत' क्या था?"

धनंजय बोले- "अस्त्र-शस्त्र के निर्माण में असुरों को उच्च्व स्तर की दक्षता प्राप्त है। देवों से प्रतिस्पर्द्धा के कारण वे भी अनुसंधान कार्य में देवों से पीछे नहीं हैं। शस्त्रों को उन्नत बनाने में असुरों के पास पीढ़ियों का अनुभव और कौशल रहा है। दस वर्ष पूर्व भ्रांति उड़ी कि असुर नई पीढ़ी की सेना निर्मित कर रहे हैं। गहन गुप्तचरी के पश्चात ज्ञात हुआ कि भ्रांतियाँ सत्य हैं। असुर अग्निप्रेत नाम के ऐसे योद्धा बना रहे हैं, जो शरीर पर अग्नि लगाकर लड़ सकते हैं...।"

"वही, जिन्होंने कुंडार के वनों में मुझ पर आक्रमण किया था?" स्मरण करते हुए विधान बोला।

"हाँ! वे निश्चित रूप से अग्निप्रेत ही थे। उनकी अन्य विशिष्टताएँ अभी तक ज्ञात नहीं हुई हैं। सम्राट जयभद्र अग्निप्रेतों के निर्माण में असुरों को भारी आर्थिक

सहायता प्रदान कर रहा है। एक भ्रांति यह भी फैली कि दानव भी इसी प्रकार का कोई गुप्त कार्य कर रहे हैं। अत: शक्ति-संतुलन साधने के लिए अमरखंड को भी अपनी शांति-सेना उन्नत बनाने की आवश्यकता थी। इसी प्रयोजन से अमरखंड भी महायोद्धाओं का निर्माण करने की एक गुप्त परियोजना में लगा हुआ है।

इन महायोद्धाओं को 'भभूत' कहते हैं। दिखने में ये पूरे शरीर पर भभूत मले हुए किसी साधु की भाँति लगते हैं। जड़ी-बूटियों का प्रयोग कर इनकी क्षमताएँ बढ़ाई जाती हैं। परंतु अमरखंड अभी तक अपने लक्ष्य में पूर्णरूप से सफल नहीं हो पाया है। जिन जड़ी-बूटियों ने भभूतों की क्षमताएँ बढ़ाईं, उन्हीं ने दुष्प्रभाव दिखाना प्रारंभ कर दिया। भभूतों का मानसिक संतुलन बिगड़ने लगा। इसका उपाय एक धूम्र में मिला। परंतु यह स्थायी उपाय नहीं था। भभूत जब तक उस विशिष्ट धूम्र भरे वातावरण में रहते हैं, तब तक वे अपनी पूरी क्षमता पर होते हैं। पर धूम्र के वातावरण से निकलते ही वे मानसिक संतुलन खोने लगते हैं। वर्षों के बाद कुछ सफलता अवश्य मिली है, परंतु वे भी ठोस उपाय नहीं सिद्ध हुए हैं।

भभूतों को रात्रि में धूम्र के वातावरण से निकालकर सामान्य वातावरण का अभ्यास कराया जाता है। अभ्यास से सामान्य वातावरण में रहने की उनकी समय-सीमा धीरे-धीरे बढ़ती जा रही है। जिस रात्रि तुम्हारी भभूत से मुठभेड़ हुई थी, इंद्राणी उसे सामान्य वातावरण का अभ्यास करा रही थी। परंतु उस रात्रि वह भभूत अप्रत्याशित रूप से समय-सीमा से पहले ही अपना मानसिक संतुलन खो बैठा था...।''

''इस प्रकार की गुप्त परियोजना में इंद्राणी का क्या कार्य ?'' विधान ने पूछा।

उसके स्वर की चिंता धनंजय भाँप गए। सहजता से बोले- ''वह परियोजना में शोधकर्ता है।''

''ओह!'' विधान के मुख से अनायास निकला। उसके मन में इंद्राणी की भाँति-भाँति छवियाँ बनने लगीं। एक हँसमुख लड़की कहीं से भी युद्ध वाले भयानक कार्यों में ठीक नहीं बैठ रही थी। फिर मन पर दुख के कुछ छींटें पड़े कि जब वह उसे इतना प्रिय मानती है, तो इस विषय में उसे क्यों नहीं बताया। क्या मैं विश्वास के योग्य नहीं हूँ। विवाह से पूर्व ही मेरे विषय में ऐसी सोच... क्या वह समझती है कि मैं बातें पचा नहीं सकता... नकारात्मक जा रहे मन को सकारात्मक दिशा में मोड़ने के लिए उसने अंतिम भेंट का आलिंगन स्मरण कर लिया। उसके मुख पर एक मंद मुस्कान झलक गई।

''संसार के विस्तार तथा रहस्यों का आनंद लो।'' धनंजय अपने स्थान से उठते हुए बोले- ''आओ, तुम्हें दानव-देश में घुसने की योजना समझाता हूँ।''

''क्या रविदास योजना नहीं सुनेंगे?'' विधान भी उठते हुए बोला।

''उसे पहले ही बता चुका हूँ।''

जल के भांड के समीप रखी अपनी सामग्री से धनंजय ने कुछ चर्मपत्र निकाले। उन पर आधे-अधूरे चित्र और रेखाएँ बनी थीं। भूमि पर चर्मपत्रों को आपस में निश्चित क्रम में सटाकर रखने पर चित्र पूरा हुआ और रेखाएँ जुड़ गईं। वह एक मानचित्र था। अत्यंत साधारण मानचित्र।

''यह हमारी मुख्य योजना का मानचित्र है।'' धनंजय बोले- ''योजना कुछ ही चरणों की साधारण-सी है। हम दानव देश की सीमा पार कर वहाँ बहती एक नदी में नौका से चलते हुए राजधानी तक पहुँचेंगे। राजधानी के उत्तरी छोर पर दानवों की अधिष्ठात्री 'दनु माता' का समाधिस्थल है। कुंडल उसी समाधिस्थल के अंदर रखे हुए हैं। हम कुंडल उठाएँगे और उत्तरी द्वार से राजधानी के बाहर निकल आएँगे।

दानव देश की सीमा पार करना पहली बड़ी चुनौती है। पूरे दानव-देश की सीमा-रेखा घने वनों से बनाई गई है- ठीक उसी प्रकार- जिस तरह अमरखंड में विश्वविद्यालय को वटवृक्ष के वनों ने घेर रखा है।

सीमा-रेखा के वनों में दानव-सत्ता की ओर से कोई भी सीमा-रक्षक नियुक्त नहीं होता, क्योंकि उनकी सीमा की सुरक्षा उन वनों में रहने वाली 'अगिन' नाम की एक अति प्राचीन जनजाति करती है। वे लोग स्वयं को दानवों का वास्तविक वंशज कहते हैं तथा वर्तमान दानव सत्ता को नहीं मानते।

अगिन दनु माता में अपार श्रद्धा रखते हैं। इस कारण से दानव देश की सीमाओं की रक्षा करना वे अपना सबसे बड़ा कर्त्तव्य समझते हैं। मेरे गुप्तचर उनके विषय में अभी तक विस्तृत सूचनाएँ नहीं जुटा पाए हैं। वन में इनसे संघर्ष किए बिना पार जाना संभव नहीं है।

सीमा पार कर हम नदी के मार्ग से नौका द्वारा राजधानी पहुँचेंगे। राजधानी तक पहुँचना कठिन कार्य नहीं है। सबसे कठिन कार्य समाधिस्थल से कुंडल निकालना है।

यह योजना की बाहरी रूप-रेखा है। मार्ग में समय-समय पर विस्तार से वर्णन करता रहूँगा। सारे कार्य हमें पंद्रह दिनों में पूर्ण कर लौटना होगा, क्योंकि नवें दिन पड़ने वाली अमावस्या को दानव सेना का मुख्य भाग दक्षिण की ओर सागर तट पर अपने वार्षिक शस्त्र-अनुष्ठान में गया होगा। वहाँ से राजधानी लौटने में उन्हें छह

दिन का समय लगेगा। उनकी मुख्य सेना, उनके योद्धा, सेनाध्यक्ष तथा स्वयं दानव सम्राट दक्षान भी उस समय राजधानी में उपस्थित नहीं रहेंगे। दानवों की प्रमुख शक्तियों की अनुपस्थिति के कारण ही मैं यह तीन व्यक्तियों की योजना बना सका हूँ। अन्यथा उनके सेनाध्यक्ष दारा के रहते पूरी सेना भी मिलकर राजधानी में प्रवेश नहीं कर सकती।''

''वह इतना बलशाली है ?'' विधान की वाणी में प्रश्न कम प्रशंसा अधिक थी।

धनंजय उससे दृष्टि मिलाते हुए बोले- ''दारा ही एकमात्र ऐसा योद्धा है, जिसने सहस्त्रबाहु काण को भी थाम लिया था।

विधान की आँखों में घोर आश्चर्य पैदा हुआ।

धनंजय ने बताया- ''दारा वर्तमान में दानवों का सबसे दुर्द्धर्ष योद्धा है। वह राजसत्ता की छत्रछाया को बहुत महत्व नहीं देता। अर्थला के साथ हुए अंतिम युद्ध में पूर्व दानव-सम्राट से उसकी अनबन हो गई थी। तभी उसे पदच्युत कर कारागार में डाल दिया गया था। परंतु नए महामहिम दक्षान ने उसे कारागार से निकालकर पुनः सेनाध्यक्ष का पद सौंप दिया है। दारा के अतिरिक्त दानवों के पास अन्य योद्धा भी हैं, जो अत्यंत संकटकारी हैं। स्वयं दानव सम्राट दक्षान खड्ग संचालन की दुर्लभ 'अंडज-विद्या' का धनी है...''

''वही 'अंडज विद्या' जो रानी वसुंधरा के पास कही जाती है?'' विधान ने बीच में पूछा।

धनंजय ने सिर हिलाकर हामी भरी।

इससे पहले कि आगे कुछ कहते, लौट आए रविदास पर दृष्टि पड़ी।

धनंजय बोले- ''इतने शीघ्र लौट आए ?''

''बड़ा भूलभुलैया हो गया है सब। अधिकाँश मार्गों को टूटे स्तंभों ने रोक रखा है, जो शेष बचे हैं, उन पर नई लताओं का जाल चढ़ गया है...यहाँ घोड़े के साथ कूद-फांद नहीं की जा सकती।'' फिर घोड़े से उतरते हुए बोला- ''यदि महाबली को समझा चुके, तो मेरे साथ पैदल चलो, तुम्हारे बिना स्मृतियों को सहलाने में आनंद नहीं आएगा।''

धनंजय मुस्कराए। बोले- ''अवश्य चलूँगा... मुख्य बातें बता ही चुका हूँ, शेष मार्ग में बताता रहूँगा।''

फिर धनंजय ने चर्मपत्र समेटकर अपनी गठरी में डाल दिया और विधान से बोले- ''सूर्य ढल रहा है, प्रकाश मंद होते ही लौट आऊँगा। तुम विश्राम कर लो।

मध्य रात्रि होते ही हम आगे बढ़ेंगे।''

धनंजय, रविदास के साथ चल दिए।

पीछे खड़े विधान को ध्वनि सुनाई पड़ी, धनंजय कह रहे थे- ''रविदास तुम्हारा दिशाभ्रम अभी तक गया नहीं।''

रविदास ने प्रतिवाद किया- ''आज तक कोई मार्ग भूला हूँ क्या?...बताओ... भूला हूँ क्या ?''

आगे बाएँ मोड़ पर मुड़ते ही वे दोनों दिखना बंद हो गए।

विधान ने एक दृष्टि वहाँ घास चर रहे तीनों घोड़ों पर डाली, फिर पुआल पर पैर फैलाकर लेट गया। रविदास की भाँति दोनों हाथ सिर के पीछे रख आँखें मूँद लीं। संसार का जो विस्तार वह खुले नेत्रों से नहीं देख पाता था, बंद नेत्र उसे सुनी हुई कहानियों के अनदेखे स्थानों पर दूर तक ले जाते थे। उसने एक लंबी साँस खींची, ऐसी साँस जो फेफड़ों को पूरा भर दे, फिर उसे धीरे से मुँह से छोड़ दिया। दाईं ओर करवट ली, नेत्र खोले, तीनों घोड़ों को देखा और पुनः नेत्र मूँद लिए।

वह दारा के विषय में सोचने लगा। उसने ऊर्जा-रत्न और प्रयोगशाला के विषय में सोचा। भभूतों के भी चित्र बने और अंत में इंद्राणी तक पहुँचते-पहुँचते मीठी निद्रा ने उसे समेट लिया।

वह उस ऐतिहासिक भूमि पर सो रहा था, जिसने तीन सौ वर्ष पूर्व अपनी अंतिम साँसों के साथ जंबूद्वीप को एक नए युग में प्रवेश करते हुए देखा था। उस सोए हुए व्यक्ति को स्वयं भी नहीं ज्ञात होगा कि जब वह उठकर अपनी नई यात्रा पर निकलेगा, तब वह शताब्दियों पूर्व घटित इतिहास की पुनरावृत्ति के लिए प्रथम चरण धरेगा।

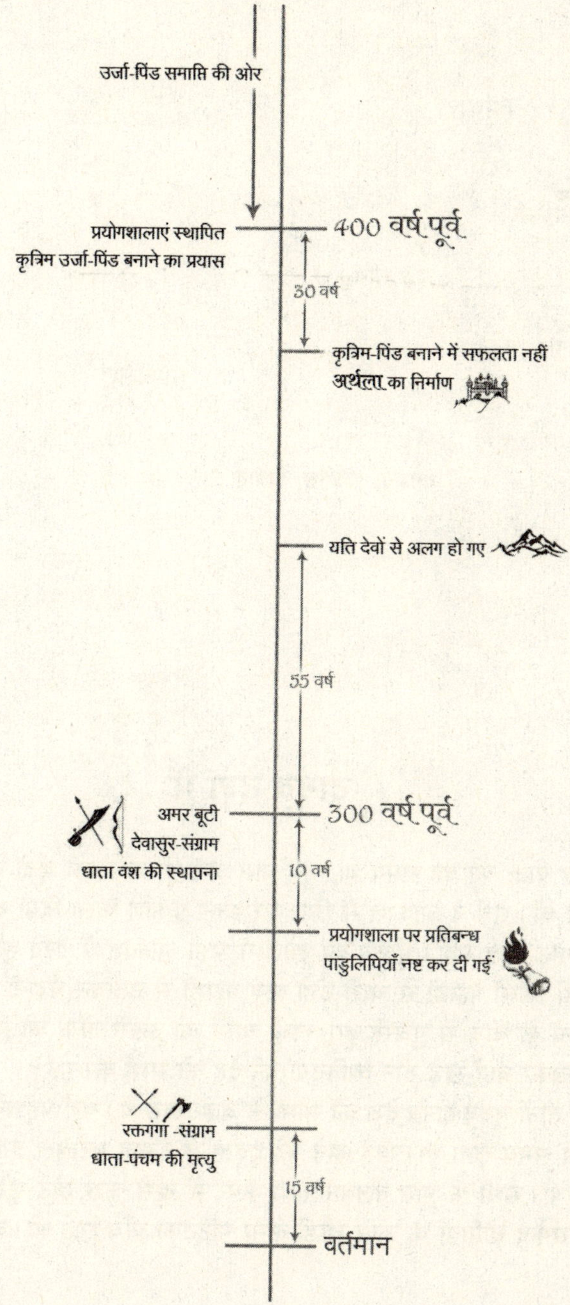
उर्जा-पिंड समाप्ति की ओर
प्रयोगशालाएं स्थापित
कृत्रिम उर्जा-पिंड बनाने का प्रयास
400 वर्ष पूर्व
30 वर्ष
कृत्रिम-पिंड बनाने में सफलता नहीं
अर्थला का निर्माण
यति देवों से अलग हो गए
55 वर्ष
अमर बूटी
देवासुर-संग्राम
धाता वंश की स्थापना
300 वर्ष पूर्व
10 वर्ष
प्रयोगशाला पर प्रतिबन्ध
पांडुलिपियाँ नष्ट कर दी गईं
रक्तगंगा -संग्राम
धाता-पंचम की मृत्यु
15 वर्ष
वर्तमान

दानव देश में

यह प्रातः का वह समय था, जब घास अब भी ओस की बूँदों का भार सहन कर रही थी। सूर्य ने आकाश में छिद्र कर इतना प्रकाश फैला दिया था कि प्रत्येक वस्तु स्पष्ट दिख सके। भोजन की खोज में पक्षी आकाश में तैरते हुए आ-जा रहे थे। कहीं किसी पहाड़ी से चली ठंडी वायु पहाड़ों से उतरकर मैदानों में कई गाँवों तथा वनों के बीच से गुजरते हुए, लंबी घासों की ऊपरी नोंक को हिलाते-डुलाते आगे बढ़कर वहाँ खड़े तीन व्यक्तियों की देह को स्पर्श कर गई।

वे तीनों पुरुष दानव देश की सीमा के बाहर खड़े थे। यहाँ पहुँचने में उन्हें डेढ़ दिन का समय लगा था। खड़े होने की दृढ़ता से उनका मनोबल तथा उत्साह पता चलता था। सभी के पास तलवारें तथा कमर में खुसे कुछ छोटे छुरे थे। तीनों ने अपनी सफेद धोतियों के ऊपर चौड़ी कमर पट्टिका बाँध रखी थी। कमर पट्टिका

के साथ चमड़े की छोटी मशक भी बँधी थी, जिसमें पीने के लिए स्वच्छ जल भरा हुआ था। बाएँ वाले पुरुष की कमर पट्टिका कुछ अधिक फूली-सी थी और वह कभी-कभी अपने हाथों से उन्हें छू भी लेता था। उसकी पट्टिका में कुछ छोटे चक्र भी रखे हुए थे। धनुष-बाण उन तीनों में किसी के पास नहीं था।

मध्य में खड़ा पुरुष नेत्र फाड़े दानव देश 'संथार' की सीमा रेखा देख रहा था। उसे बताया गया था कि सीमा रेखा के रूप में दानव सघन वनों का प्रयोग करते हैं, परंतु सामने जो दिख रहा था वह प्रकृति की विराटता एवं प्रभुता का प्रतीक था। एक ऐसा दृश्य, जो मनुष्य की मेधा और प्रकृति के सहयोग के बिना संभव नहीं था।

एक हाथी के पेट से भी मोटे तथा आकाश छूते काले रंग के बाँसों से वह सीमा रेखा बनी थी। बाएँ से दाएँ, जहाँ तक दृष्टि जाती थी- वे बाँस एक सीधी कतार में खड़े दिखाई पड़ते थे। दो बाँसों के बीच की दूरी कठिनाई से आधा हाथ रही होगी या कहीं-कहीं उससे भी कम। बाँस इतने ऊँचे रहे होंगे- जितनी ऊँचाई पर गरुड़ जैसे शिकारी पक्षी उड़ते हैं।

ये दानवों के पूजनीय 'दनुबाँस' थे। इन बाँसों को उगाने की गुप्त विधि मात्र दानवों के राजपरिवार के पास थी। शत्रुओं द्वारा इन्हें जलाना या काटना कठिन कार्य था। दानव जब भी किसी राज्य को जीतते, वे पुरानी सीमा को मिटाकर एक नई सीमा बना देते। पुरानी सीमा को मिटाने के लिए वे दनुबाँस की जड़ों में एक विशिष्ट रसायन डालते थे, जिससे दस दिनों में वह बाँस पूरी तरह सूख जाता था। तब उसे काटा और जलाया जा सकता था, परंतु इतनी सरलता से भी नहीं, जितनी सरलता से सामान्य बाँस।

नई सीमा रेखा बनाने के लिए पौधरोपण के छह माह पश्चात ही ये बाँस अपनी अधिकतम ऊँचाई प्राप्त कर लेते थे।

जंबूद्वीप तथा आसपास की अन्य जातियों में दानव सबसे अधिक अंधविश्वासी थे। दानव समाज में अंधविश्वास ने इतनी गहरी पैठ बना रखी थी कि कभी-कभी राजसत्ता को भी प्रजा की मान्यताओं के आगे झुकना पड़ता था।

सागर को वे अलंघ्य मानते थे। उनका कहना था कि सागर दनुमाता की महान कृति है, जो शत्रुओं से उनकी रक्षा करता है। सागर की शक्ति में अपनी श्रद्धा दिखाने के लिए वे प्रत्येक वर्ष सागर तट पर शस्त्र अनुष्ठान करते थे। इस कर्मकांड में वे पूर्ण शस्त्र त्याग कर, उस दिन के लिए स्वयं की सुरक्षा सागर के सुपुर्द कर देते थे। इस अवसर पर सहस्त्रों घोड़ों तथा बैलों की बलि दी जाती थी, फिर प्रजा को वध किए गए मांस के साथ मदिरा बाँटी जाती थी। मदिरा को वे सागर का मीठा

जल कहते थे।

दक्षान को दानवों की इन परंपराओं से चिढ़ होती थी। वह सदैव चाहता था कि अंधविश्वासी मान्यताएँ बंद हों। सागर को अलंघ्य मानते हुए दानवों ने समुद्र में कभी नौका नहीं चलाई थी। महामहिम बनने से पहले दक्षान ने नौ-सेना खड़ी करने का पुरजोर प्रस्ताव रखा था। इस वार्षिक शस्त्र अनुष्ठान में घोड़ों के वध पर भी वह अप्रसन्न था। वह घोड़ों को सेना के एक महत्वपूर्ण संसाधन की तरह देखता था।

पहले वह मान्यताओं पर खुलकर अपने तर्क प्रस्तुत करता था। परंतु महामहिम बनने के पश्चात उसने इन विषयों पर एक चुप्पी-सी साध ली, क्योंकि उसके मन के किसी कोने से यह ध्वनि सदैव उठ जाती थी कि इन्हीं अंधी मान्यताओं के कारण ही वह राजपरिवार से जुड़ सका तथा आज महामहिम के सिंहासन पर विराजमान है।

वहाँ खड़े तीनों पुरुषों की दृष्टि आपस में मिली और वे आगे बढ़कर उस बाँस वन में घुस गए। प्रत्येक बाँस को पार करना किसी व्यायाम से कम नहीं था। आधे हाथ के खुले स्थान को सीधे मुँह पार करना संभव नहीं था, अतः वे आड़े-तिरछे होकर पार कर रहे थे। मात्र दस बाँस पार करने में ही विधान की छाती और पीठ पर खरोंचें पड़ गईं। उन काले बाँसों की गाँठों के उभरे हुए खुरदरे हिस्सों से बचा नहीं जा सकता था। बाँसों की सघनता के कारण वहाँ हल्का अँधेरा-सा छाया हुआ था। पवन के झोंकों से जब कभी बाँसों के ऊपरी सिरे हिलते थे, तब कहीं-कहीं कुछ प्रकाश किरणें नीचे उतर आती थीं। उन्हीं बाँसों के ऊपरी सिरों के टकराने तथा रगड़ने से हल्की ध्वनियाँ आ रही थीं, परंतु किसी पशु या पक्षी का नाममात्र का भी स्वर नहीं सुनाई पड़ा।

उस स्थान का सीलन भरी दुर्गंधयुक्त घुटन वाला वातावरण किसी का भी साहस तोड़ने के लिए पर्याप्त था। तैरती हल्की धुँध उसे और भयानक बना दे रही थी। तीस बाँस पार करने के बाद विधान एकदम से फँस गया। सामने तथा दाईं ओर बढ़ना संभव नहीं था। उस ओर बाँसों के बीच की दूरी मात्र आठ अंगुल थी। बाईं ओर भी अधिक से अधिक बारह अंगुल रही होगी। उसने चीखकर कहा- ''यहाँ से पार जाने का मार्ग नहीं दिख रहा।''

बाईं ओर बीस हाथ की दूरी से धनंजय का स्वर आया- ''ऊपर देखो! वहाँ कोई पर्याप्त खुला स्थान दिख जाएगा।''

विधान ने ऊपर की ओर दृष्टि घुमाई। दाईं ओर वाले बाँस एक-दूसरे पर दूर झुके हुए थे, जिसके कारण पाँच हाथ ऊपर पार जाने लायक स्थान दिख रहा था।

परंतु समस्या यह थी कि उन पर चढ़ा कैसे जाए। वह पुनः तेज स्वर में बोला- "ये बाँस अत्यंत चिकने हैं।"

"उनकी गाँठों में छुरे गाड़कर चढ़ जाओ...परंतु छुरे घुसाने के पश्चात गाँठों से निकलने वाले चिपचिपे पदार्थ से दूर रहना। वे विषाक्त होते हैं। त्वचा से स्पर्श होते ही मूर्च्छा आने लगेगी।" धनंजय ने बताया।

विधान ने पूरे बाँस की लंबाई को ध्यान से देखा- निचले हिस्से में गाँठों की संख्या अधिक थी तथा ऊँचाई बढ़ने के साथ एक गाँठ से दूसरी गाँठ के बीच की दूरी बढ़ती चली गई थी।

उसने एक छुरा निकालकर गाँठ पर प्रहार किया। लगा पत्थर से टकराया। उसने दुबारा प्रहार किया। छुरा तनिक-सा अंदर घुसा। उसने पूरी शक्ति से एक बार और प्रहार किया। इस बार चार अंगुल अंदर तक घुस गया। कटे स्थान से एक पारदर्शी द्रव्य लकीर बनाते हुए धीरे से बह निकला। विधान उस छुरे पर खड़ा हुआ तथा दूसरे बाँस की गाँठ पर एक नया छुरा गाड़ा। दो छुरे गाड़कर ही उसका कार्य हो गया। छाती को आड़े-तिरछे कर वह उस पार कूदा। पर पार पहुँचकर अधिक प्रसन्नता नहीं हुई। इस बार भी आगे बढ़ने के लिए सामने वाले बाँसों के साथ यही क्रिया दोहरानी होगी। उसने एक चिढ़न वाली साँस छोड़ी और झल्लाकर बोला- "इस प्रकार तो पूरा दिन यहीं व्यतीत हो जाएगा।"

इसके उत्तर में रविदास के हँसने की ध्वनि सुनाई पड़ी। वह बोला- "मैं अब तक पाँच बार यह क्रिया दोहराकर आगे बढ़ पाया हूँ।"

विधान को आश्चर्य हुआ। रविदास का स्वर पचास हाथ आगे से आ रहा था, वह इतनी शीघ्रता से कैसे पार कर गया।

कुछ देर बाद जब धनंजय की आवाज सुनाई पड़ी, तब उसे थोड़ा अच्छा लगा। वे उससे पीछे थे। बाँसों की आड़ के कारण वे तीनों एक-दूसरे को देख नहीं सकते थे, अतः बीच-बीच में कुछ न कुछ बोलकर अपनी स्थिति बताते रहते।

तीन घड़ी लगातार पार करने के पश्चात धनंजय ने विश्राम के लिए कहा। सँकरे स्थान के कारण वे फलों तथा खाद्य सामग्री को अतिरिक्त भार मानते हुए साथ नहीं लाए थे। वे बस बैठकर सुस्ता सकते थे। आधा घड़ी के विश्राम के बाद वे पुनः आगे बढ़े। फिर से वही आड़े-तिरछे, चढ़ना-कूदना। अभी तक विधान एक बार भी रविदास से आगे नहीं निकल पाया था। दानवों की इस अनूठी सुरक्षा-व्यवस्था के लिए उसके मन में धीरे-धीरे प्रशंसा उत्पन्न होने लगी। अगली बार जब वे विश्राम के लिए रुके, तब उसने अपना मत प्रस्तुत किया कि ऐसे सड़े वातावरण

में ऐसा उबाऊ कार्य करके बड़े-बड़े शूरवीर भी झल्लाकर घर लौट जाएँगे।

अब तक उनके शरीर खरोंचों से भर गए थे। वक्ष एवं पीठ पर कहीं-कहीं से त्वचा भी छिल गई थी। निरंतर परिश्रम से शरीर थकने लगा था और प्यास से होंठ सूख रहे थे। परंतु कुछ पक्षियों के मंद कलरव सुनाई पड़ने से उन्हें आशा बँधी कि वे शीघ्र ही पार होने वाले हैं। धीरे-धीरे बाँसों की सघनता भी कम होने लगी थी।

आधा घड़ी पश्चात रविदास का अट्टहास सुनाई पड़ा। वह पार पहुँच गया था। विधान में भी उत्साह जागा। उसने अपनी गति बढ़ाई और कुछ समय में वह भी बाहर निकल आया।

इस पार कोई समतल मैदान नहीं, साधारण वन था। परंतु बाँस वन समाप्त हो गया था। सामने वृक्ष के नीचे मुस्कराता हुआ रविदास दिखा। विधान भी वहीं जाकर बैठ गया। उसके बैठते ही रविदास ने हँसते हुए उसकी पीठ पर जोरदार धौला जमाया।

थोड़ी देर में धनंजय भी निकल आए।

मध्याह्न हुए चार घड़ी बीत चुकी थी। सूर्य प्रस्थान की तैयारी कर रहा था। योजनानुसार आज के लिए उन्हें यहीं तक यात्रा करनी थी। नंगी भूमि पर लेटकर उन्होंने दो घड़ी तक विश्राम किया।

आसपास फलों के वृक्ष तथा जंगली बेरों की झाड़ियाँ बहुतायत से थीं। रविदास उठकर जल की खोज में गया तथा आधा घड़ी से पहले ही लौट आया। उसने पश्चिम की ओर थोड़ी दूर पर एक सरोवर ढूँढ़ निकाला था, जिसमें बरसाती जल एकत्र था। जल सूखकर समाप्ति की ओर था, पर उनके लिए पर्याप्त था। वे तीनों वहाँ गए और वहीं रात्रि बिताने का निर्णय लिया। वन्य पशुओं से सुरक्षा के लिए उन्होंने लकड़ियाँ गाड़कर एक घेरा बनाया और उसी में सोए।

अगले दिन प्रकाश फूटते ही वे चले। आगे रविदास, मध्य में विधान तथा पीछे धनंजय थे। वन सघन नहीं था। वहाँ प्रत्येक प्रकार के वृक्ष और वनस्पतियाँ थीं। वे गड्ढों, खंदकों, सूखे व कहीं-कहीं कीचड़युक्त नालों को पार कर बढ़ते जा रहे थे। दानव देश की भूमि पर पग रखने के लिए उन्हें यह वन पार कर पुनः दनुबाँसों का सघन वन लाँघना होगा।

रविदास किसी लोकभाषा का गीत गाता चल रहा था। उसका कंठ सुरीला था। विधान को बोल तो नहीं समझ आए, पर धुन अच्छी लगी। धनंजय ने रविदास की प्रशंसा में जोड़ा कि वह बंसी भी मधुर बजता है।

दोपहर में जब वे एक बड़े गड्ढे- जो कभी तालाब रहा होगा- को पार कर रहे थे, तो किसी प्रकार की गर्जना सुनाई पड़ी। धनंजय ने सतर्क रहने को कहा। वे गड्ढे को पार करने के लिए तेजी से दौड़े। बार-बार हो रही गर्जना से अनुमान लगा कि गर्जना का स्रोत तेजी से उनकी ओर बढ़ रहा है। रविदास सबसे पहले बाहर निकला और निकलते ही चिल्लाया- "रीछ है।"

विधान और धनंजय भी निकल आए। उन्होंने देखा कि उत्तर की ओर से एक काला रीछ पूरी गति से उन्हीं की ओर भागा आ रहा है। उसके पीछे कई लोग भाले, बरछे, खड्ग, पत्थर की गदा तथा धनुष-बाण के साथ दौड़ रहे हैं। भयानक रूप-रंग वाले उन लोगों को देखते ही धनंजय ने चेताया- "अगिन।"

रीछ, अगिन वालों से बहुत आगे था। उन तीनों ने शीघ्रता से एक वृक्ष की आड़ ली तथा रीछ का मार्ग खुला छोड़ दिया। रीछ ने मानो उन्हें देखा ही न हो, वह अपने प्राण बचाता हुआ सरपट भाग निकला।

अगिन वाले उन्हें देखते ही ठहर गए। रीछ के जाने के पश्चात रविदास, विधान और धनंजय स्वयं ही आड़ से बाहर निकले।

अगिन वाले कुल ग्यारह दिखे। नाक के ठीक मध्य से पूरे शरीर के बाएँ भाग पर काली तथा दाएँ भाग पर सफेद राख जैसा रंग पुता हुआ था। देह पर चर्म की लंगोट ही एकमात्र परिधान थी। केश जटाओं जैसे रूखे तथा बिखरे हुए थे। गले में छोटे पत्थरों तथा लाल एवं काले रंग की छोटी लकड़ियों की गुँथी मालाएँ थीं। उनके अस्त्र-शस्त्र पूर्व युग के बेडौल-से जान पड़ रहे थे।

वे सभी तेज स्वर में किसी विचित्र भाषा में बात कर रहे थे। उनमें से एक, उनकी ओर उँगली दिखा-दिखा कर सबसे तेज चिल्ला रहा था। वह ऐसे उत्तेजित हो रहा था, मानो अपने किस जन्मजात शत्रु को देख लिया हो। वह जंगली अपने साथियों का तिरस्कार कर आगे बढ़ा और उनकी ओर भाला चला दिया। भाला उन तक नहीं पहुँचा, पाँच हाथ पहले ही भूमि में गड़ गया।

रविदास निर्भीकता से आगे बढ़ा। भाले को भूमि से निकाला और लेकर उनकी ओर दौड़ गया। अगिन वाले थोड़ा चकराए। वे भी आक्रमण की मुद्रा में आ गए। जिसने भाला चलाया था, वह पागल-सा हो उठा। वह अपना बेडौल-सा चौड़ा खड्ग निकालकर ललकारते हुए रविदास की ओर दौड़ा। समीप पहुँचकर रविदास ने हुंकार भरी और भाला फेंक दिया। वह जंगली बगल होकर बचा, पर भाला उसके कंधे पर चीरा मार गया। जंगली ने बहते रक्त को गर्वीली दृष्टि से देखा और अपनी उँगलियों पर ले लिया। फिर रविदास को घूरते हुए अपनी लंबी-सी जिह्वा

निकालकर उस रक्त को चाटा तथा वीभत्स हँसी हँसने लगा। रविदास ने भी उसे एक तिरछी मुस्कान दिखाई और तलवार निकालकर उसकी ओर बढ़ गया।

अगिन वालों ने भिन्न-भिन्न प्रकार की आवाजें निकालकर उन्हें घेरना प्रारंभ कर दिया। धनंजय म्यान से तलवार खींचते हुए विधान से बोले- ''यह संघर्ष शीघ्र समाप्त करने का प्रयत्न करो। इनका दूसरा समूह आता होगा।''

विधान ने सिर हिलाया और तलवार निकालकर शत्रुओं से भिड़ने बढ़ गया।

उन्हें घेरने वालों में चार धनुर्धारी थे। वे लगातार बाण चला रहे थे, पर उनसे बचना कोई कठिन कार्य नहीं था। धनंजय और विधान झुकते, हटते तथा तलवार से बाणों को रोकते हुए उनकी ओर सरलता से बढ़ते जा रहे थे। बाणों को निष्प्रभावी देख अगिन वाले खड्ग तथा भालों के साथ उन पर टूट पड़े। पाँच से धनंजय भिड़े, चार से विधान एवं दो से रविदास लगा हुआ था।

भाले से घायल हुआ जंगली रविदास पर तलवार चला रहा था तथा दूसरा, जो डरा हुआ लग रहा था, दूर से ही रविदास को भाला कोंचने का प्रयास कर रहा था। रविदास ने उसका भय भाँपकर उसे आँखें दिखाईं। बेचारा, सिकुड़कर पीछे हो गया।

घायल जंगली लगातार प्रहार किए जा रहा था। कुछ देर लड़ने के पश्चात रविदास ने उसके साथ खिलवाड़ करना प्रारंभ कर दिया। रविदास ने अपनी तलवार फेंक दी तथा जंगली के वारों से झुककर, उछलकर तथा बगल होकर बचना प्रारंभ कर दिया। फिर बीच-बीच में उस पर झपटकर एक थप्पड़ भी जड़ देता। युद्ध में घूँसा खाना प्रहार की श्रेणी में आता है, परंतु थप्पड़ खाना पूरी तरह अपमानजनक एवं तिरस्कारपूर्ण था। थप्पड़ खा-खा कर जंगली का क्रोध उच्चतम बिंदु पर पहुँच गया। अनर्गल बकते हुए उसने अंधाधुँध प्रहार करना प्रारंभ कर दिया। ऐसा अंधाधुँध कि उसे स्वयं ही नहीं ध्यान रहा कि वह अपने शत्रु के किस अंग पर प्रहार करना चाहता है। वह बस रविदास के टुकड़े-टुकड़े करने के उद्देश्य से प्रहार किए जा रहा था। भाला कोंचने वाला- जो अपना सारा साहस बटोरकर बीच-बीच में रविदास को अपना भाला स्पर्श कराने का प्रयास कर रहा था- पूरी तरह पीछे हट गया। उसे अपने ही पागल साथी की तलवार लग जाने का भय सताने लगा था। जंगली पूरी तरह होश खो बैठा।

उसके न समझ आने वाले अपशब्द सुनकर रविदास ने यह खेल समाप्त करने का निश्चय किया। इस बार जब जंगली ने उसके वक्ष पर खड्ग चलाया, रविदास ने बचते हुए उसकी नाभि में छुरा घोंप दिया। छुरा घुसते ही जंगली एकदम से ठहर

गया। उसके मुख पर पीड़ा की असंख्य रेखाएँ उभर आईं। हाथ से तलवार छूट गई और धीरे से मुँह के बल गिर पड़ा।

रविदास ने अपनी तलवार उठाई और भाला कोंचने वाले को अपनी तिरछी मुस्कान दिखाई। रविदास ने इस बार ध्यान दिया कि वह अगिन अत्यंत कम आयु का था। वह बेचारा भय से पीला पड़ गया और भाला फेंककर भाग निकला।

इधर धनंजय का प्रत्येक वार नपा-तुला था। उन्हें तीन-चार बार से अधिक अपनी तलवार टकराने की आवश्यकता नहीं पड़ रही थी। वे तनिक-सा भी अवसर देखकर शत्रु को समाप्त कर देते थे। जितनी देर में रविदास ने एक को समाप्त किया, धनंजय ने चार को कर दिया। अपने चार साथियों को इतनी शीघ्रता से खेत होता देख बचा हुआ अगिन बड़ी सतर्कता से दूरी बनाकर प्रहार कर रहा था। परंतु कुछ ही देर में वह भी मैदान छोड़कर भाग खड़ा हुआ।

विधान एक वृक्ष के समीप लड़ रहा था। दो अगिन के सिर उसने अपनी तलवार की मूठ से फोड़ दिए तथा अन्य दो को वृक्ष से टकराकर मूर्च्छित कर दिया था।

अगिन की ओर से लड़ने वाला अब कोई नहीं बचा। पाँच मारे गए थे, चार मूर्च्छित या निष्क्रिय थे तथा दो भाग गए थे।

धनंजय ने एक तीव्र दृष्टि चारों ओर डाली और फिर पश्चिम की ओर तेजी से चलने को कहा। धनंजय वह संघर्ष-स्थल अतिशीघ्र छोड़ देना चाहते थे।

चलते हुए उन्होंने पूरी सतर्कता से चारों ओर दृष्टि रखी हुई थी। वे लगातार चलते रहे। सूर्य पश्चिम की ओर पहुँच चुका था। मार्ग में उन्हें लोमड़ियाँ, छोटे मृग, खरहे, गोह तथा वृक्षों पर बैठे काले मुख वाले वानर दिखे।

दो घड़ी पश्चात वे विश्राम के लिए रुके। धनंजय अधिक देर तक वहाँ नहीं रुकना चाहते थे। न जाने उन्हें क्यों लग रहा था कि कोई लगातार उनके आसपास बना हुआ है। उनका संदेह सही था। जैसे ही वे उठकर चले, एक तीर रविदास के पैरों के पास आकर भूमि में धँस गया। तीर बाईं ओर से आया था। सभी ने अपनी तलवार खींचने में क्षणभर भी नहीं लगाया। तीनों आपस में पीठ सटाकर रक्षात्मक मुद्रा में आ गए। लंबे क्षणों तक कहीं कोई आहट नहीं हुई। तीर चलाने वाला नहीं दिखा। सभी की दृष्टि आसपास खड़े वृक्षों पर टिकी हुई थी। बहुत क्षण बीतने के बाद भी जब आक्रमणकारी नहीं दिखा, तब रविदास की दृष्टि इधर-उधर होते हुए अपने पैरों के पास आकर गड़े तीर पर गई। तीर ने उसका ध्यान खींच लिया था। तीर पर लकड़ी का एक छोटा सा गुड्डा बँधा था। रविदास ने बाएँ हाथ से बाण खींचकर निकाला और देखने लगा, फिर- "यह क्या चिपचिपा लगा है" कहकर

बाण फेंक दिया।

धनंजय की भी दृष्टि वृक्षों से हटकर उस तीर पर गई। प्रथम-दृष्टया उन्हें कुछ समझ नहीं आया, परंतु कुछ क्षणों पश्चात जब रविदास ने यह कहा कि मुझे निद्रा क्यों सताने लगी, तब उनका मस्तिष्क कौंधा। वे तत्काल बोले- ''रविदास अपना हाथ रगड़कर स्वच्छ करो।''

पर रविदास को कुछ समझ नहीं आया। उसने सिर झटका और तलवार छोड़कर भूमि पर बैठ गया। धनंजय ने तुरंत उसका हाथ पकड़कर घास पर रगड़ा, ताकि वह चिपचिपा पदार्थ छूट जाए। परंतु रविदास तब तक अर्द्धमूर्च्छित-सा होने लगा था। विधान ने अपनी मुद्रा ढीली किए बिना प्रश्नवाचक-सा होकर धनंजय की ओर देखा।

''बाण पर लगा चिपचिपा पदार्थ अवश्य ही दनुबाँस की गाँठ से निकला विषाक्त द्रव्य होगा।'' धनंजय ने धीमी आवाज में समझाया।

''ओह!..कितने समय की मूर्च्छा है ?'' विधान ने फुसफुसाकर पूछा।

''कुछ कह नहीं सकता, परंतु त्वचा से पदार्थ छुड़ा दिया है।'' धनंजय बोले।

''बाण पर लकड़ी के गुड्डे जैसा क्या बँधा है ?...कोई संदेश तो नहीं ?''

''वह कुछ नहीं है, मात्र कौतूहल उत्पन्न करने के लिए बाँधा गया था, जिससे कि व्यक्ति तीर उठाकर देखे।''

''आक्रमणकारी अत्यंत चतुर है, अभी तक नाममात्र की भी आहट नहीं की है उसने...हमें उलझाये रखा है।'' विधान बोला।

धनंजय ने विधान को उत्तर की ओर देखने का संकेत किया और धीरे से बोले- ''उधर मैदानी क्षेत्र दिख रहा है, वहाँ शत्रु की आड़ के लिए कोई वृक्ष भी नहीं है...वहीं चलो।''

विधान ने अर्द्धमूर्च्छित रविदास को अपने कंधे पर लादा और उत्तर की ओर बढ़ गया। धनंजय ने रविदास की तलवार उठाई तथा पीछे से सुरक्षा देते हुए चले।

वह थोड़ा गड्ढेनुमा, घासयुक्त मैदानी स्थान था। नीले आकाश में मेघों के वर्चस्व के कारण सूर्य अपनी पूरी उष्मा नहीं फेंक पा रहा था। वे उस खुले मैदानी भाग के बीचों-बीच रुके। वृक्ष वहाँ से दूर थे। अत: आक्रमणकारी के लिए आसपास कोई आड़ नहीं थी।

दो दनुबाँस वनों के मध्य एक पट्टी के रूप में उगे उस वन में जल के स्रोत अत्यंत दुर्लभ थे। अत: वर्षा का जल संचय करने के लिए अगिन वालों ने स्थान-स्थान पर वृक्षों को हटाकर सरोवर जितने विशाल गड्ढे खोद रखे थे। यह मैदान

जैसा भाग भी कभी कोई सरोवर रहा होगा, जिसमें अभी चारों ओर घासों ने उगकर उसे एक सुंदर स्थान बना दिया था।

विधान ने रविदास को घास पर लिटा दिया तथा तलवार सहित खड़ा होकर पहरा देने लगा। धनंजय ने अपनी कमर-पट्टिका से कुछ छोटी पोटलियाँ निकालीं। उनके चूर्णों को आपस में मिलाया और फिर रविदास को सुँघाकर उसके मुख में डाल दिया।

आधा घड़ी तक स्थिति यथावत रही। न कोई प्रतिद्वंद्वी दिखा और न ही रविदास की मूर्च्छा टूटी।

कुछ देर बाद रविदास की पुतलियाँ हिलीं, थोड़ी-सी आँखें खोलकर बुदबुदाया- 'जल...जल', फिर पुनः मूर्च्छित-सा हो गया।

विधान ने अपनी मशक को टटोला। वह खाली थी। धनंजय ने शीघ्रता से अपनी मशक खोलकर उसके मुख पर उड़ेला। चार-पाँच बूँदों के ही दर्शन हुए। रविदास की मशक में भी जल की कोई संभावना नहीं थी। उसने एक घड़ी पहले विधान से ही माँगकर पिया था।

"दक्षिण की ओर कुछ बगुलों को आते-जाते देखा था। पक्षियों का कलरव भी उधर से ही अधिक आ रहा है। मैं जल ढूँढ़कर आता हूँ, मेरा भी गला सूख रहा है।" विधान ने धनंजय से कहा।

धनंजय ने अपनी तथा रविदास की भी मशक उसे दे दी और स्वयं खड़े होकर पहरा देने लगे।

मशक लेकर विधान सावधानी से दक्षिण की ओर गया। घास वाला भाग पार कर वृक्षों के मध्य पुनः पहुँच गया था। सौ पग आगे बढ़ते ही ढलान प्रारंभ हो गई। विधान ने मुड़कर पीछे देखा। धनंजय, रविदास को लेटे रहने का संकेत कर रहे थे। रविदास की मूर्च्छा अब कुछ-कुछ टूट रही थी। विधान निश्चिंत होकर आगे बढ़ा। उसने धनंजय को शस्त्र संचालन करते हुए देखा था। प्रत्यक्ष युद्ध में वे अकेले ही कइयों को सँभालने में समर्थ थे।

विधान ढलान से उतरा। अब पीछे मुड़ने पर भी वे नहीं दिख सकते थे। विधान का अनुमान सही था- थोड़ी देर चलने के पश्चात ही, सामने दूर मृगों का एक छोटा झुंड दिखा। मृग अधिकांशतः जलस्रोत के समीप ही रहना पसंद करते हैं।

आगे बढ़ते हुए उसके होंठों पर अनायास ही रविदास के लोकगीत की धुन आकर बैठ गई। वह गुनगुनाता हुआ चल रहा था तथा साथ में रविदास जैसी ही निश्चिंतता मन में लाने का प्रयास कर रहा था। निश्चिंतता लाने के प्रयास में उसके

सामने इंद्राणी का चित्र तैर गया।

टेढ़े-मेढ़े मार्गों से होते हुए, मृगों के झुंड तक पहुँचने में उसे आधा घड़ी का समय लग गया। उसके पहुँचते ही मृग चौकड़ी मारकर भाग गए, परंतु वहाँ कीड़े चुग रहे बगुले अब भी बने रहे। थोड़ा आगे ही एक बड़ा सरोवर दिखा। जल से भरा, जिसमें एक छोर थोड़ी जलकुंभी भी आ गई थी। सरोवर के किनारे वाले वृक्षों पर वानरों ने खूब धमा-चौकड़ी मचाई हुई थी। दो वानर आपस में खों-खों कर लड़ रहे थे। दोनों में एक अधिक मोटा था। लड़ते-लड़ते मोटे वाले ने दूसरे को डाल से लगभग गिरा ही दिया था। पर वह लटककर बच गया। विधान को मोटा वाला अधिक उद्दंड लगा।

सरोवर के जल से नमी लेकर बह रही ठंडी वायु देह को आनंद दे रही थी। विधान का मन हुआ कि वह सरोवर में कूदकर नहा ले। परंतु स्थिति की गंभीरता को समझते हुए तथा समय नष्ट न करते हुए उसने मुख धोया, जल पिया और मशक में भरकर अपनी कमर से लटकाकर लौट पड़ा। वानरों की लड़ाई में मोटा वाला डाल से गिर पड़ा। विधान इस झगड़े के निर्णय से पूर्ण संतुष्ट हुआ।

लौटते हुए विधान पुनः गुनगुनाने लगा। मुँह धोने तथा जल पीने से वह तरावट अनुभव कर रहा था। सरोवर तक पहुँचना दूर नहीं था। परंतु गड्ढों, कँटीली तथा ऊँची झाड़ियों के कारण मार्ग घूमकर लंबा हो गया था। कहीं-कहीं इतनी ऊँची वनस्पतियाँ थीं कि उनके कारण गड्ढों का पता ही नहीं चल रहा था। आते समय ऐसे ही एक न दिख पड़ने वाले गड्ढे में विधान गिरते-गिरते बचा था। अत: वह ऊँची घासों से दूर ही मार्ग बना रहा था।

वह तीव्र गति से लौट रहा था। जब आधे से अधिक मार्ग तय कर लिया, एक हल्की गरगराहट सुनाई पड़ी। कुछ ही क्षणों में दुबारा सुनाई पड़ी। उसे ध्यान आ गया कि यह रीछ की गर्जना थी। गर्जना उत्तर की ओर से आ रही थी, जिधर धनंजय और रविदास थे।

विधान ने दौड़ लगा दी। वह बार-बार ऊपर भी देखता जा रहा था। परंतु वृक्षों के ऊपरी सिरे आपस में सटकर एक छत-सी बनाए हुए थे। विधान को उछलकर पार जाने के लिए आड़ी-तिरछी डालों के बीच अत्यंत नगण्य स्थान दिखा। इतनी अधिक सघनता में उछलने पर किसी डाल से टकरा जाने की पूरी संभावना थी। उसने पूरा ध्यान दौड़ने में लगा दिया। वह आशंकित हो रहा था, पर मन के एक कोने में धनंजय और रविदास के ऊपर विश्वास भी था। धनंजय, जिन्हें जंबूद्वीप का युग-प्रवर्तक कहा जाता है तथा जिन्होंने आज तक न जाने कितने संकटों को

पार कर यह प्रसिद्धि पाई थी- वे एक रीछ या छोटे युद्ध में नहीं ढह सकते। और रविदास, जो एकमात्र व्यक्ति था- जिसने सम्राट से विद्रोह कर स्वयं को स्वतंत्र घोषित कर दिया था, वह भी वन के संकटों से इतनी सरलता से खेत नहीं हो सकता। परंतु अगले ही क्षण एक बड़ी आशंका मन में उपजी कि दुर्घटनाएँ भी तो किसी एक ही दिन घटती हैं। उसे आश्रम वाली घटना का स्मरण आ गया, जब गुरु काण की हत्या हुई थी। उसे आसपास का वातावरण भयाक्रांत करने लगा। अगल-बगल दुख तथा नीरसता का राग तैरता-सा सुनाई पड़ने लगा। वह दौड़ता जा रहा था और वृक्ष भयानक परछाइयों की भाँति पीछे छूटते जा रहे थे। उसके हृदय को भयंकर भय ने सताया कि जब वह चढ़ाई चढ़कर वहाँ का दृश्य देखेगा, तो कहीं कोई अनहोनी न दिखे। उसी समय दूसरा सकारात्मक विचार यह आया कि कोई रीछ होगा, जो स्वाभाविक गर्जना करता हुआ उसी दिशा से जा रहा होगा।

गर्जना अब स्पष्ट रूप से सुनाई दे रही थी। गर्जना में आक्रामकता थी। विधान ने दौड़ने में पूरी शक्ति झोंक दी। कुछ ही समय में पूरी चढ़ान चढ़ते ही वहाँ का दृश्य दिखा। दृश्य विपक्ष में था।

धनंजय के साथ रविदास भी तलवार लेकर खड़ा था। वह अपना सिर झटक रहा था, मानो मूर्च्छा का कोई अंश अब भी बचा हो। उन्हें अगिन वाले घेरे हुए थे। बीस-पच्चीस पश्चिम की ओर से तथा इतने ही पूर्व की ओर से। दक्षिण की ओर खाली था। उत्तर की ओर एक अगिन, रीछ के साथ खड़ा था। वह अगिन अन्य की तुलना में कुछ विशिष्ट दिख रहा था। औरों की भाँति वह भी चर्म लंगोट में काले-सफेद से रंगा हुआ था, परंतु उसका मुख पूरी तरह सफेद था। दूर से विधान अन्य कोई विशेषता नहीं देख पाया। वह अगिन, रीछ को किसी पालतू की भाँति सहला रहा था।

धनंजय और रविदास को घेरने वाले अगिन उन्हें खड्ग और भाले दिखा रहे थे। कुछ धनुष भी ताने हुए थे। वे सभी उनसे पच्चीस हाथ की दूरी पर थे। विधान के देखते ही देखते विशिष्ट दिख रहे अगिन ने रीछ को छोड़ दिया।

गरगराता हुआ रीछ रविदास और धनंजय की ओर दौड़ पड़ा। विधान भी भागा। वृक्षों को छोड़कर मैदानी भाग तक पहुँचने में उसे चालीस पग दौड़ना पड़ा। अब तक रीछ भी आधी दूरी पार कर चुका था। विधान जैसे ही मैदानी क्षेत्र में पहुँचा, तीव्र हुंकार भरता हुआ उछल गया। हुंकार सुनकर अगिन वालों ने चौंककर देखा। धनंजय और रविदास ने भी मुड़कर देखा। आकाश में तीस हाथ ऊपर मनुष्य को उड़ते देखकर किसी को भी विस्मय होगा। रीछ को कुछ अधिक विस्मय नहीं हुआ।

हुंकार सुनकर उसने अपनी गति थोड़ी धीमी अवश्य कर ली, परंतु दौड़ता ही रहा।

रविदास को ऐसे दिखा, मानो विधान उसे मारने के लिए हवा में ही घूँसा ताने हुए है। उड़ता हुआ विधान रविदास की ठीक बगल कूदा और ताना हुआ घूँसा भूमि पर दे मारा। उनके चारों ओर एक वृत्त में भूमि से थोड़ी धूल उड़ी तथा अगले ही क्षण वृत्त के चारों ओर से भुरभुरी मिट्टी की एक परत ऊपर उठने लगी। क्षणभर में उठती परत ने आकार ग्रहण कर लिया। प्रतीत हुआ, जैसे मिट्टी के एक बड़े कटोरे से तीनों को ढँक दिया गया हो।

अगिन वाले आँखें फैलाए देखते रहे। रीछ भी थोड़ा हिचकिचाया और धीरे से चलता हुआ आकर कटोरे के चारों ओर चक्कर काटने लगा।

कटोरे के अंदर घुप अँधेरा था। उसी अँधेरे में विधान को रविदास का प्रशंसात्मक स्वर सुनाई पड़ा-

"संरचना बनाना सीख गए हो!...प्रकाश तथा वायु के लिए एक-दो छिद्र भी निर्मित कर दिए होते, तो कुछ दिखाई-सुनाई पड़ता।"

"अगली बार ध्यान रखूँगा," विधान बोला- "आप जल लेकर पी लें, तत्पश्चात इन आदिवासियों से पार होते हैं।"

रविदास ने टटोलकर उसकी कमर से दो मशक निकाले। एक धनंजय को पकड़ाया तथा दूसरे से स्वयं पिया। विधान अब भी भूमि से अपना घूँसा चिपकाए हुए था। जब तक वह ऊर्जा छोड़ता रहेगा, संरचना बनी रहेगी।

जब वे जल पी रहे थे, कटोरे के ऊपर किसी प्रकार के प्रहार करने तथा खरोंचने की ध्वनि आई।

"रीछ होगा।" धनंजय ने अनुमान लगाया।

चार क्षणों पश्चात कटोरे से तीरों के टकराने की ध्वनि हुई।

"महाबली! तुम्हारी संरचना कठोर तो है न?" रविदास ने मशक की आखिरी बूँद भी पीते हुए पूछा।

"उसकी चिंता न करें, इसे गदा भी नहीं तोड़ सकती।" विधान ने उत्साहपूर्वक बताया।

जल पीकर रविदास को कुछ राहत मिली। धनंजय ने उसके मुख में जो चूर्ण डाला था, उससे उसका मुँह और भी सूख रहा था। अपनी मशक का जल समाप्त कर उसने विधान की मशक का भी जल पिया।

जल पीकर रविदास ने एक सीधी योजना प्रस्तुत की- "मैं और धनंजय आदिवासियों को सँभालेंगे, तुम उस रीछ और 'गू' से भिड़ना।"

"गू... ? गू कौन ?" विधान ने आश्चर्य से पूछा।

"वही सफेद मुख वाला...जो रीछ को पुचकार रहा था...सारे उसकी ओर देखकर गू, गू जैसा कुछ कह रहे थे।"

"ठीक है...यदि आप प्रस्तुत हों, तो संरचना नष्ट करूँ ?"

धनंजय ने एक चक्र भी हाथ में ले लिया। बोले- "नष्ट करो।"

विधान भूमि से हाथ हटाकर खड़ा हो गया। मिट्टी का कटोरा सूखी रेत की भाँति भुरभुराकर ढह गया। उनके सिर के ऊपर भी कुछ मिट्टी गिरी। वहाँ आसपास धूल-धूल हो गई। कटोरा हटते ही उन्हें बाहर की ध्वनियाँ सुनाई पड़ीं। पश्चिम की ओर से घेरे अगिन वालों में से एक, जो त्वचा की झुर्रियों के कारण अधेड़ से अधिक आयु का प्रतीत हो रहा था, वह गू की ओर मुख करके 'खाण...खाण' चिल्ला रहा था। विधान के पुनः प्रकट होते ही उसकी ओर दिखाकर और जोर से चिल्लाने लगा...'खाण...खाण'। रीछ पुनः गू के पास खड़ा दिखा। गू आश्चर्य से विधान और अधेड़ को बारी-बारी से देख रहा था।

धनंजय पूर्व दिशा वाले समूह की ओर लपके तथा रविदास पश्चिम की ओर। धनंजय ने आक्रमण कर सबसे पहले अपने हाथ में पकड़े चक्र से धनुर्धारियों के धनुष की प्रत्यंचाएँ काट डालीं। अब वे लोग दूर से आक्रमण नहीं कर सकते थे तथा समीप से लड़ना धनंजय के लिए कुछ कठिन नहीं था।

रविदास ने भी पूरी आक्रामकता दिखाई। अपने पहले ही प्रहार में उसने एक अगिन के कंधे में अपनी तलवार गाड़ दी। अगिन वाले खड्ग से अधिक अच्छा भाला चला रहे थे। वे पूरी तरह लड़ रहे थे, परंतु विधान के अजूबे प्रदर्शन के कारण थोड़ा भयभीत भी थे।

इधर खाण-खाण सुनते-सुनते गू ने चिल्लाने वाले अधेड़ से तेज स्वर में पूछा- "खिरोनी खाण... ?"

अधेड़ ने हामी भरते हुए कहा- "खिरोनी खाण...खिरोनी खाण..."

गू ने विचित्र दृष्टि से विधान की ओर देखा। विधान ने भी उसे अच्छे से देखा। गू के माथे तथा दोनों बाँहों पर चर्म की एक-एक पतली पट्टी बँधी थी। उनमें कुछ रंग-बिरंगे छोटे पंख खुसे थे। माथे पर बँधी पट्टी के ठीक बीच में लकड़ी का एक चपटा टुकड़ा बँधा था, जिस पर रीछ की बेढंगी मुखाकृति उकेरी गई थी। दाहिने कान का कुंडल पहनने वाला छिद्र फटा हुआ था तथा शरीर से वह अन्य की तुलना में अधिक तगड़ा दिखता था।

गू ने देखते-देखते उसकी ओर रीछ छोड़ दिया। रीछ की हिंसक गर्जना से पता

चल रहा था कि उसे लड़ाई के लिए ही प्रशिक्षित किया गया है। रीछ के गले में भी आदिवासियों की भाँति लाल एवं काले रंग की छोटी लकड़ियों की मालाएँ थीं।

विधान ने रीछ से निबटने के विषय में पहले ही सोच रखा था। उसने अपनी तलवार म्यान में डाली और झुककर एक घूँसा धरती पर मारा। उसके घूँसे के चारों ओर भूमि से मिट्टी उठी और कलाई के ऊपर तक चढ़ गई। अगले क्षण जब वह खड़ा हुआ, तो लगा मानो उसने दाहिनी मुट्ठी के ऊपर मिट्टी का गोला पहन रखा हो।

गरजता और लार टपकाता रीछ विधान की ओर दौड़ा। जब उसके और विधान के मध्य तीन हाथ से भी कम दूरी रह गई, तब विधान अप्रत्याशित रूप से उसकी ओर झपटा तथा मुट्ठी में पहना गोला उसके मुख पर दे मारा। रीछ के मुख से लार उछल गई। वह लड़खड़ाकर गिरा और भूमि पर एक हाथ तक घिसटता चला गया।

यह दृश्य देखकर गू उत्तेजित हो गया। वह विधान की ओर दाँत भींचे बढ़ा, पर अधेड़ ने बढ़कर उसे रोक लिया। दोनों के बीच कुछ उत्तेजनापूर्ण वार्तालाप हुआ। विधान अपनी चौकन्नी दृष्टि चारों ओर रखे हुए था। उन दोनों की अबूझ-भाषा वाले वार्तालाप से मात्र इतना समझ आया कि अधेड़, गू को लड़ने से रोक रहा है और गू दाँत पीसकर मान भी गया। वह अपने भाले का निचला भाग भूमि पर पटककर अपने स्थान पर ही खड़ा रहा।

रीछ का सिर मजबूत था। एक प्रहार में वह धराशायी होने वाला नहीं था। रीछ अपने सिर को झटकता हुआ उठा तथा नथुनों को भूमि से सटाकर भारी श्वास छोड़ी- जिससे वहाँ थोड़ी धूल उड़ी। फिर भूमि पर अपने तेज नखों को रगड़कर अपना क्रोध दर्शाया।

इस बार रीछ सतर्क शिकारी की भाँति सावधानी से आया। वह विधान के चारों ओर चक्कर लगाने लगा। विधान भी उससे दृष्टि मिलाए आक्रमण करने या झेलने के लिए तैयार था। जब विधान की पीठ गू की ओर हुई, तब गू कुछ चिल्लाया। विधान की सतर्क दृष्टि क्षणभर के लिए गू की ओर गई। इसी असावधानी के क्षण रीछ ने दाहिना पंजा बढ़ाकर उसके उदर पर वार कर दिया। पर विधान इतना भी असावधान नहीं था, उसने गोले पर रीछ के नखों को झेला।

शिकारी और शिकार पुनः घात-प्रतिघात की मुद्रा में आ गए। कुछ क्षण पश्चात गू पुनः चीखा। गू के चीखते ही रीछ ने अपने पिछले पैरों पर खड़े होकर विधान के मुख पर पंजा मारा। विधान पीछे हटकर बचा। वह समझ गया कि गू ने अपने रीछ को इसी प्रकार प्रशिक्षित किया है कि वह चीखकर विरोधी का ध्यान बँटाएगा और उसी समय रीछ आक्रमण करेगा।

रीछ लगातार विधान पर आक्रमण करता जा रहा था और विधान मात्र अपना बचाव कर रहा था। कभी पीछे हटकर, तो कभी अपना गोला रीछ के प्रहारों के बीच में लगाकर। विधान ने धनंजय और रविदास पर एक दृष्टि डाली। वे शीघ्रता से विरोधियों को पराजित करते जा रहे थे। धनंजय के साथ चार तथा रविदास के साथ छह लड़नेवाले बचे थे। विधान ने भी यह खेल समाप्त करने का निर्णय लिया। उसने हाथों से ऊर्जा छोड़ना रोक दिया। मिट्टी का गोला भुरभुराकर गिरने लगा। मंद-मंद बहती वायु उसके अधिकांश कणों को उड़ाकर दूर तक ले गई। उसकी मुट्ठी पुनः दिखने लगी।

विधान ने पीछे हटते हुए रीछ से चार हाथ की दूरी बनाई। रीछ और विधान दृष्टि मिलाए गोल-गोल घूमते रहे। इस बार रीछ जैसे ही क्षणभर के लिए रुका, विधान ने धरती पर घूँसा जड़ा। अदृश्य ऊर्जा की एक रेखा भूमि की ऊपरी परत तोड़ती हुई रीछ के पेट के ठीक नीचे पहुँची तथा अगले ही क्षण वहाँ भूमि से मिट्टी का एक मोटा खूँटा निकला, जो रीछ को टाँगते हुए आकाश की ओर बढ़ने लगा। खूँटा जब आठ हाथ तक ऊँचा उठ गया, तब विधान ने भूमि से हाथ हटा लिया। खूँटे की संरचना ढह गई और रीछ सीधे भूमि पर धम्म से गिरा। रीछ के मुख से डकार जैसी ध्वनि के साथ रक्त निकला। विधान ने क्षण गँवाए बिना फिर से एक घूँसा धरती पर जड़ा। रीछ के नीचे से पुनः एक मिट्टी का खूँटा निकला और उसे टाँगे हुए आठ हाथ ऊँचा गया। हाथ हटा, खूँटा ढहा, और रीछ पुनः गिरा। उसके मुख से और अधिक रक्त बहा तथा शरीर फड़फड़ाता रहा। विधान ने अगले कुछ क्षणों में यह क्रिया तीन बार और दोहराई। मुख से रक्त उगलता रीछ मरणासन्न हो गया। वह और कितनी देर जीवित रहेगा, यह कहना कठिन था।

विधान का यह प्रदर्शन देखकर धनंजय व रविदास से लड़ रहे अगिन भयभीत हो उठे। वे सभी 'खिरोनी खाण...खिरोनी खाण' कहते हुए भागने लगे।

गू को आश्चर्य से अधिक क्रोध आ गया। उसने अपना भाला विधान पर खींच मारा। विधान हटा, परंतु भाला उसकी कमर को छीलता हुआ गया। गू ने समीप खड़े अधेड़ से उसका भाला छीना और विधान की ओर झपटा। विधान ने भी तलवार निकाल ली। तलवार और भाले टकराने लगे। गू भाला चलाने में पूर्ण कुशल था। वह भाले को लाठी तथा तलवार के रूप में भी प्रयुक्त कर रहा था। वह भाले को इतनी सरलता से अपने शरीर के चारों ओर नचा रहा था, मानो उसमें कोई भार ही न हो। लड़ते-लड़ते उसने भाले के डंडे से विधान की कलाई पर इतना तेज प्रहार किया कि विधान की तलवार छूटकर दूर जा गिरी। अगले ही क्षण गू ने अपना

भाला धरती में गाड़कर उसके सहारे उछलते हुए विधान की छाती पर जोरदार पाँव जड़ा। विधान लड़खड़ाकर पीछे गिरा। विधान के गिरते ही गू ने अपना भाला गिराया और विद्युत की गति से उस पर छलांग लगा दी। विधान स्वयं को बचा नहीं पाया, उसका कंठ गू के हाथों में आ गया। विधान को महसूस हुआ, मानो उसकी गरदन पत्थरों के बीच दब रही हो। गू के पंजों की पकड़ क्षण-प्रतिक्षण बढ़ती जा रही थी। विधान को अपनी साँस रुकती-सी लगी। दाँत भींचे गू, विधान का दम घोंटने पर उतारू था। उसकी भूरी आँखों में विधान को भयंकर क्रोधाग्नि दिखी। विधान ने अपना कंठ छुड़ाने का प्रयास छोड़कर दाहिने हाथ की मुट्ठी से गू की पसलियों पर प्रहार किया। गू चीत्कार कर उठा। पकड़ ढीली होते ही विधान उसे धकेलकर खाँसते हुए उठा।

तीव्र पीड़ा के बाद भी गू ने खड़े होने में क्षण नष्ट नहीं किया। दोनों निःशस्त्र विरोधी द्वंद्व-युद्ध के लिए प्रस्तुत थे। विधान को गू के नेत्रों में क्रोध के पीछे एक दुख भी तैरता दिखा- शायद अपने रीछ के मारे जाने का।

घात के लिए विधान पर दृष्टि टिकाए गू के नेत्र रह-रहकर रीछ की ओर चले जा रहे थे। इन्हीं असावधान क्षणों में विधान के पास आक्रमण करने का अवसर था, पर उसने किया नहीं।

वहाँ चल रही लड़ाई से अलग खड़े अधेड़ ने जैसे ही देखा कि रविदास और धनंजय अपना-अपना संघर्ष समाप्त कर विधान की सहायता के लिए बढ़ रहे हैं, वह दोनों हाथ ऊपर कर लहराते हुए जोर से चिल्लाया। इतने तेज स्वर में कि सभी का ध्यान उसकी ओर खिंचे। वह बड़बड़ाता हुआ गू की ओर बढ़ा। गू भी उसकी ओर मुड़ा और विरोध के स्वर में कुछ कहा। गू इतनी सहजता से विधान की ओर पीठ कर खड़ा हुआ, मानो उसे पूर्ण विश्वास हो कि विधान उस पर प्रहार नहीं करेगा। विधान ने किया भी नहीं।

अधेड़ गू के पास पहुँचा। दोनों में नोंक-झोंक होती रही। गू बार-बार रीछ की ओर उँगली दिखाकर कुछ कह रहा था और अधेड़ बार-बार उसे कुछ समझाने का प्रयास कर रहा था।

विधान को उनकी भाषा का कोई भी अंश समझ नहीं आया, पर उसने अधेड़ के मंतव्य का अनुमान लगा लिया। उसने एक ठंडी साँस छोड़ी और झुककर धरती पर घूँसा जड़ दिया। एक ऊर्जा रेखा निकलकर गू के दोनों पैरों के बीच से होते हुए थोड़ा आगे तक गई। मिट्टी का एक खूँटा उठा तथा पूरी शक्ति से गू के निचले जबड़े से टकराया। इतना प्रचंड वार गू का मस्तिष्क सह न सका, वह मूर्च्छित होकर

गिर पड़ा। अधेड़ कुछ क्षणों तक नेत्र फैलाए खड़ा रहा, फिर तेजी से रीछ के पास गया। रीछ मर चुका था। अधेड़ ने रीछ के गले से माला तोड़कर निकाली, फिर मूर्च्छित गू को कंधे पर लादा और अपना भाला उठाकर उत्तर दिशा की ओर चला गया। जाते हुए अधेड़ ने एक बार भी मुड़कर पीछे नहीं देखा।

रविदास थोड़ा हाँफते हुए विधान के पास आया। उसकी पीठ ठोंककर हँसते हुए बोला- "खिरोनी खाण।"

"इसका क्या अर्थ है?" विधान ने रीछ की ओर दया की दृष्टि से देखते हुए कहा।

"मुझे नहीं पता।" रविदास ने लापरवाही से कहा।

धनंजय ने अपने फेंके हुए चक्र तथा छुरे समेटे, फिर पश्चिम की ओर तत्काल बढ़ने को कहा।

वह रात्रि उन्होंने स्वच्छ जल के एक नाले के समीप काटी। चंद्रमा के प्रकाश में उन्होंने नाले पर ही स्नान किया तथा रक्त लगी अपनी धोतियाँ धोईं। फिर सभी ने अपने शरीर पर लगे घावों पर औषधीय लेप लगाया।

अधेड़ का व्यवहार देखकर उन्होंने आशा की कि अगिन वाले पुनः आक्रमण नहीं करेंगे। यदि किया, तो इससे बड़ा दल या पूरी सेना लेकर आएँगे। वे रात्रि में बारी-बारी से वृक्ष पर चढ़कर पहरा देते रहे। कोई आक्रमण नहीं हुआ, उनकी रात्रि निर्विघ्न बीती।

अगले दिन प्रातः हल्की धुँध में ही वे निकले तथा दो घड़ी पश्चात दनुबाँस के सघन वन की सीमा पर पहुँच गए। धनंजय की यह बात सुनकर विधान का उत्साह बढ़ा कि इस बार इन वनों को पार करने में आधा समय लगेगा। अपनी धोतियाँ कसकर वे बाँस वन में प्रविष्ट हो गए।

आधा घड़ी बाद ही विधान का उत्साह जाता रहा। एक तो बाँसों के बीच इतनी कम दूरी थी कि प्रत्येक बाँस चढ़कर पार करना पड़ रहा था, दूसरा, वहाँ की भूमि पर घुटनेभर कीचड़ था, जिसमें अभी तक चार बार सर्प दिख चुके थे। साथ ही किसी मरे हुए पशु की तीव्र दुर्गंध उनके नथुने सड़ा रही थी। वह स्थान विधान को नरक के समान लगा। ऐसा नरक जहाँ नीरसता, घुटन, मृत्यु और विषाद के साए मँडरा रहे हों। ताजा साँस खींचने के लिए वह बाँसों पर संभावित ऊँचाई तक चढ़ जाता था, परंतु आगे बढ़ने के लिए अंत में उतरना ही पड़ता था। इसी बीच उसे दाईं ओर रविदास की झलक मिली। वह आश्चर्यजनक रूप से ऊपर ही कूद--कूद कर बाँसों पर यात्रा कर रहा था।

दो घड़ी पश्चात जल की कल-कल सुनाई पड़ी। पक्षियों का तीव्र स्वर भी आने लगा। वे बाँस वन के बाहरी छोर तक पहुँच गए थे। कुछ ही देर में विधान ने आखिरी दनुबाँस पार कर दानव देश की धरती पर पग रख दिया।

वन पार करते ही वातावरण ताजा, साफ और जीवंत हो उठा। उसने भर-भर कर साँस खींची। वह हरी घासों की ढलान पर खड़ा था, जिसके अंत में तीस हाथ चौड़ी नदी बह रही थी। नदी के चौड़े रेतीले तट पर रविदास लेटा हुआ दिखा। नदी के उस पार समतल बंजर क्षेत्र था, जहाँ दूर-दूर तक आकाश में उड़ने वाले पक्षियों के अतिरिक्त किसी अन्य जीव-जंतु के चिह्न नहीं दिखे।

नदी की उछलती जलराशि विधान को शांति और शक्ति लौटाने का आमंत्रण दे रही थी। विधान दौड़कर ढलान से उतरता हुआ तट को पार कर नदी में कूद गया। मन भर डुबकियाँ लगाईं। वह बाँस वन की नीरसता, दुर्गंध और घुटन की छाया को एकदम से धो डालना चाहता था। जब वह डुबकियाँ लगाकर तट पर लौटा, तो धनंजय भी आ चुके थे।

गाँव के अन्य झोपड़ों की भाँति इसकी छत भी फूस से बनी ढालूदार थी। दीवारें कच्ची मिट्टी की मोटी परतों वाली तथा किवाड़ बाँस के- जिन पर पवन के झोंके रोकने के लिए किसी पशु की खाल मढ़ी हुई थी। जंबूद्वीप के सामान्य झोपड़ों की तुलना में संथार के झोपड़े चार गुना बड़े थे। गाँव के आसपास की अधिकांश भूमि बलुआ थी। दूर तक देखने पर गिने-चुने वृक्ष तथा कँटीली झाड़ियाँ ही दिखती थीं।

दनुबाँस वाली सीमा के समीप बहती नदी को पार कर, तट को पकड़े हुए चलते रहने पर यह प्रथम दानव बस्ती थी। अधिकांश घर एक-दूसरे से लगभग सटे हुए बने थे। संकीर्ण मार्ग, दुर्गंध तथा गंदगी ने उसका नाम संथार की कई बड़ी मलिन बस्तियों में सम्मिलित कर रखा था। अव्यवस्थित ढंग से बने घरों ने वहाँ के संकीर्ण मार्गों को भूलभुलैया-सा बना रखा था। इसी बस्ती के दक्षिणी छोर के एक झोपड़े में विधान, रविदास तथा वृजा नाम के एक अन्य व्यक्ति के साथ धनंजय बैठे हुए थे। वृजा की स्त्री भी वहाँ उपस्थित थी, जो एक कोने में चूल्हे पर उनके लिए काढ़ा बना रही थी। वह भुनभुनाते हुए कार्य कर रही थी। वह किसी भी प्रकार के मेहमानों को पसंद नहीं करती थी। वह ऊँचे स्वर में भुनभुना रही थी, ताकि उन लोगों को पता चल जाए कि उनका आना उसे अच्छा नहीं लगा तथा वे लोग यहाँ

से उठने में शीघ्रता दिखाएँ। वृजा, धनंजय का गुप्तचर था, जो सात वर्ष पूर्व यहाँ आकर बसा था।

इस समय धनंजय के मुख पर पूर्ण गंभीरता थी। वृजा के नए समाचार ने उनकी योजना पर संकट उत्पन्न कर दिया था। वृजा ने बताया कि राजधानी के समीपवर्ती एक नगर में विद्रोह के कारण इस बार के वार्षिक शस्त्र-अनुष्ठान में महामहिम दक्षान समुद्र तट पर नहीं जाएगा। सेनाओं का मुख्य भाग सागर-तट पर अवश्य उपस्थित रहेगा, परंतु सेनाध्यक्ष दारा सहित प्रमुख योद्धा विद्रोह के संकट को देखते हुए राजधानी में ही रहेंगे।

कुछ क्षणों की गंभीर मुद्रा के पश्चात धनंजय ने सहज होते हुए पूर्व योजना के अनुसार ही कार्य करने को कहा। वृजा की स्त्री ने नाक-मुँह सिकोड़कर उन्हें काढ़ा परोसा। काढ़ा पीकर विधान प्रशंसा किए बिना नहीं रह पाया। प्रशंसा का वृजा की स्त्री पर कोई प्रभाव नहीं पड़ा। वह रात्रि भोजन की तैयारी में जुट गई, इस बात का विशेष ध्यान रखते हुए कि बर्तनों को उठाने-रखने में वे टकराएँ और खूब आवाज करें।

वृजा ने उन्हें फटे-पुराने वस्त्र दिए, जिन्हें पहनकर उन्होंने भेष बदला। फिर वे बस्ती में निकल गए। मल-मूत्र पड़े सँकरे, टेढ़े-मेढ़े मार्गों से होते हुए वे बस्ती के हाट पहुँचे। हाट ही एकमात्र ऐसा स्थान था, जहाँ खड़े होने के लिए पर्याप्त भूमि थी। मुख्य खाद्य-सामग्री के रूप में मांस-मछली अधिक बिक रही थी। संथार की अधिकांश भूमि बंजर होने के कारण कृषि नगण्य होती थी। जहाँ थोड़ी-बहुत उर्वरा भूमि बची थी, वहाँ वे मसाले उगाते थे। अनाज वे दूसरे राज्यों से क्रय करते थे, जिन्हें खरीदना आम दानवों की सीमा के बाहर था तथा सब्जियाँ तो राजकीय भोजन समझी जाती थीं।

हाट के उत्तरी छोर से बाहर निकलने पर नदी का तट दिखा। यह वही नदी थी, जिसमें विधान ने डुबकियाँ लगाई थीं, परंतु यहाँ वह दुगनी चौड़ी दिख रही थी। नदी की जलधारा में ढेरों नौकाएँ आ-जा रही थीं- भिन्न-भिन्न आकार तथा रंग-बिरंगी झंडियों से सजी। किसी में सामग्री लदी थी, तो किसी में लोग बैठे थे। लोग भी इतने ठसाठस कि सभी के बैठने के बाद पग रखने का भी स्थान न दिखे।

तट पर कुछ दानव सैनिक दिखे। कमर से म्यान लटकाए तथा हाथ में भाले लिए वे नौकाओं में चढ़ाई जा रही सामग्री की जाँच कर रहे थे। तट पर आने-जाने वालों की भीड़ हाट से भी अधिक थी। उनमें से कई यात्री नौका से उतरते ही गिर पड़ रहे थे। उनके गिरने पर बगल वाला भी ध्यान नहीं देता था, जैसे कि वह घटना

यहाँ की सहजता में सम्मिलित हो। गिरा व्यक्ति स्वयं ही उठता था। बाद में उसकी लड़खड़ाती चाल से पता चलता था कि वह नशे में है।

यात्रियों की तुलना में पर्याप्त नौकाएँ न होने के कारण नौका-यात्रा के लिए एक दिन पूर्व ही नौका-संचालक को शुल्क चुकाकर अपना स्थान सुरक्षित करवाना पड़ता था। नौकाओं की माँग देखते हुए नौका-संचालक भी मनमाना मूल्य वसूलने का कोई अवसर नहीं चूकते थे।

वृजा उन्हें लेकर एक नौका-संचालक के पास पहुँचा। वह फूले पेट, धूप से जली काली त्वचा, मोटे होंठ, बिखरे घुँघराले बाल तथा उभरी आँखों वाला व्यक्ति था। कमर के नीचे काली धोती पहने वह पूर्ण रूप से भैंसे का मानवीय रूप लग रहा था। वह चार व्यक्तियों के बीच खड़ा ऊँचे स्वर में हँस-हँस कर बात कर रहा था। वृजा को देखते ही शांत हो गया। वृजा ने संकेत से उसे एक किनारे बुलाया।

''तुम एक दिन पश्चात चले जाना।'' नौका-संचालक उसके पास पहुँचते ही बोला।

''ऐसा क्यों? दिन पक्का रखने के लिए तुम्हें छह दिन पूर्व ही शुल्क दे दिया था।'' वृजा अप्रसन्नता से बोला।

''आज प्रात: ही सैनिकों ने राजकीय कार्य से पूरी नौका आरक्षित करवा ली है...मैं कुछ नहीं कर सकता...तुम्हारा शुल्क कहीं जाएगा नहीं, तुम्हें एक दिन पश्चात छोड़ आऊँगा।'' संचालक ने कुटिलता से समझाया।

वृजा उसकी आँखों में एकटक झाँकता रहा। संचालक कुछ क्षण दृष्टि मिलाकर इधर-उधर देखने लगा।

''दुगना शुल्क दे रहा हूँ, अब कुछ मत कहना।'' वृजा ने कड़े स्वर में कहा।

''क्षमा करना! राजकीय कार्यों को टालना इतना सरल नहीं है।'' संचालक ने मुँह बनाकर असमर्थता दिखाई।

''चार गुना दे रहा हूँ, आपत्ति हो तो दूसरा देखूँ?'' वृजा आँखें दिखाता हुआ बोला।

''मित्रता का दायित्व तो निभाना पड़ेगा।'' संचालक ने पूरे दाँत दिखाए।

''तुम मित्र नहीं, दस्यु हो।'' वृजा ने अप्रसन्नता से कहा।

''ठीक है! कल का दिन निश्चित है...परंतु पहले अपने साथ वालों को दिखाओ, वे पदार्थ तो नहीं लेते?''

''तीनों में कोई नहीं लेता।'' वृजा ने आश्वस्त किया।

''कहाँ हैं वे? मैं स्वयं देखूँगा...तुम्हें तो ज्ञात ही होगा, नए महामहिम ने

कठोर नियम प्रचारित करवा दिए हैं। नगरों तक जाने में कोई समस्या नहीं है, परंतु राजधानी के आसपास भी पदार्थ लेने वाले दिखे, तो कारागार में ही करवट बदलनी पड़ेगी।''

''मेरे साथ ही आए हैं, उधर खड़े हैं, देख लो।'' वृजा ने संकेत कर दिखाया।

संचालक, विधान, रविदास और धनंजय के पास गया। उसने एक निरीक्षक दृष्टि से देखा, विशेषकर उनकी आँखों को। मादक पदार्थ खाए व्यक्ति की आँखों को वह अच्छे से पहचानता था। संतुष्ट होकर वृजा से बोला- ''किरण फूटने के एक घड़ी पश्चात ही निकल जाऊँगा। समय का ध्यान रखना।'' यह कहकर वह चला गया।

वृजा भी उन्हें लेकर घर लौट आया। घर लौटने पर वृजा की स्त्री ने मुँह बनाकर बिना शब्द उनका स्वागत किया। पकने के लिए कुछ चढ़ाकर वह पड़ोस में चली गई।

हल्का जलपान कर वे आगे की मंत्रणा करने लगे। विधान का ध्यान बार-बार पक रहे भोजन की सुगंध की ओर चला जा रहा था। उस सुगंध में एक आकर्षण था। आकर्षण के साथ आमंत्रण भी। भोजन को खाने का नहीं, उस सुगंध को सूँघते रहने का। दानव बस्ती में भरी दुर्गंध को वह सुगंध संतुलित कर रही थी। घड़ीभर बाद वृजा की स्त्री आई। भोजन परोसकर पुनः पड़ोस में चली गई। वह रात्रि में वहीं रुकेगी।

परोसा गया भोजन भी एक प्रकार का काढ़ा ही था। भोजन लेकर विधान ने अपना पीढ़ा रविदास से दूर कर लिया, क्योंकि रविदास खाते समय भी बात करता था और बीच-बीच में विधान की पीठ ठोंक देता था। अब जब विधान की पीठ उपलब्ध नहीं थी, तो रविदास धरती पर ही अपना हाथ पटक रहा था। रविदास आयु से वयस्क अवश्य था, परंतु उसका व्यवहार आज भी लड़कपन से संचालित होता था। ऐसा नहीं था कि उसमें गांभीर्य का अभाव था, पर उसकी गंभीरता के पीछे भी एक चुलबुलापन सदैव घात लगाए बैठा रहता था।

काढ़ा ग्रहण कर विधान को जीवन में पहली बार ज्ञात हुआ कि भोजन में भी कोई सुख होता है। उसकी जिह्वा तथा नासिका को आज एक नया रोमांच मिला था। उसने मिट्टी के कटोरे को पूरी तरह चाट डाला। भयंकर आकर्षण वाली वह सुगंध उसकी नाक में लंबे समय तक धँसी रहने वाली थी।

भोजन समाप्त कर यात्रा की तैयारी के लिए वृजा बाहर चला गया। धनंजय

चर्मपत्र निकालकर मानचित्रों को दिखाते हुए रविदास और विधान से विचार-विमर्श करने लगे। मानचित्र छोटे और सरल थे, उन्हें स्मरण रखना कठिन नहीं था। योजना में दारा का प्रसंग आने पर, संभावित संघर्ष को देखते हुए धनंजय ने विधान को सचेत करते हुए कहा- "सहस्त्रबाहु काण को भी रोक लेने वाला दारा कोई सामान्य शक्ति नहीं है। वह दानव इतिहास के सर्वश्रेष्ठ योद्धाओं में गिना जाता है। उसे रहस्यमय वज्र-विद्या प्राप्त है, जिससे युद्ध के समय वह अपने शरीर को इतना कठोर बना लेता है कि अस्त्र-शस्त्र प्रभावहीन हो जाते हैं।"

"वज्र-विद्या...क्या यह भी देव-शक्ति है?" विधान ने प्रश्न किया।

"देव-शक्ति कहना उचित नहीं होगा।" धनंजय बोले- "वर्षों पूर्व एक संन्यासी प्रत्येक राज्य में घूम-घूम कर काँटों तथा भालों पर चलने एवं लेटने का प्रदर्शन किया करता था। काँटे और भाले उसकी देह को भेद नहीं पाते थे। लोगों का कहना है कि दारा ने उसी संन्यासी से यह विद्या प्राप्त की है...सत्यता जो भी हो, पर दारा सदैव से एक विकट शत्रु रहा है।"

विधान के मन में दारा को देखने की एक ललक-सी उठी। आगे कुछ और चर्चाएँ वृजा के आने तक चलती रहीं। रात्रि में वे दानव बस्ती के कभी न समाप्त होने वाले शोर के बीच सोए। चार दिनों से थके शरीरों को सन्नाटे की आवश्यकता भी नहीं थी।

यह एक स्वच्छ नीले गगन वाली सुबह थी। उगते सूर्य के तिरछे प्रकाश ने समस्त जगत को पीला कर रखा था। नदी के दोनों तटों पर यात्री चढ़-उतर रहे थे। प्रभातकालीन शीतल पवनों ने सभी को उल्लसित कर रखा था, जो लोगों के ऊँचे स्वरों में स्पष्ट दिखता था। कई नौकाएँ पहले ही अपनी यात्रा पर निकल चुकी थीं और कुछ अभी अपने यात्रियों को चढ़ा रही थीं। तट से देखने पर, जाती हुई नौकाएँ किसी प्रतियोगिता में दौड़ लगाती प्रतीत होतीं। नौका-संचालक आगे खड़ा होकर उत्साह बढ़ाता और नौका खेने वाले एक लय में पतवार चलाते। नदी तट पर मँडरा रहे जलीय पक्षी उड़कर नौकाओं के ऊपर बैठते तथा चीखकर स्वयं को उनका अल्पकालीन सहयात्री बताते।

प्रभात वेला में इन छोटी-बड़ी नौकाओं का कारवाँ किसी बड़े उत्सव का एक भाग लगता। इन्हीं के बीच एक मध्यम आकार की नौका के पिछले भाग पर विधान खड़ा था। उसे पीछे से आ रही नौकाओं को देखने में आनंद आ रहा था, विशेषकर

उनकी पतवारों की लय तथा उनसे उछलता जल। जिन नौकाओं पर सामान लदा था, उन पर ढेरों पक्षी बैठ जाते थे। ऐसी ही एक छोटी नौका जब उनके समीप से गुजरी, तब विधान ने उस पर बैठे बगुलों की ओर दाने फेंके तथा तरह-तरह की आवाज निकालकर अपनी प्रसन्नता दिखाई।

नौका के मध्य में एक झोपड़े जैसी संरचना थी, जिसमें उनके साथ चार अन्य सहयात्री भी थे। एक बूढ़ी स्त्री अपनी तीन युवा पोतियों के साथ बैठी थी।

वृजा नौका-यात्रा के लिए इसी नौका-संचालक को प्राथमिकता देता था, क्योंकि वह अन्य संचालकों की भाँति यात्रियों को ठूँसकर नहीं भरता था तथा यात्रा के समय वह अपने यात्रियों के भोजन-पान में कोई कसर नहीं रखता था। वह शुल्क लेते समय भले ही लोभ दिखाए, पर यात्राकाल में एक अच्छे मित्र की भाँति व्यवहार करता था।

नौका के झोपड़े के अंदर धनंजय के साथ बैठा रविदास, बुढ़िया से हँसी-विनोद कर रहा था। बुढ़िया को भी आनंद आ रहा था। रविदास बोला- "माई! तेरे केश इतने श्वेत हैं कि प्रतीत होता है, दिन में ही चंद्रमा के दर्शन हो रहे हों। मैं इन्हें काटकर हाट में बेचूँगा, जो मिलेगा आधा-आधा बाँट लेंगे।"

बुढ़िया बोली- "नहीं रे! दाँत तो पहले ही गिर गए, बस यही एक धन बचा है, गंजी होकर अच्छी नहीं लगूँगी।"

"नहीं माई! गंजे सिर पर ठंडी हवा के झोंके जो आनंद देते हैं, उसका सुख तुमने आज तक प्राप्त ही नहीं किया होगा।" रविदास समझाते हुए बोला।

"नहीं रे! बुढ़ापे में ठंडी हवा हड्डियाँ तक निकाल देती है।"

"कैसी बात करती हो माई," रविदास ने बनावटी आश्चर्य दिखाया- "अभी तेरी आयु ही कितनी हुई है। तू तो अभी रस्सी भी कूद सकती है। और मुझे पूर्ण विश्वास है कि यदि तुझे कुछ प्रशिक्षण मिल जाए, तो राजनर्तकी भी तुझसे पिछड़ जाएगी।"

बुढ़िया के बगल बैठी तीनों साँवली लड़कियाँ रविदास की बात सुनकर आपस में दृष्टि मिलाकर हँसतीं और बीच-बीच में आकर रविदास के कंधों, पीठ तथा हाथ पर, कहीं भी चूमकर वापस बुढ़िया के पास चली जातीं। जब उन्होंने ऐसा कई बार किया, तो रविदास बोला- "माई इन्हें बता दे, मैं तनिक भी स्वादिष्ट नहीं हूँ। इनके चूमने से मुझे भय लग रहा है, एक ने तो मेरे कंधों में दाँत भी गड़ा दिए हैं।"

"नहीं रे! तुझे खाएँगी नहीं।...तू इन्हें अच्छा लग रहा है, तुझसे प्रेम हो गया है इन्हें। तुझे जो पसंद है उससे विवाह कर ले।"

"ऐं..." रविदास एकदम से चौंका। उसने मुड़कर धनंजय की ओर देखा, वे मंद-मंद मुस्करा रहे थे।

रविदास ने बुढ़िया से पूछा- "इतनी शीघ्रता से प्रेम हो गया... ?"

"हाँ रे! दानव प्रेम की उत्पत्ति क्षणिक होती है, प्रथम दृष्टि में ही हो जाता है। चल बता, इनमें से किसके साथ विवाह करेगा?" बुढ़िया ने बड़ी सहजता से पूछा।

रविदास के मुख पर चंचल मुस्कान आ गई। बोला- "एक से ही क्यों, तीनों से करूँगा।"

बुढ़िया थोड़ा आगे झुककर उसे ऊपर से नीचे निहारते हुए बोली- "वस्त्र तो तेरे फटे हुए हैं, तीनों को ढंग से खिला भी पाएगा?"

"मेरे वस्त्रों पर मत जा माई! मैं दूर देश का राजा हूँ। तीन तो क्या, तीन सहस्र को भी खिला-पिला सकता हूँ।" रविदास फूलते हुए बोला।

अभी तक सहज आनंद ले रही बुढ़िया एकदम से शांत हो गई। नेत्र फाड़कर रविदास को एकटक देखती रही, फिर क्रोध दिखाते हुए बोली- "मुझे लगा तू भला दानव है, पर तू भी पदार्थ लेता है।"

"नहीं माई! सत्य कह रहा..."

"चुप कर!" बुढ़िया ने बीच में ही डाँटा- "जब तक तू पूरी तरह पदार्थ नहीं छोड़ेगा, मैं तुझे इन लड़कियों को देखने भी नहीं दूँगी।" बुढ़िया ने दोनों बाँहें फैलाकर लड़कियों को पीछे करते हुए कहा।

धनंजय जोर से हँसे। लड़कियाँ भी एक-दूसरे से दृष्टि संकेत कर हँसने लगीं।

इसी बीच विधान आया और रविदास की बगल में बैठ गया। लड़कियों की दृष्टि रविदास से हटकर विधान पर फिसलने लगी। रविदास ने विधान के कंधे पर हाथ रखकर कहा- "यह सबसे अधिक स्वादिष्ट है।"

विधान बात समझने के लिए सबका मुँह ताकता रहा। बुढ़िया को छोड़कर सब मुस्कराए। बाद में रविदास अपना नाम बदलकर बुढ़िया को समझाता रहा कि वह राजा है, जो परदेश घूमने निकला है। बुढ़िया भी उसे समझाती रही कि वह दूर देश की रानी है, जो भटककर यहाँ पहुँच गई। उसने यह भी समझाया कि वह पहले बहुत लंबी हुआ करती थी। चलते-चलते घिसकर छोटी हो गई।

हास-परिहास करते उनकी यात्रा आनंदमय बीत रही थी। पहले दिन कुछ छोटे गाँव तथा घनी बस्तियाँ दिखीं, परंतु दूसरे दिन तट के दोनों ओर दूर-दूर तक वीराना

ही लगा। छोटी घासों तथा कुछ झाड़-झंखाड़ के अतिरिक्त कोई वृक्ष यदा-कदा ही दिख पाता था। संध्या को नौका के पीछे, विधान के साथ बैठे वृजा ने बताया कि लोग कहते हैं, यहाँ कभी मसालों की खेती होती थी, पर विशिष्ट उर्वरकों के प्रयोग ने समय के साथ इसे बंजर बना दिया। कहीं-कहीं भूमि पर इतना दुष्प्रभाव पड़ा कि वहाँ की धरती ही रेत में बदल गई।

विधान ऊपर की ओर गरदन घुमा-घुमा कर देखता रहा, आकाश में पक्षी जगत का कहीं कोई चिह्न नहीं था। धरती के साथ वहाँ का आकाश भी बंजर हो गया था। तीसरे दिन पुनः बस्तियाँ दिखनी प्रारंभ हो गईं। राजधानी समीप आ रही थी। दोपहर के दो घड़ी बाद अचानक से नौका रोकनी पड़ी। रुकने का कारण एक दूसरी नौका थी, जिस पर सैनिक थे। सैनिकों की नौका उनकी नौका के बगल सटी, सैनिक उनकी नौका पर चढ़े और वहाँ उपस्थित सभी को बाहर बुलाकर उनकी आँखों का निरीक्षण किया, फिर तेजी से अपनी नौका पर लौट गए।

यह आकस्मिक निरीक्षण था। यदि कोई पदार्थ खाया हुआ पकड़ा जाता, तो उसे तथा नौका-संचालक दोनों को तीन अमावस्या के लिए कारागार भेज दिया जाता। संथार के मादक पदार्थों का सेवन करने पर आँखों में लाल डोरों के साथ थोड़ा नीलापन भी आ जाता था। सैनिक उन्हीं प्रारंभिक लक्षणों को ढूँढ़ रहे थे।

बुढ़िया प्रसन्न थी कि रविदास पर से उसका संदेह हटा। साँझ होते-होते वे अंतिम पड़ाव तक पहुँचे। राजधानी वहाँ से एक घड़ी की दूरी पर थी। पर सामान्य नौकाओं के लिए यह अंतिम बिंदु था। इसके आगे मात्र राजकीय नौकाओं को ही आगे बढ़ने दिया जाता था।

वृजा ने सामान उतारा। वे आज की रात्रि वहाँ तट पर फैले सैकड़ों किराए वाले झोपड़ों में से किसी एक में बिताएँगे, फिर कल प्रातः राजधानी में प्रवेश करेंगे। बुढ़िया के पास कोई विशेष सामग्री नहीं थी। वह राजधानी में ही रहती थी। अतः उसी समय अपनी लड़कियों के साथ राजधानी को चल दी। जाती हुई लड़कियाँ मुड़-मुड़कर रविदास और विधान को देखकर हँसतीं। विधान ने भी दाँत दिखाने में कोई कसर नहीं छोड़ी थी। वृजा उन्हें एक पूर्व परिचित के झोपड़े पर ले गया।

अर्द्धरात्रि तक वे योजनाओं पर चर्चा करते रहे।

अगले दिन जब सूर्य का प्रखर प्रकाश दानव राजधानी के ऊँचे प्राचीर एवं मुख्य द्वार को स्नान करा रहा था, वे तीनों वृजा के साथ बाहर उपस्थित थे। वृजा

ने सहज रूप से नियमित-प्रवेश पाने के लिए लुहार का पेशा अपना रखा था। वह राजधानी के मुख्य हाट में पहले से स्थापित एक लुहार- जो धनंजय का ही एक गुप्तचर था- के साथ साझे में व्यापार करता था। छुरे, हँसिया, भाले-तीर के फल, लौह शृंखलाएँ एवं तलवार की मूठ जैसी सामग्री से लदी बैलगाड़ी पर बैठा वृजा अपनी बारी की प्रतीक्षा कर रहा था। गाड़ी पर पीछे सामान के साथ मुख पर धूल तथा इधर-उधर कालिख लगाए धनंजय, रविदास और विधान भी बैठे हुए थे। वे मैले-कुचैले वस्त्र पहने श्रमिकों के भेष में थे।

राजधानी में प्रवेश कोई कठिन कार्य नहीं था, परंतु समीप ही उठे विद्रोह के कारण आजकल गुप्तचरों का दल अधिक सक्रिय हो उठा था, विशेषकर राजधानी के चारों दिशाओं में खुलने वाले मुख्य द्वारों पर उनका अदृश्य जमावड़ा-सा बना रहता। थोड़ी-सी संदिग्धता दिखते ही वे उसके पीछे लग जाते। फल-फूल, शाक-भाजी, दूध, लकड़ी का कार्य करने वाले तथा अन्य व्यापारी भी वहाँ खड़े थे। आम जन को आने-जाने में कोई विशेष समस्या नहीं थी। परंतु उन पर गुप्तचरों की गिद्ध दृष्टि बनी रहती थी। वे उनकी चाल-ढाल तथा हाव-भाव देखकर ही अनुमान लगा लेते थे कि वह व्यक्ति ऊपर से जैसा दिख रहा है, वैसा ही है, अथवा छद्म भेष धारण कर रखा है। उनकी भेदक दृष्टि से बचना सरल कार्य नहीं था। धनंजय ने भी भेष बदलने में पूरी सूक्ष्मता दिखाई थी। वे तीनों गंदी पगड़ी पहने कंधे झुकाकर आसपास के वातावरण में कोई रुचि न लेते हुए थके-थके से बैठे थे। पिछली रात्रि उन्होंने कीचड़ में अपने हाथ-पैर सान लिए थे, जिससे कि उनके नखों में मैल भर जाए। हथेलियों पर कालिख पोतकर ऐसा बना लिया था कि दिखने से वे कठोर चमड़ी वाली प्रतीत हों तथा वास्तव में लगे कि वे दिनभर लोहे की उठा-पटक करते हैं। एड़ियों की दरारों में भी ढेरों मैल भरकर वे ऐसे बैठे थे कि प्रथम दृष्टि में ही श्रमिक के रूप में पहचाने जाएँ।

अपनी बारी आने पर वृजा ने राजकीय मुहर लगा व्यापारी अनुमति-पत्र दिखाकर प्रवेश पा लिया। धीरे-धीरे जब वे मुख्य प्रवेश द्वार से बहुत दूर निकल आए, तब उन्होंने थोड़ा इधर-उधर देखना प्रारंभ किया।

राजधानी अत्यंत विस्तृत थी। दानव राजधानी के वैभव-विलास की चर्चाएँ दूर-दूर तक थीं। वह उद्यानों, उपवनों, वाटिकाओं, मदिरालयों, अट्टालिकाओं एवं प्रेक्षागृहों से भरा स्थान था। राजमार्ग के दोनों किनारे थोड़ी-थोड़ी दूर पर आकाश की ओर मुँह फाड़े रीछों की प्रस्तर मूर्तियाँ गड़ी थीं, जिनके मुख से रात्रि में प्रकाश के लिए मशालों की लौ निकलती थी। अधिकाँश घर बाँसों से बने दुमंजिला, काले

रंग के दिख रहे थे। उनकी छतें भी बाँसों को लचकाकर ढालूदार बनाई गई थीं।

मार्ग पर लोगों की पर्याप्त संख्या थी। संथार की जलवायु गर्म होने के कारण लोगों का रंग साँवला या उससे भी अधिक दबा हुआ था। वे अपनी वेशभूषा में काले तथा लाल रंग के वस्त्रों का अधिक प्रयोग करते थे। गले में रीछ का नख लटकाना वहाँ की सामान्य सज्जा थी, जो प्रत्येक दानव करता था। धनंजय, विधान और रविदास ने भी गले में एक-एक नख लटका रखा था। नर हो या नारी, अधिकाँश लोग लंबे थे। कई चौराहों को इधर-उधर मुड़ते हुए पार करने के बाद अभी तक विधान को कोई थुलथुल स्त्री नहीं दिखी थी।

सामान्य दानव बस्तियों की दुर्गंध के विपरीत यहाँ की वायु में पुष्पों की सुगंध बसी थी। धूल से बचने के लिए प्रत्येक रिक्त स्थान पर घास उगाई गई थी। प्रत्येक चौराहे के पास छोटी-बड़ी कोई न कोई पुष्प- वाटिका अवश्य थी।

अभी उन्होंने अब तक के सबसे बड़े चौराहे को पार किया। चौराहे के मध्य में ऊँची वीथिका बनाकर कमर पर मटकी टिकाए एक युवती की मूर्ति स्थापित थी। इस चौराहे के बाईं ओर, जो चौड़ा मार्ग सीधे पश्चिम की ओर जाता था, वहाँ एक बड़ा द्वार दिखा। द्वार के उस पार राजमहल तथा राजपुरुषों के भवन थे। मजबूत शरीर वाले सशस्त्र प्रहरी उस द्वार पर दिन-रात चौकस रहते थे।

लंबे मार्ग से बैलगाड़ी हाँकते हुए वृजा मुख्य हाट में घुसा। सजी-धजी दुकानें प्रातः के इस समय खुलना ही प्रारंभ हुई थीं। वृजा अपने साझीदार लुहार की दुकान पर पहुँचा। उसकी दुकान हाट के अंतिम छोर पर थी, जिधर सबसे कम भीड़ पहुँचती थी। उसने दुकान के पिछले हिस्से को ही अपना घर बनाकर रखा था।

दनुमाता के समाधिस्थल का निरीक्षण कर अपनी अंतिम योजना बनाने के लिए उनके पास कल तक का समय था। परसों अमावस्या थी, जब वे कुंडल उठाएँगे।

अगले दिन, दो घड़ी से भी अधिक पैदल चलकर विधान दनु देवी के समाधिस्थल पर पहुँचा था। दानव राजधानी के विस्तार का कोई अंत नहीं था। यह अर्थला की राजधानी से दस गुना बड़ी थी।

समाधिस्थल अतिविशाल शिलाखंडों का ढेर-सा था। मानो असंख्य कंकड़ों का तिकोना ढेर रहा हो तथा जिसका एक-एक कंकड़ किसी छोटे झोपड़े जितना बड़ा हो। समस्त शिलाखंड गाढ़े काले रंग के थे एवं उनकी ऊपरी सतह किसी रत्न की भाँति चमकती थी। उस विशाल तिकोन संरचना के सबसे ऊपरी भाग पर पत्थरों

की आपसी दरारों से पीला धुआँ निकल रहा था। वह पूरा ढेर एक विशाल जलाशय के मध्य में दो महलों जितने क्षेत्रफल पर पसरा हुआ था। ऊँचाई में वह कदाचित राजधानी की सबसे ऊँची संरचना थी। समाधिस्थल को घेरने वाले जलाशय में हंसों के कई जोड़े श्वेत कमलों के बीच तैर रहे थे। वृत्ताकार जलाशय के चारों ओर मुँह फाड़े रीछों की प्रस्तर मूर्तियाँ गड़ी थीं। परंतु राजमार्ग वाली मूर्तियों की तुलना में इनके थूथन कुछ अधिक लंबे थे तथा इनकी आँखों में लाल रत्न भी जड़े हुए थे।

रीछों के कानों से आर-पार होती हुई पतली लौह शृंखलाएँ थीं, जो थोड़ा लटकते हुए दूसरे रीछ के कानों से पार होकर अगले वाले रीछ को चली जाती थीं। इस प्रकार जलाशय के किनारे उन लौह शृंखलाओं का भी एक वृत्त बन गया था।

तिकोने समाधिस्थल के अंदर प्रवेश के लिए एकमात्र द्वार पश्चिम की ओर से था। द्वार दिखने में, ऐसा लग रहा था कि उस विशाल काली आकृति में से एक पत्थर निकालकर आने-जाने के लिए एक छिद्र छोड़ दिया गया हो। जलाशय को पार कर उस छिद्र द्वार तक पहुँचने के लिए पत्थरों का तीस हाथ लंबा सेतु था, जिस पर आम जन ने कभी पग नहीं रखा था। वह राजपरिवार के लिए सदैव से आरक्षित था।

जलाशय के चारों ओर तथा आसपास प्रत्येक स्थान पर कवचधारी सशस्त्र प्रहरियों का जाल बिछा हुआ था। इसके अतिरिक्त उत्तर में एक पूरी छावनी ही उपस्थित थी। जैसा कि धनंजय ने विधान को बताया था, यह आमजन के लिए मात्र समाधिस्थल था, परंतु यहाँ दानव-मसालों तथा दनुबाँस सहित कई गुप्त शोध होते थे। वहाँ की अत्यंत कड़ी सुरक्षा इस बात को और पुख्ता करती थी।

जलाशय के चारों ओर पचास हाथ से भी अधिक दूरी पर चारों ओर लकड़ी के सुंदर नक्काशीदार मोटे लट्ठों से बाड़ेनुमा सीमा रेखा बनाई गई थी। बाड़े की ऊँचाई कमर तक थी। आम लोग यहीं से खड़े होकर समाधिस्थल के दर्शन करते थे। भीड़ के बीच विधान भी यहीं खड़ा था। लोग पीले गेंदे के पुष्प अपनी पूरी सामर्थ्य लगाकर समाधिस्थल की ओर फेंक रहे थे। पुष्प अधिकतम बीस हाथ दूर तक ही जा पा रहे थे। लोगों द्वारा फेंके फूलों से बाड़े के अंदर एक पीली पट्टी-सी बिछ गई थी। प्रतिदिन यह पट्टी बिछती थी तथा रात्रि में साफ कर दी जाती थी। दानवों का विश्वास था कि समाधिस्थल के ऊपरी सिरे से निकल रहा पीला धुआँ उनके द्वारा समर्पित पुष्पों का ही रंग है।

स्त्री-पुरुष, बच्चे, वृद्ध, व्यापारी, श्रमिक, धनिक प्रत्येक वर्ग, प्रत्येक आयु के दानव वहाँ समाधिस्थल के दर्शन करने आए हुए थे। लोग दोनों हथेलियों से

अपना मुख ढँककर अपनी निःशब्द प्रार्थनाएँ करते, फिर पुष्प फेंकते। विधान ने भी औरों की भाँति हथेलियों से मुख ढँककर कुछ बुदबुदाया। फूल उसके पास थे नहीं, अतः बगल खड़े एक छोटे बच्चे से- जो टोकरीभर पुष्प लिए अपने बड़े भाई के साथ खड़ा था- लेकर फेंक दिया। बच्चे ने मुस्कान दिखाई। विधान ने उसका सिर सहलाकर स्नेह दिखाया।

वह भीड़ से हटकर पीछे खड़ा हुआ। समाधिस्थल राजधानी के उत्तरी छोर के अंत पर था। एक अति विस्तृत खुले मैदान में, जहाँ से राजधानी के भवन छोटी-छोटी आकृतियों के रूप में दिखते थे। समाधिस्थल के पीछे राजधानी का उत्तरी द्वार स्पष्ट दिख रहा था, जहाँ सैनिक छावनियाँ स्थित थीं तथा उसी ओर से कल उन्हें कुंडल लेकर बाहर जाना था।

विधान ने वहाँ की भूमि अँगूठे से दबाकर जाँची। आम जन के लिए बाँधे गए बाड़े से जलाशय तक की दूरी तथा जलाशय के ऊपर बने सेतु की लंबाई का अनुमान लगाया। फिर चारों ओर एक सामान्य दृष्टि से निरीक्षण कर लौट पड़ा। आकाश का सूर्य भी घर लौटने की तैयारी में था, परंतु अब भी लोगों की भीड़ पूर्ण उमंग के साथ समाधिस्थल के दर्शन के लिए जा रही थी। रविदास और धनंजय अलग-अलग समय पर आकर पहले ही यहाँ का निरीक्षण कर चुके थे। सूर्य डूबने के बाद यहाँ आना आम जन के लिए प्रतिबंधित था।

विधान सहज गति से लौट रहा था कि आते हुए एक व्यक्ति को देखकर चौंक पड़ा। भीड़ के साथ चल रहे उस व्यक्ति की दृष्टि एकदम सीधी थी। उसने विधान को नहीं देखा। विधान ने अपनी गति धीमी कर उसे ध्यान से देखा। वह उसकी भूरी आँखों को अच्छे से पहचान गया। उसने उसके दाएँ कान पर दृष्टि डाली। उसके कुंडल छिद्र फटे हुए थे। वह 'गू' था। काले-सफेद रंग में पुते होने के स्थान पर एक सामान्य दानव के भेष में सिर पर पगड़ी धरे वह निश्चित रूप से 'गू' था। विधान ने अपनी गति तीव्र कर उसे पार कर लिया, फिर दूर जाकर पीछे से पुनः देखा।

लौटकर उसने धनंजय और रविदास को यह बात बताई। धनंजय को भी गू की उपस्थिति आश्चर्यजनक लगी। बहुत सोचने पर भी कोई स्पष्ट छोर न मिलने पर उन्होंने गू का विषय छोड़कर, गुप्तचर लुहार द्वारा दिए गए नए मानचित्रों के साथ अंतिम योजना पर चर्चा प्रारंभ कर दी।

कल बहुत कुछ दाँव पर था। धनंजय के रविदास और विधान के साथ दानव देश आने के विषय में उपसेनाध्यक्ष कुंतल के अतिरिक्त अन्य किसी को ज्ञात नहीं था, क्योंकि वसुंधरा उन्हें ऐसे प्राणघातक अभियान पर कभी नहीं जाने देती।

कल उन्हें कुंडल उठाकर जीवित लौटना था। कल ही, अब तक प्रच्छन्न रहा, काण की शक्ति का उत्तराधिकारी संसार के सम्मुख प्रत्यक्ष रूप से प्रकट होगा।

नयनिका अपना पूरा कौशल लगा रही थी कि उरी के चोटों के चिह्न छुप जाएँ। पिछली रात्रि दक्षान ने उरी पर इतने जोर से प्रहार किया था कि ठुड्डी के पास नीला पड़ गया। श्रृंगार के लिए सौंदर्य-कला में दक्ष अन्य परिचारिकाएँ नियुक्त थीं, परंतु उरी ने सभी को हटाकर रूप-सज्जा का सारा कार्य नयनिका को ही सौंपा था। नयनिका परिचारिका बाद में थी, पहले वह उसकी सखी, दुख साझा करने वाली तथा सच्ची सलाहकार थी। उरी के प्रति दक्षान के हिंसक व्यवहार से भयंकर कुपित होने के बाद भी उसने उरी को दक्षान के विरुद्ध कभी कुछ नहीं कहा था। जहाँ उरी को अपनी बात समझाने में अन्य परिचारिकाओं के साथ कठिनाई होती थी, वहीं नयनिका उसके सूक्ष्म संकेतों को भी अच्छे से पढ़ने में सक्षम थी।

हर चौथे दिन अपने मार खाए शरीर के चोटों को अन्य परिचारिकाओं से ढँकवाने में उरी बहुत असहज हो जाती थी। इसके अतिरिक्त वह पति-पत्नी के बीच की मारपीट को यथासंभव घर में ही रखना चाहती थी। जब से दक्षान महामहिम बना, उरी को पीटने की पुनरावृत्ति बढ़ गई थी। मार खाकर वह भूमि पर ही निढाल-सी पड़ी सो जाती। फिर अगले दिन गीत गुनगुनाते हुए वह अपने नियमित कार्यों में ऐसे लगती कि प्रतीत ही नहीं होता था कि पिछली रात्रि कुछ बुरा घटित हुआ था।

घिसे हुए दर्पण में स्वयं को निहारती उरी ने जब देखा कि नयनिका पूरे प्रयास के बाद भी नीलिमा के चिह्न नहीं ढँक पा रही, तो उसने छोड़ देने का संकेत किया।

''तनिक रुक तो, आज भारी भीड़ उपस्थित होगी, लोगों को उनकी राजमहिषी के दर्शन मिलते ही कितनी बार हैं ?... जब मुझे ही अच्छी नहीं लग रही, तो औरों को कैसे लगेगी।...सभी की उँगलियाँ मेरी ओर उठेंगी कि मैंने ही उनकी राजमहिषी की सुंदरता नहीं उभारी।'' नयनिका उरी के गालों पर चूर्ण मलते हुए बोली।

इस बार उसका प्रयास सफल रहा। नीलिमा ढँक गई। प्रसाधन सामग्री से एक इत्र उठाकर उरी के हाथों और कंधों पर लगाते हुए बोली- ''बहुमूल्य इत्र है। विदेशी व्यापारी दो महीने से पीछे पड़ा हुआ था... कह रहा था कि पूरे संथार में मात्र राजमहिषी को ही बेचूँगा... (फिर उरी के कंधे को सूँघते हुए) सुगंध वास्तव में नई है...न जाने किस पुष्प से निर्मित है...आज जैसे विशिष्ट अवसर के लिए ही

ले लिया था...तुझे अच्छी लगी...मेरी राजमहिषी!"

उरी ने मुस्कराकर सिर हिलाया और नयनिका के हाथ से इत्र लेकर थोड़ा-सा उसकी कमर पर भी लगा दिया। दोनों दर्पण में एक-दूसरे को देखकर हँसने लगीं।

"रथ आ चुका है, मैं अपना केश-विन्यास ठीक कर शीघ्र ही आती हूँ," कहकर नयनिका कक्ष के बाहर चली गई।

उरी आसन से खड़ी होकर दर्पण के सामने घूम-घूम कर स्वयं को प्रत्येक कोण से देखने लगी। समीप ही बैठी उसकी बिल्ली ने म्याऊँ कहकर उसकी प्रशंसा की। उरी उसे उठाकर पुचकारने लगी। वह मोटी काली बिल्ली भी आज उसके साथ समाधिस्थल जाएगी।

समाधिस्थल पर भारी भीड़ एकत्रित थी। प्रतीत होता था, पूरी राजधानी ही उमड़ी हो। पर समाधिस्थल की गोलाई तथा वहाँ का मैदान इतना विस्तृत था कि इसकी चार गुना भीड़ को भी सरलता से स्थान दे सके। लकड़ी के बाड़ों के बाहर खड़ी उल्लसित भीड़ निरंतर पीले पुष्प फेंक रही थी। मध्याह्न के इस प्रहर तक बाड़े में फेंके गए पुष्पों से घुटने तक मोटी पीली चादर बन गई थी। आज शस्त्र-अनुष्ठान होने के कारण पूरी राजधानी में नुकीले तथा धारदार शस्त्रों को धारण करने पर प्रतिबंध था। यह दानवों के विश्वास की पराकाष्ठा का दिन था। आज के दिन वे अपनी सुरक्षा का समस्त भार सागर को सौंपते थे, जो अपनी अगाध जलराशि से उनकी दक्षिणी सीमा की सदैव से रक्षा करता आया था। प्रहरियों के हाथों में शस्त्र के नाम पर मजबूत ठोस लाठियाँ थीं, जो किसी की भी खोपड़ी तोड़ने में पर्याप्त समर्थ दिख रही थीं।

लोग उत्साहपूर्वक राजमहिषी की प्रतीक्षा कर रहे थे। वे अपनी लोकभाषा में ऊँचे स्वरों में कोई गीत गाते हुए पुष्प फेंक रहे थे। वर्ष में मात्र आज के दिन समाधिस्थल खोला जाता था। राजमहिषी अंदर प्रवेश कर समाधि के गर्भ में अनुष्ठान करतीं, फिर बाहर आकर लोगों को दनु देवी की कृपा के रूप में रीछों का मांस स्वयं अपने हाथों से वितरित करतीं। रात्रि में उसी मैदान के पूर्व में राजकीय-भोज की व्यवस्था होती थी, जहाँ साथ में उन्हें पीने के लिए उच्च कोटि की मदिरा दी जाती थी।

जलाशय को पार करने वाले सेतु के समीप पत्थर का एक मोटा स्तंभ लगाया गया था। यह स्तंभ वहाँ भूमि में गहराई में बने एक खाँचे में आज ही फँसाकर खड़ा किया गया था। पाँच हाथ ऊँचे उस खंभे के ऊपरी सिरे पर एक छिद्र था, जिसमें

कुछ प्रहरी मिलकर पंद्रह अंगुल व्यास वाला एक मोटा लट्ठा फँसा रहे थे। जब लट्ठे का एक सिरा उस छिद्र में फँस गया, तब उसके दूसरे सिरे को एक हाथी की पीठ से बाँध दिया गया। वह पूरी व्यवस्था जल निकालने वाले रहट जैसी थी, जिसमें बैल, ऊँट या घोड़े के स्थान पर हाथी जुता हुआ था।

विधान, धनंजय और रविदास के साथ भीड़ में सबसे पीछे खड़ा था। वे पिछली दो घड़ी से राजमहिषी के आने की प्रतीक्षा कर रहे थे। शस्त्र के नाम पर उनके हाथ खाली थे। अपनी तलवार तथा छुरे उन्होंने वृजा के पास छोड़ दिए थे। दानवों द्वारा युद्ध में भिन्न-भिन्न प्रकार के धुएँ का प्रयोग देखते हुए, वृजा ने उन्हें किसी विशिष्ट जड़ी-बूटी की सूखी गोली दी थी, जिसे उन्होंने अपनी कमर पट्टिका में रख लिया था। वह जड़ी-बूटी वास्तव में एक प्रकार का विष थी, जो शरीर में भयंकर जलन उत्पन्न कर मूर्च्छित होने से बचाता थी। धनंजय ने कुछ छोटे चक्र भी अपनी कमर पट्टिका में छुपा रखे थे।

कुछ ही देर में नगाड़े, ढोल, तुरही आदि वाद्य यंत्रों की सम्मिलित ध्वनि सुनाई पड़ी। पश्चिम की ओर से प्रहरियों द्वारा सुरक्षित मार्ग पर राजमहिषी का कारवाँ आ रहा था। सबसे आगे वाद्य बजाने वाले, मध्य में राजमहिषी अपनी परिचरिकाओं के साथ तथा सबसे पीछे बलि देने के लिए तीस रीछ थे। उरी आठ काले घोड़ों वाले ऊँचे, स्वर्णमंडित रथ पर खड़ी थी।

नगाड़ों का संकेत पाकर, लट्ठ से बँधे हाथी को महावत ने चला दिया। हाथी गोल-गोल चला। पीठ पर बँधे लट्ठे ने लौह स्तंभ को घुमाया। हल्की गड़गड़ाहट की ध्वनि होने लगी। समाधि के एकमात्र छिद्र के अंदर लगा दो हाथ मोटा भारी पत्थर एक ओर सरकने लगा। उस छिद्र रूपी द्वार को पूरा खोलने में हाथी को पाँच चक्कर लगाने पड़े। जब राजमहिषी अनुष्ठान पूरा कर बाहर आ जाएगी, तब हाथी को उल्टी दिशा में चलाकर द्वार बंद कर दिया जाएगा तथा भूमि के खाँचे में फँसा स्तंभ भी हटा लिया जाएगा।

लोग राजमहिषी की जय-जयकार करने लगे। कारवाँ बाड़ से पहले ही रुक गया। उरी रथ से उतरी, उसकी बिल्ली भी रथ से कूदी। उरी अपनी लंबी सुडौल काया लेकर सेतु की ओर बढ़ी। नगाड़े और तेज बजने लगे। भीड़ का भी शोर बढ़ा। वे अपने पुष्प राजमहिषी की ओर फेंकने का प्रयास करने लगे। अपने हाथ में स्वर्णथाल लिए उरी सेतु पर चढ़ गई। थाल में रीछ के नखों की माला, पीले पुष्प तथा कुछ सुगंधित चूर्ण थे। उसकी बिल्ली लपककर उसके आगे-आगे चलने लगी। समस्त प्रहरी सेतु के इस पार ही खड़े थे। सेतु पर बढ़ते हुए वह अपनी

बिल्ली के साथ छिद्र-द्वार में घुसकर विलीन हो गई। लोगों का शोर थोड़ा कम हुआ, पर नगाड़े, ढोल सहित अन्य वाद्य बजते ही रहे।

धनंजय को इसी क्षण की प्रतीक्षा थी। उन्होंने संकेत किया। वे और रविदास भीड़ से चार हाथ पीछे हुए तथा एक-दूसरे से सटकर थोड़ा आगे को झुकते हुए बैठ गए, जैसे कोई धावक किसी दौड़ प्रतियोगिता में प्रारंभिक सीमा पर दौड़ने के लिए तैयार की मुद्रा बनाता है। विधान उनसे दो हाथ पीछे खड़ा था। उसने आँखें मूदकर एक लंबी साँस छोड़ी, फिर झुककर धरती पर घूँसा जड़ दिया। ऊर्जा तरंग निकलकर धनंजय तथा रविदास के पैरों के नीचे पहुँची। अगले क्षण एक तिरछा मोटा खूँटा उनके पैरों के नीचे से निकला, जो उन दोनों को हवा में तिरछे धकेलते हुए भीड़ के ऊपर से बाड़े तक ले गया। उसी क्षण खूँटे की संरचना टूटी और उनके शरीर बाड़े के पार बिछे पीले पुष्पों की मोटी परत पर धम्म से गिरे। वे तत्काल उठकर सेतु की ओर दौड़े। विधान भी उछलकर भीड़ के ऊपर से उड़ता हुआ बाड़े के अंदर कूदा।

वहाँ खड़ी भीड़ को सन्नाटा मार गया। एक विस्मय भरे भय के साथ सारा समुदाय स्तंभित हो गया। प्रहरी भी क्षणभर उत्पन्न खूँटे तथा हवा में उड़ते-उछलते मनुष्य को देखकर घोर अचरज में पड़ गए। पर वे सतर्क थे, क्षणभर पश्चात ही अपना अचंभा हटाकर अपने शत्रुओं की ओर लपके तथा दूसरे ही क्षण उनके सामने एक दीवार की भाँति मार्ग रोककर खड़े हो गए।

सेतु अभी दूर था। प्रहरियों को अवरोध बनते देख विधान ने सांकेतिक सीटी मारी। धनंजय और रविदास पुनः अगल-बगल चिपककर झुकते हुए बैठ गए। विधान ने क्षण गँवाए बिना सिद्धि प्रयोग किया। पुनः एक मोटा तिरछा खूँटा उन दोनों के पैरों के नीचे प्रकट हुआ और उसने मार्ग रोके प्रहरियों के ऊपर से उछालते हुए उन्हें सेतु के प्रारंभिक भाग तक फेंक दिया। ऊपर से गिरते ही, उन्होंने स्वयं को आगे की ओर लुढ़काकर आघात को कम किया। वे अविलंब खड़े हुए और सेतु पर दौड़ गए। सेतु पर कोई प्रहरी सैनिक नहीं था। तीस हाथ लंबे सेतु को धनंजय ने सात क्षणों में पार कर लिया तथा समाधि के छिद्र द्वार में घुसकर विलीन हो गए। रविदास सेतु के मध्य में ही रुक गया- किसी अन्य को धनंजय के पीछे जाने से रोकने के लिए।

यह घटना कुछ ही क्षणों में ऐसे विचित्र प्रकार से तथा इतनी तीव्रता से घटी कि लोगों को सोचने-समझने का अधिक अवसर नहीं मिला। सैनिक सतर्क तो थे, परंतु हवा में उड़ते-कूदते शत्रुओं के विषय में नहीं सोचा था। अगले कुछ क्षणों

में जब भीड़ का विस्मय टूटा, तो लोग बाड़ को छोड़कर पीछे हटते चले गए, फिर जनसमूह से भिन्न-भिन्न प्रकार के स्वर सुनाई पड़ने लगे-

मायावी...विद्रोही...प्रकोप...अगिन...काण...कलाकार...शाप...देव...भूमि-सिद्धि...चोर...अर्थला...नेत्रबंध...हत्यारे...

ढोल, तुरही बजना बंद हो गए। फिर नगाड़ेवाले ने दूसरी लय में नगाड़ा बजाना प्रारंभ कर दिया, जो संकट की धुन थी। उत्तरी द्वार पर स्थित सैन्य छावनी में नगाड़ों का संकट स्वर सुनाई पड़ते ही तीव्र हलचल मच गई। सैनिक लाठियाँ लेकर कतारबद्ध होने लगे।

इधर इससे पहले कि सैनिक विधान को घेर पाते, वह दौड़कर उछला और समाधि का छिद्रद्वार खोलने वाले हाथी पर कूदा। कूदते ही उसने महावत को एक लात जड़कर हाथी से गिरा दिया। फिर हाथी की पीठ पर बँधे लट्ठे की रस्सी खोलने लगा। तब तक बीसों सैनिकों ने उसे घेर लिया तथा नीचे से ही अपनी लाठियों से प्रहार का प्रयास करने लगे।

रविदास से भिड़ने के लिए कई सैनिक सेतु पर चढ़े, पर तीन हाथ चौड़े सेतु पर वे एक साथ आक्रमण नहीं कर सकते थे। रविदास एक सैनिक से लाठी छीनकर अन्य से भिड़ा हुआ था। लाठी संचालन में उसे पर्याप्त निपुणता थी। वह प्रहार करके सैनिकों को जलाशय में गिरा देता था।

इधर हाथी के शरीर के कारण सैनिक विधान पर प्रभावी प्रहार नहीं कर पा रहे थे। वह गाँठ खोलने में जुटा हुआ था। अन्य सैनिकों ने संदेशवाहक गरुड़ आकाश में उड़ा दिए।

इक्का-दुक्का पहुँच रही लाठियों से बचते हुए विधान अभी अंतिम दो गाँठें खोल ही रहा था कि भीड़ का कोलाहल तेज हो गया। उत्तर की ओर से एक सेनानायक अपने पचास सैनिकों की टुकड़ी के साथ पहुँच गया था। उन्होंने उत्तरी बाड़े को तोड़कर सीधा प्रवेश किया था। सेनानायक ने तेज स्वर में चिल्लाकर कुछ संकेत किए। हाथी को घेरने वाले सैनिक थोड़ा पीछे हट गए। सेनानायक की टुकड़ी से कई सैनिक दौड़कर आगे बढ़े। उनमें से चार सैनिक अगल-बगल एक-दूसरे से चिपककर घोड़ा बन गए। एक अन्य सैनिक झट से उन चारों पर चढ़कर चौपाया बन गया। यह सब उन प्रशिक्षित सैनिकों ने मात्र तीन क्षणों में कर दिया था। पीछे से लाठी लेकर आ रहा सेनानायक उस मानव संरचना पर सीढ़ी की तरह चढ़ा और क्षण नष्ट किए बिना उसने अपनी लाठी से किसी भाले की भाँति विधान के पेट पर सीधा प्रहार कर दिया। सँभल सकने की कोई संभावना नहीं थी। विधान लहराते हुए

हाथी से गिर पड़ा। गिरते ही वह लुढ़कते हुए समीप खड़े एक सैनिक तक पहुँचा और उसके पैर पर जोरदार घूँसा मारा। सैनिक लड़खड़ाया और विधान ने झट से उसकी लाठी छीन ली। फिर अगले ही पल हाथी के पिछले पैरों पर ढेरों लाठियाँ बरसाने लगा। हाथी भड़क उठा। वह विधान की धृष्टता का उत्तर देने उसकी ओर मुड़ा और बढ़ा। हाथी के मुड़ने तथा बढ़ने के झटके से ढीली गाँठ खुल गई और हाथी लट्ठ से स्वतंत्र हो गया। अब हाथी के बिना, समाधि के छिद्रद्वार को बंद करने वाली स्तंभरूपी कुंजी को घुमाना असंभव था।

भड़का हुआ हाथी विधान के पीछे दौड़ा। विधान उत्तर की ओर से आई हुई सैन्य टुकड़ी की ओर भागा। एक क्षण के लिए सैनिकों ने लाठी आगे कर विधान को रोकने की चुनौती प्रस्तुत की, पर दौड़ते हाथी को देखकर स्वयं ही मार्ग से दूर हट गए। विधान समाधिस्थल के चारों ओर गोलाई में हाथी को दौड़ाकर सैनिकों के बीच भगदड़ मचवाता रहा, पर महावत ने शीघ्र ही अपने सांकेतिक आदेशों से हाथी को नियंत्रित कर लिया। अब विधान को पचास सैनिकों ने चारों ओर से घेर लिया।

सेतु पर रविदास विचित्र ढंग से लड़ रहा था। उसका शरीर अत्यंत लचीला था। वह किसी कुशल नट की भाँति कलाबाजियाँ खाकर वार बचाते हुए लाठी चला रहा था। उसका मुख्य लक्ष्य सैनिकों की नाक थी। तनिक भी अवसर पाकर वह सैनिकों की नाक पर जोरदार लाठी मारता। नाक पर प्रहार खाते ही सैनिकों की आँखों में आँसू भर आते। क्षणभर के इसी धुँधलेपन का लाभ उठाते हुए वह उन्हें लाठी से धकेलकर जलाशय में गिरा देता।

छिद्रद्वार में घुसकर धनंजय धीरे-धीरे आगे बढ़ रहे थे। अगल-बगल की दीवारों तथा छत को स्पर्श कर ज्ञात हुआ कि वे एक प्रकार की पतली सुरंग में चल रहे हैं, जिसमें घुप अँधकार था। कुछ देर चलकर लगा कि अब वे किसी ढलान पर उतर रहे हैं। बाहर से आ रहे शोर की ध्वनि एकदम से लुप्त हो गई। वे कान खड़े किए पूरी सतर्कता से पग बढ़ा रहे थे। उन्हें आश्चर्य हुआ कि दानवों की राजमहिषी इस घुटन भरे अँधकार में बिना भयभीत हुए कैसे पार कर गई। ढलान पर सौ पग उतरने के बाद मंद पीला प्रकाश दिखा। उन्होंने अनुमान लगाया कि वे सतह के बहुत नीचे आ चुके हैं। वह ढलान वाली सुरंग एक कक्षनुमा स्थान पर समाप्त हुई, जहाँ एक उल्का जल रही थी। कक्ष के चारों ओर से कई सुरंगें गई हुई थीं। इसके आगे किस सुरंग से जाना है, उन्हें ज्ञात नहीं था।

विधान को पचास सैनिकों ने लाठियाँ आगे कर घेरा हुआ था। सेनानायक स्वयं आगे आया। कदाचित अभी तक उसने विधान को सिद्धि प्रयोग करते हुए नहीं देखा

था- उसने नगाड़े का संकेत सुना और अपने सैनिक लेकर सीधे यहाँ आ पहुँचा था। फिर उसने सामने शत्रु को हाथी पर चढ़ा देखकर सहज बुद्धि से स्थिति को भाँपा और उस पर आक्रमण कर दिया था।

सेनानायक पूरे आत्मविश्वास के साथ विधान के सम्मुख उपस्थित हुआ। जनसमुदाय के सामने अपनी वीरता दिखाने का यह अवसर वह चूकना नहीं चाहता था। वह स्वयं अपने हाथों से इस शत्रु को पीटकर बंदी बनाएगा। वह लाठी लिए ललकारते हुए विधान पर टूट पड़ा।

थोड़ी देर के युद्ध से यह स्पष्ट हो गया कि लाठी संचालन के कौशल में विधान, सेनानायक से बहुत पीछे है। विधान दो बार रोक पाता, तो चार लाठी खा जाता। सेनानायक पूरे उत्साह में आ गया। अब विधान के शरीर पर लगातार लाठियाँ पड़ने लगीं। धनंजय ने कहा था कि रक्तपात से यथासंभव बचना है, जिससे कि दानव किसी धारदार अस्त्र-शस्त्र को उठाने पर विवश न हों। इतने सैनिकों के बीच लाठियों से लड़ना तथा वार झेलना उतना प्राणघातक नहीं था, जितना कि तलवार, भाले और तीर के वार झेलना। धनंजय की योजनानुसार विधान तथा रविदास को सैनिकों को तब तक उलझाए रखना था, जब तक कि वे शक्ति-कुंडल लेकर बाहर न आ जाएँ।

विधान समझ गया था कि मात्र छह महीने के अभ्यास से वह सेनानायक के लाठी संचालन की बराबरी नहीं कर सकता। लगातार मार खाने से अब उसे बुरा लगने लगा था। फिर भी उलझाए रखने के लिए वह कुछ देर और प्रहार झेलता रहा। लड़ते-लड़ते तभी एक लाठी उसकी कनपटी पर पड़ी। कान सूँ-सूँ करने लगा। विधान एकदम से तिलमिला उठा। उसने अपनी लाठी फेंकी- जो अभी तक उसके किसी काम नहीं आ रही थी। फिर सेनानायक द्वारा उसकी छाती पर चलाई लाठी को दोनों हाथों से पकड़कर छीन लिया। उसने धरती पर घूँसा जड़ा। मिट्टी की एक परत ने उसकी मुट्ठी पर चढ़कर गोले का रूप ले लिया। वह उठा और अचरज से इस मायावी क्रिया को देख रहे सेनानायक की कनपटी पर अपना गोला जड़ दिया। सेनापति की आँखों के आगे सब घूमने लगा। प्रहार शक्तिशाली था, पर सिर पर पहने शिरस्त्राण ने मूर्च्छित होने से बचा लिया। विधान के हाथों से गोला भुरभुरा होकर उड़ा। मुट्ठी पुनः दिखाई पड़ने लगी। उसने पुनः भूमि पर घूँसा मारा। अपना सिर झटकते सेनानायक के आगे एक खूँटा उभरा और सीधा उसके जबड़े से टकराया। इस बार सेनानायक को चेतनाहीन होकर गिरने में क्षणभर भी नहीं लगा।

कई सुरंग मुख वाले उस भूमिगत कक्ष में खड़े धनंजय अविचलित दिख रहे

थे। वे एक-एक कर सभी सुरंगों में दस पग तक अंदर घुसते, फिर हवा की गंध सूँघने का प्रयास करते। सभी सुरंगों में सीलन की एक ही गंध मिलती, परंतु एक सुरंग में तीखे इत्र की गंध मिल गई। वे उसी सुरंग में आगे बढ़े। इस सुरंग में आगे बढ़ने पर स्थान-स्थान पर उल्काएँ जलती मिलीं। यह सुरंग भी ढलानदार थी। सुरंग की दीवारें पूर्ण रूप से चट्टानों से बनी थीं। यदि यहाँ प्रकाश न होता, तो कई उभरी नुकीली चट्टानों से बाँहों के घायल होने की पूरी आशंका थी। धनंजय को अधिक नहीं चलना पड़ा, वे शीघ्र ही सुरंग को पार कर समाधि के गर्भ में पहुँच गए। गर्भस्थल किसी राजा की राजसभा से भी विशाल और ऊँचा था। ढेरों मजबूत स्तंभों पर उसकी छत टिकी हुई थी। चारों ओर जल रही उल्काओं का चटक प्रकाश था, जिनमें वहाँ रखी असंख्य पांडुलिपियाँ और भिन्न प्रकार की विचित्र सामग्रियाँ तथा लकड़ी के यंत्र दिख रहे थे। धनंजय को थोड़ी सूचना थी कि संभवत: समाधिस्थल में ही दनुबाँस तथा दानव मसालों को उत्पन्न करने का रहस्य विद्यमान है।

गर्भस्थल की दीवारों पर कई सुरंगों का मुख दिखा। वहाँ रखी विशाल आकार वाली कई वस्तुओं तथा अन्य सुरंगों को देखकर धनंजय ने अनुमान लगाया कि कदाचित यहाँ तक आने के लिए समाधिस्थल के छिद्रद्वार के अतिरिक्त भी अन्य गुप्त मार्ग होंगे।

धनंजय की घूमती दृष्टि जब साठ हाथ दूर उस विशाल कक्ष के दूसरे कोने पर पड़ी, तो वहाँ दर्जनभर लोग दिखे। उनमें एक स्त्री की भी काया थी। वे सभी धनंजय की उपस्थिति से अनभिज्ञ एक वृत्त बनाकर खड़े थे। धनंजय ने अपनी सूक्ष्म सैन्य दृष्टि से चारों ओर दृष्टिपात किया, उन दर्जनभर लोगों के अतिरिक्त कहीं कोई नहीं दिखा। उन्होंने अपना छोटा चक्र निकाला और पदचाप किए बिना धीर-धीरे सतर्कता से उनकी ओर बढ़ने लगे। आधा मार्ग तय ही किया था कि एक ने देख लिया। उसके नेत्र संकेत पर औरों ने भी मुड़कर देखा। वे सभी आश्चर्य में पड़ गए, पर अपनी सहजता नहीं खोई। वे सभी थोड़ा आगे बढ़कर इकट्ठे खड़े हो गए। इतनी दूर से धनंजय को उनकी आकृतियाँ स्पष्ट दिख रही थीं। उनमें से अधिकांश वृद्ध थे और कुछ अधेड़। शारीरिक गठन से कोई भी सैनिक वर्ग का नहीं लग रहा था। समीप पहुँच कर उनकी सहजता एवं आँखों के भाव पढ़कर धनंजय ने अपना चक्र वापस रख लिया।

सबसे आगे खड़े पूर्ण सफेद दाढ़ी वाले एक वृद्ध ने बड़ी विनम्रता से पूछा- "आप कौन हैं भद्र पुरुष? इस पवित्र स्थल पर कैसे पहुँचे?"

धनंजय ने भी नम्रता दिखाते हुए प्रतिप्रश्न किया- "श्रीमान! पहले आप अपना

परिचय दें।''

वृद्ध ने सहजता से ही संक्षिप्त परिचय दिया- ''हम परंपराधीश हैं।''

अब धनंजय ओजपूर्ण वाणी में बोले- ''मैं नागवंशी, नाग प्रमुख धनंजय हूँ। और मैं यहाँ सहस्त्रबाहु काण के शक्ति-कुंडल लेने आया हूँ।''

उनका परिचय तथा मंतव्य जानकार सभी चौंके। वृद्ध ने पूर्ण सम्मान दिखाते हुए कहा- ''हे नागश्रेष्ठ! हम सभी आपके नाम से परिचित हैं, परंतु दर्शन पहली बार हुए हैं...आप हमारा अभिवादन स्वीकार करें।''

धनंजय ने गंभीर भाव के साथ उनका अभिवादन स्वीकार किया। दाईं ओर थाल लिए खड़ी उरी घोर आश्चर्य से धनंजय को देख रही थी। उसके पैरों से सटकर खड़ी उसकी बिल्ली गुर्रा रही थी।

वृद्ध ने समझाने के स्वर में कहा- ''किसी भी प्रकार की माँग के लिए राजभवन उचित स्थान है, हमें आपकी माँग पूरी करने का कोई अधिकार नहीं है।''

धनंजय तत्काल बोले- ''यह कार्य राजनैतिक मार्ग से संभव नहीं है, इस गुप्त स्थान पर मेरी उपस्थिति का अर्थ आप समझ ही गए होंगे...समाधिस्थल पर ऊपर युद्ध चल रहा है और मैं यहाँ बलपूर्वक लेने आया हूँ।''

दानव-परंपराधीशों ने आपस में एक-दूसरे को देखा, धीमे स्वर में कुछ मंत्रणा की, फिर वृद्ध ही बोले- ''हम इतिहास और परंपरा सँभालने वाले इतिहासकार हैं। इस पूरे स्थल को बनाने में सहस्त्रों इतिहासकारों का पूरा जीवन लगा है। हम आपसे संघर्ष करने में सक्षम नहीं हैं। हमारी आपसे विनती है कि आप इस स्थल पर कोई उपद्रव न मचाएँ।''

''मैं कोई उपद्रव नहीं मचाऊँगा। सहस्त्रबाहु काण के कुंडल जंबूद्वीप की विरासत हैं। उन्हें लौटाने से आपके इतिहास और परंपरा को कोई हानि नहीं होगी।'' धनंजय प्रखरता से बोले।

वृद्ध कुछ क्षण सोचते रहे, फिर पीछे संकेत करते हुए (जिस स्थान पर वे वृत्त बनाकर खड़े थे) बोले- ''कुंडल वहाँ रखे हैं तथा राजमहिषी भी यहाँ उपस्थित हैं, आप उनके सम्मुख अपनी माँग रख सकते हैं।''

धनंजय आगे बढ़े। परंपराधीशों ने मार्ग छोड़ दिया। वह स्वच्छ जल से भरा पाँच हाथ चौड़ा एक कुंड था। मात्र हाथभर गहरे उस कुंड की तली में हरी काई जमी हुई थी। काई, कुंड के बाहर भी एक हाथ आ गई थी। कुंड के ठीक बीच में रखे एक शिलाखंड को देखकर धनंजय एकदम से चौंके। आधा हाथ चौड़ा वह बेढंगा पत्थर जल में पूरी तरह डूबा हुआ था तथा रंग बदल रहा था। कभी काला, कभी

भूरा, कभी नीला और इसी तरह प्रत्येक रंग में। धनंजय ने पत्थर की ओर संकेत कर, दृष्टि से ही प्रश्न किया। वृद्ध कुछ न बोले। धनंजय ने पुनः नेत्रों से प्रश्न किया, वृद्ध विचलित हुए। वे धनंजय के दृष्टि-प्रश्न को समझ रहे थे। धनंजय को उत्तर ज्ञात था, वे बस उनकी स्वीकारोक्ति चाहते थे। वृद्ध इस बार भी शांत रहे। उनके मूक उत्तर पर धनंजय धीरे से बुदबुदाए- "ओह! तो दंतकथाएँ सत्य हैं।"

उसी पत्थर के समीप, तली पर दो स्वर्ण-कुंडल रखे हुए थे।

धनंजय उरी की ओर मुड़े और औपचारिक अभिवादन किया- "नाग प्रमुख धनंजय आपको प्रणाम करता है...और मैं दानव-सत्ता की आज्ञा के बिना ये कुंडल ले जा रहा हूँ।" यह कहकर वे सावधानी से कुंड में उतर गए।

उरी स्तंभित-सी खड़ी सबकुछ देखती रही। बिल्ली जोर से गुर्राई।

कुंड में उतरकर धनंजय ने दोनों कुंडल उठा लिए। कुंडलों की बनावट वे पहचानते थे। फिर भी जाँचने के लिए कुंडल के आंतरिक भाग पर सूक्ष्म दृष्टि डाली। वहाँ वटवृक्ष का विशिष्ट चिह्न विद्यमान था। उन्होंने रंग बदलने वाले पत्थर के चारों ओर दृष्टि घुमाई, वहाँ कुछ और नहीं था।

उन्होंने वृद्ध से पूछा- "अन्य दो कुंडल कहाँ हैं?"

वृद्ध थोड़ा अचकचाते हुए बोले- "उनको शोध कार्य में प्रयुक्त कर लिया गया...वे कुंडल अपनी मूल संरचना खो बैठे हैं...मात्र यही दो बचे हैं।"

धनंजय सोच में चले गए, फिर कुछ क्षणों पश्चात कुंड से बाहर निकले।

बाहर निकलते ही बिल्ली ने गुर्राते हुए धनंजय पर छलांग मार दी। पैरों के नीचे की काई पर धनंजय फिसल गए और कुंडल हाथ से छूटकर गिर पड़े। बिल्ली अब भी गुर्रा रही थी। धनंजय ने उसे नेत्र दिखाए। बिल्ली पर तत्काल प्रभाव हुआ, न जाने किस भय से वह निःशब्द होकर पीछे हटती चली गई।

गिरे हुए कुंडलों को उरी ने उठा लिया। धनंजय उठकर खड़े हुए, तो हाथ बढ़ाकर उरी से कुंडल माँगे। उरी बिना हिले धनंजय और परंपराधीशों को बारी-बारी देखती रही।

धनंजय तेज वाणी में बोले- "हे राजमहिषी! ये कुंडल मुझे सौंप दें। रक्तपात से बचने के लिए ही मैंने यह गुप्त अभियान किया है। यदि आज कुंडल नहीं मिले, तो कल पूरी सेना लेकर लौटूँगा। तब यहाँ न इतिहास बचेगा और न दानवों की परंपरा। जिस वस्तु पर दूसरे का अधिकार है, उसे लौटाने में तुम्हारी कोई हानि नहीं।"

उरी की छातियाँ तेजी से उठ-बैठ रही थीं। वह क्षणभर खड़ी रही, फिर जिस

मार्ग से आई थी, उसी पर लौटने के लिए चल दी। बिल्ली भी अपनी स्वामिनी के पीछे दौड़ी। धनंजय भी चले और बोले– ''राजमहिषी! समय का पूर्ण अभाव है, कुंडल मुझे प्रदान करो।''

उरी मानो सुन ही नहीं रही थी, उसने मार्ग में लगी एक उल्का निकाली और सुरंग में घुस गई। बिल्ली लपककर उरी के आगे-आगे चलने लगी। धनंजय भी आ रहे थे।

पीछे से वृद्ध का ऊँचा स्वर आया– ''नागश्रेष्ठ! आप वचन दें! राजमहिषी को कोई हानि नहीं होगी।''

धनंजय ने बिना मुड़े हाथ उठाकर आश्वासन दिया– ''राजमहिषी सुरक्षित रहेंगी।'' यह कहकर वे भी सुरंग में घुस गए।

अपने सेनानायक को विधान की विचित्र क्रिया द्वारा धराशायी होते देख, घेरे हुए सैनिकों को आभास हो गया कि यह साधारण शत्रु नहीं है। वे सभी लाठियाँ आगे कर घेरा छोटा करने लगे। पर छोटा होने से पूर्व ही विधान दो पग दौड़कर उछल गया और उनके ऊपर से होता हुआ घेरे के बाहर कूद गया। सैनिकों को पुनः समझ में आ गया कि घेराबंदी जैसी चीजें इस शत्रु पर कार्य नहीं करेंगी। वे सीधे विधान से भिड़ गए। विधान लड़ता, दौड़ता, उछलता और उन्हें उलझाए रखता। उत्तरी छावनी से और सैनिक आते दिखे। विधान, धनंजय के शीघ्र बाहर आने की कामना करने लगा। दानवों को लाठी संचालन में विशेष दक्षता थी। जब विधान को अपनी लाठी उतनी प्रभावी नहीं लगी, तब उसने दाएँ हाथ में गोला पहन लिया। अब वह बाएँ हाथ में पकड़ी लाठी से वार रोककर, दाएँ हाथ के गोले से उनका सिर फोड़ने लगा। सैनिकों में हाहाकार मच गया।

जब विधान बीसवें सैनिक का सिर फोड़कर हाँफते हुए खड़ा हुआ, हवा की सरसराहट ने उसके कान खड़े कर दिए। वह जब तक मुड़कर देखता, हवा में उड़ती एक लाठी आकर उसकी बाँह पर लगी।

संकट-संदेश पाकर एक दानव सेनापति मैदान में आ गया था। वह विधान से पंद्रह हाथ दूर खड़ा था तथा उसके बगल कई सैनिक ढेरों लाठियाँ लिए प्रस्तुत थे। मांसल भुजाओं वाले उस सेनापति ने दोनों हाथों में लाठियाँ लीं और बारी-बारी से फेंकता रहा– किसी भाले की भाँति। सैनिक उसे निरंतर लाठियाँ पकड़ा रहे थे और वह बिना रुके एक यंत्र की तरह दोनों हाथों से फेंकता जा रहा था। विधान के शरीर पर लाठी वर्षा होने लगी। इधर-उधर गति करने पर भी वह उसके प्रहार से नहीं बच पा रहा था। दानव सेनापति अपने समूह के साथ आगे बढ़ता हुआ प्रचंड

शक्ति से लाठियाँ फेंक रहा था। बचाव के लिए विधान उछला, पर हवा में भी उसकी छाती पर चार लाठियाँ, भाले की भाँति लगीं। विधान सेनापति का कौशल देखकर दंग था। उसने मन ही मन सोचा- 'युद्ध में यह अकेले ही, मात्र भाले से सारी सेना बींध डालेगा।'

विधान अपनी लाठी और गोले से बचाव का पूरा प्रयास कर रहा था, परंतु सभी अंगों को नहीं बचा सकता था। स्थान-स्थान से उसकी त्वचा छिलने लगी। उसने गोला त्याग दिया और झुककर धरती पर घूँसा मारा। मिट्टी की एक परत उठकर उसके हाथ पर चढ़ने लगी और दो क्षणों में ही पूरे शरीर पर चढ़ गई। आँख तथा नाक के छिद्र को छोड़कर सारा शरीर उस भूमि-कवच से ढँक गया था। भीड़ से पुनः स्वर फूटने लगे, "मायावी...भूमि-सिद्धि...काण...नेत्रबंध..."

सेनापति भी एक क्षण ठिठका, पर दूसरे ही क्षण उसके हाथ पुनः गति करने लगे। लाठियाँ किसी तीर सदृश विधान के कवच से टकराकर गिर रही थीं। विधान कमर पर दोनों हाथ रखकर वहीं खड़ा रहा।

सेनापति तभी रुका, जब लाठियाँ समाप्त हो गईं। वह हाँफते हुए अपनी साँस बाँधने लगा। अन्य सैनिक वहाँ पड़ी लाठियाँ उठाकर विधान पर टूट पड़े। विधान अब भी किसी प्रदर्शनकारी की भाँति कमर पर हाथ रखकर शांति से खड़ा था। सैनिक पूरी शक्ति से लाठियाँ बरसा रहे थे। परंतु उनकी यह क्रिया किसी पत्थर को पीटने के समान थी।

सेतु पर रविदास लड़ते-लड़ते थकने लगा था। प्रहार खाते-खाते उसका शरीर भी कई स्थानों से छिल गया था, जहाँ से रक्त बह रहा था। अब वह सैनिकों की नाक तोड़कर उन्हें जलाशय में गिराने की शीघ्रता नहीं दिखा रहा था। वह उन्हें अधिक से अधिक समय तक उलझाकर थका रहा था। सेतु पर पीछे खड़े सैनिकों को वह कम अवसर देना चाहता था, क्योंकि अपनी बारी आने पर वे पूरी ऊर्जा और गति से लड़ते।

राजभवन में दक्षान को संकट संदेश मिला। उसे घटना कुछ समझ नहीं आई, पर संवेदनशील अवश्य लगी।

"सेनाध्यक्ष कहाँ हैं?" दक्षान ने संदेशवाहक से पूछा।

"वे कल पश्चिमी क्षेत्र गए थे। संदेश मिला है कि लौट रहे हैं, किसी भी क्षण राजधानी में प्रवेश कर जाएँगे।" संदेशवाहक ने उत्तर दिया।

दक्षान ने उसे जाने की आज्ञा दी, फिर अपने अंगरक्षकों सहित समाधिस्थल की ओर निकल पड़ा।

इधर सुरंग को पार कर जब उरी और धनंजय कई सुरंग मुख वाले कक्ष में पहुँचे, तब धनंजय की वाणी का तेज झलका- ''हे राजमहिषी! ठहर जा! कुंडल मुझे सौंप दे, बदले में मैं तुझे वचन दूँगा।''

उरी को स्वयं नहीं पता चला कि वह क्यों रुक गई। उसे किसी ने पकड़ा नहीं था, फिर भी उसके पैर जड़ हो गए थे। सकुचाते हुए धनंजय की ओर पलटी।

धनंजय ने चक्र से अपना अँगूठा चीरकर रक्त की दो बूँदें भूमि पर गिरा दीं, फिर आकाश की ओर उँगली उठाते हुए ओजपूर्ण स्वर में प्रतिज्ञा ली- ''मैं नागवंशी, नाग प्रमुख, हर्णपुत्र धनंजय समस्त दिशाओं तथा समस्त ऋतुओं को साक्षी मानकर तुझे वचन देता हूँ कि अवसर आने पर तुझे, तेरे पति एवं तेरी संतति को एक बार प्राणदान दूँगा।''

उरी के कानों में धनंजय के शब्द पड़े। उसे कुछ अनुभव हुआ। पर क्या अनुभव हुआ, यह उसे समझ नहीं आया। उरी ने धनंजय की प्रसिद्धि सुनी हुई थी। उसे धनंजय से भय नहीं लग रहा था। उसे अपने हाथ में पकड़े कुंडलों से भय लग रहा था। वह वस्तु उसके हाथों में नहीं, दानवों की राजमहिषी के हाथों में थी, एक अधिकारपूर्ण और कर्तव्यनिष्ठ हाथों में।

उरी को लगा, कक्ष का प्रकाश कुछ बढ़ गया है। उसे धनंजय के नेत्रों में एक सूर्य उगता-सा दिखा। कुछ क्षणों के लिए वह निष्क्रिय होकर उस सूर्य को ही देखती रही। जब होश आया, तब तीव्रता से मुड़ी और छिद्रद्वार से बाहर निकलने वाली सुरंग में चल दी।

भूमि-कवच पहनकर लड़ते हुए विधान को चौथाई घड़ी होने वाली थी। लगातार ऊर्जा छोड़कर संरचना बनाए रखने की यह उसकी अधिकतम समय-सीमा थी। उसने भूमि कवच त्यागा और वास्तविक रूप में आकर सेनापति से टकराया। सेनापति दोनों हाथों में दो छोटे डंडे लेकर लड़ रहा था। अब तक के युद्ध में उस सेनापति ने मुख से एक शब्द भी नहीं निकाला था; मानो गूँगा हो। वह नेत्रों और संकेतों से ही सैनिकों को आदेश दे रहा था।

अपने घोड़े को पूरी शक्ति से दौड़ाते हुए दक्षान समाधिस्थल पर उरी के कारवाँ के बगल पहुँचा। युद्ध देखने में सारी भीड़ ऐसे खोई हुई थी कि उसे अपने महामहिम के आगमन का भान भी नहीं हुआ। अन्य किसी साधारण अवसर पर महामहिम के दिखते ही वे घुटनों के बल बैठकर अभिवादन करते थे। दक्षान ने देखा- सेतु पर एक शत्रु किसी नट की भाँति कलाबाजियाँ खाता हुआ लड़ रहा है और दूसरा जिसे संदेशवाहक ने सिद्धिधारक बताया था, एक नौजवान लड़का था।

वह आक्रमण से अधिक बचाव पर ध्यान दे रहा था। दोनों शत्रुओं के शरीर से स्थान-स्थान से रक्त रिस रहा था। दक्षान की दृष्टि समाधि के छिद्रद्वार पर गई। द्वार खुला हुआ था, इसी द्वार से तीसरा शत्रु समाधि में घुसा है। सहसा उसी क्षण अंदर से एक बिल्ली निकली। बिल्ली के ठीक पीछे उरी प्रकट हुई। उरी को देखते ही जनसमुदाय से शोर उठा... राजमहिषी!

छिद्रद्वार के समीप पहुँचते ही उरी को बाहर का प्रकाश दिखने लगा। उसने हाथ में पकड़ी उल्का गिरा दी और कुछ क्षणों में वह छिद्र से बाहर निकल आई। बाहर निकलने के अगले ही क्षण उसके कानों में सैकड़ों मुखों से निकला 'राजमहिषी' शब्द नगाड़े की तरह टकराया। वहाँ उपस्थित सहस्त्रों नेत्र उस पर टिक गए। हृदय धड़धड़ा उठा। लगा समय की गति अत्यंत मंद हो गई। सारा दृश्य धीरे-धीरे गति करने लगा। उसके नेत्रों ने वहाँ का चित्रपट देखना प्रारंभ किया- जनसमुदाय के स्त्री-पुरुष, बच्चे सभी 'राजमहिषी' चीख रहे हैं। पश्चिम की ओर नयनिका, उसका कारवाँ और उसका पति दिखा। समाधिस्थल पर चारों ओर दानव सैनिक बिखरे पड़े हैं- कुछ मूर्च्छित हैं, तो कुछ अर्द्धमूर्च्छित...अनेक का सिर फटा हुआ है। और इन सब सैकड़ों से भिड़ने वाले मात्र दो शत्रु। एक वहीं उसके सामने सेतु पर लड़ रहा है...दूसरा भी मैदान में पूरे पराक्रम पर था। कुछ सैनिक जलाशय में भी पड़े दिखे। लड़ रहे दोनों वीरों में भय की झलक मात्र तक न थी। उरी की दृष्टि पीछे द्वार पर खड़े धनंजय की ओर मुड़ी। यह तेजवान पुरुष जो कह रहा, उसे करने में सक्षम है। मात्र दो व्यक्तियों के साथ उसके घर में घुसकर जो इतना साहस दिखा सकता है, वह वास्तव में कल पूरी सेना लाकर यह स्थान भस्मीभूत कर डालेगा। उसने देखा, धनंजय ने धीरे-धीरे उसकी ओर हाथ बढ़ाए। फिर बोले- "राजमहिषी! यह अंतिम अवसर है।" उनकी वाणी में आग्रह और चेतावनी दोनों थी। परंतु उरी को धनंजय से भय नहीं लग रहा था। वह उसे शत्रु भी नहीं लग रहे थे। वे उसे उगते हुए सूर्य सदृश लग रहे थे। जैसे उगते सूर्य का प्रकाश धीरे-धीरे बढ़ता है, वैसे ही धनंजय के शरीर से भी फूटता प्रकाश बढ़ता हुआ दिख रहा था। न जाने किस शक्ति से बँधी उरी ने अपने हाथ धीरे-धीरे उठाए और दोनों कुंडल धनंजय के हाथों पर गिरा दिए।

कुंडल छोड़ते ही वह मानो वास्तविक संसार में लौटी।

दक्षान सहित सारे जनसमुदाय ने देखा कि राजमहिषी ने दनुमाता के पवित्र स्थल की कोई पवित्र वस्तु शत्रु के हाथों में सौंप दी है।

उरी ने मुड़कर देखा, सारा जनसमुदाय शांत है और उसका पति उसे खा जाने

वाले लाल नेत्रों से घूर रहा है। उरी को कुछ समझ नहीं आया कि वह क्या करे, कहाँ जाए। इधर-उधर भागते, उसके नेत्रों को एक ही सुरक्षित स्थान दिखाई पड़ा। वह वापस छिद्रद्वार में समा गई। जाते हुए उसे पीछे से धनंजय का धीमा स्वर सुनाई पड़ा- "वचन का सम्मान होगा।"

धनंजय ने दोनों कुंडलों को अपनी कमर पट्टिका में डाल लिया और वहीं पड़ी एक लाठी उठाकर रविदास के साथ लड़ते हुए सेतु से उतरने लगे।

भीड़ से पुनः तरह-तरह के स्वरों की भिनभिनाहट प्रारंभ हो गई।

शत्रु...प्रकोप...राजमहिषी...अपराध...पवित्रता खंडित...शाप...दंड...

इसी भीड़ में खड़ा एक व्यक्ति निःशब्द होकर प्रारंभ से ही यह दृश्य देख रहा था और लोगों के बीच से होता हुआ धीरे-धीरे आगे बढ़ रहा था।

दक्षान ने सोचा था कि वह पहले इन साहसी शत्रुओं से परिचय पूछेगा, फिर समर्पण को कहेगा। पर उरी द्वारा समस्त जनसमुदाय के सामने शत्रु को समाधि की पवित्र वस्तु सौंपते देख, उसका ताप सीधे उच्चतम बिंदु को छू गया। वह नथुने फुलाते हुए चिल्लाया- "धीरा!"

भीड़ को पहली बार दिखा कि महामहिम आए हैं। सारे स्वर एकदम से शांत हो गए। लोग घुटनों के बल बैठे और हाथ ऊपर उठाकर बोले- "महामहिम...महामहिम।"

दक्षान ने जैसे सुना ही नहीं। उसके सामने उरी का कृत्य नाच रहा था। इस समय जब वह आम जन की श्रद्धा बटोरने का पूरा प्रयास कर रहा था, तब उसकी गूँगी पत्नी ने सभी के सम्मुख अपशकुन जैसा कृत्य कर दिया। वह भौंहे सिकोड़े बस शत्रुओं को देखता रहा।

दक्षान के पीछे खड़ा धीरा आगे आया। कुमास और गूजर भी आगे आए। धीरा के संकेत पर लड़ रहे सैनिक रुक गए और पीछे हटते चले गए। पीछे हटकर उन्होंने पूरे समाधिस्थल को घेरते हुए एक वृत्त बना लिया।

धनंजय ने एक तीव्र दृष्टि से चारों ओर देखा, फिर विधान और रविदास को उत्तर की ओर बढ़ने का संकेत किया। किंतु पग बढ़ाते ही धीरा, विधान के; कुमास, रविदास के और गूजर धनंजय के सम्मुख पहुँच गए।

विधान, धीरा की लंबी आकृति को अभी ढंग से देख भी नहीं पाया था कि धीरा का मजबूत घूँसा उसके मुख से टकराया। घूँसे की प्रचंडता से ही विधान को धीरा की शक्ति का पता चल गया। पत्थर जैसे उस घूँसे को पड़े निमिष भर भी नहीं हुआ

था कि धीरा ने अपना सिर उसके सिर पर पटक दिया। विधान की आँखों के आगे सितारे चमचमा गए। दूसरे ही पल धीरा ने उसकी छाती पर सीधा पग प्रहार किया। विधान का शरीर उछलकर चार हाथ पीछे गिरा। विधान को अपनी भूल की अनुभूति हो गई। अभी तक साधारण सैनिकों से लड़ते-लड़ते उसकी सतर्कता में शिथिलता आ गई थी। वह आँखें मिचमिचाकर उठ खड़ा हुआ। धीरा उस तक पहुँच गया था। इस बार विधान ने धीरा पर घूँसे से आक्रमण किया। धीरा बड़ी सहजता से उसका वार बचा गया तथा साथ ही उसने विधान के पेट पर प्रहार भी कर दिया।

मुक्का खाकर विधान के शरीर सीधा करने से पहले ही धीरा ने पुनः पाद प्रहार किया। विधान तीन हाथ पीछे गिरा। उसका कंठ पकड़ने के लिए धीरा ने उस पर छलांग लगा दी, पर विधान ने उसे अपने दोनों पैरों पर रखकर पीछे उछाल दिया।

रविदास, कुमास से लड़ रहा था। किंतु उस पर थकान का स्पष्ट प्रभाव दिख रहा था। वह मात्र बचाव करने में लगा हुआ था। वह कुछ देर कुमास को उलझाए रखकर अपनी साँस बाँध लेना चाहता था।

इधर धनंजय और गूजर का युद्ध लोगों ने अद्भुत गति से समाप्त होते देखा। पहले ही दाँव में धनंजय ने गूजर को पटक दिया और एक ही झटके में उसका हाथ खींचकर दायाँ कंधा उतार दिया, फिर अगले ही क्षण दूसरे हाथ को भी विचित्र ढंग से झटका देकर बायाँ कंधा भी उतार दिया। निर्जीव-से हाथ लेकर गूजर असहाय पड़ा रहा। लोगों के साथ दक्षान भी चकित रह गया। गूजर, दक्षान के मुख्य योद्धाओं में गिना जाता था। वह एक ही दाँव में ढहने योग्य नहीं था। दक्षान ने दो अंगरक्षकों को एक साथ धनंजय की ओर भेजा तथा कुछ अन्य अंगरक्षकों को कोई आदेश देकर चारों दिशाओं में दौड़ा दिया।

विधान ने स्वयं को डांटा कि इतनी शिथिलता ठीक नहीं। इतनी देर से लड़ते और ऊर्जा छोड़ते हुए वह भले ही थक रहा हो, परंतु धनंजय ने उसकी शक्ति के भरोसे ही यह सब करने की सोची थी। विधान ने मुट्ठियाँ भींचकर लंबी साँस खींची, फिर एक तेज हुंकार लेकर स्वयं को उत्साहित किया।

धीरा किसी एक स्थान पर क्षणभर के लिए नहीं रुक रहा था कि विधान भूमिखूँटा निकालकर उसका जबड़ा तोड़ सके। इस बार जब धीरा पुनः सामने आया, तो विधान ने बायाँ मुक्का चलाया। धीरा पुनः सरलता से वार छका गया। पर बायाँ मुक्का तो मात्र छलावा था, विधान ने दायाँ मुक्का सीधे उसके जबड़े पर जड़ा। धीरा का सिर झन्ना उठा। विधान कोई अवसर नहीं देना चाहता था। उसने क्षण नष्ट किए बिना तीव्र गर्जना के साथ भीषण शक्ति वाला एक घूँसा उसके पेट

पर मारा। धीरा धक्के से चार हाथ पीछे गिरा। उसके उठने से पहले ही विधान ने समीप पहुँचकर सिद्धि प्रयोग किया। धीरा की पीठ के नीचे से मोटा खूँटा निकला, जो उसे उठाते हुए दस हाथ ऊपर तक गया। दूसरे ही क्षण खूँटा नष्ट हुआ और धीरा का शरीर लहराते हुए नीचे गिरने लगा। धीरा का गिरता शरीर जैसे ही विधान के समीप पहुँचा, उसने हवा में ही उसके मुख पर अपनी पूर्ण शक्ति से प्रचंड घूँसा मारा, जैसे किसी गिल्ली को हवा में डंडे से मारा जाता है। धीरा का शरीर नाचते हुए दूर जा गिरा। दक्षान सहित सारी भीड़ पर सन्नाटा छा गया।

कुछ क्षणों तक धीरा का शरीर निर्जीव-सा पड़ा रहा। फिर पाँच क्षणों उपरांत वह उठने का प्रयास करने लगा। उसके मुख से रक्त निकल रहा था। विधान धीरे से उसके समीप पहुँचा, दोनों के नेत्र मिले। विधान कुछ क्षणों तक उसके नेत्रों में झाँकता रहा, फिर उसकी ओर से मुख मोड़कर दौड़ा तथा एक लंबी छलांग लेकर उत्तरी दिशा में घेराबंदी करने वाले सैनिकों के समीप कूदा।

उधर का दृश्य देखकर विधान को संकट का आभास होने लगा। दक्षान के आदेश पर सभी दिशाओं से सैनिक आकर उत्तरी क्षेत्र पर इकट्ठा हो रहे थे। इतने सैनिकों की भीड़ को चीर कर उत्तरी द्वार तक पहुँच पाना असंभव था।

धनंजय ने लड़ने आए दोनों अंगरक्षकों के साथ भी गूजर जैसा ही व्यवहार किया। कठिनाई से कुछ दाँव चले और दोनों अंगरक्षक अपने कंधे उतरवाकर भूमि पर लेट गए। दक्षान ने इस बार अंगरक्षकों को भेजने के स्थान पर सैनिकों को ही धनंजय को घेरने का आदेश दिया। दर्जनभर सैनिकों ने धनंजय को घेर लिया।

रविदास ने अब तक अपनी पर्याप्त साँस बाँध ली थी। सहसा उसने चकित करने वाली फुर्ती से कुमास पर आक्रमण कर दिया। कुमास को लगा, उसके मुख, छाती और पेट, तीनों स्थानों पर एक साथ प्रहार हुआ। छाती का वार इतना भीषण था कि कुमास की साँस अटक गई। अपने बचाव में लगे शत्रु द्वारा अप्रत्याशित आक्रमण की संभावना पर ध्यान न देना उसे भारी पड़ा था। रविदास ने पैरों से लंगड़ी मारकर उसे गिरा दिया और फिर उसका दायाँ पैर दोनों हाथों से पकड़कर गोल-गोल घुमाने लगा। लोगों के देखते ही देखते उसने कुमास को तीन चक्कर घुमाकर जलाशय की ओर उछाल दिया। एक बड़े छपाके के साथ कुमास जलाशय में गिरा।

स्थिति बुरी तरह गंभीर हो गई। दक्षान के तीन विश्वसनीय योद्धा बड़ी शीघ्रता से निष्क्रिय हो गए थे। उसने रविदास को भी घेरने का आदेश दिया। फिर उत्तर की ओर प्रतीक्षा-दृष्टि से देखने लगा।

धनंजय ने भी उत्तर की ओर जमा हो रही सैनिकों की भीड़ देखकर संकट का अनुमान लगा लिया। यदि प्रत्येक वर्ष की भाँति इस बार भी महामहिम अपनी सेना के साथ सागर तट पर अनुष्ठान में सम्मिलित होने गया होता, तब यहाँ चौथाई से भी कम सेना उपस्थित रहती। धनंजय, दारा के आने की प्रतीक्षा करने लगे। दारा उनके लिए बहुत बड़ा संकट था, पर साथ ही साथ यहाँ से बाहर निकलने की एकमात्र कुंजी भी।

दक्षान की प्रतीक्षा-दृष्टि को अधिक नहीं देखना पड़ा। कुछ देर में ही उसकी योजनानुसार कुछ सैनिक उत्तर की ओर से आए। उनके हाथों में छोटी सुराहियाँ थीं। वे तेजी से घेरे के अंदर घुसे तथा लड़ रहे धनंजय, रविदास और विधान के वस्त्रों पर सुराही का द्रव छिड़ककर लौट गए। लौटते हुए उन्होंने लकड़ी के टुकड़े से सुराहियों का मुख पूरी तरह बंद कर दिया।

दक्षान के संकेत पर लड़ रहे सारे सैनिक पीछे हटते चले गए। सैनिकों ने घेरा भी बड़ा कर दिया। द्रव से मूर्च्छित करने वाली गंध की संभावना मानकर धनंजय, रविदास और विधान ने नाक पर हाथ रख लिया तथा धीरे-धीरे साँस लेकर पुष्टि करने लगे। किंतु वैसा कुछ नहीं था।

अगला दृश्य देखकर उन्हें स्थिति स्पष्ट हो गई।

उत्तरी घेरे से दर्जनों काले रीछ पकड़े सैनिक प्रकट हुए। रीछों के थूथनों को चमड़े की पट्टी से बाँधा गया था। घेरे के अंदर लाकर सैनिकों ने रीछों के थूथन खोल दिए। घड़ियों बाद गरजने की स्वतंत्रता पाकर रीछों ने हृदय दहलाने वाली गर्जनाएँ कीं। वातावरण को उन्होंने एक भय से भर दिया। घेरे में शिकार की भाँति फँसाए गए तीनों को समझ आ गया कि ये युद्धक रीछ विशिष्ट गंध पर आक्रमण करने के लिए प्रशिक्षित किए गए हैं।

रीछ बंधनमुक्त थे। अपने अभ्यास के अनुसार वे भूमि पर नथुनों से साँस छोड़ते हुए इधर-उधर टहलने लगे। घेरा बनाए सैनिक उन रीछों को घेरे के अंदर ही रहने को बाध्य कर रहे थे।

रीछों को गंध मिल गई। वे उत्तेजित हो उठे। एक-दूसरे से टकराते हुए वे तेजी से गरदन घुमा-घुमा कर हवा में गंध की दिशा ढूँढ़ने लगे। कुछ देर बाद सारे रीछ उन तीनों की ओर बढ़ने लगे। सैनिक आवाजें निकालकर रीछों को और उत्तेजित करने का प्रयास कर रहे थे। यह अत्यंत संकटपूर्ण युद्ध होने वाला था। क्षणभर की चूक में, यदि रीछों का एक भी वार पड़ गया, तो वह प्राणघातक ही होगा। विधान

ने झुककर भूमिकवच धारण कर लिया। धनंजय और रविदास ने वहाँ पड़ी लाठियाँ उठा ली।

लोगों ने ऐसा दृश्य पहले भी देखा था, जब पूर्व महामहिम ने एक विद्रोही-नायक को दंड रूप में रीछों के बाड़े में फिंकवाया था। लोगों ने रीछों को विद्रोही की ओर बढ़ते देखा था। हृदय-विदारक मर्मभेदी चीख गूँजी थी और जब रीछ वहाँ से हटे, तब भूमि पर मात्र रक्त बचा था। विद्रोही के शरीर का प्रत्येक अंग खंड-खंड होकर दर्जनों रीछों के मुख में था।

तीनों के समीप पहुँचकर रीछ भूमि पर अपने नखों से प्रहार कर अपनी उग्रता प्रदर्शित कर रहे थे। दर्जनों रीछ किसी भी क्षण उन पर आक्रमण कर सकते थे।

इसी बीच एक व्यक्ति जनसमुदाय की भीड़ को तेजी से चीरता हुआ आगे आया और भीड़ से आगे बढ़कर घेरा बनाए सैनिकों को पीछे से धकेलकर मार्ग बनाते हुए घेरे में प्रवेश कर गया।

उसने तेज स्वर में गर्जना जैसी कोई ध्वनि निकाली। कुछ रीछ उसकी ओर मुड़े। वह व्यक्ति विचित्र ध्वनियाँ निकालकर रीछों को अपनी ओर आकर्षित कर रहा था।

वहाँ उपस्थित लोगों को एक नया दृश्य देखने को मिल रहा था। वह व्यक्ति हाथों से तरह-तरह के संकेत कर रीछों से नेत्र मिलाकर ऐसे स्वर निकाल रहा था, मानो उन रीछों से बात कर रहा हो। वह तब तक ऐसा करता रहा, जब तक कि सारे रीछ उसकी ओर मुड़ न गए। रीछ उसकी ओर मुड़ अवश्य गए थे, पर उनकी उग्रता तनिक भी कम नहीं हुई थी। वे अब भी भूमि पर अपने तेज नख रगड़ रहे थे। वह व्यक्ति निडरता से उन उग्र रीछों के बीच से होता हुआ दानवों के तीनों शत्रुओं के पास पहुँचा। उस व्यक्ति ने अपनी पगड़ी के एक सिरे से अपना मुख बाँध रखा था। मात्र नेत्र खुले थे। विधान उसके भूरे नेत्र झट से पहचान गया। धनंजय और रविदास की ओर मुड़कर उन्हें बताया- "गू।"

धनंजय और रविदास को आश्चर्य हुआ, पर आश्चर्य दिखाने का समय नहीं था। वे सतर्कता से रीछों को लाठियाँ दिखाते खड़े रहे। गू अब भी रीछों जैसी ध्वनि निकालकर न जाने कैसा वार्तालाप कर रहा था। कुछ क्षण पश्चात उसने धनंजय के हाथ से लाठी ली। उस लाठी को उनके वस्त्रों से अच्छी प्रकार रगड़ा, जिससे कि वह गंध लाठी पर चढ़ जाए। फिर उस लाठी को लिए, आवाज निकालता हुआ रीछों के बीच से दौड़कर उत्तरी घेरे के समीप पहुँचा और लाठी को भाले की भाँति आकाश में तिरछा उछाल दिया। लाठी उत्तरी भाग में भीड़ लगाकर खड़े सैनिकों के

बीच गिरी। गू तीव्र ध्वनि निकालकर लाठी की ओर संकेत करने लगा। सारे रीछ गरजते हुए लाठी के पीछे भागे। उस दिशा में घेरा बनाने वाले सैनिकों का साहस छूट गया। दौड़ते रीछों के समीप आते ही वे घेरा छोड़कर भाग खड़े हुए। पीछे खड़ी सैनिक-भीड़ में भगदड़ मच गई।

धनंजय ने देखा कि भगदड़ का लाभ उठाते हुए उत्तर की ओर बढ़ने का अवसर है, किंतु सैनिकों का सागर जैसा विस्तार इतनी दूर तक था कि उत्तरी द्वार तक लड़कर पहुँचते-पहुँचते शरीर इतना बेदम हो जाएगा कि अकेला सैनिक भी उन्हें पकड़कर बाँध लेगा। वे रुककर दारा की प्रतीक्षा करने लगे। गू के प्रकट होने का रहस्य समझ नहीं आया था, पर अपने ही पक्ष में प्रकट होने से उन्हें कोई आपत्ति नहीं थी। वैसे भी गू के नेत्रों में झाँकने पर उन्हें किसी छिपे हुए षड्यंत्र की कोई झलक नहीं मिली थी।

दक्षान भौंहें सिकोड़े यह दृश्य देखता रहा। अपनी योजनाओं को असफल होते देखने का उसे अधिक अभ्यास नहीं था। ऐन समय पर, एक नया शत्रु प्रकट होने से उसके कान खड़े हो गए कि कहीं और भी शत्रु न छिपे बैठे हों। उसने भीड़ को पीछे हटने का आदेश दिया। इस अवसर पर किसी छिपे शत्रु को ढूँढ़ निकालना संभव नहीं था, परंतु भीड़ के पीछे रहने से, इस बार निकलकर सहायता करने के लिए जाते समय वह पहले ही दिख पड़ जाएगा। भीड़ को पीछे हटाने के साथ दक्षान ने घेरे की एक और बाहरी परत बनाने को कहा।

जब थोड़ी अव्यवस्था जैसी यह क्रिया चल रही थी, उसी समय दक्षान के पीछे एक रथ कुछ अश्वारोहियों के साथ धूल उड़ाता हुआ आ रहा था। कुछ पलों में जब वह रथ दक्षान के पास पहुँचा, तो उस पर खड़े व्यक्ति को देखकर जनसमुदाय ने हर्षोल्लास भरा कोलाहल किया।

वर्षों तक दानवों की कीर्ति-पताका थामने वाला, दानव-यवन संग्राम का विजेता, उनकी सेनाओं का गौरवमय स्तंभ तथा काण जैसी शक्ति का प्रवाह रोकने वाला, दानवों का सेनाध्यक्ष 'दारा' युद्धस्थल पर आ गया था।

रथ पर खड़ा दारा, विधान को पहली दृष्टि में एक बड़ी काली आकृति की तरह लगा। दूसरी दृष्टि में जब आँखें केंद्रित हुईं, तब उसके गाढ़े साँवले शरीर की आभा प्रकट हुई। ऐसे ऊँचे व्यक्ति को विधान ने आज से पहले कभी नहीं देखा था। अद्‌भुत सौष्ठव वाले शरीर पर इतना मांस चढ़ा था कि उससे दो विधान बनाए जा सकते थे। उसके अधेड़ वय के मुख पर सिंहनाद जैसे ही गलमुच्छे तथा उभरी हुईं बड़ी-बड़ी आँखें थीं। पीठ पीछे लटकती बाघ की खाल और लाल किनारी वाली

काली धोती पहने जब वह रथ से उतरा, तो साक्षात महाकाल लग रहा था।

दारा ने तीनों की ओर देखते हुए भीड़ को दायाँ हाथ उठाकर दिखाया। भीड़ अनुशासित होकर पूर्ण रूप से शांत हो गई। दारा का भारी स्वर गुंजित हुआ- ''अपना परिचय दो, योद्धाओ!''

धनंजय स्वयं ही परिचय देने वाले थे, दारा के पूछने से उन्हें बताने में सरलता हुई।

ओजमंडित वाणी में बोले- ''मैं नागवंशी, नागप्रमुख, हर्णपुत्र धनंजय हूँ... यह अर्थला-संरक्षित अयोध्या का राजा दासपुत्र रविदास है...और यह (विधान की ओर संकेत कर) सहस्त्रबाहु काण की शक्ति का वर्तमान उत्तराधिकारी है... मैं यहाँ सहस्त्रबाहु के शक्ति-कुंडल लेने आया था...इस अभियान के लिए परोक्ष तथा अपरोक्ष दोनों रूपों में, मैं उत्तरदायी हूँ।''

जनसमुदाय में खुसर-पुसर होने लगी। उनमें से बहुतों ने ये नाम और इन नामों से संबंधित कहानियाँ सुन रखी थीं। दारा ने उन तीनों पर और अधिक दृष्टि गड़ाई। बढ़ी हुई दाढ़ी-मूँछों के कारण उन्हें पहचानना सरल नहीं था। फिर मानो एक झटके से पहचानते हुए उसने उन्मुक्त अट्टहास किया। भारी स्वर में बोला- ''नाग!...तू इतना दुस्साहसी हो गया कि बिना आज्ञा मेरे घर में घुस आया...तुझे पिछली बार ही कुचल देना उचित रहता...(फिर विधान की ओर उन्मुख होकर) काण!...तू इस लड़के में समाकर आया है...हा...हा...हा...हा...(दक्षान की ओर मुड़कर), देख रहे हैं महामहिम! काण स्वयं चलकर मेरे पंजों में आया है...दनुमाता ने कैसी असीम कृपा दिखाई है...हा...हा...हा।''

''हम तुम्हें 'योद्धा-द्वंद्व 'की चुनौती प्रस्तुत करते हैं।'' धनंजय, दारा की हँसी के बीच में ही तेज स्वर में बोले।

दारा शांत हो गया, किंतु क्षणभर बाद और तेजी से हँसा- ''दारा के घर में घुसकर दारा को चुनौती... चुनौती को छोड़! जब काण स्वयं आया है...तब दारा बिना चुनौती के ही लड़ेगा।''

दक्षान के कान पूर्ण सतर्कता से खड़े हो गए।

''चुनौती स्वीकार है।'' दारा निर्द्वंद्व भाव से बोला।

''पहले शर्तें तो सुन लेते... और किसी चोर की चुनौती स्वीकार करने के लिए तुम बाध्य नहीं हो।'' दक्षान अप्रसन्नता दिखाते हुए दारा से बोला।

''कोई भी शर्त हो...मैं प्रस्तुत हूँ, दारा ऐसे ही नहीं वर्षों से योद्धा धर्म ढोता आ रहा है और दारा को विरले ही चुनौती देते हैं।'' दारा पूर्ण गर्व में बोला।

धनंजय को दारा के व्यवहार का पूर्व अनुमान था। उन्होंने शर्तें सुनाने में देर नहीं की। झट से बोले-

"यदि हम पराजित हुए, तो समर्पण करेंगे...विजयी हुए तो अपनी स्वतंत्रता से जाएँगे।"

"अत्यंत छोटी शर्तें हैं...अब अपने हाथ-पैर सँभालो... हा...हा...हा... ।"

दक्षान का मस्तिष्क गरम हो गया। वाणी को सँभालते हुए दारा से बोला- "स्वीकार करने में इतनी शीघ्रता क्या है, कुछ क्षण उसके पक्षों पर विचार भी कर लेते।"

दारा, दक्षान की बात अनसुना कर आगे बढ़ गया। दारा का उद्दंड व्यवहार दक्षान को सदैव अंदर से चोट पहुँचाता था। दक्षान को पूरा अधिकार था कि अभद्रता का आरोप मढ़कर किसी को भी दंडित कर दे, पर जनसमुदाय के सामने अपने ही सेनाध्यक्ष के साथ अनबन दिखाकर उसे ही हानि होगी। क्रोध में स्वयं को नियंत्रित करना दक्षान के लिए कोई कठिन कार्य नहीं था। लंबी साँसें खींचकर वह अपने घोड़े पर ही बैठा रहा।

दारा आगे बढ़कर घेरे के अंदर आया। इधर-उधर थोड़ी दृष्टि दौड़ाई।

फिर जोर से पुकारा- "बच्चा!"

समीप ही पश्चिम की ओर घेरे के बाहर धीरा प्राथमिक-उपचार की कोई औषधि खाकर बैठा हुआ था। उठकर घेरे में आया। उसे देखते ही दारा ने उत्साह से पूछा- "प्रस्तुत है ?"

"हाँ! पिताजी! प्रस्तुत हूँ!" धीरा सामान्य भाव से बोला।

धनंजय ने मुड़कर अपने पीछे खड़े गू को देखा। गू का परिचय उन्होंने नहीं दिया था और किसी ने पूछा भी नहीं था। वे सोच रहे थे कि गू को स्थिति कैसे समझाई जाए। उसे यहाँ का भाषा-ज्ञान है भी अथवा नहीं। तभी उनके मस्तिष्क में एक दूसरा बिंदु घूमा- यदि यह, यहाँ इतनी दूर राजधानी तक भेष बदलकर पहुँच गया है, तो भाषा अवश्य जानता होगा। मार्ग से लेकर राजधानी में प्रवेश करना तथा किसी पण्यशाला में शुल्क चुकाकर रात्रि बिताना, बिना बोले संभव नहीं था। धनंजय ने आगे नहीं सोचा, सोचने का समय भी नहीं था। वे आशा की बारीक डोर पकड़कर गू से बोले- "हमें लड़ना है, क्या तुम समझे ?"

गू पहले कुछ नहीं बोला, फिर कुछ क्षण बाद उसने दाईं मुट्ठी से अपनी छाती को चार बार पीटा और हामी भरने वाला सिर हिलाया। धनंजय ने मुस्कराकर स्वागत किया।

दानवों की ओर से दारा, धीरा, सेनापति वल्लभ और सेनापति घोष घेरे में थे। सेनापति वल्लभ और दारा का साथ बहुत पुराना था। वे यहाँ दारा के साथ ही पहुँचे थे। उन्हें लड़ने के लिए दक्षान ने चुना था। धनंजय के परिष्कृत युद्ध कौशल को देखकर दक्षान को अनुभवी वल्लभ ही जँचे।

योद्धा द्वंद्व के नियम अत्यंत सरल थे। कोई किसी से लड़ सकता था। अंत में जिस पक्ष के अधिक योद्धा धरती पर खड़े मिलेंगे, वही पक्ष विजयी घोषित होगा। आज के दिन दानवों में शस्त्रों पर प्रतिबंध था, अतः खाली हाथ युद्ध होगा।

नगाड़े की एक थाप पर द्वंद्व प्रारंभ हुआ। धीरा, रविदास की ओर; वल्लभ, धनंजय की ओर; घोष, गू की ओर तथा दारा, विधान की ओर बढ़ा।

दारा को अपनी ओर आता देख विधान को ऐसे लगा, जैसे दारा के शरीर से कालिमा निकलकर वातावरण में चढ़ रही हो। निमिष भर के लिए उसने नेत्र उठाकर आकाश की ओर देखा भी कि शायद बदली छाई हो, किंतु आकाश स्वच्छ था। कम प्रकाश लग रहे वातावरण में दारा किसी उत्साही युवक की भाँति झूमता हुआ आ रहा था। वह उसे ऐसे शिकारी भाव से देख रहा था, जैसे उसे इसी शिकार की वर्षों से प्रतीक्षा थी। दारा और उसके बीच की दूरी बस कुछ क्षणों की ही बची थी। इस सूक्ष्म समय अंतराल में ही विधान के मन में ढेरों विचार तैरने लगे– जो व्यक्ति गुरु काण को भी रोक सकता है– धनंजय किस आधार पर सोच रहे हैं कि वह उसे पराजित कर लेगा। गुरु काण सिद्धि के उच्चतम स्तर पर थे, साथ में उन्हें ढेरों अनुभव भी थे...और यहाँ उसे सिद्धि पूर्ण किए माहभर भी नहीं हुआ है। क्या धनंजय उस पर इतना विश्वास रखते हैं कि सबकुछ जानते हुए भी उन्होंने दारा से लड़ने की योजना बना ली। जो भी हो, यदि उसे स्वयं पर विश्वास नहीं, तो धनंजय के निर्णय पर विश्वास करे।

दारा समीप आ चुका था। न जाने किस भावना के वश में आकर विधान ने झट से भूमि कवच चढ़ा लिया। तीन पग तक समीप आ चुका दारा, उसकी क्रिया देखकर अट्टहास करता हुआ बोला, "हा...हा...हा... काण! तू तो लड़ने से पहले ही छुपने में लग गया।" इतना कहकर दारा ने मुक्के से सीधा प्रहार किया।

विधान को मात्र इतना दिखा कि एक काली परछाईं उस पर पड़ी और उसी क्षण उसका शरीर कवच के अंदर धक्के से झनझना उठा। सँभलते हुए उसने भी दारा पर प्रहार किया। दारा ने बचने का कोई उपक्रम नहीं दिखाया। वार खाकर बिना विचलित हुए, उसने विधान पर दूसरा प्रहार कर दिया। भूमिकवच में दरार

पड़ गई। विधान ने दारा के पेट पर पैर चलाया। दारा फिर से झेल गया और इस बार जब उसने विधान पर अपना घूँसा चलाया, तो पूरा कवच ऊपर से नीचे तक चटक गया। विधान पीछे लड़खड़ाते हुए स्वयं को सँभाल ही रहा था कि दारा ने पूरा मुख खोलकर गर्जनापूर्ण हुंकार भरी और भयंकर प्रचंडता से उसकी छाती पर मुक्के का लक्ष्य साधा। मिट्टी के घड़े के टूटने जैसी आवाज हुई और भूमि-कवच छिन्न-भिन्न होकर शरीर से अलग हो गया। टूटते ही सारे टुकड़े धूल कणों में बदलकर उड़ने लगे।

धनंजय, सेनापति वल्लभ के साथ दाँव-पेंच में उलझे थे। लगभग पूरे पकने को हो आए दाढ़ी-मूँछ तथा सिर के बालों वाले वल्लभ मल्ल-युद्ध में पूर्ण पारंगत थे। साठ के ऊपर हो चुके उनके कसरती शरीर पर त्वचा तनी हुई थी। दोनों योद्धाओं में अभी तक कोई भी आगे नहीं दिख रहा था। दोनों के दाँव सधे और नपे-तुले थे।

रविदास-धीरा के युद्ध में रविदास पूर्व की भाँति मात्र बचाव का दाँव खेल रहा था। बीच-बीच में अवसर पाकर वह धीरा की पसलियों तथा नाक पर प्रहार कर देता।

इधर गू के साथ लड़ रहे सेनापति घोष को लग रहा था कि उसका विपक्षी युद्ध नहीं, मारपीट कर रहा है। गू को दाँव-पेंच से कोई मतलब नहीं था, रक्षात्मक मुद्रा का जैसे उसे ज्ञान ही न हो। अपनी सुरक्षा की चिंता किए बिना वह घोष पर लात-घूँसे बरसाए जा रहा था। घोष दाँव लगाते हुए उस पर यह सोचकर वार करता कि गू इस प्रहार का बचाव करेगा, तब उसी समय वह अपना दूसरा वास्तविक प्रहार प्रकट करेगा। पर गू तनिक भी बचने का प्रयास नहीं करता। वह प्रहार खाते हुए कभी उसका मुँह नोंच लेता, कभी मूँछ खींच लेता, तो कभी नाखूनों से नोंच लेता। एक बार वार खाकर जब घोष स्वयं को सँभाल रहा था, गू ने उसके केश पकड़कर चारों ओर नचा दिया और अंत में पीछे से एक लात भी जड़ दी। घोष, गू से लड़कर सार्वजनिक रूप से घोर अपमानित महसूस कर रहा था।

विधान बार-बार कवच चढ़ाता, दारा हर बार उसे तोड़ देता। अभी-अभी वह प्रहार खाकर आठ हाथ पीछे गिरा। गिरते ही कवच धूल-धूल हो गया। कवच धारण

करना अब उसे व्यर्थ लगने लगा था। उसने उठकर हाथ से ऊर्जा छोड़ी। धरती की ऊपरी परत उखाड़ती ऊर्जा रेखा ने दारा के मुख को लक्ष्य कर खूँटा निकला। दारा थोड़ा पीछे हटकर बच गया। इतने बड़े शरीर की ऐसी फुर्ती देखकर विधान दंग रह गया। उसके खूँटे से बचना असाधारण कार्य था। उसने दूसरा खूँटा मारा। दारा पुनः बगल होकर बच गया। विधान को विश्वास नहीं हो रहा था कि उसका वार खाली जा रहा है। क्या दारा को पहले ही ज्ञात हो जाता है कि खूँटा कहाँ से निकलेगा और इतने सूक्ष्म समय में वह खूँटे को कैसे देख लेता है। दारा अब भी मंथर गति से उसकी ओर बढ़ रहा था। विधान ने तीसरा प्रयास किया। दारा लहराते हुए छका गया और सम्मुख आकर खड़ा हो गया। गरजकर बोला- ''खेल दिखाना बंद कर काण!''

विधान ने कवच चढ़ाने में देर नहीं की। पर दारा के प्रहार से पुनः चटक गया।

धनंजय-वल्लभ के युद्ध में दोनों पक्ष बराबर चल रहे थे। दोनों समान मात्रा में वार झेल रहे थे। किंतु वल्लभ की गति पर अब शरीर की वृद्धता का प्रभाव दिखने लगा था। धनंजय जानते थे कि कौशल में वल्लभ भले ही उनके समकक्ष हों, पर समय आने पर वल्लभ ही शीघ्रता से अपनी ऊर्जा खोएँगे, तब उन्हें पराजित करना कठिन नहीं होगा।

धनंजय ने मुख से निकल आया रक्त अपनी बाँह में पोंछा और पुनः भिड़ गए।

रविदास अब धीरा पर धीरे-धीरे प्रभावी होता जा रहा था। कलाबाजियाँ खाकर वह कुछ ऐसे दाँव भी दिखा सकता था, जो धीरा के बस के नहीं थे। रविदास का उग्र रूप अब दिखने लगा था।

दक्षान भले ही मुख पर अप्रसन्नता का भाव चढ़ाए यह युद्ध देख रहा था, परंतु मस्तिष्क के किसी कोने में कोई समीकरण घूम रहा था, जो उसे इस घटना से कहीं कोई लाभ भी दिखा रहा था। यह समीकरण उसके मन में तब जन्मा, जब धनंजय ने अपना परिचय दिया था। कदाचित उसी लाभ की प्रेरणा से उसने यह द्वंद्व-युद्ध रोकने की कोई विशेष चेष्टा नहीं की।

जनसमुदाय दम साधे यह युद्ध देख रहा था।

नख से शिख तक पूर्ण रूप से अपमानित हो जाने बाद, घोष भयंकर क्रोध में आ गया था। अब तक गू ने उसे पाँच बार पीछे से लात मारी थी; मुँह और छाती को पूरी तरह नोंच डाला था; तीन बार स्त्रियों की भाँति केश पकड़कर खींचा था तथा आठ बार उसकी मूँछें उखाड़ने का प्रयत्न करते हुए थप्पड़ भी मारा था। क्रोध

में आकर घोष भी युद्ध कौशल को बगल में रखकर गू जैसी ही मारपीट क्रिया पर उतर आया था। इसी बात की उसे सबसे अधिक ग्लानि हो रही थी। पर अब उसने यह सब समाप्त करने की ठान ली। क्रोध पर नियंत्रण का प्रयास करते हुए स्वयं को सहज किया। वह पूरी सतर्कता से खड़ा गू के वार की प्रतीक्षा करने लगा। इस बार जब गू उस पर झपटा, वह चपलता से बगल होकर बचा तथा साथ ही उसकी पीठ पर जोरदार कोहनी मारी। रीढ़ पर सीधा प्रहार तेज और पीड़ादायक था। गू के मुख पर दर्द की असंख्य रेखाएँ उभर आईं। वह झुककर वहीं बैठ गया। घोष ने मुक्का ताना। दाँत पीसकर सारा क्रोध मुक्के में भरा और एक तेज हुंकार के साथ गू की कनपटी पर दे मारा। गू का मूर्च्छित शरीर धरती पर लुढ़क गया।

भीड़ से हल्का शोर उठा। घोष ने कुछ लंबी-लंबी साँसें भरकर अपना क्रोध शांत किया। चारों ओर चल रहे युद्ध पर अपनी दृष्टि दौड़ाई और फिर धनंजय की ओर चल दिया।

घोष, धनंजय से लड़ने पहुँचा। धनंजय के लिए समस्या बढ़ गई। हाथ में शस्त्र लेकर अनेक से लड़ा जा सकता है, किंतु मल्लयुद्ध जैसे द्वंद्व में एक से अधिक सक्षम व्यक्तियों को सँभालना कठिन होता है। घोष, धनंजय जैसे व्यक्ति को पराजित कर अपना सम्मान पुनः प्राप्त करने का संकल्प लेकर लड़ रहा था। संकल्पवान व्यक्ति की ऊर्जा स्वयं ही बढ़ जाती है और युद्ध करते समय उसकी स्फूर्ति में यह स्पष्ट रूप से दिख रहा था।

कुछ ही देर में दो योद्धाओं के वार से आहत होकर धनंजय का मुख रक्त उगलने लगा; पर इतने समय में उन्होंने घोष के सभी दाँवों का अध्ययन कर लिया, बस अवसर की प्रतीक्षा थी।

धनंजय ने स्वयं ही अवसर निकाल लिया। उन्होंने अपनी खुली छाती घोष को प्रस्तुत की। घोष ने ललचाकर हाथ चलाया। धनंजय ने उसी समय उसके पैरों पर ठोकर मारी। घोष लड़खड़ाया। धनंजय ने झट से उसका बढ़ा हुआ हाथ पकड़कर, उसे अपने पास खींच लिया तथा वल्लभ द्वारा चलाए मुक्के के बीच में कर दिया। वल्लभ का बलशाली मुक्का घोष की नाक पर पड़ा। घोष बिलबिला गया। वल्लभ भी क्षणभर ठिठके। उसी असावधानी तथा ठहराव के क्षण में धनंजय ने घोष का दायाँ कंधा उतार दिया। घोष दर्द से छटपटाता भूमि पर गिरा। अगले ही क्षण धनंजय के हुंकार भरे प्रहार ने घोष की चेतना छीन ली।

दोनों पक्षों का पलड़ा फिर से बराबरी पर आ गया।

विधान, दारा से लड़ने का कोई उपाय नहीं ढूँढ़ पा रहा था। इतने विकराल शरीर पर सीधे हाथ प्रहार करके वह देख चुका था। उस पर प्रहार करना किसी हाथी पर प्रहार करने के समान था। अब तक न जाने कितने प्रहार दारा सरलता से झेल चुका था। विधान ने मोटी परत का कवच चढ़ाकर भी देख लिया था; वह भी बहुत उपयोगी नहीं निकला। मोटी परत चढ़ाने में उसे ध्यान और ऊर्जा दोनों ही अधिक खर्च करनी पड़ी थी। जब मुक्के के प्रहार से दारा उसका मोटा कवच पूरी तरह नहीं तोड़ पाया था, तब दारा ने उसका पैर पकड़कर किसी धोबी के कपड़े की भाँति उठा-उठा कर पटका था और तब तक पटका, जब तक कि कवच नष्ट नहीं हुआ। उसके पटकने के आघात से विधान के मुख और नाक से रक्त निकल आया था। प्रत्यक्ष युद्ध से दारा हिलेगा भी नहीं। उसे कुछ नया सोचना होगा।

हथेली के उल्टे भाग से रक्त पोंछकर वह एक छोटी योजना के साथ खड़ा हुआ।

इस बार जैसे ही दारा समीप आया, विधान ने दायाँ पैर पटककर ऊर्जा छोड़ी। उसके स्वयं के पैरों के नीचे से मिट्टी का मोटा स्तंभ निकला, जो उसे उठाए हुए मध्यम गति से बढ़ता हुआ दस हाथ तक ऊँचा गया।

दारा जोर से हँसा- ''हा...हा...हा... काण! तू कब से आँख मिचौलियाँ खेलने लगा।''

दारा ने स्तंभ पर प्रहार किया। उसके प्रहारों से स्तंभ काँपने लगा, फिर पाँच-छह प्रहारों में टूट गया। स्तंभ टूटते ही सारी मिट्टी धूल के रूप में नीचे गिरी। दारा की आँखें धूल से बचने के लिए स्वतः ही बंद हो गईं। दस हाथ ऊपर से गिरता विधान सीधे दारा की छाती पर कूदा। चौड़ा शरीर लिए दारा डगमगाकर पीठ के बल गिरा। विधान ने क्षणभर में दाहिने हाथ पर मिट्टी का गोला पहना और किसी हथौड़े की भाँति दारा के सिर पर पटक दिया।

दारा के बालों से रक्त निकलता दिखा, किंतु वह सहज भाव से उठा तथा उठते ही किसी बाज सदृश इतनी तेजी से झपटा कि विधान को कवच पहनने का अवसर ही नहीं मिला। एक महाप्रचंड वार उसकी छाती पर पड़ा। मुँह से रक्त निकालता वह छह हाथ पीछे गिरा। जब तक उठकर खड़ा हुआ, दारा ने पहुँचकर दुबारा प्रहार किया। विधान पुनः छह हाथ दूर उड़ गया। धरती पर गिरते ही रक्त की उल्टी हुई।

दो क्षणों में दारा उसके सम्मुख पहुँचा। पुनः प्रहार करने ही वाला था कि रविदास की हिंसक गर्जना सुनाई पड़ी। दारा ने मुड़कर देखा। वह दृश्य दारा

का ताप बढ़ाने के लिए पर्याप्त था- मस्तक, नाक तथा मुँह से रक्त बहाता धीरा अर्द्धमूर्च्छित-सा घुटनों के बल बैठा हुआ था और सामने खड़ा रविदास गरज-गरज कर उसके मुख पर प्रहार कर रहा था। रविदास का सिर भी रक्त से स्नान कर रहा था। धीरा के निष्क्रिय दिखने के बाद भी रविदास पागलों की भाँति उस पर मुक्का चला रहा था। प्रहार खाकर धीरा का सिर कभी इधर तो कभी उधर लटकता। बीच-बीच में उसकी बाँहें हिलतीं, जिससे पता चल रहा था कि उसमें जीवन की सुगबुगाहट अभी बची है।

दारा का कर्णभेदी स्वर वातावरण में गूँजा- "बच्चा!"

दारा किसी सर्प की भाँति फुफकारता हुआ रविदास की ओर गया।

विधान देख रहा था कि दारा, रविदास की ओर बढ़ रहा है और वातावरण से कटा हुआ रविदास, धीरा पर अपनी हिंसकता बरसाए जा रहा है। रविदास स्वयं बुरी अवस्था में खड़ा है। ऐसे में दारा का एक प्रहार भी उसके लिए प्राणघातक होगा। विधान दारा के प्रहारों की प्रचंडता देख चुका था। सिद्धिधारक होने के कारण उसकी भूमि-ऊर्जा उसके शरीर पर पड़ने वाले आघातों को बहुत सीमा तक कम कर देती है, अन्यथा साधारण व्यक्ति इतने प्रहारों के बाद जीवित नहीं बचता। दारा जिस उग्र रूप में रविदास की ओर बढ़ रहा है, वह निश्चित ही अपनी संपूर्ण शक्ति से प्रहार करेगा।

रविदास उससे साठ हाथ दूर था और दारा आधा मार्ग पार कर चुका था। विधान डगमगाते हुए उठा। चार क्षण रुककर साँस बाँधी। वह अधिकतम बारह हाथ तक ऊर्जा छोड़ सकता था, पर रविदास बहुत दूर था। दारा, रविदास तक बस पहुँच ही गया था।

विधान ने दौड़कर ऊँची छलांग ली।

दारा ने धीरा को रविदास के सामने से हटाकर प्रहार के लिए जैसे ही मुक्का ताना, विधान उसके समीप कूदा तथा हाथ से ऊर्जा छोड़ी। दारा का क्रोधरूपी प्राणघातक प्रहार रविदास पर पड़ने ही वाला था कि उसके पैरों के नीचे, तीव्र गति से एक तिरछा स्तंभ निकला, जिसने उसे हवा में उछालकर परवलयाकार पथ पर फेंक दिया। दारा का शरीर बीस हाथ दूर गिरा।

रविदास बच गया था, किंतु निरंतर रक्त रिसने से उस पर मूर्च्छा छाने लगी थी। वह वहीं दोनों पैर सीधे कर हाथों के बल बैठ गया।

कुछ देर के लिए रविदास को सुरक्षित देखकर विधान दारा की ओर उन्मुख हुआ। इस बार उसने नया दाँव आजमाने की सोची। वह खड़े हो चुके दारा के सामने

गया। विधान ने हाथ चलाया। वह जानता था कि दारा बचने की चेष्टा नहीं करेगा। उसने झट से अपनी हथेली दारा के पेट से चिपकाई और भूमि-ऊर्जा छोड़ दी। यह ठीक वैसी ही क्रिया थी, जिस प्रकार उसने नए सिद्धिधारक बनाने हेतु शतायु, निकुंज और एकांश के साथ किया था। दारा के शरीर को तगड़ा झटका लगा। पूरी देह थरथरा गई। वह लड़खड़ाते हुए पीछे हटा। विधान को लगा, यही अवसर है। दारा के संभलने से पहले पुनः हथेली रखकर दुगनी ऊर्जा छोड़ी। दारा का शरीर अंदर से तड़प उठा और मुख से रक्त छलक आया।

तीसरी बार दारा ने विधान को अवसर नहीं दिया। अपनी ओर बढ़ते हाथ को झपटकर पकड़ लिया और दूसरे हाथ से विधान के मुख पर गर्जना करते हुए भीषण प्रहार किया। प्रहार सीधा था। विधान को पता नहीं चला कि उसका सिर फटा या नहीं, परंतु आँखों के आगे अँधेरा-सा छाने लगा। एक क्षण को लगा कि दिखना-सुनना सब बंद हो गया और अगले कुछ क्षणों पश्चात जब कुछ दिखा-सुना, तो स्वयं को हवा में उड़ता हुआ पाया। फिर भूमि पर गिरकर घिसट गया।

उसकी चेतना का दीपक बुझने वाला था।

इसी बीच धनंजय-वल्लभ युद्ध में वल्लभ की गति अत्यंत कम हो गई। धनंजय ने निर्णायक अंत का निश्चय किया। उन्होंने अभी तक बचाकर रखा एक फुर्तीला दाँव लगाकर वल्लभ को पटक दिया और बची हुई संपूर्ण शक्ति जुटाकर वृद्ध सेनापति के सिर के पीछे प्रचंड प्रहार किया। वल्लभ शांत होकर धरती सूँघ गए।

दारा ने शीघ्र ही स्वयं को सँभाल लिया था। उसने रक्त थूककर बाँह से पोंछा और सीधे रविदास की ओर बढ़ गया। रविदास के प्रति उसका क्रोध अभी उतरा नहीं था। धनंजय, दारा की मंशा भाँप गए, वे भी रविदास की ओर बढ़े।

विधान को लग रहा था कि बहुत प्रयत्न के बाद भी वह स्वयं को मूर्च्छित होने से नहीं बचा पाएगा। उसे यह अच्छे से भान था कि उसके ढहते ही इस युद्ध का पूर्ण अंत हो जाएगा। उसे किसी भी अवस्था में इस युद्धक्षेत्र में खड़ा रहना होगा। उसने अपनी कमर पट्टिका टटोली, फिर हाथ डालकर वृजा द्वारा दी गई मूर्च्छा दूर करने वाली जड़ी-बूटी की गोली निकाली और खा ली।

चार क्षण बाद लगा, जैसे सैकड़ों बिच्छुओं ने एक साथ डंक मार दिया।

विधान के मुख से कराह निकली और नेत्र एकदम से फैल गए।

इधर धनंजय ने रविदास के आगे खड़े होकर दारा को रोका। वे बोले- "निष्क्रिय पर हाथ उठाने जा रहे हो, दारा!... क्या यही तुम्हारा योद्धा-धर्म है?"

दारा भी गरजकर बोला- ''यही बात इस दासपुत्र से पूछना चाहता हूँ।''

''तुम्हारे सामने मैं खड़ा हूँ, मुझसे युद्ध करो।'' धनंजय ने चुनौती दी।

''तेरी इच्छा भी पूर्ण कर देता हूँ, नाग!'' यह कहकर दारा ने प्रहार किया। धनंजय बगल होकर बचे। उनकी दारा से लड़ने की एक ही मंशा थी कि वे विधान को संभलने का अधिक से अधिक समय दे सकें। वल्लभ से लड़कर वे स्वयं जर्जर अवस्था में थे तथा दारा पर साधारण शक्ति वाले प्रहार करने का कोई अर्थ नहीं बनता था। अत: वे अपना संपूर्ण कौशल मात्र बचाव में लगा रहे थे। इधर-उधर, झुकते-बचते वे दारा को रविदास से दूर भी करते जा रहे थे।

रविदास की अर्द्धमूर्च्छा, पूर्णमूर्च्छा में बदल गई। वह वहीं लेट गया।

जब शरीर की जलन कुछ सहने योग्य हुई, तब विधान ने उठने का प्रयत्न किया, परंतु उठ नहीं पाया। लगा कि देह की सारी शक्ति निचुड़ गई हो। उसने दुबारा प्रयत्न किया। रक्त की उल्टी हुई और काँपते शरीर के साथ वह उठकर बैठ भर पाया। विधान को स्वयं पर दया आ गई- इतनी देर में वह दारा पर ढंग से प्रहार भी नहीं कर पाया था और उसका शरीर अभी से जड़ होने लगा। और तो और, अभी दारा ने अपनी 'वज्र विद्या' का भी प्रयोग नहीं किया। बिना प्रयोग किए जब उसने यह दुर्दशा कर दी, तो प्रयोग के बाद उससे जीतना असंभव हो जाएगा।

विधान ने अपने निढाल-से शरीर को देखा, उसके मन में कातर स्वर फूटा- 'क्या यही है वह शक्ति, जिसके बल पर लोग उसे अर्थला की रक्षा करने को कह रहे हैं...क्या यही है वह शक्ति, जो वह अपनों की रक्षा के लिए चाहता था...क्या यही है वह शक्ति, जिस पर धनंजय इतना विश्वास करते हैं कि वह अर्थला ही नहीं, संपूर्ण जंबूद्वीप को सँभाल लेगा।'

वर्षभर पुरानी बात उसके मन में फिर से गूँजी- ''वह सामर्थ्य ही क्या, जो किसी की रक्षा न कर सके।''

इधर धनंजय, दारा से अधिक देर तक नहीं बच पाए। प्रहार खाकर गिर पड़े। मुँह से रक्त निकालते हुए वे उठे। कुछ ही देर में दूसरा प्रहार खा गए। संपूर्ण इच्छाशक्ति समेटकर पुन: उठे। पर शीघ्र ही तीसरा प्रहार खा गए। लड़खड़ाते हुए उन्होंने फिर से उठने का प्रयास किया, पर दारा का प्रहार दुगनी शक्ति से पड़ा और इस बार जो गिरे, तो शरीर गतिहीन हो गया। विधान का हृदय धक से हुआ।

उसने सिर झटका और मन ही मन स्वयं पर चीखा- ''उठ!...उठ!''

डगमगाते पैरों से उसने उठने का प्रयास किया। अंदर से फिर चीखा- ''उठ!...उठ!...पूरा क्यों नहीं उठता।''

हृदय ने चीत्कार कर कहा- ''दारा तुझमें काण देखता है...तो उसे अपने गुरु का महाप्रताप दिखा!... सिद्धिधारक का तेज दिखा!...अपना बल दिखा!...जंबूद्वीप का भविष्य दिखा!...चल दिखा!''

वह दृढ़ता से खड़ा हुआ। मुट्ठियाँ कसीं। मुँह का रक्त थूका। लंबी-लंबी साँसें भरीं। दाँत भींचकर मन में हुंकार मारी और दोनों हाथों को झटक-झटक कर तथा छाती पीटकर अपनी जड़ता हटाई। फिर कुछ क्षणों के लिए एकदम से शांत हो गया।

चार क्षणों पश्चात उसने अपनी गरदन आगे की ओर लटकाई,

दोनों बाँहों को पूरी लंबाई में फैलाया,

फिर गरदन लटकाए हुए ही वह जोर से चीखा- ''दारा!''

दारा के साथ सभी की दृष्टि उसकी ओर मुड़ी। लोगों को उसकी मुद्रा डरावनी लगी। निर्जीव-सी लटकती गरदन के साथ वह धीरे से बुदबुदाया- ''स्तर... द्वितीय...''

और फिर दूसरे ही क्षण उसने पूरी शक्ति से दोनों बाँहों को सीधा रखते हुए हथेलियों को आपस में टकरा दिया। साथ ही अपने लटकते सिर को झटके से आकाश की ओर उठाते हुए गगनभेदी स्वर में बोला-''जाग्रत!''

उसके शरीर को अंदर से एक झटका लगा। एक अदृश्य तरंग उसके शरीर से निकलकर चारों ओर दौड़ी। आसपास के तृण, महीन खर-पतवार और धूल ऐसे उड़ी, मानो अभी-अभी क्षणभर के लिए हवा का एक तीक्ष्ण झोंका आया था। उसके शरीर की नसें फूल गईं।

सिद्धिधारक 'द्वितीय-स्तर' पर आ गया था।

विधान ने अपना सिर सीधा कर दारा की ओर देखा। दाँत पीसकर गुर्राया और दौड़कर उछल गया। यह भीड़ द्वारा देखी गई अब तक की सबसे ऊँची और लंबी छलांग थी। वह दारा के समीप कूदा और कूदते ही इस बार दोनों हाथ के घूँसे से धरती पर प्रहार किया। दो ऊर्जा रेखाएँ निकलकर दारा के दोनों ओर गईं। दाईं ओर से एक तिरछा खूँटा दारा की कनपटी को लक्ष्य कर निकला। दारा अपने सिर को पीछे हटाकर बचा, पर उसी क्षण बाईं ओर से निकले दूसरे खूँटे को नहीं देख पाया। बाईं कनपटी पर उसने तेज चोट खाई। विधान ने पहली बार दारा को चकराते देखा। उसने दुबारा दोनों हाथों से ऊर्जा छोड़ी। दो नई ऊर्जा रेखाएँ निकलकर दारा के आगे और पीछे गईं। दो खूँटों ने दारा की पीठ और छाती पर एक साथ प्रहार किया। दारा बुरी तरह लड़खड़ाया। विधान ने दोनों हाथों की उँगलियों को आपस में फँसाकर

गदा जैसा बनाया और पूरी शक्ति से धरती पर पटक दिया। द्वितीय-स्तर की एक बड़ी ऊर्जा दारा के पैरों के नीचे गई और भयंकर ध्वनि वाला ऊर्जा-विस्फोट हुआ। असंख्य धूल कणों के साथ दारा का शरीर भी हवा में उड़ा। विधान को अब अंतिम प्रहार करना था। द्वितीय-स्तर पर वह दुगनी दूरी तक ऊर्जा पहुँचा सकता था।

दारा के पीठ के बल भूमि पर गिरते ही विधान ने दाएँ हाथ से भूमि पर घूँसा जड़ा। दारा की पीठ के नीचे अत्यंत तीव्र गति से एक तिरछा स्तंभ निकला। बीस हाथ लंबे, तिरछे स्तंभ के तीव्र धक्के ने दारा को उछालकर घेरे के पार उत्तरी क्षेत्र में जमा हुए सैनिकों के ऊपर फेंक दिया।

विधान ने दारा को इतनी दूर उछाल दिया था कि वहाँ से लौटने में दारा को समय लगता और इसी समय में उसे अपना सारा कार्य पूर्ण करना था। इसके अतिरिक्त उसे स्वयं नहीं ज्ञात था कि यह द्वितीय-स्तर कब तक बना रहेगा। उसे द्वितीय-स्तर का सैद्धांतिक ज्ञान तो था, परंतु अभ्यास मात्र एक बार ही किया था।

वह तेजी से गू के पास गया। गू को उठाकर अपनी पीठ पर लादा और वहीं पड़ी उसकी पगड़ी को खोलकर, उसी से गू को स्वयं से बाँध लिया। दर्शक-समुदाय विधान के इस नए दाँव को समझने का प्रयास करता रहा। गू को पीठ पर लादे हुए वह रविदास के पास गया। उसे दाएँ हाथ से उठाया, फिर धनंजय के पास जाकर उन्हें बाएँ हाथ से उठाया।

पीठ पर गू बँधा था। दाएँ हाथ में रविदास और बाएँ हाथ में धनंजय लटके थे।

विधान उत्तर की ओर मुख करके खड़ा हो गया। धनंजय और रविदास पर पकड़ मजबूत की। फिर उसने धरती पर पैर पटका। वह जहाँ खड़ा था, वहाँ की धरती धँस गई। पुनः पटका, चारों ओर एक हाथ के वृत्त में धरती धँसी। फिर पटका, डेढ़ हाथ तक धँस गई। फिर पटका, दो हाथ दूर तक धँस गई। लोग आँखें केंद्रित कर इस क्रिया को देखते रहे। विधान ने पुनः पटका। इस बार भूमि का धँसना दो हाथ से आगे नहीं बढ़ा, अपितु वह गड्ढा नीचे की ओर धँसा। विधान लगातार पाँव पटककर ऊर्जा छोड़ता रहा और गड्ढा नीचे धँसता चला गया। कुछ ही क्षणों में वह डेढ़ हाथ तक धँस गया।

देखने में लग रहा था कि भूमि में कोई बड़ा कटोरा धँसा दिया गया है और विधान उस कटोरे में खड़ा है। विधान ने जबड़े कसे और शरीर को थोड़ा आगे की ओर झुकाया। फिर दाएँ पाँव को उठाकर जोर से पटका। कटोरे में कंपन होने लगा। वह भूमि से पाँव चिपकाए ऊर्जा छोड़ता रहा। अपनी बची हुई ऊर्जा का एक

बड़ा भाग वह खर्च कर रहा था। कटोरे का कंपन निरंतर बढ़ता जा रहा था, साथ में उसका शरीर भी थरथरा रहा था।

विधान ने एक तेज हुंकार मारकर भयंकर ऊर्जा छोड़ी। क्षण के सौंवे भाग में भूमि का कटोरा ऊपर की ओर फूल गया और उसकी तली उत्तर की ओर थोड़ी तिरछी थी। इस भयंकर झटके से विधान किसी छूटे हुए तीर की भाँति उत्तर के आकाश में उड़ गया। दक्षान सहित भीड़ नेत्र फाड़े यह दृश्य देखती रही। आकाश में उड़ता विधान धीरे-धीरे बिंदु के रूप में दिखने लगा। राजधानी की उत्तरी सीमा को पार कर वह न जाने कितनी दूर जाकर कूदेगा।

वातावरण में दारा की दहाड़ गूँजी- "काण!...मैं अभी पराजित नहीं हुआ।"

इस घटना के तीन घड़ी पश्चात आपातकालीन दानव-राजसभा लगी। राजभवन के बाहर राजपथ पर दूर तक लोगों की भीड़ जमा थी। राजसभा में प्रत्येक विभाग के मंत्रीगण उपस्थित थे। सिंहासन पर भौंहें सिकोड़े दक्षान बैठा हुआ था। सभा के बाईं ओर वाले द्वार पर ढेरों परिचारिकाओं के साथ उरी सहमी-सी खड़ी थी।

बाहर भीड़ लगाए लोगों का तेज स्वर राजसभा के अंदर तक आ रहा था-

...प्रकोप...शाप...दंड...मृत्युदंड...

सभा के मध्य खड़े प्रधानमंत्री बोल रहे थे- "महामहिम! मैं संपूर्ण दानव समाज की ओर से न्याय तथा दानव-संस्कृति की रक्षा का आग्रह लेकर बोल रहा हूँ। राजमहिषी ने समस्त जनसमुदाय के सम्मुख दनुमाता की कृपा शत्रुओं के हाथ में सौंप दी। वहाँ इतनी बड़ी सेना उपस्थित होते हुए भी राजमहिषी ने दानव राजसत्ता तथा दनुमाता में कोई विश्वास नहीं दिखाया।...समाधिस्थल की पवित्रता खंडित होने से जनसमुदाय में प्रकोप एवं विनाश की भयलहर दौड़ गई है। समस्त दानवों की माँग है कि अपराधी को दंड दिया जाए। यह श्रद्धा और विश्वास का प्रश्न है, महामहिम! ...आप न्याय करें।"

"क्या दंड दूँ?" दक्षान ने गरजकर पूछा।

प्रधानमंत्री थोड़ा अचकचाए। एक दृष्टि उरी की ओर देखा, फिर बोले- "समस्त जन तथा मंत्रीगण मृत्युदंड चाहते हैं।"

उरी की साँसें फूलने लगीं। उसने नयनिका का हाथ कसकर पकड़ लिया।

मृत्युदंड! हा...हा...हा... दक्षान मन ही मन जोर से हँसा। इस गूँगी से मुक्त होने का इससे सुनहरा अवसर कब मिलेगा।

कुछ देर शांत रहने के बाद दक्षान ने निर्णायक स्वर में हाथ उठाकर कहा- "मृत्युदंड।"

राजसभा में हर्षोल्लास की ध्वनि हुई।

उरी मूर्च्छित होकर गिर पड़ी।

..........................क्रमशः